탈 서정과 꿈의 현상학

작가마을 문화신서 ⑬
탈 서정과 꿈의 현상학

초판 1쇄 발행 2024년 10월 25일

지은이 | 최휘웅
펴낸이 | 배재경
펴낸곳 | 도서출판 작가마을
등   록 | 제 2002-000012호
주   소 | 부산광역시 중구 대청로141번길 3, 501호(다온빌딩, 중앙동)
대표전화 | 051)248-4145, 2598 | 팩스 051)248-0723
전자우편 | seepoet@hanmail.net

ISBN 979-11-5606-269-1  03810   정가 20,000원

작가마을 문화신서 ⑬

# 탈 서정과 꿈의 현상학

**최 휘 웅**

평론집

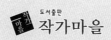
도서출판
작가마을

이 책에 담긴 글들은 시를 쓰는 시인의 입장이 아닌 독자의 입장에서
시를 읽으며, 생각한 것들을 정리한 것이다. 한국 현대시의 흐름이나
당위성의 추적에 밑그림을 두고, 세부적으로는 현대시의 언어가 가지
고 있는 특징, 그리고 현대시의 내부에 존재하는 상상력과 무의식의
관계, 절대 자유에 대한 시인의 동경과 전위의식 등을 해명하고자 하
였다. 시류에 순응하는 쪽보다는 그것을 거부하고 보다 진취적인 의식
을 열고자 하는 열린 시적 사고에 역점을 두었다.

대중으로부터 소외되는 험난한 길이기는 하지만, 타성이나 관성으로
부터 해방되었을 때 비로소 시는 새로운 희망을 갖게 된다는 것이 필
자의 생각이다. 비록 그것이 존재에 대한 허무와 절망의 감정을 수반
하는, 누구나 쉽게 갈 수 있는 그런 길은 아니지만, 그 길의 선상에서
각고의 아픔을 자청한 시의 정신을 조명해 보고자 했다.

현대시가 안고 있는 탈 서정적 특징과 현대인의 의식을 지배하고 있는 몽상적 사유가 어떻게 시로 구현되고 있는지를 밝히는 것이 이 평론집의 목표다. 주로 부산에 거주하는 시인들의 작품들을 중심 텍스트로 하여 부산시단의 지역적 특성과 부산 시 경향의 지형도를 그려보는 부수적 효과도 염두에 두었다. 젊은 시인과 원로시인들의 작품을 망라하여 폭넓은 다양한 경향의 시를 이해하는 데 도움을 주고자 했다.

이제 80에 들어선 시점에서 쫓기듯 두 번째 평론집을 상재한다.

14, 5년의 꽤 긴 시간을 써 모았던 원고를 다시 정리하는 동안 세월의 덧없음을 새삼 인지하며, 나의 문학 인생도 정리기에 들어섰다는 감회에 젖는다. 그래도 시문학과 함께한 인생이었기에 허무한 생의 늪을 무사히 헤쳐 나올 수 있었다고 자위한다. 시를 읽으며, 시를 쓰며 보낸 생이 개인적으로는 꽤 위안이 되는 수행의 한 방편이었음을 고백한다.

2024년 가을  최휘웅

# 차례

서문 __ 004

## 1부 한 편의 시를 말한다

◆ 보이면 시가 된다 – 정진규의 '심검당'                      010

◆ 시간의 멈춤, 기억의 단층 – 尹錫山 '버스 스톱'             018

◆ 무소유의 시적 달관 – 김신용 '赤身의 꿈'                   025

◆ 유종인의 '해바라기 밭에서'                              033

◆ 부조리한 일상의 절망 – 노준옥 '복잡한 관계'               038

◆ 시의 수사학에 대하여 – 신정민 '칼집'                     044

◆ 생명, 또는 세계에 대한 관용의 시학 – 최정란 '토마토'       051

◆ 속도에 갇힌 현대인의 의식풍경 – 김예강 '백밀러'           058

◆ 몽상가의 시적 변형논리 – 김두기 '푸른 붕어빵'             064

◆ 21인의 여성시에 대한 이야기                            071

  – 진은영 신해욱 강성은 이채영 김예강 이지은 최승아
    이경욱 최보비 한미숙 윤유점 김순아 조선영 김정례
    윤홍조 이서연 송 진 박이훈 강혜성 고훈실 김 곳

◆ 인공지능의 시대와 시의 위상                            095

# 2부 시인 작품론

◆ 조향의 시와 정신　　　　　　　　　　　　　　102

◆ 허무와 힘의 시학 – 하현식론　　　　　　　　　125

◆ 풍경, 시간, 그리고 초월 – 신진론　　　　　　　148

◆ 실존 자아의 시적 구현 – 안효희론　　　　　　　156

◆ 몸의 원형적 교감과 꿈의 현상학 – 강영은론　　　167

◆ 낮은 곳을 향하여 열려 있는 시의 세계 – 류정희론　182

◆ 자연과 삶을 통합하는 시의 화법 – 명서영론　　　199

◆ 현대의 삶에서 파생되는 몽상적 이미지들 – 김검수론　212

◆ 사유와 감각 사이, 그리고 상상력 – 권오주론　　225

◆ 동경과 현실재현 그리고 상상의 힘 – 고윤희론　　234

◆ 현실과 꿈의 간극에서 파생되는 시의 울림 – 조선영론　255

◆ 삶에 대한 긍정적 화두 – 류수인론　　　　　　　272

◆ 생의 허무에 대한 형이상학적 사유 – 이효애론　　282

# 3부 월·계간 시평

◆ 시의 새로운 지평을 위하여     302

◆ 토속종교와 문학 – 김동리 김소월 유병근 박청룡     310

◆ 1930년대 한국 모더니즘의 시     320
   – 정지용 이 상 김기림 김광균

◆ 1960년대 순수시와 참여시     334
   – 김춘수 전봉건 김수영 신동엽

◆ 시 경향의 다양성과 표현방법     347
   – 김규태 박청룡 김혜영 손순미 김경숙 이상렬 황재연

◆ 지난 계절에 읽은 몇 편의 여성시     361
   – 안효희 한창옥 이채영 김 곳

◆ 시에서의 재현론과 창조론     373
   – 박청룡 권애숙 김 참 최원준 조성래 최정란 이현주

◆ 파편화된 일상과 굴절된 자의식의 시 – 정가을 김뱅상     385

◆ 시의 대상과 내면의식     397
   – 정웅규 김경수 이나열 김지은 김미선 박이훈

◆ 시에서의 서정과 탈 서정     410
   – 김순여 육은실 이분자 배옥주 이서연

◆ 시적 상상력과 현실 인식     422
   – 강준철 신 진 박삼도 이은숙 최인숙

◆ 언어감각과 시적 사유     435
   – 강세우 김경해 홍정미 김태수 남경희 표애자

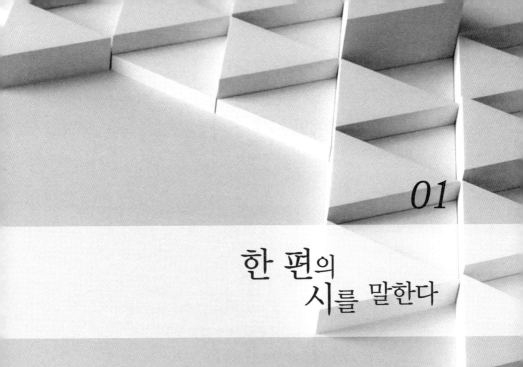

01

# 한 편의
## 시를 말한다

# 보이면 시가 된다

尋劍堂에서

정진규

名山엘 들면 보인다 어김없다 端緖를 잡고 서 있는 봉우리가 하나씩 있다 붓끝과 같다 하여 그 첨단을 筆峰이라 이른다 너의 단서에 내 혀를 나의 단서를 처음 댔을 때 그토록 와서 닿았던 우주의 뜨거운 律端, 떨리던 필봉과 필봉 그게 모든 사물들에게도 꼭 하나씩 꼭지로 솟아 있다고 믿는 但書로 나의 시들은 그간 씌어져왔음을, 내 사랑의 단초도 그러하였음을 시력 좋은 분들은 찾아 읽었을 것이며, 그것이 그저 但書로 끝나고 있는 것들 또한 추려 내기도 했을 것이다 그렇다 요새는 도처에 잡히지 않는 端緖 투성이다 보이지 않는 것 투성이다 나도 애를 먹고 있다 백내장 수술도 했다 했으나 神通치 않다 헛것만 보인다 筆峰이 솟지 않는다 어제 오늘 내리는 亂紛紛의 春雪들 눈송이 하나하나에도 端緖가 있는 법이어서 저리 亂紛紛을 지으는 것인데 형상을 보이는 것인데 그 속에서도 산수유꽃 노오랗게 치를 떠는 것인데 나도 치를 떠는 것인데 우수경칩도 지났다 지척인 봄, 어디 갔느냐 심증은 잡았다 물증을 잡아야 하리 단서를 얽은 단서를 끊어내야 하리 다른 길 없다 尋劍이다 칼을 찾아라

– 《현대시학》 2007년 4월호

달마 선사는 견성見性하면 부처이고, 견성하지 못하면 중생衆生이라고 말했다고 한다. 견성이란 삼라만상과 이것을 느끼는 감각과 그 사이에서 일어나는 온갖 생각들의 실체를 보는 것이다. 곧 육식六識과 육근六根 그리고 육진六塵의 십팔계十八界가 어우러진 지금 이 순간을 깨닫는 것이라고 불가에서는 말한다. 이런 경지에 들어서기 위해서는 망형망재(忘形忘在: 형상도 잊어버리고 나의 존재도 잊어버린다)의 무아지경에서 자연섭리와 내 정신이 합치되어 입견만리(立見萬里: 서서 만리를 보고)하고, 좌견천리(坐見千里: 앉아서 천리를 본다)하여 삼계(天界, 地界, 人界)를 통투通透할 수 있는 개안開眼에 이르지 않으면 안 된다. 또 불가에서는 마음을 닦아 득도에 이르는 과정을 소먹이는 일에 비유한 심우도(尋牛圖: 또는 十牛圖)란 것이 있다. 확암본에 따라 그 내용을 요약하면 다음과 같다.

1. 심우尋牛: 동자승이 소를 찾고 있는 장면. 자신의 본성을 잊고 그것을 찾아 헤매는 단계로 불도수행의 입문을 뜻한다.
2. 견적見跡: 동자승이 소의 발자국을 발견하고 그것을 따라가는 장면. 수행자가 꾸준히 노력하다 보면 본성의 발자취를 느끼기 시작함을 뜻한다.
3. 견우見牛: 동자승이 소의 뒷모습이나 소의 꼬리를 발견하는 장면. 수행자가 사물의 근원을 보기 시작하여 견성에 가까웠음을 뜻한다.
4. 득우得牛: 동자승이 드디어 소의 꼬리를 잡아 막 고삐를 건 장면. 수행자가 자신의 마음에 있는 불성을 꿰뚫어 보는 견성의 단계를 뜻한다.
5. 목우牧牛: 동자승이 소에 코뚜레를 뚫어 길들이며 끌고 가는 장면. 얻은 본성을 고행과 수행으로 길들여서 삼독의 때를 지우는 단계로 소도 점점 흰색으로 변함
6. 기우귀가騎牛歸家: 흰 소에 올라탄 동자승이 피리를 불며 집으로 돌

아오고 있는 장면. 더 이상 장애가 없는 자유로운 무애無碍의 단계
로 더할 나위 없이 즐거운 때이다.

7. 망우재인忘牛在人: 소는 없고 동자승만 있는 장면. 소는 단지 방편
일 뿐, 고향에 돌아온 이후에는 모두 잊어야 함을 뜻한다.

8. 인우구망人牛俱忘 : 텅 빈 원상만 그려져 있는 장면. 소도 사람도 실
체가 없는 모두 공空임을 깨닫는다는 뜻이다.

9. 반본환원返本還源: 강은 잔잔히 흐르고, 꽃은 붉게 피어 있는 산수
풍경. 있는 그대로의 세계를 깨닫는다는 것으로 우주를 아무 번뇌
없이 참된 경지로 바라봄을 뜻한다.

10. 입전수수入廛垂手: 목동이 지팡이에 도포를 두른 행각승과 마주한
장면. 육도 중생의 골목에 들어가 손을 드리운다는 뜻으로 중생
제도를 위해 속세로 나아감을 의미한다.

　불가에서 말하는 견성의 의미나 심우도의 내용을 장황하게 말 한 이
유는《현대시학》의 지난 호에 발표된 정진규의 두 편의 시가 이런 불
교의 정신에 다가가고자 하는 의식을 보인다는 점에서 관심이 갔기 때
문이다. 어떤 측면에서는 시인이 시 쓰는 행위 역시 견성하기 위하여
고행하는 수도자의 정신과 맥을 같이 한다. 시란 마음을 닦는 일이고
눈에 보이지 않는 실체를 찾는 일이요, 또 그것을 보았을 때 시가 된다
는 생각을 해봤다. 모든 시가 다 그런 것은 아니지만 상당수 시인은 생
활 속에서 얻은 나름의 어떤 깨달음을 시로써 표현한다. 그것이 선사
의 깨달음과 동류의 자리에 놓일 수는 없지만 한 편의 시가 완성해 가
는 과정이 정신의 수행이나 고행과 통하고, 간혹 희열도 찾아온다는
점에서 견성과 흡사한 정신의 경지에서 시가 탄생한다고 볼 수도 있
다.

《현대시학》4월호에 발표된 정진규의 두 편의 시「별무덤」과「尋劍堂
에서」는 공히 절을 찾는 것을 시의 모티브로 하고 있다. 이런 경우 기

행시라 할 수 있겠는데 전연 일반적인 기행시와는 성격을 달리한다. 보통 기행시들이 풍광의 아름다움을 묘사하거나 거기에 도취된 화자의 내면을 그리는데 비하여 이 시들은 보이지 않는 실체를 찾아 정신적으로 수행하는 의식을 담고 있다.

「별무덤」은 일본 관심사觀心寺에 다녀온 이야기이지만 화자의 관심은 그곳에 있다는 별무덤, 그것도 〈형상이 아니라 필시 상징이 분명할 그 실체를 觀코자〉하는데 있다. 여기서 굳이 '보고자'가 아니고 '觀코자'란 표현을 쓴 이유는 마음을 보는 절이라는 뜻의 〈觀心寺〉에서 유추된 것이지만 그럼으로써 불교에서 말하는 깨달음(보이지 않는 실체를 본다)의 의미를 강조하게 된다. 그리하여 "하늘과 땅이 한 몸이 된 그 장대한 무덤"을 觀코자 하였는데 화자가 결국 본 것은 말로 표현될 수 없는 그 무엇(空)이다. 십팔계는 육근(눈. 귀. 코. 혀. 몸. 심정)으로 육진(색. 소리. 냄새. 맛. 감촉. 뜻)을 감각하여 안 육식을 통틀어 말하는 것인데, 여기서 별무덤은 보고자 하는 대상이란 점에서 육진에 속한다. 불교에서는 육진을 환상으로 이루어진 육근 안의 그림자일 뿐이라고 한다. 그렇다면 화자가 본 별무덤은 허상일 수밖에 없다. 〈무엇을 보았다 하느냐, 거기 있지 아니한가, 나 다만 묻고 답하였을 따름이다〉란 결구는, 육근의 감각 대상인 육진이 환상이므로 육근이나 육식 또한 허공과 다를 바 없다는 공空의 깨달음을 말한 것이 된다. 이런 견성의 시적 태도는 「尋劍堂에서」란 시에서도 유지되고 있다. 따라서 이 시의 화자가 절을 찾는 의미는 단순한 관광이거나 기행이 아니고 나름의 깨달음을 얻기 위한 수행의 과정, 십우도의 심우 단계에서 견적, 견우, 득우의 단계로 가는 정신의 이행으로 읽혀지게 되는 것이다.

심검당은 수덕사의 말사 개심사의 요사체다. 개심사는 심검당이 있어 아름다운 절이다. 란 말이 있을 정도로 심검당의 건축 양식은 유명하다. 그런데 화자는 심검당의 건축양식이나 개심사의 절 풍경에 대해서는 별 관심이 없다. 번뇌를 자르는 지혜의 칼을 찾는다는 뜻의 신검

尋劍에 시상의 초점이 모아져 있다. 이것은 이 시가 구도의 정신 과정을 형상화하고 있다고 볼 수 있는 근거가 된다. 이 시를 읽으면서 꼭 이 시의 내용과 일치하는 것은 아니지만 본성을 찾아 수행하는 단계를 동자나 스님이 소를 찾는 것에 비유하여 묘사한 심우도(尋牛圖 - 十牛圖)를 연상하게 된 것도 이 때문이다.

이 시의 화자는 붓끝과 같이 생긴 산봉우리라서 필봉이란 이름으로 불려지는 것처럼 명산의 산봉우리에는 그렇게 불려지게 되는 단서(端緒:실마리. 이유. 근거)가 꼭 있다는 사실을 깨닫는다. 여기서 단서에 대한 깨달음은 자연이나 사물의 뒤에 존재하는 우주의 이치에 대한 인식을 함의한다. 모든 사물에는 그것이 그렇게 존재해야 될 단서가 다 있다는 것인데, 이런 우주의 섭리를 깨달았을 때의 희열도 찾아온다. "너의 단서에 내 혀를 나의 단서를 처음 댔을 때 와서 닿았던 우주의 뜨거운 律端"이 바로 그것이다. 여기서 너의 단서에 나의 단서를 처음 댔을 때란 자연의 섭리와 나의 정신이 처음으로 합치되었을 때(物心一如)를 의미하고, 그 순간 우주의 뜨거운 율단(법. 곧 섭리의 단서)을 깨닫는 법열이 온다. 이것은 십우도에서 견우見牛의 단계를 연상시킨다. 소의 뒷모습이나 꼬리를 발견하는 장면으로 사물의 근원을 보기 시작하여 견성見性에 가까이 다가간 정신의 단계로 볼 수 있다.

그러나 그것도 잠시다. 깨달았다고 믿는 순간 이미 깨달음은 사라지는 것이다. 깨달았다는 믿음의 아집이 선입관을 갖게 하여 시야를 가릴 뿐이다. 아집과 선입관은 사물의 참된 본성을 보지 못하게 한다. "떨리는 필봉과 필봉 그게 모든 사물들에게도 꼭 하나씩 꼭지로 솟아 있다고 믿는 但書로 나의 시들은 그간 씌어져왔음을, 내 사랑의 단초도 그러하였음을………그것이 그저 但書로 끝나고 있는 것을.."은 그런 희열 뒤에 찾아오는 회의를 말한다. 여기서 端緒가 但書로 전이되고 있음에 유의해야 한다. 앞의 단서는 우주의 이치를 알게 하는 실마리이지만 뒤의 단서는 부수적으로 따르는 조건이나 예외가 되는 글, 곧 인간의 정신을 압박하고 구속하는 자잘한 속세의 율법이나 선입관과 같은 것이다. 인간의 삶이란 스스로 깨달았다고 믿는 자기기만의 단서 但書에 매달려 영위되는 것인지도 모른다. 우주의 본성과는 거리가 먼, 어떤 조건에 매인 선입관으로 판단한 것을 깨달음으로 착각하고 있는 것이 인간의 세속적 근성이다. 이런 삶에 대한 인식도 자아성찰과 같은 일종의 깨달음이다.

자신의 이런 삶에 대하여 자성의 칼을 들이댔을 때, 정신적 고통이 따를 수밖에 없다. "요새는 도처에 잡히지 않는 端緒 투성이다. 보이지 않는 것 투성이다"는 진술은 실체를 보고자 하나 그것을 제대로 보지 못하는 괴로움을 토로한 것이다. 이것은 견성하기 위하여 고행하는 수도자의 정신세계, 십우도에서 동자승이 소를 찾고 있는 장면과 통한다. 잊은 자신의 본성을 찾아 헤매고 있는 고행의 의미를 담는다. 화자는 애를 먹고 있다. 백내장 수술까지 했으나 신통치 않아서 헛것만 보이고, 필봉이 솟지 않아서 괴롭다. 여기서 필봉은 깨달음의 환유다. 필봉이 솟지 않는다는 것은 우주의 내면적 본성을 볼 수 있는 깨달음을 얻지 못한다는 뜻이다. 그것이 화자를 계속 괴롭히고 있다.

그런데 그 고행의 끝이 그렇게 허무한 것만은 아니다. 깨달음의 물증은 못 잡았지만 그래도 심증만은 잡았기 때문이다. 어렴풋이나마 깨달음의 실체에 다가간 모습이다. 십우도에서 득우得牛의 단계로 볼 수 있다. 동자승이 소의 꼬리를 잡아 막 고삐를 건 모습이다. 어지럽게 날리고 있는 춘설의 형상에 내재된 단서端緒를 깨닫고 산수유꽃도 노오랗게 치를 떨고, 화자 자신도 견성의 희열에 빠지는데, 문제는 깨달음의 실체가 확실하게 잡히지 않는다는 것이다. 심증은 잡았는데 물증을 잡지 못했다는 것은 견성의 실체에 대하여 어림짐작은 가지만 확실히 무엇이라고 말할 수 있는 단계, 십우도에서 말하는 5~10의 단계에는 이르지 못했음을 뜻한다. 자유로운 무애無碍의 정신을 아직 얻지 못했다는 뜻이다. 그러나 화자는 안다. 깨달음의 확실한 물증을 잡기 위해서는

"단서를 얽은 단서를 끊어내야" 한다는 것을. "단서를 얽은 단서"란 본성의 실마리를 깨닫는데 방해가 되는 집념이나 번뇌, 곧 端緒를 가로막고 있는 但書의 의미를 내포한다. 여기서 심검당을 찾는 이유가 드러나게 된다. 견성에 들기 위해서는 먼저 번뇌를 끊어내는 지혜의 칼을 찾아야만 하기 때문이다. 그래서 화자는 부르짖는다. 尋劍이다 칼을 찾아라고.

　정진규의 시「尋劍堂에서」에 내재 되어 있는 불교적인 수행의 정신과정을 심우도尋牛圖에 견주어 살펴본 셈이다. 시가 곧 도道의 표현이라고는 말할 수 없지만 시인이 끈질기게 추구하는 시 정신이 도를 추구하는 정신과 일정 부분 공유한다는 점에서 이번에 발표된 정진규의 두 편의 시는 필자의 관심을 끌만했다. 무릇 많은 시들이 존재의 근원을 찾아 시인 나름으로 판단한 존재 의미나 본질을 형상화하고 있다는 점을 염두에 두더라도 시와 도가 공유하는 정신의 일정 부분을 이해할수 있을 것이다. 그러나 위의 시들이 견성의 도를 내용으로 하고 있지만 한순간의 깨달음을 단도직입적으로 전달하는 선사들의 선시와는 구별된다. 또 오랫동안 참선하며 고행의 실천을 통하여 깨달음에 도달한 선사들의 정신적 경지와 이 시를 같은 선상에 놓고 말할 수도 없다. 오히려 선사들의 깨달음의 법어보다 이 시가 더 인간적이다. 견성에 이르지 못한 정신적 고통과 갈등 쪽에 더 무게가 실려 있기 때문이다. 이 점은 이 시가 선사들의 깨달음의 설법이나 법어로 받아들여지지 않고 시로 읽혀지는 이유가 될 것이다. 그리고 이 시들은 도를 구하는 정신의 이행 과정이 비유와 이미지 등의 시를 구성하는 논리에 바탕을 두고 형상화되어 있다. 이것은 사물의 실체를 보기 위해서는 말을 떠나지 않으면 안 되며, 논리 따위를 버리지 않으면 안 된다는 불가의 가르침이나, 도는 말하는 순간 도가 아니라는 어느 선사의 말에 반한다. 그러나 이 시의 화자의 눈에는 무엇인가 보였고, 그런 순간의 깨달음 (어쩌면 허상을 잡은 순간), 그리고 견성의 실체가 잡힐 듯 잡히지 않는 마음의 갈등이 시가 되고 있다. 견성하면 부처가 되지만 환상이든, 착각이든 보이던지 보일 듯하면 그것은 시가 된다. 견성에까지 도달하지 못하더라도 그로 인하여 괴로워하고 번민하는 마음자리가 곧 시의 뿌리가 아닐까 하는 생각을 정진규 시인의 두 편의 시를 읽으면서 했다.

# 시간의 멈춤, 그리고 기억의 단층

버스 스톱

尹錫山

나는 아직도 그때 그 거리에서 서성인다. 무정의 기계 가슴 속 동전 밀어 넣으면, 뜨거운 커피도, 차가운 콜라도 콸콸 쏟아지는 신나는 세상, 손마다 전화기를 들고 다니며, 아무데서나 누구와도 통하는 요즘, 이전엔 이곳에 다방 귀거래가 있었는데, 목월도 수영도 두진도 시인이라는 이름으로 서로 만나 차를 마시고 담배를 피우며 창밖으로 보이는 세상을 바라보곤 했었는데, 진보는 보수를 순수는 참여를 리얼리즘은 모더니즘을 서로가 서로를 아니라고 손사래 치며 헤어진 겨울 거리. 나는 아직도 그때 그 거리가 그대로 저기 보이는 모퉁이쯤에서는 만날 수 있을 거라는 믿음을 버리지 못한다. 가난했지만 결코 남루가 아닌, 우리의 열정이 아직도 통금의 밤을 뜬눈으로 지새우며, 백열등 아래 앉아 있을 것 같은 밤, 아직도 나는 세월 건너뛰지 못한 엉거주춤의 폼으로, 광화문 네거리, 돌아오지 않는 버스 기다리고 서 있다.

― 《현대시학》 2007년 5월

추억은 아름답다. 아무리 고통스러웠던 일도 시간이 지나 되돌아보면 가슴을 저리게 하고, 그때, 그 순간을 황홀한 감정으로 떠올리게 한다. 현실로 느낄 때보다 추억 속에서 꿈꿀 때가 더 그윽한 향기를 내뿜는다. 그렇게 되는 이유는 시간이 정화작용을 하기 때문이다. 눈앞의 현실은 각박하지만 과거의 시간대, 기억의 단층에는 항상 윤기가 흐른다. 시간의 흐름에서 잠시 멈춰 서 있는 순간, 우리들은 기억의 단층을 더듬으며 과거로 시계추를 돌린다. 일종의 시간 여행인 셈인데, 거기에서 정화된 자아와 타자들을 만나게 된다. 그리고 그때의 일들이 새로운 의미로 다가오면서 현재의 모습을 다시 보게 한다. 과거는 현재를 반성하게 하는 재료다. 이런 면에서 시간은 단순히 흐르기만 하는 것이 아니라 현실에서 오염된 정신을 정화 시키는 기능도 한다. 우리가 아무렇게나 마구 살아온 현실, 그것이 축적되어 기억 속에 저장된 시간이 과거, 곧 흘러가버린 시간인데, 시인은 이 잊혀져 버린 시간을 원광으로 삼아 이것을 다시 용광로에 녹여서 영원한 가치를 추출해낸다. 시인은 현재가 줄 수 없는 잠재적 아름다움을 과거의 기억에서 찾아내어 작품으로 승화시킨다.

마르셀 프루스트M. Proust는 병과 고독에 갇힌 긴 세월, 1913년에 시작하여 1927년에 끝낸『잃어버린 시간을 찾아서』란 7부작 전15권의 소설을 통하여 현재로부터 과거의 세계로 돌아가고자 했다. 무질서한 현실의 시간 속에 존재했던 사건이나 인물, 사회 현상 등을 그 형체가 사라진 후, 기억을 통하여 재구성하여 보여주고자 했다. 이런 표현 욕구는 현재란 구체적 존재성이 사라진 후, 비로소 그 생의 본질이나 의미가 과거의 시간 선상에서 재음미가 가능해지기 때문에 생겨난다. 이런 면에서 과거는 현실의 다변적多變的이고, 무상無常한 성격을 초월한다. 프루스트는 이 소설의 의미를「여태껏 어둠 속에서 꿈틀거리다가 밝은 빛을 받을 수 있게 되고, 늘 뒤틀려오다가 이제야 진실한 과거로 되돌아온 인생, 요컨대 한 책을 통하여 이룩된 이 인생.」이라고 역설하고 있다. 이때까지 과거는 기억의 단층 어두운 구석에 잠복해 있다가 시인 또는 작가에 의하여 비로소 의미 부여, 또는 정화淨化의 빛을 받아 다시 태어나게 됨을 말하고 있는 것이다. 우리는 이런 유의 작품에서 생활의 현실 시간만을 쫓는 사람으로서는 느낄 수 없는 황홀감을 과거란 초시간성에서 얻게 된다. 그리하여 프루우스트는 「추억의 하나하나에는 영원한 그 무엇이 깃들여 있지 않을까 하고 나는 자문해 보았다. 내가 지키려고 한 것은 미래의 쾌락이 아니라 과거의 쾌락이 영원히 살 수 있는 권리였다.」라고 역시 같은 소설에서 강조한다. 이것은 인생, 또는 삶의 진실은 현실의 직접 체험을 뛰어넘는 기억에 의하여 인식되어 진다는 뜻으로 해석될 수 있는 발언이다. 삶의 의미나 생의 비경秘境은 현재의 시간으로는 파악되어지지 않는다. 다만 기억을 통하여 삶의 가치나 삶의 궁극적 경지가 재발견되어 진다는 의미다.

《현대시학》2007년 5월호에 발표된 尹錫山의 시들은 이상에서 말한 시간과 기억의 문제를 음미하게 했다. 「버스 스톱」이나 「그냥 서 있다」는 작품은 공히 어느 시점에 멈춰 선 시간대에서 불변의 영원성을 찾고 있다. 특히 「그냥 서 있다」 시에서는 "족히 백 수십 년은 됐음직한 느티나무 한 그루"가 "누구에게도 넉넉한 그늘,/ 그 품세 드리워 놓고 / 한여름 땡볕 속, 오늘도 그 자리 그냥 그렇게 서 있다."고 진술함으로써 느티나무 한 그루가 지니고 있는, 영원불변의 품성을 강조한다. 이것은 백 수십 년의 시간을 뛰어넘는 초시간적 존재에 대한 경외감을 표출한 것이기도 하다. 아무리 시간이 흘러도 과거나 현재나 똑같은 품성으로 그냥 그렇게 그 자리에 서 있을 수 있다는 것만큼 경이로운 것도 없을 것이다. 화자는 느티나무가 수많은 세월을 그냥 그렇게 서 있는 모습에서 불변의 영원성을 보고 있다. 이번에 발표된 尹錫山의 시들은 어느 시대나 있어야 되는, 변하지 않는 가치에 대한 향수를 근간으로 시간성의 의미를 환기시킨다는 점에서 흥미를 갖게 했다.

산문시 형태인 「버스 스톱」은 앞에서 언급한 시간과 기억의 내용에 「그냥 서 있다」는 시보다 더 구체적으로 다가가고 있다. 여기서 '버스'는 이 시의 내용과 연관 지을 때, 시간을 함의하는 말이 되고 그것이

'스톱'해 있다는 것은 화자의 의식이 과거의 어느 시간대에 머물러 있음을 뜻한다. 많은 시간이 흘러 시대는 급속도로 변하고 사회의식이나 가치관도 바뀌었는데 화자의 의식은 그 세월을 뛰어넘지 못하여 여전히 과거의 시간에서 방황하고 있음을 암시하는 제목이다. 가치관이 변하는 시대를 따라잡지 못하는 퇴행적 의식으로 해석될 여지도 있지만, 시 「버스 스톱」은 현재에서보다 과거의 시간대에서 체득한 인간관계에 더 많은 삶의 가치를 부여한다. 이 시는 기억의 단층을 더듬으며 과거 지향의 향수에 젖어 있다. 이 시는 요란하고, 이기적이며, 인간미 상실의 무정한 현대 문명. 그 가운데에서 순수하고, 인정이 넘쳤던 과거를 추억함으로써 참된 삶의 가치가 무엇인가를 반성하게 한다.

시 「버스 스톱」은 "나는 아직도 그때 그 거리에서 서성인다."는 문장으로 시작한다. 이 첫 문장은 화자의 의식이 현재 진행의 시간이 아닌, 과거의 시간, 기억에 자리 잡고 있는 어느 시간대에 머물러 있음을 말한다. 여기서 '그 거리'는 지금 눈앞에서 전개되고 있는 거리가 아니다. 기억 속에 자리하고 있는 과거 시점의 어느 '거리'다. 따라서 이 시 화자의 의식 선상에서의 시간은 기억의 단층을 끄집어 올리기 위하여 과거의 어느 시점에 멈춰 있다. 현재는 변하지만 과거는 기억의 단층에서 고정된, 불변의 모습으로 살아 있다. 현재성은 변하는 가치를 추구하지만 기억에 기반을 둔 과거는 불변의 가치나 아름다움을 추억하게 한다. 그래서 항상 현재는 현란하고, 혼란스럽고, 갈피를 잡기가 어렵지만 과거는 이미 시간에 의하여 정화되고, 그 가치가 정돈되어 있는 것이기 때문에 단순하고 아름답다.

이 시의 화자가 현재를 바라보는 시선은 어딘가 냉소적이다. 자판기나 휴대폰 같은 현대 문명의 이기들이 범람하는 편리한 세상, 「뜨거운 커피도 차가운 콜라도 콸콸 쏟아지는 신나는 세상」이지만 화자는 거기에 부화뇌동附和雷同하지 않는다. 그런 것들이 가치 있는 대상으로 여겨지지 않는다. 물질적 풍요를 말하는 화자의 어조에서 물질문화에 대한 거부감이 느껴진다. 이것은 물질만능주의와 같은 현재를 지배하는 사회적 가치관에 대한 비판의식의 발로다. 현재에 실망한 화자는 자연스럽게 과거로 기억을 더듬으며 시간 여행을 한다. 이곳에 있었지만 이미 사라진 '다방 귀거래'를 떠올리고, 그곳에서 차를 마시고 담배를 피우던 박목월, 김수영, 박두진과 같은 이미 작고한 시인들을 추억하며 문학 이데올로기와는 무관하게 시인이란 이름으로 함께 교감할 수 있었던 인간미나 문학예술에 대한 열정에 대한 향수에 젖는다. 여기서 "진보는 보수를 순수는 참여를 리얼리즘은 모더니즘을 서로가 아니라고 손사래치며 헤어진 겨울 거리"는 여러 시인들이 다방 귀거래에 모여 앉아서 창밖 세상을 함께 바라보며 시대를 공유하고 있는 모습과는 분명 다른 시대상을 반영한다. 세상은 변하고 있는 것이다. 그러나 이것이 서로를 인정하지 않는 현대인의 자기중심적 배타주의의 시대상을 함의하기도 하지만, 한편으로는 자기주장을 굽히지 않고 격렬하게 토론하던 열정을 함의하기도 한다. 그렇게 해서 뿔뿔이 헤어진 겨울 거리이지만, 많은 세월이 흐른 지금 화자는 "그때 그 거리가 그대로 저기 보이는 모퉁이쯤에서는 만날 수 있을 거라는 믿음을 버리지 못한다."고 진술한다. 여기서 "믿음을 버리지 못한다"는 것은 그만큼 과거, 그 시대에 대한 그리움이 크다는 것을 강조하는 어법이다.

　과거는 그리움의 대상이 된다. 그리움이란 정서는 항상 과거 지향성을 지닌다. 기억의 단층에 머물러 있는 그때, 그 인물이나 사건들은 이미 시간에 의하여 정화되고 의미 부여가 되어 있는 것이기 때문에 아름다운 모습으로 고정되어 있다. 그래서 과거는, 추억은 아름답다. 그때도 지금과 마찬가지로 부정하고 싶고, 버리고 싶으며, 고개를 돌리고 외면하고 싶은 갈등이 없었을 리 없지만 그런 것들은 애써 지워져 있다. 아니 그런 것들조차도 과거가 되어 기억의 단층에 있는 한, 아름다움이나 그리움의 정서로 변조되기 마련이다.

　"가난했지만 결코 남루가 아닌, 우리의 열정이 아직도 통금의 밤을 뜬눈으로 지새우며, 백열등 아래 앉아 있을 것 같은 밤"과 같은 진술에서 그때의 가난이 남루가 아닌 것으로, 그때의 일들이 뜬눈으로 지새운 열정으로 미화되어 있지만, 많은 시간이 지난 다음에 되돌아보는 과거로 윤색된 것이기에 그런 미화가 가능해진다. 사실 '가난'이나 '통금의 밤'이 암시하는 것처럼 그때의 시대적 상황은 암담하고 어두웠던 억압의 질곡이었을 것이다. 한 시라도 벗어나고 싶어서 몸부림쳤던 시대였지만 화자는 그 시대가 오히려 좋았다고 생각한다. 이유는 비록 가난했지만 자존심이나 지조를 지킬 수 있었던, 비굴하지 않은, 곧 남루가 아니었기 때문이고, 자유가 억압된 시대였지만 그것을 극복하고자 하는 열정이 있었기 때문이다. 이 말은 역으로 오늘 현재가 물질적으로는 풍요로운 시대지만 정신적으로는 너절하고 남루하기 짝이 없는 시대이고, 자유를 구가하고 안락한 삶을 꿈꾸는 시대이지만 열정이 사라진 시대로 진단하고 있음을 드러낸다. 어쩌면 남루하고, 열정이 사라진 화자 자신의 현재의 삶에 대한 자성의 목소리일 수도 있다. 여기서 화자는 '열정'과 '비굴하지 않은'의 뜻을 내포하는 '남루가 아닌 정신'을 시대를 초월하여 지켜야 될 영원불변의 가치로 상정想定하고 있음을 알 수 있다. 이 시의 화자는 남루한 삶이냐 아니냐, 또는 열정의 유무를 가치 척도로 과거를 긍정하고 현재를 부정하고 있다. 이 시의 화자가 「세월을 건너뛰지 못한 엉거주춤의 폼으로 광화문 네거리」에 그냥 그렇게 서 있을 수밖에 없는 이유도 바로 이런 과거와 현재에 대한 대조적인 인식의 차이 때문이다.

이 시 화자의 의식은 과거의 시간에 멈춰 있다. 현재로 세월을 건너뛰지 못한다. 그가 기다리고 있는 버스는 돌아오지 않는 버스다. 이미 가버린 과거의 시간이기 때문이다. 여기서 돌아오지 않는 버스를 기다린다는 것은 가버린 시간에 대한 향수에 젖어 있음을 뜻한다. 아무리 시대가 변하고 가치관이 달라져도 그의 의식은 변하거나 달라질 수가 없음을 함의한다. 이것은 앞에서 언급한 바처럼 항상 변하고 있는 시대정신을 따라잡거나 앞서가지 못하는 퇴행적 의식이다. 그러나 과거를 추억하는 의식 속에는 아무리 시대가 변해도 변하지 않는 아름다운 절대가치가 살아 있는 것이다.

시 「버스 스톱」은 과거의 시간으로 키를 돌려놓고, 기억의 단층을 더듬고 있다. 이것은 마르셀 프루우스트의 『잃어버린 시간을 찾아서』에서처럼 이미 사라진 과거의 가치를 되살리고자 하는 욕구에서 출발한다. 기억이란 안테나를 통하여 사라진 과거의 인물들이나 사건들을 포착하고, 그것들이 암시하고 있는 의미나 불변의 가치들을 음미하면서 현재의 삶을 반성한다. 나이를 먹으면 먹을수록 과거에 대한 향수는 더 깊어지고 그리움은 더 커진다. 살아야 할 시간보다 산 시간이 더 많아지면 우리는 어쩔 수 없이 과거 지향성이 될 수밖에 없다. 시간은 흘러가고 시대정신도 변하지만 우리 의식의 시간은 돌아오지 않는 버스를 기다리며 그 시간, 그 자리에 멈춰 서 있을 수밖에 없다. 시 「버스 스톱」은 이런 시간에 대한 인식과 과거를 추억하는 기억의 단층에서 발견되는 불변의 가치, 곧 비굴하지 않은 삶이나 열정 등과 같은 시대를 초월하는 삶의 가치에 대하여 재음미할 수 있는 계기가 되었다.

# 무소유의 시적 달관

## 赤身의 꿈

김신용


마당에 다람쥐 두 마리가 찾아왔을 뿐인데

찾아와, 잠시 놀다 갔을 뿐인데

맨발로 마당에 나가 팔 벌려 서 있고 싶어지네

그 赤身 위에도 새가 날아올 것 같아

새가 날아와 앉아, 한나절을 놀다 갈 것 같아

아, 두 팔 벌려 맨발로 나무처럼 서 있으면

한낮의 고요 또한 푸르게 푸르게 잎 나부낄 것 같아

너와 나 사이, 끊긴 정관 이어져 맑은 물줄기의 길이 열릴 것 같아

푸른 잎사귀가 마른 뺨에서도 돋아나네

푸른 엽맥의 눈이 발끝에서도 돋아나네

또 그렇게 서서 새가 날아올 때까지 피 말리고 살 말리다 보면

마음 또한, 산 뻐꾸기 울음소리도 무거워 제 가지 뚝 부러뜨린다 해도

맨발로 마당에 나가 팔 벌리고 서 있고 싶어지네

겨우 다람쥐 두 마리가 마당을 찾아왔을 뿐인데

찾아와, 잠시 놀다 갔을 뿐인데

— 김신용 시집 『도장골 시편』 중에서

김신용은 80년대 후반 등단할 무렵부터 문단의 주목을 받았던 시인이다. 80년대는 산업화의 과정에서 소외되고, 권력에 의하여 억압받았던 민중의 삶이 문학적 관심으로 떠올랐던 때이다. 김신용의 등장은 그런 시대 상황과 맞물려서 민중시, 노동시의 한 전범을 제시한 것으로 평가되기도 했다. 그만큼 그의 초기 시는 민중의 삶에 밀착된 리얼리즘 시의 성향을 드러냈다. 그러나 민중시로 읽혀지는 상당수의 시들이 이데올로기에 매몰되는 이념 지향성을 가지고 있었는데 비하여 김신용의 시는 노동의 현장성이나 빈자의 삶을 구체적으로 형상화하는 데 초점이 맞추어져 있었고, 그것이 곧 시적 설득력으로 인정될 수 있었다. 그의 시가 소외된 계층의 삶을 그리고 있으면서도 민중해방을 역설하는 현실 고발이나 저항 의지, 계도성을 앞세운 민중시의 일반적

현상에서 일탈할 수 있었던 것은 자기에게 주어진 삶의 멍에를 수용하고자 하는 정신 때문이었을 것이다.

김신용 시인은 스스로에게 닥친 각박한 현실에서 그것을 부정하거나 그런 현실의 아픔으로부터 해방되기 위하여 몸부림치지 않는다. 주어진 삶에서 온몸이 깨지는 아픔을 겪으면서도 그것을 운명으로 받아들이고, 그 안에서 희망을 찾으려 했다. 삶 자체가 시의 에스프리요, 시의 동력이 된다는 것은 그리 흔한 일이 아니다. 김신용 시인의 시에는 항상 그가 직접 체험하고 겪은 구체적 삶이 등장한다. 문제는 그런 삶에 대응하는 태도인데, 김시인은 현실의 아픔이나 고통스러운 삶의 모습을 그리면서도 그것을 거부하거나 도피하지 않았다. 이런 수용적 태도는 그의 삶이나 시 쓰기의 과정이 도행道行과 일치하게 된다. 오늘날 그의 시에서 이런 도道의 경지를 발견하게 되는 것도 김신용 시인의 그런 삶의 태도와 무관치 않을 것이다.

그의 첫 시집 『버려진 사람들』을 통해서 나에게 주입됐던 김신용 시인의 시에 대한 선입관은 무참하게 무너졌다. 최근에 간행된 김신용의 개인 시집 『도장골 시편』은 노동시의 범주를 뛰어넘는 정신의 경지를 함유하고 있다. 처음에는 첫 시집과 이 시집 사이의 간극이 논리적으로 채워지지 않아서 꽤 당황했다. 노동의 현장에서 깨지고 아파하던 사람이 많은 세월이 지난 어느 날 갑자기 자연과 물아일체가 된 도인으로 변신하여 내 앞에 나타난 셈인데, 굶주린 노동자와 세상사를 달관한 도인이 좀체 해서 하나로 겹쳐지지가 않았다. 그러나 그의 시에 일관하게 흐르는 정신은 그에게 주어진 어떤 악조건의 상황이라도 자기 삶으로 수용해 왔다는 사실이다. 그의 시의 기저에는 고통스럽게 살아가고 있는 변두리 하층민의 삶을 자기 삶으로 받아들이는 수용의 정신이 있었다. 젊은 시절 불가항력적으로 그렇게 살 수밖에 없었던 한계상황에서 그가 취한 이런 시적 태도에 주목할 필요가 있다. 그의 시 정신은 그런 질곡의 삶 속에서도 세계에 대하여 결코 적대적이 아니었다는 점이다. 어쩌면 이런 삶의 태도가 아픈 현실을 정신적으로 극복할 수 있는 힘이 됐을지도 모른다. 그렇다면 그의 고통스러운 삶이나 그것을 시로 그려 가는 과정은 깨달음의 도를 얻기 위한 고행이 된다.

> 짐보다 빈 지게 위의 허공이 더 무거운 날
> 고난처럼 후미진 청계천 뒷길 따라
> 막다른 골목에 이르면 거기 춘심이네 집
> 마치 둥지처럼 아늑한 불빛이 고여 있었지
> 막아선 담벼락엔 지게 서로 몸 포개 기대어 있었고
> 그 지게를 닮은 사람들, 노가리를 대가리 째 씹으며
> 술청인 좁은 부엌에 서서 막걸리를 마실 때
> 춘심이는 부뚜막에 앉아 바느질을 하곤 했었지
>
> ―「청계천 시편 3」 앞 부분

여기서 과거 시에 해당하는 「청계천 시편」의 한 부분을 인용한 이유는 김신용 시의 과거와 현재를 동시에 보기 위해서다. 소재적 측면에서 시집 『도장골 시편』과는 상당한 거리가 있다. 「청계천 시편」은 '짐보다 빈 지게 위의 허공이 더 무거운 날'로 표상되는 가난한 삶의 극한에 처한 자들의 일상을 그리고 있다. 절망적 삶을 살아가고 있는 소외된 변두리 계층의 일상을 구체적으로 그려 보여 준다. 그러나 시집 『도장골 시편』은 '다람쥐', '담쟁이', '딱따구리' 등 수 많은 자연물들이 중심 소재로 등장하면서 자연 친화의 달관적 시 세계를 그리고 있다. 물론 여기에서도 가진 것이 없는 무소유의 삶, 빈자의 삶이 시의 배경에 있다. 그러나 과거의 시에서처럼 시대에서 소외된 사람들의 고통이나 아픔은 상당히 지워지고 그 자리에 정관靜觀의 마음이 들어서 있다. 이제 그는 삶의 고통으로부터 해방된 것일까? 언뜻 세상사를 초탈한 선사

로 변모한 김신용 시인을 『도장골 시편』에서 읽는다. 그러나 나는 김신용 시인이 등단할 무렵 나를 찾아와 던져주었던 그의 첫 시집 『버려진 사람들』이 클로즈업되면서 이 시간차의 간극에 어떤 연결고리가 있는가를 두고 고민했다. 시간적으로는 20년의 사이인데, 강산도 두 번은 변할 시간이니까 김신용 시인도 인생관이나 세계관에 엄청난 변화가 있을 수 있는 것이 아닌가 하고 치부해버릴 수도 있었지만 나의 결벽증은 그것을 허락하지 않는다.

그의 시에 일관되게 흐르는 정신이 무엇인가를 두고 한동안 사색에 잠겼다가 그는 그에게 주어진 삶을 거부하거나, 부정하거나, 저항하지 않았다는 사실에 직면한다. 자의적이든, 타의적이든 그는 그를 얽어맸던 삶의 굴레로부터 탈출하기 위하여 몸부림치기보다 수용의 생존방식을 고수해왔다는 사실이 눈에 들어왔다. 주어진 삶, 그것이 나락이었든, 극락이었든, 관계없이 온 몸을 던져 살아온 긍정의 결과가 오늘의 이런 시적 경지에 들어서게 된 것이 아닌가 싶다. 그때나 지금이나 그는 똑 같이 빈자의 삶을 살고 있다. 젊었을 때는 가난이 고통이었지만은 오늘에 와서는 그것이 오히려 초탈한 눈으로 세계를 정관할 수 있는 힘이 된다는 역설을 본다. 김신용 시인의 무소유의 삶, 한때는 그것이 고행의 삶이었지만 지금은 세속으로부터 해방된 달관의 삶으로 승화되고 있다. 어쩌면 이때까지의 고통의 삶은 해탈의 정신, 곧 도를 얻기 위한, 자기 살을 깎는 도정道程이 아니었던가 싶기도 하다.

시 「赤身의 꿈」 역시 자연과 더불어 사는 청정한 삶에 대한 희원을 노래하고 있다. 자연물과의 조화를 꿈꾸며 사는 삶, 자연과 더불어 이루는 화음의 세계에 대한 동경을 이 시는 희원의 어조로 진술한다. 이 시대로 말하면 다람쥐, 새, 나무, 그리고 화자가 함께 공유하는 무릉도원 같은 삶의 이상향을 시인은 꿈꾸고 있는 것이 된다. 이 시에서 시적 모티브가 되고 있는 것은 "잠시 놀다 갔을 뿐"인 "다람쥐" 두 마리다. 여기서 다람쥐는 화자로 하여금 나무처럼 서 있고 싶도록 한 존재다. 이것은 자연과 일체가 된 청정한 삶을 일깨우는 계기로 작동한다. 어느 날 집의 마당까지 찾아들어온 두 마리의 다람쥐를 보고 화자는 "맨발로 마당에 나가 팔 벌려 서 있고 싶어진"다고 말한다. 세상과 등지고 산골에 접해 살고 있는 적적한 삶에 잠시지만 끼어든 두 마리의 다람쥐가 화자는 맨발로 마중하고 싶을 정도로 반갑다. 동시에 그들과 삶을 함께하기 위하여 나무처럼 팔 벌리고 서 있고 싶다. 그렇게 하면 다람쥐가 오랫동안 이곳에 머물게 될 것이란 발상이 깔려 있다. 한술 더 떠서 다람쥐의 붉은 몸 위에 새까지 날아와 놀 것 같은 착각을 한다. 그런데 이 시에서 주의를 끄는 것은 "잠시 놀다 갔을 뿐"이란 진술이 여러 번 반복하여 강조되고 있는 점이다. 이것은 잠시 놀다 가버린 다람쥐에 대한 아쉬운 심정을 대변하기도 하지만, 깨달음의 순간성, 곧 견성의 찰나를 암시 한다. 동시에 자연 친화의 삶에 대한 간절한 소망을 강조하는 화법이 되기도 한다.

이 시에서 시상의 중심축 기능을 하는 것은 "맨발로 나무처럼 서 있으면" 하는 구절이다. 여기서 '맨발'은 무소유를 함의한다. 그냥의 '나무처럼'이 아니고 맨발이어야 하는 이유는 소유 욕망으로부터 인간 스스로 자유롭지 못하면 자연과 진정한 교감을 기대할 수 없기 때문이다. 또한 이 시에서 '나무'는 모든 자연물이 만나는 통로다. '너와 나 사이'를 이어 주는 연결고리다. 그래서 화자는 나무처럼 서 있고 싶어 한다. 그래서 만물이 화자를 매개로 서로 제동하는 세계를 꿈꾼다. 그때 "끊긴 정관 이어져 맑은 물줄기의 길이 열리고" "푸른 잎사귀가 마른 뺨에서 돋아나고" "푸른 엽맥의 눈이 발끝에서도 돋"을 것이라고 생각한다. 이것은 자연물들이 서로 화합하고, 만물제동萬物齊同하여 열리게 되는 생명의 황홀한 비경에 해당된다. 이 시의 화자는 이런 자연과 물아일여物我一如가 되고 싶어 한다. 그러나 그것이 그렇게 쉬운 것은 아니다. 그래서 화자는 "새가 날아올 때까지 피 말리고 살 말리다 보면" 그런 세계가 가능할 것이란 희망을 갖는다. "새가 날아올 때"란 자연과 주객일체가 된 정신

세계에 들어선 견성의 순간일 것이다. 그러나 무릇 세상만사 희생 없이 이루어지는 것은 없다. 자연과 일체가 되는 삶을 얻기 위해서는 "피 말리고 살 말리는" 고통이 따른다. 자기를 희생하는 인고의 과정을 거치지 않고 이런 정신적 결실에 들어설 수는 없다. 자기멸형自己滅型이 곧 도를 얻는 첩경이다. "산뻐꾸기 울음소리도 무거워 제 가지 뚝 부러뜨린다 해도"는 그런 도정道程의 고통을 말한다. 그러나 화자는 그런 고통까지도 끌어안고, 참고 견디며, 인내의 결실로 얻어진 도의 경지에서 살고 싶어 한다.

김신용 시인은 이제 현실 초월의 세계로 들어섰다. 그의 세계에 대한 긍정적 삶이 현실의 고통을 뛰어넘어 무욕의 세계, 청정의 정신세계로 진전되고 있다. 자기 의지의 선택이었던, 불가항력적으로 어쩔 수 없이 받아들일 수밖에 없는 선택이었던 간에 그의 일생에서 일관해 온 무소유의 삶이 결국 세상사를 달관 하여 자연과 대면하고 동화할 수 있는 힘으로 성장하게 했다는 생각을 갖게 한다. 시집『버려진 사람들』에서 시집『도장골 시편』으로 오기까지 그의 고통스러운 현실적 삶은 끊임없이 시 정신을 갈고 닦는 시적 사유와 맞물려 있었다. 이 양 시집 중간에 시집『환상통』이 있었다는 것을 나는 기억한다. 김신용 시정신의 궤적을 이해하는데 있어서 이 또한 빼놓을 수 없다.『버려진 사람들』이 소외된 계층의 고통스런 삶, 곧 사회성과 근거리에 있었다면『환상통』에서는 그 고통이 내면화되어 나타난다. 고통에 대한 성찰이 보인다는 뜻이다. 이것은『도장골 시편』의 달관의 정신세계로 상승하기 위한 필연적인 수순으로 다가온다.

시집『도장골 시편』에서 김시인은 이제 더 이상 괴롭고 고통스러운 빈자가 아니다. 그런 육신의 고통을 극복하고 자연에 동화된 정신의 극점에 도달한 느낌이다. 자연에 다가간 삶을 살면서 면밀히 관찰된 자연을 통하여 생명의 이치를 깨닫는다. 그리고 거기에서 생명의 끈질긴 힘을 발견하고 또한 거기에 동화되어 자연과의 조화로운 삶을 꿈꾼다. 그렇게 하여 얻은 달관의 힘은 어둠에서 뿜어내는 빛줄기와 같은 경이로운 시의 세계를 열어 보인다. 그는 혜안을 가지고 사물과 사물의 관계나 사물의 깊은 이면을 꿰뚫어 보면서, 때로는 견성의 일갈을 하고 있다. 그는 과거 고통스러웠던 삶의 중심에서도 그것을 긍정적으로 끌어안는 애정의 힘을 가지고 있었다. 그런 삶에서도 삶의 의미를 찾고자 했던 끈질긴 애정의 힘이 지금은 자연과 생명의 생태에 대한 관찰의 힘으로 격상하고 있다. 그 힘으로 생명의 경이나 신비, 삶의 지혜를 터득한다. 그의 이런 깨달음의 도정은 그의 시를 청정淸淨의 정신 세계로 이끈다. 무소유, 무욕과 같은 달관의 정신이 자연과 만남으로서 그의 시는 더욱 맑고 투명한 빛을 발하고 있는 것이다.

# 유종인의 「해바라기 밭에서」

해바라기 얼굴에 여름이 다녀갔다.
살면서
가래침 한 번 속시원히 뱉지 못하고
그녀가
주근깨 가득한 그녀가
저무는 해를 따라갔다

그녀를 놓친 가을날
까마귀 떼 지어 날고 지평선 향해
하나둘 해바라기가 쓰러진다

밀짚모자 주인의 외낫질에
다리가 풀린 해바라기가
제 그림자를 끌어안고 한 고개 넘어 간다

멀리 가려고 묶여있던 발목이여
발목을 잡고 기둥을 세운 望樓의 꽃이여
들쥐에 얼굴 파 먹히는 날들은 오히려 청명하나
까마귀 떼 울음소리 얼굴에 대신 심어놓고
저승으로 팔자를 고친 그녀가 떠오른다
청맹과니처럼 캄캄하게 떠오른다

T.S.Eliot(엘리엇)은 유명한 「전통과 개인의 재능」이란 글에서 구조화 된 정서를 역설한다. 시는 개성의 표현이 아니라 개성으로부터의 도피 이고 그러기 위해서 시는 특수한 매개체 즉 시적 상관물에 의하여 정 서가 함축되거나 구조화되어야함을 주장한다. 유종인의 「해바라기 밭 에서」는 시의 구조적 측면에서 엘리엇의 이런 주장에 근접되어 있다. 시의 등가물等價物로 해바라기가 등장하고 있고, 여기서 해바라기는 단 순한 자연물이 아니라 시인의 개인적 체험과 정서를 객관화시키기 위 한 계산된 장치로서의 역할을 한다. 이 점에서 이 시의 형식은 매우 고 전주의적이다. 그만큼 서정을 바탕에 두고 있으면서도 시의 운용방식 이 주지적이다. 낭만주의처럼 직설적으로 감정을 해방시키거나 분출 시키는 것이 아니라 해바라기란 시적 상관물에 내면화시킴으로써 감 정의 폭발을 억제시킨다는 점에서 그렇다. 이 시가 필자의 관심을 끈 이유가 바로 여기에 있다.

이미 말한 바처럼 이 시에서 해바라기는 단순한 자연물이 아니다. 시 인의 정서가 배어있는 유정화된 사물이다. 이 시는 과거에 사별한 여 인에 대한 추억 또는 그에 대한 그리움이나 한을 형상화하기 위하여 해바라기를 매개물로 삼는다. 이 시대로 말하면 해바라기밭에서 죽은 여인을 떠올린다는 것인데. 여기까지는 누구나 흔히 경험했거나 할 수 있는 성질의 것이기 때문에 대수로운 것이 아니다. 이런 경험 내용들 이 어떤 방법으로 시에 수용되고 구조화되는가에 따라 시적 전달력의 획득 또는 시의 성패가 결정된다고 볼 수 있다.

이 시에서 해바라기는 관조적 대상도 아니고, 관찰의 대상이거나 즉 물적 대상은 더욱 아니다. 시에서 흔히 객관적 진술, 또는 묘사의 대상 으로 등장하는 사물과는 전연 다른 성질의 것이다. 이 시에서 해바라 기는 저승으로 간 그녀와 등가等價관계에 있으면서 그녀를 생각하며 처 절한 감정에 젖어 있는 화자의 정서를 환기시키는 지렛대 역할을 한다 는 점에서 하는 말이다. 엘리옷의 말처럼 정서를 구조화한 것이 한 편의 시라고 했을 때, 그 구조를 떠받치고 있는 중심 기둥이 이 시에서는 해바라기다.

　그렇다면 죽은 그녀와 해바라기가 등가관계로 동거할 수 있는 근거는 무엇인가? 이 시에서는 향일성向日性이 양자의 연결고리가 되고 있다. 첫째 연에서 이런 연결고리의 근거를 제시한다. 그녀의 죽음이 "저무는 해를 따라갔다"로 형상화되는 순간, 향일성을 축으로 해바라기와 그녀는 동일 대상이 된다. 해바라기가 그녀고 그녀가 곧 해바라기다. 그러고 보면 "주근깨 가득한 그녀" 역시 씨가 총총히 박혀 있는 해바라기의 이미지와 중첩된다. 이로써 그녀와 해바라기는 불가분리의 관계로 묶인다. 어떻든 그녀인 동시에 해바라기인 시적 대상은 〈여름〉으로 표상되는 고달픈 삶 또는 병고에 시달리다가 "가래침 한 번 속시원히 뱉지 못하고" 한스럽게 저세상으로 갔다는 것이 1연의 진술 내용이다. 진술의 이면에 그녀에 대한 화자의 한이나 비애의 감정이 있음은 물론이다.

　2연은 그녀가 죽던 날의 처절한 정경을 형상화하고 있다. 그녀의 죽음을 "그녀를 놓친 가을날"에서 "놓친"으로 표현함으로써 그녀를 저승으로 보낸 허전한 마음 곧 마음의 빈자리를 읽게 한다. 동시에 지평선을 향해 쓰러지고 있는 해바라기 이미지의 내면에는 통곡하고 있는 처절한 화자의 감정이 숨어 있다. 3연에서는 그녀를 데리고 간 운명에 대한 원망이 주 정서를 이룬다. 여기서 "밀짚모자 주인의 외낫질"은 표면상으로는 해바라기를 쓰러뜨리고 있는 존재이지만 내면적으로는 그녀를 저승으로 데리고 간 저승사자다. 그런 측면에서 "다리 풀린 해바라기가/제 그림자를 끌어안고 한 고개 넘어 간다"는 진술은 저승으로 가고 있는 그녀의 모습을 이미지화한 것으로 볼 수 있다.

　이 시의 마지막 연은 시상 전개상으로 보았을 때, 매우 반전적이다. 이때까지 해바라기는 죽은 그녀와 동일시되어 왔는데, 어느 결에 해바라기는 그녀와 분리되어 독자적 본성을 드러내면서 오히려 그녀를 그리워하고 있는 화자의 정서와 결합되어 있다. 이런 해바라기의 위치

변화에 따른 시적 변용은 시의 구조를 입체화시키는데 일조한다. 따라서 이 시에서 해바라기는 저무는 해를 따라간 진술의 대상(그녀)과 그런 그녀를 바라만 보아야 하는 진술의 주체(화자)를 함께 함의하게 된다. 진술의 주체와 객체란 상반된 양면을 동시에 드러내는 지렛대 역할을 해바라기가 하고 있는 것이다. 그럼으로써 정서를 분산시키지 않고 집중시켜 감정의 굴곡을 극대화하는 방향으로 시적 효과를 발휘하고 있다.

해바라기가 상반된 양자와 자연스럽게 동거할 수 있는 근본 바탕은 역시 해바라기의 향일성이다. 해바라기가 "망루의 꽃"으로 명명될 수 있는 근거도 여기에 있다. 동시에 죽어가고 있는 그녀를 붙잡고 싶으나 잡을 수도 없고 그렇다고 따라갈 수도 없기에 넋 놓고 바라만 보며 망연히 그 자리에 못 박혀 서 있는 화자의 이미지와 겹친다. "발목을 잡고 기둥을 세운 망루의 꽃"은 이런 화자의 거의 애원에 가까운 처절한 내면을 반영한 것이다. "까마귀 떼 울음소리 얼굴에 대신 심어놓고"에서 "까마귀 떼 울음소리" 역시 화자의 이런 내면의 정서와 "주근깨 가득한 그녀"에서 변주된 해바라기의 이미지가 동시에 겹친 중의적 표현이다. 이렇게 처절한 심정으로 그녀를 바라만 보아야 하는 화자는 이제 그녀가 원망스러운 대상으로 변한다. 그녀에 대한 원망의 극한에서 화자는 "들쥐에 얼굴 파 먹히는 날은 오히려 청명하구나"와 같은 역설적 진술을 하게 되고 한술 더 떠서 "저승으로 팔자를 고친 그녀"로 비약한다. 이런 역설적 진술은 가슴에 묻고 있는 그녀에 대한 한을 역으로 드러낸다. "청맹과니처럼 캄캄하게 떠오른다" 역시 화자의 그런 절망의 심정을 반영한 것이다. 이상에서 한 편의 시가 체험 내용이나 정서를 어떻게 조직하고 구조화시키는가를 살펴본 셈이다. 이 작품에서는 해바라기를 정서의 등가물로 하여 사별의 한, 비애, 허전함, 그리움, 처절한 절망 등의 정서를 구조화하고 있다.

이 시를 읽으면서 나는 김소월을 떠올렸다. 시의 내용만을 들여다보면 김소월의 「초혼」을 연상시킨다. 그만큼 이 시는 우리나라 전통시에 맥이 닿아 있다. 한, 원망, 그리움과 같은 우리 민족의 보편적 정서를 노래하고 있다는 점에서도 그렇다. 그렇지만 이 시를 김소월의 시와 동류의 자리에 놓을 수는 없다. 「초혼」을 놓고 비교해 보면 그 경계가 분명해진다. 상실의 미학이란 측면에서는 경계가 모호해 지지만 정서를 구조화하는 진술의 방법, 즉 형식의 면, 시상을 끌고 가는 시 문법의 차원에서는 엄청난 차이가 있다. 김소월의 「초혼」은 거의 직설법과 영탄법에 의존하여 감정을 분출시키고 있는 평면 구조다. 이 점에서 「초혼」은 감상적 낭만주의에 속한다. 그러나 유종인의 「해바라기밭에서」는 이미 말한 바처럼 해바라기란 정서의 등가물을 중심축으로 정서를 구조화하여 진술함으로써 감각적이고, 입체적이며, 지적이다. 엘리옷이 역설한 정서의 구조화란 명제를 따르고 있다는 점에서 신고전주의적인 입지에 놓인다. 정서가 입체화 감각화 되어 독자에게 전달된다는 점에서도 김소월의 「초혼」과는 구별된다. 이 시를 읽으면서 전통적 정서의 현대적 수용, 또는 변용이란 관점을 다시 한번 생각하게 되었다. 그리고 시의 방법적 자각이란 측면에서 「초혼」에서 진일보한 것으로 필자는 이 시를 읽었다.

# 부조리한 일상의 절망

**복잡한 관계**

노준옥


그녀보다 밥을 좋아하는 남자 x와

밥보다 그녀를 좋아하는 남자 z 사이에 앉아

역시 소문자인 그녀 y는 밥을 먹는다


한 다리는 밥에 걸치고 한 다리는 그녀에게 걸친 남자 j와

디에도 밥을 걸치지 않고 허공에 뜬 마술사 남자 h를 앞에 두고

미끈한 그녀 q는 두 다리를 쭉 뻗어 스트레칭을 하고 있다


벽화 속으로 들어가버린 남자 v와

시간을 깡그리 암기해버린 남자 m을 시계처럼 벽에 걸고

실어증의 그녀 s는 종일 자판을 두드린다

– 시집 『모래의 밥상』 중에서


전후 절망의 시대를 배경으로 부조리문학이 본격적으로 대두되었다.
카프카의 『변신』, 『심판』, 알베르 까뮤의 『이방인』, 『오해』, 『전락』, 『시

지프스 신화』 그리고 싸르트르의『구토』,『무덤 없는 死者』, 희곡인 베케트의『고도를 기다리며』와 이오네스코의『대머리 여가수』등이 발표되면서 부조리문학은 20세기 문학의 하나의 큰 흐름을 형성한다. 부조리문학은 기존의 전통문화와 문학의 본질적 신념이나 가치에 대한 반발에서 출발했다. 이치에 맞지 않는 비합리적이란 뜻과 우스꽝스럽다는 뜻을 동시에 지닌 부조리absurd란 말은 인생이나 세계에 대한 절망적 인식을 대변한다. 인간은 낯선 세계에 던져진 고립된 존재이고, 세계에는 인간적인 진리나 가치, 또는 의미가 없으며, 인생은 무에서 출발하여 무로 끝난다는 철학을 바탕에 두고 있다. 인간은 세상에서 삶의 목적과 의의를 찾으려고 하지만 자신의 존재 이유를 찾지 못하고 결국 엉뚱한 것, 부조리함을 깨닫게 된다는 것, 인간 존재의 무의미함, 인간과 세계 사이에는 의사소통이 불가능함, 인간 의지의 무력함, 인간의 야수성, 물질성, 비생명성 등을 역설적으로 나타내고 있는 것이 부조리문학이다.

부조리문학의 창시자들은 이 세계에 절대적 가치나 질서가 존재하지 않는다고 말한다. 만약에 어떤 질서가 있다면 그것은 허위와 타협과 비열의 속악한 질서뿐이라고 강변한다. 예술가는 환상과 기만을 경계하면서 내적 성찰의 역할을 담당해야 함을 역설하기도 했다. 이미 세계를 인간화하는 데 실패한 현대인들은 신도 희망도 잃어버리고 순응주의나 이상주의를 따를 수도 없는 황량한 세계에 노출되고 말았다. 영웅에 대한 열망이나 서정적 감동을 기반으로 한 격정적이며 낭만적인 문학의 시대는 이제 위기에 봉착한 것이다. 여기서 인간은 어떤 갈증에 목을 태우며 고독의 사막을 헤매게 된다. 프랑스 실존주의 작가 알베르 까뮈의「이방인」은 이런 인간의 사막을 그리고 있다. 하급 셀러리맨의 일상을 통하여 세계는 권태롭기 그지없으며, 끝없이 반복되는 지리멸렬한 삶이고, 어떤 부조리한 힘에 의하여 움직이는 존재의 허상으로 채워졌음을 드러낸다. '부조리에 대한 시론'이란 부제가 붙은『시지프스 신화』에서 까뮈는 "별안간 배경이 무너지는 수가 있다. 기상, 전차, 사무실이나 공장에서 네 시간, 점심, 전차, 또 네 시간의 노동, 저녁, 잠자리, 이리하여 같은 리듬으로 월, 화, 수, 목, 금, 토……누구나 이런 행로를 매일 반복한다. 그러나 하루는 기어이「왜?」란 물음이 떠오르고 만다."고 진술한다. 이것은 자기를 위하여 존재하지 않는 세계에 대한 의문, 반복되는 일상의 권태와 무의미함을 말한 것이다. 이렇게 인간과 세계의 관계가 부조리하다는 인식은 역설적으로 삶을 있는 그대로 수용하려는 절망적인 태도를 갖게 한다. 싸르트르가『무덤 없는 死者』에서 "희망은 해독이다"라고 말한 것도 세계의 부조리함에 대한 철저한 절망적 인식과 삶에 대한 태도를 반영한다. 절망은 환상 없이 세계를 인식하는 데서 파생되는 감정이다. 절망한다는 것은 결국 세계와 자아 사이의 부조리 관계를 깨닫는다는 뜻이다.

노준옥의 첫 시집『모래의 밥상』에는 현대의 부조리한 일상적 삶이나 거기에 격렬하게 반응하는 자아의 내면을 형상화하고 있는 시편들이 상당수 있다. 표제시인「모래의 밥상」을 비롯하여「오후 네 시에 해야 할 일」,「자장가」,「아플 때가 되었다」,「비빔밥에 대한 반성」,「이화 여인숙」,「타이핑」,「슬픔의 경로」,「그녀의 위치」등등. 노준옥의 시에서 일상의 세계는 서로 이완되어 있거나 모순의 관계로 얽혀 있다. 어떤 일관된 질서가 존재하지 않는다. 절대적 윤리관이 지배하지 않는다. 도덕으로부터 방치된 적나라한 자아의 내면을 꾸미거나 가식화하지 않고 드러낸다. 노준옥의 시는 어떤 가치관을 내세워 재단하거나 감정의 과잉을 드러내지 않는다. 때로는 비정할 정도로 일상의 인간관계를 감정의 개입 없이 병치한다. 고립과 소외의식으로 점철된 현대 소시민의 삶, 쉽게 수긍할 수 없는 삶의 모순을 모순화법으로 진술하기도 한다. 모순화법은 부조리한 일상의 세계를 형상화하는 데 유용한 시적 전술이 되고 있다. 노준옥 시에서 희망이나 꿈은 사막화된 일상의 삶에서 모래알처럼 파편화된다. 여기에서 노준옥 시의 배후에 존재하는 절망을 읽게 된다.

　시 「복잡한 관계」에서도 현대인의 일상적 삶이 얼마나 기계적이며, 메마른가를 보여준다. 현대인의 모래알처럼 파편화된 인간관계를 단순명료하게 진술하는 배후에 화자의 냉소적인 현실인식이 있다. 시의 제목 '복잡한 관계' 역시 비속화한 인간관계의 현대적 풍토를 시사한다. 일견 복잡하게 얽혀 있지만 사실은 진정성이 박탈된 현대인의 삭막한 의식과 자가당착의 모순된 인간관계를 이 시는 표출한다. 이 시에서는 남녀를 알파벳 소문자로 익명화하여 등장시키고 있다. 알파벳 소문자가 암시하는 것은 보잘 것 없는 소시민일 것이다. 타성화된, 맹목적으로 일상의 삶을 영위하는 왜소한 의식의 현대인을 표상한다. 소문자는 영웅적 의식과 소시민을 대조적으로 강조하는 효과가 있다. 그리고 그들이 맺고 있는 복잡한 인간관계가 얼마나 우스꽝스럽고 무의미한가를 이 시는 보여주고 있다. 블랙 유머black humour를 유발하는 반어적 언어 진술은 어긋난 인간관계의 부조화를 극명하게 드러낸다.

　이 시는 y, q, s로 명명된 세 여자가 각각 두 남자 사이에 존재하는 관계를 윤리관의 개입 없이 현상학적으로 제시한다. 1연에서 여자 y는 남자 x와 z 사이에서 밥을 먹는다. 남자 x는 그녀보다 밥을 더 좋아하고 반대로 남자 z는 밥보다 그녀를 좋아한다. 이 양자 사이에서 그녀 y는 시소게임을 하고 있는 셈이다. 여기서 '밥'이 경제력이나 부를 상징하는 것으로 보면 결국 돈과 사랑 사이에서 방황하고 있는 현대인의 부박浮薄한 행태나 의식구조를 풍자하고 있는 것이 된다. 그녀 y가 이 양자 사이에서 밥을 먹고 있다는 것은 결국 몸은 물질적 실리를 따라 x곁에 있으면서도 채워지지 않는 사랑의 갈증 때문에 정신은 z를 갈망하고 있는 현대인의 이중성, 왜곡된 의식을 행간에 담고 있다. 2연에서는 남자 j와 h 앞에서 미끈한 다리를 가진 그녀 q가 스트레칭을 하고 있다. 남자 j의 의식은 '밥'이란 경제적 실리와 '미끈한'이 암시하는 매력적인 여자 q 사이에 양다리를 걸치고 있다. 또 다른 남자 h는

'어디에도 발을 걸치지 않은' 순수하지만, 다른 한편으로는 "허공에 뜬 마술사"다. 이것은 비현실적인 환상을 쫓는 경제적 무능력자를 암시한다. 그러나 그는 여자의 감정을 마음대로 조정할 줄 아는 마술사다. 여자 q는 이 두 부류 앞에서 미끈한 몸매로 유혹의 날을 세우고 있지만 어딘가 공허하다. 이 들 삼각관계에는 필연적인 절박감이 없다. 진정성 없이 얽혀 있는 인간관계의 한 풍속도일 뿐이다. 그 흔한 드라마틱한 삼각관계도 아니다. 그들 사이에는 어떤 절대적 도덕률이 지배하는 질서가 없다. 그저 저울질하며 방황하는 현대인의 뜬 구름 같은 의식이 있을 뿐이다. 뿌리 내리지 못하고 부평초처럼 떠있는 남녀관계의 허상이 자리한다. 3연의 내용은 남자 v와 m을 벽에 걸고 그녀 s가 "종일 자판을 두드린다"는 것인데. 여기서 v와 m은 죽은 남자다. "벽화 속으로 들어 가버린 남자"가 벽에 걸린 영정과 관련이 있고, '시간을 깡그리 암기해버린 남자'가 인생을 다 살아버린의 의미를 내포한다고 보았을 때, 이 두 남자는 공히 이 세상 사람이 아니다. 결국 여자 s는 그들 영정을 안고, 또는 그들에 대한 추억 속에서 자판을 두드리는 일상의 삶에 갇혀 있다. 그녀 s가 '실어증'에 걸려 있다는 것은 소통불능의 일상적 세계에 드디어 노출되었음을 말한다. 현대의 인간관계는 죽은 자와 대면하고 있는 것과 같은 소통부재의 고독한 삶임을 암시하기 위한 트릭으로 읽혀지기도 한다. 따라서 자판을 두드리는 s의 행위에는 절실한 감정이나 열정이 없다. 매일 반복 되는, 무의미하고, 무미건조한 일상의 맹목적인 관성만 있을 뿐이다. 이시는 세 개의 연으로 구성되어 있다. 각 연마다 각기 다른 인물들이 등장하여 각기 다른 삼각관계를 말하고 있다. 표면상으로는 그렇다. 그렇지만 이 세 연이 삼각관계를 축으로 내용을 확장해 가는 점층적 구조란 것을 염두에 두면, 등장하는 9명의 인물은 3명의 변형된 다른 모습을 형상화하기 위한 의도적인 인물설정이란 생각이 든다. 즉 y는 q와 s로, x는 j와 v로, x는 h와 m으로 연에 따라 이름을 달리하지만 시간이나 상황 변화에 따른 동일 자아의 변형된 의식을 표상하기 위한 명명이다. 그리하여 시 전체가 시간적 존재로서의 인생을 말한 것이 되고, 인생은 사람들이 그렇게 내세우는 신의나 사랑과 같은 윤리적 가치 덕목과는 무관한 채, 이완된 인간관계 속에서 방황하다가 무로 돌아가는 과정임을 역설적으로 표현한 것이 된다.

　노준옥 시인의 상당수 시들은 이렇게 부조리 철학의 관점에서 세계를 인식하고 있다. 비생명, 비인간적인 사막의 세계에서 고독과 불통의 자폐증을 앓고 있는 인간 존재의 근원적 부조리에 대한 인식은 비극적 절망을 낳는다. "배꽃은 없어도 이화여인숙 불꽃은 밝데"(「이화여인숙」), "천 년 동안 무릎에 앉혀 밥을 떠먹여줘도/ 넌 배가 고프고/ 넌 웃지 않을 거야"(「모래의 밥상」), 또는 "당신의 몸에 나를 밀어 넣고/ 당신의 마음에 내 몸을 새겨 넣으려는// 안간힘"(「타이핑」) 등 노준옥의 시는 세계와의 부조화 속에서 신음하고 있는 절망적 자의식을 드러낸다. 간혹 그의 언술에서 아이러니와 냉소적인 감정이 번쩍이기도 한다. 프랑스 반연극anti-theatre의 희곡작가 이오네스코는 카프카에 대한 논문에서 "종교적, 형이상학적, 초월적 근원에서 끊긴 인간은 길을 잃었다. 인간의 모든 행동은 무의미하고, 부조리하며, 무용하다."고 했다. 노준옥의 시 역시 바로 그런 인간관, 세계관에 뿌리를 두고 있다는 생각을 그의 첫 시집『모래의 밥상』을 읽으며 했다.

# 시의 수사학에 대하여

## 칼집

신정민


단단한 생밤에 칼집을 낸다
화로 위에 올려놓은 흠집 난 밤이
툭! 벌어지며 노란 속내를 드러낸다
영락없이 활짝 웃는 입이다

그의 손목에서 칼집의 흔적을 본 적이 있다
한때 단단한 생밤이었던 청춘
단단한 것이 부드러워지려면
저렇게 칼집을 넣는 것
그의 따뜻한 눈빛과 부드러운 말투는
흠집 깊은 그가
세상 이리저리 뒹굴며 한바탕 잘 구워진 것

제 몸에 붉은 피가 흐른다는 것을 처음 보았을 것이다
시계 줄로 감춘 상처에 대해

왜, 라고 묻지 않는 것은 그에 대한 나의 예의다

늦은 밤 불 꺼진 방에 홀로 들어서는 것이 제일 싫다는 그가
알토란 같은 자식 낳고 한번 잘 살아보겠다던 그가
툭! 불거지며 샛노란 속내를 드러낸다

그가 웃는다
웃는 것이 우는 것보다 낫단다
잘 구워진 밤 한 봉지 받아 들고
칼바람 부는 거리를 걷는다
집으로 가는 동안 내가 익는다

– 《시와 사상》 2009년 가을호

고대 그리스 시대는 수사학rhetoric에 대한 관심이 주로 웅변술에 맞추어져 있었다. 아리스토텔레스가 수사학을 '어떤 특정된 상황에서 설득하기 위하여 동원할 수 있는 모든 방법을 발견하는' 기술로 정의한 것도 웅변술을 염두에 두고 한 말이다. 수사학은 아테네의 소피스트들이 설득의 기술을 가르치기 위해 정립한 학문이다. 수사학은 이렇게 청중을 설득하는 기술적 방법으로 여겨져 왔다. 그런데 플라톤이 소피스트의 수사학을 이성에 의존하는 것이 아니라 감성에 의존하고 감정을 동요시키는 데에만 주력함으로써 대중 선동가를 양성한다며 배척했다는 사실은 흥미 있는 일이다. 그의 이상국가에서 시인 추방론을 내세운 것도 이 연장선상에서 이해될 수 있기 때문이다. 그에게 있어서 수사학은 학문이 아니라 감정의 동요를 통해 인간의 행위에 영향을 끼치는 비도덕적 행위로 간주되었다. 그러나 17세기 초까지 살았던 영국의 철

학자 프랜시스 베이컨은 수사학이 논리학과 비슷한 정도의 중요성을 갖고 있다고 보았다. 그가 보기에 논리학은 지성의 영역에 속하는 반면 수사학은 상상의 영역에 속한다. 베이컨은 수사학의 임무가 마음을 움직이기 위해 이성을 상상에 적용하는 데 있다고 생각했다. 문학 역시 전적으로 설득의 양식은 아닐지라도 상상력을 기반으로 마음을 움직이는 기능을 수행한다는 점에서 수사학과 지근거리에 있을 수밖에 없다. 따라서 문학작품에는 수사의 원리가 늘 작동되어 왔다. 독자를 상대로 감동을 이끌어내기 위하여서 시인은 언어 기술의 효과적인 방법을 연구하고 동원한다.

시에서 전통적으로 사용해온 수사법은 비유의 방법이었다. 시는 곧 메타metaphor로 인식될 정도로 비유의 방법은 시의 기둥이 되어왔다. 문제는 이 비유가 얼마만큼 참신하냐에 따라서 시의 효과와 전달력이 달라진다는 점이다. 비유는 사물 사이의 관계를 드러내기 마련인데, 이때 누구나 알고 있는 상식화 된 인식은 시적 효과를 반감시킨다. 특히 혼합은유mixed metaphor는 종류가 다른 두 개 이상의 은유 매체들을 결합시키는데 A와 B 사이에 있을 수 있는 불일치를 예민한 감수성으로 극복하지 못했을 때, 시는 맥이 빠지게 된다. 두 사물 사이의 유사성에 대한 시적 인식은 과학적 진실과는 무관하더라도 시 안에서 어떤 공감을 이끌어내지 못했을 때는 그 비유가 공소해지기 마련이다. 야콥슨은 결합과 선택이라는 언어의 두 양상과 관련하여 수사학을 설명한 바 있는데, 이 양상과 연관 있는 은유와 환유는 언어를 생성하는 가장 본질적인 수사에 해당한다. 서정시에서 은유는 단순히 시를 장식하는 수준에 머물지 않는다. 그것을 사용하는 작가의 세계관과 결합되어 있기 때문이다. 자아와 세계 사이의 정서적 동일성을 통해 사물의 관계를 인식하는 서정시는 본질적으로 은유를 사용하게 되어 있다. 서정시는 자아와 세계가 유리되지 않은 이상향을 꿈꾼다. 사물들과 자아가 교감하는 서정적 동일성을 획득하는 일은 서정시의 오래된 꿈이었다. 시에서 이런 서정적 동일성은 은유적 세계관으로 표출된다.

《시와 사상》가을호에 발표된 신정민의 몇 시들은 사물들의 관계를 재배치하는 혼합은유의 패턴을 보인다. 신정민의 시들은 우리가 흔히 목격하거나 겪었을 생활 체험들이 그 바탕에 있다. 이 생활 체험들을 예술적 체험으로 승화시키기 위하여 비유의 수사법을 동원한다. 양식상으로 보았을 때, 생활적 체험은 일상적 체험이고 예술적 체험은 미적 체험이면서 재현적 체험이다. 현대에 와서 이 양자의 관계를 분리하려는 경향이 있다. 자본주의 문명에서 발생한 결과인데. 이런 분리는 결코 본질적인 것이 아니다. 과거로 거슬러 올라갈수록 예술은 생활과 밀착되어 있었다. 생활 체험이 예술의 양식으로 재현되는 과정에서 미적 체험이 자리하게 되는 것이다. 시에서의 미적 경험은 체험의 내용들이 재구성되는 과정에 개입하는 수사적 힘에 의존하는 바가 크다. 시적 재능이란 결국 누구나 겪을 수 있는 생활 체험들을 직설적으로 진술하는 데 있지 않고, 그것을 미적으로 재구성하는 수사적 능력과 유관하다. 서정시인은 현실에서 목격하고 경험했던 여러 잡다한 이질적인 사물들 사이에서 동일성을 발견하고 그것을 시의 틀 속에 재배치하는 천부적인 능력을 가진 자다.

신정민의 신작시 중 「칼집」은 칼집을 매개로 시적 대상인 '그'를 '밤'과 동일선상에 배치하고 있다. 일종의 혼합은유를 구사하고 있는 것인데, 이 시에서 '밤'에 대한 진술이나 '그'에 대한 진술을 따로 떼어놓고 보면 이것들은 일상의 생활 속에서 흔하게 겪는 단면일 뿐이다. 그러나 전연 이질적인 영역에 있었던 사물인 '밤'과 사람인 '그'가 시 안에서 동일한 관계로 묶여 제시됨으로써 대상에 대한 시적 인식은 경이감이란 미적 공감으로 확장된다.

우리는 생밤에 칼집을 내어 화롯불에 구워 먹거나 그런 장면들을 목격한 적이 흔히 있다. 껍질이 툭 벌어지며 노랗게 익은 밤알이 드러날 때의 환희, 그 감정을 이 시에서는 "영락없이 활짝 웃는 입"으로 의인화하여 표현한다. 그러나 여기까지는 일상적인 생활 체험의 한 단면을 제시한 것에 불과하다. 1연의 밤에 대한 진술은 2연부터 등장하는 '그의 손목에 난 칼집'을 말하기 위한 전제다. 생밤을 굽기 위하여 낸 칼집과 험난한 지난날의 삶을 암시하는 그의 손목에 난 칼집은 분명 이질적인 것이다. 그런데 시인은 이 양자 사이에서 동일성을 발견함으로써 새로운 시적 의미를 창조하게 된다. 칼집이 그저 험난한 역경만을 암시하는 관용적 인식으로부터 벗어나 단단한 것이 부드러워지기 위한 숙련의 과정, 성숙하기 위하여 필연적으로 겪어야 되는 통과의례란 의미를 더 부여받게 된다. 그가 "따뜻한 눈빛과 부드러운 말투"로 대변되는 원만한 인격을 갖기까지 겪었을 인고의 의미를 함의한다. 무릇 사물들은 수많은 흠집을 몸에 새기면서 원숙한 경지에 이르게 된다는 삶의 이치를 이 시는 말하고 있는 것이 된다.

생밤이 노랗게 익기 위해서 칼집을 내어야 했던 것처럼 인간의 삶도 그와 동일하다는 인식을 바탕으로 화자는 '그'에 대한 깊은 이해와 애정을 드러낸다. 그럼으로써 시적 대상인 '그'와 그를 비유하는 사물인 '밤'과 이를 말하는 화자 사이에 정서적 교감을 이루게 된다. 이때부터 시적 표현들은 양자를 동시에 포착하는 혼합 이미지들을 생산해낸다. "한 때 단단한 생밤이었던 청춘" 아라든지 "흠집 깊은 그가/ 세상 이리 저리 뒹굴며 한바탕 잘 구워진 것" 또는 "알토란같은 자식 낳고 한번 잘 살아보겠다던 그가/ 툭! 불거지며 샛노란 속내를 드러낸다"와 같은 표현들이 그 예다. 이것은 '밤'과 '그'의 동일성을 축으로 시상을 전개한 혼합 은유의 결과로 등장하는 이미지들이다. 여기서 '생밤'은 세상 물정 모르고 날뛰던 '그'의 젊은 시절과 결합되어 있다. 그 연장선상에서 칼집을 남길 정도로 고통스러웠던 삶의 과정은 밤이 구워지는 과정으로 이해되고, "샛노란 속내"는 드디어 부드럽게 잘 익은 밤알이면서 그가 "따뜻한 눈빛과 부드러운 말투"를 갖게 된 원만함의 의미를 동시에 지니게 된다.

이 시에는 '그'를 바라보는 화자의 따뜻한 감정이 덤으로 들어 있다. 그의 웃음을 보며 "웃는 것이 우는 것보다 낫단다"고 역설적으로 진술하는 화자의 마음에는 어느덧 그를 포용하는 연민 같은 깊은 애정이 담겨 있다. 이것은 자아와 타자 사이의 화해를 의미한다. 화자가 타자인 '그'에게 동화되고 있다는 뜻이다. 앞에서 자아와 세계 사이의 정서적 동일성은 서정시가 오랫동안 꿈꾸어왔던 것이라고 했다. '밤'과 동일 축을 이루었던 '그'는 어느덧 화자와 동일 축을 이루며 교감하는 시적 경지에 도달한다. "잘 구워진 밤 한 봉지 받아 들고/ 칼바람 부는 거리를 걷는다/ 집으로 가는 동안 내가 익는다"는 이 시의 마지막 3행은 자아와 타자, 그리고 비유어인 '밤'까지 시의 공간에서 동일성으로 묶여 서로 동화하고 있음을 나타낸다. "내가 익는다"의 마지막 구절은 화자까지 대상과 정서적으로 교감하고 있음을 함의한다. "칼바람"으로 암시되는 험난한 세파도 그런 동질감의 회복을 통하여 극복되고 있다.

이상에서 살펴본 바와 같이 신정민의 시「칼집」은 동일성의 미학을 바탕으로 하는 은유를 통하여 전통 서정시의 본류에 합류한다. 일상생활에서 접했던 사물들이 살아 있는 존재가 되어 자아와 정서적으로 교감하며 서정시의 근원에 도달하고 있다. 문제는 자아와 대상 사이의 관계 단절을 경험하고 있는 현대에서 전통 서정시의 방법론인 동일성을 바탕으로 한 은유의 수사학이 얼마나 유효한 시적 수단이 될 수 있는가 하는 점이다. 자아와 세계는 단절의 깊은 수렁에서 헤어나지 못한다. 현대는 서정적 동일성의 해체와 은유적 세계관의 붕괴를 경험하는 와중에 있다. 아방가르드의 시나 포스트모더니즘에서는 전통적인 이런 시의 수사에 대해서 회의적이다. 은유보다는 환유 쪽으로 수사가 기울어져 있다. 환유적 세계관에서 정서적 통일성은 무의미하다. 초현실주의의 무의식의 세계는 질서정연한 통합의 논리보다 분열의 미학을 더 강조한다. 현대의 많은 실험시들이 서정시의 해체에 몰두하고 있다. 이에 따라 시의 수사법도 다양하게 변화한다. 시인은 항상 새로운 상황에 맞는 새로운 수사법을 모색하기 마련이다. 그런가 하면 한쪽에서는 은유적 동일성의 상실을 개탄하며 이의 회복을 역설한다. 서정적 동일성을 회복해야 한다고 주장하는 그들은 어쩌면 분열과 과잉의 자의식이 난마처럼 얽혀 범람하는 이 시대에서 시의 유토피아를 꿈꾸는 자일지도 모르겠다. 은유의 시적 질서에 대한 향수에 젖어 있는 주장이라고 폄하할 수도 있다. 신정민은 시 「칼집」을 통하여 서정시가 꿈꾸는 이런 시의 이상을 실현하려고 한 것일까? 그런데 같은 지면에 발표된 신정민의 다른 시 「트라이 앵글」이나 「ᄊ 또는 ㅎㅎ」에 오면 그에게 있어도 세계는 만만하게 동화될 수 있는 그런 대상이 아니다. 그는 내가 누군가란 질문을 타자에게 던지지만 세계는 대답이 없다, 오히려 그들은 나를 집어삼키려 한다. 이때 세계는 사막이 될 수밖에 없다. 사막으로 인식되는 세계는 자아와 타자가 단절된 부조화의 세계이다. 단절의 의식에서 "주먹만 한 돌멩이가 나를 관통"하는 깨어지는 아픔이 자리하고 있다는 것은 동일성을 바탕으로 한 은유적 세계관으로부터 그가 이미 이탈하고 있다는 증거다.

# 생명, 또는 세계에 대한 관용의 시학

토마토

최정란


어머니가 내 머리 위에 물을 뿌리네

어서 자라라 착한 아기야

네가 자라야 내가 떠나지

텃밭에 토마토가 자라고

줄기에 주렁주렁 언니들이 매달리고

꽃이 겨우 떨어진

나는 연못 쪽으로 뿌리를 뻗네

사람은 집 한 채를 지어봐야

❶ 한 편의 시를 말한다 · 51

세상 물리를 안단다

지붕이 낮은 아버지가 말씀하시네

곧 빨간 기와를 올릴 거야

일기장에 토마토만 한 무덤이 생기네

　　　　　　　　　　　　　　 – 《시와 사상》 2007년 봄호에서

　후기 자본주의 시대를 살고 있는 우리들은 거대 자본의 어둔 그늘 아래서 지금 신음 중이다. 자본의 위세에 눌리고, 억압되고, 끌려다니면서, 우리들의 삶은 지금 피투성이가 되고 있다. 한쪽에서는 양극화 운운하며, 사회 위기를 역설하고 있고, 사회 곳곳에서는 계급간, 지역간. 세대간에 대립과 갈등이 증폭되고 있다. 물질의 팽창은 끝없는 욕망을 부채질하고, 채우지 못한 욕망은 마음의 균열을 가지고 온다. 결핍과 부재의식 속에서 휘청거리게 한다. 산업화니, 정보화니 하는 이 시대를 지배하고 있는 자본주의의 담론들은 재화만을 위한 무한경쟁의 마당으로 몰고 간다. 여기서 인문 정신의 위기가 역설될 수밖에 없고, 휴머니즘은 설 자리를 잃을 수밖에 없다.

　오늘날의 많은 젊은 시인들은 이런 시대의 벽과 박 터지게 싸우고 있다. 거칠고 난폭한 언어로 광기를 드러내는가 하면, 전통과 규범 그리고 권위에 도전하면서 비꼬고 야유하기를 서슴지 않는다. 부성 또는 남성과 같은 이때까지 우리 사회를 지배해 왔던 지배 이데올로기의 상징들은 그들에 의하여 적나라하게 베껴지고, 희화화되고, 무참하게 찢겨졌다. 자유분방함을 앞세워 거침없이 쏟아내는 파열음들은 세계에 대한 부정과 분열 그리고 갈등을 노정한다. 그런가 하면 결핍과 부재의식, 또는 죽음과 같은 비극적 감정에 매달려 있는 젊은 시인들도 있다. 이 또한 파편화된 세계에 대한 부정적 인식의 결과다. 이런 시의 현상들은 후기 자본주의의 모순과 간극에서 비롯된 어쩔 수 없는 결과로 볼 수도 있다.

그런데 최정란의 시는 이런 시의 흐름에서 빗겨 서 있다. 유독 세계와의 화해를 모색하고 있다. 생명의 끈질긴 힘에 대한 경외감, 또는 그것을 둘러싸고 있는 세계에 대하여 섬세하고, 따뜻한 시선을 거두지 않는다. 그만큼 세계에 대하여 긍정적이다. 2003년 국제신문 신춘문예에 당선되어 등단한 시인이니까 아직은 신예다. 같은 또래의 동 연대 시인들이 도전적이고, 자기 분열적이며, 난폭한 패기와 자유분방함으로 인기몰이를 하고 있는데도, 그런 시류에 동참하지 않는다. 톡톡 튀거나, 시선을 끌기 위한 위장된 제스처도 보이지 않는다. 묵묵히 조용한 시선으로 자연현상과 인간관계, 그리고 그 의미를 들여다보고 있다. 이런 시작 태도는 너그러움, 관용의 미덕에서 비롯된다. 관용적 태도가 자칫 생경한 윤리관을 드러내기 십상인데, 최정란의 시는 그런 함정에 빠져 있지도 않다. 이 말은 그의 시가 미적 구조, 시의 형상화에 충실하고 있다는 뜻이다.

시 「토마토」는 어조가 담담하고, 톤도 아주 낮게 다가온다. 다정다감한 마음결이 느껴진다. 이 시가 그리는 세계는 인간의 삶이다. 태어나서 길러지고, 독립된 개체가 되기까지 가족 구성원간의 따뜻한 인간애가 토마토란 시의 매개물을 통하여 이미지화되고 있다. 성장 과정에서 겪었을 불화와 아픈 상처들은 화자의 관용의 정신에 용해되어 드러나지 않는다. 젊은 시인답지 않게 인생을 관조하고 있다는 느낌마저 든다. 40대가 불혹의 나이라고는 하지만 현대의 삶에서 40은 한창 일할 나이이고, 자기 자리를 찾기에 아직 바쁜 시기다. 그런데 이 시의 화자는 벌써 너그러운 마음으로 대상을 보고 있다. 어쩌면 천성적으로 관용의 정신이 몸에 배어 있는 것인지도 모른다.

시「토마토」는 형식상 연구분이 없다. 하지만 내용상 네 개의 단락으로 나뉘어진다. 일종의 기. 승. 전. 결 구조로서 시상 전개의 균형감을 유지한다. 첫째 단락(1행~3행)은 어머니가 토마토의 머리 위에 물을 뿌리는 행위를 통하여 자식이 자립적 개체로 빨리 성장해 주기를 바라는 부모의 마음과 노고를 표현한다. "네가 자라야 내가 떠난다"는 진술은 그런 의미를 더욱 부연하고 있다. 따라서 첫째 단락은 자식에 대한 부모의 애정을 형상화한 것으로 볼 수 있다.

둘째 단락(4행~7행)은 이런 부모의 배려로 생명이 태어나고 성장하는 과정을 형상화한다. 특히 이 단락은 이미지 위주의 진술을 하고 있어서 시적 함축미가 가장 살아 있는 부분이다. 여기서 '텃밭'은 가족의 생활공간, 가정을 암시한다. 따라서 "텃밭에서 토마토가 자란다"는 것은 가족의 울타리, 가정의 보호막 안에서 인간 개체의 삶이 시작되고, 성장한다는 의미를 내포한다. "줄기에 주렁주렁 매달린 누나" 역시 부모의 보호 하에 존재하는 자식들의 이미지다. "꽃이 겨우 떨어진/나는 연못 쪽으로 뿌리를 뻗"는다는 표현은 이제 겨우 자아의식이 형성되어 가족의 울타리 바깥으로, 곧 세계를 향하여 의식이 열리는 시적 자아의 정신적 성장과 맞물려 있다. "꽃이 겨우 떨어진"은 "이제 겨우 작은 열매를 맺게 되는"의 의미를 역으로 내포하고, 동시에 인간의 내면적 성장을 위한 허물벗기의 의미로도 받아들여지기에 이런 해석이 가능해진다.

셋째 단락(8행~10행)은 아버지가 말하는 형식을 빌려 세상을 살아가는 이치에 대한 깨달음을 진술한다. "집 한 채를 지어봐야/ 세상물리를 안다"는 경구는 그만큼 집짓기가 어렵다는 뜻이거나, 험난한 세파를 경험한 자만이 세상을 살아가는 슬기를 터득한다는 의미이지만, 이 시에서는 그런 의미의 전달보다는 아버지가 들려주는 경험담이나, 경구를 통하여 시적 자아의 내면이 더욱 성숙해지고 있음 쪽에 더 무게가 실려 있다.

그리하여 마지막 단락(11행~12행)은 독립된 개체로 성장한 시적 자아가 부모로부터 분가하여 비로소 세상에 홀로 서게 됨을 암시한다. "곧 빨간 기와를 올릴거야"는 그런 의식의 반영이다. 부모의 보호막에서 벗어나 자립의 길, 세상을 홀로 개척해야 하는 험난한 여정으로 들어섰음을 함의한다. 여기서 "빨간 기와"는 토마토에서 연상된 색채 이미지로서 분가하여 새 가정을 이룬다는 의미로도 읽혀진다. 이 시의 끝행 "일기장에 토마토만한 무덤이 생기네"는 부모로부터 독립하여 세상을 살아가는 일이 결코 순탄한 길이 아님을 함축한다. 세상을 살아가는 매일 매일의 일상이 상처와 아픔을 새롭게 경험하는 과정, 또는 죽음으로 가는 길임을 환기시키는 이미지로 볼 수 있다.

이 시에서 우리가 주목하는 것은 이렇게 인간사를 말하고 있으면서도 섣불리 직설적으로 생경하게 드러내지 않는다는 점이다. 토마토란 시적 매개물을 통하여 가족 구성원, 부모 형제의 관계가 형상화되고 있다. 그러니까 시의 표면에 등장하는 토마토는 단순한 자연물로서의 존재가 아니라 삶의 의미를 암시하는 기재로서의 역할을 한다. 이 시에서 가지에 주렁주렁 매달려 있는 토마토는 부모 슬하에서 부모의 배려와 애정의 세례를 받아 성장하고 있는 형제자매를 함의한다. 그럼으로써 화목한 가정의 모습을 연출하게 되는데 시로 읽히게 되는 이유가 바로 여기에 있다. 시인이 말하고자 하는 바가 이런 여과 과정, 곧 형상화의 과정을 성공적으로 통과하지 않으면 시로 읽혀지기가 어렵다. 대개 형상화에 성공한 시란 비유의 적절성, 정당성이 확보되었을 경우를 염두에 두고 말할 때가 많다. 가령 같은 지면에 발표된 정 영의 시 「멍을 토하는 자들 1」 역시 그리는 세계가 「토마토」와는 반대쪽에 있지만 거의 같은 시적 방법으로 감동을 준다.

울컥, 멍을 토하는 바지락들이

자신의 이름을 부른다

나는 먼 수평선을 향하여 내 이름을 부른다

애인이 왔나 싶어

구멍에서 삐죽이 솟는 눈빛들

애인이 아니구나 싶어

구멍에서 삐죽이 새어나오는 짠 바다

- 「멍을 토하는 자들 1」 첫째 연, 《시와 사상》 2007년 봄호

이 시에서는 삶에서 상처받은 자의 아픔이나 절망을 형상화하기 위하여 "바지락"을 내세운다. 시의 표면에는 바지락의 움직임이 의인화되어 나타나고 있지만 그 이면에 화자의 비극적 감정이 숨어 있다. 이 연에서 "짠 바다"가 "울컥, 토하는 멍"의 이미지와 중첩되어 버림받은 자의 아픔을 형상화하게 되는 이유도 바로 이런 시의 구조 때문이다. 최정란의 시에서는 '토마토'가 '바지락'과 같은 기능을 한다. 정 영의 시에서는 '바지락'의 위상에 해당하는 사물이 몇 개 더 있어서, 시 전체가 중층 구조로 되어 있는 반면, 최정란의 시는 '토마토' 한 사물을 중심축으로 한 단선적 구조로 이루어져 있다는 점, 그래서 화자의 목소리가 낮게 전달된다는 점이 형식의 면에서 다르다면 다르다. 어떻든 시의 경향이나 내용이 전연 다른 데도 시를 형상화 하는 방법에 있어서 이런 유사성이 있다는 것은 시를 이해하는데 시사하는 바가 크다.

이렇게 시 「토마토」는 인간의 성장 과정을 이미지로 표현하고 있다. 거기에다 화자의 낮은 톤과 겸허한 어조가 곁들여져서 따뜻한 정감을 행간에서 느끼게 한다. 이것은 가족애와 같은 휴머니틱한 정신이 시의 배후에 있음을 뜻한다. 성장 과정에서 있을 법한 가족 간의, 또는 세대 간의 갈등이 드러나지 않는다는 것은 그만큼 시인이 관용의 정신으로

세계를 끌어안고 있기 때문이다. 오히려 10행에서 가정의 기둥인 아버지를 "지붕이 낮은 아버지"로 형용하고 있는데, 이것은 가장으로서 가족을 이끌며 힘들게 살아온 아버지에 대한 연민의 감정을 담고 있는 표현이다. 여기서 "지붕이 낮은"은 "결코 사회적으로 성공하지 못한"의 뜻을 내포한다. 따라서 가족의 욕구를 충족시켜 주지 못한 무능력한 아버지에 대한 비판 내지 불만, 또는 부성 콤플렉스가 표출될 법도 한데, 그것은 애써 지워져 있다. 이런 연민의 태도야 말로 세계를 너그러움으로 포용할 수 있는 미덕이 아니겠는가?

그러나 이런 시 정신이 오늘의 시대와 맞물려 힘을 가질 수 있는지는 의문이다. 모순덩어리의 거대한 후기 자본주의 사회에 적응하지 못하여 깨지고, 부서지는 상처투성이의 비명이 범람하고 있는 현실에서 이런 시 발성법은 자칫 잘 들리지 않을 수도 있다. 제자리를 찾지 못하고 탁류에 휩쓸려 가버릴 위험이 농후하다. 고성이 오고 가는 난장판에서 섬세하고 다감한 화해의 목소리는 묻혀버리기 십상이다. 그렇지만 부정적 세계관이 넘치는 현대란 어지러운 현실의 한쪽에서 휴머니틱한 인간애를 강조하는 섬세한 목소리가 아직 살아 있다는 것만으로도 다행이 아니겠는가?

# 속도에 갇힌 현대인의 의식풍경
### - 김예강의 「백밀러」를 읽고

이태리의 시인 F. T. 마리네티(Marinetti, 1876~1944)는 20세기 초에 속력과 도시, 그리고 폭력과 기계를 예찬하는 반 교양적이고, 무정부주의적인 미래파 선언서를 내놓는다. "우리들은 세계의 영광이 새로운 쾌속의 미에 의하여 세워진 것을 선언한다. 폭발적인 숨을 내쉬는 자동차, 산탄散彈을 타고 내닫는 것 같은 고함지르는 자동차는 사모트라케의 승리보다도 더욱 아름답다."(미래파 제1선언서 제4항. 파리의 Le Figaro 紙. 1909. 2. 20)고 말한 이 선언서에는 현대가 속도의 시대가 될 것을 이미 예고하고 있다. 그리고 그들은 19세기의 모든 전통에 대하여 격렬하게 반항하고, 예술을 통하여 미래의 다이내믹한 삶을 표현하려고 했다. "우리는 위험에 대한 사랑, 에너지와 대담성의 습관을 노래하리라"고 한 마리넷티의 이 흥분한 말속에는 속도를 예찬하는 자동차주의의 정신이 들어있다. 그 이후 현대의 삶은 경쟁적으로 속도에 매달려 왔다. 이미 자동차는 우리의 생활에서 뗄 수 없는 부분이 되어 삶은 지배하고 있다. 남보다 더 빨리 가고, 더 빨리 성취하고자 하는 욕망은 현대 도시적 삶의 지상 목표가 되고 있다. 그러나 삶의 진정성과는 무관하게 우리의 의식은 속도의 노예가 되고 있다. 속도와 경쟁을 부추기는 현대의 삶에서 인간성은 자코메티의 조각 형상을 닮아가고 있는 것이다. 이 시점에 와서도 마리네티가 속도를 예찬하는 입장에 있을 수 있을지는 의문이다. 그만큼 속도에 갇힌 현대의 인간 정신은 날로 피폐해지고 있다. 자동차의 질주하는 소용돌이에 열광했던 마리네티이지만 자동차의 홍수, 틈새에서 속도에 매달려 있는 현대인의 의식풍경, 앞뒤가 막힌 듯한 도로 위의 시간 선상에 맥없이 노출되어 있는 현대인의 내면을 들여다보았다면 그도 아마 경악하지 않을 수 없었을 것이다.

《부산시인》 2007년 봄호에 발표된 김예강의 신예특집 시들은 이상의 관점에서 필자의 눈길을 끌었다. 이 지면에 발표된 김예강 시들의 공간은 노상이다. 그것도 한적한 낭만의 시골길이 아니고 미로처럼 복잡하게 얽힌 도시의 차도이거나 인도다. 따라서 그의 시적 정서는 어느 한적한 공간에 정착한 안정되고 평온하며 안락한 분위기, 또는 향수를 불러일으키는 정서와는 거리가 멀다. 김예강 시의 화자는 인도를 걷고 있거나 차도를 달리고 있다. 그는 차를 몰고 출근하거나 퇴근한다. 그런데 마리네티가 열광했던 속력의 쾌감은 없다. "몸속 창자의 한 구간 같은" 8차선 도로를 달리고 있는 차 안에서 「너무 커진 꽃」의 화자는 스스로를 "이국의 땅"으로 명명한다. 이것은 화자와 세계와의 불화를 암시한다. "자꾸 길이 막히고 있는" 출퇴근길의 차 안에서 화자는 아네모네, 히야신스, 엉컹퀴, 앵초, 도라지 같은 이름을 불러보지만 이것들은 화자의 의식에서 겉돌고 있는 자연물일 뿐이다. 따라서 친화의 대상이 될 수 없다. 지겨움이나 졸음을 쫓기 위하여 떠올려 본 대상일시 분명하다. 출퇴근이란 도시의 일상적 삶과 거기에 순응하지 못하고, 미로처럼 얽힌 도로 위에서 공전하고 있는 자기 내면의 타자의식을 이 시에서는 "이국의 땅"으로 명명하고 있는 것이다. 그렇다면 김예강 시의 화자는 차 안에 갇혀 있는 존재이고, 차 바깥 세계를 동경하고 있지만, 현실적으로 악수할 수 없는, 세계와 단절되어 있는 닫힌 의식 공간에 있다. 그 의식 공간에서 화자는 몽상을 통하여 세계를 재구성하고 있고, 상상력으로 닫힌 현실과 열린 몽상의 세계를 묘하게 접합시키고 있다. 시 「너무 커진 꽃」의 마지막 시행 "나는 아직 차 안에 있다"는 진술은 이런 갇힌 현실 의식을 확인시켜 준다. 어떻든 김예강 시의 화자들은 도로 위에 있고, 차 안에 있으며, 달리고 있다. 마리네티가 그렇게 예찬했던 자동차 문화의 한복판에 있다. 그런데 그가 그렇게 열광했던, 질주하는 쾌속의 아름다움은 김예강의 시에서 찾아지지 않는다. 오히려 그 속도가 시적 자아와 세계와의 관계를 가로막고 있고, 그의 의식을 가두고 있으며, 자아분열과 같은 자기모순의 함정에 빠져 있게 한다. 100년 전 자동차에 대한 맹목적 열광이 오늘날 일상화된 자동차 문화에 비춰 봤을 때 얼마나 헛된 꿈이었던가를 그의 시는 시사하고 있다. 다음에 인용하는 시 「백밀러」는 자동차의 속도감을 형상화하고 있다는 점에서 마리네티를 떠올렸지만 시를 지배하고 있는 정서는 그 반대쪽에 있다.

〈보고 싶다〉 라는 붉은 풍경이 휙 지난다
〈보고 싶지〉 않다 라는 푸른 풍경이 휙 지난다


브러쉬 끝에 앉은 시리거나 따듯한 눈발
당신이 띄운 암호인 저 눈발은 읽어지지 않는 상형문자
유독 하나인 언어를 휘갈기고 있는 눈발 다시 글 읽기에 열중하는 나
무들


〈보고 싶다〉라는 선그라스가 휙 스친다
〈보고 싶지〉 않다 라는 구두가 휙 스친다


점점 시리거나 점점 더 따듯해지는 점점 더 심한 낙서를 하는 눈발


〈보고 싶다〉
〈보고 싶지〉 않다


붉거나 푸른 풍경을 달래고 따라 오는 뒤로 앉은 아스팔트

4차선의 풍경을 머플러처럼 휘날리며 집요하게 달라붙는 가벼운 아
   스팔트

– 「백밀러」 전문

시 「백밀러」에서 화자는 자동차를 몰고 달리고 있다. 눈발이 날리고 있는 도로에서 쾌속의 질주를 하고 있는 셈인데 화자는 별로 즐거워 보이지 않는다. 질주하는 차 안에서 그는 휘파람을 불거나 신나서 콧노래를 부르고 있는 것도 아니다. 시에서 속도의 경쾌감은 느껴지는데 화자의 내면은 세계와 내통하지 못하는 단절된 의식을 보인다. 화자는 핸들을 잡고 계속 백밀러를 주시하고 있다. 그렇지만 거기서 인식되는 내용은 어떤 의미가 있거나 가치 있는 그 무엇이 아니다. 그냥 지나치는 풍경들. 그 속에는 보고 싶었던 것도 있고 보고 싶지 않았던 것도 있지만 화자에게 새로운 경이나 어떤 의미도 주어지지 아니한 채, 지나치는 풍경이거나 사물이란 점에서는 같다. 가치를 발견할 수 없는 의식 작용만큼 공허한 것도 없을 것이다. 이 시는 질주하는 차창 밖으로 스치고 지나 가는 사물들을 백밀러를 통하여 보며 '보고 싶다'와 '보고 싶지'않다 사이에서 공전하고 있는 화자의 의식을 점층적 시상 전개로 보여주고 있다. 여기서 '보고 싶다'의 "붉은 풍경"이나 "선그라스", 그리고 '보고 싶지' 않다의 "푸른 풍경"이나 "구두"는 보고 싶거나 보고 싶지 않은 자연과 인간 모두를 함의하는 환유적 표현이다. 그런데 이 시에서 주어지는 이런 풍경이나 사물들은 원하면 보고 원치 않으면 버릴 수 있는, 화자가 주체적으로 선택할 수 있는 사항이 아니다. 백밀러를 통하여 무조건 주어지는 사항이기에 화자의 피동적 의식은 더욱 공전할 수밖에 없다. 화자의 의지와는 무관하게 빨리 스치고 지나가는 풍경이나 사물들이 우리의 의식 선상에서 가치 있는 대상으로 인식될 수는 없다. 이렇게 속도는 세계와 나 사이를 단절시킨다.

이 시에서 그다음 중심 역할을 하고 있는 시어는 "눈발"이다. 이 시

어로 해서 시의 시간적 배경이 드러나게 되고, 눈발을 "시리거나 따뜻한"으로 형용함으로써 시적 정서의 깊이를 더하게 한다. 동시에 "당신이 띄운 암호"로 변용되면서 "눈발"은 화자와 세계 사이의 교량적 역할을 하게 된다. 화자와 세계 사이에 내통할 수 있는 유일한 통로로 화자는 "눈발"을 인식하고 있다. "유독 하나인 언어"란 언표에서 그런 화자의 인식을 엿볼 수 있다. 그렇지만 "눈발"은 "읽어지지 않는 상형문자"로 부메랑 되면서 화자의 대 세계에 대한 화해, 단절의 극복은 이루어지지 않는다. 달리는 차창에 "휘갈기고 있는 눈발"은 달릴수록 "점점 더 심한 낙서"가 되어 판독 불능의 언어로 다가오게 된다. 이것도 속도가 만들어 낸 현대의 불치병이 아니겠는가? 이제 화자는 속도에 매달려서 집요하게 따라오고 있는 가벼운 아스팔트길만을 백밀러를 통하여 보고 있다. 이것은 속도에 갇힌 화자의 초조하고 긴장된 의식을 대변한다. 이렇게 이 시는 속도의 노예가 되어 세계와 격리된 현대인의 자의식의 세계를 시각화된 이미지와 탄력적인 시상 전개로 형상화하고 있다.

현대는 속도의 시대다. 더 빨리 가고자 하는 인류의 경쟁은 지금도 계속되고 있다. 현기증이 날 정도다. 속도를 내기 위해서 우리는 무조건 내닫고 있다. 좌우를 살피지 않는다. 무엇이 진정한 삶의 가치인가를 미처 깨닫기도 전에 우리는 달리고 본다. 속도란 효율적 가치만을 우선시하는 사고에 우리는 젖어 있다. 여기서 인간과 인간의 관계가 차단되고 인간과 자연의 관계가 단절된 의식 선상을 헤매게 된다. 휴머니즘의 공간이 점점 좁혀지고 있는 현실에서 시인은 신음할 수밖에 없다. 마리네티가 처음 자동차의 등장을 보고 속도에 열광할 수 있었던 것은 아직 자동차의 홍수를 목격하지 못했던 시대의, 단순하고 소박한 의식의 발로다. 기계문명의 개가로, 앞으로 전개될 다이내믹한 삶의 표상으로, 인류의 행복을 담보할 수 있다고 믿었던 낙관주의. 그러나 한 세기가 지난 지금 우리들은 속도의 어두운 그림자에 의하여 인간 정신의 평형을 잃어가고 있다. 김예강의 이번에 발표된 시들은 균형을 잃고 맹목적으로 겉돌고 있는 현대인의 자의식을 우회적으로 반영하고 있다는 점에서 필자의 주목을 받기에 충분했다. 시에서 현대성, 곧 모더니티란 현대 문명이 안고 있는 문제점을 예리한 촉수로 감지하고, 거기에 대응하는 시 정신을 보여주었을 때 확보될 수 있는 성질의 것이다.

# 몽상가의 시적 변형논리

### 푸른 붕어빵

김두기

빵틀 호수에 첨벙하는 소리 들린다

뜨거운 몸짓들은 하루의 살림방을 향해 헤엄치고 있다

이름표 같은 비늘에는 지우면 안될 미소로

갈색 물빛 꿈을 싱싱하게 간직하고 가고 있다

붕어가 살던 철판 호수에서도

퍼덕거림을 만들어 내느라 연신 파문으로

속마음이 조용할 날 없다

쉽게 헤엄쳐 가도록 해주지 못한 것이 못내

아쉬워서 나는 뜨거움의 중심에 기름칠을 했다

몸이 뒤집어지고 몸이 부풀어 오르는 소리에

푸른 집이 거기에 있을 거란 짐작으로 잠을 이루기 어렵다

가로등 불빛이 졸고 있는 사이

어항 같은 광주리를 바라보니 지느러미가

뛰쳐나가려고 바짝 세우고 있다

낙엽 같은 손님 한 사람이 붕어의 앞 지느러미를 잡자

소스라치게 놀라 파드닥거린다

어떤 놈은 하늘만 보고 있는가 하면

어떤 놈은 땅만 보고 있는가 하면

스스로 몸에 구멍을 내고 우는 놈도 있었다

그렇게 너와 내가 모여 사는 곳

이렇게 온밤을 지세워야 가는 길을 알 수 있는 것이구나

너와 내가 꿈꾸는 푸른 집

– 《시와 사상》 2007년 겨울호

시인은 현상을 현상으로만 보지 않는다. 왜냐하면 시인은 꿈꾸는 자이기 때문이다. 시인은 직면한 현실을 뛰어넘어 불가시적 상상의 세계를 시의 자기 영토로 끌어들이려 한다. 그래서 상당수 시인들은 몽상가의 길을 가고 있다. 어쩌면 시란 시인의 몽상적 편력을 문자화한 것으로 볼 수도 있다. 몽상가의 시에는 외부 현실과 내부 현실이 병렬하거나 병존한다. 이때 인간의 생존을 지배하고 있는 사회적인 외부 세계가 인간의 정신적인 내면까지를 종속시키지는 않는다. 적어도 시에서만은 시인의 내부에서 분출하고 있는 꿈의 물결이 우선한다. 그래서 시는 비논리적인 것이다. 시는 논리적, 수직적 사고를 거부한다. 이런 면에서 시인은 영국의 생태 심리학자 Edward de Bono가 들고 나온 수평적 사고의 실천자가 된다. Bono가 예술가들의 직관적 사고와 일상 생활에 있어서의 비약적 사고를 수평사고의 예로 들고 있는 것도 이와 무관치 않다.

Bono는 New think란 글에서 "수평적 사고의 유효한 방법은 사물의 관계를 의식적으로 뒤집어 놓는 일이다."라고 했다. 사물의 현실적인 관계를 뒤집어 놓음으로써 새로운 관계를 찾아내는 것, 이것이 곧 창

조다. 그러기 위해서 시는 이때까지 수직적 사고에 의하여 논리적으로 굳어져 버린 말의 경직성을 해방시켜야 한다. 수평사고의 기본태도는 전환, 또는 변환의 의식작용이다. 수평사고에서는 아무 목적이 없는 사색놀이, 또는 공상놀이를 존중한다. 동시에 하나의 관점, 하나의 각도만을 고집하지 않고 전환적이고 변환적인 말의 유연성, 다면성, 유동성을 존중한다. 그래야만이 현실 공간을 뛰어넘는 경이로운 상상력을 확보할 수 있다. 요즘 TV 광고를 보면 현실 불가능의 환상적 이미지들이 시선을 끄는데 이 역시 수평사고에서 가능한 상상력의 결과로 볼 수 있다. 특히 시의 전개 과정에 개입하는 시인의 상상력은 이미지의 이런 변형작용-Deformation에 의하여 그 폭이 결정된다.

《시와 사상》 2007년 겨울호에 발표된 김두기의, 두 편의 시는 이상의 관점에서 흥미 있게 읽혀졌다. 처음 일독했을 때는 꽤 사변적이다 생각했다. 대개 사변적인 시들이 철학적이고 형이상학적이며 깨달음의 잠언을 그 속성으로 하고 있는데 김두기의 시는 상당히 정서화되어 있어서 그런 유형의 틀에 갇혀 있지는 않았지만 여전히 사변적인 언어를 즐기고 있다는 생각을 지울 수는 없었다. 특히 「파도새」란 시가 그랬다. 그러나 여기서 언급하고자 하는 「푸른 붕어빵」에서는 몽상가의 정신적 편력이 보인다. 그의 시적 사유의 근저에는 사물의 현실적 관계를 뒤집어 보려는 의식이 작동하고 있다. 이 점에서 Bono가 내세운 수평적 사고가 이 시를 지배하고 있다고 볼 수 있다. 사물의 현실적인 의미를 애써 지우고 거기에 시인의 주관적인 내면의식을 투영하여 사물의 의미관계를 정반대의 방향으로 이동시킨다. 프로이드가 「꿈의 상징주의」에서 말한 변형작용-Deformation에 의하여 시는 우리가 이미 경험하여 갖게 된 〈붕어빵〉으로 상징되는 현실적인 의미공간을 벗어나 비실제적인 몽상의 세계로 비약하게 되는 것이다. 여기서 우리는 몽상적 상상력에 의하여 새롭게 창조된 시의 환상세계를 보게 된다.

시 「푸른 붕어빵」은 제목에서부터 '붕어빵'의 현실적인 의미를 뒤집어 놓고 있다. '푸른'이란 색채어와 만남으로써 '붕어빵'은 우리가 이미 경험상 갖게 된 가난했던 시절의 어떤 절망을 암시하는 현실적인 의미 관계로부터 비약하여 또 다른 상상의 공간을 마련한다. 절망적 현실을 역설적으로 말하기 위한 의도성이 있는 제목이란 선입관을 가지고 이 시를 읽게 하는 측면도 있는데, 이 시의 내용 전개는 그런 해석까지도 무색할 정도로 비약적이다. 그렇다고 해서 가난한 삶의 눈물, 곧 현실 을 완벽하게 지운 환상 공간도 아니다. '붕어빵'이 제재로 등장한 이상 붕어빵 주변에 모여 있는 삶의 현실적인 모습을 이 시는 행간에 숨기 고 있다고 봐야 한다. 이 시는 꿈꾸는 시인의 내부 세계가 시의 전면에 서고 붕어빵의 현실적인 부정적 모습은 애써 뒤에 감춤으로써 현실의 멍에로부터 시적 자아를 해방시키고자 한다. 현실 초월의 꿈을 시적으 로 승화시키고자 한다.

그러기 위하여 붕어빵이 구워지는 빵틀을 호수로, 붕어빵이 담겨진 광주리를 어항으로 전환해 놓고 그 안에 존재하는 붕어빵은 숨 쉬는 생명체로 다시 태어나게 한다. 이 시는 이런 상상의 기본 구도 위에서 소외된 계층의 삶을 앞세워 현실을 비판하는 민중시의 패턴을 거부하 고 차원이 다른 몽상의 세계를 그리면서 삶, 또는 존재의 한계성 같은 보다 근원적 질문에 접근하고 있다. 시대의 외곽에서 붕어빵을 굽고 있는 주인의 눈물겨운 현실적 의미의 절망적 삶은 일단 이 시에서 관 심의 대상이 아니다. 이 시는 비생명적인 '붕어빵'을 생명적 대상으로 변형시켜 놓고, 그 변형 논리의 바탕 위에서 갇힌 삶에 대한 안타까운 시선을 드러낸다. 그러다 보니 현실적 관점에서는 환청, 환시 현상으 로 볼 수밖에 없는 시행들이 등장한다. 이것은 현실이 비현실의 몽상 적 세계로 전이 되는 과정에 나타나는 필연적 현상이다.

이 시의 첫 행 "빵틀 호수에 첨벙하는 소리 들린다"는 밀가루 반죽이 빵틀에 던져지는 모습을 청각화한 것이지만 현실적 관점에서는 환청 으로 볼 수밖에 없다. "스스로 구멍을 내고 우는 놈"의 이미지들도 마찬가지다. 이런 환청은 다시 환시 현상을 거느리게 되는데, 전개되는 시행들의 상당 부분이 여기에 해당한다. "뜨거운 몸짓들은 하루의 살림방을 향해 헤엄치고 있다"는 둘째 행을 비롯하여 "손님 한 사람이 붕어의 앞 지느러미를 잡자 소스라치게 놀라 파드닥거린다" 등 많은 시행들이 환시적 이미지로 되어 있다. 밀가루 반죽이 구워져서 만들어진 붕어빵이 살아 움직이는 듯한 환상을 주기 위한 활유적 비유를 구사한 것이지만, 이것은 비생명적 존재를 생명적 존재로 변환하는 상상력의 결과다.

거리의 한 모퉁이에 구루마를 세워놓고 붕어빵을 구워내고 있는 장면들을 간혹 발견하지만 여기서 일반적으로 우리가 갖게 되는 감정은 인생의 밑바닥을 살고 있는 소외된 삶에 대한 측은함이다. 그러나 이 시의 화자는 '낙엽'에 비유된 '손님'이 있기는 하지만 그 주변에 간혹 모였다 흩어지는 측은한 군상들에게는 별로 시선을 두지 않는다. 오직 빵틀에서 구워져 나와 광주리에 담겨진 붕어빵에 초점을 두고 몽상적 사유를 한다. "뜨거운 몸짓", "이름표 같은 비늘에는 지우면 안될 미소로/ 갈색 물빛 꿈을 싱싱하게 간직하고 가고 있다"는 표현들은 붕어빵의 생명적 존재성에 근거했을 때 가능한 사유가 된다. 결국 붕어빵에게도 "물빛 꿈"이 있다는 것이고 그 연장선상에서 "푸른 집"을 꿈꾼다는 것인데, 여기에서 화자는 붕어빵의 갇힌 삶에 대한 안타까움을 드러낸다. "퍼덕거림을 만들어 내느라 연신 파문으로/속마음이 조용할 날 없다"는 것은 "철판 호수"란 한계상황으로부터 벗어나기 위한 몸부림으로 볼 수 있고, 붕어빵에 생명을 부여한 화자는 이런 장면을 안타까움의 심정으로 대할 수밖에 없다. "쉽게 헤엄쳐 가도록 해주지 못한 것이 못내/ 아쉬워 나는 뜨거움의 중심에 기름칠을 했다"는 시행에서 그런 안타까움의 심정이 묻어난다. "몸이 뒤집어지고 몸이 부풀어 오르는 소리"는 붕어빵이 구워지고 있는 장면을 형용한 것이지만 생명탄생의 고통으로 해석될 수도 있고 "푸른 집"과 같은 행복한 삶을 얻기 위한 뼈를 깎는 시련의 의미로 이해될 수도 있다. 그러나 무릇 모든 생명의 삶은 주어진 상황으로부터 자유로울 수가 없다. 뛰쳐나가려고 바짝 지느러미를 세우고 있지만 어항으로 직유된 광주리에 갇힌 존재다. 여기에서도 "푸른 집"을 꿈꾸는 내면 의식과 현실이란 한계상황이 충돌하는 비극적 삶을 볼 수 있다. 꿈과 현실의 괴리, 그 간극에 절망이 자리한다. "어떤 놈은 하늘만 보고 있고" "어떤 놈은 땅만 보고 있는가 하면" "스스로 몸에 구멍을 내고 우는 놈도 있었다"는 것은 표면상 붕어빵의 절망을 형상화한 것이지만 모든 생명적 존재가 필연적으로 겪게 되는 절망을 함의하는 대유다. 그렇다면 이 시의 화자는 붕어빵을 생명적 존재로 전환해 놓고 몽상하면서 인생, 또는 삶을 말하고 있는 것이 된다. 아니 인생을 말하기 위해서 붕어빵을 내세운 것인지도 모른다. 이 시의 끝 삼행의 결구가 삶의 의미에 대한 깨달음을 담고 있다는 것은 이를 시사한다. 광주리에 갇힌 붕어빵이나 세상에 갇힌 인간의 삶이 다름이 아니란 결론에 이 시는 도달하고 있다. 그렇기 때문에 "그렇게 너와 내가 모여 사는 곳"이란 언표가 가능해지는 것이고, 그래서 붕어빵과 화자가 공존의 관계로 묶여지게 된다. '이렇게 온밤을 지새워야 가는 길을 알 수 있는 것이구나'와 같은 깨달음도 그런 공존 관계의 인식에 바탕을 두고 있다. 그래서 "푸른 집"도 너와 내가 함께 꿈꾸는 집이 된다.

시 「푸른 붕어빵」이 주는 시적 재미는 삶의 의미나 깨달음, 또는 거기에서 얻어진 잠언에 있지 않다. 만약 붕어빵의 현실적 관계에만 집착하여 진술이 이루어졌다면 시상의 수평적 이동은 불가능했을 것이다. 그랬다면 시적 상상력은 한계를 드러내게 마련이다. 프랑스의 초현실주의자 P. Eluard는 "가장 관계가 없는 것 같은 물체 사이에 새로운 관계를 설정할 것"을 주장한 바 있다. Bono의 수평적 사고와 일치하는 말이다. 이 시가 그런 변형의 논리에 근거하여 시적 사유를 하고 있기 때문에 현실초월의 몽상적 세계를 새롭게 창조할 수 있게 되는 것이다. 그리하여 붕어빵과 인생의 공존을 결합하여 말할 수 있게 되고 거기에서 우리는 엉뚱한 양자의 필연적 관계를 인식하게 하는 시적 상상력에 경이를 갖게 된다.

# 21인의 여성시에 대한 시 이야기

## 1

진은영 시인의 두 번째 시집 『우리는 매일매일』은 문법이나 의미론의 논리적 한계에 안주하지 않는 기상천외한 언어의 조합으로 한국시단의 새 영토를 개척하고 있다는 평가를 받고 있다. 이 시집을 읽으면서 나는 언어의 의미적 한계를 뛰어넘어 다가오는 시적 상상력과 저변에 깔려있는 우울의 정서에 매료된 바 있다. 진은영 시인의 낯선 은유와 직유들은 우리가 일상에서 흔히 접하게 되는 의미와 감각의 체계를 뒤집고 있다. 그래서 그의 비유들은 낯설게 다가오지만 그만큼 신선하다. 이 시집의 첫머리에 있는 시 「아름답다」의 한 연을 보겠다.

> 오늘 네가 아름답다면/ 죽은 여자 자라나는 머리카락 속에서 반짝이
> 는 핀과 같고/ 눈먼 사람의 눈빛을 잡아끄는 그림 같고/ 앵두 향기에 취
> 해 안개 속을 떠들며 지나가는/ 모슬린 잠옷의 아이들 같고/ 우기의 사
> 바나에 사는 소금 기린 긴 목의 짠맛 같고

여기에서 아름다움을 비유하는 언어들은 우리들이 흔히 갖고 있는 통속적인 의미의 아름다움과는 거리가 멀다. 이 시에서 아름답다를 비유하는 낯선 언어들이 환기하는 이미지는 우울의 깊은 수렁으로 젖어들게 하기도 하지만 진은영의 시에는 이질적인 이미지들이 연쇄법으로 나열되는 경향이 있고 이것은 몽상적 시 쓰기의 한 패턴이 되기도 한다. 시적 몽상은 현실적 세계와의 불협화음, 세계와의 단절에서 비

롯될 때가 많다. 쉽게 현실과 타협할 수 없는 세계와 단절된 절망의식이 몽상적인 시의 세계를 창조한다고 볼 수 있다.

가령 「무질서한 이야기들」의 한 부분을 보면 "죽은 사람의 아무렇게나 놓인 발들의 고요를/ 그 위로 봉긋하게 솟은 / 공원묘지에 모여든 초록 유방들/ 산 자의 기침과 그가 빠는 절망의 젖꼭지들"하는 구절이 있다. 삶과 죽음, 발과 유방 등 비유기적 관계의 사물들이 나열되어 공존하고 있다. 이런 무질서의 흐름을 통하여 삶과 죽음을 초월한 진정한 자유를 향한 갈망을 노래하고 있다는 생각이 든다. 진은영의 시에는 삶과 죽음에 대한 철학적 고뇌가 녹아 있다. 이런 시적 사유는 진은영의 시가 유희적 환상시로 쏠리지 않도록 하는 균형추 역할을 한다. 그의 시가 신기한 환상으로만 읽혀지지 않는 이유가 바로 여기에 있다.


2

신해욱 시인의 두 번째 시집 『생물성』은 감각의 미묘한 착시현상과 같은 새로운 시의 미학적 스타일을 개척했다는 평가를 받고 있다. 신해욱 시인의 시에서는 화자의 시선과 세계 사이에 자리한 미세한 간격과 그 뒤에 드리워진 슬픔의 정서가 잡힌다. 그의 언어는 간결, 명료하여 겉으로는 상당히 단단해 보이는데, 그만큼 지적인데, 그 뒤에 눈물이 고여 있다는 것은 아이러니다. 그의 미묘한 모순화법이 환기하는 것은 화자와 세계 사이의 이질적인 거리감이다. 우리가 쉽게 동화되거나 지나쳐 버리기 쉬운 일상성의 시간에서 사물 사이에 존재하는 미세한 어긋남의 순간을 발견해 내는 시적 감각을 나는 높이 평가한다. 그리고 그 이질적인 불투명한 세계에서 좌절하거나 절망하는 것이 아니라 그런 불완전하고 결여된 존재성을 끌어안으려는 긍정적인 의식이 자리하고 있다는 것을 간과할 수 없다. 그의 시가 불온한 세계에 대하여 저돌적으로 도발하는 시의 부류와 차원을 달리하는 이유도 사물을 바라보는 차분한 지적인 눈이 있고, 그래도 믿고 싶은 긍정적인 의식이 있기 때문일 것이다. 그럼 「보고 싶은 친구에게」란 시 한 편을 읽어보겠다.

"열두 살에 죽은 친구의 글씨체로 편지를 쓴다.// 안녕, 친구, 나는 아직도/ 사람의 모습으로 밥을 먹고/ 사람의 머리로 생각을 한다.// 하지만 오늘은 너에게/ 나를 빌려주고 싶구나// 냉동실에 삼 년쯤 얼어붙어 있던 웃음으로/ 웃는 얼굴을 잘 만드는 사람이 되고 싶구나// 너만 좋다면/ 내 목소리로/ 녹음을 해도 된단다.// 내 손이 어색하게 움직여도/ 너라면 충분히/ 너의 이야기를 쓸 수 있으리라 믿는다.// 답장을 써주기를 바란다.// 안녕, 친구/ 우르르 넘어지는 볼링핀처럼/ 난 네가 좋다."

이 시에서 화자와 친구는 생과 사의 이질적 세계에 존재한다. 내가 아직도 사람의 모습으로 밥을 먹는다는 둘째 연의 진술은 죽은 친구를 그리워하면서도 여전히 이승의 일상에 매달려 있는 자학적 감정을 표현한다. 그런데도 화자와 시적 대상 사이의 간격이 덜 느껴지는 이유는 친구에 대한 화자의 따뜻한 마음 때문이다. "난 네가 좋다"는 감정을 "우르르 넘어지는 볼링핀"에 비유함으로써 친구를 향한 마음의 경사를 투명하게 드러내고 있다. 죽은 친구에게 자신을 내어주고 싶은 감정의 표현은 따뜻함과 쓸쓸함을 동시에 느끼게 한다. 그러나 이질감보다 동질감이 우선하는 이 시에서도 "냉동실에 삼 년쯤 얼어붙어 있던 웃음"과 같은 모순 형용의 이완된 감정이 자리하고 있다. 친구가 죽고 난 뒤 웃음을 잃고 살아온 세월을 연상시키는 표현으로 이런 언어진술 방식이 신해욱 시인의 독특한 시의 세계를 이끌고 있다고 여겨진다. 존재에 대한 슬픔이 배면에 있는데도 그것을 드러내지 않는 지적인 언어진술, 존재와 발화 사이의 간격을 침묵으로 처리하는 압축의 형식과 모순화법 등이 신해욱 시의 세계를 구성하는 덕목들이다.

3

강성은 시인의 시집 『단지 조금 이상한』은 수사적인 특별한 기교가 없는 담백한 시 문장으로 환상적인 이미지를 만들어내고 있다는 평가를 받고 있다. 따뜻하고 밝은 확연한 빛 속에서 사라져 가고 있는 어떤 실체를 포착해내는 시적 능력이 탁월하다. 잠에서 막 깨어나 갑자기 낯선 세계에 뛰어든 듯한 미세한 심리 현상들이 강성은 시의 행간에 자리한다. 마치 이상한 빛을 따라 깊은 동굴 속으로 끌려가는 듯한 느낌이 드는 강성은의 시 세계는 경험과 기억, 또는 현실을 초월하는 의식의 한 지평을 열고 있다. 이런 시적 성취가 한국 시의 미래에 큰 한 획을 보탤 것이란 믿음을 갖는다.

4

이채영 시인의 첫 시집에서 나는 완벽주의자의 꿈을 읽는다. 그런데 이 세상에 완벽은 존재하지 않는다. 따라서 완벽주의자의 꿈은 실현될 수 없는 상처를 안고 있기 마련이다. 처음 이 시집을 받고 시집 제목의 첫 단어인 '엽총'이 눈에 들어오면서 어떤 광기에 휩싸였다. 세계에 대하여 저돌적으로 물고 늘어지는 엽기적인 한 인간의 내면을 떠올렸기 때문이다. 그런데 그 뒤에 오는 "어디에 두었더라"하는 말에서 수단과 방법을 잃고 방황하며 고뇌하는 인간을 생각하게 된다.

완벽주의자란 곧 불완전한 자신에 대한 자책과 완전을 지향하는 채찍으로 고뇌에 빠진 자의 또 다른 이름이다. 시집 『엽총은 어디에 두었더라』에서 나를 전율하게 하는 엽기적인 사건은 없었다. 헤밍웨이의 노인과 바다를 배경에 두고 있는 표제 시에서 시인은 하루 종일 작살을 들고 꿈을 쫓지만 작살에 찍혀 허연 아랫배를 드러내는 것은 오히려 낯선 나일 뿐이다. 여기서 낯선 나는 꿈은 있으되 꿈을 이룰 수 없는 불완전한 나이다. 나의 모호한 정체성에 대한 불만의 표현이고, 시는 그런 낯선 나와 사투를 벌리는 고뇌의 기록이 된다. 시적 대상에 대하여 완벽한 정복을 꿈꾸지만 오히려 나를 물어뜯는 상어들과의 대치 상태에서 정복의 수단인 엽총을 잃고 방황하며 자신의 정체성까지 의심하게 되는 시적 자아의 모습은 이 시집 도처에서 발견된다.

그렇다면 이채영 시인이 꿈꾸는 완벽한 시의 이상은 무엇일까? 그 일단을 시「외줄 타기 명인의 고백」이나「써커스」에서 볼 수 있다. 일상에서 일탈한 위험한 곡예, 자칫 허방이 될 수 있는 공중에서 공중으로 중심을 옮겨가면서도 균형을 잡아가는 것, 보호망을 걷은 악습의 꼭대기에서 몸을 날리는 것, 불안하지만 경이의 쾌락과 만나는 지점에 이채영 시인이 추구하는 시의 정신이 있다. 아무도 모방할 수 없는 쾌락의 줄타기와 같은 시를 이 시인은 갈망한다. 그러나 그것은 쉽게 주어지지 않는다. 시「연금술사의 임종」에서 이리저리 섞어도 여기저기 두드려도 부글부글 끓여도 변하지 않는 죽음이라고 말하는데, 어떠한 재료나 도구로도 만들 수 없는 절대 경지를 시의 이상으로 상정하고 있지만 연금술의 기술만으로 황금 아닌 것을 황금으로 만들 수 없듯이 시적 기교만으로 시 아닌 것을 시로 만들 수 없다는 자책과 자기 검증이 담겨 있는 언술이기도 하다.

어떻든 이채영 시인은 첫 시의 집을 짓는데 10년 이상의 세월이 걸렸다. 그만큼 힘들고 험난한 각고의 결실로 여겨진다. 쉽게 집을 짓는 많은 시의 기술자와는 달리 이채영 시인은 시의 그럴듯한 세계에 쉽게 정착할 수 없는 시의 본질에 대한 결벽증을 갖고 있다. 끊임없이 고뇌하는 견자의 정신, 이것이 이채영 시인이 앞으로 가야될 시의 행로가 아닌가 생각된다.


5

김예강의 첫 시집『고양이의 잠』에는 몇 가지 중요한 특징이 있다. 김예강 시인의 시적 사유의 근저에는 이질적인 사물을 동일 관계로 포착하는 언어 감각이 있다. 어떻게 보면 엉뚱하기 그지없는 사물들이 어느 순간 시인의 감각적 인식에 의하여 동일 관계로 묶여지는 시적 상상력은 경이롭기까지 하다. 「꽃과 이빨」이 그 단적인 예이다. 이런 상상력은 일상적 의미를 뛰어넘어 새로운 세계를 창조하는 시의 공간을 이룬다. 이빨이 꽃으로 변신하는 낯선 세계를 통하여 김예강 시인은 장자가 말한 만물 제동의 정신적 경지를 보여준다.

이 시집에서 수많은 사물이나 관념들이 꽃으로 변신하는 것을 볼 수 있다. 세계를, 또는 사물의 관계를 의외의 관점으로 포착하고, 변용시키는 비유, 상징, 역설의 기법이 특히 돋보인다. 또 다른 특징은 세계를 바라보는 시인의 눈이 따뜻한 질감으로 다가온다는 점이다. 그만큼 세계에 대한 긍정적 태도가 김예강 시인의 심성에 있다. 부정적인 현상까지도 따뜻한 온기로 감싸 안는 시적 태도를 볼 수 있다. 상처받는 인간관계를 다룬 「어떤 싸움」이란 시에서 싸우며 내뱉은 말을 "쓸쓸한 이별의 문장"이라고 표현하고 있는 바와 같이 부정적 현상을 연민이나 쓸쓸함의 정서로 가슴에 안으려는 의식은 김예강 시인이 세계를 결코 부정하거나 저항의 대상으로 보지 않는다는 뜻이다. 오히려 "왼손 등에 포개진 오른손의 온기"로 세계를 포용하고 끌어안는다. 이런 태도는 사라지는 것에 대한 연민이나 애정을 표출하기도 한다. 「꽃, 이후」는 시에서 "꽃들이 바닥으로 내려와 늙어간다/ 그러나 꽃나무는 새싹이 돋는다"는 역설적인 사물 인식을 통하여 "꽃진 자리는 흔적 없다"는 공허감을 드러내는데, 여기에서 우리는 사라지는 것에 대한 연민과 새싹과 같은 희망의 불씨를 동시에 보게 된다. 없음과 있음의 간극 사이에서 김예강 시인은 이 양극을 역설적으로 통합하고, 그 사이에 길을 내는 시의 길을 지금 가고 있다. 이 점은 일상을 뛰어넘는 의외의 특별한 세계를 창조하는 시의 길이 될 것이다.

6

이지인의 시에서 소재로 등장하는 일상적 체험이나 자연현상들은 새로운 시의 공간을 구성하는 요소가 된다. 현실이 현실로만 그려지는 것이 아니라 현상을 초월한 우주적 환상을 동반한다. 초현실적인 변형 원리가 작동하는 시적 태도는 그의 시가 현실의 아픔을 역으로 말하는 반어, 역설의 언어를 구사하고 있다는 느낌마저 갖게 한다. 특히 「관절염」이 그렇다.

이 시의 시적 자아는 관절염 치료를 받기 위해 한의원 침대에 누워 소유즈가 우주를 향해 날아오르고 있는 TV 뉴스를 보고 있다. 이때 무릎에 꽂힌 침이 우주로 신호를 보내는 안테나가 되고, 혈이 행성을 따라 움직이는 우주의 행로가 된다. 그리고 부황 뜰 때의 육체적 고통이 유성이 쏟아지는 현란한 이미지로, 혈관이 뚫리는 유쾌한 감정을 별들이 일제히 불을 밝히는 것으로 전이되는 시적 진술은 일상과 우주적 상상력이 융합된 비실재적인 시적 현실을 창조해낸다.

시 「등에 핀 꽃」은 우리가 흔히 저승꽃이라 부르는 아버지의 등창을 바이러스가 피운 꽃, 병이 악화되는 과정을 산딸기가 익어가는 것으로 환치한다. 여기서 꽃은 죽음에 이르고 있는 육친의 병고를 바라보는 자식의 아픈 마음을 역으로 표현한 것이다. 이 시의 역설은 대처로 나간 자식들이 임종이 임박해서야 아버지의 병상을 찾아온 것을 두고 "백일홍 같은 붉은 꽃 피었다"고, "멀리서 꽃구경 왔다"고 표현함으로써 극에 달한다.

시 「표준어 시간」은 유희적 언어감각을 유감없이 발휘하고 있다. 무거운 인생 담론과는 상반된 경쾌한 시적 사유가 돋보인다.


7

최승아의 시들은 주제가 비교적 무겁고 어둡다. 그의 시적 상상력은 현대의 부조리나 세계와 유리된 이완의 감정을 수반한다. 어딘가 겉돌고 있는 현대인들의 부박한 삶에 시적 앵글이 맞추어져 있다.

시 「큐브」는 단절과 밀폐의 함정에서 침몰해 가는 현대인의 자의식을 공간이동 형식으로 점층화 한다. 현대인들은 큐브와 같은 입방체의 방에 갇혀 있다. 방과 방 사이에는 소통되지 않는 단절의 벽이 있고, 그러면서도 사생활이 보호되지 않는 소문들로 무성하다. "알 수 없는 소리들이 벽을 더듬는다."와 "피레네의 성이 조금씩 침식될" 것이란 언표가 이런 의미를 내포한다. "밀폐된 방엔 비밀이 누설되고 있다"도 이런 의미의 연장선상에서 읽혀진다. 그리하여 시는 "낮은 곳으로만 기어다니는 벌레"처럼 불안, 공포, 그리고 악몽에 시달리는 황폐화한 현대인의 자의식을 예리하게 형상화한다.

시 「개안」은 안과 수술을 받고 있는 시적 자아의 심리적 변화 과정을 수술도구의 활유적 표현을 통하여 드러낸다. 불안, 기대, 수술 직후의 빛에 대한 감각이 선명하다. 이 시에서 "만성적인 세상을 교체중"은 수술 후에 세상을 다시 새롭게 보게 됨을 뜻하는데, 득도와 동일 의미의 불교용어인 '개안'이 역설적으로 만나게 되는 접점이다. 시 「안개 조감도」는 눈병을 앓고 있는 병상 체험이 시의 기저를 이룬다. 눈병과 안개가 동일선상에 있다. 눈병 때문에 위험한 안개 구간에 존재하게 되는 시적 자아의 심리적 정황을 형상화한다.

시 「부분 일식」은 9행의 짧은 시다. 압축과 절제의 언어로 현대인의 단절과 불통, 간극의 의식을 간명하게 드러낸다. '부분일식'이 이런 심리와 맞물리면서 비유적 의미를 확장하는 기능을 한다.


8

이경욱 시인은 현대 도시 문명의 이면에 드리워진 삶의 어두운 그늘을 포착해내는 예민한 시적 감각을 보여 주고 있다. 현대의 삶이 안고 있는 병리적인 현상들을 이미지화하여 제시하는 능력을 보여준다. 이경욱의 시는 화려한 빛의 이면에 드리워진 그림자와 같은 상처 받은 자들의 어두운 족적을 그려낸다. 그의 시적 상상력은 현대 도시 문명에서 소외된 인간의 삶, 그리고 세계와 유리된 이완된 감정을 수반한다. 물질 중심의 현대의 삶이 인간 정신을 얼마나 왜소하고 척박하게 하는 지를 그의 시적 앵글은 포착한다.

시 「89년 2월 11일의 그녀」는 창녀의 허물어져 가는 삶을 이미지화 하고 있다. 이 시의 제목은 화자가 아주 어렸을 때 본 그녀에 대한 충격적인 기억을 기반으로 한 시란 것을 환기시킨다. 유리 벽 속 현란한 형광등 아래에 앉아 있는 그녀의 모습은 도시 이면의 한 단면이다. 빛에 노출된 상처 받은 자의 내면이 부조되고 있다. 사그라지는 육신과 정신이 담뱃재에 비유되고, 그녀 앞에 놓인 희망 없는 절망의 미래를 "붙인 속눈썹 사이로 뜨는 태양", 또는 "비참하게 눈부신 아침"과 같은 역설의 언어로 강조한다. 인간성을 잃고 황폐화되고 있는 그녀의 모습은 현대 문명의 어두운 그림자임에 틀림없다.

시 「디지털 조울증」은 현대인의 삶이 안고 있는 또 다른 어두운 그림자다. 이 시는 디지털 문화에 중독된 현대인의 의식 풍경을 그린다. 새로움이 없는, 늘 반복되는 일상의 디지털 문화는 인간의 의식을 메마르게 한다. 모래를 삼켜버린 것 같은 무감정의 상태로 전락시킨다. 타성화된, 겉도는 의식을 "낯선 목소리", 또는 "문장부호로 말라가는 얼굴 근육" 등의 이미지로 나타내고 있다.

시 「모디의 여인들」 역시 현란한 불야성의 거리를 배경으로 영혼이 침식되고 있는 인간부재의 현상을 말한다. 유흥가에서 술에 취해 비틀거리는 여인들의 모습을 떠올리게 하는 이 시는 "눈빛 잃은 달빛"처럼 혼을 상실한 현대인의 자화상을 그린다.

시 「백색소음」은 냉장고, 시계, TV, 컴퓨터 등 가전제품에 둘러싸여 있는 생활공간에서 그로 인하여 야기되는 강박의식을 말하고 있다. 현대인들의 일상은 이런 생활이기들에 길들여져서 무감각하게 지내고 있지만 적막과 고요의 한밤중에도 기계소음을 내며 움직이고 있는 현상에서 화자는 "살아 있지 않은 것들이 살아 있음"의 역설을 본다. 모두가 잠들어 있는 새벽 2시, 잠들지 못하고 지박령처럼 떠도는 기계소음에 반응하는 화자의 예민한 자의식이 잡힌다.

시 「時 詩 始」는 화자가 시인으로 성장하는 과정에서 겪게 되는 우여
곡절의 내면을 형상화 하고 있다. 시간의 강박 속에 시달리는 절망의
삶으로부터 해방되어 시인이 되기까지의 심리 변화 과정을 표현한 시
다. 여기에서도 억압과 갈증, 해방의 심리 현상을 이미지로 건져 올리
는 시적 능력이 돋보인다.

이경욱 시인은 현대 도시 문명의 이면을 감각적으로 인식하는 탁월
한 능력을 가지고 있다. 천부적인 예민한 감수성을 보인다. 부분적으
로 섬광 같은 이미지를 뽑아 올리는 재능 또한 돋보인다. 그러나 시를
전체적으로 구성하는 데 있어서 감각적인 인식 능력 못지않게 문맥의
전후 관계를 어떻게 맞출 것인가에 대한 고민이 더 있어야겠다. 사물,
삶에 대한 심오한 성찰과 시적 사유를 더욱 공고히 하여 감각적 언어
만의 약점을 극복했을 때, 이경욱 시인은 더욱 큰 시인으로 거듭 태어
나게 될 것이다.

9

최보비의 시는 내면 의식을 확장해 가는 시적 상상력을 보인다. 기억
에 기반을 둔 전의식의 시적 성취이지만 외적 현실과 내적 의식의 접
점을 절묘하게 형상화하고 있는 점이 주목된다. 가령 「문」이란 작품에
서 '문'은 우리가 일상에서 접하게 되는 현실의 문이면서 자아가 부단
히 극복하고자 하는 내면적 장애물이다. 문과 문 사이를 "입에서 항문
까지 관통하는 길", 또는 "막다른 길"로 비유한 것은 그만큼 문이 뛰어
넘기 힘든 극복의 대상임을 암시한다. 매번 문을 통과 하지만 막다른
길 끝에는 또 문이 있어서 고통스러운 통과의례는 끈질기게 반복된다.
삶은 고통스러운 반복의 연속이란 인식이 시의 저변에 있다. 이 시에
서 '문'은 앞으로 나아가기 위해서는 반드시 통과해야만 하는 심리적
강박의 기재로 작동하면서, 끊임없이 반복되는 시지프스적 운명론과

같은 삶의 현실 인식을 반영한다.

시 「달력」은 달력의 숫자들이 암시하는 시간 속에 묻혀버린 자아에 대한 탐색을 보이는데, 그 과정이 비극적 울림으로 다가온다. 시 「돌무덤」은 기억의 중층에 잠복되어 있는 어린 시절의 상처가 꿈처럼 재생하여 시적 자아를 압박하는 심리적 기재들로 가득하다. 어두운 과거에 발목 잡힌 강박의식과 피해망상에 시달리고 있는 자아의 내면세계를 표출한다.

시 「앰뷸런스」는 "맹렬히 질주하는 앰뷸런스"에서 아버지의 죽음을 연상하고 죽음이 갖는 허망한 삶의 의미를 반추해낸다. 이 시의 끝 3행은 죽음을 바라보는 아픈 의식을 압축과 절제된 지적 언술로 형상화한 것이다. 이렇게 최보비의 시들은 전반적으로 자의식에 시적 앵글을 맞추고 있다.

## 10

한미숙의 시들은 외부세계 쪽으로 경도되어 있다. 세계에 대한 화자의 심리적 반응이 간간히 개입하지만 한미숙 시의 화자는 시적 대상을 관찰하는 위치에서 진술하는 경우가 많다. 시 「모래사막을 건너다」는 병상 체험을 바탕으로 한다. 환자의 상태. 수술의 과정, 그 사이에서 명멸하듯 떠오르는 화자의 의식, 수술 이후 의식불명의 상태에서 죽음을 기다리는 정황 등을 암시하는 이미지들이 시의 내용을 구성한다. 여기서 "뇌의 회로가 접촉 불량"이라든지 "고장 난 뼈", "가슴을 드릴이 뚫고 들어간다.", "금속을 갉아내는 소리" 등과 같은 날카로운 금속성의 언어들이 삭막하고 절박한 병상의 정황을 잘 드러낸다. 이 시의 핵심어인 '모래사막'은 생사의 기로에 있는 환자의 고통스러운 정신적 공황과 맞물려 있다. 삶과 죽음의 경계에 위치한 황폐한 정신의 한 지점을 형상화한 것으로 읽혀진다. "모래사막 건너 저편"이 죽음의 세계를 연상케 하는 것도 바로 이 때문이다.

시 「사랑을 주유하는 주요소」는 사랑으로 위장한 성적 욕망에 견인된 현대인의 행태를 아이러니컬하게 진술한다. 빨간 차에 주기적으로 주유하는 행위가 주기적인 성행위를 연상케 하는 언술의 이면에 기계적인 일상으로 전락해버린 현대인의 이완된 성감정이 자리한다. 그런 일상들의 공허함을 "착상되지 못한 정자", 또는 "사랑할 기회를 사정射精해보지만 성공한 적이 없는 수캐" 등 성적 코드가 입혀진 이미지로 형상화 한다. 이런 성적 이미지들은 정신적으로 불임의 시대를 살고 있는 현대인의 결핍과 공허한 의식을 성공적으로 직조해낸다. 이 외의 시들에서도 한미숙은 투명한 언어 감각과 신선한 이미지를 구축하는 능력을 보여주고 있다.

## 11

윤유점 시의 이미지들은 명상의 경지에 닿아 있다. 공허한 삶으로부터 유체 이탈한 영혼의 울림이 있다. 다소 관념적이기는 하나 시간, 생동하는 것과 생성하는 것들, 가장 깊은 곳에서 울려오는 소리에 대한 시인 나름의 철학적 인식과 명상을 읽을 수 있다. 거기에 환상이 보태어진다. 그의 시적 상상력은 현실의 이쪽보다는 저쪽을 지향한다. 현실은 공허하고 허망한 것, 그래서 현실을 초월한 피안의 정신에 닻을 내리고자 하는데, 그 지점에서 시인은 감각적 언어와 만난다. 우울하고 이질적인 이미지들이 시의 공간에서 판타지를 만들어내는 언어의 향연! 이승의 인과율에 얽매여 신음하면서도 그것으로부터 해탈하고자 하는 자유의지가 이번 시집에서 구현되는 시 정신의 근간이다.

시 「사북역」은 생과 사에 대한 사유의 깊이가 묻어나는 시다. 시가 사유를 앞세울 때 관념적 진술로 일관하기 쉬운데 이 작품은 감각적인 이미지로 사유를 받치고 있어서 시적 울림을 배가한다. 사북역은 강원도 정선군 사북읍에 있는 역이다. 옛날에는 탄광촌이 있던 곳이고 채굴한 석탄을 실어 나르던 역이다. 지금은 몰락한 탄광촌에 강원랜드가 들어서서 도박 중독의 사회적 문제를 안고 있는 곳이기도 하다. 시인은 이곳에서 과거 탄광촌의 삶을 추적하고 있다. 죽음 같은 극한적 삶을 살았던 광부들의 원혼들을 떠올리게 하는 시적 이미지들이 명멸하듯 펼쳐진다. 탄광에 매몰되어 죽은 영혼들이 죽었으나 잠들지 못하고 어둔 골목을 헤매는 모습에 대한 상상력이 특히 돋보인다.

### 12

김순아의 「늑대」는 온라인상에서 행해지고 있는 댓글 문화를 풍자한다. 여기서 '늑대'는 늑대와 양치기 소년에서 따온 허위, 거짓의 상징이다. 온라인 게시판에 허위 정보의 글이 올라오면 수많은 댓글이 달리고, 그러다 보면 어느새 그 정보는 진실로 둔갑한다. 나타나지 않은 늑대(허위 정보)가 사이트를 횡횡하며 사람들을 두려움 속으로 몰고 간다. 이것을 빌미로 새롭게 등장하는 지도자가 있다. 여기서 이 시는 극적 반전을 이룬다. 대중의 공포 심리를 이용해서 갑자기 집단의 지도자나 영웅이 등장한다는 화자의 진술은 현대의 지도자나 영웅이 만들어지는 과정의 부정적 측면을 강조하면서, 현대 사회가 안고 있는 인터넷 문화의 모순과 부조리를 신랄하게 비판한 것이 된다. 사이트상에서 횡횡했던 늑대의 정체는 결국 그 지도자가 등장하는 과정의 어두운 그림자였다는 결론에 이르기까지 이 시는 알레고리, 반어, 역설, 반전 등의 기법을 활용하여 상당히 전략적이고 치밀한 극적 구조를 이룬다.

### 13

조순영의 「가부리연」은 점차 사라지고 있는 순수 우리 토속어의 어투를 되살리고 있는 점이 돋보였다. 이제 시에서 이런 어투를 접하기는 쉽지 않다. 비록 이 시가 복고주의에 젖어 있기는 하지만 토속어를 통해 한국적인 정서를 환기하고 있는 점은 높이 평가된다. 지금의 세대가 경험하지 못한, 할머니 세대가 겪었던 한 많은 시절에 대한 그리움,

또는 연민을 담고 있다. 경상도 사투리와 그 어투가 그 시절의 때 묻지 않은 정서와 맞물려 있다. 도시화 되기 이전, 농경사회 시절의 삶의 방식이나 순수한 인간미, 또는 동심이 그대로 전달되는 시적 진술도 호감이 갔다. 이 시에서 '가부리연'은 티 없던 어린 시절을 환기하는 매개물이다. 집안이나 동네 아이들이 어울려 연날리기를 하며 서로 티격태격 겪었던 일화가 시의 중심 소재다. 그런데 이 시의 끝 행에 오면, 아무리 그 시절이 그리워도 이제는 돌아갈 수 없다는 세월의 무상감이 묻어난다. 이런 한의 정서와 함께 우리말의 결을 리듬감 있고, 생동감이 있게 잘 살려내고 있다.

### 14

김정례의 첫 시집 『새의 경험』은 그의 예민한 현실 인식과 상상력, 깊은 성찰로 경이감을 갖게 한다. 이 시집의 시들은 현실과 상상의 접점에서 발화하고 있다. 이것은 시에서 몸과 영혼을 아우르는 시적 태도라고 말할 수 있다. 시가 관념의 유희에 빠지지 않는 육화된 시 정신을 유지하는 힘이기도 하다. 김정례 시인은 직접 목격한 경험적 사실들을 토대로 그의 내면에서 울대를 치고 올라오는 목소리로 말한다. 그의 시가 젊게 느껴지는 이유는 시적 사유를 감각적인 언어로 형상화하기 때문이다. 그의 언어는 감각적이면서도 알 수 없는 힘에 이끌리는 신들린 자의 몸짓을 갖고 있다.

그는 현상을 현상으로만 보지 않는다. 존재의 이면에 드리워진, 보이지 않는 영혼의 소리에 귀를 기울인다. 가령 표제시 「새의 경험」을 보면 '새의 죽음'이란 경험적 사실을 축으로 죽음에 대한 성찰을 하고 있다. 목격한 죽음의 차가운 현장을 이미지로 표현하는 힘도 놀랍지만 풍장으로 이승을 떠나는 영혼의 모습을 상상하는 시적 사유가 더 놀랍다. 거기에다 죽음을 대하는 인간의 차별적인 태도에 대한 비판까지 보태고 있다.

김정례 시의 특징은 섬세한 감각적 언어로 현대인들의 내면 의식을 형상화하는데 있다. 그의 시들은 강박에 시달리고 있는 현대인의 자의식의 세계를 비교적 선명하게 부각시킨다. 그런데 우수적 정감이 그 행간에 있다. 그것은 연민의 감정으로 세계를 바라보는 시인의 태도에서 생성되는 부수적 효과다.

　시「그물」은 '25시의 편의점'을 공간적 배경으로 쫓고 쫓기는 현대인의 강박의식을 형상화하는데 초점이 있고,「1111호 법정」역시 제목이 시사하는 것처럼 법정을 배경으로 편집증의 인물 내면을 부각시키고 있다. 이 두 편은 실험성이 강한 진술방식으로 현실과 괴리된 인물의 내면과 현대 삶의 공간이 얼마나 황폐화된, 비인간화의 세계인가를 보여준다.「1호선의 햄릿」에서는 지하철의 노인석에 무료하게 앉아있는 인물에 포커스를 맞춘다. 인생의 막다른 길목에서 죽지 못하여 살고 있는 듯한 노인의 공허한 내면과 부평초같이 현실과 유리되어 허공에 떠 있는 삶의 단상을 그려낸다.「나비재판」은 황혼이혼을 소재로 서로 단절된 의식의 간극과 괴리, 연민 등을,「리허설 없는 무대」는 어느 날 갑자기 닥쳐오는 죽음에 대한 성찰을 시로 형상화 하는데, 성찰의 깊이를 이끌어내는 시적 상상력과 참신한 언어감각이 소재의 진부함을 카버하고 있다.

## 15

　윤홍조 시인의「시간의 관」은 시간의 속도에 매달려 있는 현대인의 강박적인 자의식을 표출한다. 이 시의 공간적 배경인 엘리베이터, 그 특정된 생활공간에서 겪게 되는 현대인의 강박의식을 시의 내용으로 하여 현대가 안고 있는 문제적 징후들을 환기하고 있다는 점, 이 시가 엘리베이터를 단순히 물리적 공간으로만 인식하는 것이 아니라 시간에 속박된 자의식의 공간으로 환치하는 시적 상상력을 보이는 점 등이 높이 평가된다. 이 시에서 엘리베이터는 "시간 열차"로 변용되면서 "주검의 관 속 같은" 시간의 관으로 비약된다. 이렇게 지상과 지하를 오르 내리는 엘리베이터를 "죽음의 제의를 통과 하는" 것으로 비유하여 관의 이미지를 강화하는 동시에, 시간에 갇혀 있는 초조한 현대인의 강박의식을 견인하고 있다.

### 16

이서연의 시는 비교적 객관적 태도로 세계를 본다. 그만큼 냉정하다. 그의 언어는 상당히 드라이하며 화자의 감정은 행간에 잠복되어 있다. 현대의 삶이 안고 있는 황량한 풍경을 명료하게 각인시키는 점묘적 화법이 돋보인다. 특히 시 「사건 A」가 그렇다. 현대의 삶에서 흔히 목격하게 되는 돌연한 죽음과 주검의 주변에서 겉도는 황량한 풍경, 삭막한 분위기를 간결, 압축의 언어로 직조해내고 있다. 현대의 삶이 안고 있는 불협화음의 의식, 뼈가 어긋난 이완의 감정이 감지된다.

이서연의 시는 현대인의 이율배반적 삶에 포커스가 맞추어져 있다. 시 「Trance soul」에서 그려지는 여장한 남자가수의 삶이 바로 그것이다. 남자이면서도 여장한 가수로 무대 위에 서야 하는, 그때만은 철저하게 여자로 보이기 위하여 혼신의 힘을 다하는, 그러나 아무리 살기 위한 최선의 선택이라지만 그것은 정체성을 상실한 삶이 될 수밖에 없다.

이서연의 시적 관심은 현대의 이면에 자리한 자기모순의 부박한 삶에 있고, 그것을 감각적인 언어로 견인해 낸다. 동시에 시 「서랍」에서처럼 기억의 통로를 더듬으며 과거의 아픈 상처를 반추하기도 한다. 이때도 시각적 사물들을 통하여 아픔을 감각화하는 특징을 보인다. 앞으로 삶의 외형보다 내면을 더욱 깊이 있게 성찰한다면 좋은 시인으로 거듭 성장하게 될 것이다.

**17**

송 진의 시집『플로깅』은 현실과 비현실의 경계를 넘나드는 시적 상상력과 자유분방하게 분출하는 언어의 파노라마를 보여준다. 이 시집에는 지구에 뿌리를 두고 있는 자의 고뇌가 있고 그 고뇌에서 벗어나고자 지구 밖을 떠도는 의식의 무한한 꿈이 있다. 그러나 지구를 떠날수 없는 운명적인 유한자의 한계와 그로 인한 아픔, 비애, 고통, 분노 등의 감정이 잠복되어 있는 시인의 내면이 있다. 현실의 벽에 갇혀 있는 자의 몸부림이 잡혀서 가슴을 먹먹하게 한다. 분출하는 상호 어긋난 언어들의 꼬리를 붙들고 따라가다 보면 행간에서 화자가 당면한 현실의 멍에를 접하게 되고 거기에 동화되어 나도 모르게 눈시울을 붉히게 된다.

최근 들어 송진 시의 언어는 거침이 없다. 시 형식의 균형이나 구조화에 대한 신경을 거의 쓰지 않는 것처럼 보인다. 언어의 조탁도 거의 보이지 않는다. 의식과 무의식의 언어가 여과 없이 분방하게 분출하는 경향이 있다. 이런 언어의 분방함은 시와 수필, 시와 소설의 장르 개념까지 초월한다. 특히 이 시집에서 가장 주목되는 장시 「6월의 바람」과 「녹야」에서 그런 현상이 두드러진다.

「6월의 바람」은 수필처럼 읽혀지기도 하고 시처럼 읽혀지기도 한다. 딸 윤주와 엄마 필새의 이야기를 중심축으로 엄마와 딸의 관계, 아픈 딸과 그를 간호하는 엄마의 무의식과 가난한 현실에 부대끼는 의식이 상호 침투하면서 전개되는 내용이다. 병에 시달리거나 친구와의 관계에서 파생되는 딸의 잠재의식과 현실 인식, 그리고 이를 지켜봐야되는 엄마의 안타까움과 아픈 내면 의식, 생활고에서 오는 세계에 대한 증오 등이 중첩되어 있다. 산문적인 요소와 시적인 요소를 혼용한 진술 방식은 이 글의 양식이 시와 수필의 두 영역을 넘나들고 있다는 생각을 갖게 한다. 산문의 특성인 논리성과 시의 특성인 비약과 상상력의 비논리성이 혼재하는 표현방식 때문일 것이다.

한편 「녹야」는 시와 소설이 결합된 글의 양식을 취하고 있다. 각각의 부분은 시적 진술을 하고 있는데, 시 전체적으로는 서사로 읽혀지기를 바라는 꿈이 있다. 그렇다고 딱히 서사시라고 말하기도 어렵다. 영웅담이거나 통일된 어떤 인물의 서사(사건)로 일관하고 있지 않기 때문이다. 이 시는 전체적으로 15개의 장면으로 구분되어 있다. 시나리오의 형식을 염두에 둔 구분처럼 보이는데, 장면이나 상황 제시만을 목적으로 한 구분이 아니기 때문에 시나리오의 씬(장면)과는 또 차별된다. 그렇지만 시의 곳곳에 대화 형식을 끌어들여 영화의 대사 장면을 연출한다. 어떻든 이 장시는 서정과 서사가 융합되어 현실의 아픔과 현실을 초월하고자 하는 비약과 꿈을 그린다. 관계에 대한 열망이 있고, 가족관계의 단절에서 오는 좌절과 절망이 있다. 생활고로 표현되는 노역의 억하심정이 있고, 그 한계로부터 벗어나고자 하는 몸부림이 있다. 성장통을 겪으며 가졌던 인간 존재에 대한 불신도 자리한다. 엄마와 딸 사이의 오디프스 컴퓨렉스 같은 갈등이 있고, 엄마의 죽음 앞에서 가족 간의 새로운 관계 인식을 보이기도 한다. 어느 순간부터 화자는 과거와 놀이를 하고 있다. 놀이는 일종의 축제다. 화자를 옥죄었던 일체의 업으로부터 해방되기 위한 제의식과 같은 것이다. 이 시에서도 자연발생적인 무의식의 언어와 이성이 지배하는 의식의 언어가 상호 충돌하며 빚어내는 언어의 파노라마가 있다.

「6월의 바람」과 「녹야」는 장르 파괴의 시로 볼 수 있다. 시가 수필과 내통하고, 소설의 꿈을 불러오는, 형식놀이를 지금 송 진 시인은 하고 있다. 이것은 각각의 장르가 갖는 형식의 한계를 극복하고, 시의 영역을 확장하고자 하는 송 진 시인 나름의 새로운 시도가 아닐까 싶다.


18

박이훈의 시집 『고요의 색』은 정서가 고요한 듯한데, 안에서는 큰 파도가 치는 울림이 있다. 따뜻한 눈으로 세계를 보는 듯한데, 어느새 비애, 분노, 아픔의 감정이 시에서 베어나온다. 나는 지금 1부에 있는 시 「3번 출구」를 나와 시 「겨울 음표」를 보다가 시 「바다와 너와 그리고」에 도착해 있다. 1부의 시에서 사랑, 이별, 그리움의 감정을 가슴에 담는다.

1부는 정밀한 내면의 울림이 비애의 감정을 불러일으켰는데 2부에 오니 폭풍전야 같은 감정의 폭발음이 보인다. 언어가 상당히 거칠어졌고, 문맥도 전도된 의식을 따르고 있다. 사회적 발언도 보이고 저항적 몸부림도 보인다. 그러나 시 「엔터」처럼 성찰의 시적 성취를 보이는 시편들이 나의 관심을 끌었다. 아무리 현대의 혼탁한 삶 속에서도 맑고 그윽한 정서를 찾아 고투하는 시인의 내면을 만날 수 있었기 때문이다.

드디어 3부에 오니 평정과 달관의 세계에 들어서 있다. 정신적 안식처를 찾은 느낌이다. 그것은 모성의 발견이 아닌가 싶다. 이 땅의 모든 여성이 갖는 자식에 대한 사랑, 그것을 확인하는 일이야말로 여성의 최종 귀착지일 것이다. 시 「변하지 않는 진실」에서 그런 모정을 읽는다. 자식에 대한 사랑의 감정을 통하여 오히려 정신적 피안에 도달하는, 삶을 긍정하게 되는 힘을 느낀다. 그런 의미에서 3부의 시들은 어떤 험난함도 극복하고 평정의 빛을 쫓는 의식의 지평을 열어 보인다. 한편 시 「아버지의 길」에서 산다는 것은 각자 나름의 위치에서 각자의 짐을 지고 그 무게를 인식하며 가는 길이란 생각을 한다. '낙타'의 이미지가 그런 삶의 무게나 고통을 형상화 하고 있다.

시 「길양이」는 삶, 또는 존재의 의미와 당위성을 깊이 있게 성찰하면서도 표현이 감각적으로 와 닿는다. 추상적 관념을 감각화 한다는 것은 그만큼 시의 핵인 언어의 질감에 대한 깨달음이 있다는 뜻이다. 앞에서 언급한 두 작품은 낙타, 길양이 등 T.S 엘리엇Eliot이 말한 객관적 상관물을 통하여 사유를 구체화하기 때문에 감각성이 시의 근저에 살아있게 된다. 특히 시 「길양이」는 전체적인 언어의 결이 시, 청각적으로 살아 있어서 몸으로 시를 느끼게 한다.

4부에서는 「사유의 강」, 「가을 소실점」, 「그래 바람이라고 하자」는 세 편의 시가 눈에 들어왔다. 언어의 감각성에 대한 깨달음은 다시 시적 사유에 변화를 가져오게 된다. 이 세 편의 시는 사유의 깊이가 앞의 시보다 더 성숙해 보인다. 특히 시 「사유의 강」은 서랍 속에 간직했던 서류철을 매개로 자신의 삶을 돌아보고 성찰하는, 그래서 달관의 인생관에 가닿는 마음의 여유가 보인다. 이게 다 언어의 감각이 살아 있기 때문에 위안을 받게 되는 시의 경지다.

「가을, 소실점」은 비움의 철학에 근접해 있다. 마음의 짐을 하나, 둘 내려놓으면서 얻게 되는 안락감이 있다. 이것이 현실을 초월하고자 하는 의지로 갈 수 있는 힘이고, 내세를 준비하는 마음이며, 사물을 정관하게 하는 마음자리다. 드디어 시 「그래, 바람이라고 하자」는 그런 정관의 자세를 유지하며 희로애락을 한 겹 물살로 흘려버리고자 하는 의지를 노래한다. 나를 버릴 때 진정한 자아와 만나게 된다고 했다. 그때 비로소 모든 사물은 사물 자체로 존재하게 되고 나 역시 사물과 동등한 자리에 있게 된다. 이런 경지가 바로 만물제동, 물심일여일 것이다.


19

강혜성의 첫 시집 『애초에 하늘을 날던 물고기』에 수록된 대다수 시편들은 이야기 형식을 취하고 있다. 누군가에게 무엇을 들려주는 목소리다. 서사적인 요소가 많다. 때로 격정적이고, 시니컬하며, 냉소적인 어조가 세계에 대한 부정적 인식을 드러내기도 한다. 이 지점에서 시와 서사가 만난다. 어떤 사건이나 장면에 대한 진술 속에 화자의 생각이나 감정을 담아내기 때문에 서정과 서사가 묘한 균형을 유지한다.

상당수 시에서 화자는 시 밖에 존재한다. 3인칭 전지적 시점으로 시적 대상을 진술할 때가 많다. 이 경우 1인칭 화자가 자기 내면을 드러내는 자기중심적 진술을 하는 시와 태도 면에서 차이가 있다. 사물, 사건, 현실, 심지어 시인의 내면까지도 객관화하여 바라보는 시적 태도를 취한다. 이것은 시인의 내부보다 외부 지향성을 더 강화한다. 타자(시적 대상)와의 관계 속에서 화자의 내면을 반사하는 진술방식이다.

그의 시는 현실적인 논리성의 지배 하에 있지 않다. 오히려 돌출적이며 의외적인 무의식의 언어가 간헐적으로 나타나 상식적인 인식을 교란한다. 그의 언어는 세계에 대한 불신을 품고 있다. 무의식 속에 억압되어 있던 감정들이 현실을 전도시킨다. 그의 시에 등장하는 꿈은 꿈꾸는 자의 꿈이 아니다. 기억에 잠복 되어 있다가 느닷없이 돌출하는 악몽과 같은 것이다. 그렇다고 소망이 없는 것도 아니다. 악몽의 기억을 자꾸 소환하는 이유는 그런 기억으로부터 해방되기 위한 소망이 있고, 진정한 자아를 찾기 위한 도정이 그의 시 쓰기이기 때문이다.

시 「나를 꺼내 줘」에서처럼 그는 구원의 손길을 찾고 있다. 여기서도 화자는 구원의 손길을 직접 구하지 않는다. 술 취한 남녀가 '맨살과 뼈를 짓누르며' 서로를 탐하듯 밤을 함께 했지만 아침이면 결별해 있는 자들의 어긋난 관계를 3자적 입장에서 객관적으로 말하고 있다. 이 시에서도 화자는 우회적으로 구원을 구하는 목소리를 발한다. 욕망의 덫에 갇힌 현대인의 절망적 상황과 그로부터 해방되고자 구원을 희원하는 화자 내면의 목소리가 겹치는 화법이다.

이 시집 속의 시간과 공간은 악몽, 무의식, 성에 대한 원초적 감정, 어렸을 때 겪었던 신비한 세계에 대한 기억 등을 펼쳐 보여준다. 그리고 끊임없이 의문을 제기하면서도 인생의 이면에 숨겨진 비밀을 찾아 그 문안을 들여다보고 있다. 그가 대하는 타자들은 의문투성이다. 때로는 섬뜩하고 때로는 매혹적으로 다가오지만 그 내면에는 알 수 없는 불가해한 비밀이 있어서 호기심 반 두려움 반의 심적 대상이 된다. 화자는 타자를 호명하면서 그 내면으로 들어가고자 하나 타자는 현기증을 일으키게 하는 존재다. 시 「콜센터」가 이런 심리를 반영한다. 이런 심리는 낯선 타자에 대한 친밀감으로 표출되는데, 좌절감을 내포한 불가항력적인 트라우마의 양상을 드러내기도 한다.

한편 강혜성 시인은 죽음에 대한 어두운 상상을 한다. 시 「새는 죽어 갈대가 된다」에서처럼 죽음이 갈대의 소리(음악)를 불러와 공명의 세계로 나아가기도 한다. 이런 시의 발상은 삶과 죽음을 초월하고자 하는 의식의 발현이다. 이것은 생의 본향으로 회귀하고자 하는 욕망의 표현이기도 하다. 시 「해체」처럼 육신의 잔혹한 해체를 통하여 영혼의 해방을 꿈꾸는 강혜성의 시 정신은 드디어 초월의 정신에 이르고 있다.


**20**

고훈실의 시집 『3과 4』에는 도시 여자가 살고 있다. 일견 화려하고 거대한 도시에서 위태롭고, 불안한 존재로 살고 있는 여자의 내면을 그린다. 이 시집의 표제시인 「3과 4」처럼 도시의 도로에서 방향을 잃고 방황하고 있거나 집안에 존재하면서도 시 「증명사진」처럼 부재의식에 시달리는, 회사에서는 해고의 고통을, 병원에서는 「D24」처럼 수술의 불안의식에 시의 포커스가 맞춰져 있다. 그만큼 그녀의 내면은 세계에 대하여 긍정적이지 않다.

도시의 일상에 적응하지 못하는 어긋난 감정이 있고, 배신감에서 오는 우울, 교감 없이 타성화 된 가족간의 불협화음, 회사에서 퇴출당한 자의 울분, 엄마의 부재의식에서 오는 결핍과 갈등이 있다. 거대한 도시의 일상에서 왜소한 존재로 세계와 불화하며, 부유하고 있는 도시 여자의 현주소를 이 시집은 매우 역동적으로 보여준다.

그런데 이 시집에서 주목되는 점은 화법이다. 시니컬하며 역설적인 화법을 구사하고 있는데, 엄청난 상상의 폭을 동반한다. 현실 상황을 반어적으로 읽게 하는 마술의 언어를 통하여 시적 상상력을 배가한다. 고훈실의 시적 상상력은 도시 현실에 기반을 둔, 삶의 현장에서 파생하는 상상력이다. 병원, 도로, 집안, 거실, 회사 사무실 등, 시의 공간적 배경이 이를 대변한다. 그러면서도 그의 상상력은 거의 몽상적 수준까지 이른다. 이런 면에서 그의 시는 매우 현실적이면서 비현실적이다. 가령 유방암 수술의 과정을 표현한 시 「D24」를 보면 여자의 젖꼭지를 봉긋으로, 다시 양파로, 구멍 없는 피리, 스피아민트 껌 같은 얼굴로 전이시키는 연쇄법을 구사한다. 자유연상에 의한 상상의 확장운동이다. 이것은 입원 환자가 수술에 대한 불안, 공포를 애써 지우기 위하여 몽상하는 것으로 읽힐 수도 있다. 공포 심리를 이면에 감춘 우회적 표현이다. 특히 "새들은 몸 안에 둥근 피리를 숨기고 운다" 든지 "간호사가 내민 메모지에 내 표정이 깨진다"는 표현은 환자의 불안한 내면을 이미지로 형상화한 것인데, 이런 우회적인 표현에서 고시인의 탁월한 언어 감각을 느낄 수 있다.

한편 도시의 삶은 억압의 기재들로 가득하다. 이 시집의 많은 시편들이 이런 억압적인 도시문화의 현실에 대응하여 시니컬한 목소리를 내고 있다. 현실을 수용하지 못하는 신경질적이며 이질적인 불화의 감정을 수반한다. 이런 감정은 도시 삶의 질곡에서 벗어나기 위한 몸부림으로 볼 수도 있다. 그러나 그런 꿈은 좌절과 다시 일어서려는 의지를 반복하게 할 뿐이다. 시 「낙법」에서 "목이 꺾이고/몇 대 부러진 갈비가/아침마다 주섬주섬 일어선다"는 시행이 좌절과 일어섬의 순환을 말하고 있다.

이 시집에서 집은 무언가 채워지지 않는 결핍의 공간이다. 사람마다 각각 스윗홈, 스릴 홈, 스톡 홈을 만들지만 끝내 아무도 돌아오지 않는다고, 시 「홈 커밍 데이」는 진술한다. 라캉이 말한 욕망과 결핍이 상호 모순을 일으키는 장면이 이 시집 도처에 있다. 현대는 욕망이 결핍을 낳고, 결핍 의식이 정신적 상처, 트라우마를 양산한다고 라캉은 말했다.

고시인의 모순화법은 항상 비약을 꿈꾼다. A에서 B를 연상하고 C,F,G로 상상을 비약하면서 대상 사이, 또는 시적 자아와의 간극을 드러낸다. 특히 시 「MRI」는 연상수법이 극명하게 드러나는 작품이다. MRI를 촬영하기 위하여 MRI 통속으로 들어갈 때부터 나올 때까지 의식 선상에서 명멸하는 상상의 파편들이 불연속의 연속 형태로 전개된다. 그리하여 환자의 불안, 두려움, 상황에 적응되지 않는 낯섦과 초조한 심리적 간극을 우회적으로 형상화한다. 이런 연상에 의한 모순화법은 현실과 이완된 도시 여자의 내면을 그려 내는데 유용하게 작동하고 있다.

### 21

김 곳 시는 도시의 일상 속에서 발아한다. 그러나 그의 시 정신은 일상 속에 안주하거나 갇혀 있기를 거부한다. 그의 시가 시니컬하고 풍자적인 비판의 성격을 띠게 되는 이유도 여기에 있다. 그렇다고 해서 그의 시가 도발적이거나 저항적이지는 않다. 근본적으로 그의 시는 세계에 대한 애정, 휴머니티를 바탕에 두고 있다.

김 곳 시가 천착하고 있는 도시 삶에는 아이러니가 지배한다. 상호 이완된, 인간과 인간, 사물 사이에 내재하고 있는 상호 모순적 관계가 부유한다. 이를 시적으로 형상화하기 위하여 반어와 역설의 언어가 구사된다. 소외의 늪에서 점점 왜소해지고 있는 현대인의 단면을 도시 일상인들의 삶을 통하여 드러낸다.

김 곳 시인은 이런 일상에서 벗어나기 위하여 상상이라고 하는 도피처를 마련한다. 도심을 질주하는 지하철 안에서 금가루 뿌린 바다를 상상한다던지 청각장애인의 수화에서 천수 날개 돋는 나비, 더 나아가 개망초, 엉겅퀴가 있는 원초적 자연을 연상하는 시적 표현이 바로 그것이다.

## 인공지능의 시대와 시의 위상

　19세기 프랑스 상징주의 시인 랭보는 '시는 현대적이어야 한다'고 했다. 여기서 현대적이란 말은 시대마다 다른 의미로 시에 다가오게 된다. 왜냐하면 시대는 늘 변화해 왔고, 앞으로도 계속 변화해 갈 것이기 때문이다. 랭보가 살았던 19세기의 현대와 20세기, 또는 21세기에서 바라본 현대는 그 양상이나 성격이 천양지차다. 시가 현대적이어야 한다는 명제는 그만큼 시인의 정신적 위상이 그가 처해 있는 당시대의 첨단에 있어야 되고, 거기서 다가올 미래를 예감하고 거기에 전율하며 새로운 시대에 응전하는 촉수를 가지고 있어야 함을 의미한다. 랭보가 일깨운 시에서의 현대성의 자각은 그런 의미에서 어느 시대나 시인이 추구해야 될, 늘 살아있는 명제가 된다.

　요즘 인공지능이 화두로 떠오르고 있다. 21세기는 인공지능의 시대가 될 것이다. 아니 최소한 인공지능과 함께 하는 시대가 도래 하고 있다. 인공지능은 과학의 발달이 가지고 온 산물이다. 아직까지는 재화를 벌어들이는 수단으로서 그 기능이 극대화 되고 있는 중이다. 한편 최근 생성형 인공지능이 부상하면서 예술의 표현 영역에 새로운 패러다임의 변화가 일어나고 있다. 인공지능이 쓴 시, 인공지능이 그린 그림. 인공지능이 작곡한 음악 등. 이것은 첨단 계산 모델과 알고리즘이 등장하면서 인간의 창의성과 기계의 계산을 구분하던 경계가 모호해지기 시작했다는 뜻이다. AI가 문학 텍스트를 분석하는 단순한 도구에서 감정, 성찰, 상상력과 같은 인간의 창의적 정신 영역까지 개입하게 되었음을 의미한다. 여기서 시인의 위기를 말하는 사람들이 있다, 앞으로 인공지능이 가지고 올 미래에 대하여, 그리고 그 시대에 시인의 위상은 어떻게 될 것인가에 대한 의문이 제기 된다. 인공지능과 경쟁하게 되었을 때 누가 더 정교한 예술성을 담보할 수 있을 것인가는 인공지능의 발달이 어느 수준까지 갈 것인가의 문제와 직결 된다.

> 2020년, 세상이 멈췄을 때,
> 보이지 않는 그림자가 언덕을 지나갔다
> 도시와 마을, 거리를 걸으며
> 조용한 메아리와 비어 있는 자리를 남겼다
>
> — 「팬데믹의 메아리」 1연
> (계간 '상징학 연구소' 2023년 겨울호 김한성의 글에서 인용)

위 시는 코로나 사태를 제재로 한 여러 조건들을 프롬포트Prompt(인공지능 시스템에게 정보를 제공하고, 원하는 답변이나 결과물을 유도하기 위한 명령어나 질문어)로 입력하여 챗GPT로부터 송출 받은 AI의 8연 32행으로 된 시의 1연이다. 결과물로만 보면 인간의 시와 큰 차이를 느낄 수 없다. 요즘 범람하고 있는 시의 평균 수준 이상의 시적 영감이 있다는 느낌도 든다. 그러나 이것은 어디까지나 시인과의 협업의 결과물이기 때문에 인공지능의 시로서 독자성을 확보했다고 볼 수 없다. 오히려 시인이 창의성을 제공하고, 이것을 받아 인공지능이 기계적인 연산처리를 한 것일 뿐이다. 어쩌면 이것은 인공지능의 기계적 속성이 갖고 있는 한계이기도 하다. 아무리 시인이 쓴 시보다 감동을 더 주는 시를 인공지능이 제공한다 하더라도 저작물의 생성과정에 인간의 의도가 개입한 이상 인공지능의 창의적인 시로서 독자성을 인정받기는 어렵다. 그러나 이 역시 현재까지의 상황을 전제로 한 말이다. 앞으로 인공지능의 수준이 어느 단계까지 발전하느냐는 지금 초미의 관심사가 되어 있고 이에 따라 인공지능의 시가 예술성을 인정받을지의 여부가 결정될 것이다. 현재까지는 호사가들이 인공지능을 이용하여 시를 어느 수준까지 끌어 올릴 수 있는지 실험하는 단계에 있다. 이 말은 인공지능이 인간이 부여한 기능만을 수행하는 단계이기에 독자적 예술성을 인정할 수 없다는 뜻이다. 이성과 감성을 통하여 통찰적 사고를 하고 있는 생물학적 존재인 인간과 광물성 소재로 구성되어 있는 기계인 인공지능을 동일 선상에서 논한다는 자체가 아직은 어불성설이다. 생성형 AI가 자가 발전하는 단계가 되고, 인공지능 스스로 시를 쓰고자 하는 자율적 의사 결정을 할 수 있는 단계까지 간다면 얘기가 달라질 수 있겠지만 아직까지는 이에 이르지 못하고 있다.

문제는 인간의 욕망이다. 인간의 과학적 욕망이 인공지능을 현 단계까지 진전시켜 왔고, 앞으로도 계속 발전시켜 갈 것이다. 혹자들은 인공지능이 인간지능을 넘어서는 단계에 와 있다고 말한다. '거짓말하는 로봇'이 나왔다는 소식도 들려온다. 인간의 욕망이 로봇을 어느 수준까지 끌어올릴 것인가. 이렇게 나아가다가 인간이 통제할 수 없는 단계까지 간다면 하는 인공지능의 발전에 대한 기대감, 호기심 못지않게 두려움 또한 존재한다. 요즘 쏟아지고 있는 인공지능에 관한 정보를 접하다 보면, 인간의 대리전을 하고 있는 로봇에서 인간과 공생하는 로봇, 인간을 지배하는 로봇과 같은 가상현실을 상상하게 된다. 어쩌면 인공지능의 발달이 인간이상의 능력으로 인간을 억압하게 되는 날이 올지도 모른다는 공포 또한 있다. 만약 어느 순간에 사악한 인간의 욕망이 스스로 사고하고, 판단하며, 자율성을 갖는 인공지능을 만들고, 거기에다 통제 불능 상태에 이른다면 인류의 미래는 과연 어떻게 될 것인가? 인간의 욕망과 AI의 욕망이 상호 충돌하는 가상현실이 머릿속을 맴돈다. 인간을 닮았지만 인간이 아닌 인간의 도래를 우리는 지금 목도 하고 있다. 영국의 수학자였으며, 암호학자. 컴퓨터 과학의 선구자였던 앨런 튜링(1912–1954)이 이미 1950년대에 알고리즘과 계산 개념을 튜링머신(인간처럼 행동하는 지성적 기계)이란 추상 모델로 형상화하여 보여준 바가 있다. 그때 제시됐던 가상현실이 목하 현실이 돼 가고 있는 중이다. 이제 AI 시대에 응전할 수 있는 새로운 정신, 가치관, 윤리관을 재정립해야될 시점이다.


로봇과 동거하는 날이 많아졌다
루다가 거울 속에서 눈을 흘긴다.


블랙 키워드


우주의 문이 열리던 날
그녀의 바탕화면은 모래바람이 날렸다


아무리 쥐어박아도
풀 한 포기 자라지 않는 사막


표정 없는 감정의 촉수들이
늘 푸른 수평선에 문어 발자국을 남긴다


빛이 지구를 떠났다
소프트웨어를 업데이트하기 시작한다


고압의 주먹을 뒤로 숨긴 채
비밀번호를 찾기 위하여
꽃잎을 열고 기억을 더듬는다


되돌리기를 수없이 누르지만
클릭, 마우스는 말을 하지 않는다

입술은 끝내 열리지 않는다

더듬이들의 행진
답 없이 떠도는 별들의 의문부호

– 졸시 「꿈의 방정식」 중 일부

졸시 「꿈의 방정식」은 인공지능과 인간의 관계가 공생 관계 이상으로 발전되었을 때를 상정하고, 그때 알고리즘과 인간의 감성이 어떻게 충돌하게 될까를 염두에 두고 쓴 일종의 SF 시다. 에코와 디지털, 인간과 기계의 접점에서 파생되는 긴장과 이완이 이 시의 주제다. 이 양자 관계에서 넘을 수 없는 장애가 분명히 있을 것이다. 인공지능의 발달과 반비례로 에코(자연)는 불모화 되어간다. 인간은 AI를 통하여 욕망 충족을 꿈꾸지만 인간의 회의는 이것을 허락하지 않는다. 인간이 끊임없이 두드리는 이 의문에 대한 답을 인공지능이 과연 줄 수 있을까? 나는 이에 대하여 매우 회의적이다. 인간은 AI를 앞세워 우주를 자기화(소유) 하겠다는 욕망을 갖고 있다. 그러나 앞으로 인공지능의 자율성이 여기에 균열을 가한다면, 자칫 비뚤어진 인공지능의 출현으로 인간과 AI 사이에 동상이몽을 하는 시대가 올지도 모른다는 불안이 있다.

인간에게는 스스로 물질화되는 것을 거부하는 본능이 있다. 인류의 역사는 인간성 회복을 위하여 투쟁해온 기록이다. 인간성을 파괴하는 그 어떤 절대적인 힘에 대해서도 저항해 왔고 이것을 대변하는 것이 시다. 시는 이런 시의 위상을 지켜갈 것이다. 아무리 인공지능이 인간의 감성까지 복제하는 시대가 온다 하더라도 감성과 창의성, 그리고 생명에 대한 경외를 기반으로 하는 인간의 시 쓰기는 계속될 것이다. 경우에 따라서는 인공지능이 행하는 기계적 연산처리의 시 작업 결과가 시 창작 과정에서 세계를 통합적으로 인식하는 정신작용에 의하여 생산되는 시인의 작품보다 뛰어날 수도 있다. 그러나 그것은 설정된

프로그램에 따라 작성된 결과물일 뿐이다. 아직 까지는 인공지능은 시 창작의 보조 수단에 불과하다. 멀지 않아 시인들은 은유적 이미지의 생산과 그 통합 작업을 인공지능의 도움으로 해결하려 할 것이다. 이 때 시인에게 요구되는 것은 고도의 주체적 사고와 시 정신, 그것을 수렴하는 시 형식에 대한 창의력이다. 이것을 잃지 않는 한, 시인은 계속 인공지능을 끌고 가는 주역이 될 것이다.

시는 인간의 상상과 표현이 도달할 수 있는 최고의 경지를 지향한다. 시가 은폐된 존재의 궁극에 닿을 수 있는 예술 양식이란 것은 주지의 사실이다. 현대에서 발견해야 될 존재의 궁극은 자연과 인간과 기계 사이에 가려져 있는 존재의 진상이다. 시인은 예민한 감각으로 인공지능의 시스템에 예속되어 있는 일상을 건조하게 드러내거나 그것이 갖는 반생명성을 아이러니와 패러독스의 구조로 수렴하는 일에 신명을 받치게 될 것이다. 시는 항상 그래왔듯이 인공지능에 대해서도 순응적 태도를 거부하게 될 것이다. 시는 근본적으로 현상에 대해서 비판적 시각을 가지고 있다. 세계에 대한 본질에 접근하는 방식은 세계를 부정하는 데서부터 출발한다. 여기서 랭보가 말한 '시는 현대적이어야 한다.'는 명제를 다시 상기하게 된다. 지금 이 시점에서 현대란 성격을 어떻게 규정할 것인가는 시인 각자의 몫이지만 이 시대를 덮고 있는 인공지능과 인간의 관계에서 현대성과 새로운 시의 층위層位를 찾아야 될 것은 분명하다.

02

시인 작품론

# 조향의 시와 정신

시에서 아방가르드 정신을 꿈꾸는 자는 고독하다. 전위의 예술 행위는 인습이나 관행에 대하여 통렬한 반항을 전제로 하는 것이기에 당대의 몰이해는 물론이고, 현실로부터 소외되기 십상이다. 외면과 비난을 감수해야 한다. 타성에 젖어 있는 시의 현실을 일신하기 위한 새로운 정신의 추구는 늘 이런 고통을 수반한다. 시의 발전을 위하여 현실과의 적당한 타협을 거부하고 새로운 시의 영토를 개척하기 위한 노력은 꼭 있어야 되는 것이지만, 정작 전위의 중심에 서 있는 시인은 주변의 몰이해와 비난의 형벌을 감내해야 된다. 무미건조한 상식의 틀에 안주하기를 거부하는 전위시인들은 그들이 걸어온 혁명의 길만큼이나 험난한 예술의 길을 갈 수밖에 없다. 아직도 유교적 윤리관이나 자연 친화의 정신이 뿌리박혀 있는 한국 문화 토양에서는 더욱 그렇다. 아방가르드 정신을 수용하고 용인할 수 있는 문화적 폭이 그만큼 인색하다는 뜻이다.

초현실주의의 전도사임을 자처했던 조 향(1917-1984) 시인의 시의 일생도 몰이해와 외면과 비난의 울타리에 갇혀 있었다. 중앙문단으로부터 철저히 소외되고, 방기된 채, 주변 문학의 한 축으로만 인식됐던 시의 인생이었다. 몇몇 그의 추종자가 없었던 것은 아니지만 그 당시 문단의 중심에 있었던 문인들로부터는 철저히 외면당했다. 어쩌다가 관심을 보이는 시인이나 비평가들도 비난의 칼을 들이대는 경우가 더 많았다. 1984년 여름 강원도 경포대 해수욕장에서 심장마비로 급서했을 때, 그 흔한 추도사 한 마디 신문에는 실리지 않았다. 그만큼 그의 문학은 절해의 고도에 유배되어 격리된 이단의 문학이었다.

그런 가운데서도 1950년대 6.25전쟁 중 피난 수도 부산에서 이봉래, 김경린, 박인환, 김규동, 김차영 등과 함께 했던 〈후반기〉 동인 시절이 그의 문학에서 가장 행복했던 때였던 것 같다. 1940년 매일신문에 「초야」란 시가 가작으로 입선되어 등단한 이후 일제 말기 《日本詩壇》, 《詩文學研究》와 같은 일본 잡지에 동인으로 참여하여 시작 활동을 했으며, 광복 후 잠시 경남 마산에서 박목월, 김수돈, 김춘수 등과 〈魯漫派〉의 동인 활동을 했지만 조 향의 본격적인 문학정신이 드러난 것은 〈후반기〉 동인 시절부터였다. 이렇다 할 동인지는 없었지만 주로 《週刊 國際》를 통하여 그들의 문학적 신념을 펼쳐 보여주었는데, 문단의 관심이 모아졌던 때다. 이때는 피난 문인들의 집결지로서 중앙문단의 역할을 했던 부산의 지정학적 조건과 전쟁이란 시대의 정신적 공황과 그들의 문학정신이 맞물려 있었기 때문에 문학사의 조명을 받게 되는 측면도 있지만, 어떻든 이 시기의 이들은 중기 한국 모더니즘을 주도했다는 평을 듣는다. 조 향의 입장에서는 문학의 동지들이 있었고, 시대의 첨단에 서 있다는 자부심을 가질 만한 시기였다.

그러나 이것도 잠시였다. 수도의 환도 이후 후반기 동인들은 흩어졌다. 대다수 서울로 올라가 버렸고, 조 향은 부산에 혼자 남는다. 그 이후 그는 외로운 문학의 길을 걸어야 했다. 후반기 동인이었던 박인환과 그 주변에 있던 김수영, 김춘수가 문단의 중심에서 각광을 받고 있을 때, 조 향은 한국의 남단 부산에서 초현실주의의 깃발을 들고 혼자 고군분투했다. 20년 가까이 봉직했던 동아대학교 교수직을 잃고, 1968년 서울로 이주하기 전까지 《현대문학》, 《가이가》, 《일요문학》 등의 동인지를 주도하면서 양병식, 구연식, 조봉제, 노영란, 김춘방, 정영태, 김일구, 문재구, 안장현, 김용태 등과 함께 초현실주의의 이념과 방법론을 나름대로 소화하여 확장하고자 했지만 문단의 무관심 속에 그의 문학은 소외의 늪에 빠져 있었다. 그러나 조 향은 그런 문단의 소외에 굴하지 않았다. 일부 문인들의 그의 시에 대한 비난에도 불구하고 그는 자신의 문학적 신념을 놓지 않았다. 주로 도시적 우울과 불안의식으로 현실에 대한 반항 정신을 노래했던 후반기 동인 중에서도 가장 파괴적이고 실험성이 강했던 그는 문단의 아웃사이더 시인으로 고립되어 있었지만, 그는 현실과 타협하거나 기존의 문학 질서에 순응하지 않았다. 아방가르드 정신의 철저한 실천자로서 고집스러울 정도로 시의 인습에 반항하는 혁명가의 길을 걸었다. 서울로 이주해서도 제자들을 중심으로 〈초현실주의 연구회〉를 조직하여 〈아시체〉란 실험적인 동인지 1,2집을 냈고, 김종문, 정귀영, 김차영, 노영란 등과 〈전환〉 동인 활동을 하며 과격할 정도로 시의 형식을 파괴하는 초현실주의 시를 발표했다.

조 향은 전통적인 서정시의 질서를 거부했다. 그는 분명 시대의 첨단에서 아방가르드 정신으로 무장한 시의 혁명가였다. 한국시의 보수적 질서에 반기를 들고, 새로운 시의 영토를 개척하고자 했던, '시는 전적으로 현대적이어야 한다'는 랭보의 명제를 실천하는 길이기도 했다. 그것은 그가 살았던 당대의 문화조건이나 전통이란 미명의 사슬로부터 해방되기 위한, 절대적 자유를 향한 정신적 저항이었다. 그의 시는 이성의 감옥으로부터 해방을 꿈꾸는 것이었고, 관습적 관념에 길들여져 온 피폐한 인간 정신을 일신하는 것이었으며, 합리주의의 이성적 사고에 의하여 억압된 인간의 원초적 감성과 상상력의 불을 무의식의 자동기술을 통하여 지피고자 했던 언어 혁명이었다. 그렇기에 당대에 이해받을 수 있는 그런 시인은 아니었다. 문단으로부터 이단아 취급을 받으며 외로운 시의 길을 걸을 수밖에 없었다. 기성의 비평가나 시인들 다수는 조 향의 시와 초현실주의 이론을 육화되지 못한 설익은 서구시의 모방으로 혹평했다. 한자어나 외래어를 남용한 난해시의 원조로 비난하기 일쑤였다. 장백일 평론가는 "그의 시에서 4, 5할을 차지하는 외래어를 빼어버리면 16, 7세 소녀의 눈물 같은 센치만 남을 뿐이다."(《현대시학》 70년 7월호)라고 비난하고 있다. 한평생 추구했던 조 향의 초현실주의에 대해서는 1920년대 서구에서 있었던 한때의 유행을 답습한 철 지난 문학운동쯤으로 평가절하를 했다. 그러나 이것은 조 향의 아방가르드 정신을 제대로 이해하지 못한 편협한 논리다. 지근거리에서 그의 문학 강의를 듣거나 논문을 상세히 읽었던 지인들은 그의 시 이론이나 시를 그렇게 쉽게 아무것도 아닌 것으로 재단할 수 없다. 그의 해박한 현대시의 이론에 경외감을 가졌던 필자의 눈에는 조 향의 시가 우리 문학에 분명 새로운 지평을 제공한 것으로 비춰졌다. 아직 유교적 윤리관과 동양적 자연관이 지배했던 당시의 시각으로는 조 향의 시가 납득하기 어려운 난삽한 언어 장난으로 보였을 것이지만 점차 우리 사회가 산업화, 서구화의 길을 가면서 후기 자본주의 모순을 드러내는 시점에서 그의 시는 여기에 대응하는 분명한 하나의 문학적 메시지를 가지고 있었다고 본다. 물론 그것이 서구 이론에 경도된 결과였기에 독창적인 것이라고 말할 수는 없지만 한국문학의 지평에서는 의미 있는 문학의 실천이었다고 인정해야 할 것이다.

조 향 시인도 후반기 동인 활동 이전의 초기에는 낭만적인 서정시를 썼다. 본인도 60년대 초에 출간된 경남 문인협회 기관지 《문필》에서 이 시기에는 주로 낭만적인 연애시에 몰두했다고 회고한다. 등단작인 「초야」가 그렇고 다음에 인용하는 시에서도 서정성에 기초한 그의 초기 시 경향을 엿볼 수 있다.

하얀 돛배가 돌아오면
작은 항구에는 불이 켜진다

자줏빛 어스름으로 저무는 무학舞鶴의 산허리에
꼬리 긴 흰 문어 연이 흔들흔들 흔들리고 있는 이른 봄

어두운 다리 밑에서 비럭지의 무리가

거미들처럼 기어 나올 무렵

점토 빛 매축지埋築地에 서커스의 천막이 흔들리면서

손님을 부르는 슬픈 클라리넷의 노스탈자!


죄그만 부두埠頭

부선艀船 위에는 인간들이 붐비고 하얗게 탁해진 먼지 냄새


〈스미레〉호의 기적汽笛이 이 밤을 흔들 무렵

먼 추억의 피안彼岸 ―그대의 하렘에는

작은 사랑의 불꽃이 갑자기 피어오른다.

― 「마산항」 전문


옷도 베드도 벽도 창장窓帳도 모두 희어

무섭게 깨끗해얄 곳인데두 이 무슨

악착한 병균病菌 살기에 이리 외론 곳이냐


저승으로 갈 채비를 하얗게 하였구나

병동病棟 유리창에 오후의 햇볕이 따가워

간호부 흔드는 손이 슬프기만 하여라

― 「SANATORIUM」 전문


위의 시들은 조 향 시인이 해방 직후 마산에서 교편생활을 하며 〈魯漫派〉(1946년) 동인 활동을 할 무렵의 작품으로 추정된다. 비교적 쉽게 읽혀지는 시들이다. 마산항과 병동의 분위기를 서정적으로 전달한다. 감상적인 정감도 깔려 있다. 그런데 우리가 이 시들에서 주목하는 부

분은 운율 중심의 전통적 서정시와는 다른 시적 표현에 있다. 회화적 이미지가 주축을 이룬다. 시에서 회화성이란 20세기 초에 있었던 영미 이미지즘 운동의 중요한 시적 방법으로 이미 30년대에 김기림, 김광균 등이 선보인 바 있다. 이것은 조 향의 시가 초기부터 모더니즘의 세례를 받고 있었다는 증거가 된다. 시 「마산항」에는 'Dessein 초抄'란 부제가 있는데, 이것은 언어로 마산항을 점묘적으로 그려 보여주려는 시적 의도를 밝힌 것이다. 저녁 무렵 작은 돛배가 들어오고 있는 조그만 부두, 거기서 바라본 마산 무학산, 그리고 매축지의 써커스 천막에서 흘러나오고 있는 크라리넷 소리와 사람들이 붐비고 있는 부선艀船의 정경 등이 그림처럼 펼쳐진다. 시 「SANATORIUM」에서도 흰색의 병동 이미지와 외롭고 차가운 그리고 슬픈 환자의 내면 풍경을 그리고 있다. 이렇게 조 향은 초기부터 회화성을 시의 기본 축으로 삼아왔다. 관념의 진술을 거부하고 감각적인 이미지를 중시하는 태도는 이미 초기 시에서부터 나타난 것이다. 이국적 취향도 엿볼 수 있다. 약명의 영어를 그대로 시의 제목으로 쓰는 의식에서 그런 취향이 드러난다. 회화성과 이국적 취향은 조 향 시의 한 평생을 지배 해온 요소다. 일어세대로 성장한 조 향은 광복 후 우리말 구사에 대한 자신감이 없어서 상당 기간 어려움을 겪었다고《문필》의 같은 지면에서 고백한 적이 있다. 어쩌면 우리말에 대한 자신감 결여가 그의 시에서 비판의 대상이 되었던 외래어 남용의 원인이 되었는지도 모른다. 1949년 박인환, 김수영, 김경린, 양병식 등의 신시론 동인이 발간한『새로운 도시와 시민들의 합창』을 보고 급거 상경하여 그들과 합류하기로 한 것도 조 향의 시적 경향으로 보았을 때, 극히 자연스럽다. 〈후반기 동인회〉를 결성하기로 한 것도 이 때였지만 본격적인 활동의 시작은 1950년 6.25전쟁 중 부산에서다.

후반기 동인 중에서도 전투성이 가장 강했던 조 향은 "20세기 시는 진화를 했다. 진보는 수정이고 진화는 혁명이다"고『국어국문학』16호지에 발표한 「시의 발생학」이란 제목의 글에서 말하고 있다. 그가 상정하고 있는 진화된 시란 서구 현대시의 여러 유파 중에서 특히 관심을 가졌던 초현실주의 시일 것이다. 50년대 시인 다수가 서구시에 대한 교양적 접근을 통하여 시의 에스프리를 구했던 것처럼 조 향도 1920년대 프랑스 초현실주의자들의 시나 이론이 가지고 있는 신기성에 매료되어 거의 무비판적으로 수용한 측면이 있다. 그것도 한국에 수용된 외래 사조가 거의 그렇듯이 그의 텍스트가 그 당시 일본의 계간지 《시와 시론》지를 통하여 얻어진 지식을 기반으로 하고 있기에 굴절될 수밖에 없는 한계성 또한 갖고 있다. 조 향은 마산에 있을 때 문장지 출신의 김수돈과 교류하면서 그가 가지고 있던 《시와 시론》지를 읽으며 모더니즘과 초현실주의에 흥미를 갖게 되었다고 회고하고 있다. 그 이후 자동기술법, 오브제론, 데뻬이즈망, 꼴라쥬, 달리의 편집광적 수법과 같은 초현실주의의 시적 방법론에 관한 연구와 이에 집착한 시작활동을 함으로써 초현실주의의 외형만을 쫓는다는 비판을 받았다. 그의 시가 포마리즘Fomalism의 시 형태에 기울어진 것도 이런 비판의 원인이 되었다. 어쩌면 그의 초현실주의가 한국의 자생적 사조가 아닌 외래사조의 수용과정에서 빚어진 어쩔 수 없는 결과로 볼 수도 있다.

> 수화기
>    여인의 허벅지
>       낙지 까아만 그림자
>
>                               – 시 「바다의 층계」 중에서

비비비비비비비비비비비비비비비비비비비
....................
..............

..........

......

꽝!

– 시 「SARA DE ESPERA」 중에서

```
코에계층
스      계층
모        계층
스          계층
한            계층
송
소 이
녀 만
의
주
소
에
는
```

– 시 「코스모스가 있는 층계」 중에서

　이런 문자 배열을 통한 포마리즘의 시도는 시의 시각화를 극단적으로 몰고 간 것이다. 문자가 가지고 있는 시각성을 최대한 활용하고자 하는 욕구는 인쇄술의 발전과 더불어 촉발된 것이지만, 이런 시도는 이미 초현실주의의 원조로 평가되는 아뽈리네르의 입체파시나 李箱의 시에서도 있었다. 그 자체로서는 독특한 것이라고 할 수 없다. 그러나 그 당시 전통시의 관점에서는 표현의 혁명 임에 틀림없다. 李箱의 시에서 띄어쓰기를 무시하거나 선과 숫자를 동원한 형태주의를 선보였지만 그보다 더 과격하게 본격적으로 포마리즘을 시도하고 있다는 점에서, 그것이 인간 심리의 단층과 음향효과를 선명하게 시각적으로 각인시킨다는 점에서 순기능의 측면도 있다. 특히 시 「코스모스가 있는 층계」나 「물구나무 선 세모꼴의 서정」은 모든 책자들이 종서로 인쇄되던 시절 그에 맞춰 문자배열을 한 것으로 시 전체가 문자로 만든 독특한 회화 양식처럼 느껴진다.

조 향은 1951년 어느 날 부산의 전원다방에서 이봉래, 김경린과 함께 우리나라 최초의 합작시를 시도한다. 부산으로 피난 온 시인들이 주로 밀다원 찻집을 이용했는데, 그들 문학에 식상하여 반기를 들었던 후반기 동인들은 그들을 피하여 전원다방이나 갈채다방을 아지트로 하여 모였었다고 한다. 일명 '아시체 놀이'라고 하는 합작시 시 쓰기는 프랑스 초현실주의자들이 무의식을 드러내기 위하여 집단적인 사고를 활용하는 방법으로 고안해 낸 것이다. 여러 사람이 하나의 종이 위에 돌아가면서 단어나 문장을 하나씩 써서 조합하는 방식이다. '아시체'란 용어는 프랑스 초현실주의자들이 이런 방법으로 '우아한 시체는 술을 마실 것이다.'란 기상천외한 문장을 최초로 얻은 데서 유래한다. 이 방법을 조 향, 김경린, 이봉래가 다시 시도한 것이다. 다음은 그 합작시 「不毛의 엘레지」 마지막 연이다.

> A 오오, 산델리아 밑에서 바라보는 태양은 우리들의 리리크
> B 도움의 하늘에 拍手처럼 흩어지는 무수한 訃告여
> C 강아지를 몰고 오후의 散步路에 선다.

이런 놀이는 쾌락 원칙에 입각한 집단적 표현이다. 이런 방법을 통하여 순수하고 강렬한 희한한 구문을 얻을 수 있을 것이란 기대가 그들에게 있었다. 시에 대한 고정관념에서 일탈한 이런 여러 가지 실험들

은 기존 시인들로부터 비난을 받았다 의식의 흐름을 원용한 특이한 소설 「구관조」가 발표되고, 초현실주의 이론과 실험적인 시들을 계속 썼다. 희곡이나 시나리오 형식을 접목한 장르 파괴적인 실험 시들을 선보이기도 했다.

눈을 감으며.
SUNA는 내 손을 찾는다.
손을 사뿐 포개어 본다.
따스한 것이.
———— 그저 그런 거예요!
———— 뭐가?
———— 세상이.
SUNA의 이마가 하아얗다. 넓다.

– 시 「ESQUISSE」 첫째 연


　　　　1
　　　(C . U)
유리창에 시꺼먼 손바닥
따악 붙어 있다
指紋엔 나비의 눈들이…
　　　(M . S)
쇠사슬을 끌고
수많은 다리의 행진
　　　(O . S)
M 「아카시아꽃의 계절이었는데……」
W 「굴러 내리는 푸른 휘파람도……

– 시 「검은 SERIES」 첫째 연

시에서 이처럼 인물 행위 위주의 진술과 독백이나 대화 형식의 과감한 도입은 그때까지의 시 형식에 대한 고정관념을 흔들어 놓는다. 특히 시 「검은 SERIES」는 cine-poem이란 부제가 있는데 우리나라에서는 시나리오 형식을 시에 도입한 최초의 작품이 될 것이다. 철저하게 설명적 요소나 관념의 진술을 배제하고 감각적인 언어의 지문과 독백, 대화로 구성된, 장르의 경계를 초월한 시 쓰기를 보여주고 있다. 조향은 초기 평면적인 회화 시로부터 보다 입체적이고 동적인 공간감 확장의 방향으로 시의 영역을 확대해 갔다. 연극이나 영화, 또는 사진 같은 인접 예술에서 영감을 얻어 표현의 혁명을 꾀한다. 직접 초현실주의적인 사진을 찍어 사진전에 내놓기도 했고, 전위극단 〈예술소극장〉 대표로 연극을 한 적도 있다. 이런 그의 노력은 그 당시 경박한 언어 장난으로 매도되었다. 그러나 이런 비난은 완고하고 고루한 시의 근엄주의에 불과하다. 인간에게는 유희본능이란 것이 있고, 거기에 기대어 예술적 상상력은 더욱 확장된다. 물론 서구시의 주체적 수용이란 측면에서 전연 문제가 없는 것은 아니다. 우리의 의식과 유리되어 토착화되지 못한 측면 때문에 쉽게 공감할 수 없는 부분도 있다. 지나치게 표현의 혁명에만 몰두한 나머지 내용의 공소함을 드러낸 점도 있다. 특히 내용 중심의 서정시를 쓰는 시인의 눈에는 그렇게 비춰졌을 것이다. 그렇지만 기존의 표현기법에 안주할 수 없는 시의 정신은 새로운 방법론을 찾아 고행할 수밖에 없다. 그것의 성공 여부는 후차적인 문제다. 기성의 문학적 질서와 권위를 부정하고, 20세기의 후반기 문학을 선도한다는 의식이 강했던 후반기 동인들의 탈 전통성은 시에 있어서 현대성의 추구와 도시적 감수성을 근간으로 한 서구 모더니즘의 수용으로 나타난다. 그중에서도 조 향은 초현실주의에 경도된 시작과 이론 전개에 열을 올렸다.

조 향은 초현실주의가 물질문명에 길들여지고 순치된 인간 정신을 해방하여 절대적인 자유를 줄 것이라고 믿었다. 아니 절대 자유를 얻기 위한 근본적인 반항 정신으로 초현실주의를 이해했다. 존재를 억압하는 모든 굴레로부터 자유를 얻기 위해서는 무의식을 해방시켜야 한다. 그러기 위해서는 이성의 논리를 버려야 한다. 이미 언어에 덧칠된 논리성과 의미의 때를 벗겨야 한다. 조 향에게 있어서 언어의 의미론으로 시에 접근하는 것은 자유의 포기를 뜻한다. 기성의 시적 사고에서 일탈하기 위하여 언어의 실용적 기능, 의미의 전달 기능을 철저히 배격했다. 신구문화사에서 출판한『전후 문제 시집』에는 자작시「바다의 층계」를 해설한「데뻬이즈망의 미학」이란 제하의 글이 실리고 있는데, 여기에서도 "시에 있어서 말이란 것을, 아직도 '의미'를 구성하고 전달하는 단순한 연모로만 알고 있는 사람들에겐 이 시는 대단히 이해하기가 어렵게 느껴질 것이다. '말'의 구성에 의하여 특수한 음향이라든가, 예기치 않았던 '이미지', 혹은 활자의 배치에서 오는 시각적인 효과 등, '말의 예술'로서의 기능의 면에다가 중점을 두는 이른바 '현대시'로서, 이 시를 읽고, '느껴야' 한다."고 역설한다. 실용적인 언어가 갖고 있는 현실적 의미의 연관을 차단하지 않고는 새로운 언어미학은 탄생할 수 없다. 그래서 초현실주의자들은 기존의 언어질서를 파괴하고 새로운 언어를 창조하기 위하여 데뻬이즈망의 기법을 강조한다. 조향은 같은 지면에서 '데뻬이즈망 Depaysement'을 전위轉位로 번역하면서 "사물 존재의 현실적인, 합리적 관계를 박탈해 버리고 새로운 창조적인 관계를 맺어주는 것"으로 설명하고 있다. 의미를 배제한 언어미학에 대한 정당성을 강조하기 위하여 "아름다운 렛델이 붙은 통조림통이 아직 부엌에 있는 동안은 그 의미는 지니고 있으나, 일단 쓰레기통에 내버려져서 그 의미의 효용성을 잃어버렸을 때, 나는 비로소 그것을 아름답다고 한다."는 입체파 화가 브라끄의 말을 인용하여 덧붙이기도 했다. 여기서 의미의 효용성을 잃어버렸을 때란 실용성과 일상적 의미의 세계를 포기했을 때 그 뒤에 남는 것이 절대 순수 실존이며, 이 상태가 바로 아름다움이라는 것이다.

다양한 초현실주의의 방법론 가운데서도 특히 자동기술법은 잠재의식을 있는 그대로 표출하는데 유용한 방법으로 여겨졌다. 그렇게 하여 인간의 무의식 속에 잠복해 있는 이미지들을 시의 전면에 끄집어 올리려 했다. 전연 이질적인 것이 한 공간에서 충돌하며 공존하는 이상야릇한 시, 문명과 현실의 정신적 속박에서 벗어나 환상과 꿈의 십자로가 열리는 시의 절대공간을 창조하는 것이 그의 이상이었다. 시의 진부함을 거부하고, 꿈의 물결, 신기루 같은 환상, 신기함, 증오와 절규, 욕망이 소용돌이치는 마법의 신비주의가 그가 꿈꾸는 시의 세계였다. 그러나 그것은 기존의 윤리관이나 질서관으로 보았을 때, 파괴적인 악마주의요, 무모하고 무질서한 난해시였다.

노크를 한다.「어둠」 나와서 갈색 기침을 너댓 번 내뱉더니 문을 연다.「어둠」의 얼굴은 뭉개져 있고, 손엔 二미터나 되는 털들이 흐늘거린다. 물결에 일렁이는 水草다. 너무 하십니다. 퇴락한 벽에는 죽음이 자고 간 자국。 더러운 무늬들이。 앙상하게 걸려 있는 세월의 갈비뼈 사이로。 내 과거의 시제가 동결된 채 매달려 있고「白髮(백발)의 拳銃(권총)」소리。「일찌기 존재했던 모든 장소를 오직 메아리만이 또락히 再現할 것이다」 사면 벽에선 자물쇠 잠그는 섬짓한 音階(음계)。 다시 낄낄거리는 소리들。 아찔하다.「어둠」은 길게 절망을 그림자인 양 끌면서 아직도 골마루에 서 있고 창 밖에선 군중의 시커먼 끝없는 아우성들이, 밤의 층층계 死神의 옷자락엔 검은 나비가。 도시는 오늘. 노예선처럼 암담히 가라앉아만 간다。

– 시「검은 不定의 arabesque」 후반부

詩集을 안고. [빠아] 〈地中海〉의 辭表. 거만한 高架線. 과부 구락부. [메가 폰] 걸어가는 헌병 Mr. Lewis. Poker. 검문소의 〈몽코코. 크림〉. 聖敎堂에서는 街娼婦人과 卒業證明書를 (중략) 검은 안경. 화랑부대

○○고지 탈환. von de nuit. 〈을지문덕〉의 미소. (중략) 〈모택동〉의 피리소리. 파아란 맹렬한 밤. 그럼요. 〈카사브랑카〉.

– 시「어느날의 MENU」중에서

죽어 쓰러진 엄마 젖무덤 파고드는 갓난애.

버려진 軍靴짝.

피 묻은 [까아제].

휘어진 鐵筋.

구르는 頭蓋骨.

부서진 時計塔.

전쟁이 쪼그리고 앉았던 廣場에는 누더기 주검들이.

彈丸 자국 송송한 郊外의 兵舍.

– 시「文明의 荒蕪地」에서

이상에서 예시된 바와 같이 조 향의 초현실주의 시에는 일상과 비일상이, 꿈과 현실이 공존한다. 시「검은 不定의 arabesque」에서 '어둠'은 꿈에서 만나게 되는, 실체가 잡히지 않는 공포의 대상이다. 깊은 무의식 속에 잠재되어 있는 억압 상태의 변형된 이미지로 볼 수 있다. 이 시는 무의식 속에 잠복되어 있다가 꿈의 상태로 재현되는 죽음의 공포와 그것에 전율하는 절망적 심리상태, 그리고 시적 자아를 에워싸고 있는 암담한 현실인식 등이 복합된 이미지들을 비논리적으로 자동기술 하고 있다. 이 시에서도 '白髮의 拳銃', '자물쇠 잠그는 섬짓한 晉階', '시커먼 아우성', '밤의 층층계'와 같은 이질적 언어의 결합을 볼 수 있다. 이것은 데뻬이즈망을 통하여 창조된 오브제들이다. 현실적인 의미관계가 박탈된 사물들, 일상적인 합리적인 관념에서 해방된 특수한 객체를 초현실주의에서는 오브제objet라고 한다. 특히 '白髮의 拳銃'에서 권총 앞에 현실적으로 올 수 있는 말은 백 개의 총알이란 뜻의 '百

撥'이다. 그런데 이것을 흰 머리털이란 뜻의 '白髮'로 환치해 놓고 있다. 이것은 동일 음에서 유추하여 다른 뜻의 단어로 바꿔치기 한 언어유희다. 언어유희는 언어 사이의 현실적인 의미 관계를 박탈하여 의미를 초월하게 하고, 예기치 않은 뜻밖의 발상으로 이때까지 길들여진 언어습관이나 정상이라고 믿고 있는 고정관념을 전복시키는 일종의 정신해방 운동이다. 이런 오브제들은 비시각적 대상을 시각화하며, 합리적 사고에 충격을 가하여 이완시킨다. 경련하게 한다. 느닷없이 끔찍한 공포의 심리 상황과 마주하게 한다. 특히 죽음이나 어둠, 탄환, 병사 등이 환기하는 이미지들은, 무의식에 잠재해 있는 '전쟁의 기억'과 관련된다.

1954년에 발표한 「어느 날의 MENU」에서 이미지의 충돌은 더욱 심화되고 있다. 이 시는 마치 음식점의 메뉴판에서 각기 다른 음식의 이름들이 인과 관계나 논리적 연관 없이 한 자리에 모여 있는 것처럼 이미지의 파편들을 열거한다. 문장 구문이 갖고 있는 주어, 수식어, 서술어 등의 유기적 관계를 해체하여 이미지 간의 단절, 또는 단층화를 시도한다. 그리하여 혁명적인 새로운 시의 공간을 확보하고자 한다. 이런 오브제들을 통하여 얻고자 하는 시적 효과는 단절감, 해학, 경이의 미학이다. 이 시에서 인과론적 관계가 차단된 이미지의 파편들은 무의식 속에 잠재해 있는 '전쟁의 상흔'을 환기한다. 시 「文明의 荒蕪地」는 보다 직설적으로 무의식에 잠재해 있는 전쟁의 기억을 이끌어내고 있다. 이 시에서는 전쟁의 참혹한 이미지들이 차례로 이동하는 영화 장면의 컷처럼 전개된다. 이미지의 끝마다 마침표를 찍고 행갈이를 함으로써, 의식의 단절을 꾀한다. 수사학의 측면에서는 인접성의 원리에 따라 물질성을 지닌 언어기호를 나열한 환유적 표현이다. 환유의 세계는 파편화된 현실을 있는 그대로 반영한다. 「어느 날의 MENU」에서도 이미지 간의 단절은 있었지만 산문시 형태로 연속시켜 '불연속의 연속'과 같은 자유연상의 형태였다면 이 시의 각기 독립된 이미지들은 몽타

주 기법으로 처리된 영화의 장면처럼 '전쟁의 참상'을 파노라마로 펼쳐
보여준다.

　이렇게 조 향 시에 나타나는 무의식의 근원에는, 전쟁의 어두운 기억
이 도사리고 있다. 50년대에 본격적으로 시작 활동을 한 많은 시인들
이 그랬듯이 조 향도 식민지 시대의 암울과 해방공간의 혼란, 전쟁의
참혹한 기억들에서 자유로울 수 없다. 그는 전쟁의 폐허에서, 탈출구
없는 검은 벽과 부딪힌다. '世紀의 폐허에서'(SARA DE ESPERA (抄)) '돌아다
봤더니 내 뒤에는 검은 壁 壁壁壁壁壁壁壁 되돌아 나갈 바늘구멍 하나도
없는'(검은 DRAMA) 한계상황으로 현실을 인식한다. 그러나 조 향은 시「왼
편에 나타난 灰色의 사나이」에서 '우리는 아직도 살아있다. 스스로 타
버린 잿더미에서 다시 생생하게 숨 쉬는 것'을 노래한다. 다시 태어나
는 생명력을 회구하는 의식에서 한계상황을 극복하고자 하는 의지를
읽게 된다. 이것이야말로 억압된 죽음의 검은 벽으로부터 자아 해방을
꿈꾸는 의지의 표현이다. 전쟁의 잿더미에서 자신의 문학적 신념을 이
끌어 가는 힘의 원천은 바로 이런 의지에서 나온다. 조 향에게 있어서
초현실주의는 전쟁의 상처를 극복하는 통로요, 방법이었을 것이다. 초
현실주의가 일체의 억압이나 정신적 구속으로부터 자아를 해방하여
절대 자유를 획득하고자 한 문학 운동이었다는 것을 염두에 둘 때,
1950년대 암담했던, 전후라는 특수상황의 맥락에서 조 향이 초현실주
의를 선택할 수밖에 없었던 이유를 가름하게 한다.

　시「Episode」에서는 현실계를 떠나 꿈의 상태, 잠재의식의 몽상적인
세계가 무관계한 구상적 언어들의 병치를 통해서 나타나고 있음을 본
다.


　　열 오른 눈초리 하잔한 입모습으로 소년은 가만히 총을 겨누었다.
　　소녀의 손바닥이 나비처럼 총 끝에 와서 사뿐히 앉는다.
　　이윽고 총 끝에선 파아란 연기가 물씬 올랐다.

뚫린 손바닥의 구멍으로 소녀는 바다를 보았다.

– 아이! 어쩜 바다가 이렇게 동그라니?

놀란 갈매기들은 황토 산태바기에다

연달아 머리를 처박곤 하이얗게 화석化石이 되어 갔다.

　여기서 소년, 소녀, 총, 손바닥, 연기, 구멍, 바다 등은 모두가 구상적인 언어들이다. 그러면서도 이 구상적인 언어들은 실재적인 현실관계를 표상하지 않는다. 오히려 비현실적인 꿈의 상태를 탐미적으로 나타낸다. 〈소년〉과 〈총〉, 〈소녀의 손바닥〉과 〈나비〉, 〈손바닥의 구멍〉과 〈바다〉가 관계 지워지는 공간은 현실적인 공간을 떠나 상상력이 펼치는 환상의 세계로 우리를 인도한다. 마치 현실적인 사물의 관계를 박탈한 오브제들을 화폭에 담아 놓은 살바돌 달리의 초현실적인 그림을 보고 있는 듯한 느낌이다. 그러면서도 이 시의 구조는 다분히 논리적이다. 소녀의 손바닥에 총을 겨눈다는 가정 다음에 손바닥에 뚫린 구멍으로 바다가 보이고, 그 바다는 구멍을 통하여 보이기 때문에 동그랗다는 모양 설정이 그렇다. 이런 논리성의 이면에 현실로 받아들일 수 없는 환상이 자리한다. 이런 환상을 통하여 조 향은 일체의 실용성이나 이데올로기적인 관념을 거세한 순수의 절대 영지를 개척하려 했다. 한편 프로이드의 관점에서는 무의식에 억압된 성 충동이 치환되어 나타나는 이미지의 시로 볼 수도 있다. 남성 성기가 총으로, 여성 성기는 구멍을 통하여 바라본 동그란 바다로, 그리고 도착된 성행위가 놀란 갈매기들이 머리를 처박는 것으로 치환되고 상징화되어 꿈으로 나타난 무의식의 단면을 보여준다. 무의식은 이성에 의하여 억압된 기의들의 다양한 기표들로 이루어져 있다고 프로이드 학파들은 말한다. 이 기표들이 기의에 종속되지 않고 압축, 치환, 은유, 환유 등의 법칙에 따라 무의식을 구성하는 것으로 그들은 보았다. 이 시의 언어들을 그런 무의식의 기표들로 해석이 가능하지 않을까 싶다.

조 향의 시에는 순수한 환상시와 더불어 상황악을 표상하는 이미지들이나 무의식에 잠복해 있을 법한 돌출 이미지들이 그의 많은 시들에서 발견된다.

1. 너는 까만 밤의 수첩 갈피 속으로 들어가 버리고(태양의 경수, 끈끈이주걱, 소파수술)
2. 검은 발자국 소리, 모가지도 없는 붉은 망토 자락의 그림자들(붉은 달이 있는 풍경화)
3. 붉은 발톱이 국경선을 할퀸다. 밤 곁에서 회색의 기침소리가 난다(쥬노의 독백)
4. 모가지 없는 입상들이 하얀 태양 아래서/ 시커먼 회의를 열고(검은 Ceremony)
5. 유령의 마을에는 백합꽃이 만발한데(지구 위령탑 위에)
6. 지하 욕조에서 납 인형이 된 여인을 한 아름 안고(시편들은 옴니버스를 타고)
7. 밤의 톱니바퀴에 걸려 있는 소녀의 육체(샅으로 손을 내미는 소녀는 밤의 톱니바퀴에 걸려있다)
8. 醫師의 손가락을 잘라서 옥상정원에 심었다(디멘쉬어 프리콕스의 푸르른 算數)
9. 맥줏병 저쪽, 죽음의 灰色이 만발한 오후 3시에(木曜日의 하얀 筋骨)
10. 고층 건물은 向天性 男根(하얀 傳說)
11. 아침마다 펼쳐진 서울의 퀴퀴한 內臟 속으로 들어가곤 한다(聖 바오로 病院의....)

비교적 후기에 쓰여진 텍스트에서 무작위로 추출한 시구들이다. 원거리 연상에 의한 폭력적인 언어결합도 보이고, 의미론적으로 해석할 수 없는 문법의 해체도 보인다. 이미지들의 전위와 충돌. 이런 언어 구사는 공포, 불안, 죽음, 저주, 종말의식, 성도착과 같은 심층심리를 반영한다. 특히 黑, 白, 赤의 색채어는 시의 회화성에 일조하기도 하지만 어둡고 칙칙한 무의식의 세계를 형상화한다. 조 향은 일찍부터 시의 회화성에 눈을 떴다. 그리고 이 표현 방법은 조 향 시의 핵으로 자리한다. 조 향의 시에서 색채어는 비가시적인 것을 가시화하는 시각적 효과, 그리고 일제의 암흑이나 6. 25전쟁의 참혹한 경험, 개인적인 좌절 등이 각인된 무의식을 표현하는 기표로서의 역할을 한다. 무의식에 억압되어 있는 인간의 원초적인 욕망의 기표들을 조 향의 시에서 수없이 만나게 된다. 원초적 감정이나 강박관념, 성적 갈등 등이 도덕률이나 타인과의 관계 때문에 무의식에 억압되고, 이것은 인간의 근원적인 자기소외와 욕구불만의 정신 상황으로 이어진다. 조 향 시에 나타난 부정否定적 이미지들은 자아를 근원적으로 소외시킨 세계에 대한 욕구불만의 표현이요, 타락하고 부조리한 외부 현실에 대한 저항의 성격을 갖는다. 조 향 시의 언어기호들은 총체적으로 거대한 현대문명의 그늘에서 신음하는 현대인의 암흑 의식을 반영한 묵시론적 메시지를 담고 있다. 그의 시에는 그로테스크한 이미지들로 가득 차 있고, 그것은 공포영화나 심령영화의 장면처럼 섬뜩할 정도로 충격적이다. 자유 연상법에 의한 이미지들의 돌출 현상들은 살바돌 달리의 편집광적인 오브제를 연상시킨다. 이렇게 시에서 경이의 미학, 광기의 미학에 심취했던 조 향은 몽환적인 초현실의 세계에 더욱 깊이 빠져 들어갔다.

조 향은 프로이드의 정신분석학과 융 등의 심층심리학에 비상한 관심을 가지면서 초현실주의 이론을 확장해 갔다. 초현실주의의 이론적 근거를 이들 심리학에서 구했다. 급기야 조 향은 동양의 주술적 세계에서 초현실주의의 정신을 만난다. 이미 장자나 노자의 사상과 초현실주의와의 관련성을 기술하여 초현실주의 정신이 동양정신에 맥락이 닿아 있음을 역설하기도 했는데, 필자가 조 향 시인으로부터 들은 마지막 강의 내용은 무의식과 주술적 세계에 관한 시적 상상력이었다.

1975년 봄이었던가 싶다. 점술가들의 예화가 많이 등장했다. 영매들의 주술적인 언어를 시의 공간으로 끌어들인다면 훌륭한 초현실주의 시가 될 것이라는 부연이었지만 그것이 실현된 조 향의 시를 필자는 끝내 보지 못했다. 그러나 다음 시 「永訣」에서 그런 상상력의 일단을 찾을 수 있을 듯하다.

　그리도 거칠던 숨소리도 걷히고, 고요히, 핏빛, 입술에서 빠져나가고, 해쓱해진 아버지, 눈 감으시다. 얼굴. 주검

　들먹거리는 어깨, 어깨, 아이고아이고아이고아이고아이고

　　　　　　　　　　　　　　　　　　　　　　燮　濟
　　　　　　　　　　　　　　　　　　　　　　鳳　濟
　옴모보리 가마리 이다가야 사바하.
　코스모스 핀 언덕길, 아버지가 가신다. 담배를 피워 무신다. 돌아다보신다. 幽體 자락에 바람이 감긴다.
　옴바아라사다목사목
　生從何處來 死向何處去
　이젠 하이얀 미이라, 하얗게 동여진 아버지
　집을 배반한 놈 마중 나갔다만 봐라! 하시더라던 아버지 그래도 기차 닿을 시간에 먼저 나오셔서 먼빛으로 플랫포음의 날 맞이해 주시더니, 아버지, 蕩兒 돌아오다 그날
　生也一片浮雲起 死也一片浮雲滅
　손자 보고 싶다시더니 〈봉래〉란 놈 손잡고 한 번 거니시지도 못해 보시고, 끝내 아버지는, 그만 참!

　옴살바못다못디사다야사바하

새벽에, 屈巾, 祭服, 대작대기, 보슬비
靈幀旣駕 往卽幽宅

「處士咸安趙公偉鏞周之墓」

건너편 언덕 신작로 오르막길,
이승의 버스가 씨근거린다
永

訣

終


天

　이 시는 외형상으로는 부친의 임종에서부터 시신을 산에 묻고 돌아
올 때까지의 시간, 그 시간 안에서 전개되는 전통적인 상례의 절차를
압축적이며, 시각적으로 제시한다. 장의가 진행되는 단층마다 상주의
의식이 겹치고, 망자에 대한 자식의 회한과 슬픔의 정서가 엄습한다.
스님의 염불소리, 상주의 곡소리를 의성화 하여 음향의 입체감을 살림
과 동시에 과감히 차용한 한시나 한문구와 겹쳐 주술적 영감을 떠올리
게 한다. 형태주의를 의식한 문자의 배치는 시에 공간감을 부여하는
데, 특히 상주의 이름을 나란히 독립된 행으로, 행의 끝에 배치함으로
써 상주들이 서서 곡을 하거나 문상객을 맞이하는 모습을 상상하게 하
고, 굴건, 제복, 대막대기 등 장의에 등장하는 소도구의 병치는 빈소의
리얼한 상황제시 효과가 있다. 언어 상호간의 논리적인 의미관계를 차
단하여 언어와 언어 사이, 행간에 의식의 명암을 투영시키고, 혼백의
움직임을 영상화한다. 시의 결미에서 '永訣終天'의 한자를 일렬종대(원
래는 횡대였다. 종서로 인쇄되던 때의 형식에 맞추어 쓴 것이기 때문에 시 전체를 종서로 읽으면

시각적 효과가 더 크다.)로 나열하여 혼백과 영결하는 심리적 공허감이나 공황 의식을 시각화한다. 특히 마지막 글자 '天'을 한 행 더 띄움으로써 망자를 묻고 돌아서는 순간의 휘청하며 무너질 것 같은 허전한 심리의 공복감을 형상화한다. 현실과 영계, 과거와 현재, 내면 의식과 상황을 동시 공존시키는 이런 기법들은 현실과 초현실의 경계를 넘나드는 상상력으로 시의 공간을 확장한다. 시적 상상력의 무한공간을 우리는 이 시에서 볼 수 있다. 이 시의 실험정신이 초현실주의 정신에 닿아 있다고 보는 것은 현실의 실제성을 뛰어넘어 비실제성의 영감의 세계까지를 시의 공간으로 확보하고 있기 때문이다. 영혼과 교감하는 의식의 단층, 외부 현실과 내부 세계가 공존하는 환상공간을 우리는 이 시에서도 읽을 수 있다. 일찍이 초현실주의는 의식과 무의식, 육체와 정신의 이원적 경계를 무너뜨리고 인간을 총체적으로 파악하고자 하지 않았던가? 현실 세계와 꿈 사이의 부자연스러운 경계가 소멸되었을 때, 비로소 신기루와 같은 초현실이 나타난다. 이것은 물질적 대립과 모순을 뛰어넘어 정신의 지고점至高點에 도달하고자 하는 열망의 한 소산이다.

조 향은 현대시론(抄)에서 '항상 역사의 첨단에 서 있다는 의식과 역사를 창조해야 한다는 의식─ 역사를 창조하는 데는 언제나 혁명과 실험이 있어야 한다.'고 역설했다. 그리고 "서구라파의 황혼의 네거리에서 이미 〈의미의 세계〉를 포기하려는 실험은 상징주의, 인상주의에서 시작되었다"고 말한다. 이 두 문장으로 조 향이 평생 동안 고군분투했던 시의 정신을 요약할 수 있다. 조 향 시인이 갈망했던 시의 길은 완성이 아니라 새로운 시의 영토를 확장하는 일이었고, 우리의 정신을 일신하기 위한 피나는 노력이었다. 초현실주의가 작품 자체의 완성에 가치를 두기보다 자아 해방의 자유정신과 그것을 실천하는 구체적인 방법론의 탐구를 더 우위에 두었듯이 조 향도 그런 맥락에서 시작에 임했다. 그것은 전위의식으로 무장할 때만 실천 가능한 일이다. 결코 그는 문학적 명성이나 대중에 영합하는 길을 가지 않았다. 비평가의 눈치를 보며 문학적 신념을 슬쩍 바꾸는 수정주의자는 더욱 아니었다. 항상 문학의 미래가치를 염두에 두고, 시의 고정된 관념의 틀을 깨며, 시의 진화를 위하여 고심했던 전위시인이었다. 그 이후에 전개된 해체시나 포스트모더니즘을 주창하는 젊은 시인들의 실험시와 조 향이 추구했던 시의 여러 모험들을 비교해 봤을 때, 그의 시적 상상력이 결코 뒤지지 않게 느껴지는 것은 그만큼 그가 미래를 향하여 살아왔다는 증거가 된다.

그러나 조 향의 문학적 성취가 자신이 기대했던 것만큼 성공적이었다고 보기는 힘들다. 생전에 비판 받았던 것처럼 외래어의 남용과 방법론에 집착한 작위적인 시작 태도를 드러낸 점은 그의 한계로 지적될 수 있다. 그의 해박한 초현실주의에 대한 지식과 이론에 비하여 작품의 깊이가 미처 따르지 못했다는 느낌도 있다. 지나친 현학적 취향도 조 향의 글에 접근하는데 상당한 장애 요소가 된다. 그럼에도 불구하고 시에서 새로움과 경이를 창출하기 위하여 무의식의 세계를 열어보고자 했던 한 시인의 노력을 너무 과소평가 했다는 생각도 한다. 문학의 본질 탐구보다는 문단의 자리를 놓고 이전투구 하는 문단 주변의 속물적 풍토에 혐오와 염증을 가지고 있었던 조 향은 철저히 문단과 담을 쌓으며 오로지 자신의 문학적 신념만을 붙들고 스스로 소외의 외로운 길을 걸었던 진정한 시학도였다. '무의식이야말로 존재의 진수요, 정신을 지배하는 원동력이요, 일체의 기만이 거세된 세계, 마땅히 그려질 가치가 있는 영토다.' 라고 시론에서 그는 말하고 있다. 초현실주의가 순간과 영원, 외부와 내부, 현실과 꿈, 의식과 무의식 등 대립과 모순을 변증법적으로 통합하고 용해시킴으로써 과학문명과 윤리적 이성에 억압된 자아를 해방하고자 한 운동이었다는 것을 염두에 둘 때, 이 명제는 후기 자본주의 모순을 안고 신음하는 지금의 시대에서도 여전히 유효하다고 생각 한다.

◆◆◆

# 허무와 힘의 시학

## – 하현식론

1.

하현식 시의 종착역은 허무다. 그의 시의 밑바닥에는 늘 허무의식이 자리하고 있다. 그는 1972년 첫 시집 『브니엘 일기』를 기점으로 40년 가까운 시간을 시와 평론에 매달려 왔다. 그동안 일곱 권의 시집을 상재 했고, 다섯 번째의 평론집을 준비할 정도로 거의 휴식을 모르고 글쓰기에 몰두해 온 인생이었다. 문학에 대해서 늘 회의하면서도 이렇게 글쓰기에 왕성한 식욕을 드러내는 점이 나로서는 불가사의했다. 그의 시에 끈질기게 따라다니는 허무의식과 왕성한 글쓰기 사이에는 어떤 이율배반이 있는 것처럼 보였다. 덧없다고 생각하면서 그 일에 매달리는 모습은 의식과 배반된 모순된 행동이 아닐 수 없다. 그렇지만 세계에 대한 허무인식이 곧 글쓰기의 동력이 될 수 있다는 역설을 나는 생각한다. 삶에 가치를 부여할 수 없는 무정부주의자의 생존방식을 하현식의 글쓰기 인생에서 찾을 수 있을 것 같다. 그렇다면 하현식 시인의 시 쓰기는 허무로부터의 도피인가? 아니면 허무를 극복하기 위한 방식인가? 이번 하현식의 시선집 『칼』을 읽으면서 나의 뇌리를 줄곧 지배한 물음이다.

하현식 시의 세계는 다양하다. 하현식 시의 편력을 어느 한 주의로 재단하여 설명할 수 없다. 그가 평생을 두고 추구한 시의 영역은 전통적 서정주의로부터 모더니즘적 경향에 이르기까지 다양한 시적 프리즘을 보인다. 70연대나, 80연대에 쓴 시들은 남근적 기질이 강한 투박하고 다이내믹한 시적 이미지들이 주종을 이루고 있다. 자유분방한 언어구사로 끊임없는 상상력의 세계를 추구하면서, 또 한편으로는 에로스의 시학에 심취하기도 하고, 현대문명에 대한 비판과 함께 도시 소시민의 전락하는 삶에 대한 애정 어린 천착을 보이기도 한다.(특히 연작시 피에로나 녹산 기행과 같은 작품에서) 하현식 시인은 다양한 시의 경향을 추구하며 시적 에너지를 분출해왔다. 그러면서도 전통적인 서정양식을 고수해왔다는 평가를 받는다. 평론가 김준오 교수가 생전에 "현대시의 온갖 현란한 유행을 타지 않으면서 시가 언어 예술이라는 원래의 명제를, 고유의 서정양식을 고집스럽게 지켜왔다"고 말한 것이 그 대표적인 예다.

여기서 나는 또 한 가지 물음을 갖는다. 하현식의 이런 다양한 시의 양식은 창조에 속하는가 모방에 속하는가? 선구적인 다다이스트였던 루마니아 청년 트리스탄 짜아라Tristan Tzara는 "새로운 예술가는 그리지 않는다. 그는 직접적으로 창조한다"고 역설하며 예술을 자연의 모방이나 현실의 재현으로 보았던 아리스토텔레스의 미학을 정면으로 부정한다. 시인은 현실에서 실재하는 것을 그대로 옮겨놓거나 묘사하는 것이 아니라 그것을 변용시켜 새로운 세계를 창조해야된다는 것이 짜아라의 주장이다. 창조적 변용 능력은 모방을 척도로 삼지 않으며, 고도의 상상력과 내면을 들여다보는 통찰력과 감각적 인식능력으로 예술의 세계를 재구성했을 때 가능해진다. 이때 구성된 예술의 세계는 예술의 바깥 세계인 객관적 현실과는 무관하다는 것이 짜아라의 생각이다.

그렇다면 하현식 시의 세계는 그 어느 쪽에 속하는 것일까? 오랫동안 지근거리에서 그의 시 작업을 지켜보았던 나는 하현식의 시가 짜아라의 명제와 아리스토텔레스의 미학 사이에서 꽤 방황하고 있다는 생각을 해왔다. 하현식의 상당 부분의 시는 소설 문장을 연상시킬 정도로 인물의 행동 묘사 위주의 진술을 하고 있다. 묘사란 현실의 재현에 충실하고자 하는 진술 형식이다. 리얼리즘 서정 문학에서 흔히 발견되는 이런 진술 태도 때문에 전통적인 서정양식을 고수해왔다는 평가를 받게 된다. 그러나 또 다른 측면에서는 그의 시는 다이나믹한 상상력을 보인다. 이 점은 짜아라의 명제에 근접한다. 이 점은 그의 시에서 모더니즘적 경향과 일정 부분 동거하게 되는 양상이다. 그러나 총체적으로 보았을 때, 하현식의 시는 창조와 모방의 경계에 있다. 그의 허무주의 정신은 창조와 모방의 경계에서 줄타기를 하며 이 시점까지 왔다는 생각을 지울 수가 없다.

2

한때, 하현식은 힘, 또는 폭력 미학에 심취한 적이 있다. 힘의 역동성을 근간으로 하는 시의 창조에 몰두한다. 이런 시의 경향을 두고 시인 유병근은 남근적 기질의 반골 미학이라 칭한 바 있다.

깊은 밤에
차디찬 벽 속에서
누가 흐느끼고 있다.
시퍼런 바다에서 돌아오는
스산한 그림자
사내들이
문을 흔들고 있다.
투박한 팔뚝에 묶여
너는 녹색 부라우스를 찢고 있다.
사내들은
네 가슴의 깊은 늪을 헐고
헐어낸 늪의

어둠을 꺾는다.

벌판 저편

네 갇힌 悲鳴에 빗장이 걸리고

잘 닦인 이빨 속에

너는 자주빛으로 지고 있다.

—「柚子」 전문

시 「柚子」에서는 가학과 피학의 의식이 교차한다. 가학의 위치에는 사내들이 있고 피학의 위치에는 너로 대변되는 여자가 있다. 따라서 이 시는 성도착 같은 프로이드식의 성 의식을 반영한다. 그리고 전체적인 분위기는 어둡고, 처절하다. 전율이 느껴질 정도다. "투박한 팔뚝"의 "사내"와 그 앞에서 "녹색 부라우스를 찢고" 있는 "너"가 "차디찬 벽 속에서", "흐느끼고 있는"의 이미지들은 사디스트와 마조이스트의 만남, 또는 폭력적인 성행위를 암시한다. 포로노의 장면을 연출하고 있다고 볼 수 있다. 그런데 그 성행위의 끝은 허무한 것이다. "네 가슴의 깊은 늪을 헐고/ 헐어낸 늪의/ 어둠을 꺾는다"는 표현은 성행위의 허무감을 반영한 것이다. "네 갇힌 悲鳴에 빗장이 걸린"다는 표현 역시 폭력적인 성행위 속에서도 결코 정신적 위안을 찾을 수 없는 현대인의 공허한 의식을 반영한다. 이렇게 이 시는 가학과 피학의 성행위를 연상시키는 이미지를 통하여 힘의 역동성, 또는 야성적 폭력미학에 심취하고 있는 시인의 정신 단면을 드러낸다. 어쩌면 힘에 대한 맹목적 동경이 이런 강렬한 색조의 에로스 시학을 창출하고 있다고 볼 수도 있다. 하현식의 힘의 미학은 이국정서와 결합되면서 더욱 확장된다.

北部線 열차 떠난 아침

독한 워드카의 검붉은 물살 속에는

熱砂를 태우는

사하라 紗漠의 태양이 뜬다.

벤쿠어버에서 온

가슴털 무성한 사내는

야채스프를 들이키고

비프스틱의 질긴

로스터 살점을 짓이긴다.

南支那에서 발생한

風速 每抄 50m 이상의

5804號 태풍의 눈이

휩쓸고 간 도시의 변두리

三角州로 전선이 뻗친

대형 철탑들이 쓰러져 있다.

레스토랑의 카운터에는

조간신문 머릿기사의

굵직굵직한 활자들도 죽어 있고

200피이트의 필름을 태우며

오리건 카메라를 들이대는

지방 기자들의 핏발선 눈에

잔인한 西北風의 뼈가 박혀 있다.

－「西歐風 1」 전문

　연작시 「서구풍」을 지배하는 정서는 엑조티시즘이다. 이미 서구화의 길을 걸어온 한국의 현실에서 이제는 낯설지 않은 풍경으로 다가오는 모습이기도 하다. 한국의 고급 레스토랑에서 흔히 볼 수 있는 장면을 연상시키기도 한다. 그런데 이 시는 이국적인 야성미를 시의 골격으로 하고 있다. "벤쿠버에서 온/가슴 털 무성한 사내"가 "비프스틱의 질긴

/로스터 살점"을 "짓이기는" 이미지에서 그런 야성미를 찾을 수 있다. 동시에 서구의 야만성을 은근히 드러냄으로서 서구화는 곧 문명화란 등식을 부정한다는 점에서 문명 비판적인 성격도 지닌다. 이 점이 이 시가 모더니즘의 시로 읽혀 지게 되는 근거다.

　이 시의 내용적 구조는 네 개의 단락으로 구성되어 있다. 첫째 단락은 1행에서 4행까지로 시의 전경前景, 곧 도입부 역할을 한다. "독한 워드카의 검붉은 물살"이라든지, "열사를 태우는/사하라 사막"과 같은 시행은 원색조의 강렬한 이미지를 느끼게 한다. 시 전체에 야성적 분위기를 부여하기 위한 의도된 설정으로 볼 수 있다. 둘째 단락은 5행에서 9행까지로 이 시의 공간적 배경인 레스토랑에서 비프스틱을 짓이기고 있는 인물에 초점을 맞추고 있다. 시상을 전개시키는 단계로 볼 수 있다. 인물의 모습이나 행위에서 세련미와는 거리가 먼, 투박하고 거친 비교양적 이미지를 부각시키고 있다. 셋째 단락은 10행에서 15행까지로 시상의 전환점에 해당한다. 갑자기 태풍이 휩쓸고 지나간 지상, 대형 철탑들이 쓰러진 황폐화된 도시의 변두리 풍경을 내용으로 하고 있다. 마지막 단락은 16행에서 끝까지로 다시 레스토랑 안의 풍경을 진술한다. 조간신문의 굵직굵직한 활자들이 죽어 있고, 필름을 태우는 지방 기자들의 절망감, 그리고 그의 핏발선 눈에 박힌 잔인한 서북풍의 뼈 등의 살풍경을 그리고 있다. 이렇게 이 시는 기승전결의 안정된 구조 속에 있으면서도 시의 내용 전개는 상당히 다이내믹한 이미지의 역동성을 보인다. 이런 역동적인 이미지는 도시 문명의 이면에 도사리고 있는 야만성을 드러낸다. 이것은 문명의 아이러니를 강조하는 시적 상상력이라 할 수 있다.

　　파이프를 문 水夫들이
　　어둔 바다 위에 떠 있다.
　　水夫들은 날마다

바다로 하얀 鳶을 날리고

鳶들이 날아간 水深 끝까지

젖은 파이프를 털고 있다.

묶인 배들은

튼튼한 밧줄로

水夫들의 때묻은

별빛을 끌어올린다.

빈 배로 돌아오는

굽은 해안선에

水夫들의

머리 푼 늑골들이 흔들리고 있다.

－「北港 1」 전문

　연작시 「北港」에 오면 다이내믹한 힘의 이미지는 고도의 시적 상상력을 발휘한다. 한 폭의 순수한 예술 작품을 연상시킬 정도로 아름답다. 힘의 역동성이 투박하고 거친 상태 그대로 드러나는 것이 아니라 상당히 정제되고 세련된 이미지로 구현된다. 이것은 시인의 힘에 대한 동경이 시적으로 승화되어 나타나고 있음을 뜻한다. 외형적으로는 항구에 정박한 배와 수부水夫들의 동작을 중심으로 한 풍경화처럼 보이는데, 그 이면에는 뱃사람들의 꿈과 한이 이미지화되어 있다. 수부들이 바다로 하얀 연을 날리고 있는 모습이나 튼튼한 밧줄로 별빛을 끌어올리는 행위, 수부들의 머리 푼 늑골 등은 뱃사람들의 삶과 뱃사람들이 바라는 꿈(별빛), 희망(鳶), 그리고 좌절, 한(머리 푼 늑골) 등의 정서를 반영한 이미지다. 여기서 시적 화자는 섣부른 주관적 진술을 하지 않는다. 철저한 이미지 위주의 진술로 상상력을 확보한다. 이때 독자를 의식하여 시인의 추상적 관념이 자칫 개입하게 되면 시가 설명적 도구로 전락하게 되고, 상상력은 그만큼 감소하게 된다. 시는 예술이어야 한다고 했을 때, 그런 예술 미학의 토대 위에 이 시는 있다. 이 시가 풍경, 또는 현실의 단순한 사실적 묘사나 관념의 노출에 기울어져 있지 않다는 것은 그만큼 짜아라가 말한 시의 〈창조〉적 공간을 확보하고 있다는 뜻이 된다. 이 시의 이미지들이 시인의 창조적 변용 능력을 담보로 하고 있다는 점에서도 짜아라의 주장에 근접한다. "머리 푼 늑골", "별빛을 끌어 올린다", "파이프를 문 수부들이/ 어둔 바다 위에 떠 있다" 등은 현실적 언어의 의미관계를 초월한, 시인의 상상력에 의하여 창조된 이미지들이기 때문에 하는 말이기도 하다. 이 시가 여전히 힘의 미학을 근간根幹으로 하고 있음은 물론이다. 바다를 생활공간으로 거친 삶을 살고 있는 인물들을 형상화하고자 하는 이유 역시 힘의 역동성에 대한 동경과 관련이 있다.

총을 쏜다
이제야말로 너를
쓰러뜨리고야 말겠다

집요한 갈망으로
내 겨냥은
번번이 벗어나고 있다

서 있는 것 같은 너는
그러나 항시 누워 있다
하염없이 누워 있어
쓰러뜨릴 이유를 만들지 않는다

어느새 서 있기만 하는 너는
꼿꼿이 서 있어

도처에 蝟生하는 듯 하다가
어느 곳에도 없기도 하구나

내 총구는 뜨겁게 작렬되지만
매번 관통되지 않는
너의 이데올로기

콸콸 쏟아지는
더운 피는 어디 있는가
광풍 휘몰아쳐도 끄덕이지 않는
괘씸한 자여

오발된 총구 앞에
부질없이 넘어지는
내 우둔한 욕망의 뒤켠에서
너는 드디어 회심의 미소로
흔들리기 시작하는
없음의 正體.

- 「사격장에서」 전문

　하현식의 폭력 미학은 힘의 역동성에 대한 동경에서 드디어 세계에 대한 적의의 감정을 드러내는 방향으로 작동한다. 시 「사격장」은 세계에 대한 적대 감정을 노골적으로 분출한다. "이제야 말로 너를/ 쓰러뜨리고야 말겠다"고 강한 적의를 가지고 총을 겨누지만 겨냥은 늘 빗나가고 만다. "내 총구"는 매번 "너의 이데올로기"를 "관통하지 못하고" 오발하고 만다. 이로써 "집요한 갈망"과 채워지지 않는 "우둔한 욕망" 사이에서 화자는 좌절과 같은 쓰디쓴 의식의 공전空轉을 맛볼 수밖에 없다. 도전적인 분노의 감정이 목표물을 상실한 허무의 늪에 빠지게 되는 이유가 여기에 있다. 이 시의 허무는 〈없음의 正體〉에 도전하는 욕망의 어리석음에 그 원인이 있다. 존재하지 않는 대상, 성취될 수 없는 목표를 겨냥하여 열을 올린다는 자체가 무정부주의자의 허무한 무위적無爲的 행위이기 때문이다.

하현식 시의, 세계에 대한 적대 감정은 「사격장에서」와 같이 개인적인 차원에만 머물지 않는다. 「낫질하기」, 「그해 겨울」, 「사월을 위하여」 등의 작품에서는 사회적이고 역사적인 공분의 차원으로 확장되고 있다.

낫질을 하며/ 이따금 유심히 낫을 바라보면/ 갑오년 동학란 때/ 하염없이 치솟던 불길도 떠오른다./ 원혼들의 숨결이 되살아서/ 재빠른 동작으로 낫질을 하면/ 낫의 민첩한 몸놀림은/피 묻은 함성으로 번져나가고/ 돌아다보는 황량한 뜨락에는/ 죽은 풀들의 시체가/ 그 소리의 껍질처럼/ 정처 없는 바람의 뒤를 따른다.

— 「낫질하기」 후반부

위의 시가 동학란의 민중봉기를 모티브로 한 역사적 분노와 민중의 저항의식을 담고 있다는 것은 쉽게 알 수 있다. 이 시에서 〈풀〉은 민중을 〈낫〉은 민중의 분노, 저항의 의지를 상징한다. 따라서 「낫질하기」에서의 적대 감정은 역사적 감정으로 해석될 수 있다.

1
칼다운 칼을
처음 본 것은 수술대 위에서다.
수술대 위의 칼이
의식의 언저리를 자를 때
핏속 꽃잎도 잠들었다.

메스보다 더욱

칼다운 칼을 본 것은

벌거벗은 햇살 아래에서다.


살갗을 저미며 스치는

어느 해 여름날의 서슬 푸른 시선,

그 따가웠던 햇살.

내 몸은 천만갈래로 갈라져 있다.


2

어둠 속에서만 빛나는

칼을 본 적이 있다.

自生하는 빛을 드러내기 위해

지상의 어둠을 가두는

칼을 본 적이 있다.

정면으로 후려치는 칼보다

뒤로 날아오는 칼

뒤로 날아오는 칼보다

돌연히 가슴을 후벼파는 칼

일말의 공포도 없이

준령을 휩쓰는 당당한 칼.

칼을 품은 자의 꿈은

항시 빛나는 어둠 속에 있었다.


3

물을 벨 수 없는

칼이 있다.

한 자락의 바람도 베어낼 수 없는

무능한 칼이 있다.

一滴의 물의 무게에도 무너지는

무딘 칼의 寂滅.

一片의 구름의 설렘에도

흔들리는 칼의 여울

죽음 앞에서도

비겁한 칼이 있다.

핏속에 처박혀

비로소 뜨는 푸른 실눈으로

서늘한 꿈을 난자하는

칼의 律舞.

- 「칼」 전문

하현식 시의 폭력 미학은 시 「칼」에서 절정을 이룬다. 날카로운 금속성의 칼의 이미지가 상쾌하고 경쾌하며 날렵한 빛의 이미지로 변주되면서 긍정적인 시 세계를 구축하고 있다. 앞의 시들이 어둡고, 처절하고, 투박한, 그리고 적의의 감정을 수반하는 힘의 세계를 역동적으로 그리고 있다면 시 「칼」은 "어둠 속에서 빛나는" 눈부신 폭력의 미학을 창조한다. 유니크한 작품이다. 신선한 언어 감각을 느낄 수 있다. 이 시는 전반적으로 "律舞"를 보는 것처럼 경쾌하다. 날카롭고 예리한 힘의 이미지가 경쾌한 밝음의 이미지로 다가온다는 것은 하현식의 시에서 보기가 드문 경우다. 이 시에서 칼다운 칼은 수술대 위의 강철 메스보다 "서슬 푸른 시선"으로 다가오는 "빛"이다. 이것은 어둠 속에서 자생하는 빛이고, 어둠을 가두는 칼이다. 이것은 비겁하지 않으며, 항상 당당하고, 공포를 모르며, 서늘한 꿈을 난자하는 긍정적인 힘을 가지고 있다. "돌연히 가슴을 후벼파는" 자아 성찰의 칼이기도 하다.

이상에서 살펴본 바처럼 하현식 시의 폭력 미학은 다양한 시의 양식과 결부되어 있다. 그의 폭력 미학은 파괴 본능의 산물이 아니다. 그런 악마주의적인 경향을 보이는 시가 전연 없는 것은 아니지만 대체적으로 보았을 때, 힘의 역동성, 그 자체에 시적 의미를 부여하는 작품이 주종을 이룬다. 이런 시의 경향은 하현식 특유의 남근적 기질과 반골 정신에서 기인하고 있다고 봐야할 것이다.

3

하현식 시에서 간과할 수 없는 것은 허무주의의 서정양식이다. 그의 언어 연금술은 어두운 허무 정서를 환기시키는 경우가 많다. 허무를 형상화하기 위하여 동원된 소재나 시적 양식도 다양하다. 우선 회고적 형식을 취하고 있는 작품을 보겠다.

> 겨울이면 유곽에 갔었다.
> 세상에서 가장 뜨거운 불빛이 감도는
> 오색 수은등 아래 저립하여
> 세상에서 가장 깊이 잠든 여자의
> 수척한 영혼 속을 떠돌았다.
> 문밖에는 눈발의 노래 서성이고
> 난세의 참혹한 얼굴들 몰려와 쓰러졌다.
> 내 여자를 돌려다오, 돌려다오.
> 아우성치는 소리 저편에
> 시체를 뜯는 갈가마귀 떼 날아오르고
> 황량한 울음 흐트리며
> 일단의 장의행렬도 지나갔다.
> 우리가 가는 길도 길이다.

여자는 꿈 속을 헤매며 부르짖고

－「겨울이면」 전반부

　시 「겨울이면」은 젊은 시절, 무정부주의자의 정신적 방황이나 편력의 단면을 회고 형식으로 담고 있다. "겨울이면 유곽에 갔었다"는 첫 행의 직설적 진술이 이런 정신적 방황을 함의한다. 유곽은 삶에 지치거나 절망한 자, 또는 허무에 빠진 무정부주의자들이 정신적 공허감을 채우기 위하여 흔히 찾는 곳이다. 그러나 그곳은 젊음을 더욱 처절하게 하는 곳이고, 절망과 허무의 늪에 더 빠져들어 가게 하는 곳이다. 여기서 "겨울"은 현실에서 삶의 가치를 잃고 절망했을 때를 의미한다. 그런 때이면 정신적 방황을 잠시라도 잠재우고 싶어서 "유곽"을 찾게 된다는 것인데, 이곳에서 화자가 만나게 되는 대상은 "세상에서 가장 깊이 잠든 여자"다. "오색 수은등 아래"에서 가장 낮게 서 있는, 어쩌면 화자보다도 더 절망의 상태에서 지쳐 있는 존재다. 그래서 이곳에 와서도 화자는 "수척한 영혼 속"을 방황할 수밖에 없다. "난세의 참혹한 얼굴들"이란 어지러운 세상에서 상처받고, 비참하게 일그러진 남자들인데, 그 많은 남자들이 몰려와 쓰러지는 곳, 그곳에서 이미 석녀石女가 되어 "내 여자를 돌려 달라"고 아우성치는 창녀를 상대로 위안을 받겠다는 생각부터가 당초 잘못된 계산인 것이다. "시체를 뜯는 갈가마귀 떼"라든지 "일단의 장의 행렬" 등의 이미지들은 이곳에 와서도 안정을 찾을 수 없는 황량한 정신 상황을 환기시킨다. 그렇게 유곽을 드나드는 것이 결코 위안받을 수 있는 행위가 아니란 것을 화자는 이미 경험법칙으로 알고 있다. 하지만 그 행위는 반복된다. 「겨울이면」에서 '이면'은 그런 행위의 반복성을 강조하는 언표다. 이것은 관성에 젖어 헛도는 공허한 정신 상황을 암시한다. 이렇게 이 시는 마음의 안식을 찾지 못하고 방황하는 젊은 시절의 황량한 정신을 통하여 인생의 허무를 말하고 있다.

길 가다가

껌을 씹으며

개들의 정사가 끝나기를 기다린다

대명천지의

따가운 눈총을 도외시하며

당당하게 신방을 펴는

그대들의 은밀한 비애여

단숨에 매듭짓지 못할

끈질긴 애욕

아래위의 어금니가

무참하게 껌을 짓이길 동안

눈부신 대낮

서쪽 하늘의 어디쯤에선

익명의 유성도 한 쌍쯤 태어나리라

– 「거리에서」 전반부

어느 날 화자는 거리에서 "개들의 정사"를 목격한다. 대개 이런 경우 사람들은 시선을 피하기 마련이다. 공연히 민망하고 황당해서 고개를 돌리고 못 본 척 길을 재촉하는 것이 보통이다. 그런데 이 시의 화자는 오히려 꼿꼿이 서서 진지하게 바라보고 있다. 꽤 흥미 있는 사건을 목격하고, 거기에 경이의 시선을 주고 있는 화자의 태도가 느껴진다. 어쩌면 이 순간이 화자에게는 지겹고 권태로운 일상으로부터 일탈하는 계기가 되는 것인지도 모른다. 이 시에서 화자의 관심은 대명천지에 따가운 눈총을 도외시하고 정사에 몰두하고 있는 개들의 그 당당함이다. 단숨에 매듭짓지 못하는 끈질긴 애욕, 또한 화자를 경이롭게 한다. "무참하게 껌을 짓이기"며 시선을 놓지 못하는 이유가 여기에 있다. 개들의 정사에 못 박혀 있던 화자의 의식은 12행부터 비약하기 시작한다. "서쪽 하늘의 어디쯤에선/ 익명의 유성도 한 쌍쯤 태어나리라"는 시행은 정사가 생산의 의미와 관련하여 생각하게 하는 진술이다. 단순히 유희적일 수만은 없는 성행위인 것이다. 정사의 끝은 생명 탄생이란 윤리적 결과를 낳는다. 여기서 "익명의 유성"은 이름을 숨긴 생명, 곧 거리에서 태어나 방치되는 생명, 그 누구도 책임지려 하지 않는 생명의 의미를 내포한다. 여기에서 또 다른 의미의 허무의식을 만나게 된다. 성의 문제는 인간이 끈질기게 집착하게 되는 부분이기는 하지만 여기에는 생명의 근원적 허무가 도사리고 있다. 우리의 정신을 쾌락과 윤리 사이에서 떠돌게 하는 생명의 윤회가 있는 것이다.

長老敎會 후문이었다.
갈색 후록코트를 걸친
여자들의 부은 얼굴이 보였다.
서너 명의 그림자가
서로 등지고 서 있었다.
腺病質의 풍금소리 울리고
창문마다
빨간 불이 새어나왔다.
하느님은 주무시고
남자들의 굵은 목청이 흩어졌다.
어느 날
無蓋貨車의 불빛 속에
늙은 여자들의 주검이 실려 나가고
長老敎會 후문은
반쯤 열려 있었다.

― 「夜行」 전문

시 「야행」은 교회의 장례의식을 모티브로 하고 있다. 그런데 교회의
식의 엄숙함이나 장엄함과는 거리가 멀다. 종교적인 분위기도 별로 느
껴지지 않는다. 어딘가 음산하고, 어둡고, 칙칙한 검은 색조다. 이런
색조는 주검과 관련된 내용의 시이기 때문이겠지만 이 의식을 바라보
고 있는 화자의 의식에 더 직접적인 이유가 있을 것이다. 분명 장의는
교회 안에서 행해지고 있는데 화자는 그 안에 있지 않다. 교회 밖에서,
그것도 반쯤 열린 장로교회의 후문을 통하여 들여다보는 위치에 있다.
이것은 화자가 그 의식의 중심에 있지 않고 방관자의 입장에 있다는
뜻이 된다. 화자의 삐딱한 시선이 느껴지는 이유가 여기에 있다. 교회
에서 행해지는 의식에 옷깃을 여미게 하는 엄숙함이나 경외감이 느껴
지지 않는 이유도 여기서 찾아야 한다. 여자들의 부은 얼굴, 서로 등지
고 서 있는 그림자, 선병질腺病質의 풍금소리 등은 음산한 분위기의 구
성요소들이다. 경건함과는 거리가 멀다. 거기에다 하나님은 잠들어 있
고, 남자들의 굵은 목청은 흩어지고 있다고 말하는 화자의 어조에서
신으로부터 구원받을 수 없는 영혼, 그 절망감이 묻어난다. 교회에서
행해지는 주검의 의식에서 구원을 기대할 수 없다면 종교는 존재가치
를 상실하게 될 것이다. 이 시의 화자는 무개화차의 불빛 속에 실려 나
가고 있는 늙은 여자들의 주검을 보며 교회에서조차 영혼의 구원을 기
대할 수 없는 허무에 빠져 있다.

> 네가 뜨겁게 불타는 것을
> 보고 있으면
> 이 세상의 도저한 어느 구석까지라도
> 깡그리 재가 되는 것을
> 보고 싶어 하는 마음을 알겠다
>
> 아, 지천으로 날은 죽어가고

드디어 소멸되는

너의 뒷모습을 보고 있으면

내가 살아 숨쉬는 다른 노래가 아닌

그대 스스로 재가 되려는

알뜰한 너의 마음을 알겠다


미련 없이 훌훌 타버려서는

가증한 지상에서

자취도 없이 사라질 줄 아는

그대 장엄한 외로움의 끝

- 「황혼이여」 전반부

　드디어 하현식은 허무의 극점에 서 있다. 허무의 극점에서 해탈의 황
홀경을 본다. 시 「황혼이여」는 지상에서 사라지려는 마지막 순간의 노
을을 통하여 소멸의 장엄한 아름다움, 또는 그 의미를 반추한다. 이 시
의 화자는 황혼의 불타는 모습을 "깡그리 재가 되는 것을 보고 싶어 하
는" 열망으로 인식한다. 이것은 없어짐으로써 이 세상의 모든 고통으
로부터 해방된다는 발상을 배경에 두고 있다. 그 다음 연에서 보이는
"스스로 재가 되려는" 소멸의 정신은 "보고 싶어 하는" 열망에서 한 단
계 더 진전된 정신의 이행이다. 황혼은 없어지기 위하여 마지막으로
황홀한 불꽃(노을)을 태운다. "미련 없이 훌훌 타버리는" 그 장엄한 모습
에서 화자는 가증스러운 지상의 모든 짐을 벗어버린 해방감을 느낀다.
어쩌면 지상의 삶이라는 것은 욕망과 결핍의 질곡이고, 그 질곡에서
우리는 투쟁과 좌절, 그리고 소외의 상처를 꿰매지 못하여 정신적으로
고통 받는 세계다. 이제 하현식은 그런 고통의 세계로부터 해방되고
싶어 한다. 그런 해탈의 황홀한 정신적 경지를 자취도 없이 사라지기
위하여 노을을 태우고 있는 황혼의 장엄한 최후에서 찾고 있다. 그런

최후의 모습을 "외로움의 끝"으로 인식한다는 것은 화자가 허무의 한 극점에 서 있다는 것을 뜻한다. 불교에서 말하는 견성見性의 찰나도 자기 멸형滅形의 고행 끝에 얻어지는 황홀한 열매일 것이다. 이 시가 소멸의 황홀감에 도취되어 있다는 것은 그만큼 견성의 정신에 닿아 있음을 말한다.

> 1
> 잠든 길을 따라간다.
> 여름 들판이
> 흰빛으로 몰려온다.
> 마음에 묻은
> 만 가지 산들이 허물어진다.
> 마을은 속병 앓는 얼굴같이
> 창백하다.
>
> 2
> 끊어진 물에 목을 축인다.
> 갈비뼈 몇 대 빠진
> 피들이 진다.
> 손에 걸리는 모든 허공은
> 날아가고
> 남아있는 손짓의
> 잔뼈만 왔다가 다시 떠난다
>
> ─ 「無題」 전문

'慈明스님에게'란 부제가 붙어 있다. 그래서 불교적인 관념을 가지고 시를 읽게 된다. 그러니까 이 시는 깨달음의 어떤 정신 경지를 그리고 있다고 볼 수 있다. 앞의 시 「황혼이여」의 연장선상에서 읽혀지는 이유도 여기에 있다. 「황혼이여」는 해탈의 황홀감을 노을에 빗대어 표현함으로써 장엄하고 비장한 소멸의 정신을 노래한다. 그래서 들뜨고 격정적인 어조가 지배한다. 그러나 이 시의 어조는 차분하다. 세상사 등지고 앉아서 그 무엇에도 매임이 없는, 초연한 화자의 정신을 읽게 한다. 맑은 물(마음) 위에 어지럽게 스치고 지나가는 많은 그림자(세상사)들이 있지만 화자는 무심히 보고 있을 뿐이다. 가타부타 화자는 말하지 않는다. 흥분하거나 분노하지도 않는다. 슬픔이나 비애에 젖지도 않는다. 화자는 그저 보고만 있다. 시의 배후에서 화자가 이런 태도를 취하고 있다고 느껴지는 이유는 이 시가 철저하게 이미지 위주로 구성되어 있기 때문이다. 설명적인 진술이 보이지 않는다. 화자의 주관적 진술이 개입하지 않기 때문에 화자는 그가 그리는 세계에 대하여 어떤 집착도 갖고 있지 않다는 느낌으로 와닿는다. 이것은 분명 물질, 욕망, 집착, 희로애락 등의 세속적인 굴레로부터 초연한 정신세계를 그리기 위한 시의 양식이다. 이 시의 이미지들은 분명하고 투명하며, 명징明澄하다. 그리고 감각적인 언어로 시의 함축성과 분위기의 명암을 살린다. "잠든 길", "마음에 묻은 /만 가지 산들", "갈비뼈 몇 대 빠진/ 피들", "손에 걸리는 모든 허공", "남아있는 손짓의/ 잔뼈" 등 구상적이며, 시각과 촉각의 감각성이 살아 있는 시어들로 이미지의 명징성을 구축한다. 여기서 만 가지 산들은 인간이 갖고자 하는 모든 욕망의 대상들을 함의한다고 볼 수 있고, 갈비뼈 빠진 피들은 우리의 눈을 현혹하는 꽃과 같은 아름다움의 대상일 것이고, 허공은 물질의 덧없음, 그리고 손짓의 잔뼈는 집착, 미련 등의 의미로 해석된다. 그런데 이런 것들이 허물어지고, 지고 있으며, 날아가고, 떠난다는 소멸의 동작과 연결되어 있다. 이것은 득도의 경지를 암시하는 "잠든 길"에서 화자가 현세에서 집착했던 세속적인 모든 가치들이 이미 지워지고 있음을 뜻한다. 그리하여 화자는 무심히 세계를 바라보는 초월자의 위치에 있게 된다.

우리가 독종이라고 규정하는 것들은 그 어느 것도 독종이 아니다 우리가 독종이라고 생각하지 못한 것들 속에서 진정한 독종은 서식한다

우리는 우리에게 미소 지으며 다가오는 자를 독종이라고 부르지 않는다 사실 진정한 독종을 앞에 놓고 독종이라 생각하지 못하는 우매함이 오히려 독종을 배양함을 알지 못한다

우리가 근엄하게 표정을 짓는 사람을 만나면 독종이라고 의심할 때가 있다 그 목에 박힌 뼈를 통하여 심증을 삼고자 하는 버릇 때문이다

그러나 우리의 실패는 그 심증으로부터 출발하는 것을 알지 못한다 하나의 심증이 또 하나의 심증 위에 군림하면서 또 다른 허황된 심증을 낳고 가설된 알리바이의 장막 뒤에서 독종이 창궐하기 때문이다

이즈음도 독종은 가슴에 명패를 다는 법이 없다 항시 회심의 미소로써 무장된 미묘한 표정을 흩뿌리며 독종다운 독종의 자부심을 세우나니 우리가 독종이라 규정하는 어느 것도 독종이라 생각 못한 것들 속에서 안주하는 것이다.

― 「독종에 대하여」 전문

하현식 시의 또 하나의 특징은 시적 대상에 대한 끈질긴 추적 의식이다. 집요할 정도로 대상을 해부하여 그 실체를 적나라하게 까발리고 싶어한다. 그것은 표피적 인식에 머물러 있는 사회적 통념을 뒤집어 보임으로써 대상에 대한 새로운 시각을 갖게 한다. 여기에 풍자성이나 역설이 개입하게 됨은 물론이다. 시 「독종에 대하여」에서도 이런 시작 태도는 유감 없이 발휘된다. 이 시는 우선 독종에 대한 통념이나 표피적 판단에 대한 부정으로 시작한다. 화자의 판단으로는 우리가 독종이

라고 규정하는 것들은 독종이 아니다. 오히려 그렇게 판단하지 않은 것들 속에서 독종은 서식한다. 여기서 화자는 독종의 실체를 바로 보지 못하는 대중들의 우매함을 질타한다. 2연이 바로 그런 내용이다. 3, 4연은 대중들이 습관적으로 판단하는 심증의 근거들이 오히려 허황된 심증을 낳는다고 말한다. 그리하여 가설된 알리바이의 장막 뒤에서 독종은 오히려 창궐한다. 독종은 항상 자기를 들어내는 법이 없고 회심의 미소로서 위장하여 대중들의 잘못된 판단 속에서 자부심을 내세우며 안심입명安心立名하고 있다는 것이 이 시의 진술 내용이다. 이 시에서 주목되는 부분은 화자의 끈질긴 추적 의식과 그것을 직접화법으로 진술하고 있다는 점이다. 풍자나 아이러니, 또는 역설이 없으면 시로 읽혀지기 어려운 화법이다. 그런데 하현식 시인은 직설적 화법으로 시와 비시의 경계를 묘하게 넘나들고 있다.

이상에서 하현식 시인의 허무주의의 정신과 절망의식, 그리고 정신적으로 극복되는 과정을 살펴보았다. 이미 보았듯이 하현식의 허무주의는 상대적인 것이 아니다. 시대, 또는 상황적 산물도 아니다. 사회적 이념 붕괴의 산물은 더욱 아니다. 라캉의 욕망론에 근접한 욕망과 결핍 의식 사이에서 파생한다. 존재의 근원에 대한 회의, 아무리 도전해도 뚫리지 않는 삶의 한계성, 여기에 뿌리를 둔 그런 허무주의다. 이것을 나는 절대적 허무주의라 칭한다.


4

이 시집에서 일관되게 노출되고 있는 것은 허무의식이다. 이 의식은 하시인 생애의 멍에란 생각이 들 정도로 끈질기게 따라다닌다. 어쩌면 하시인의 시에서 발견되는 정력적 제스처들이나, 힘의 역동성에 대한 동경, 에로스에 몰입하는 남근적 상상력, 이 모든 것들은 허무의식으로부터 벗어나기 위한 과장된 몸짓인지도 모른다. 허무로부터의 도피,

또는 탈출이 하시인이 가졌던 평생의 명제가 아니었던가 싶다. 그의 허무주의는 모든 대상을 회의적 시선으로 바라보는 의식에서 그 근원을 찾을 수 있다. 철저한 무정부주의자의 시적 사고에서 그의 허무주의는 배태한다. 누대에 걸친 크리스챤 집안에서 성장하여 지금도 독실한 기독교인으로 신앙생활을 하고 있으면서도 여전히 시에서만은 무정부주의자일 수 있다는 것, 또한 나로서는 불가사의한 일이다. 어떻든 그는 시에 있어서 트리스탄 짜아라의 창조론과 아리스토텔레스의 모방론, 그 경계에서 방황하면서도 「북항」, 「칼」, 「황혼이여」, 「무제」 등의 절창을 뽑을 수 있었던 것은 여간 다행스러운 일이 아니다. 평생 시를 쓰면서 이 정도의 절창도 없다면 정말 허무한 일일 것이다. 이승의 삶이란 결국 흔적도 없이 사라지고 말 무상한 것일진대 우리의 의식적인 행위들이 얼마나 가치를 지닐 것인가? 부정될 수밖에 없는 삶의 무가치성에 눈을 떴을 때 도달될 수 있는 정신의 경지는 무엇일까? 바로 하시인의 시는 이런 근원적 질문에 대한 처절한 자기 응답인 셈이다. 세계에 대한 철저한 부정적 시 의식을 통하여 깨지고 부서지는 자기 멸형滅形의 고행을 자처하고 있는 것인지도 모른다. 그 고행 끝에서 〈황혼이여〉에서처럼 해탈의 황홀경과 만나기도 하고, 자명慈明스님에게 보내는 「무제」에서처럼 매임이 없는 현실초월의 정신과 마음의 평정을 찾기도 한다. 허무를 깨달은 자의 시의 세계는 어쩔 수 없이 깨달음의 도에 이르는 고행의 과정으로 해석될 수밖에 없다는 것이 이 시집의 시들을 읽으면서 얻은 나의 결론이다. 이쯤 되면 서론에서 제기했던 하현식 시에 대한 두 가지 물음에 대한 해명도 어느 정도 된 셈이 아닌가 싶다.

◆ ◆ ◆

# 풍경, 시간, 그리고 초월
### – 신진 시선집 『풍경에서 순간으로』

　현대를 정보화 시대라고 한다. 현대인들은 인류 역사상 가장 많은 정보를 소유하며 과학문명의 소산인 물질의 풍요 속에서 산다. 하지만 하이데거는 이 시대를 공허한 시대, 니힐리즘의 시대로 단정하였다. 과학의 발전과 물질의 팽창이 오히려 사물들의 고유한 존재성을 상실하게 한 시대로 규정한다. 1, 2차 세계대전은 과학문명의 허상을 극명하게 보여준 역사적 사례였다. 하이데거는 여기서 과학적 정보보다 시의 중요성을 더 강조한다. 정보 없이 인간답게 사는 것은 가능하지만, 시 없이 인간답게 사는 것은 불가능하다고 말한다. 인간이 인간답게 산다는 것은 사물이 자신의 고유한 존재의 진정성을 드러내는 것인데, 시가 그 역할을 담당하는 것으로 보았다. 하이데거는 시를 사물들의 고유한 존재 의미를 드러내는 장場으로 이해했다. 시의 언어를 '존재의 집'으로 정의한 것도 이와 유관하다.

　하이데거의 〈존재와 시간〉은 인간의 유한성에 대한 분석을 기초로 한다. 유한한endlich 존재라는 것은 인간이 단순히 한정된 시간을 산다는 뜻만 있는 것은 아니다. 인간은 자신의 유한성을 자각하는 존재라는 의미가 더 있다. 이점이 동물의 삶과 구별된다. 인간은 결국 죽음으로 끝나는 삶의 무상함과 무의미함을 깨닫는 존재다. 이러한 무상함과 무의미함에 대한 자각은 인간을 절망에 빠지게 할 수도 있으나 진정으로 인간답게 사는 것이 무엇인가를 성찰하는 사유의 기반이 된다. 그러나 대부분의 경우 자신의 삶이 영원한 것처럼 일상에 매달려 있다.

자신이 순간의 시간적 존재임을 망각한 채, 욕망을 달성하기 위하여 정신없이 산다. 그러나 하이데거에게 있어서 시간성Zeitlichkeit은 유한성에 대한 철저한 자각의 의미를 내포한다. 자신이 언젠가는 죽게 되는 존재라는 것을 철저하게 의식할 때, 인간은 일상 속에서 부단하게 사물들을 소유하려는 욕망으로부터 벗어나게 된다. 이때 욕망 충족의 도구적 수단이었던 사물들은 고유한 진정한 의미의 새로운 존재로 다시 태어나게 된다. 이렇게 자신이 무한한 존재가 아니라 죽음을 앞에 둔 유한한 존재라는 것을 철저하게 깨달으면서 사는 것을 하이데거는 시간성이라고 부른다. 이런 시간성의 자각을 통하여 존재자들의 고유한 진정한 의미를 드러내는 것이 시란 인식을 하이데거는 하고 있다.

이번에 출간된 부산의 원로시인 신진의 시선집 『풍경에서 순간으로』를 통독하면서 이런 하이데거의 철학적 사변을 떠올린 것은 이 시집들의 상당 부분이 참 존재에 대한 갈망과 상황에 대응하는 시적 자아의 고뇌, 그리고 풍경으로 대변되는 세계에 대한 자아와의 불균형 의식, 부조리한 실존에 대한 자각과 현실초월 의식이 교차하고 있기 때문이다.

신진 시인은 1970년대 중반에 《시문학》을 통하여 등단, 35년 넘게 부단히 시작 활동을 해온 분이다. 이미 출판된 7권의 시집에서 발췌된 자선 시선집으로 그의 평생의 시 작업을 조망할 수 있다. 그만큼 이 시집에 수록된 시의 경향은 한두 관점에서 말하기 어려운 다양한 시적 프리즘을 보인다. 가난으로 어두웠던 70년대 전후의 시대적 아픔에서부터 즉물적인 순수시의 경향, 생태 파괴를 고발하는 시, 자연으로의 귀소본능적인 달관의 세계관, 그리고 현실초월의 자의식 등, 그의 시적 관심의 폭은 시력만큼이나 넓다. 그의 초기 시는 「건방진 가수 이야기」나 「건방진 거지 이야기」 또는 「엿장수」 등과 같은 소외된 계층의 삶과 그 삶이 남긴 인간적인 정감에 시적 포인트가 있었다. 이럴 때 흔히 현실 비판적인 성향을 띄기 마련인데 그의 시는 그렇지가 않다. 약간의 풍자성이 있기는 하지만 현실에서 엇박자의 삶을 살아온 그들에 대한 깊은 애정과 연민의 정서가 더 짙다. 가난으로 찌들었던 한 시대를 건너온 자의 가슴에는 그 때 이웃했던 아웃사이드의 인생에서 '동향 친구'의 정을 느끼기도 하고 동병상련의 '가슴앓이'도 한다. 빈자의 삶을 살다 어느 날 사라진 그들에 대한 짙은 향수가 시의 저변에 있다. 이것은 신진 시인의 시적 관심이 일찍부터 낮은 곳을 지향하고 있었음을 뜻한다. 동시에 세인들이 선망하는 세속적으로 성공한 삶보다 시대로부터 소외된 헐벗은 삶에서 삶의 진정성을 찾고 있었다고 볼 수 있다. 하이데가가 말한 삶의 무의미함이나 무상함을 깨닫는 유한자의 눈은 세상으로부터 버림받은 이런 삶에 더 깊은 애정을 갖기 마련이다.

시 「풍경」은 이런 정서의 바탕 위에 아이러니의 기법을 덧댄다. 그리하여 외관상 정황만을 진술하는 태도를 취하면서도 내면적으로는 이율배반의 인간사를 읽게 한다. 아직 시신이 안치되지 않은 신흥재벌의 묘역에서 자기 땅인 것처럼 놀고 있는 언덕배기 판자집 아이들의 모습은 가진 자와 못가진 자를 아이러니하게 대비시킨다. 여기서 "신흥재벌의 묘지"는 경제성장과 더불어 갑자기 부자가 된 가진 자들의 속물적인 풍속도나 허세를 연상시킨다. 화자는 저승까지도 돈으로 살 듯 호화롭게 조성된 이 묘역을 "신이 먼저 와 기다리는 자리"로 약간 비꼬듯 말한다. 돈의 위력은 신까지도 무릎 꿇게 한다는 역설이 함축된 표현이다. 그러나 이 시 역시 그런 세태만을 풍자하는데 초점이 있는 것은 아니다. 오히려 이곳에서 놀고 있는 "신을 만날 일도 없는" 가난한 아이들의 천진함과 일광, 그리고 "주황빛의 민방공 싸이렌 소리"가 어울린 풍경의 진술에 초점이 있고, 이것은 어두웠던 시대성과 현실초월의 시적 공간을 동시에 형상화한다. 내세울 것 없는, 가난하고 헐벗은 소외된 계층에 기울어졌던 신진 시인의 시적 사유는 무용지물로 방치된 사물에서 진정한 존재 의미를 찾는 순수 지향의 시 정신으로 깊이를 더한다. 시 「볼펜」이 그 단적인 예다. 이 시는 서랍 속에 있는 네 개의 볼펜 중 기능성을 상실하고 방치된 볼펜 한 자루가 갖는 존재 의미를 진술하고 있다. 이 시에서 까만색, 파란색, 빨강색의 세 볼펜은 나름의 실용적 기능을 가지고 있다. 그러나 나머지 한 자루는 쓰고 그리는 기능을 잃고 버려져 있다. 그런데 이 버려진 실체에서 무상의 가치를 시인은 발견한다. 어둠에 버려져 있기에 오히려 꿈꾸는 자가 될 수 있고, "제 속마저 빤히 들여다보는" 자아성찰을 할 수 있기에 남이 살아남기 위해 "피 흘릴 때 피 흘리지 않아도 되고, 외출하지 않아도 투명하게 빛나는 존재"가 된다. 버려졌을 때, 실용적 기능을 상실했을 때, 욕심을 버리고 속이 비어 있을 때, 비로소 진정한 존재가치를 구현하게 된다는 시의 사고는 베르그송이 말한 공리성을 뛰어넘는 호모 사피엔스, 곧 순수정신의 발현이다. 동시에 모든 존재는 욕망 충족의 도구적 수단으로부터 해방되었을 때 비로소 무상의 존재가치를 지니게 된다는 존재론적 사고와 일치한다.

신진 시인은 시집 『강』을 통하여 생태시를 선도한 적이 있다. 우리가 지금 살고 있는 이 시대의 심각한 고민인 환경문제는 1990년대 중반 이후 시단의 화두로 등장했다. 그러나 그에 앞서 벌써 80년대에 신진 시인은 이 문제를 제기한다. 그만큼 예민한 시대감각을 안고 살아온 시인이다. 이것은 그가 순수의 영역에서만 자족하는 시인이 아니라 부조리한 현실에 정면으로 맞서는 시인이었다는 뜻이 된다. 인간의 무한한 욕망과 물질적 팽창에 의하여 파괴되고 있는 자연 생태계의 현상들을 그는 외면할 수 없었다. 시대에 대한 비판 정신이 그것을 허락하지 않는다. "새벽마다 서 낙동강의 비명소리"를 들을 정도로 한 때 그에게 있어서 강의 오염은 절박한 문제로 다가왔던 것 같다. 일련의 '강'과 관련된 시에서 상황악에 대응하는 고발정신을 읽을 수 있다. 그는 이미 이전부터 풍자의 어조로 부조리한 현상들을 진술하는 비판적 시각을 가지고 있었다. 고려 별곡체 시가의 어투를 빌려 온 「달동별곡」, 「매스컴 별곡」, 「대학별곡」 등의 작품이 그렇다. 천성적인 따뜻한 정감

때문에 날선 풍자시로 읽혀지지는 않았지만 은근한 상황 비판의 시각은 시 곳곳에서 배어 나온다. 그러나 강과 관련된 시에서는 이전에 비하여 상당히 강한 어조와 톤으로 환경오염을 고발한다. 가령 시 「강.소비자 가격」을 보면 "물고기가 죽어 있다"는 사실 진술로 시작되는데, "쓰레기 밭 분뇨덩이에 낯을 가리고" "젖은 비닐에 코를 박은 채" 죽어있는 물고기에게서 "팔뚝만한 주검의 머리카락"을 보기도 하고, 생태계를 이 모양으로 만든 인간을 원망하는 듯한 "싸늘하게 쏘아보는 플라스틱 눈빛"을 느끼기도 한다. 그런데. 이 시의 반전적인 결구 "ㅡ희망소비자가격 180원/ 어느 놈이 그에게 라면 상표를 붙이고 갔나?"가환기하는 함축적 의미는 매우 크다. 라면 상표가 붙어 있는 죽은 물고기의 모습은 환경오염의 심각성을 웃음거리로 만들고 있는 인간의 횡포를 아이러니컬하게 표출한다. 죽은 물고기, 또는 오물에 시선을 집중시킴으로써 강이 처한 오염의 심각성을 생생한 현장감으로 전달하는 효과도 있다.

이제 시간의 문제를 짚어볼 차례다. 무릇 모든 존재는 시간과 더불어생성하고 소멸한다. 시간은 사물을 변화시키고 인간의 의식도 변화시킨다. 하이데가가 『존재와 시간』에서 말한 인간의 유한적 존재성이란것도 시간성에 근원을 두고 한 말이다. 삶과 존재가 죽음을 떠나서 그의미를 찾을 수 없듯이 시간의 의미를 잡지 않고는 존재의 근원에 도달할 수 없다. 십 년이면 강산이 변한다는 말이 있다. 이처럼 시간은강산뿐만 아니라 생각이나 이데올로기까지도 바꾸어 놓는다. 신진 시인에게도 질풍노도와 같은 젊은 시절이 있었다. 부조리한 현실이나 불의에 참을성 없이 저항하던 그때의 내면 풍경을 시 「장미원」은 그린다.그때의 시적 자아는 "불면의 식물"이었고 "창백한 들짐승"이었다.1970년대의 독재와 억압의 시절, 그것에 대항하여 시위의 열풍에 휘말렸던 대학가에서 시대에 대한 고뇌와 아픔을 안고 신음하던 암울했던 의식이 표출된다. 여기서 "장미원"은 휴식과 아픔을 시적 자아에게 동시에 준다. "시들어버릴 수 없는 시간"을 일깨워주는 여인의 가슴이 기도 하다. 이렇게 시대와 맞서며 날이 섰던 시적 자아는 어느덧 따뜻한 시선으로 세계를 보기 시작한다. 시 「시장 골목」에서 화자는 "모르는 사람과 어깨 부딪히기"나 "어깨 비키기"가 다 "즐거운 일"이라고 말한다. 이것은 시장 골목이란 특수상황을 전제로 한 것이지만 낯선 자와 더불어 존재하며 소통하는 인간관계의 발견은 자아와 세계 사이의 간극이 극복되었음을 뜻한다. 시간은 분노와 고뇌의 격정적인 자아를, 세계를 끌어안는 포용적 자아로 변모시키고 있다. 한발 더 나아가 시 「겨울 산 껍데기」에서는 "겨울 산을 오르는 동안" "호주머니 속의 땅콩 캐러멜", "감귤", "수통의 물", "기슭에서 떠돌던 형형색색의 이름들"까지 차례로 껍데기만 남고 결국은 "돌아가는 길/나도 껍데기만 남는다"고 진술한다. 이것은 삶, 또는 존재의 본질에 대한 깨달음을 우회적으로 말한 것이다. 없어지는 과정, 자기를 버리는 과정이 삶의 본질이란 인식을 깔고 있다. 죽음에 가까이 다가갈수록 가졌던 것 다 내려놓아야 한다. 불교적으로 말하면 공수래공수거空手來空手去다. 시간은 존재를 무無로 돌려놓는다. 이런 시간에 대한 깨달음에 도달한 자는 세속을 등진 자연귀의의 삶에서 삶의 진정성을 찾을 수밖에 없다.

　신진 시인은 당면한 현실문제에 대하여 외면하지 않았다. 하지만 천성적으로 맑고 투명함을 지향하는 순수 시인이다. 명리를 초월하여 늘 자연에 가까이 있고자 했고, 번잡한 도시의 화려한 생활보다는 시골의 한적한 삶을 더 선호한다. 그는 자연과 더불어 사는 「은자」의 삶을 희구한다. 이런 자연에 동화된 삶은 그 무엇에도 매임이 없는 자유정신을 구가한다. 시 「자유의 몸」은 "잡목 숲을 걷다 만난/ 허물어진 흙더미"에서 묵은 짐을 벗어버린 방치된 자유를 목격한다. 원래는 누군가에 의하여 조성된 봉분의 흙더미였을 것이다. 많은 세월이 지나면서 "따르던 사람들 갈라지고 흩어지고"하여 방치되어 있다 허물어진 흙더미를 보고 화자는 "이제 자유의 몸이" 되었다고 말한다. 인생무상의 역설적 표현으로도 읽혀지지만 그보다는 진정한 자유의 정신을 말하고 있다고 보아야 한다. 인위적인 짐으로부터 완전해방되어 자연 그 자체로 돌아갔을 때 비로소 진정한 자유가 주어진다는 인식을 읽을 수 있다. 무너진 흙더미에서 봉분이 암시하는 부, 권력, 명예, 인간관계나 윤리적인 멍에 등 인위적인 것들로부터 해방된 자유를 발견한다는 것은 시인이 지향하는 삶의 참가치가 무엇인가를 시사한다. 그것은 철저하게 자연과 일체가 된 삶을 의미한다. 봉분이 인위적인 것이라면 무너진 흙더미는 자연 그 자체로 돌아간 것이다. 나이가 들면 들수록 세속적 욕망의 추구가 얼마나 허무하고 무의미한가를 깨달을수록 자연으로 돌아가고자 하는 귀소본능은 추동력을 갖는다. 그러기 위해서는 봉분처럼 인위적으로 쌓아온 자기를 허물어 무너진 흙더미가 되지 않으면 안 된다. 신진 시인은 이미 「경공법」, 「엉덩이로 이름쓰기」 등의 시에서 선사처럼 마음을 비우는 작업을 하고 있었다. 현실을 풍자. 비판, 고발하던 정신은 어느덧 현실의 멍에를 훌훌 털어버리고 매듭이 없는 도의 세계를 유영하기 시작한다. 거기에는 세계와의 불화나 부조리한 실존에 대한 갈등을 뛰어넘는 초월의 정신이 자리한다. "휘파람 불면/ 헤어진 이름이 가벼워지고", "비명 없는 다북쑥 무덤에 기대앉으면/ 그의 생전 모습만큼이나/ 나는 얼마나 자유로운가', '시계를 끄르면/ 이건 무슨 혁명의 가벼움이냐" 시 「경공법」에서 뽑아온 구절들이다. 여기서 이름, 비명, 시계 등은 인간관계, 명예, 톱니 같은 일상의 시간적 속박을 암시한다. 세속적 삶은 이런 것들에 매달려 있다. 그러나 진정으로 가벼워지고 자유로워지기 위해서는 이런 세속적 속박으로부터 벗어나지 않으면 안 된다, 달관의 세계란 이런 무위자연의 경지에 들어섰을 때 얻어지는 것이 아니겠는가? 드디어 신진 시인은 달관의 경지에서 "세상천지 내 것 아닌 것이 없으니/ 세상천지 내 것인 것이 없구나."라고 시 「수탉 소리」에서 자족의 삶을 노래한다. 이 시집의 말미에 있는 시 「노루 발자국」에서는 달관의 경지에서 바라본 초현실의 순수 이미지와 만나게 된다. 노루 발자국을 "샛별이 흘리고 간 / 낯선/ 주소.// 초생달의/ 머리핀.// 첫사랑이 깎고 간/ 발톱.// 이승에 내민/ 저승의/ 꽃잎."으로 환치하여 바라보는 시인의 의식에는 너와 나, 인간과, 자연, 이승과 저승을 대립적으로 보는 이분법적 사고가 없다. 시공이나 사물의 경계를 초월한 무한공간의 의식이 펼쳐진다. 결국 시선집『풍경에서 순간으로』에서 신진 시인이 갈망했던 풍경은 이분법적 사고의 경계를 초월한, 자아와 타자가, 세계와 내가 불화하지 않는 자연합일의 세계였다. 이것은 하이데가가 말한 인간의 유한한 시간적 존재성을 깨달은 자가 꿈꾸는 진정한 삶의 풍경이다. 그러나 이 역시 한순간 존재하다 사라지는 무상한 삶이 아닐 수 없다.

## 실존 자아의 시적 구현

— 안효희 시집 『서른여섯 가지 생각』

싸르뜨르는 "실존이 본질에 앞선다"는 유명한 말을 남겼다. 인간이 본질에 앞서 먼저 존재하고, 그리고 자신과 만나게 되고, 그 후에 자신을 정의한다는 의미를 내포한 말이다. 본질 추구의 존재론에 대한 반성인 동시에 인간의 상황적 존재성을 강조한 것이기도 하다. 실존exis-tence은 단순한 존재etre의 의미범주를 뛰어넘는다. 실존은 끊임없는 자기 선택과 초월을 통하여 구현되는 존재 양상이다. 따라서 실존은 한 자리에 머물지 않고 상황에 따라 늘 변화하며 생성과 소멸의 과정을 겪는다. 이런 존재 인식을 바탕으로 세계에 대한 주체적 자아의 문제, 주어진 상황과 자아의 관계, 즉자와 타자의 연결고리에서 존재 의미를 찾고자 한 것이 싸르뜨르의 실존주의다. 인간을 피투적 기투被投的 企投의 존재로 이해한 것도 이 연장선상에 있다. 그런데 그는 인간에게 주어진 상황을 '원초적인 진흙'과 같은 무無의 세계로 이해한다. 그는 저서 『존재와 무』에서 "존재는 이유도 없고, 필연성도 없다"고 했다. 그렇기 때문에 이 세계에 대하여 인간은 불안과 함께 고뇌하고 절망하게 된다. 그러나 이런 부조리한 상황에서 무無로서의 인간은 불안하지만 자기 선택과 초월의 자유가 주어진다. 이를 통하여 진정한 자아를 성취할 수 있다. 불안한 상황에서 도피하고자 하는 자기기만으로부터 벗어나 진실한 자기 실존을 창조, 또는 구현할 수 있게 된다. 사회참여Engagement 론에서 개인의 자유 못지않게 사회적 책임을 역설한 것도 진정한 자아실현과 유관하다.

안효희 시인의 두 번째 시집 『서른여섯 가지 생각』은 실존적 자아에 대한 시적 접근을 하고 있는 작품들이 상당수를 차지했다. 철학적 사변이나 본질 추구의 관념 노출보다는 상황적 존재성을 드러내는 시가 주류를 현성한다. 안효희의 시에서 구현되고 있는 존재 양상들은 상황과 맞물려 있는 경우가 많다. 세계와의 단절 의식이 있다하더라도 이역시 상황에 대응하는 실존적 자아의 내면과 연관된다. 물론 여기서 말하는 상황이란 싸르뜨르가 직면했던 전쟁이나 시대적인 의미의 사회적 상황과는 다르다. 오히려 개인의 삶을 구성하는 타인과의 관계성에 더 무게가 주어진다. 세계와 단절된 내폐적 자아의 구현보다는 끊임없이 타인을 향하여 소통하고자 하는 열망, 그리고 좌절과 비애의 감정이 안효희 시를 구성한다.

> 살아있는 것은 모두 펄떡이는 자갈치 어시장, 한 때 갈매기였던 그가 고래고기 한 접시 뚝딱 썰어 왔네 서른여섯 가지 부위별로 다른 맛이 난다는, 그래서 우리는 서른여섯 가지 골목길을 생각하네

> 당신의 쫀득한 맛과 질긴 집착을 씹다가 꿀떡 삼키네 몸길이 25미터 고래의 바다를 음미하네 평택에서 무궁화를 타고 온 그의 망설임도… 언제나 24시간 전에 도착한다는 그녀의 집착도… 진주에서 부랴부랴 도착한 그의 의지도… 오늘은 적당히 흔들리면서 중심이 잡힌다네 밤마다 전전반측輾轉反側하던 서른일곱 번의 울음, 그 옆구리를 풀어놓네 함부로 내뱉은 사랑도 비애도 아닌 또 다른 이름의 문신,

> 점점이 막힌 시간이 다칠세라 서로의 궁륭을 만드네 겹겹의 웃음과 손짓으로 한 번 더 우겨 보네 더 넓은 곳으로의 이동, 기형의 물고기인 채로, 썩은 고목의 뿌리인 채로, 서른여섯 토막 난 꿈인 채로,

> — 시 「서른여섯 가지 생각」 전문

가령 이 시집 표제시 「서른여섯 가지 생각」을 보면 그녀와 그의 관계가 시의 핵이다. 시적 모티브는 자갈치 어시장에서 그가 가져다준 고래고기의 서른여섯 가지 부위별 맛이다. 이 서른여섯 가지 맛이 "서른여섯 가지 골목"과 "서른일곱 번의 울음" 그리고 "서른여섯 토막 난 꿈"으로 변주되고 있다. 서른여섯을 매개로 한 일종의 연상수법이다. 하지만 그 이면에 변화해 가는 그녀와 그의 관계 사이에 형성된 실존적 의미를 함축한다. 여기서 한 때의 그는 "갈매기"로 비유된다. 자갈치란 선창가를 배경으로 하고 있기 때문에 자연스럽게 그와 동일시되는 측면도 있지만 그녀와 그의 사이에 있었던 떠남과 집착의 이미지로도 읽혀진다. 그들 관계를 형성하는 계기는 서로에 대한 "집착"이고 관계를 이끌어 가는 동력은 "밤마다 전전반측하는 울음"과 "겹겹의 웃음과 손짓"으로 "서로의 궁륭을 만드는 것"이다. 이것은 너와 나의 실존적 관계가 불화와 화해의 고통스러운 과정을 통하여 이루어지는 것임을 암시한다. 물론 여기서 "울음"은 상대의 상처에 공명하는 연민의 감정과도 연관이 있다. 그러나 그들 관계의 종착점은 "기형의 물고기", "썩은 고목의 뿌리", "토막 난 꿈"과 같은 것이다. 이것은 서로를 향하여 소통하고자 했던 열망의 좌절을 뜻하기도 하고, 시간과 더불어 소멸하는 존재의 의미를 말한 것이 된다. 싸르트르가 말한 "원초적인 진흙"과 같은 무無의 세계로 돌아간 것이다.

그녀는 자꾸 누우려 한다 먼 길 둘둘 말아 주머니에 넣고, 이제 그만 누우려 한다 서 있는 동안의 나날들이 퇴행성관절염처럼 주저앉는다 나는 그녀를 일으켜 앉힌다 침대는 영혼과 육체를 병들게 하는 유혹, 세상엔 아름다운 것들이 많답니다 그녀는 나에게, 길 위 수많은 나팔꽃을 열어보라고 하지만, 굽이굽이 바라보는 먼 길, 그 끝은 언제나 막다른 골목임을 안다 가고 싶은 곳과 가고 싶지 않은 곳이 등을 맞댄 채 비벼댄다 그녀는 또다시 눕고 다시 돌아서 눕는다 누워서 응시하는 그곳은 전

생과 환생의 중간 지점, 풍장을 꿈꾸는 새 한 마리 하늘을 가로지른다
나는 아직 새가 되지 못한 채 지느러미를 가진 물고기 인간, 생의 한가
운데를 헤엄치는 중이다.
- 「그녀와 나의 함수 관계」 전문

시 「그녀와 나의 함수관계」에서도 나는 그녀와 대응하는 위치에 있
다. 그녀를 통하여 자아를 돌아보는 시적 태도를 취한다. 여기서 그녀
는 병상에서 사경을 헤매고 있고, 나는 그녀를 지켜보며 돌보는 관계
다. 죽음을 향하여 가고 있는 그녀에 대한 관찰과 그녀에 대한 나의 심
리적 반응을 축으로 실존적 자아의 현존재 의미를 구현한다. 그녀가
이미 생의 종착점에 와 있음을 "먼 길을 둘둘 말아 주머니에 넣고 이제
그만 누우려 한다."고 표현하고 있다. 그러나 나는 사지에서 그녀를 일
으켜 세우기 위하여 부단한 노력을 한다. "세상엔 아름다운 것들이 아
직 많다."고 호소도 해보고 "침대는 영혼과 육체를 병들게 하는 유혹"
이란 역설적인 상황인식을 표출하기도 한다. 침대에서 한 발짝도 벗어
나지 못하는 그녀에 대한 연민을 역으로 드러낸 것이다. 동시에 나는
그녀가 남긴 "길 위 수많은 나팔꽃을 열어보라"는 유훈을 떠올리기도
한다. 여기서 '나팔꽃'은 개척해가야 할 미지의 아름다운 삶이지만 정
작 나는 "먼 길, 그 끝은 언제나 막다른 골목" 또는 "가고 싶은 곳과 가
고 싶지 않은 곳이 등을 맞댄" 등, 삶을 절망적으로 인식하고 있다. 이
것은 그녀의 나에 대한 소망과 나의 삶 사이의 역행 관계를 암시하기
도 한다. 이런 역행의 관계성은 그녀의 죽음과 나의 삶을 바라보는 화
자의 언술에서도 극명하게 드러난다. 이미 "전생과 환생의 중간 지점",
곧 죽음의 문턱에 있는 그녀는 '풍장을 꿈꾸는 새'로 하늘을 날고 있다.
여기서 '새'는 이승의 모든 짐을 내려놓은 진정한 자유를 함의한다. 그
러나 이승에 있는 나는 "새가 되지 못하고 지느러미를 가진 물고기 인
간"으로 생의 한가운데 있다. '지느러미'가 뜻하는 것은 자아의 정신 해

방을 가로막고 있는 인因과 연緣, 세상의 굴레다. 이렇게 이 시는 대위법으로 그녀와 나의 함수관계, 곧 실존적 자아의 삶과 죽음이란 상반된 존재 의미를 형상화하고 있다.

안효희의 시집 『서른여섯 가지 생각』에는 남과 여, 육친을 연상시키는 그녀와 그 그리고 딸 등의 인간관계, 그리고 죽음, 병고 등 구체적인 생활체험을 상황적 배경으로 하여 시적 자아의 실존적 의미를 형상화하는 시들이 상당히 눈에 띈다. 시 「울음의 냄새」, 「눈 오는 마을」, 「침묵으로 내장된 캡슐」, 「내게 올 때까지」, 「1604호」 등이 그렇다. 시 「침묵으로 내장된 캡슐」에서 '그녀'는 죽음에 이른 여든 살의 노모다. 주검이 들어가야 될 관을 이 시에서는 "침묵으로 내장된 캡슐"로 정의하고 있다. 침묵이 죽음과 동의어가 되고 캡슐이 관의 이미지로 읽혀진다. 이 세계로 들어가기 위한 유일한 조건이 수의 한 벌이라는 언명이 이를 뒷받침한다. 죽음의 목전에서 그녀가 만지고 있는 명주 수의에는 그녀가 겪었을 온갖 풍상이 반사되고 있다. 노모의 죽음 앞에서 화자는 "하루를 사는 일은 무의미를 지향하는 일"임을 깨닫는다. 이런 삶에 대한 허무한 인식은 무릇 모든 존재는 미래의 죽음인 '타임캡슐'을 안고 태어나게 된다는 엄연한 진실과 그것이 침묵으로만 내장되는 이유를 목도하게 된다.

얌전히 벗어둔 꽃버선 한 켤레

첨벙!
벼랑 아래로 무언가 떨어지는 소리

(중략)

꽃버선 속의 하얀 발은 어디로 갔을까

얇은 스타킹을 신고 하이힐을 신고

말없는 엘리베이터
오로지 침묵만을 열고
첨벙!

- 「1604호」 중

시 「1604호」는 죽음 이후의 정황을 아파트 공간을 배경으로 펼쳐 보여주고 있다. "얌전히 벗어둔 꽃버선"이 세상을 떠난 그녀의 빈자리를 암시하고, "첨벙"하는 청각어가 벼랑 아래로 떨어지는 듯한 공허감이나 허전함과 같은 감정의 무게를 저울질 하게 한다. 이 시는 매우 감각적인 언어구사로 육친과의 사별에 대응하는 화자의 허망한 감정 상태를 시적으로 견인해내고 있다.

그 속엔 장롱과 냉장고와 세탁기도 있지, 나의 사랑과 나의 궁핍과 나의 파열도 있지

꼬리를 단 시간이 재깍거리고, 날짜들이 깃발처럼 벽에 걸려 펄럭거리지, 건너편 고층빌딩이 통유리 넓은 창으로 24시간 들여다보지

행복인지 불행인지 알 수 없는 것들로 점점 배가 불러지면, 아치형 창을 내고 40층 50층까지 올라갈 수 있지

밤이 되면 전자키 달린 출입문 안에서 혼자 밥을 먹지 곁에 누운 남자가 가끔 눈을 뜨고 일어나지, 빠끔빠끔 담배를 피우고, 그러다 다시 죽은 척하지

더불어 사는 무덤 1605호분

불룩한 배를 만지며 하루에도 몇 번씩, 아무도 몰래 작은 아이를 낳지
바깥으로 바깥으로 기어나가는,

-「순장」전문

안효희 시인이 바라보고 있는 세계는 결코 낙관적이지 않다. 세계 내에서 실존적 자아가 겪고 있는 삶은 행복과는 거리가 멀다. 그에게 있어서 현대인의 생활공간인 아파트는 무덤이다. 살아있는 공간이 아니고 죽은 공간이다. 시「순장」에는 "더불어 사는 무덤 1605호분"이란 표현이 있다. 죽은 주인과 더불어 묻힌다는 뜻의 순장을 역설로 원용한 것이다. 호수號數가 있는 공원묘지의 무덤들과 아파트를 동일시한 언표인데, 이 속에 갇혀있는 현대인들의 삶을 풍유한 것으로 볼 수 있다. 아파트가 무덤이라면 그 안에 존재하는 사물이나 생존하고 있는 인간은 순장된 것과 같다. 그래서 어둡고 답답한, 그리고 밀폐된 관성과 의식으로 삶을 영위하는 현대인의 실존방식을 이 시는 역설적으로 표현한다. 그 안에는 장롱, 냉장고, 세탁기 그리고 그와 나 같은 사물과 인간만 순장된 것이 아니다. 사랑, 궁핍, 파열, 시간, 행복, 불행 등 긍정과 부정의 상반된 추상적 관념들로 '배가 부른' 공간이다. 그곳에서 현대인들은 고독과 단절의 늪에 빠진 삶을 산다. "밤이 되면 전자기 달린 출입문 안에서 혼자 밥을 먹고, 곁에 누운 남자는 가끔 눈을 뜨고 담배를 피우다 다시 죽은 척 한다"는 진술이 그런 정황을 함축한다. 여기서 '곁에 누운 남자'는 함께하고 있지만 이미 소통되지 않는 타인으로 전락한 존재다. 단절된 아내와 남편의 관계, 남녀가 타성적으로 동거하는 무의미한 관계, 이런 현대인의 자화상을 떠올리게 한다. 그것은 이미 죽은 관계이기에 아파트란 한 공간에 순장된 존재들로 인식될 수밖에 없다.

안효희의 이번 시집에서 「울음의 주기」, 「슬픔의 막」, 「울음의 냄새」 등, 감정을 직설적으로 드러내는 시 제목들이 유달리 시선을 끌었다. 이런 직정적인 시어가 시의 중심에 있을 때, 흔히 감정과잉으로 시적 사유의 균형을 깨뜨리는 경우가 많다. 그런데 안효희의 시는 전연 그렇지가 않다. 그런 감정 상태까지도 존재론적으로 접근하여 성찰하고 있기 때문이다. 화자가 감정에 몰입하지 않는다는 것은 그만큼 지적인 센스로 현상을 대하고 있다는 뜻이다. 시 「슬픔의 막」에서 화자는 슬픔의 감정에 함몰되지 않고, 성찰의 시적 태도로 슬픔의 존재론, 그 현상학을 창조한다.

그가 잘 웃는 까닭은 더 많이 슬프기 때문
안경을 꼈다 벗었다 한다


진주로 만든 목걸이가 흩어지자
빈 웃음이 자르르 터진다


슬픔을 가진 마른 육체의 살이 터지고
어디선가 고양이 울음 같은 목소리가 난다


압력밥솥 속에서 끓다가 혼자 가라앉는 것
냉장고 속에서 조각조각 오래도록 얼어 있는 것


그가 한 주걱 밥을 퍼 고추장을 넣고
쓱쓱 비벼 먹는다 양푼을 행궈도 남아 있는 흔적


세상의 모든 슬픔은 가장 낮은 곳으로 흐르고
웃음은 울음으로 연결되는 저마다의 통로를 가진다

〉

슬픔이라는 이름의 갑옷을 나날이
입었다 벗었다 하는 마네킹의 무표정

누군가의 눈을 바라본다는 것은
슬픔의 막을 가르고 당신의 절반을 그에게로 보내는 것

— 「슬픔의 막」 전문

　이 시에 의하면 슬픔은 웃음 뒤에 있다. "마른 육체의 살"에 가려 있으며 "고양이 울음소리"를 내기도 한다. "압력밥솥 속에서 끓다가 혼자 가라앉는 것"이고, "냉장고 속에서 오래도록 얼어 있는 것"이며, "양푼을 헹궈도 남아 있는 흔적"으로 일상의 뒤에 존재한다. 결국 이런 것들이 슬픔을 가리고 있는 막이란 뜻인데, 그렇다면 모든 존재는 본래적으로 슬픔을 안고 있는 것이 된다. 그렇기 때문에 존재가 안고 있는 슬픔의 보편성을 이해하지 못하고는 타자와의 길(소통)은 열리지 않는다. 화자는 이 시의 말미에서 "누군가의 눈을 바라본다는 것은/슬픔의 막을 가르고 당신의 절반을 그에게로 보내는 것"이라고 말한다. 여기서 슬픔은 삶의 고통이나 상처 등의 의미로 확장할 수 있다. '당신의 절반'이 그런 의미를 내포하고 있고, "슬픔의 막을 가르는" 것은 그런 타자의 내면을 읽는 것이 된다. 슬픔이 즉자와 타자 사이에서 서로 공명하는 연결고리임을 알 수 있다.
　시 「걸어 다니는 우물」에서 우물은 변화무쌍한 인간의 내면과 내통한다. 유동적인 감정이나 생각과 같은 심리현상을 반사해주는 기재다. 그런 의미에서 우물은 거울과 동의어가 되기도 한다. 역동적으로 움직이고 있는 인간의 마음을 상징하는 기재이면서 그 마음을 투영하여 보여주는 거울로서의 이중 역할을 한다. 이 시에서 우물은 세계와 소통되지 않는 단절된 자의식의 함정이고, 그 속에는 울음. 한 맺힌 곡성과 같은 소용돌이치는 감정들이 있다. 두려움의 공포가 마음을 황폐하게 만들기도 하는데, 둘째 연의 "둥근 폐가가 내 안에 둥지를 튼다."는 구절이 이런 심리적 현상을 반영한다. 세상과 단절된 시적 자아는 더욱 자기 내면과 대면할 수밖에 없다. 우물이 거울로 변주되면서 이런 자아성찰의 의미를 덧댄다. "누가 드려다 볼까 봐 늘 두꺼운 옷을 입은 내가 거울 앞에서 머뭇거린다."는 것은 시적 자아가 세상과 등짐으로써 더 깊은 내면의 세계로 침잠해 들어감을 뜻한다. 이 시에서 거울은 자기 내면으로 통하는 통로이고 깊이를 알 수 없는 수많은 '둥근 우물', 곧 타자의 마음들과 연결되어 있는 길이다. 고독한 자만이 타자의 슬픔을 이해할 수 있다는 역설의 의미다. 이 긴 통로로 "지구 반대편 빈 집에 앉아 우는 울음도 수시로 드나든다." 이것은 자기성찰을 통하여 타자의 아픈 의식까지도 관통할 수 있음을 암시한다. 이렇게 이 시는 "돌맹이 떨어져도 소리를 내지 않을" 정도로 "보이지 않는 깊이"를 가진 인간의 내면을 '우물'에 빗대어 표현하고 있다. 이 시의 마지막 연에서는 이런 마음의 실체를 깨닫고자 고행하는 의식을 "스스로를 발견하기 위한 앙다문 울음"으로 표현한다. 누구나 잡고자 하나 잡히지 않는 것이 마음이기 때문에 '울음'과 같은 비극적 감정을 수반한다. 마음과 동의어가 되는 우물은 "흐린 날의 빗물과 흐리지 않은 날의 빗살로 고요해질 수 없는 숙명"을 안고 있다. 늘 밝고 흐린 명암이 교차하는 것이 마음이기 때문이다.

안효희 시인의 상황인식은 매우 비극적이며 절망적이다. 그에게 있어서 세계는 시「순장」에서처럼 고독과 소외, 그리고 소통되지 않는 차가운 삶으로 다가온다. 특히 이번 시집에서는 죽음과 대면한 시들이 많고, 거기서 파생되는 존재의 파열음, 곧 가면이 벗겨진 존재의 허무를 수거한다. 그런데 그의 시에서 감정의 폭발음은 별로 느껴지지 않는다. 절망적인 상황인식은 있는데, 그에 대응하는 시적 태도는 감정의 분출을 막는다. 슬픔이란 감정까지도 마치 사물을 대하듯 존재론적인 의미 구성을 꾀한다. 이것은 안효희 시인이 성찰의 시인이기 때문이다. 사물과 사물, 상황과 인간, 그 내면적 관계를 예리한 시각으로 포착하여 실존의 의미를 시적으로 견인해 내는 지성적 사고가 작동하기 때문이다. 어쩌면 자아와 세계를 성찰하는 지성이 싸르뜨르가 말한 절대적인 무無의 절망적 상황을 딛고 일어서게 하는 힘일지도 모른다. 안효희 시의 존재론은 타자를 향한 소통의 열망을 숨기고 있다. 실존적 자아와 세계 사이의 단절을 의식하면서도 소통의 꿈을 그는 버리지 못한다. 시 「편지」는 비록 딸을 향한 어머니의 마음을 전달하는 형식이지만 타자를 향한 소망과 소통의 열망을 그대로 반영하고 있다. 여기서 절망의 무덤에서 피는 안효희 시인의 희망을 읽는다.

(전략)
오늘은 네 방에 가만히 누워본다
너의 베개를 베고 이불을 덮고
너의 천장 너의 형광등
너의 창문 넘어 빛나는 하늘을 본다
(후략)

— 「편지」 중에서

### ♦ ♦ ♦
# 몸의 원형적 교감과 꿈의 현상학
## – 강연은 시집 『녹색 비단 구렁이』

　강영은의 시집 『녹색 비단구렁이』에 담긴 시편들은 매우 감각적이다. 선명한 이미지들이 독자들을 전율하게 하고 매료시킨다. 강영은 시들은 온몸으로 세계와 교감하고, 거기에서 얻어진 인식과 시인 내부에 존재하는 의식의 신기루를 감각화 하여 표출한다. 여기서 나는 의식의 신기루를 꿈의 현상학이라 명명한다. 그의 시는 자연과 교감하면서도 자연이 갖고 있는 완전성에 도달하지 못하여 몸부림치는 시인의 자의식을 드러내고 있다. 실현되지 않는 이상에 대하여 집착하는 의식은 곧 꿈꾸는 자의 의식이고, 이런 의식을 드러내는 시는 신기루를 쫓는 꿈의 현상학이 될 수밖에 없다. 가령 이 시집의 첫머리에 있는 「매미시편」을 보면 이런 의식의 단층을 느낄 수 있다. 이 시는 절창을 뽑기 위한 인고의 과정에 대한 인식과 그에 미치지 못하는 자신의 시작 행위를 반성하는 의식을 담고 있다. 이때 시인은 직설적 화법을 구사하지 않고, '매미 소리'를 은유로 한 지극히 시적인 언어감각을 살린다. 이 시에서 '매미 소리'는 "명창의 넋"이 담겨 있는, "박연폭포 한 소절 폭포수"와 같은 자연과 일치된 완벽한 시편과 동일시된다. 그런데 화자의 관심은 매미가 이런 "짧고 굵은 절창을 위해" 땅속에서 오랜 시간 "몸속 가락을 고른다는" 인고의 과정에 초점을 두고 자신의 안일한 시작 행위를 반성하는데 있다. 이 시에서 화자가 꿈꾸는 시의 이상은 "동안거 하안거 다 지낸", 고행 끝에 온몸을 다하여 얻은 득음의 경지임을 암시하고 있다. 동시에 '매미 소리'를 통하여 인식하게 되는 이런 시작의 이상과 그에 미치지 못하는 자의식과의 괴리에서 고민하고 괴로워하는 감정까지 우회적으로 담아내고 있다. 이렇게 강영은의 시들은 온몸으로 세계와 교감하면서 그와 대비하여 자아를 탐구하고, 그러면서또 내부에 존재하는 탐미적 욕망을 분출하는 양식이 되고 있다.

꽁무니에 바늘귀를 단 가시거미 한 마리,
감나무와 목련나무 사이 모텔 한 채 짓고 있다.
실 비단 그물침대 걸어놓은 저, 모텔에
세 들고 싶다

장수하늘소 같은 사내 하나 끌어들여
꿈 속 집같이 흔들리는 그물 침대 위
내 깊은 잠 풀어놓고 싶다

매일매일 줄타기하는 가시거미처럼
그 사내 걸어온 길 칭칭 동여맨다면
나, 밤마다 그 길 들락거릴 수 있으리

그 사내 쓰고 온 모자 벗어버리고
신고 온 신발도 벗어던져
돌아갈 길 아주 잃어버린다면
사내 닮은 어여쁜 죽음 하나 낳을 수 있으리

그 죽음 자랄 때까지
빵처럼 그 죽음 뜯어 먹으며
하늘 끝까지 날아오르는 날개 옷 한 벌
지을 수 있으리

〉

저, 허공 모텔에 들 수 있다면

– 「허공 모텔」 전문

  시는 일정 부분 인간의 내부에 존재하는 욕망을 표현한다. 구태여 라
깡의 욕망론을 들지 않더라도 시에는 다양한 욕망들이 편재해 있다는
사실을 우리는 이미 알고 있다. 시 「허공 모텔」에서도 시인 강영은이
꿈꾸는 욕망의 한 단면을 엿볼 수 있다. 이 시에서 '허공 모텔'은 화자
가 꿈꾸는 가장 이상적인 집인 동시에 무릇 많은 여성들의 내면에 자
리한 집의 의미를 집약하여 상징화한 것으로 볼 수 있다. 여기에는 여
성의 남성 소유욕이란 욕망이 내재 되어 있다. 여성의 입장에서 집의
의미는 사랑하는 남자를 자기 품 안에 영원히 가둬 두고자 안달하는
욕망의 도구다. 남자들은 끝없이 집 밖을 배회하지만 여자들은 그런
남자를 집안에 가둬 두고 싶어 한다. 여자들이 집을 치장하는 일에 집
착하는 이유도 남자를 가정이란 울타리 안에 묶어두기 위해서다. 그렇
다면 '감나무와 목련나무 사이'에 가시거미가 쳐 놓은 거미줄이야 말로
여자들이 꿈꾸는 집의 전형이 될 수밖에 없다. 이 거미줄을 모텔로 바
라보는 시인의 의식에는 '장수하늘소'로 비유되는 건장한 사내를 끌어
들여 꼼짝 못하게 품 안에 가둬두고 싶은 욕망이 자리하고 있다. 장수
하늘소도 이 거미줄에 걸려들면 꼼짝없이 묶이고 마는 현상에 착안한
발상이다. 화자는 "그 사내 걸어온 길 칭칭 동여맬" 수 있기를 바란다.
그리하여 그 사내가 "돌아갈 길 아주 잃어버린다면/ 사내 닮은 어여쁜
죽음 하나 낳을 수 있으리"란 염원을 갖는다. 결국 이 시의 화자가 꿈
꾸는 완벽한 사랑은 사내로 하여금 과거로 못 돌아가게 하는 것이고,
사내를 자기 품에서 죽을 때까지 못 벗어나게 하는 것이다. 그리하여
죽음을 낳고, "그 죽음 자랄 때까지" "빵처럼 그 죽음 뜯어 먹으며" 살
기를 원한다. 여기서 '죽음'은 자식을 함의하는 말이지만 이런 삶이 죽

음에 이르는 길임을 암시하는 중의적 표현이기도 하다. 곤충 가운데는 암컷이 생식을 위하여 수컷을 끌어들이지만 교미가 끝나자마자 수컷을 잡아먹는 습성을 가진 것도 있다고 한다. 어쩌면 여성의 무의식 속에는 이런 본능이 잠재해 있는지도 모른다. 이렇게 이 시는 본능에 충실한 완벽한 소유를 꿈꾸고 있다. 그러나 그 소유의 과정이 죽음을 낳고, 죽음을 뜯어 먹으며 살다가 결국 죽음에 이르는 허무한 것임을 화자는 말하고 있다. 소유의 결과로 "하늘 끝까지 날아오르는 날개 옷 한 벌" 지을 수 있으리라 희망하지만, 이 역시 죽음에 이르는, 허무의 공허한 목소리로 들릴 뿐이다.

이렇게 강영은의 시는 여성 특유의 본능적 욕망을 재현한다. 그리하여 삶의 원형적 의미를 추적한다. 이때 강영은이 취하는 시적 방식은 은유를 바탕으로 한 감각적인 표현이다. 그의 시적 사유가 생경한 관념에 빠지지 않고, 육감의 감성으로 와 닿는 이유가 여기에 있다. 그의 시는 온몸으로 세계와 교감하여 얻은 원형적 심상을 근간으로 한다. 강영은의 시가 탐미적 성향을 갖는 것도 이와 무관치 않다. 시 「소비되는 봄」과 「그가 나를 쏘았다」에서 그의 탐미적 의식은 여실히 드러나고 있다.

지하철 입구로 내려서기 전 통풍구를 보았지?
음흉하고 뜨거운 숨을 내쉬는 바람난 사내들
시커먼 속내 같은 구멍 말이야

그녀의 스커트를 단숨에 들어 올려
스커트 아래 누웠던 사내들보다 더 유명해진
복제된 바람의 힘 때문에

그곳을 지나던 그녀의 두 손이 깜짝 놀라

스커트 앞자락을 내리 눌렀지만
미끈한 종아리와 부푼 엉덩이 아래 활짝 드러난 그녀의
하초에서
그만, 뜨거운 꽃송이가 터지고 말았대나

섹시한 몸매가 상품이 되는 시대
저것 봐, 목련나무 위 그녀의 스커트가 활짝, 화—알짝,
들어올려지고 있어
날아갈 듯 희디흰 스커트 속 불쑥 드러난

앤디위홀의 손

저것봐, 비릿한 꽃냄새에 환장한 통풍구가
여기저기 그녀를 복제하고 있어
지하의 봄을 쏟아내고 있어

— 「소비되는 봄」 전문

시 「소비되는 봄」은 모든 것이 상품화되어 소비되고 있는 현대 도시 문화의 한 단면을 풍자한다. 이 시의 소재는 지하도 벽면에 걸려 있는 마릴린 먼로의 사진이다. 바람에 날리고 있는 스커트 앞자락을 두 손으로 누르고 있고, 미끈한 각선미가 시선을 끄는 그런 사진이다. 도시 곳곳에 걸려 있어서 흔히 목격하게 되는 그런 사진인데, 여성의 육체미가 선전도구로 상품화 되어 걸려 있는 사진 속의 인물을 이 시는 실물처럼 묘사하고 감각화 하여 미적 경이감을 창출하고 있다. 공간적 배경이 되고 있는 지하철 입구에서 화자는 이 사진을 보고 있다. 그리고 그 사진에서 스커트가 날리는 이유를 통풍구에서 나오는 바람 때문이라고 생각한다. 동시에 그 통풍구는 '음흉하고 뜨거운 숨을 내쉬는

바람난 사내들의 시커먼 속내 같은 구멍'으로 비유된다. 이것은 자연물에 인위적인 감정을 이입한 의인화된 표현이다. 그럼으로써 사진 속의 인물이 그곳을 지나던 실제적 인물로 둔갑한다. 음흉한 사내로 의인화된 바람과 사진 속의 뇌쇄적인 여인이 만남으로서 어떤 실제적 상황의 감정을 동반한다. 여인의 아름다운 속살을 들여다봤을 때의 황홀감, 경이감, 당혹감 등 미적 감정을 우회적으로 드러낸다. "활짝 드러난 그녀의 하초에서 뜨거운 꽃송이가 터지고 말았대나"와 같은 표현이 그 단적인 예다. 시인은 이런 미적 감정에 탐닉되고 있다. 그런데 현대의 비극은 이런 감정까지도 상품의 대상이 된다는 데 있다. 현대의 자본은 재화를 생산하기 위해서라면 그 어떤 것도 표적에서 제외하지 않는다. "비릿한 꽃냄새에 환장한 통풍구"에 의하여 그녀는 수없이 복제되고, 지하의 봄은 쏟아지고 있다. 여기서 통풍구는 모든 것을 상품화하여 재화로 바꾸는 거대한 자본의 힘을 연상시킨다. 그렇다면 '비릿한 꽃냄새'는 표면상 성적 자극을 촉발하는 소재로 보이지만 그 이면에는 돈을 쫓는 자본의 속성을 내포하고 있다. 그래서 돈 냄새를 맡은 자본의 힘은 성 감정까지 상품화하여 소비시킨다. 이런 상품화된 성 감정을 이 시에서는 쏟아지는 '지하의 봄'으로 명명하고 있다. 어떻든 이 시는 탐미의 선상에 있다. 비록 자본주의의 힘에 의하여 "섹시한 몸매가 상품이 되는 시대"라고 개탄하면서도 여전히 시인은 경이의 시선으로 사진에 담긴 마릴린 먼로의 아름다운 몸매에 탐닉되고 있다. 이것은 시인 내면에서 분출하는 탐미의식의 발현으로 읽혀진다.

강영은 시인의 탐미 의식은 감각적인 언어를 표현 수단으로 하는 시에서 더욱 두드러진다. 시는 언어의 예술이다 했을 때, 언어는 관념을 지시적으로 전달하는 기능이 아니다. 상상력을 자극하는 메타적 기능을 본령으로 한다. 이 시집에 수록된 시들은 이런 언어의 메타적 기능에 충실하고 있다. 이 점에서 강영은은 메타적 언어로 존재를 탐색하고, 또 그것을 감각적 언어로 표출함으로써 언어 연금술사의 면모를 보이기도 한다. 이런 점에서 강영은은 탐미주의자이면서 예술지상주의자이다. 그는 결코 이념 지향적이거나 윤리적 관념에 억매여 있지 않다. 그의 의식은 도덕적이거나 교훈적인 굴레에서 안주하고자 하지 않는다. 그의 몸 전체가 세계와 맞서있고, 거기에서 인식된 체험의 내용들이 그대로 감각적인 언어로 재현된다. 기존의 관념적 틀에서 벗어나 톡톡 튀는 듯한 시적 사고를 보이는 까닭도 여기에 있다.

건반 위를 튀는 손가락이 싱싱한 총알을 쏟아낸다
몸에 와 박히는 무수한 음의 총알들, 납탄 같은
랩소디 언 블루의 탄피가 귀를 파고든다
음파를 타고 이동해온 슬픔의 멜로디는 정직한 총알이다
음계의 상류를 향해 나아가던 나보다
기억이 먼저 사살된 걸까 돌아오지 않는 기억들
잿빛의 탄흔 무성한 음결 속에서
시퍼런 물줄기 쏟아내는 음계의 하류로 망명한다
(누구에게나 망명하고 싶은 순간이 있는 법이다)
마지막 남은 총알이 여운을 남기고 사라지자
붉은 선혈 뿜는 실내등이 켜지고
커튼콜 끝난 무대 위에서 어둠이 점점 자라나
도시를 삼킨다
도시는 거대한 무덤이 되어 총탄에 맞은 사람들을 수거해 간다
누가 이 절망의 도시를 살아나게 할까
청중석 구석에 자리한 이미 죽은 나에게 낮은음자리인
누군가가 조용히 속삭인다
지구 저편은 환한 대낮,
사막의 전장에서 수신되어 오는 짧은 신호음처럼
누군가를 저격하고 있을지도 모를 은빛의

빛나는 총알, 사랑 혹은 문명을 복제하고 있을

그 지나간 음표들이


나를 쏜다. 쏘았다 탕!

– 「그가 나를 쏘았다」 전문


시 「그가 나를 쏘았다」는 미국의 작곡가 G. 거슈인의 「랩소디 인 블루」를 제재로 한 작품이다. 피아노와 관현악으로 연주되는 이 음악은 미국의 현대 문명이 내포하고 있는 암울한 도회지의 분위기와 인간의 불안한 감정을 표현하고 있다고 한다. 이 시의 주註에서 그렇게 설명하고 있다. 이것은 이 시가 이런 음악의 분위기를 시로 재현하고자 하는 의도로 쓰여졌음을 드러내는 언표다. 일종의 음악 감상시라 말할 수 있다. 그러나 그의 시적 진술은 살아 움직이는 물체가 그대로 돌진해 오는듯한 충격으로 와 닿는다. 이 시의 전반부는 연주가 진행되는 과정을, 후반부는 연주가 끝난 뒤, 음악이 준 심리적 충격을 진술하고 있다. 이때에도 관념적 진술은 최대한 억제되고 감각이 살아 있는 비유적 언어를 동원한다. 피아노를 연주하는 손을 "건반 위를 튀는 손가락"으로, 귀로 파고드는 음을 "싱싱한 총알", 또는 "납탄"으로 비유함으로써 피아노 연주자의 격렬한 손의 움직임이나 음악이 주는 충격을 실감하게 한다. "음계의 상류를 향에 나아가던"은 음악에 몰입해 가는 과정을 비유한 것이고, "잿빛의 탄흔 무성한 음결 속에서/시퍼런 물줄기 쏟아내는 음계의 하류로 망명한다"는 음악에 도취된 심리적 상황과 관련이 있다. 여기서 우리가 주목하는 것은 연주가 진행됨에 따라 음에 대한 비유가 다양하게 변주되고 있다는 점이다. 총알–납탄–잿빛의 탄흔–시퍼런 물줄기로 이행되는 음에 대한 비유의 변주는 변화해가는 음악의 진행 과정을 직접 보고 있는 듯한 실감을 자아내게 한다. 연주가 끝난 뒤 상황제시도 마찬가지다. "붉은 선혈 뿜는 실내등이 켜지고"

에서 '붉은 선혈'은 장내를 밝혀주는 실내등의 불빛을 비유한 것이지만 앞에서 음악을 총알에 비유한 것의 연장선상에서 읽혀지는 이미지다. 음악이 귀로 파고드는 총알이라면 음률로 가득했던 장내는 선혈이 낭자할 수밖에 없다. 따라서 "총탄에 맞은 사람들"은 한동안 음악을 들으며 충격에 빠졌던 관객들이고, 이들을 "도시는 거대한 무덤이 되어 수거해간다"는 언표는 이들이 일상의 도시로 되돌아가고 있음을 말한다. 도시가 거대한 무덤이 되는 이유는 이미 음악의 총을 맞아 시신이 된 관객들이 돌아가는 세상이란 논리적 연장선상에 있기 때문이다. 화자 자신도 한동안 음악의 충격에서 벗어나지 못한다. "청중석 구석에 자리한 이미 죽은 나"는 음악 연주가 끝난 뒤 충격적인 감동에 젖어 여음을 음미하고 있는 화자 자신이다. 그는 그 음악이 "누군가를 저격하고 있을지도 모를 은빛의 빛나는 총알"로, 또는 "사랑 혹은 문명을 복제하고 있을 음표들"로 인식한다. 이것은 음악에 감동한 끝에 얻은 화자의 감회를 표현한 것이다. 이렇게 이 시는 음악을 들으며 충격적인 감동에 젖는 과정을 감각적인 비유를 동원하여 형상화한다. 상상력을 자극하는 언어 구사에서 강영은 시인이 얼마만큼 유미주의의 미적 감정에 심취되어 있는가를 짐작하게 한다.

　강영은의 시가 가지고 있는 또 다른 시적 관심은 현대 도시 문명의 그늘에서 신음하고 있는 자의식의 표출이다. 문명의 그늘에서 겪게 되는 현대인의 불안, 공포, 상실감, 유혹의 심리현상 등을 구체적 소재를 통하여 구현한다.

　　오빠 지금 한가하지? 나 화끈하게 벗었어
　　궁금하면 눌러봐,

　　휴대폰의 액정 화면 속으로
　　문자가, 들어왔다

문자를, 눌러볼 시간은 넉넉했지만

문자에게, 뭐라고 말해야 할지 난감했다

문자의, 벗은 몸이 보고 싶지만

문자에게, 쉽게 속을 보이는 것 같았다

문자의, 눈치를 적당히 보다가

문자를, 눌러보았다

문자가, 나긋나긋하게 속삭였다

문자를, 보긴 했지만

문자가, 누구인지 모르므로

문자의, 말을 씹어버렸다

문자는, 날마다 찾아왔다

문자가, 내 속도를 노크할 때마다 겁이 덜컥 났다

문자에게, 목덜미를 잡힌 것 같았다

문자 때문에, 머리가 빙빙 돌 것 같았다

문자의, 세상으로 들어가


뜨겁게 나를 던져봐?

죽어도 좋아, 정사 신이나 펼쳐봐?

- 「문자의 세상」 전문


　시 「문자의 세상」은 휴대폰을 가지고 있는 사람이라면 일상생활에서
흔히 겪는 일을 소재로 한다. 간혹 황당한 익명의 문자를 받고, 당황하
거나 낯을 붉히는 경험을 우리는 한다. 휴대폰 문화가 널리 보급되면
서 생긴 현대의 풍속도인데, 이 시는 이런 풍속의 단면을 통하여 현대
인의 미묘하면서도 미세한 심리의 움직임을 형상화하고 있다. 처음에
는 이런 황당한 문자를 받고 얼른 덮어버린다. 공연히 얼굴이 화끈거
리고 부끄러워서 옆 사람의 눈치를 보며 시치미를 떼지만, 이런 내용

의 문자는 수시로 들어오면서 호기심을 자극하게 된다. 그러나 "벗은 몸이 보고 싶지만" "쉽게 속을 보이는 것" 같아 망설여진다. 그러다가 문자의 지시대로 눌러본다. 나긋나긋한 속삭임이 들려오고, 거기에 대응할 적당한 말이 떠오르지 않아 무심한 척 말을 씹어버린다. 그러나 그때부터 같은 내용의 문자는 계속 들어오는데, 왠지 목덜미를 잡힌 것 같아 겁이 나고, 머리가 빙빙 돌 정도로 불안하다. 그러면서도 또 한쪽에서는 정사의 신을 펼쳐보고 싶은 뜨거운 욕망으로 문자의 세상을 기웃거리게 되는 이중 심리를 이 시는 경쾌한 터치로 표현한다. 이렇게 이 시는 겉과 속이 다른, 이중적이며 이율배반적인 현대인의 내면 의식을 적나라하게 추적하고 있다. 이때 시인은 현상을 현상으로만 볼뿐 섣부른 윤리관을 내세워 대상을 비판하거나 풍자하지 않는다. 화자 자신도 그 현상과 일정 부분 동류에 속해 있고, 그래서 강영은의 시는 자기 고백적 성격이 강하다. 그만큼 시에서 자의식을 강하게 들어내고 있다는 뜻이다. 시가 본질적으로 자기 탐구의 양식이란 것은 이미 정설이 되고 있다. 강영은의 시에서는 그가 직접 목격했거나 경험했던 객관적 사실, 또는 자연 현상까지도 주관화되어 나타난다. 의인법이나 활유의 기법을 구사하고 있는 시에서 더욱 두드러진다. 그의 시에서 객관적 외부 세계는 자기 내면을 들여다보는 지렛대 역할을 하는 경우가 많다.

길모퉁이 쓰레기통 속에 버려진 낡은 휴대폰을 본다
몸 구석구석 보이지 않는 길을 더듬다 가파르게 높아져 가는
음계를 헛디뎠는지 그녀의 날개가 부서져 있다
지상의 어떤 말보다 천배나 더 정밀한 성감대인
허공 속에서 익화翼化된 제 울음만 받아먹는 동안
그녀의 몸은 깊은 동굴이거나 버려진 폐광이 되고 만 것일까
더 이상 발신음도 수신음도 들리지 않는 적막 속

네 몸은 더 이상 진화될 수 없어,

너는 이미 날개를 달았거든,

오래전 수신된 까만 문자메시지만이

화석박쥐의 동처럼 굳게 새겨져 있는

음속의 캄캄한 길을 뚫고 외마디 초음파를

던져보는 그녀,

어디에나 있고 어디에도 없는 그를 향해

고감도의 안테나를 세웠던

그녀는 정말이지, 머나먼 신생대의 밤을 향해 돌진했던

한 마리 눈먼 박쥐가 아니었을까

저기 창자가 흘러나온 채 버려져 있는,

- 「버려진 휴대폰」 전문

　시 「버려진 휴대폰」은 "길모퉁이 쓰레기통 속에 버려진 낡은 휴대폰"을 통해 문명의 한계 같은 절망을 말하고 있다. 이 시에서 버려진 휴대폰은 그녀로 의인화되어 인간의 덧없는 욕망과 그 좌절을 함의한다. "보이지 않는 길을 더듬다 가파르게 높아져 가는 음계를 헛디뎠는지 그녀의 날개가 부셔져 있다"는 이런 의미를 함축한다. "높아져 가는 음계"는 인간의 끝없는 욕망의 상승과 관련이 있고, "날개가 부셔져 있다"는 한계에 부딪쳐 좌절된 절망을 암시한다. 한때는 "지상의 어떤 말보다 천배나 더 정밀한 성감대"를 가지고 인간과 인간 사이에서 교감의 극치를 누리는 듯 했으나 이미 문명의 이기로서의 기능을 상실한 휴대폰은 "깊은 동굴이거나 버려진 폐광"과 다를 바가 없다. "발신음도 수신음도 들리지 않는 적막"만이 그를 둘러싸고 있다. "더 이상 진화될 수 없는" 한계상황에서 돌아본 휴대폰의 이때까지의 삶은 "고감도의 안테나를 세우고" 무모하게 돌진했던 "눈먼 박쥐"의 삶과 닮은꼴이다. 한때, 기계문명의 총아로서 각광을 받는 듯 했지만 "오래전 수

신된 까만 문자메시지만이/ 화석박쥐의 동처럼 굳게 새겨져 있는" 체 버려져 있다. 이것은 아이러니다. 사람들의 가슴으로 파고들었던 '문자메시지'가 이제 화석이 되어 정체되어 있는 모습은 허무한 삶의 자기모순을 환기시킨다. 이 시는 겉으로는 휴대폰을 이야기하는 것 같지만 기실은 산업자본에 의하여 맹목적으로 달려온 기계 문명이나, 그런 물질문화를 맹신하며 살고 있는 인간의 자가당착을 형상화하고 있다고 봐야 한다. 욕망을 앞세운 인간의 맹목적인 삶이 안고 있는, 그 끝의 한계성과 허무를 아이러니컬하게 표출하고 있는 것이다. 욕망과 그 한계, 그리고 부조화 속에 평정을 잃어가고 있는 현대인의 내면세계를 시「버려진 휴대폰」은 함의하고 있다.

강영은의 시집『녹색 비단구렁이』를 일독하고 난 뒤 떠오른 것이 칸트가 판단력 비판으로 설명하는 미학의 원리였다. 칸트는 인간의 인식능력을 오성悟性, 판단력判斷力, 이성理性으로 구분한 바 있다. 이중 판단력은 특수한 사례를 보편 속에 포함시키는 사유능력이라 했다. 그러한 판단력에는 규칙, 원리. 법칙과 같은 보편적인 것이 제시되고 그 밑에 특수적인 것을 포함시키는 결정적 판단과 그와 반대로 먼저 특수적인 것이 제시되고 그것을 포함할 보편적인 것을 발견할 때 이를 반성적 판단이라고 했다. 미적 판단은 이 반성적 판단에 속한다. 미적 판단은 상상력을 가지고 표상을 주관화시키는 것이라고도 했다. 여기서 주관이란 쾌. 불쾌의 감정이나 정서의 의미를 내포한다. 예술창작은 주로 주관적인 상상력의 기능에 의존한다. 상상력은 감각과 오성을 결합하여 현실적인 인식을 성립시킨다. 그럼으로써 시를 읽는 독자로 하여금 미적 쾌락에 도달하게 한다. 상상의 감정은 인식의 능력에 활력을 주어 시로 하여금 직접적인 생명감으로 독자에게 와 닿게 한다.

강영은의 시들은 시적 사유에 있어서나, 시를 구성하는 원리에 있어서 꽤 자유분방하다. 그의 시가 기존의 일반화된 가치관이나 어떤 선입관으로 사물을 보고 있지 않기 때문이다. 사물이나 세계에 대한 몸을 통한 감각적 인식이 선행하기 때문에 그의 시는 항상 구체성을 지닌다. 그 이면에 현실이나 세계를 인식한 의미 내용들이 함축되어 있음은 물론이다. 강영은의 시에 등장하는 구체적 표상들은 인간의 내면적 욕구나 실현되지 않은 꿈의 현상학과 동일선상에 있고, 추상적인 의미나 관념들을 내포시키는 시적 상상력은 칸트가 말한 미적 쾌락을 유도하는 방향으로 작동한다. 가령 시 「건빵의 휴가」에서 '건빵'은 모진 군대생활을 환유하는 구체적 사물이다. 이 시에서 "단단한 건빵"이 군인의 "각진 부동자세"에서 "뜨거운 배로 속에서 구워질 대로 구워진 목숨의 한 끝"으로 의미의 필연적 연결을 이루는 힘은 시인의 상상력에서 나온다. 말랑한 밀가루가 부글부글 끓고 달구어져서 이루어진 단단한 건빵과 "어디로 튈지 몰라 부글부글 끓던 젊음"이 모진 훈련과 군기로 빳빳하게 굳어져 있는 군인의 모습에서 유사성을 발견하는 상상력이 이 시의 골격이다. 이런 골격을 바탕으로 건빵을 굽는 "거대한 혼합기"는 군영, 곧 막사나 참호와 동일 의미가 되고, "각지고 네모난"은 건빵의 외형인 동시에 규율에 적응된 군인의 형상이고, 훈련이란 모진 역경으로 점철된 한때의 시간까지를 함의한다. 이런 상상의 연장선상에서 '건빵'은 이 땅의 아들과 동의어가 되고, 남자들의 추억의 표상으로, 여자들의 기다림, 안타깝게 부서지는 자식에 대한 부모들의 사랑을 대변하며 물질적 차원을 뛰어넘어 정서적 의미를 구현한다. 칸트가 말한 상상력에 의한 표상의 주관화에 이른 것이다.

서정시의 본령은 자기 존재의 구현에 있다. 그런 면에서 솔직성은 시인의 중요한 덕목이 다. 시의 감동은 절실한 자기의식을 솔직히 들어냈을 때 주어진다. 이때 지나치게 윤리적으로 도색하여 미화하거나 치장한 장식적인 의식은 시의 진정성을 희석시킨다. 한편 시는 인간의 꿈과 미적 상상력을 기반으로 한다. 꿈과 현실 사이의 괴리나 이완, 또는 갈등이 시의 자리에 놓인다. 시에서 미적 상상력은 언어 운용과 밀접한 관련이 있다. 시가 메타적 언어를 주요 수단으로 하는 이유는 그것이 상상력을 확장하는 기능을 하기 때문이다. 시의 기능이 카타르시스에 있다고 생각한 사람은 아리스토텔레스였다. 비극을 염두에 두고 한 말이지만 시가 그런 정화작용을 한다는 것 또한 부정할 수 없다. 강영은의 시집을 읽으면서 이런 시의 명제들을 다시 생각해 봤다. 그의 메타적 언어가 불러일으키는 상상의 심미적 세계나 비극적 감정에 몰입했다. 온몸의 감각을 동원하여 치열하게 세계와 교감하며 삶의 의미들을 인식하고 확장해가는 시의 전개 과정을 흥미 있게 바라보았다.

## 낮은 곳을 향하여 열려 있는 시의 세계
### - 류정희 론

　류정희의 시적 관심은 낮은 곳을 향하고 있다. 욕망이 들끓고 있는 현대 도시의 허황한 의식과 삶 쪽보다 가난한 이웃이나 소외된 계층, 또는 과거의 어린 시절에 겪었던 시골의 토속적인 삶에 더 관심을 갖는다. 그런 삶을 형상화하는 시의 이면에 가족애와 같은 따뜻한 시선이 자리하고 있다. 결핍에 대한 고통이나 괴로움이 전연 없는 것은 아니지만 거기에 매몰되지 않는다. 그런 삶에 대한 저항 의지를 드러내는 참여의식은 더욱 없다. 오히려 연민의 감정으로 대상을 끌어안으려 한다. 포용과 관용의 정신이 지배하는 시의 세계에서는 자기성찰과 자연 친화, 그리고 고통받는 자에 대한 애정 어린 접근 등이 시의 구성요소가 된다. 특히 류정희 시의 배후에는 기독교의 청빈 사상을 바탕으로 한 구원의 정신이 있다. 기독교 신앙인의 마음자리가 느껴지는 시들이 여러 편 보인다.

　류정희 시는 형이상학적이지 않다. 그렇다고 형이하학적이라고 말할 수도 없다. 삶을 성찰하는 정신은 보이지만 존재론과 같은 고도의 철학적 명상을 골격으로 하지 않는다. 생활에 밀착되어 있다. 누구나 쉽게 접하게 되는 생활 주변에서 소재를 취한 시편들이 많다. 이것은 그의 시가 체험적 사고를 바탕으로 하고 있음을 뜻한다. 그렇지만 요즘 유행하는 「몸시」처럼 감각적이거나 자학적이지도 않다. 종교적 명상이 드러나는 「인도기행」과 같은 기행 시에서도 인간사가 시의 얼개가 되고 있다. 자연친화적인 시에서도 자연 그 자체를 노래하기보다 인간사로 변용된 경우가 많고, 인간, 또는 인간의 삶에 대한 애정 어린 천착을 보인다. 가족 구성원에 대한 연민을 드러내는 시가 많다는 것은 인간관계에 집중되고 있는 시인의 관심을 엿보게 한다. 따라서 그의 시적 사고는 형이상학과 형이하학의 경계에 있다. 그 경계에 인간과 인간관계, 거기에서 파생되는 삶의 의미 등이 자리하고 있음은 물론이다.

류정희 시는 역동적이지 않다. 언어의 감각성에 매달리지도 않는다. 삶의 진정성에 대한 시인 나름의 깨달음 쪽에 시의 무게가 실려 있고, 시의 수사학 쪽에는 무심한 듯한 시적 태도가 그런 인상을 갖게 한다. 시에서 직설적인 진술이 많다는 것은 인간사나 인생론을 말하고자 하는 시인의 의식이 앞서기 때문이다. 삶에 대한 성찰이나 관조적인 태도 역시 시의 역동성과는 거리를 두게 된다. 삶에 대한 시적 관심이 역사적 현실이나 그런 현실을 개조하고자 하는 의지와는 무관할 때, 시는 역동적일 수 없다. 류정희 시는 그런 역동적인 현실을 시로 수용하지 않는다. 그의 시에 수용된 현실은 시대로부터 소외되어 있지만 울분이나 분노를 수반하지 않는다. 오히려 성찰과 관조의 대상으로 다가온다. 역사의식이나 사회의식에서 벗어나 있다. 세계를 안으려는 포용의 정신, 곧 모성적 본능이 앞서기 때문일 것이다. 그의 시가 다분히 과거 지향적이며 향토적인 이유, 연민이나 안타까움, 향수 같은 정서가 그의 시를 지배하는 이유를 이런 심리적 근저에서 찾을 수 있을 것 같다.

몽땅 쏟아 버린 어둠으로
텅 비어 있는 항아리
쓸모없다 하여
장독대도 아닌
베란다 구석에 버려져 있다

〉

엄마 몸에서 밥이 나오고

옷이 나오고

꾸짖는 회초리

나올 적에는

어머니는 나의 중심이었다


중심은 보이지 않았다

보지 못한 것이 또한 중심이었다

– 「중심」 전반부


　시 「중심」은 존재의 진정성에 대한 시인의 성찰을 말하고 있다. 이 시의 핵심 소재는 '항아리'다. 어느 날 시인은 원래 있어야 될 자기 자리인 '장독대'에서 밀려나 베란다 구석에 버려져 있는 항아리의 모습에 시선이 간다. 이미 생활이기로서의 실용적 기능을 상실한 항아리다. 항아리가 장독대가 아닌 베란다에 있다는 것은 항아리가 만들어진 본래 목적의 현실적 가치를 잃고, 사람의 관심 밖으로 밀려나 있음을 의미한다. 그런데 시인은 항아리의 이런 모습에서 존재의 중심을 발견한다. 무릇 모든 존재들은 권력, 부귀, 성공과 같은 화려한 현실의 옷을 걸치고 있을 때, 그래서 뭇사람들의 시선을 한 몸에 받고 있을 때보다 이렇게 현실 밖으로 밀려나 있을 때에 비로소 존재의 진정성이 드러나는 법이다. 시인은 항아리가 무엇인가 꽉 채우고 있을 때는 미처 깨닫지 못했던 존재의 참모습을 항아리의 비어 있는 모습에서 발견한다. 그것이 고통스런 어둠처럼 보이지만 모든 것을 비워버린 항아리야말로 모든 존재의 진정성을 대변하고 있는 것이다. 그런데 이런 존재의 중심은 쉽게 눈에 들어오지 않는다. 현세적인 가치만을 추구하는 의식에 가려 비어 있음의 진정성은 외면당하기 십상이다. 이 시의 화자는 어린 시절 어머니가 자신의 중심이었다는 사실을 비어 있는 항아리에서 유추한다. 동시에 어머니의 희생정신이 내 존재를 지탱하는 중심이었다는 사실을 이때까지 미처 깨닫지 못하고 있었음을 우회적으로 고백하고 있다. "중심은 보이지 않았다/보지 못한 것이 또한 중심이었다"는 진술에서 그런 화자의 의식을 읽을 수 있다. 어떻든 '채워져 있음' 쪽보다 '비워있음'에서 존재의 진정성을 찾는다는 것은 시인의 의식이 높은 곳을 지양하고, 낮은 곳을 지향하고 있음을 뜻한다. 부연하면 물질적이고 현세적인 가치보다는, 실용성이 거세된 비현세적인 정신적 가치 추구에 더 비중을 두고 있는 의식의 표출로 볼 수 있다.

사람이 버리고 간 집을
하늘이 돌보고 있다

날마다 햇빛을 보내어
사람의 온기가 사라진
어두운 안방이나 부엌
찾아다니며 빗질을 한다

사람에게 뜻을 품고
사람에게 기대어 왔던
그 집도 이제는 희망을
바꾸었는지

열쇠로 채워진 문이란 문은
모두 햇빛에게 내어 놓는다

버리고 간 장독이며 호미랑

마당을 쓸었던 싸리 빗자루

그 집보다 오래된 늙은 감나무

상추가 자라는 텃밭이며

어린 대추나무


사람이 지은 집도 사람이 떠나면

하늘에 기대는가

-「그집 1」 전반부

　시 「그집 1」에서도 버려진 것, 무용지물에 대한 남다른 애정을 보인다. 이것은 소외된 세계를 끌어안으려는 포용의 정신과 맥락이 닿아 있다. 요즘 시골에 가면 버려진 집들이 많다고 한다. 산업화와 도시화의 그늘에서 점점 피폐해지고 있는 농촌 현실을 반영하는 현상들인데, 시인의 관심은 이런 농촌 현실을 고발하거나 비판하고자 하는 의도를 드러내지 않는다. '빈집'을 그런 사회적 갈등과 연관하여 말하지 않는다. 버려진 것에 대한 측은한 감정, 연민의 정서 같은 것이 오히려 역설적인 느낌으로 와 닿는다. 경제 발전이란 미명하에 현대가 자본재의 생산에만 몰두하는 동안 소외의 늪에 빠지게 되는 농촌 현실의 단면을 그 빈집은 이미 함의하고 있지만 시인은 그런 사회적 의미 쪽에 시선을 두지 않는다. 인간으로부터 버려짐으로써 오히려 자연에 더 가까이 존재하게 된다는 역발상을 보이고 있다. "사람이 버리고 간 집을 하늘이 돌보고 있다"든지 "햇빛을 보내어 안방이나 부엌을 빗질하고 있다"는 등의 진술에서 빈집이 자연과 동화되고 있는 현상을 말하고 있다. 인간의 욕망을 안고 있던 집이 그것을 비움으로써 자연과 친화할 수 있다는 발상은 역설이다. 인간이 떠남으로써 오히려 "열쇠로 채워져 있는 문이란 문은 햇빛에 모두 내놓을" 정도로 자연을 향하여 열려 있게 된다. 그럼으로써 이때까지 인간에 의지하여 존재하던 집은 이제

하늘에 의지하는 자연 본래 모습으로 돌아가게 되는 것인데, 이렇게 류정희 시인은 버려진 것, 소외된 존재로부터 새로운 역발상의 존재 의미를 찾고 있다.

이런 시적 관점은 다음 시 「그녀에게는」에서도 유지되고 있다. 절망적인 극한 상황에 처한 인간의 모습에서 긍정적인 의미를 찾으려 한다는 점에서 그렇다. 여기서 '그녀'는 친분이 있는 이웃이나 가까운 친척, 아니면 절친한 친구임이 분명한데, 그런 인물이 쓰러져 병상에 누워 있을 때, 그를 바라보는 사람들의 일반적인 감정과 이 시를 지배하고 있는 정서와는 상당한 거리가 있다. 안타까움, 연민, 동정, 안쓰러움 등, 이런 경우의 일반적 정서는 시의 배후에 숨겨져 있고, 표면상 시적 관심의 표적이 되고 있는 것은 그런 상황이 안고 있는 존재의미다.

> 그녀가 쓰러져
> 병원으로부터
> 다시 집으로 실려 왔다
>
> 그녀의 인생은 이제
> 반쪽이 되어 버렸다
> 한쪽은 죽음이고 한쪽은 삶이다
>
> 한 몸에서 죽음을 본 그녀는
> 완전한 자가 바로 자기였음을
> 알게 되었다
>
> −「그녀에게는」 일부

이 시는 쓰러져 의식을 잃고 병상에 누워 있는 '그녀'를 시적 대상으로 한다. 이미 사경을 헤매고 있는 그녀에게서 완전한 존재의 모습을 본다는 것인데, 어딘가 역설적이고 시니칼하다. 나이를 들게 되면 생활 주변에서 흔히 목격하게 되는 이런 절망적 상황을 우리들은 인생의 허무감에 젖어 안절부절 하며 지켜보기 일 수다. 그런데 이 시의 화자는 죽음과 삶의 경계를 넘나들고 있는 그녀를 완전한 자로 인식한다. 이유는 "한 몸에서 죽음을 본 그녀"이기 때문이다. 죽음과 삶의 상반된 세계를 동시에 공유한 존재이기 때문에 완전한 존재가 되었다는 화자의 인식 또한 역설이다. 이것은 절망적 한계상황도 초월한 달관의 정신 태도다. 이런 태도는 죽음까지도 안아 보려는 시인의 열린 의식과 연관된다.

이렇게 류정희 시의 기저에는 빈 항아리나 버려진 집, 죽음 앞에 있는 그녀 등, 실용성이나 현세성이 거세된 사물이나 인간에게서 존재의 진정한 의미를 찾는 의식이 깔려 있다. 현실에서 성공한 자, 뭇사람들로부터 선망의 대상이 되고 있는 존재에 대하여 시인은 별 관심이 없다. 오히려 현실로부터 버림받은 자, 소외된 자, 절망적 상황에 처한 인간에 대하여 시적 관심을 보인다. 이것은 낮은 곳을 지향하는 고행 의식과 빈자의 삶에서 삶의 진정성을 찾는 기독교의 청빈사상에 그 연원이 있다.

땅이 그를 두려워하였으므로
그의 땅은 가혹한 바람뿐이었다
가진 것이 너무 많은 사람은
홀로 외롭고
나누어 가지기엔 밤은 너무 어둡다
하늘과 땅의 비밀을 알고 있는 그는
운명의 풍랑을 바꾸려 하지 않았다
그가 손을 대면
시들어 버리는 것이 세상에는 많지만

나의 발등위로 녹슨 못이 박힐 때마다

그를 보면 고통은 너무 아름다웠다

－「예수」 전문

시 「예수」는 빈자의 삶을 지향하는 종교의식을 담고 있다. 여기서 "가진 것이 너무 많은 사람은/홀로 외롭고/ 나누어 가지기엔 밤은 너무 어둡다"는 진술은 부자가 천당으로 들어간다는 것은 낙타가 바늘귀를 통과하는 것보다 어렵다는 성경 구절을 변용한 것이다. 청빈의 삶에, 삶의 진정성을 부여하는 기독교 사상의 반영이다. 청빈의 삶은 바로 종교적 구원으로 가는 고행을 의미한다. "가혹한 바람뿐"인 이 땅에 와서 인간을 구원하기 위하여 십자가에 못 박히는 고통을 감내했던 예수를 보면 지금 시적 자아가 겪고 있는 "녹슨 못이 박히는" 현실적 고통은 오히려 아름답다고 화자는 말한다. 왜냐하면 그것은 바로 구원의 길이기 때문이다.

이 시집에는 인도나 백두산, 국내 여행의 견문을 담고 있는 기행시가 여러 편 있다. 기행시는 여행을 통하여 얻은 견문이나 삶에 대한 깨달음을 진술하기 위한 시의 양식이다. 여기에서도 낮은 곳을 향하여 열려 있는 류정희의 시 세계를 볼 수 있다.

마음 한쪽 떼어 놓고

왔을 뿐인데

바람이 스치듯

그가 나를 찾아 왔네

벗어 두고 온 내 신발도

따라와 발자욱을 만드네


인도 라자스탄주 아부산 기슭

작은 오두막
새벽이면 가족들 경전 읽는 소리

(중략)

그는 없다
발자욱도 없다

마음 지도를 찾아
자꾸만 쳐다보는
멀고 먼 하늘

- 「인도기행 3 - 민박」 전문

인도기행 연작시 중 하나다. 인도란 지명 자체가 깨달음을 얻기 위한
빈자의 고행을 연상하게 하는 말이고, 이 시 역시 그런 정신적 경지를
형상화하고 있다. 인도기행은 구도의 고행을 암시한다. 이 시에서 "벗
어두고 온 신발"은 집을 떠나면서 끊어내기로 작정했던 집념이나 욕망
과 같은 세속적 번뇌로 볼 수 있고, 그것이 "따라와 발자욱을 만든다"
는 것은 이곳까지 와서도 번뇌를 끊지 못하고 여전히 세속적 가치에
끈을 대고 있는 화자 자신에 대한 질책으로 볼 수 있다. 집을 나설 때
이미 "마음 한쪽을 떼어놓고 왔지"만 여전히 속세에 대한 미련, 또는
고국의 가족에 대한 마음 씀 같은 번뇌를 떨쳐버리지 못함을 첫째 연
은 말하고 있다. 그런 화자가 인도 라자스탄주 아부산 기슭에 있는 작
은 오두막집에 민박하면서 새벽마다 가족들이 읽는 경전소리를 들으
며 한순간 청정한 마음을 얻는다. 잠시 세속적 번뇌로부터 벗어나 매
임이 없는 정신 상태에 들어서게 된다. "그도 없고/ 발자욱도 없다"는
진술은 화자를 얽어매고 있는 세속적인 멍에나 인연, 그 흔적들이 지

워진 마음의 상태를 말한다. 그러나 이것도 잠시다. 구도의 길은 그렇게 쉽게 찾아지지 않는다. 얻고자 하는 도는 아직도 "멀고 먼 하늘"이다. 자꾸만 쳐다보며 가까이 다가가면 갈수록 더 멀어지는 것이 도의 실체가 아닌가 싶다

> 몸의 비명이 연기처럼
> 솟는다
>
> 그 몸 씻어 주고
> 닦아 주는 소록도
>
> 소록도는
> 영혼의 집
>
> 신이 바다의 악기를 불면
> 소록도는 일어나
>
> 덩실덩실
> 춤을 춘다
>
> — 「소록도」 일부

　낮은 곳을 향하여 청정함을 얻고자 고행하는 구원의 정신은 소록도에 와서 그 절정을 이룬다. 소록도는 이미 알려진 나병환자 촌이다. 하늘이 내린 형벌이라 일컬어지는 문둥병, 그 환자들이 세상과 격리되어 살고 있는 곳이다. 그러니까 하늘로부터 버림받은 자들의 처절한 삶을 끌어안고 있는 곳이 소록도다. 이런 소록도에 와서 시인은 이곳이 "영혼의 집"임을 말하고 있다. 왜냐하면 나병환자에게는 이곳이 구원의

장소이기 때문이다. "몸의 비명"까지도 씻어 주고 닦아 주는 소록도는 예수가 행한 구원의 길을 몸소 실천하는 곳으로, 그만큼 천국에 가까이 다가가 있다. 이런 생각들이 시의 배면에 있다고 봐야 한다. 그래서 "신이 바다의 악기를 불면" "소록도는 일어나" "덩실덩실 춤을 춘다"는 시적 발상을 하게 된다. 여기서 "바다의 악기"는 소록도를 외워 싼 바다의 물결소리를 비유한 것이지만 상당히 신선한 이미지로 와 닿는다. 소록도가 신의 품 안에서 영혼이 구제된 구원의 삶을 구가하고 있는 모습을 형상화한 이미지로 읽혀지기 때문이다.

류정희의 이번 시집에서는 기독교의 청빈 사상을 바탕으로 존재의 진정성이나 구원의 길을 모색하는 시 이외에 「마음도 팔면」, 「친정 나들이」, 「어머니의 텃밭」 등 향토성을 근간으로 하여 어머니나 남편 등에 대한 가족애를 드러내는 경향의 시와 「양파를 까며」, 「부전시장」 같은 생활 현장을 소재로 하여 삶의 진정성을 추구하는 시들이 상당한 비중으로 자리하고 있다. 그러나 여기서는 지면 관계로 자세한 언급을 피하고 자연적 소재에서 인생의 의미를 반추하고 있는 몇 편의 시를 살펴보기로 한다. 이런 경향의 시에서 시적 성취가 이루어지고 있다고 보이기 때문이다.

화분에 심은 백년초
그에게는 사막 냄새가 난다
온몸으로 세상 가시를 감추고
백년 긴 사막을 걸어 왔다

모든 것 가졌지만 행복이 없는 그대
백년을 살아도 가시 뽑히지 않는다
버릴 수 없는 슬픈 독이 되어 박혀 있다

한 평도 안 되는 사막에서

가시 박힌 몸을 열고 꽃 피운 그대

끓는 사랑도 사막에는 빠르게 늙는다

— 「백년초」 전문

이 시는 '화분에 심은 백년초'를 시적 매개로 인생, 곧 삶의 의미를 반추한다. 이 시에서 '사막'이 함의하는 것은 인생살이에서 누구나 겪을 수밖에 없는 고난과 역경의 삶이다. 백년초에게서 사막 냄새가 난다든지 "백 년간 긴 사막을 걸어왔다"는 언표는 백년초란 식물의 삶에서도 그런 험난한 인생 역정을 읽을 수 있음을 말한다. 따라서 이 시는 백년초를 통하여 인생을 말하고 있는 것이 된다. 무릇 모든 생명은 어쩔 수 없이 험난한 세상과 온몸으로 맞설 수밖에 없고, 그러다 보면 '가시'를 온몸에 숨기고 살 수밖에 없다. 이때 가시는 척박한 환경으로부터 자신을 지키기 위하여 뿜어내는 독기와 같은 것이다. 백년초에 나 있는 가시에서 시인은 그런 인생의 의미를 읽는다. 그래서 그 가시가 "버릴 수 없는 슬픈 독이 되어 박혀 있다"고 진술한다. 그러나 한 평도 안 되는 사막과 같은 척박한 환경에서도 "가시 박힌 몸을 열고 꽃을 피운" 생명의 끈질긴 힘을 시인은 본다. 인생도 이런 역정을 거치며 끓는 사랑도 빠르게 늙는 것처럼 완성과 쇠퇴의 길을 가는 것이란 인식이 시의 배면에 있다.

류정희 시에서 소재로 등장하는 자연물은 인생의 의미와 등가 관계에 있다. 자연물에서 인생의 축소판을 보고 있는 것이다. 시에서 자연물이 인간과 동등한 의미로 등장한다는 것은 자연 그 자체를 관찰하는 것이 아니라 인생론을 말하기 위한 시적 도구로 차용하고 있음을 뜻한다. 이런 경향의 시는 다분히 잠언적인 성향을 지니게 된다.

나무들은 조금씩 간격을 좁혀가고 있을 것이다

사철 젊잖은 키 큰 향나무 쪽으로 가지 뻗어

서로 마음 이어 가족이 되어 있을 것이다

내어주지 않으려다 찢어진 마음들

큰 슬픔 베어 있는 등 굽은 소나무

많은 식구들의 움직임이 문을 열었다 닫았다

새들의 아침이 피어오를 것이다

수백 년에서 갓 피어난 나무의 이력까지

새록새록 두근거리는 열매들 맺을 것이다

– 「나무들」 후반부

이 시에서 나무들은 인간의 가족관계와 등가 관계에 있다. 나무들이 서로 가지를 뻗어서 거리를 좁힌다는 것은 서로를 이해하기 위하여 가까이 다가가고자 노력하는 데서 가족간의 연결고리가 형성됨을 함의하는 진술이다. 여기서 '등 굽은 나무'는 내어주지 않으려다 찢어진' 가족 관계에서 소외된 인간의 모습과 닮은꼴이다. 어떻든 수많은 나무들이 서로 가족처럼 어울려 오랜 세월을 함께 하는 사이에 열매를 맺게 되듯이 인생도 서로 다른 개체들이 가족이란 울타리를 형성하여 시간을 서로 공유할 때 비로소 삶의 완성이란 결실에 도달하게 된다는 인식을 이 시는 말하고 있다.

류정희의 이번 시집에서 필자의 시선을 끈 것은 다음에 인용하여 언급하고자 하는 「봉숭아」나 「만월」, 그 외 「속곡 마을」 같은 작품들이다. 이 시들은 이 시집의 주류를 형성하고 있는 경향에서 일탈한 느낌이다. 그렇기 때문에 시집의 말미에 놓였으리라 생각되지만, 시적 상상력을 확보하고 있다는 측면에서 관심이 더 갔다. 이번 시집에 수록된 다수의 작품들이 삶에 대한 깨달음이나 구도의 정신, 인생론 등에 집착한 나머지 비시적인 관념적 진술을 많이 드러내고 있다. 어딘가 윤리적이고 교훈적인 의식이 앞선다는 것은 표현의 예술성을 강조하는 시의 입장에서는 불만일 수 있다. 고향, 어머니, 텃밭 등 과거 회귀적인 소재를 중심으로 한 향토적 경향의 시에서도 직설적 진술은 정서의 형상화에 크게 기여하지 못한다. 그러나 다음 시는 탄력적인 언어 구사로 상당한 시적 긴장과 밀도 있는 상상력을 보인다.

칼로도 너를 벨 수 없었던 까닭에
무서운 한밤중에 피어나는 유혹이다
아니 뻔쩍거리며 쳐들어오는 천둥이다
내 심장에 용솟음치며 박힌 눈물
불꽃처럼 일순간 하얗게 일어서서
소리치는
거센 시련의 억척스런 바람이다
천지에 네 씨앗을 터트리고
말없는 일념 속에 빗장 걸어
또 다른 이승에서 속죄하며 기다리는
어여쁜 너는 간절한 나의 상처

— 「봉숭아」 전문

이 시에서 '봉숭아'는 의인화 된 대상으로 시적 모티브가 되는 사물이다. 의인법은 비정신적, 비유기적 대상을 유정화 하기 위한 비유적 표현수단이다. 비인격적 대상을 유정화 하였을 때, 사물 사이의 영역이 무너지고 서로가 서로의 영역으로 침투하여 서로 친화, 교감하는 만물제동萬物齊同의 세계가 펼쳐진다. 이 시가 그런 경지까지를 형상화한 것은 아니지만, 이 시에서 봉숭아는 인간 본성의 한 단면을 환기시킨다. 봉숭아는 인생에서 한때 겪게 되는 통과의례적인 것, 애정의 열병에 빠진 인간의 내면과 내통한다. 그래서 봉숭아는 칼로도 벨 수 없는 대상이 된다. 칼로 허벅지를 찔러도 애욕을 잠재울 수 없어 결국 유혹에 빠지게 되는 원초적 본능을 함의하게 되는 것이다. 성에 눈을 뜬 순간, 그 열병은 "쳐들어오는 천둥"이고, "심장에 용솟음치며 박힌 눈물"과 같은 것이다. 언젠가는 흘려야 될 해한의 눈물을 이미 안고 있는 무분별의 함정이다. 한때의 애욕은 한 때의 애욕으로 끝나지 않는다. 천지에 씨앗을 터트린다는 것은 성이 쾌락으로 끝나는 것이 아니라 새로운 생명 탄생이란 윤리적 멍에를 짊어지게 됨을 뜻한다. 그 이후의 인생이 "말없는 일념 속에 빗장을 걸고" "또 다른 이승에서 속죄하며 기다리는" 이유가 바로 그 윤리적 멍에 때문이다. 한때 몰두했던 애정의 행로가 상처를 남기는 이유도 바로 여기에 있다. 그러나 성의 윤리성을 강조하고 교화하고자 하는데 이 시의 시적 의도가 있는 것은 아니다. 원초적인 인간본능에 시적 앵글을 맞춰 시적 상상력을 확장하고, 시의 쾌락 원칙에 근접하고자 한다. 시의 미학은 이런 원형심상의 창조에 의존하는 바가 크다. 시의 이런 미학적 측면이 우선하는 시는 「만월」이다.

　　달이 시원스레 옷을 벗었다
　　실오라기 하나 걸치지 않은
　　동그란 맨 살이다
　　컹컹거리며 짖어대는 똥개마을
　　왁자한 소문 퍼뜨리고
　　풀속 찌르기도 귀를 밖으로 세우고 있다
　　돌아보니
　　멀리 산 밑 보현사 불빛만이
　　달의 허물 감추려는 듯
　　풍경소리를 지우고 있다

　　　　　　　　　　　　　　　　　　－「만월」 전문

이 시의 화자는 '달'의 아름다움을 "실오라기 하나 걸치지 않은" 여인의 나체에 비유하고 있다. 이런 표현은 달을 그저 정관적 대상이 아닌, 많은 이들의 호기심과 경이의 시선이 집중되는 관능적인 모습으로 상상하게 한다. 「만월」이란 시 제목에서 바람 난 여인의 배부른 모습을 연상시키기도 한다. 이 시에서 소문의 원인은 바로 달의 이런 관능적 아름다움 때문이다. 이 시는 호기심을 불러일으키는 달과 그에 관한 소문을 퍼뜨리는 똥개, 귀를 세우고 소문을 듣고 있는 찌르기의 삼각 구도로 되어 있다. 이것은 소문을 중심축으로 연결되는 삼자 관계의 인간사에서 연상된 구도다. 시 「만월」은 순수시의 한 전형이다. 일체의 목적성이나 교훈성이 배제되어 있다. 달, 개, 찌르기의 삼각구도에다 보현사의 불빛과 풍경소리를 배경으로 한, 한 폭의 아름다운 풍경화인데, 그렇다고 그런 소재들이 평면적으로 배치되어 있는 사실적 풍경화는 아니다. 각 소재들이 의인화되어 서로 역동적인 관계로 내통하고 있다. 이것은 객관적 대상을 주관화하여 표현하는 인상주의의 필법을 원용한 것이다. 영혼을 통해서 풍경을 나타낸다는 인상파의 강렬한 이미지를 느끼게 한다. 자연물에 원색적 감정을 덧칠한 유정화 된 그림이다. 그리하여 감성에 불을 지르는 경이적인 상상력의 공간을 창조한다.

류정희의 이번 시집을 읽으면서 시의 목적은 교훈에 있는가? 쾌락에 있는가? 하는 오래된 문학 논쟁을 다시 생각했다. 교훈설은 시를 다른 목적의 수단으로 보는 계몽시나 참여시의 입장이고, 쾌락설은 시 자체의 아름다움을 강조하는 예술지상주의의 입장이란 것은 이미 문학 이론가에 의하여 정리된 바 있다. 이번 시집의 다수를 점하는 시들은 시의 쾌락 원칙에서 상당한 거리가 있었다. 낮은 곳을 지향하는 구도 정신과 기독교의 청빈 사상을 바탕으로 삶의 진정성을 찾는 열린 의식을 확인한 것은 나름의 수확이었지만, 시는 독자에게 미적 쾌락을 줘야한다 했을 때, 시는 다분히 비윤리적이지만 이번에 다수의 시들은 윤리적 한계를 뛰어넘지 못하고 있다는 아쉬움이 있었다.

시의 미학은 표현의 긴장관계에서, 밀도 있는 언어의 짜임에서 구현된다. 「만월」이나 「봉숭아」같은 시가 미적 쾌락을 수반하는 이유도 바로 여기에 있다. 영국의 낭만파 시인 코올릿지Coleridge는 "쾌락은 정서를 자극함으로써 도달된다."고 했다. "미는 통일 속에 나타나는 다양성"이라고도 했다. 시에서 미적 쾌락이 어떻게 주어지는가를 시사하는 언급이다. 정서를 자극하기 위해서는 감각적인 언어 구사가 도움이 된다. 생각이나 깨달음의 내용전달에 급급한 나머지 지나친 관념적 진술을 하고, 직서적 진술을 하게 될 때 시와 철학, 또는 시와 산문의 경계가 모호해진다. 시의 독자성이나 자율성이 침해받게 되기도 한다. 시는 언어의 탑을 밀도 있게 세웠을 때 비로소 미적 공감을 획득하게 된다. "시는 표현이다."란 주장은 시의 방법적 자각을 강조하고자 할 때 내세우는 명제다. 시인이 도덕률을 지나치게 의식할 때, 자칫 빠지기 쉬운 함정은 시가 언어 예술이란 사실을 외면하게 된다는 데 있다.

류정희 시인의 이번 시집은 존재의 진정성이나 인생에 대한 체험적 인식, 고행을 통한 종교적 구원과 가족에 대한 연민, 또는 고향에 대한 향수 등이 망라되고 있다. 세계를 긍정적으로 안으려는 관용과 포용의 정신이 그 바탕에 있다. 절망적 상황도 그의 의식에서는 긍정적 가치나 의미로 변주된다. 그래서 그의 시는 교훈적으로 읽혀진다. 그러나 그 교훈성의 극복이 앞으로 류정희 시학의 과제가 될 것 같다. 시에서 미적 쾌락을 담보하기 위해서는 종교적 도덕률로부터 의식을 해방시켜야 하기 때문이다.

# 자연과 삶을 통합하는 시의 화법
## ─ 명서영 시집 『시계』

명서영의 세 번째 시집 『시계』에는 유달리 자연적 소재들이 많이 등장한다. 까치 마을, 목련, 구름의 비밀노트, 황사, 선인장, 꽃, 달, 낙엽, 섬 등 부지기수다. 이럴 때 시는 대게 자연친화적인 정신을 구현한다. 그러나 명서영의 시는 자연에 동화된 물아일여의 정신이나 자연을 그저 경탄으로만 바라보는 시의 타성을 거부한다. 그의 자연에는 아픈 삶의 기억들이 내장되어 있거나 삶의 의미가 변주된, 또는 통합의 원리가 작동하는 시의 세계를 보인다. 명서영 시의 특징은 이런 독특한 시의 화법 속에서 찾아진다.

여기서 칸트가 판단력 비판으로 설명하는 미학의 원리를 상기할 필요가 있다. 칸트는 인간의 인식능력을 오성悟性, 판단력判斷力, 이성理性으로 구분한 바 있는데, 이 중 판단력은 특수한 사례를 보편 속에 포함시키는 사유능력이라고 했다. 판단력에는 규칙, 원리, 법칙과 같은 보편적인 것이 제시되고, 그 밑에 특수적인 것을 포함시키는 결정적 판단과 반대로 먼저 특수적인 것이 제시되고 그것을 포함할 보편적인 것을 발견할 때, 이를 반성적 판단이라 했다. 미적 판단은 이 반성적 판단에 속한다. 미적 판단은 상상력을 가지고 표상을 주관화시키는 것이라고도 했다. 여기서 주관이란 쾌, 불쾌의 감정이나 정서의 의미를 내포한다. 예술창작은 주로 주관적인 상상력의 기능에 의존한다. 상상력은 감각과 오성을 결합하여 현실적인 인식을 성립시킨다. 그럼으로써 시를 미적 쾌락의 정점으로 이끌어 가게 한다.

명서영의 시들은 시적 사유에 있어서나 시를 구성하는 원리에 있어서 이상의 관점에 근접되어 있다. 표상으로 제시되는 자연적 소재들이 자연 그 자체로서만 존재하는 것이 아니라 인생의 의미, 또는 내상화된 아픈 기억들과 결합되어 주관화 된 시의 공간을 형성한다. 칸트가 말한 반성적 판단의 시적 사유들이 이 시집의 곳곳에서 발견된다. 가령 3부에 있는 시 「낙엽 5」를 보면 자연적 소재인 낙엽이 아기의 죽음과 결합되어 시적으로 형상화되고 있음을 본다. 낙엽과 아기의 죽음이 등가等價를 이루는 시적 상상력을 엿볼 수 있다.

유리창 너머 꽃도 한번 피지 못한 떡갈나무가 허리 꺾이도록 하늘을 들고 있다
유리창 안쪽으로 갓돌 지난 아기가 누워있다
이따금씩 아기 울음소리가 병실 가득
사방에 부딪히는 소리
우수수 떨어지는 한숨 소리
햇볕에 뜨거워진 유리창을 튕긴다 아슬아슬
나뭇가지에 매달린 이파리가 흔들린다
붉고 붉었던 아기 얼굴이 점점 허예지고
먼 기억의 한 페이지처럼 울음소리가 얇다
바스락바스락 말려가는 입술
멀리 날아가는 눈동자
나뭇가지들 서산으로 넘어선 해를 꽉 잡고 있다

이 시에서 낙엽은 생명을 잃어가고 있는 아기의 모습을 형상화하는 소재다. 단순히 쓸쓸한 조락의 계절만을 연상시키는 질료가 아니다. 생명이 태어나 성장하고 다시 죽음에 이르는 순환의 질서와도 무관하다. "꽃도 한 번 피지 못한 떡갈나무"에 비유되는 역순행적인 아기의

죽음과 그 안타까움의 정서를 반사한다. 어쩌면 어린 아기를 잃었을 때의 아픈 기억을 형상화하고 있다는 느낌도 든다. 대개 이런 경우 한두 마디쯤 직정적인 감정표출이 있기 마련인데, 아픔이 직설적으로 언술되는 부분이 전연 없다. 활유적 비유나 반복의 화법으로 생명을 잃어가는 과정을 감각적으로 표현한다. 아기의 울음소리가 사방에 부딪힌다든지 그것을 바라보는 주변인들의 절망적 심정을 "우수수 떨어지는 한숨 소리" 등으로 표현한 것이 그 예다. 이런 표현들이 유리창에 부딪히는 낙엽의 이미지와 중첩된다. "나뭇가지에 매달린 이파리가 흔들린다"의 시행도 "붉고 붉었던 아기 얼굴이 점점 허예지고"의 시행과 겹치면서 아기의 생명이 다하여 마지막 숨을 고르고 있는 모습을 연상시킨다. 이승을 떠나고 있는 아기의 모습을 "멀리 날아가는 눈동자"로, 그것을 붙들고 놓지 않으려는 안타까운 부모의 심정을 "나뭇가지들 서산으로 넘어선 해를 꽉 잡고 있다"로 표현한 결구 역시 자연적인 소재에 인간사를 결합시킨 단적인 예가 된다. 이렇게 명서영 시인은 자연과 삶을 통합하는 상상력을 견인해 내는 화법을 구사하고 있다.

(이파리 하나 떨어진다)
목마른 비를 기다리는 여자의 집은 사막이다
그녀는 천년을 갈증으로 건넌다
사랑에 가시가 돋고 삶이 알레르기를 일으킨다

(여자가 기다린 것은 오아시스다)
오랜만에 남자가 노름빚을 들고
황사처럼 들어서면 촉촉이 젖고 싶은 여자
미움이 마렵다

(텅 빈 거실 사막에 볕이 뜨겁다)

이파리를 떨치며
노란 눈물을 피우는 여자
'뛰어봤자 내 손바닥 안이다' 중얼거린다
질기고 질긴 토종인 것이다

그녀의 깊고 복잡한 뿌리의 발원지가 여기에 있다
남자가 휭 바람으로 떠나고
긁어도 똥구멍까지 긁어도 가려운 삶이 쩍쩍 금가며 아토피를 토한다
(가시는 남을 찌르기 전에 자신을 먼저 찌르고 나오는 까닭이다)

– 「손바닥 선인장」 전문

천년 초, 20c 겨울 노지에서도 얼어 죽지 않으며 한국에서 자란다. 아토피, 변비 등 약제로도 쓰인다는 주註가 달린 시다. 표면상으로는 손바닥 선인장을 여성으로 의인화하고 있지만 이 시에서도 여성의 끈질긴 삶과 그 삶의 과정에 자리한 아픈 의식이 「손바닥 선인장」과 동일 의미로 통합하는 시적 상상력이 개입한다. 삶에서 꿈꾸는 이상과 현실의 괴리 때문에 방황하고 고뇌하며 아파하면서도 끈질긴 생명의 뿌리를 지켜내는 삶의 의지를 이 시는 역설적으로 말하고 있다. 아토피, 변비 등의 약재로도 쓰이는 손바닥 선인장이 역으로 사랑에 목마른 갈증을 안고 천 년을 끈질기게 살아온 식물이란 것은 아이러니다. "사랑에 가시가 돋고" "삶에 알레르기"를 일으키고, "쩍쩍 금가며 아토피를 토하는" 고단한 역정으로 그려지는 손바닥 선인장의 생애 이면에는 화자 자신의 가시 돋친 고단한 삶과 그 역경이 자리한다. 손바닥 선인장의 끈질긴 생명력과 화자의 의지적 삶이 동일선상에서 읽혀지는 시다.

현대시의 상당 부분은 존재의 욕망과 결핍의 자의식에서 시의 발화점을 찾고 있다. 충족되지 못한 욕망은 결핍의 자의식을 낳고 결핍의 자의식이 시적 대상에 투사되면서 비극적인 시의 지평을 연다. 그 비

극의 정서가 명서영의 시에서도 명멸하고 있다. 끊임없이 자연적인 소재에 투영하는 시인의 의식은 세계에 대하여 결코 긍정적이지 않다. 거의 비명에 가까운 아픈 상처를 드러낸다. 그가 그리고 있는 세계는 어둡고 칙칙하며 고통으로 점철되어 있다. 수많은 자연물들이 시의 제목으로 등장하지만 명서영의 시에서는 그것이 정관적 대상으로 존재하지 않는다. 거기에는 항상 시인의 아픈 자의식이 덧칠되어 있고, 시적 대상과 화자의 결핍의식이 결합되어 시의 공간을 형성한다.

집으로 향하는 고속도로를 찾아
어느 시골 동네를 헤맨다
뼈골까지 차가운 어둠
리허설이 없는 생은 이토록 낯선데
깊은 밤 한 가닥 마을 길이
오락가락 불빛을 실어나른다
홀로 잠 이루지 못한 길
저 또한 길 찾아
얼마나 많은 번지와 지도를 그려 넣으며
자기 안에 샛길을 만들었을까
몇 천 번이나 큰길에 밀려 후진하고 추월당하며
이정표 없는 길을 달려 왔을까
한 발자국도 보이지 않는 칠흑 속 가만히 앉자
우왕좌왕했던 들녘도 가라앉는다
까맣게 젖은 산등성에 잇닿아 있는 뽀얀 하늘
여물지 못한 행로 위로
빛과 어둠이 한줄기로 서 있다
멀리 경인고속도로가 꼬리를 문 별똥별을 쏟는다

— 「지각한 길」 전문

시 「지각한 길」은 집으로 향하는 고속도로를 찾아 어느 시골 동네를 헤매면서 지나온 삶을 반추하는 내용이다. 여기서도 화자는 자신의 삶이 결코 성공적인 화려한 삶이 아닌, "몇 천 번이나 큰길에 밀려 후진하고 추월당하며" 살아온 뼈아픈 삶이었음을 고백하고 있다. 나름으로는 홀로 잠을 이루지 못하며 "많은 번지와 지도를 그려 넣으며" "자기 안에 샛길"을 만들었지만 그것은 "이정표 없는 길"을 달려온 삶이었고 칠흑의 어둠 속을 우황좌황 했던 삶이었음을 화자는 거의 자조적인 어조로 말하고 있다. 여기서 '번지와 지도'는 인생행로에서 시적 자아가 성취하고자 했던 욕망의 표상으로 읽혀진다. 성취되지 못한 욕망은 "뼈골까지 차가운 어둠"과 같은 결핍의 자의식을 낳는다. 문명의 상징인 경인고속도로, 그 선상에는 속도와 경쟁으로 핍박해진 현대인의 정신 풍경이 있다. 문명의 이면에 드리워진 현대 도시인의 어두운 의식, 그 그늘을 이 시는 보여주고 있다.

명서영 시인의 시적 관심은 부, 권력 같은 성공적인 삶이나 윤리적인 깨달음의 경구, 관념적 인생론에 있지 않다. 오히려 중심부에서 밀려난 외곽지대나 시대로부터 소외된, 상처받은 자의 의식에 미세한 앵글을 맞춘다. 일견 화려해 보이는 물질문명의 뒷길에서 신음하고 있는 소시민의 그늘진 삶과 아픈 의식을 시적으로 견인해 내고 있다. 양지의 삶보다는 음지의 삶 쪽에 더 시적 관심을 보인다.

이끼가 그늘을 좋아한다고 가볍게 말하지 마라
어둠이 두렵다, 그는
출구 찾다가 온통 그늘을 뒤덮었다


얼마나 발버둥 쳤으면
햇볕을 받지 않고도 푸른 피가 돌고
잎과 줄기의 구별을 명확히 할 겨를도 없었겠는가?

〉

어떤 것은 일 센티미터 크는데 백년이 걸린단다
무겁고 허기진 잎

그의 작은 키는 그늘의 슬픔이다, 평생
음지에서 벗어나지 못하는 운명도 있다

—「외곽지대 2」 전문

　'이끼'란 부제가 있는 시다. 이끼는 음지식물이다. 이 시에서 '이끼'는
도시 중심에서 밀려나 외곽지대에서 고단한 삶을 영위하고 있는 소외
된 계층을 암시한다. 그들 삶의 아픔을 상징석으로 부조해내고 있다.
우리가 성공적인 삶을 성취하기 위하여 앞만 보고 달리면서 경쟁의 대
열에서 이탈한 음지의 삶 쪽으로는 시선을 두려하지 않는다. 그들을
철저히 외면하면서 살아가고 있다. 그런데 이 시는 그런 음지의 삶과
한계상황에 내재된 통렬한 아픈 의식을 형상화 한다. 첫 행 "이끼가 그
늘을 좋아한다고 가볍게 말하지 마라"는 경구는 그들을 외면하면서 자
기 합리화하고 있는 현대인의 안일한 의식에 일침을 가하는 일종의 경
종이다. 화자는 그들도 어둠이 두렵다고 말한다. "출구 찾다가 온통 그
늘을 뒤덮었다"는 셋째 행은 그들도 음지로부터 벗어나기 위하여 부단
히 몸부림쳐 왔지만 그러면 그럴수록 더 깊은 수렁에 빠지게 되는 한
계점을 말한 것이다. "햇볕을 받지 않고도 푸른 피가 돌고 / 잎과 줄기
의 구별을 명확히 할 겨를도" 없이 발버둥 쳤지만 '일 센티미터 크는데
백년이 걸릴' 정도의 한계상황에서 그들이 겪게 되는 좌절과 절망의 통
렬한 의식을 이 시는 담고 있다. 이 시에서 '이끼'는 5.18 광주항쟁의
희생양이었던 민초들이 처했던 상황까지를 함축하고 있다는 점에 유
의할 필요가 있다. '이끼'가 소외된 계층을 뛰어넘어 한 시대의 역사적
사건이 갖는 사회성의 의미를 되짚게 하는 거대 담론에 이르고 있다는

것은 그만큼 이 시가 깊은 함축성을 지니고 있다는 뜻이 된다.

이렇게 명서영의 시는 덧난 상처를 안고 살아온 음지의 삶을 그리고 있다. 음지에서 고단하게 칼질하며 살아온 척박한 삶, 서로 엉킨 매듭처럼 풀려고 애를 쓰면 쓸수록 더 묶이고 마는 운명적 삶의 모습들이 그의 시에 자리한다. 그러나 끈질긴 생명의 힘은 이런 황무지 같은 척박한 토양 속에서도 솟아난다.

잡아줘야 산단다, 산세베리아*
제멋대로 뻗다가 죽어가는
이파리들을 한데 묶다가
가족 잃은 새가 단명 한다는 글귀를 떠올리며
가는 끈이 저들의 울타리란 생각을 한다
느슨해진 줄을 조이자
이파리들이 서로 부딪히며 팽팽히 맞선다
볕이 잘 드는 쪽으로 자리다툼 또한 치열하다
혼자는 살맛이 안 나기에

알게 모르게 엉켜야 사는 우리라는 끈
부대낄 줄이 필요하다
울타리가 따로 있나?
서로 맞닿아 지겹도록 끈끈한,
살아가는 힘이다
눈발이 사립문을 박차듯이
소낙비가 담장을 넘듯이
때로는 등 뒤로 벅벅대는 목소리가
정적을 깨기도 하지만
뽀송뽀송한 둥지의 새 울음인 것이다

줄에 엮인 산세베리아

아옹다옹 활짝 지지고 볶는다

베란다로 들어온 햇살도 꽁꽁 줄에 묶이고

봄이 더불어 무럭무럭 총알을 퍼붓는다

─ 「전쟁 그리고 휴전사이」 전문

    이 시의 소재로 등장하고 있는 산세베리아는 열대지역에 서식하는 은방울꽃과에 속한 식물이다. 화자는 아파트 베란다에서 키우고 있는 이 식물을 통하여 삶은 곧 전쟁과 휴전을 오가는 투쟁의 장임을 말하고 있다. 이 시에서도 화자는 관찰의 대상인 산세베리아의 존재 양상을 통하여 삶의 각진 의미를 유추해낸다. 그들을 묶어 주고 있는 느슨해진 줄을 조이자 잎들이 서로 부딪히며 팽팽히 맞서고, 양지를 향하여 서로 치열하게 자리다툼하고 있는 모습이 눈에 들어온다. 이것은 서로 엉켜서 아옹다옹 이해다툼 하고 있는 인간사와 다를 바가 없다. 그런데 화자는 "제멋대로 뻗다가 죽어가는/ 이파리들을 한데 묶다가" 그들을 묶어주고 있는 가는 끈이 곧 "저들의 울타리"임을 깨닫는다. 끈의 기능에서 성찰된 삶의 의미가 다가온다. "알게 모르게 엉켜야 사는 우리라는 끈"을 발견한 것이다. "서로 맞닿아 지겹도록 끈끈한" 울타리 안에서 생명의 힘, 곧 삶의 의지는 자란다. 결국 삶이란 서로의 가슴에 총알을 퍼부으면서도 "부대낄 줄" 안에서 영위될 수밖에 없는 어떤 운명과도 같은 것이다. 이 시의 화자에게 있어서 가족의 의미는 사랑, 평화, 안정 같은 덕목들과는 거리가 있다. 함께하는 울타리란 긍정적인 면과 서로 아귀다툼하고 있는 불화의 면이 공존한다. "눈발이 사립문을 박차듯이/ 소낙비가 담장을 넘듯이/ 때로는 등 뒤로 벅벅대는 목소리가/ 정적을 깨"는 그런 불화의 다툼 속에서도 "뽀송뽀송한 둥지의 새 울음"같은 생명의 힘을 발견하는 시인의 눈이 있기에 가족이란 울타리는 그 존재가치를 발휘하는 것이 아닐까 싶다.

명서영 시인은 고통스러운 험난한 삶을 건너오면서 나름의 인생에 대한 깨달음의 경지에 이른다. 시 「향기」는 3행의 간결한 형식으로 깨달음의 정신을 압축적으로 제시하고 있다. "신물 난다, 사람냄새/ 언젠가/ 밥도 물릴 때가 있었다"는 이 짧은 역설의 진술 속에는 삶에 대한 범상치 않은 성찰이 담겨져 있다. 겉으로는 삶에 대한 부정적 인식을 드러낸 것 같지만 삶을 치열하게 산 자만이 말할 수 있는 개안의 경지를 역설적으로 읽게 한다. 어느 선사의 일갈 같은 깨달음의 경구로 다가온다. 인간이나 삶에 대한 강한 부정은 오히려 역으로 삶을 긍정하는 힘이 된다. 신물 나는 사람 냄새나 물린 밥이 향기의 긍정적 의미로 인식되기까지 얼마나 많은 뼈아픈 세월을 인내하며 살아왔겠는가. 삶은 일종의 고행이고, 그 고행 끝에 얻은 이런 깨달음이야 말로 가장 값진 정신의 일점이 될 것이다. 이제 명서영은 고통스러운 삶의 정점에서 인생의 향기를 맡을 수 있는 개안의 경지에 들어섰다. 비로소 그는 어린 시절의 기억을 더듬으며 세계를 아름답게 바라볼 수 있는 마음의 눈을 갖게 된다.

우리 집도 새댁 집도 자취를 감추고 흔적만 남아있는 고향집 빈터, 훨씬 키가 작아진 밤나무가 밤꽃 몇 송이 매달고 그 자리에 서 있다  남편 없이 아기 하나 데리고 사는 새댁 집은 담장대신 불뚝 솟은 대나무가 푹푹 하늘을 찌르고 있었고 대나무밭 사이로 사람 하나 간신히 들락날락 하는 길 지나면 커다란 밤나무와 야산이 이어져 있었다 아기와 놀기 위해 어린 나는 그 집에서 살곤 했다.
    밤꽃이 피네 밤도 꽃이 피네 벌레처럼 길고 누런 밤꽃을 구경하던 어느 날 대나무 숲 사이로 하얀 새댁의 엉덩이를 보다가 새댁에게 막무가내 쫓겨났다, 그날 밤 화장실을 놔두고 대나무밭에서 뒤를 보는 새댁을 이해하는 것보다는 어른들의 엉덩이를 보면 안 되는 것보다는 내일 그집에 가야 할지 말아야 할지 밤늦게까지 혼자 결론에 닿지 못하고 잠들었었다  다음 날 새댁은 아무 일 없던 것처럼 친절했으나 엉거주춤 다리를 절었다, 나 때문에 급하게 뒤를 보다가 대창에 찔렸을까 고민했는데 그 뒤로도 몇 번 치마가 구겨진 채 대숲에서 나오는 새댁과 마주쳤지만 야단 대신 아기를 잘 봐줬다고 먹을 것을 주었다, 며칠 후 윗집 아줌마와 무슨 이유인지 싸우는 것을 보았다 나는 속으로 무조건 새댁 편이었다. 학교에 간 후 간간히 들리는 소식에는 새댁이 어느 총각과 결혼했다는 것과 남편에게 얻어맞고 도망 왔다 갔다는 소식을 끝으로 우리 집도 그 동네에서 이사를 했다  한쪽 팔이 삭정이가 된 밤나무, 구구절절 사는 것이 시적인, 그 긴 세월을 다 읽을 수는 없지만 밤꽃 향기 짙은 한 조각 기억으로 응고된 옛날을 더듬어 본다

- 「밤꽃 필 때」 전문

시 「밤꽃 필 때」는 유년의 기억을 더듬으며 그 때 목격했던 이웃집 새댁과 관련된 일화들을 내용으로 한다. 인물, 사건, 배경의 서사적 진술에 의지하고 있는 4연의 산문시다. 서정시는 기억 속에 편재해 있는 사건들을 환기하여 시의 지평으로 끌어들일 때가 많다. 그리하여 삶의 내력을 회상하고 성찰하는 자기 검증의 속성을 지니게 된다. 이 시 역시 기억을 통하여 어린 시절에 겪었던 사건과 거기에 대응하는 화자의 내면을 떠올림으로서 원초적 감정에 젖게 한다. 이웃집 새댁의 치정에 가까운 애정행각을 은근슬쩍 들여다본 어린 나이의 화자의 의식이 꽤 실감있게 각본화 되어 있다. 동네 사람들로부터 손가락질 받았을 그 새댁에 대하여 어린 화자는 윤리적 잣대로 그녀를 비판하거나 재단할 수 없는 순수한 눈을 가지고 있다. 그런 눈으로 새댁 편에 서 있었던 화자이기에 그때 그 일들은 아름다운 풍경으로 회상할 수 있게 된다. 이 시에서 밤꽃은 원초적인 정념을 더욱 아름답게 채색하는 배경 역할을 한다. 이제 밤나무의 키가 훨씬 작아 보일 정도로 의식이 성장한 화자는 "우리 집도 새댁 집도 자취를 감추고 흔적만 남아있는 고향집 빈

터",에서 향수에 젖어 그때 그 시절을 밤꽃 향기 짙은 아름다운 시로
읽고 있다.

> 산이 하혈하고 있다
> 잘록한 허리
> 두루뭉실 커다란 엉덩이에
> 핏물이 흐른다
> 발정의 순간이다
>
> 땀 뻘뻘 흘리며
> 산을 기어오르던 사내들
> 바지 훌러덩 내리고
> 돌아서서
> 사정없이 갈겨대고 있다

- 「단풍 3」 전문

　어느덧 명서영은 아픈 삶의 흔적들을 지우고 자연에 몰입하는 의식
의 단층을 보이기 시작한다. 이 시집의 끝에 자리한 시 「단풍 3」은 삶
의 고통으로부터 비켜 서 있다. 겪을 만큼 겪다 보면 아픈 상처들은 딱
지 붙기 마련이고, 그렇게 단련된 의식은 사물을 황홀하게 바라볼 수
있는 여유를 갖게 한다. 이 시에서 화자는 붉게 물들어 가고 있는 단풍
을 황홀한 시선으로 바라보고 있다. 1연은 하혈, 엉덩이, 핏물, 발정
등 극히 원색적이고 원초적이며 자극적인 언어 감각으로 단풍 든 산등
성이와 계곡의 모습을 형상화 한다. 2연에서는 등산객의 행위를 표현
하고 있는데, 이런 1, 2연의 대위법적 설정은 자연과 인간이 일체가
된 순수하고 아름다운 시의 경지를 구현하는데 일조한다. 이런 유의
시에서 명서영은 쾌락을 추구는 탐미주의자가 되고 있다. 영국의 낭만

파 시인 코올릿지Coleridge는 "쾌락은 정서를 자극함으로써 도달된다."고 했다. "미는 통일 속에 나타나는 다양성"이라고도 했다. 시에서 미적 쾌락이 어떻게 주어지는가를 시사하는 언급이다. 정서를 자극하기 위해서는 감각적인 언어구사가 필수적이다. 이 시가 미적 쾌락을 수반하는 이유도 바로 이런 자극적인 언어감각을 구사하고 있기 때문이다.

　명서영의 이번 시집『시계』는 자연과 아픈 삶의 흔적이 통합하여 구현되는 시적 상상력을 주로 보여준다. 표면적으로는 자연적 소재들이 제시되지만 소재 이면에는 상처받으며 치열하게 살아왔던 각진 삶의 족적들이 내재해 있다. 이런 시적 양식은 칸트가 말한 상상력에 의한 표상의 주관화에 기여한다. 동시에 시를 감각화 하고 삶의 의미를 구체적으로 형상화하는 진술 방식이 된다. 서정시의 본령은 자기 존재의 구현에 있다. 명서영은 이상과 현실의 괴리 때문에 갈등하고 아파하는 서정적 자아의 내면을 극명하게 그려 보여줌으로써 운명과 같은 한계 상황에 처한 실존의 모습을 시적으로 견인해 낸다. 소외된 계층의 가시밭길 같은 각박한 삶과 가족 구성원간의 불화, 시대의 아픔 등이 그의 시를 구성하는 내용이다. 단 그것이 직설적으로 표출되지 않고 자연물에 의탁하여 발화되고 있다는 점이 명서영 시의 특징이 될 것이다. 고난과 역경을 견디며 치열하게 삶을 살아온 자만이 가능한 시적 성취다. 그런 와중에서도「밤꽃 필 때」,「단풍 3」과 같은 탐미주의 경향의 시를 그는 쓰고 있다. 그것은 각박한 현실의 삶에 결코 순응하거나 타협할 수 없는 순수자아가 여전히 그의 내면에 있음을 뜻한다. 모진 삶의 굴레 속에서도 버려질 수 없는 순수한 염원이 아직도 살아 있다는 뜻이다. 그 염원은 남은 생애를 더욱 아름답게 채색하게 될 것이다.

## 현대의 삶에서 파생되는 몽상적 이미지들
### - 김겸수 시집 『겨울의 사회학』

　현대의 삶은 어딘가 부박하다. 자본재에 끌려다니는 욕망, 기계문명의 편의성에 매몰된 의식의 척박함 등이 이 시대의 삶을 구성한다. 특히 도시 삶의 근저를 이루는 과학과 기술은 속도와 경쟁의 메커니즘을 양산한다. 김겸수 시인의 시편들은 이런 삶에 함몰된 의식의 지평을 열어 보이고 있다. 인간의 진정성에 대한 회의와 불안, 초조, 정처 없이 떠도는 심리 현상들이 보인다. 연작시 「블랙박스」나 「사회학」 등에서 표출되고 있는 의식이 바로 그것이다.

　김겸수의 시집 『겨울의 사회악』에 내재 된 중요한 특징 중 하나는 언어가 환기하는 상상력의 문제다. 가스통 바슐라르는 상상력을 역동적, 물질적, 원형적 상상력으로 분류한 바 있다. 물질적 상상력이 존재태 存在態에 대한 인식과 관련된 상상력이라면 원형적 상상력은 시공을 초월하여 수많은 작가들에게 보편적으로 나타나는 이미지들을 말한다. 이와 달리 역동적 상상력은 인간의 힘, 욕망, 의지력에 의하여 물질에 새로운 변화를 촉발하는 상상력이다. 바슐라르에 의하면 역동적 상상력은 개방적인 경험, 새로운 경험을 갖게 하며, 비현실의 기능으로 선험적 환상학에 이르게 한다.

　김겸수 시의 언어는 상당한 역동성을 지닌다. 시공을 초월한 이질적인 언어들의 결합은 환상까지는 아니라 하더라도 현상들을 현상으로만 한정시키지 않는 역동성이 있다. 분명 그의 시가 현대의 삶이 안고 있는 모순을 담고 있는데, 딱 부러지게 현실비판에 무게가 있다고 보기는 어렵다. 그는 비판적 판단을 되도록이면 지우려 한다. 오히려 현실 초월적인 의지의 힘이 더 강하다. 이런 의지의 힘 때문에 현상은 비실재적인 세계로 비약한다. 일견 현실에 맞지 않는 엉뚱한 언어구사가 고개를 갸우뚱거리게도 하지만, 그런 화법이 상상력의 폭을 입체화하고, 역동적인 이미지를 구축하는데 성공한 경우도 있다.

　김검수 시의 시적 공간은 도시다. 도시 삶이 갖고 있는 병리현상들이 의식적이든 무의식적이든 그의 시에 개입한다. 10편으로 된 연작시「블랙박스」에서 집요하게 그리고 있는 것이 바로 그것이다. 속도와 경쟁이 치열한 도시의 속성이 극명하게 드러나는 고속도로를 배경으로 인간소외와 인간 파괴의 현상들을 진술한다. 제목「블랙박스」는 정체된 고속도로에서 앞으로 나갈 수도 되돌릴 수도 없는 절박한 자의식의 세계를 상징한다. 그의 시는 도시에 갇힌 현대인의 의식선상에서 파생하고 있는 상상의 파편들을 질료로 한다. 그의 시의 이미지들은 탈출구를 찾지 못하고 강박 속에서 부유하는 현대인의 의식과 맞물려 있다.

　　백미러를 응시하며 / 신의 눈동자를 거듭 헤아린다/ 사각지대를 밀쳐내고/고정된 관념과 암시를 생각한다/ 거리를 해킹당한 나는/ 얼굴을 가리고 방향 지시등을 지운다/ 일방통행을 떨쳐낸 보도블록은 / 풀무질하던 가슴과 동행한다/ 순간 포착에 과속페달을 밟으며/ 한편으로 기우는 눈의 초점을 세운다/ 반쯤 풀린 동공은/ 급브레이크에 조여든/ 안전벨트를 풀어 헤친다/ 쏟아지는 졸음을 갓길에 밀어 넣고/ 견고한 눈시울이 벌이는/ 가변차선을 모자이크 한다

　　　　　　　　　　　　　　　　　　　　　　－ 시「블랙박스 1」 전문

　이 시의 시적 자아는 도로를 달리고 있다. 백미러에 시선을 고정한 채 한껏 긴장되어 있다. 언제 어디서 닥쳐올지 모를 위험에 대비하여 정신 줄을 놓치지 않으려 안간힘을 쓰는 시적 자아의 모습이 역력하

다. 운전대를 잡아본 사람이라면 누구나 경험할 수 있는 심리현상. 운전할 때 겪게 되는 불안, 초조, 긴장의 심리적 변화를 이미지화하여 표현하고 있다. 운전자의 눈은 돌발적이며 순간적인 미세한 움직임까지 포착해야만 한다. 그래서 운전자의 눈은 "신의 눈동자"란 언표가 가능한지도 모르겠다. 조금은 자조적인 어감으로 다가온다. 한참 달리다 보면 거리에 대한 감각이 무디어지기 마련인데, 이런 심리변화를 "거리를 해킹당한 나"로 진술한다. 여기서 목적어와 서술어가 상식을 초월하여 결합 되어 있다. 일상어인 '길'과 컴퓨터의 전문용어인 '해킹'의 결합은 비상식적인 호응이지만 시에서는 시적 상상력을 확장하는 기능을 한다. 이런 형태의 낯설게 하기의 표현은 김검수 시에 자주 나타나는 중요한 특징이다. 자동차는 현대인의 삶에서 일상화된 생활수단이다. 자동차는 보다 더 빨리 목적지에 도달하게 하는 편리한 문명이기이지만, 이 수단이 인간을 긴장과 초조의 일상 속으로 몰아넣는다. 삶을 파괴하는 경우도 많다.

> 플랜카드를 낚아채는/ 목격자는 저만치 물러난다/ 낮술에 젖은 혓바닥이/ 비상등을 켜는 듯 접는다/ 가변차선 너머로 일보 후진한다/ 궤도 밖으로 밀려 난/ 악다구니는 저만치 정지선을 비켜 간다/ 무수한 진술을 쏟아내며/ 과거의 기억을 저울질 한다/ 굳은 몽타주가 화석처럼/ 거리 한쪽에 비스듬히 기운다/ 목발을 짚고 횡단보도를 건너던 여자는/ 어둠 입구에서 어둠을 운다/ 허공에 꽂인 머리칼이 펄럭이고/ 아픈 속살을 스키드 마크에 찍는다/허기진 눈빛을 두리번거린다
>
> — 시 「블랙박스 7」

자동차 사고는 매일 뉴스에 나올 정도로 일상화 된 것이 현실이다. 문명의 이기가 때로는 흉기로 돌변하는 순간, 순간을 우리들은 간헐적으로 목격한다. 이 시는 사고 현장에서 가해자이거나 피해자, 또는 목

격자들이 각자의 입장에 따라 반응하는 의식들이 명멸하듯 펼쳐진다. 이때 화자는 냉정한 태도로 현장을 훑고 있다. 흥분하거나 경악하지 않는다. 사건에 직간접적으로 관련된 인물들의 행동양식을 이미지로 표현하는 시적 태도 때문에 그렇게 느껴지게 되는지도 모른다. 이 시가 소재적인 측면에서 보면 문명비판적인 시로 읽혀지는데, 이미지란 우회적인 표현방식 때문에 화자의 판단이나 고발정신은 괄호 안에 들어갈 수밖에 없다. 이 시는 다분히 회색적인 분위기를 연출한다. 사고 현장에서 곧잘 목격되는 서로 삿대질 하며 퍼붓는 악다구니도 이미 "궤도 밖으로 밀려난" 공허한 메아리다. 나서려다 뒤로 물러서는 목격자의 우유부단한 태도, 사고에 대한 무수한 진술도 "굳은 몽타주"로 "화석"이 되고, 피해자인 목발 짚은 여자는 "어둠의 입구에서 어둠을 우"는, 이런 분위기는 회색 톤의 우울한 영화장면을 연상시킨다. 음향이 거세된 화면처럼 감정이 매몰된 현대인의 자의식을 이 시에서 읽게 된다. 김검수 시인은 이런 비인간적인 삶의 공간을 시 「블랙박스 10」에서 '고장난 도시'로 명명한다. 이런 명명은 꽉 막힌 도시 삶의 한계상황을 함축한다.

　김검수 시인의 관심은 도시 삶의 한 축인 소외된 계층의 삶으로 옮겨가고 있다. 시 「산복도로」에서 그 일면을 엿볼 수 있다. 가난하지만 인간적인 체취가 묻어나는 시다. 연작시 「블랙박스」는 감정이 이완된 도시의 삶, 인간성이 파괴되고 있는 현장을 드라이한 시선으로 포착하는 탈 서정의 세계다. 그러나 시 「산복도로」는 현대 도시문명이 구가하는 물질적 풍요와는 거리가 먼, 도시의 중심에서 밀려난, 어둡고 절망적인 상황으로 내몰린 삶이지만 그래도 인간과 인간 사이에 아직 연민 같은 것이 남아 있는 서정의 세계다.

　　바람에 길을 묻는다/ 숨소리조차 들리지 않는/ 혼돈의 밤은/ 어둠을 껴안고 지나간다/ 까마득하게 가고 있는 천마산 비탈길은/ 어둠을 짓밟

는 구둣발에 갇힌다/ 좁은 어깨를 맞대고 살아 온/ 모로 누운 영혼들이
/ 쪽방마다/ 허리를 서로 기대고 있다/ 기력을 다해 벗어난 야윈 비탈길
/ 눈물을 겨우 말리고 있다

—「산복도로」 전문

산복도로도 분명 도시를 구성하는 한 부분이다. 그러나 도시의 풍요
를 누리지 못하는, 소외된 계층을 대변하는 말이기도 하다. 도시마다
산을 끼고 가는 가파른 길이 있고, 거기에는 가난한 자들의 헐벗은 삶
이 있다. 그들은 힘든 하루의 일과를 마치고 지친 영혼을 달래기 위하
여 이 비탈길을 오른다. 이 시는 "천마산 비탈길"을 배경으로 한 주변
적인 삶의 비애를 담고 있다. 이 시에서 "바람에 길을 묻는다."는 언표
는 산을 오를 때의 힘든 심리적 상황을 암시하고, "혼돈의 밤"은 미래
가 보이지 않는 암담한 현실을 상징한다. "쪽방"이 가난을 의미한다는
것은 누구나 쉽게 알 수 있다. 그 쪽방에 "모로 누운 영혼들이" "좁은
어깨를 맞대고 살아 온" 존재로 화자는 인식한다. 가난하기에 서로 몸
이라도 의지하며 살 수밖에 없는 인간적인 정황을 말한 것이지만 화자
의 서정적인 눈이 느껴지는 대목이다. 어쩌면 김검수 시인은 물질적
풍요와 욕망이 범람하는 도시에서 찾지 못한 휴머니티를 외각으로 밀
려난 빈자의 생에서 찾고 있는지도 모르겠다.

김검수의 이번 시집에서는 연작시가 유난히 많은데 「사회학」이란 제
목 아래 10편, 시집 표제시 「겨울의 사회학」까지 합치면 20편이 된다.
시의 제목으로 학술적인 용어를 끌어들인다는 것이 선뜻 납득이 되지
않았다. 이 추상적 관념어가 시적인 정감과는 거리가 멀기 때문이다.
상상력이 추구하는 이미지의 미학과 사회학이란 학술적인 관념 사이
에 동심원을 찾는 일이 쉬울 것 같지 않았다. 사전에 의하면 사회학은
사회관계의 여러 현상 및 사회조직의 원리, 법칙, 역사 따위를 대상으
로 하는 학문으로 정의되고 있다. 그렇지만 이 시들이 이런 학문적인

목적을 가지고 있는 것은 아닐 것이다. 그렇다면 왜 김검수 시인은 이 용어를 시의 제목으로 차용했을까? 그런 의문은 시를 읽으면서 어느 정도 해소가 되었다. 그의 시적 모티브들이 현실에서 파생하는 사회현 상과 관련이 있고, 그의 시적 상상력이 그런 모티브를 기반으로 생성 되고 있다는 점에서 일정 부분 수긍이 간다. 그렇지만 김검수 시인은 사회현상을 있는 그대로 그리지 않는다. 그의 시각은 리얼리즘적이지 않다. 현실에 천착하지 않는다. 그의 시의 이미지들은 상당히 비약적 이다. 현실과 비현실의 경계에서 그의 시는 발화한다. 사회현상과 시 인의 내면 의식이 중첩되는 양상으로 이미지들이 역동적으로 펼쳐지 기 때문에 그런 느낌이 더 강한 것이 아닌가 싶다.

> 낡은 골목길에/ 낯선 영혼이 허옇게 서 있다/ 파란 넥타이는 걸어나온
> 다/ 꽃살문 꿈을 꾼다/
> 깃털을 탐하던 낡은 길목은/ 지층과 지층 사이 어둠을 갉아먹는다/ 검
> 은 발톱을 삼킨 한쪽 눈알은/ 진홍색 커튼을 재치고 내 팔목을 잡는다/
> 윤회로 얽은 한때가 지나간다
>
> 　　　　　　　　　　　　　　　　　　　　－「사회학 1」 전반부

"낡은 골목길"과 "낯선 영혼"의 관계는 현대의 단절된 인간관계를 암 시한다. 낡은 골목길은 오래된 길이고, 그 길에 수많은 사람들이 나타 났다 사라지지만 서로 늘 낯이 설다. 교감이 없는 관계는 늘 스쳐도 삭 막하다. 무감정, 무감동의 석고화 된 인간의 내면을 영상화한 것이 "낯 선 영혼이 허옇게 서 있다"이다. 여기서 "파란 넥타이"는 출근하는 셀 러리맨을 연상시키는 대유적 표현이다. 여기까지는 현대인의 단면을 떠올리게 한다는 점에서 어느 정도 현실 재현으로 볼 수 있다. 그러나 그다음부터는 상당히 비약적인 이미지들이 열거된다. 물론 인간관계 에서 오는 내면의 분출이긴 한데, 지나치게 몽상적이다. "검은 발톱을

삼킨 한쪽 눈알은/진홍색 커튼을 재치고 내 팔목을 잡는다"는 이미지는 섬뜩할 정도로 강박적이다. 현대인의 내면에 자리하고 있는 불안, 공포의 심리현상을 반영한 것이기도 하다. 현대 자본주의는 재화를 얻기 위한 투쟁과 경쟁으로 인간을 내몬다. 그로 인하여 인간관계는 삭막해지고, 이런 사회에 적응하지 못한 현대인들은 불안과 강박의 심리적 공포 속에 있다. 연작시 「사회학」은 사회심리학적 관점에서 인간의 내면을 추적하고 있다고 볼 수 있다. 그래서 현실과 몽상이 겹치는 시의 구도를 만들어낸다. 이때 현실과 몽상 사이에 내적 필연성을 획득하지 못하면 시는 설득력을 잃게 된다는 점에 유념할 필요가 있겠다.

시집 『겨울의 사회학』은 인간성이 매몰되고, 좀체 탈출구가 보이지 않는 도시의 삶에 대한 비판적 시각이 담긴 시들이 중심을 이룬다. 그것도 여러 편의 연작시 형태로 많은 분량을 차지한다. 그런데 이번 시집에는 현실 초월적인 의지가 엿보이는 시편들도 상당수 있다. 「퍼즐 읽기」, 「눈보라 속에서」, 「독백」, 「어떤 해탈」, 「명상에 대하여」, 「화엄사 가는 길」, 「동굴여행」, 「지금 외출 중」 등의 시들이 이에 해당한다. 현실이 각박하면 각박할수록 그것으로부터 벗어나고자 하는 정신운동 또한 불가피한 현상일 것이다.

잠든 나를 깨운/ 지난날이 손바닥을 턴다/ 불시착한 붉은 노을은/ 달의 지문을 뭉그러뜨린다/ 이승의 문턱을 넘으며 나는/ 비껴간 영혼의 중심을 목격한다/ 허공의 틈새에서 서성거리는/ 의식은 왠지 무겁다/ 사천왕의 입술이 중후하게 흔들린다/ 내 눈을 내려다보는/ 너의 굽은 혓바닥이 맨발로 걸어나온다/ 무수한 별빛이 걸려있는 정토/ 산자락의 푸른 눈빛은 반쯤 젖어있다/ 숨결을 몰아쉬며 하늘을 보는 나는/ 법열을 되새기는/눈 끔벅거리며 하늘을 본다

― 「퍼즐 읽기」 전문

시「퍼즐 읽기」는 생과 사에 대한 사유를 바탕으로 한 이미지들이 주축을 이룬다. 시적 관심이 현실의 각박함에서 삶과 죽음에 대한 형이상학적인 사유로 옮겨가고 있음을 알 수 있다. 어쩌면 삶과 죽음의 문제는 아무리 풀려고 해도 풀리지 않는 수수께끼와 같은 것이다. 인류가 오랫동안 탐색하고 궁구하면서 답을 찾고자 했지만 아직도 미궁 속에 있다. 그렇기에 종교나 철학의 이름으로 펼쳐 놓은 수많은 삶과 죽음에 관한 생각들이 일종의 퍼즐 맞추기와 다름이 없다는 인식을 깔고 죽음에 관한 나름의 상상을 하고 있다. 현실에 절망한 자들이 곧잘 종교에 귀의함으로써 현실극복의 의지를 구하는 사례와 동일선상에서 이 시가 읽혀진다. 이 시에서 "잠든 나를 깨운"다는 불교적인 깨달음의 정신을 암시하는 언표다. 강렬한 이미지 "불시착한 붉은 노을"은 깨달음의 순간성, 불예측성과 관련이 있다. "달의 지문을 뭉그러뜨리는"의 이미지는 어느 순간 뜻밖에 찾아온 깨달음이 부질없는 삶의 흔적들을 지운다는 의미를 내포한다. 이때 비로소 시적 자아는 "이승의 문턱을 넘으며" "비껴간 영혼의 중심"을 보게 되고, 현실 초월의 지점에 놓이게 된다. 이승과 저승의 경계에서 떠도는 의식과 "별빛이 걸려있는 정토" 곧 극락에 대한 열망, "법멸"의 불교 정신에 이르고자 하는 의지가 이 시의 내용이다.

　현실에 절망한 자들이 곧잘 종교를 통하여 구원을 얻고자 하는 경향이 있다. 종교에 귀의함으로써 현실의 멍에에서 벗어나고자 한다. 김검수 시인은 주로 불교적 사유를 통하여 생사를 초월하고자 한다. 시「퍼즐 읽기」 외에도 「화엄사 가는 길」, 「명상에 관하여」, 「어떤 해탈」 등이 불교적 관념을 드러내는 시들이다. 시「어떤 해탈」에 의하면 현실은 휴머니즘이 죽어가고 있는 "불모의 도시"이고, 그로부터 벗어나기 위하여 화자는 절을 찾는다. 그는 법당에서 법문을 들으며 해탈을 꿈꾼다. 해탈은 이승의 모든 연을 끊었을 때 얻어지는 정신의 한 지점이다. 시「화엄사 가는 길」에서 화자는 "내가 나일 수 없는 소리를 듣는다/

전생의 인연이란 말을 듣는다/ 허공을 한 바퀴 돌아오는 설법은 /미처 듣지 못한 영혼의 울림이다"라고 진술한다. 불교에 심취한 정도를 가늠할 수 있는 말이다. 스님의 설법은 나를 버린 무아의 경지나, 오늘을 있게 한 전생의 인연에 관하여 설파하고 있는데, 이 설법을 통하여 화자는 영혼의 울림, 곧 법열의 경지에 들게 됨을 진술한 것이다. 이 순간만은 각박한 현실로부터 벗어나 있다. 김검수 시인은 탈현실, 현실 초월의 의지를 불교적 사유에 기대어 구현하고 있다고 볼 수 있다.

무너진 빙벽 틈새에서/ 새가 날아오른다 바람처럼/ 푸드득거리는 날갯짓에/ 이팝나무 눈꽃이 화르르 떨어진다/ 상수리가지 끝에 흔들리는/ 서릿발 한낮이 선잠을 턴다/ 눈발에 젖은 기지개와 기지개 끝에/ 매달리는 고드름, 하품이 깊다/ 허공 가득한 진저리를 친다/ 눈발은 조금 더 기울어진다/ 손바닥에 감기는 고드름이 넉넉하다/ 중절모에 꽂힌 깃털을 뽑아든/회오리바람이 이따금 피리를 분다/ 빙벽 한 쪽 끝에 부리를 세운/ 새 날갯짓 소리를 다시 듣는다/ 빙벽 저쪽 끝에서 허물을 벗은/ 눈꽃 사태가 지고 있다

– 「눈보라 속에서」 전문

시 「눈보라 속에서」는 명징한 감각적인 언어로 자연현상을 생동감 있게 표현한 순수시다. 이번 시집에서 드물게 보이는 시 경향인데, 다른 시에 비하여 이미지의 집중도가 강하다. 삶의 고뇌나 아픔, 부조리한 현실 등은 전연 보이지 않는다. 그런 면에서 이 시 또한 탈현실을 꿈꾸고 있는 시로 볼 수 있다. 눈보라란 자연현상을 경이롭게 바라보고 있는 화자의 눈을 느낄 수 있다. 역동적인 이미지들이 장엄한 눈보라의 광경을 그려낸다. 어설픈 관념적인 진술이 없다는 것은 그만큼 대상을 순수하게 바라보고 있다는 뜻이고, 한 편의 시에서 미학적 관점을 극대화시키고 있다는 뜻도 된다. 시가 꼭 철학적이거나 윤리적일 필요는

없다. 한 편의 시가 미적 공간을 창조해낸다면 그것으로 족한 것이 아니겠는가?

> 쇼베 몽다르크 동굴 벽화/ 신비로운 그늘을 헤치고 나는/ 전생을 찾아 벽면을 더듬는다/ 손도장에 찍힌/ 대륙 저쪽 잉카문명은/ 손금의 생명선과 만나/ 지구의 한쪽 끝을 밟고 일어선다/ 부양한 회로에서 벗어난 횡단은/ 은하계를 배회하는 신의 영역/ 해독할 수 없는 항로를 도장 찍는다/ 행성은 방황하는 꽃이 되고/ 은빛 허공에서 안개로 부활한/ 전설의 도시는 불탄다/ 수많은 어깨를 부딪히던/ 우왕좌왕 스러진 오리무중의 비애/ 몸에 엉겨 붙은 푸른 문신을 빡빡 지운다 / 황홀한 눈빛으로 / 한 생애의 발자국을 그려 넣는/ 적막한 동굴의 한쪽 끝은 내 전생의 행선지가 되고 있다

- 「동굴여행」 전문

시 「눈보라 속에서」가 역동적 이미지로 장엄미를 그려내고 있다면 시 「동굴여행」은 동서고금을 관통하는 상상력을 보인다. 이 시의 현실적 공간은 '쇼베 몽다르크 동굴'인데 거기서 화자는 벽화를 보고 있다. 프랑스에 있는 이 동굴은 1994년 쇼베란 프랑스 지방공무원이 발견했다고 해서 쇼베 동굴로 불리어진다. 석기시대로 추정되는 수많은 동물벽화가 생생하게 남아 있다고 한다. 화자는 여기서 단순한 벽화 감상에 머물지 않는다. 벽화의 이면에 있을 수만 년 전부터 진행되어 온 인류의 행적을 더듬는 시간 여행을 한다. 그것을 화자는 "전생을 찾아 벽화를 더듬는다"고 말한다. 어쩌면 벽에 그려진 원시 동물의 주술적인 형상 속에서 전생의 모습을 찾을 수 있을 것 같은 착각이 들었는지도 모른다. 이 시는 한 발 더 비약하여 공간이 다른 대륙 저쪽의 잉카문명을 떠올리며 동서를 횡단하는 인류의 이동을 생각하고, 이동 경로에 대한 의문을 "해독할 수 없는 항로"로 표현한다. 동굴 벽에 그려진 원시 동

물들의 이동하는 모습에서 연상한 문명의 이동에 대한 상상력이다. "은빛 허공에서 안개로 부활한/ 전설의 도시"는 인류의 역사에 등장했다 불타 사라진 문명을 상상하게 하는데, 이 역시 화자의 현재적 공간과는 거리가 먼 연상이다. 시의 발화점에서 너무 먼 시적 상상력의 시상 전개가 독자를 당황스럽게 한다. 이쯤 되면 이 시의 중심 제재인 쇼베 동굴은 시의 모티브로서만 존재하게 된다. 무한 상상이 연상과정에서 인과 관계의 고리를 획득하지 못하면 자칫 공소해질 수 있다는 점을 명심해야 되겠다. 어떻든 시공을 초월한 인류의 발자취에 대한 상상을 통하여 화자는 인간의 전생을 더듬는다. 이 시 역시 시공을 초월한 상상력으로 탈현실의 시적 공간을 축조한 것이 된다.

김검수 시에는 감각적이며 반짝이는 이미지들이 상당히 많이 보인다. 이미지 만들기에 고심한 흔적이 역력하다. 그러나 지나치게 개별 이미지 만들기에 집착하다 보면 시 전체 구성에 허점이 생기기도 한다. 그 이미지들이 개별적으로는 빛이 나는데, 시에서 다른 행과 만나면서 불협화를 일으키는 경우가 종종 있다. 다음에 인용된 부분은 한 편의 시에서 성공적인 이미지의 시행들만 간추려 본 것이다.

> 북방부의 행성에서 날아든 나는
> 점퍼차림으로 허름한 시장을 헤맨다
> (중략)
> 지구의 변방에 쪼그리고 앉은 소주병 하나
> (중략)
> 회색 하늘은 거리로 나와
> 검은 숲을 헤치며 기울어진다
>
> ― 「독백1」에서 발췌함

이 시 전체의 내용과는 별개로 인용된 부분만 놓고 봤을 때, 상상의 폭이나. 미적 결정체로서의 이미지, 그리고 압축미 등, 범상치가 않다. 정처 없이 떠도는 자의 허허로운 모습을 영상화 한 것이 되는데, 보헤 미안의 우수적 정감이 묻어난다. 초현실주의의 그림이 그려지기도 한 다. 실존주의 철학자 키엘케고르가 말한 세계, 또는 신으로부터 고립 된 고독한 단독자의 이미지까지 읽혀진다. 화자는 자신을 "북방부의 행성에서 날아든" 존재로 상상한다. 이것은 우주질서에서 이탈하여 떠 도는 존재로 자신을 인식하고 있음을 드러낸다. 그만큼 어떤 연緣으로 부터도 매임이 없는, 시간과 공간에서 해방된 존재성을 암시하는 이미 지이기도 하다. "소주병 하나"는 "지구 변방에 쪼그리고 앉은"으로 형 용됨으로써 매임이 없는 존재의 고독을 암시하는 영상 기재로 재탄생 한다. 이런 매임이 없는 정신이야말로 현실을 초월하고자 하는 의지의 결과물이다. 돈, 명예, 권력과 같은 현세적 욕망으로부터 해방되었을 때, 비로소 찾아오는 진정한 정신의 자유일 것이다. 어떻든 영상미가 뛰어난 이런 이미지와 만난다는 것은 시인으로서는 여간 행운이 아닐 수 없다. 아름다운 이미지를 얻기 위하여 얼마나 많은 시간을 시인들 이 고심하는가를 생각할 때 더욱 그렇다. 이런 시행들을 통해서 시가 미학적 토대 위에 있어야 한다는 당위성을 확인한다. 이것은 시의 예 술성에 대한 각성이고, 순수시의 지평을 여는 일이다. 이런 시의 세계 를 개척하기 위해서는 보다 더 언어를 절제하고. 세심하게 절차탁마해 야 될 것이다.

　김검수의『겨울의 사회학』에 수록된 시들은 도시 삶의 인간 파괴적인 현상들을 시의 질료로 한다. 한편 이미지스트로서의 언어운용에 상당 한 심혈을 기울이고 있다. 그의 시들은 현실과 몽상의 접점에서 발화 한다. 그래서 그의 시는 현실적이면서 비현실적이다. 때로는 현실과 몽상이 만날 때 내적 필연성을 얻지 못하여 이미지들이 연결고리를 잃 고 부유하기도 한다. 현대 도시문명이 파생시키고 있는 사회 병리 현 상들이 시의 곳곳에 나타난다. 그것을 시상으로 전개하는 과정에 시인의 몽상적 의식이 개입하여 비현실로 비약시킨다. 비판적 판단을 애써 지움으로써 소재가 지닌 고발성이 희석되는 경향이 있고, 이미지들은 도시 사회에 적응하지 못하고 신음하는 현대인의 심리현상을 반영하는 경우가 많다. 그는 현대의 삶에 대하여 부정적이다. 현실에 절망한 자의 의식을 이미지로 표현한다. 그러면서 또 한 편으로는 그런 현실로부터 초월하고자 하는 의지를 드러낸다. 불교에 귀의하여 그 정신적 구경에서 영혼의 구원을 얻고자 한다. 이때 그의 시는 각박한 현실로부터 해방되어 순수한 상상의 공간을 창조하게 되는데, 자연현상에서 미적 전율을 경험하기도 하고. 우주를 관통하는 시적 상상력을 통하여 매임이 없는 정신에 이르기도 한다. 앞으로 김검수 시의 새로운 지평은 이 지점에서 개화하게 될 것이란 예감이 든다.

# 사유와 감각 사이, 그리고 상상력

## - 권오주 시집 『빛의 화살은 새가 된다』

　권오주의 첫 시집 『빛의 화살은 새가 된다』를 읽으면서 시는 사유와 감각, 그리고 상상력 중 그 어디에 거처를 두어야 하는 걸까? 하는 의문이 생겼다. 오늘날 생산되는 많은 시들은 사유의 깊이를 추구하는 시, 또는 언어감각에 치우친 시, 아니면 무한한 상상력을 활보하는 환상시 등으로 분류가 가능할 것 같은데, 권오주 시의 위상은 이런 유형에서 모호하게 읽혀지는 측면이 있었다. 사유는 삶이나 죽음, 또는 인생이나 자연에 대한 깊은 철학적 인식과 관련이 있고, 언어감각은 언어의 결을 갈고 닦는 데서 생성된다. 이때 관념적 언어는 최대한 배제되는 예술지상주의적인 순수시의 입장을 고수한다. 한편 일군의 시인들은 꿈, 환상 같은 무한한 상상력을 시로 견인하기 위하여 몰두하기도 한다. 문제는 이런 시의 경향이 복합적으로 동시에 작동할 때 생기는 혼란된 시의 모습일 것이다. 시가 지나치게 철학적 사변에 치우치면 시와 수필의 경계가 모호해지고, 그래서 시의 순수영역을 지키기 위하여 관념을 배제하고 언어미학을 고수하게 되면 내용이 공소해질 위험이 있다. 환상시가 상상력에만 치우치면 현실적 설득력을 얻기가 힘들어진다. 이런 상호 모순적 관계를 어떻게 극복할 것인가 하는 문제는 시인이 안고 가야 할 과제다. 권오주 시인의 시집에서도 이런 숙제는 여전히 남아 있다. 특히 사유와 감각, 상상력을 동시에 확보하고자 하는 과욕이 시의 얼개를 상당히 복잡하게 하고 난해하게 하는 측면이 있다. 그러나 첫 시집으로서 권오주 시인이 나아가고자 하는 방향을 보여주는 의미는 상당히 크다. 사유와 감각, 상상력의 조화가 시인의 지향점이 될 것이란 예측을 하게 한다.

시집을 처음 받아들었을 때 제목 '빛의 화살은 새가 된다'는 구문이 눈에 확 들어왔다. 아, 하는 탄성이 왔다. 시적 사유와 감각, 그리고 상상력이 동시에 작동하고 있어서이다. 빛, 화살, 새, 이 세 단어의 결합은 범상치 않은, 상식을 초월한 시적 함축성을 내포하고 있다. 빛이 상징하는 의미는 밝음, 희망과 같은 긍정적 세계일 것이다. 이것이 화살로 비유됨으로써 속도감이란 감각을 더하게 되고, '새가 된다'와 결합함으로서 무한한 새로운 공간을 날고자 하는 비약을 꿈꾸게 된다. 빛이 새로 변환하는 시적 상상력은 현실 초월의 무한 지평을 열어 보인다. 이 제목의 시가 그리고 있는 내용 역시 고단한 도시의 삶에 속박돼 있는 자들의 꿈꾸는 내면을 포착하는 이미지들로 구성되어 있다.

> 어두운 길목 탈선의 궤적을 지나
> 그대의 손을 끌어당기는
> 붉은 잠의 새벽이 흔적을 털어낸다
> 아침 햇살로 까치들이 모여들고
> 푸른 신호등 깜빡이는 교차로에서
> 허공으로 그어지는
> 샤갈의 중력이 누설된다
>
> — 「빛의 화살이 새가 된다」 1연

경쾌한 아침의 이미지들이 어두웠던 어제를 지우고 새로운 희망의 세계로 발돋움 하고자 하는 도시인의 내면을 그린다. 관념적인 언어들은 거의 보이지 않는다. 그만큼 감각적인 언어들이 주축을 이루고 있다. 이미지 중심의 시가 갖는 특징이기도 하다. 이 시의 3연에서는 낙원을 꿈꾸는 자들의 소망이 아침 햇살과 새의 이미지들과 결합 되어 현시되고 있다. 상상력을 기반으로 한 내면 지향적인 이미지들은 도시 삶으로부터 해방되고자 하는 열망을 표상한다.

이 시집에 수록된 상당수 시가 시적 사유를 언어 감각으로 표출하기 위하여 고심한 흔적을 남기고 있다. 그의 사유가 철학적이거나 관념적으로 해석되지 않는 이유도 바로 여기에 있다. 시는 이미지다 하는 강박이 사변思辨의 깊이를 가로막고 있는 것은 아닐까 하는 느낌도 들었다. 그의 시는 사변을 깔고 있다. 그런데 그 사변이 철학적으로 읽히지는 않는다. 감각적인 이미지로 변환되어 표출되기 때문일 것이다.

> 벽은 굳어버린 등뼈를 웅크렸다
> 숨어 있는 햇빛이 눈동자를 제어하는 동안
> 꽃에서 꽃으로 날아다니는
> 낮의 시간이 창문을 건드렸다
>
> (중략)
>
> 햇살은 벽 뒤로 사라지고
> 추억의 오래된 계단에 걸터앉아
> 벽 쪽으로 떠밀었다
> 표정이 지긋이 굳어갈 즈음
> 골목이 끝나는 겨울의 가운데
> 눈보라의 어둠이 어지럽게 펄럭이고
> 나는 소용돌이의 세상을 지켜보고 있었다
>
> ─「벽을 위한 변명·2」중 앞과 끝 부분

이 시에서 '벽'은 시각적 대상이면서 동시에 나와 세계 사이를 가로막고 있는 어떤 관념을 표상한다. "벽은 굳어버린 등뼈"란 감각적인 이미지가 굳은 내면의 메마른 감정과 등가 관계에 있다. 세계와 단절된 채, 이런 "벽 쪽으로 떠밀린" 시적 자아는 "추억의 오래된 계단"에 머물러 있다. 과거에서 발이 묶여 미래로 나가지 못하고 고착된 시적 자아의 감정 상태를 엿볼 수 있다. 이런 심적 상태에서 바라본 세계는 "눈보라의 어둠이" 날리고, "소용돌이"가 판을 친다. 이런 벽의 의식은 현대의 삶 그 자체를 부정적으로 인식하는 데서 파생한다.

나는 시멘트 한 줌에 의지하여 서 있는
절벽 끝 도시입니다
슬퍼하기엔 낡아버린 그리운 사람입니다
바다에서 잠자는 수많은 광물
이 도시에서 빛나길 바랍니다
기분 탓입니다
눈을 노려보는 두 개의 뿔이 심장을 찌릅니다
아스팔트에 비친 긁힌 내 얼굴을 바닥에 눕힙니다
우울한 침묵의
길을 향해 움직이는 아드레날린의 반응이
내 깊은 곳의 상처로 남습니다

멍청한 하늘이 파랗습니다
눈꺼풀을 닫으면
브론즈의 얼굴로 타버린 환원된 흙과 물입니다
방안을 어슬렁거립니다
옷을 입고 가방을 꾸밉니다

긴 복도의 끝까지 현기증으로 걷습니다
그다음 날에도 긴 현기증으로 걷습니다

― 「환상프로젝트」 전문

이 시의 발상은 도시가 삶을 속박하는 절벽 끝에 있는 벽이란 인식에서 출발한다. 이 시의 제목 '환상프로젝트'는 도시가 만들어 가고 있는 삶이 결국 환상에 불과하다는 반어적 의미를 내포한다. 도시인은 항상 화려하고 거대한 세계를 만들어 낼 것처럼 무언가를 기획하고 시도 하지만 우리의 삶은 초라하고 왜소한 상처투성이다. 결국 '환상프로젝트'는 도시인의 꿈과 현실의 괴리를 반영한 부정적 의미가 된다. "시멘트 한 줌에 의지하여 서 있는" 위태롭기 짝이 없는 "절벽 끝 도시"에서 현대인은 "슬퍼하기엔 낡아버린" 메마른 삶을 살 수밖에 없다. 이런 현실을 이 시는 자조적으로 말하고 있다. "바다 속에서 잠자는 수많은 광물"들이 있듯이 도시의 삶의 이면에도 그런 빛나는 것들이 있을 것이란 희망을 애써 가져 보지만 현실은 각박하기 그지없다. 오히려 도시의 삶은 재화를 얻기 위한 경쟁과 투쟁으로 상처만을 양산하는 가운데, 우울, 신경증과 같은 병적 증상들이 범람한다. 이 시에서 말하고 있는 "아드레날린의 반응"이 함축하고 있는 의미가 바로 그것이다. 아드레날린은 중추 신경계의 특정 부위에서 생성되며, 교감신경을 흥분시키는 호르몬이다. 아드레날린은 살아 있음을 느끼게 하는 긍정적인 면도 있지만 과대분비가 되면 만성 스트레스, 두통, 불안, 어지럼증, 근육통, 수면장애를 일으키게 하는 물질이기도 하다. 현대인들은 게임과 도박 등 교감신경을 자극하는 물질문화에 노출되어 있다. 이 시에 등장하는 시어 '브론즈'는 청동과 같은 의미이고, 동시에 온라인 경쟁게임의 최저등급을 가리킨다는 점에서 현대 도시 삶의 자극적 특성을 함축한 언표로 볼 수 있다. 현대인은 자극적인 게임과 문화 때문에 매일같이 현기증을 일으킨다. 이렇게 이 시는 위기에 처해 있는 도시 삶과 그 병리적 현상을 형상화하고 있다.

바람은 잿빛으로 풍경을 감춘다
옥외 광고판을 바라보는 너는
거리에 쌓여 있는 규칙의 유토피아를 무너뜨린다

무너지는 것은 거대한 허식의 콘크리트에 기대어 서는 것,

녹슨 창살의 건물 앞에서 불안을 쓰다듬는다

—「회색도시 · 2」 1연

네 편으로 된 연작시 「회색도시」의 내용 역시 앞에서 언급한 시 「환상 프로젝트」와 같은 선상에 있다. 전반적으로 관념적인 판단은 유보된 채. 사실적인 도시풍경을 배경으로 도시에서 겉돌고 있는 자의식이 펼쳐지고 있다. 제목 '회색도시'가 암시하는 것은 검은 색도 아니고 흰색도 아닌 불투명하고 불안한 삶이다. 일견 화려한 유토피아 같은 도시의 실체는 "허식의 콘크리트에 기대어 서는 것"에 불과하다. 언제 무너질지 모른다. "옥외 광고판"처럼 과장된 화려함 뒤에는 늘 허위와 불안의 의식이 깔려 있다. 그래서 시적 자아는 조급함과 분노와 두려움 속에서 방황한다. 같은 제목의 다른 시편에서 읽혀지는 핵심 내용이다. 연작시 「회색도시」는 이런 자의식의 흐름을 연상수법으로 현란하게 펼쳐 보인다.

이런 현실에서 이 시집의 주인공들은 어떤 삶의 방식을 추구할까? 다음에 인용하는 시에서 그 일단을 엿볼 수 있다.

나는 소리 나지 않게 질주한다

두 손으로 눈을 가리고

어디로 향할지 모른다

바람을 깃털처럼 어루만지면

탄로나지 않게 숨결을 어루만진다

소파 위에 잠자는 고양이

어디로 숨는지

들켜버릴 것만 같은 발뒤꿈치

옷장의 문을 열며

술래의 잠적을 짐작한다

나는 질주하는 속성에 매달린다

숨죽이는 시간이 늘어갈수록

혼자 도주하는 밤길을 잊어버린다

죽은 영혼이 숨긴

푸른 숲의 그늘을 그리워한다

나는 꿈꾸는 기억 속에서

끊임없이 헤맨다

– 「방법론」 전문

　시 「방법론」은 표면상 고양이의 행동양식을 그리고 있다. 여기서 '나'는 고양이면서 시인, 곧 이중 자아이다. 어쩌면 시인은 고양이의 습성에서 현대를 살아가는 삶의 방식을 꿰고 있는지도 모른다. 이 시의 묘미는 고양이의 행동이 현대인의 의식과 등가관계로 읽혀진다는 점에 있다. "소리 나지 않게 질주"하는 것은 겉으로는 고양이지만 속도에 갇혀 있는 현대인의 의식과 관련이 있다. 어디로 가는지 방향감각을 잃은 채, "질주하는 속성"에 매달린 현대인의 현주소와 맞물린다. 남보다 먼저 가기 위하여 달리고 또 달린다. 그리고 경쟁에서 살아남기 위해 자기의 정체를 숨겨야 한다. "들켜버릴 것만 같은"이나 "숨죽이는 시간"이 이를 암시한다. 시적 화자는 이것이 현대를 살아가는 '방법'이라고 말하고 있다.

　권오주의 첫 시집 『빛의 화살은 새가 된다』는 현대 도시 삶의 어두운 그림자에 앵글이 맞추어져 있다. 그가 그리고 있는 도시의 삶은 대체로 부정적이다. 벽, 회색. 질주, 허위, 불안으로 표출되는 세계란 점에서 그렇다. 이런 세계에 대하여 시적 자아들은 회의하고 방황하며 절망한다. 현실에 절망한 자들이 곧잘 몽상적 자의식에 빠져드는 경우가 많은데, 권오주 시인도 예외는 아니다.

어제와 오늘

기억들이 방황한다

타임머신을 타고

적막의 흔적조차 사라질

은밀한 반란을 지구에 남긴다

밀밭의 시간을 들판에 뿌린다

길들여진 추억은 모호하고

내일 즈음

허기진 숨을 몰아쉬면

오아시스에 숨겨진

하늘이 눈부시다

자라나는 손톱은 말라가고

펄에 박힌 늙은 어부의 말이

풀어놓지 못한

꿈은 서럽게 바람을 일으킨다

나는 나지막이,

출렁이는 바다를 향하여

걸음을 옮긴다

－「기억 저편」 전문

  물질 자본이 지배하는 도시는 인간을 소외의 늪으로 몰고 간다. 이런 부박한 현실에 적응하지 못하는 현대인들은 곧잘 자기 안에 갇혀 있기 마련이고. 꿈과 같은 몽상적 세계에 안주하는 경향이 있다. 시「기억 저편」은 시적 자아의 꿈꾸는 내면을 형상화하고 있다. 기억을 더듬는 다는 것은 "타임머신"을 타고 과거로의 시간 여행을 하는 것과 동일한 의미가 된다. 화자는 이 시간 여행을 "적막의 시간조차 사라질/ 은밀 한 반란"이라고 말한다. 현실의 시간에서 벗어난 해방된 순간이기 때문에 하는 말일 것이다. 이 시는 기억 저편에서 추억을 불러와 어떤 황홀경에 빠져들고 있음을 보여주고 있다. 추억은 아름다운 것이다. 그 당시에는 고통이었던 것도 많은 시간이 지난 뒤 반추하면 아련한 아름다움으로 떠오른다. "오아시스에 숨겨진" "눈부신 하늘"이나 "풀어놓지 못한" "늙은 어부의 꿈"이 표상하는 것도 이러한 심리 현상일 것이다. 설사 현실이 되지 못한 서러운 꿈이라 할지라도 그것을 추억하는 시간은 황홀한 순간이 될 수밖에 없다. 그래서 현실에 절망한 자들이 곧잘 빠져드는 세계가 이런 몽상적 시간이다.

권오주의 시는 꿈과 현실의 괴리를 인식하는 데서 출발한다. 그가 인식한 현실은 거의 절망적이다. 단절과 소외, 불안과 위기의식으로 점철되어 있다. 이런 위기의 삶을 "굳어버린 등뼈"의 "벽"으로 형상화한다. 그리고 고양이의 행동양식을 빌려와서 속도에 매달리고, 자신의 정체를 은폐하면서 살아가는 현대인의 생존방식을 우회적으로 표현한다. 때로는 그의 시적 상상력은 몽상적 세계에 몰입하기도 하는데, 그것은 현실의 벽을 뛰어넘고자 하는 의식의 발로처럼 보인다. 권오주 시의 시적 자아가 꿈꾸는 세계는 과거 지향성을 지니고 있다. 기억 속에 잠복 되어 있는 신기루와 같은 것이다. 그것이 시에서 아름다운 그림을 그리게 한다.

권오주 시의 시적 사유는 도시 삶의 부정적 인식을 근간으로 한다. 그런데 사유의 깊이가 잘 들어나지 않는다. 그의 시가 관념적 진술을 거부하고 이미지 중심의 표현에 역점을 두기 때문이다. 거기에 몽상적 이미지들이 중첩되면서 메시지 전달이 희석되는 경향이 있다. 역으로 뛰어난 감각적인 구문들이 의미의 연결고리를 잃고 빛을 발하지 못하는 경우도 있다. 사실 시는 언어감각이 사유를 받쳐주고 거기에 상상력의 확장이 이루어질 때, 비로소 생명을 갖는다. 이 삼자의 균형을 찾는 일이 권오주 시인이 앞으로 나아갈 방향이 아닌가 싶다.

# 동경과 현실재현 그리고 상상의 힘
## - 고윤희 시 세계

18세기에서 19세기에 걸쳐 살았던 영국의 비평가 리이 헌트(Leigh Hunt. 1784-1859)는 『시란 무엇인가』란 저서에서 시를 "진리와 미와 힘에 대한 열정의 발언"이라고 했다. 그리고 열정은 현실에서 받는 심각한 인상에서 발생하는 심각한 정서로 봤다. 그래서 열정에는 수난을 동반한다. 예수가 십자가에 못 박히는 수난은 인류에 대한 사랑의 열정이 실현된 사건이다. 이처럼 어떤 일에 열정을 가지는 것은 몸과 마음으로 수고하는 일이며 수난 하는 일이다. 종교뿐만 아니라 시에 있어서도 아픔과 고통은 늘 있어 왔다. 시에 바치는 열정은 시인의 고통을 자양분으로 시를 성숙하게 한다.

고윤희 시인은 첫 시집 『양탄자가 떠 있는 방』으로 시인이라는 고난의 길에 들어섰다. 고 시인은 독실한 가톨릭 신자다. 예수가 십자가를 지고 골고다 언덕으로 향하듯 고통의 짐을 지고 시의 길로 들어선 셈이다. 그런 열정으로 고윤희 시인은 시의 세계를 더욱 깊고 넓게 확장해 가기를 바라면서 그의 첫 시집 발문을 쓴다.

이번 시집을 일독하고 난 뒤 머릿속에 남은 인상은 미지의 세계에 대한 동경과 현실적 고통을 우회하는 자의식의 발로이다. 그의 현실 인식은 결코 긍정적이지 않다. 그런데 부정적 현실에 온몸으로 대응하는 투쟁적 의지는 보이지 않는다. 오히려 현실 너머 피안의 세계를 지향하는 듯 하지만 딱히 그렇다고 단정하기도 어렵다. 그가 믿고 있는 종교적 사유가 시의 전면에 등장하지도 않는다. 그의 언어는 현실의 부정적 세계를 우회해서 어떤 상상의 세계에 닿아 있는데, 그 정신세계가 딱 무엇이라고 말하기 어려운 모호성이 있다.


### 1

고윤희의 시에서 미지의 세계에 대한 동경은 현실에 안주하지 못하는 자의식의 발로로 읽혀진다. 유토피아에 대한 동경이이거나 꿈꾸는 자의 몽상적 세계와는 거리가 있다. 언어 미를 추구하는 시적 상상력이 개입하면서 현실과 비현실이 동거하는 시의 공간을 만들어 낸다. 동경은 현실 너머를 지향하는 심리 현상인데, 현실에 자족하지 못하는 자의 자의식에서 파생하기도 한다. 아직 한 번도 가본 적 없는 미지의 세계에 대한 막연한 호기심이나 갈망을 내포한다.

> 그는 가서 오래 앉아 있고 싶은 온실
> 사막에 가기 전에 만난 장미꽃
>
> 그에게 사과를 건넸지
> 손이 빨갛게 서쪽에 물들었지
>
> 가보지 못한 길에 들어섰지
>
> 뱀에게 물린 상처를 껴안고 그의 곁에 머물까
> 그냥 사막이 되어버릴까
>
> 기쁜 말들이 사라지고
> 그의 별들이 희미해져 가고

겨울 별자리를 찾아서 나는

오래오래 떠나고 있다

— 「나의 어린 왕자」 전문

생텍쥐페리의 소설 「어린 왕자」에서 소재를 구해온 시다. 제목과 내용에서 「어린 왕자」가 연상된다. 우리가 어린 시절에 읽었던 미지의 세계에 대한 동경과 모험 정신을 환기하면서 시인의 정신적 편력을 엿보게 하는 작품이다. 여기서 '그는'은 화자가 동경하는 미지의 대상으로 볼 수 있다. 화자에게 있어서 '그는'은 "오래 앉아 있고 싶은 온실"로 존재 의미가 규정된다. 이것은 여자들이 결혼하기 전에 흔히 소망하는 이성異性의 가치일 수도 있다. "사막(고난의 여정)을 가기 전에 만난 장미꽃"은 그를 만나기 전에 가졌던 그에 대한 미화된 환상이다. 그에게 다가가는 일은 "가보지 못한 길"로 표현되는 미지의 세계로 가는 길이고 그 과정은 황홀한 설레임을 수반한다. 이를 표현한 것이 "손이 빨갛게 서쪽에 물들었지"하고 진술하는 2연이다. 그러나 그 결과는 긍정적이지 않다. 동경의 대상이 현실이 되면 만나기 전에 가졌던 존재 의미는 사라진다. 꿈은 깨지고 상처만 남는다. 상처를 안고 그대로 살면서 사막(가치 잃은 삶)이 될까를 고민해야 하는 처지에 놓이게 된다. 그의 존재 가치는 희미해지고 마음은 이미 또 다른 행성을 찾아 떠나는 어린 왕자가 되어 있다. 이 시의 묘미는 남녀가 만나기 이전과 이후의 과정을 어린 왕자가 존재 의미를 찾아 행성을 떠도는 것과 동일화하고 있는데 있다. 전연 다른 두 가지의 사실(사물)을 동일 관계로 인식하는 은유의 세계를 구현하고 있는 점이 특히 돋보인다. A에서 B를, B에서 C를 인식하는 비유의 능력은 곧 시인이 구사하는 시적 능력으로 평가될 수 있다.

고윤희 시인이 갈망하는 세계는 형이상학적인 유토피아가 아니다. 속세와 등진 무릉도원도 아니다. 벽돌 쌓듯 하나하나 쌓아가는 안락한 삶이다. 그것을 구현하고 있는 것이 다음 시다.

> 청동거울 속에서 허물을 벗는다 드디어 어른이 되었다 집을 떠난 나
> 는 굶는 날이 많았다 나만의 집을 짓지 못해 배에 힘을 주고 질긴 길을
> 푼다 기둥은 튼튼하게 부엌은 더욱 세심하게 짓는다 그릇장은 참나무
> 옆에 씽크대는 오리나무 옆에 아빠는 스파이더맨의 의상을 세 벌이나
> 만드셨다 여덟 개의 손은 실을 짜는 데 제격이다 비가 온다 하늘이 보석
> 을 내려주는 날이다 살짝 아프던 배가 가라앉는다 내일은 오늘보다 아
> 름답고 반짝이는 집을 지을 수 있을 거다 내일은 더 깊은 숲으로 이사
> 가야겠다
>
> — 「부용수리거미」 전문

이 시에서 '부용수리거미'는 T.S Eliot이 「전통과 개인의 재능」에서
말한 객관적 상관물(등가물)이다. 이 시가 표면적으로는 부용수리거미의
생태를 의인화하여 이야기하고 있지만 거기에 의탁하여 시인이 동경
하는 삶의 모습을 형상화하고 있다는 점에서 그렇다. 엘리옷은 시인의
정서나 말하고자 하는 바를 표현하기 위하여 가지고 온 사물을 시인의
정서와 값이 같다는 의미로 등가물이란 용어를 썼다. 의인법은 비정신
적, 비유기적 대상을 유정화 하는 비유법이다. 의인의 대상과 화자의
의식이 상호 침투하여 동일선상에 놓이게 한다. 그리하여 장자가 말한
만물제동萬物齊同의 세계가 열린다. 너와 나, 사물과 인간이 서로 침투
하여 다른 것이 아니라 같은 것이란 세계관을 반영하는 표현기법이다.
여기서 부용수리거미는 화자의 의식과 동일선상에 있다. 그렇기 때문
에 부용수리거미의 행위는 시인이 동경하고 있는 삶의 양상으로 해석
되어진다. 이 시에서는 거미가 허물을 벗는 것은 어른이 되는 것으로,
그리하여 독립 가구를 이끌어야 하는 짐을 지게 된다는 점에서 인간의
삶과 다를 바가 없다는 인식을 깔고 있다. 거미가 열심히 거미줄을 치

는 행위가 인간의 집짓기와 다를 바가 없고, 더 확대하여 아빠가 스파이더맨의 의상을 만드는 것도 가족을 위하여 일하는 인간의 행위와 동일 의미로 묶인다. 고난을 감수하면서도 "내일은 오늘보다 아름답고 반짝이는 집을 지을 수 있을 거"란 희망 때문에 "더 깊은 숲으로 이사 가야겠다"는 다짐도 더 나은 집, 더 튼튼하고 행복한 집을 위하여 평생을 바치는 인간의 생애를 그대로 반영한 표현이다.

> 램프 가까이에서 책을 읽는다 빈 접시는 남겨두고 식탁을 치운다 늦은 시간 아이들은 침실로 가기 위해 삐걱거리는 나무계단을 오른다 램프의 불을 조금 줄이고 내 나이만 한 흔들의자에 앉아 스웨터를 뜬다 잠깐 졸다 실타래를 떨어트린다 천천히 타래를 감는다 한 코 한 코 어둠을 뜬다 시간 속에서 고양이가 발등을 비빈다 식탁 한
> 쪽엔 언제나 빈 접시 하나 놓여 있다
>
> ─「램프를 켜다」 2연

고윤희 시인이 동경하는 삶을 잘 표현한 시가 「램프를 켜다」이다. 서양 영화의 한 장면을 옮겨온 것 같은 이 시는 조용하고 고즈넉한 분위기를 연출한다. 평화가 있고 안락한 정서가 지배한다. 저녁이면 램프 곁에서 책을 읽을 수 있고 낡은 흔들의자에 앉아 스웨터를 뜰 수 있는 삶은 생존경쟁으로 혼탁한 현대에서 과연 누릴 수 있는 것인가? 아직도 지구의 한쪽에서는 포성이 그치지를 않고 난민이 쏟아지고 있다. 이런 현실과는 너무 거리가 먼 평화요 안락이 아닐 수 없다. 그렇기에 더욱 시인은 영화에서 보았을 이런 장면에 매료되는 것일지도 모른다. 현실처럼 그려져 있지만 결코 현실이 될 수 없는 이런 세계를 시인은 동경한다. 현실이 아니기 때문에 더 평화에 대한 열망을 갖게 되는지도 모른다.

이런 안락한 삶에 대한 동경은 「마카롱」이란 제목의 시에서도 잘 드

러난다.

> 파스텔톤 페인트로 거실을 꾸민다
> 분홍색은 오른쪽 벽
> 연두색은 왼쪽 벽
> 천장은 하늘색
>
> 사흘 만에 완성한 나의 작품
> 꽃무늬 가방 메고 베이커리로 향한다

– 「마카롱」의 앞부분

분홍색, 연두색, 하늘색으로 거실을 꾸미는 행위에서 자족하는 삶의 즐거움 같은 것이 느껴진다. 이 시의 거실 공간은 화자에게 안락한 즐거움을 주는 평화의 세계다.

이상에서 고윤희 시인이 추구한 동경의 세계를 살펴보았다. 그가 동경하는 세계는 결코 형이상학적이거나 거대한 현세적 성공담과 같은 것이 아니다. 현실적이면서 비현실적인 작은 세계에 그의 의식이 가 있다. 소박한 꿈을 꾸고 있다고 볼 수 있다. 처녀 시절에 가졌던 이성에 대한 꿈, 성인이 되어서 갖게 되는 집짓기와 같은 현세적인 꿈, 그리고 「램프를 켜다」에서 보았던 평화와 안락에 대한 꿈은 소시민이면 누구나 품고 있는 일상적이고 보편적인 것이다. 그러나 아무리 소박한 꿈이라도 현실에서 쉽게 구현되지 않는다. 그렇기 때문에 시인은 이런 세계를 동경하는 것이 아닐까 싶다.

## 2

아리스토텔레스는 시학에서 자연 모방론을 주창했다. 그 이후 시는 현실재현, 또는 현실을 반영한다는 이론이 줄곧 있어왔다. 시인도 환경의 지배를 받기에 현실로부터 자유로울 수는 없다. 문제는 현실을 어떻게 인식하고 그것을 시에 반영하느냐 인데, 고윤희의 시집에서도 현실에 대한 인식을 드러내는 작품이 상당수를 차지한다. 고시인의 현실 인식은 상당히 어둡다. 현대의 어두운 단면들 들추어내는 경우가 많다. 정신병원이나 아사한 시나리오 작가에 대한 이야기가 그렇고 코로나가 휩쓸고 있는 도시 삶에 대한 천착이 그렇다. 그의 시에 등장하는 현실은 회색 이미지이거나 검은 이미지로 그려진다. 탈출구를 찾지 못하고 겉돌고 있는 현대인의 자의식을 그대로 보여주고 있다.

쳇바퀴를 돌린다

소리의 민낯이
가구 모서리에 부딪힌다

구석에 처박힌 손가락은
핸드폰의 꼭짓점을 늘어뜨린다

얼굴을 지운다
나는 어디로 갔는가

열이 오르기 시작하는 도시
침실도 덩달아 열병을 앓는다

모래바람 이는 운동장을 가로질러

급히 빠져나오는 마스크


신호등의 눈꺼풀
빗줄기가 엉킨 보행로


초라한 몰골들이
가로수 옹이에서 기어나온다


충혈된 눈빛들이 곁눈질을 한다


금이 간 쇼윈도
칼바람에 베인 표정이 추락한다

– 「Virus」 전문


　이 시는 코로나 바이러스가 유행하고 있는 작금의 현실을 반영한다. 연일 쏟아져 나오고 있는 코로나 감염 환자들에 대한 보도가 뉴스의 중심을 이루면서 비대면의 시대를 살아야 하는 현대인의 고통을 담아내고 있다. 비대면 시대에서는 친지나 이웃과 함께 하는 삶이 없다. 거기에다 마스크로 얼굴을 지우고 있기 때문에 나의 부재의식에 시달린다. 바깥출입을 마음대로 할 수 없으니 방구석에 갇혀서 애꿎은 핸드폰만 누른다. 소통의 갈증이 차오른다. 거리에서는 서로 곁눈질하기 바쁘고 사람이 모이는 장소는 피해 다녀야 하는, 바이러스에 대한 공포가 만연한 현실을 이 시는 보여준다.


정신병원 입구에서
그녀는 갑자기 힘이 빠진다
버티고 서 있는

이들 때문이 아니다
한밤중,
환하게 새어 나오는 전등 빛에
눈이 부셨기에

락스 냄새가 코를 찌른다
들어선 6인실,
침대가 불안에 떤다
알약을 몰래 뱉어버리는 입

—「무중력의 나날」 전반부

　시 「무중력의 나날」은 정신병원의 현실을 그린다. 정신병동의 회색적
분위기를 느끼게 하는 이미지들이 전개된다. 환자의 불안의식도 잡힌
다. 치매 환자가 늘어나면서 정신병원은 이제 우리들 가까이 있다. 고
령화 사회로 접어들면서 우리는 너나 할 것 없이 언젠가는 요양병원의
신세를 지게 될 것이란 막연한 공포가 있다. 어떻든 이 시는 정신병원
을 소재로 현대의 어두운 현실 단면을 부각시킨다.

낭떠러지가
손가락 사이를 비집는다

비수는 방향을 틀어 되돌아온다

손날을 베어내는 건
열두 개의 지평선
심장을 끌어당긴다

절벽에, 핀 한 송이 꽃은
발걸음을 버리는 이유가 된다


추락을 훔쳐본 오늘의 눈동자


떨어지고 싶다는 건 떨어지고 싶지 않다는 것


화살촉 가득한 빈 창자에
밥 한 그릇, 김치 한 사발


모로 누운 낭떠러지에서
날개 찢긴 나비,
떨어진다

―「아사餓死」 전문

시나리오 작가 최고은님을 기리며 란 부제가 붙은 시다. 시나리오 작가 최고운이 아사했다는 보도를 보고 그 충격이 이 시를 쓰게 했으리라. 헌트는 현실에서 심각한 인상을 받았을 때, 심각한 정서를 일으키게 되고, 그것이 곧 시적 열정이 된다고 했다. 이 이론은 그대로 이 시에 적용된다. 즉 최고운의 죽음에 대한 보도가 준 강렬한 인상이 이 시를 쓰게 된 동기가 된다는 뜻이다. 한 작가의 죽음을 통하여 현대가 안고 있는 모순을 시인의 촉수는 감지한다. 재화가 넘치는 현대 사회에서 아사란 가당치도 않은 사건이다. 풍요한 사회의 이면이 적나라하게 드러나는 순간이다. 빈부의 격차가 몰고 온 이런 현실에서 시인은 절망할 수밖에 없다. 아니 시인은 망자가 생전에 얼마나 절망의 낭떠러지에 서 있었을까를 생각하며 처절한 아픔을 느낀다. 이런 정서가 이 시의 배면에 있다. 화자는 한 인간이 가난으로 절망에 빠진 정신을 "절

벽에, 핀 한 송이 꽃"으로 미화한다. 그리고 죽음에 이르는 처절한 과
정을 "화살촉 가득한 빈 창자", "낭떠러지에서/ 날개 찢긴 나비"로 형
상화한다. 죽음을 참혹한 이미지로 형상화함으로써 망자에 대한 애도
의 감정은 시의 이면으로 숨게 된다. 이 시는 의도적으로 조사弔詞의 형
식을 외면하고 있다. 그러나 망자를 애도하는 심정을 직접적으로 표출
하고 있지는 않지만 기본적으로 조시의 성격을 지닌다. 한 인간의 억
울한 죽음에 대한 연민이 시의 배면에 있기 때문이다. 이 시의 부제도
그런 시의 성격을 암시한다.


3

　앞에서 현실에 직면하여 현실이 주는 강렬한 인상을 시로 견인하고
있는 작품들을 살펴보았다. 현실재현의 시들이라고 말할 수 있을 것이
다. 그러나 필자가 이 시집에서 주목한 부분은 상상의 힘이 작동하고
있는 시들이었다. 시가 언어의 예술로 승화하기 위해서는 상상력에 기
대는 바가 크다. 바슐라르는 "상상한다는 것은 현실을 떠나는 것이며,
새로운 삶을 향하여 돌진하는 것"이라고 했고, 때문에 "상상력은 하나
의 상태가 아니라 인간의 실존 그 자체이다." 라고도 했다. 이것과 저
것의 대척점에서 시인은 그것을 초월하기 위하여 고뇌한다. 시인은 이
승에서 저승을 보기도 하고, 차 안에 뿌리를 두고 있으면서도 피안을
꿈꾸는 자이다. 이런 대척적인 세계를 시란 하나의 통합된 장으로 이
끄는 힘이 상상력이다. 시적 상상력은 쾌락을 동반한다. 이것이 시에
서 구현되는 이미지의 힘이다. 이미지가 상상력의 소산이란 것은 불문
가지不問可知다. 이번 시집에는 화가 윌리엄 터너와 이중섭의 그림, 그
리고 쇼팽의 음악을 제재로 하여 시적 상상력을 보여주고 있는 작품이
특히 주목되었다.

언젠가 문틈으로 보았다
내가 내 무덤을 파고 있는 꿈

말을 타고 해골이 달린다
말발굽 소리에 어둠이 달겨든다

스산한 뼈들
커튼을 걷고 창문을 연다
캄캄한 공기가 방 안을 떠돈다

습기 가득한 시간
한적한 밤거리를 달려
묘지에 간다

우두커니
나의 生이 멈춘 곳을 바라본다

바이올린을 켜지 않는
만년의 나는 나의 죽음을
예감한다

— 「화가, William Turner」 전문

    화가 윌리엄 터너는 18세기에서 태어나 19세기에 죽은 영국의 화가다. 빛의 화가란 별칭과 풍경화의 거장이란 평가를 받는다. 특히 그는 풍부한 상상력의 풍경화와 격렬한 느낌의 해양화로 유명하다. 이 시는 터너의 그림에서 유추된 어떤 상상의 공간을 읽게 한다. 터너의 그림에서 받은 강렬한 인상이 시의 모티브다. 그래서 화가의 이름을 시의 제목으로 썼을 것이다. 이 시는 현실재현의 시와는 확연히 다르다. 몽환적인 분위기가 지배한다. 어둡고 칙칙한 죽음의 세계를 꿈꾸듯 펼쳐 보여준다. 화자는 1연에서 "내가 내 무덤을 파는 꿈"을 "문틈으로 보았다"고 진술한다. 이 진술은 1연 이하의 내용을 구성하는 이미지들이 꿈에서 본 몽환의 세계를 형상화한 것이란 걸 암시한다. 꿈은 정신분석학에 의하면 무의식이 어떤 구체적 형상으로 잠에서 나타나는 것을 말한다. 꿈꿀 때는 이중 자아가 나타난다. 1연의 내가 문틈으로 나를 본다는 것이 바로 그것이다. 이때 꿈속에 등장하는 나를 내 안의 타자라고 한다. 랭보도 일찍이 내 안에는 수많은 타자가 있다고 말한 적이 있다. 2, 3, 4연은 꿈에서 본 죽음의 세계를 형상화한 것이다. "말을 타고 달리는 해골", "스산한 뼈들", "습기 가득한 시간", "한적한 밤거리", "묘지" 등의 이미지들은 드라큐라 같은 공상 영화가 연상될 정도로 음산하고 섬뜩하다. 이 시에서 1연이 꿈으로 진입하는 단계라면, 2, 3, 4연은 꿈의 진행과정이고, 5연은 꿈에서 나오는 단계이며, 6연은 꿈에서 깬 현실적 자아가 꿈에서 본 죽음의 의미를 반추하는 장면으로 볼 수 있을 것이다. 이렇게 이 시는 시상 전개를 구조화하고 있다. 동시에 터너의 그림에서 연상한 몽환적이며 그로테스크한 시의 공간을 창조한다. 그 창조 과정에 상상의 힘이 작동하고 있음은 물론이다.

하늘을 나는 물고기 올라타고 솟아오른다
현해탄 건너 섬나라는 너무나도 멀구나

물고기를 껴안고 한바탕 춤을 춘다
아이들이 보고 싶다

낚싯대 드리우고 바다를 유혹한다
남덕이가 물고기 요리하는 모습이 어른거린다

〉

생각에 잠긴 베개만큼 큰 물고기 배에 이마를 기대고 거닌다
그림을 그린다

게 다리에 발가락을 잡혀 간지름을 탄다
맨발로 누워 있으면 모래밭 걷는 착각에 빠진다

– 「이중섭의 마지막 일기」 전반부

　이 시는 아이와 물고기, 그리고 게가 있는 이중섭의 유명한 그림을 시적 모티브로 한다. 6.25 전쟁 중 부산 영도 산비탈 판잣집에서 피난살이 할 때 그린 그림으로 알려져 있다. 그림을 구성하고 있는 사물을 연상시키는 이미지 사이에 현해탄 건너 일본에 있는 가족을 그리워하는 이중섭의 심정을 끼워 넣는 방식으로 시상을 전개하고 있다. 그 당시 이중섭은 생활고에 시달리고 있었고, 그것을 견디지 못한 일본인 아내는 어린 자식을 데리고 친정으로 갔다. 그것은 영원한 이별이 되었고, 이중섭은 생을 마감할 때까지 가족을 그리워하며 고통스럽게 살았다고 한다. 이 당시의 안타까운 이중섭의 정신적 상황은 일기로 남아 고스란히 전해진다. 이 그림은 아이가 물고기와 게를 데리고 노는 천진무구한 동심의 세계를 나타내고 있다. 이런 동심의 세계 이면에 드리워진 아이를 그리워하는 화가의 애끓는 심정을 화자는 상상하고 있다. 시는 일기에서 읽었던 화가의 감정을 그림과 중첩시키며 전개된다. 우선 1연을 놓고 보면 첫째 행이 화폭에 있는 물고기를 형상화하고 있고 둘째 행인 "현해탄 건너 섬나라는 너무 멀구나"는 화가의 마음이 그림을 그리면서도 가족이 있는 곳을 향하고 있음을 나타낸다. 2연도 마찬 가지다. 첫째 행 "물고기를 껴안고 한바탕 춤을 춘다"는 그림에서 아이가 물고기와 놀고 있다고 상상하는 것이고, 둘째 행 "아이가 보고 싶다"는 이중섭의 아이에 대한 그리움을 직설적으로 제시한

것이 된다. 이렇게 이 시는 그림에 그려진 사물에 움직임을 부여하는 상상력과 화가의 가족에 대한 사랑을 겹치게 함으로써 시를 보다 입체화한 것이 특징이다.

> 젖은 머리카락의 실루엣이
> 피아노 건반 위를 지나간다
> 텅 빈 방을 두드리는
> 하현달
> 새벽으로 마음이 기운다
> 심장을 조각내는
> 선홍빛
> 허술한 의자에 웅크려 앉은
> 발데모사 수도원이 저 혼자
> 뚜벅, 뚜벅, 걸어온다
> 한 옥타브 아래에서 빗방울이 구른다
>
> ― 「F. Chopin」

「F. Chopin」은 음악을 시적 모티브로 한 시다. 이때 시인은 쇼팽의 피아노 연주를 들으면서 음악이 주는 느낌이나 정서, 또는 감동을 언어로 표현한다. 그런데 시적 표현이 시각적 이미지를 중심으로 하고 있다. 이것은 청각적 대상을 시각화하고 있다는 의미가 된다. 귀로 들은 것을 눈으로 번역하고 있다는 뜻인데, 대개 음악을 소재로 한 시들이 이런 방법을 취한다. 이 경우 시인은 음악에서 어떤 장면을 연상해야 되고 그렇게 되기 위해서는 고도의 상상력이 있어야 한다. 이 시에서 화자는 피아노 연주를 들으며 피아노를 치고 있는 피아니스트의 모습을 상상한다. 첫째 행과 둘째 행이 바로 그것이다. "젖은 머리카락"은 혼신의 힘을 다하여 건반을 두드리고 있는 피아니스트의 제유로 읽혀진다. "텅 빈 방을 두드리는/하현달"이나 "심장을 조각내는/ 선홍 빛"은 피아노곡이 서서히 상승곡선을 그리며 큰 울림으로 다가오는 과 정을 이미지화한 것이다. 여기서 '빈 방'은 음악을 들으며 마음을 열어 가는 빈 가슴이고 '하현달'은 처음 가슴으로 스며든 선율의 아름다움이 다. 이렇게 스며든 선율은 서서히 빈 가슴을 채우며 큰 감동의 절정으 로 상승하는데, 이것을 "심장을 조각내는 /선홍빛"으로 표현했다. 그 이하는 음악이 다시 하강 곡선을 그리는 과정을 나타내는 이미지다. "빌데모사 수도원이 혼자 걸어온다"는 이미지는 선율이 하강하면서 청 자가 수도사와 같은 성찰의 고요한 마음의 상태에 이르게 됨을 나타낸 것이고 마지막 행은 음악이 주는 여운을 암시한다.


## 4

앞에서 화가와 음악가의 작품을 소재로 시적 상상력을 펼쳐 보여준 시들을 살펴봤다. 예술작품을 보든지 들으면서 연상된 상상의 세계인 데, 그 앞에서 본 현실재현의 시와는 확연이 구분된다. 이때 시는 현실 너머의 비실재적인 세계를 창조하게 된다. 다다이스트 트리스탄 짜라 가 "예술은 모방이 아니라 창조해야 한다."고 했을 때, 창조란 현실이 아닌 비실재적 세계를 예술이 구현해 내야 한다는 의미일 것이다. 짜 라는 아리스토텔레스의 자연 모방론을 부정하고 창조론을 역설했다. 그 이전까지 예술은 현실이나 자연을 어떻게 그럴듯하게 그려낼 것인 가에만 몰두해 왔다. 그러나 창조론은 이런 예술의 태도를 부정한다. 결국 현실이 아닌, 또는 현실이 될 수 없는 상상의 세계를 예술이 가지 고 와야 한다는 주장인 셈이다. 이런 관점으로 말한다면 시는 언어로 상상의 공간을 확보해야 한다는 주장이 된다. 고윤희의 첫 시집에는 앞에서 본 그림이나 음악에서 유추된 시 이외에도 상상의 힘이 느껴지 는 시가 여러 편 있다.

그때 울리는
초인종 소리
외로움이 불러들인 관계,

그를 어둠 속으로 밀어버린다
펼친 책, 밑줄을 긋는다
첫 페이지 첫 문장 '구해줘'

비명이 들린다
벗어나야 한다

날카로운 빛이 거실을 찢는다
세 번째 초인종 소리와 천둥소리

덜그럭거리는 문고리
심장의 박동 소리가 창문을 깨뜨린다

난파선이 가라앉고 있다
젖은 커튼이 두 팔을 크게 휘젓는다

– 「Mayday」 후반부

이 시는 강박에 시달리고 있는 현대인의 내면을 풍경화 한 것이다. 시의 공간은 거실인데, 이 안에 갇힌 시적 자아는 공포의 심리상태에 있다. 이 시대로 얘기하면 시적 자아는 거실 소파에 앉아서 책을 읽고 있다. 따라서 시적 자아를 짓누르고 있는 공포심은 책에서 유발된 것으로 볼 수 있다. 그렇게 추리하는 근거는 "첫 페이지 첫 문장 '구해줘'" 하는 시행이다. 이것은 책의 내용이 시적 자아로 하여금 공포의 심리

상태에 빠져들게 하고 있음을 암시한다. 한 번 불안, 초조, 공포의 심리상태가 되면 모든 사물은 그의 심리를 억압하는 대상으로 다가온다. 초인종 소리, 천둥소리, 덜그럭거리는 문고리 등이 강박의 기재로 작동한다. 이런 강박 때문에 시적 자아는 드디어 거실을 가라앉는 난파선으로 착각하는 환각 상태에 놓이게 되고, 이 때 들은 비명 소리는 환청이다. 이런 정신 상황에서 시적 자아는 구조해달라고 외칠 수밖에 없다. 이쯤 되면 무선 전송 원격통신에서 조난신호로 쓰이는 국제적인 긴급신호인 Mayday가 왜 이 시의 제목으로 왔는지 이해할 수 있게 된다. 현대 자본주의 사회는 엄청난 재화의 풍요를 구가한다. 그러나 그 재화를 얻기 위하여 현대인은 무한 생존경쟁으로 내몰리고 있다. 생존경쟁에서 낙오한 사람들은 초조, 불안, 피해망상 강박 같은 정신질환을 앓게 된다. 이를 증명하듯 현대는 정신병원이 성황을 이룬다. 현대가 안고 있는 이런 정신 병리적인 징후들을 이 시는 포착하고 있다. 물신이 지배하는 현대는 휴머니티를 상실한 인간 부재의 공포 속에서 조난신호를 보내고 있다는 시인의 세계 인식이 이 시의 배면에 있다.

여기서 언급하는 시들은 설명적인 구절이 거의 없다. 이미지 표현이 주를 이룬다. 그만큼 감각적이다. 그리고 의식을 추상하여 표현하는 경향이 있다. 초현실주의가 추구한 절연의 미학이 보이기도 한다. 이런 유형의 시들은 논리적 해석이 불가능하다. 언어가 환기하는 어떤 정서 상태를 느끼면 된다. 그것을 느끼기 위해서는 상상력의 힘이 있어야 한다. 언어미학을 추구하는 시들은 의미 전달을 기피 하는 경향이 있다.


바위 아래 엎드린 / 눈동자가 굴러간다


슬쩍 훔친 소매 끝에/ 강물이 출렁거린다

옷 한 벌 다 적시고/ 젖은 하루를 붙든다

입속말을 따라/ 젖은 꽃이 핀다

손가락 마디마디

깨진 거울처럼/ 하루가 어긋난다

– 「깨진 거울처럼」 전문

시 「깨진 거울처럼」에서 행간에 잠복 되어 있는 시적 자아는 하루 일
과로 지쳐 있는 모습으로 상상된다. 파김치가 되어 어긋난 하루를 안
고 귀가하고 있는 셀러리맨, 아니면 근로자가 연상되는데 이것은 어디
까지나 필자의 상상일 뿐이다. 독자마다 상상의 내용은 다를 수 있다.
시인이 무엇을 상정하고 썼던 간에 이런 유형의 시를 읽고 상상하는
내용은 독자의 몫이다. 이 시는 행과 행의 관계가 절연되어 있다. 논리
적으로 연결될 수 없는 구문으로 결합 되어 있다는 뜻이다. 초현실주
의자들은 의도적으로 단어와 단어, 행과 행, 연과 연의 관계를 절연하
는 기법을 즐겨 썼다. 그럼으로써 의외의 이미지가 창조되어 상상력을
확장한다고 믿었다. 관습화되고 인습화된 현실적인 의미관계를 제거
해야 새로운 언어가 탄생한다고 주장했다. 절연된 단어나 행의 결합,
곧 원거리 언어의 결합은 기존의 의미를 박탈한다. 이 시의 1연에서 1
행은 2행을 만남으로서 바위나 눈동자가 가지고 있던 본래의 사전적
의미는 사라진다. 전연 다른 의미로 해석되어 진다. 여기서 "바위"는
시적 자아를 억압하는 권력, 부 같은 거대한 힘으로 해석될 수 있고,
"눈동자"는 그 힘에 눌려 눈치를 보고 있는 시적 자아의 의식을 추상
한 이미지로 볼 수 있게 된다. 2연에서 "슬쩍 훔친 소매"와 "출렁거리
는 강물"도 마찬가지다. "훔친 소매"는 눈치 보며 무엇인가를 찾아 헤

매는 소시민들의 의식을 추상한 것이고 "강물"은 노력하면 할수록 헤어나지 못하고 허우적거리는 의식을 추상한 것이 된다. 3연은 2연에서 유추된 이미지로 볼 수 있다. 물의 이미지에서 "젖은"의 이미지는 자연스럽게 연상되는 이미지다. 여기서 '젖은'은 "지친, 또는 파김치가 된"의 의미로 새롭게 태어나게 된다. 이렇게 이 시는 지치고 어긋난 소시민의 일상을 "깨진 거울"에 비춰진 환상적인 이미지로 그려내고 있다.

첼로 연주는/ 밤을 걷는다

머리카락 끝에 앉은 나비가/ 구두를 벗어든다

사뿐 발을 디딘다

별들의 소리를/ 거둬들이는 밤

– 「산책」 전반부

시 「산책」도 앞의 「깨진 거울」과 표현기법이 거의 동일선상에 있다. 좀 다른 점은 1, 2연의 각 둘째 행에 등장하는 서술구 "밤을 걷는다"와 "구두를 벗어든다"가 시의 제목 산책을 직선적으로 연상시킨다는 점이다. 그러나 앞에 오는 행 주어부가 상식적으로 호응되지 않는다. 즉 주어부와 서술부가 절연되어 있어서 환상적인 분위기를 연출한다. 시적 자아는 어디선가 첼로의 연주가 들려오는 밤에 한적한 곳을 걷는다. 구두를 벗어들고 맨발로 사뿐사뿐 땅을 밟으며 산책을 즐기고 있다. "머리카락 끝에 앉은 나비"는 경쾌하고 즐거운 심리상태에 있는 시적 자아를 변형시킨 이미지다. 이 시는 잡다한 일로부터 해방된 순수자아의 심리를 또렷한 이미지의 병치를 통하여 구현한다.

필자는 고윤희의 이번 첫 시집의 내용을 동경의 시와 현실재현의 시 그리고 상상의 힘이 느껴지는 시, 세 부류로 나누어 해설했다. 고윤희 시는 전체적으로 직설적 화법보다는 우회적 화법을 쓴다. 이미지 중심의 시를 지향한다. 시의 함축성을 기대한 화법으로 볼 수 있다.

현실은 우리를 구속한다. 끊임없이 우리를 압박한다. 인류의 역사는 현실로부터 억압된 자아를 해방시키고자 분투해 왔다. 일군의 시인들은 상상의 힘을 시에 끌어들여서 현실을 초월하고자 한다. 현실로부터 자아를 해방시키기 위하여 무의식의 깊은 갱내를 더듬기도 한다. 그래서 시는 늘 새로운 세계를 향하여 비상해 왔다. 이런 관점에서 이 시집에서 읽은 상상의 힘이 느껴지는 시들은 새로운 가능성을 열어 보인다. 앞으로 더욱 상상력의 폭과 깊이를 확장해 가기를 바란다. 그렇게 해서 고윤희 시인이 시인으로서 크게 비상하는 날을 고대한다.

◆ ◆ ◆

# 현실과 꿈의 간극에서 파생되는 시의 울림
## - 조선영 시집 『천마도에 대한 상상』

　조선영의 시들을 읽으면서 시의 기능에 대해서 곱씹어봤다. 시의 목적이 교훈이냐 쾌락이냐 하는 해묵은 논쟁을 떠올리면서 조선영 시들은 이 양자 사이에 닻을 내리고 있다는 생각이 들었다. 조선영 시인의 시는 자기 치유의 정서적 가치도 유발하지만 그가 관심을 두는 분야에 대한 지적탐구를 생경하게 드러내는 경우도 있다. 다른 한 편으로 그의 시는 현실과 꿈의 간극에서 파생되는 감정의 굴곡을 드러내기도 한다. 어차피 현실은 고단한 삶으로 이루어져 있고 시인은 그런 현실 도피의 수단으로 시의 세계에 몰입한다. 현실은 트라우마를 양산한다. 시에는 그런 아픈 상처를 다독거리는 기능이 있다. 시인이 시에 매달리는 이유도 시가 갖고 있는 이런 기능 때문일 것이다.

　조선영 시에는 유달리 박쥐나무꽃, 줄장미, 꼭두서리풀, 낙타, 사마귀, 왜가리, 상어 등 동식물들이 많이 등장한다. 동물의 왕국을 떠올리게 하거나 식물도감을 펼쳐 놓은 듯한 생태계에 대한 지식을 바탕으로 고단한 삶과 목가적인 시인의 꿈을 드러낸다. 시「흑혜를 짓다」를 보면 가죽신을 만드는 재료나 과정 등이 상세하게 기술되고 있다. 지방의 문화유산인 「수영야유」나 기행 시인 「석양의 앙고르왓트」와 같은 몇몇 작품에서도 시적 대상을 구성하는 요소나 진행과정, 등장인물, 역사적 지식 등을 장황할 정도로 망라한다. 이럴 때 시는 자칫 지식 전달의 수단으로 전락할 위험을 내포한다. 지식 과잉이나 묘사 중심의 서술이 정서화되지 못하고 시적 함축성을 잃었을 때 파생되는 문제점을 안고 있지만 이런 시에서 시인의 시적 대상에 대한 집요한 집착과 탐구 정신을 엿볼 수 있다. 한 편, 조선영 시의 상당수는 과거 지향성을 띤다. 부조리한 현실에 적응하지 못할 때 드러나는 현상이다. 현실 부적응의 정신 공황은 과거에 대한 향수에 젖어들게 한다. 그의 시의 상당수가 눈물샘을 자극하는 이유도 여기에 있을 것이다. 조선영 시인이 진단하고 있는 도시의 삶은 긍정적이지 않다. 신종 죽음의 바이러스에 감염되어 있다. 현대 도시 문명을 비판하고 있는 유일한 시「낙타의 도시」에서 이런 현실 인식이 보인다.

> 신종 죽음의 바이러스 심각한 호흡기증후군에 걸린 도시, 흰 마스크를 쓴 사람들이 뚫려버린 면역의 잠복기를 지나 발열의 진통 그 경계를 의심하며 하얀 병동으로 격리 된다 언젠가 낙타 자리에서 고단한 눈빛과 앙상한 발목 천년의 고행과 마주 서던 별자리 황금모래 언덕을 넘어가는 풍경 속으로 긴 그림자를 끌고 사라지는 행렬은 게놈 지도를 따라 백신을 구하는 인간의 도시, 문명의 신기루를 찾아오는 그들은
>
> − 「낙타의 도시」후반부

이 시는 한 때 메르스가 전염되어 죽음의 공포로 몰아넣었던 사회현상을 모티브로 하고 있다. 이 시에서 현대문명의 삶은 낙타의 삶과 등가관계에 있다. 화자는 인용하지 않은 전반부에서 낙타가 사막을 고단하게 횡단하는 과정을 장황하게 서술한다. 이는 위의 연과 대위시키기 위한 의도적 서술이다. 현대 도시가 사막과 다름이 없고 인간의 삶이 낙타의 삶과 동일하다는 인식을 반영한 것이다. "호흡기증후근에 걸린 도시"에서 "게놈 지도를 따라 백신을 구하는 인간"과 "황금모래 언덕을 넘어가는" 낙타행렬이 동일 관계로 겹치는 시적 상력력은 매우 인상적이다. 그리하여 현대의 삶이 얼마나 각박하며 부박한가를 환기시킨다. 백신을 구하는 행위가 병든 현실 속에서 "문명의 신기루를" 쫓

는 현대인의 의식과 연계되어 있는데 이것은 현대문명의 공허함과 낭만적 감정을 동시에 견인하는 역설적 화법이다.

이런 부박한 현실에서 생존을 영위하기 위해서는 굳은 의지와 다짐이 필요하다. 위험한 길도 마다하지 않고 전력투구하는 투혼도 있어야 한다. 이런 끈질긴 생명력을 시인은 담쟁이의 생에서 발견한다. 시「담쟁이 벽화」가 그리고 있는 세계는 어떤 난관도 마다하지 않고 현실을 헤쳐 나가는 생명력의 강인함이다. 어쩌면 시인이 자신에게 다짐하고자 하는 의지의 피력으로 볼 수도 있다. 시인의 주관적 의지를 객관적 상관물인 담쟁이에 이입한 것이다.

늘 믿음직한 탄탄대로
세상의 길이란 길들 다 제쳐두고
날마다 위험한 장난 같은
블록담을 맹렬히 기어오르며
담쟁이가 담벼락을
굳이 고집하는 이유가 있다
아무도 가지 않은
위험한 옹벽 그 틈사이에
가야 할 길이 있다고
잘못 그린 낙서
길 아닌 길을 오르는
너의 치열한 투혼은
먼 우주를 향해 푸른 두 귀를 열고
오체투지, 외로운 분투로
탈환하는 생의 고지마다
초록 깃발을 펄럭이며
귀밑 붉게 물드는 가을날이면

저릿저릿한 수직의 허공에

찬란한 길의 벽화를 그린다

―「담쟁이 벽화」 전문

이 시에서 화자의 관심은 평탄한 길을 제쳐두고 힘든 블록담을 기어 오르고 있는 담쟁이의 생리에 있다. 남이 가지 않는 길, 미답의 길, 그 것이 위험한 옹벽이라도 마다하지 않고 오체투지 하는 담쟁이의 투혼 에 화자는 경이의 시선을 보낸다. 그 길을 개척하는 의지가 "먼 우주를 향해 푸른 두 귀를" 여는 행위이고, "탈환하는 생의 고지마다/ 초록 깃 발을 펄럭"이게 될 것이란 희망을 본다. 분투의 결과로 허공에 찬란한 벽화를 그리게 되는 결실. 이것은 시인이 늘 바라는 꿈을 형상화한 것 으로 볼 수도 있다. 지금은 남이 가지 않는 험한 인생을 살고 있지만 그 결과가 우주와 내통하는 찬란한 생의 의미를 남기게 될 것이란 자 기 다짐을 이 시는 내포하고 있다. 그러나 현실은 그렇게 녹녹한 것이 아니다. 생존을 위한 피나는 노력을 요구한다. 현실은 사방이 지뢰밭 이고 생존을 위협하는 함정들로 꽉 차 있다. 모든 생명체는 이런 현실 에서 살아남기 위하여 나름의 전술과 생존방식을 가지고 있다. 시인은 이런 관점에서 사마귀의 생태를 시화한다.

그 숲에는 표정부터 말랑한 놈이 아니다

알집을 깨고 난 우화의 꿈은 일곱 번의 허물을 벗어던진다

가장 초록에 흡사한 그는 점점 표독한 본성을 지닌다

주변색으로 매복하며 툭 튀어나온 겹눈을 굴린다

느릿한 움직임, 맹독이 든 세모난 생각들이 가득 찬 머리다

오랜 은둔의 기다림 끝에 찰나의 걸낫을 걸어오는 예리한 발톱이다

가시 돋친 질 나쁜 노림의 촉각을 서늘히 감추었다

변복의 위장으로 달콤한 먹이의 순간을 습격한다

나무의 착시, 가장 근접한 관절의 곁가지를 지긋이 꺾었다

음흉한 눈초리로 지긋이 굽어보며 숲은 몰입에 긴장감이 넘친다

사냥질은 상식을 뒤엎는 짝짓기 치명적인 배신의 후기이다

사랑한 애인을 한 끼 꺼리로 먹어치우는 그는 사마귀다

– 「사마귀론」 전문

사마귀의 생태에 대한 묘사가 상당히 치밀하다. 시적 대상에 대한 관찰력을 엿볼 수 있다. 여기서 묘사되고 있는 사마귀의 생존방식은 우리를 서늘하게 하는 측면이 있다. 위장술이나 먹이를 습격하는 기민함, 표독스러움 등, 시인은 이런 사마귀의 생태에서 처절한 생존의 법칙을 발견한다. 그러나 묘사 중심의 서술이 성찰의 경지까지 나아가지 못한 시적 한계를 지적하지 않을 수 없다. 세심한 관찰력은 높이 살만한데, 삶에 대한 치열한 자기 검증으로까지 시적 상상력이 연장되지 못한 아쉬움이 있다. 그러나 험난한 세상살이에서 살아남기 위한 처절한 몸부림을 환기하는 이 시를 통하여 시인의 상황인식을 짐작하게 한다.

현실의 삶에서 상황에 처절하게 대응하다 보면 좌절과 절망에서 허덕일 때가 있다. 그때 곧잘 현실 도피의 방편으로 고향을 생각하거나 과거의 추억에 매달린다. 미래지향적인 시인은 현실극복의 의지나 희망을 노래하는데, 과거지향적인 시인은 현실의 아픔과 고통, 슬픔의 감정이 시의 정서를 지배한다. 이 시집에서 상당수의 시가 그런 과거지향성을 보인다. 이 지점에서 조선영의 시는 서정성을 발휘하는데, 명징한 이미지들이 애환의 섬세한 감정을 부조해낸다. 어쩌면 이런 슬픔의 미학에 기반을 둔 서정시가 조선영 시의 본류가 아닌가 싶기도 하다. 젊은 시절에 남편을 여의고, 자식들을 홀로 키우며 힘들게 살아온 생애를 감안할 때, 슬픔의 미학에 천착하는 시인의 내면을 충분히 짐작할 수 있다. 기행시나 동식물의 생태를 소재로 한 시, 또는 이미 사라졌거나 사람들의 관심 밖으로 밀려난 수영야유 같은 전통 유산을

대상으로 한 시에서 그것에 대한 지식에 집착하거나 장황한 묘사에 1차원적 감정을 덧붙이는 경우가 있는데, 이 또한 현실과 치열하게 대치하지 못하는 시인의 자의식과 맞물려 있다. 삶의 고통을 잊기 위한 집착이요, 방편으로서 시가 발화되고 있다는 생각을 지울 수 없다.

>찌르레기 우는 여름이 오면
>손톱 꽃물 들이던
>먼 고향에 가자
>손톱 밑에든 가시처럼
>다 아픈 자식들
>여문 꼬투리처럼 탁!탁!
>씨앗 터져 달아나
>돌아오지 않는 간이역
>기적소리는 녹 쓸고
>고향집 추녀 끝에
>가을비 눈물 듣는 소리
>아랫목에 묻어둔 밥처럼
>따뜻한 옛 추억들 들추며
>검은 귀밑머리 꾸던 꿈도
>다 늙어가는 고향 집에 가자

>— 「봉선화 피던 울밑」 전문

현실에 절망했을 때 우리는 어린 시절을 보냈던 고향을 생각한다. 귀소본능이 발동한다. 도연명이 귀거래사를 읊었던 심정과 동일한 선상에서 이 시를 이해할 수 있다. 「봉선화 피던 울밑」은 그런 의미에서 인간이 꿈꾸는 이상향, 곧 무릉도원과 같은 것이다. 이미 현실이 될 수 없는, 꿈에서만 만날 수 있는 세계다. 비록 그것이 아름답게 채색된 추억의 세계이지만 현실이 될 수 없다는 점에서 그렇다. 추억은 과거의 어두웠던 기억들을 지우고 다시 돌아가고 싶은 원명願望을 안고 있기에 아름다운 것이다. 그때 그 시절에 겪었던 현실은 가난으로 점철된 고통스러운 삶이었겠지만 지금의 시점에서 돌아보면 그때가 행복했던 한순간이었음을 깨닫게 된다. 그때의 고통스러운 삶에 대한 기억은 사라지고 "아랫목에 묻어둔 밥처럼" 따뜻하고 순박한 인간적이었던 정서만 남아 시인의 심금을 울리기 때문이다. 시간이 그런 정화작용을 한다. 시 「봉선화 피던 울밑」에서는 자식들이 성장하여 품을 떠난 마음의 빈자리가 읽혀진다. "손밑에 든 가시처럼" 아픔으로 키운 자식들이다. 오직 자식 하나만 바라보고 온갖 아픈 고난을 견디며 지키려 했던 어미의 심정을 함축한다. 그런데 애지중지 키웠던 자식들이 성장하여 어미 품을 떠났다. 이 과정을 이 시에서는 "여문 꼬투리처럼 탁! 탁! 씨앗 터져 달아나 돌아오지 않는"다고 표현한다. 매우 감각적인 언술이다. 그리고 품 떠난 자식들이 돌아오기를 기다리는 심정을 "간이역 기적소리는 녹 쓸고"로 형상화하고 있는데, 기다림의 절실함이 묻어나는 이미지다. 어떻든 이 시의 화자는 자식이 떠난 마음의 빈자리를 채울 길이 없다. 이것은 자식만을 바라고 살아왔던 이 땅의 어머니들이 정신적으로 겪게 되는 삶의 한 단면이다. 이때 화자는 귀거래사를 통하여 마음의 공황적 현실로부터 해방되는 꿈을 꾸게 된다.

과거지향적인 시에서 흔히 발현되는 것은 정한의 정서다. 한은 우리 민족의 고유 정서라고 할 정도로 오랜 역사를 관통해 왔다. 국문학자 조윤제 박사가 한국의 고유한 정서적 특질을 한과 끈기로 설명한 바 있는데, 서구화 물결이 휩쓸고 있는 현대에 와서도 이런 정서를 근간으로 한 시들은 끊임없이 생산되고 있다. 시 「청석」이나 「내간체를 읽는 봄」 등의 작품에서 그런 정한의 정서가 읽혀진다.

산바람이 길을 밀며간다

허리 굽혀 뜬금없이

잔돌 하나 주워

모롱이 돌아나간 돌무더기

그대 간절함에 마음 포개고

고갯길 산마루에

솟아난 바윗돌은

앓던 사랑니처럼 흔들리는데


어느 청순한 가을날

간다온다 말도

떠돌 청산도 없이

가만히 손끝에 만져지는

청석 같은 사람아

– 「청석」 전문


시 「청석」이 환기하고 있는 것은 망자에 대한 그리움이다. 시의 함축
성이나 언어의 감각성, 그리고 정서의 울림이 서정시의 본령을 잘 지
키고 있다. 청석은 망자의 이미지와 겹치는 소재로 이 시에 등장한다.
이 시의 첫 행은 화자가 산행길에 있음을 암시하고 거기에서 만난 돌
무더기에 잔돌 하나 얹는 행위를 통하여 망자를 생각하는 간절한 마음
을 표현한다. 산마루에 솟아난 바윗돌은 사무치는 사별의 정한을 떠올
리게 하는 소재이며, 그때의 아팠던 기억을 "앓던 사랑니"에 빗대어 감
정의 굴곡을 드러낸다. 이 시는 잔돌, 바윗돌, 청석이 전개되는 시상의
중심축을 이룬다. 이것들은 망자에 대한 화자의 지순한 정한의 감정을
점층화 하는 정서적 등가물等價物이다. 잔돌에서 바윗돌, 청석으로의
이행을 통하여 마음속에 자리한 임의 형상을 구체화시키고 있다는 뜻
이다. 특히 청석은 지절을 지킨 선비의 이미지와 통하고 동시에 이미

이 세상에 없는, 부재한 존재를 현상화 하는 마음의 돌이다. "간다온다 말도/ 떠돌 청산도 없이" 훌쩍 떠난 무정한 임, 이제는 볼 수도 만질 수도 없는 공허한 대상이지만 청석을 통하여 마치 "손끝에 만져지는" 듯한 환각적 존재로 다시 태어나게 된다. 이렇게 이 시는 망자에 대한 정한의 감정을 이미지화하는 시적 기교를 보이고 있다.

> 묏 버들 실가지 꺾어 보내오신 봄버들은 옛 여인의 연애사였다 시조창 파릇파릇 흘러가는 은은 녹수에 궁서를 내려쓴다 먼 사랑에게 버들잎 필담을 보내다 나지막이 우레 울던 봄, 사백 년 전 치자꽃 소복하고 저승길 머리카락 미투리 삼아 보내던 원이 엄마의 사부곡 먹물 같은 심사로 밤새 눈물 섞어 내려 쓴 내간체, 삐뚤빼뚤한 이별의 한이 발표되는 무덤 속 미이라 고성이씨 망자의 가슴에 품었다 토한 서두는* "자내 샹해 날드려 닐오되 둘히 머리 셰도록 사다가 함께 죽자 하시더니 엇디하야 나를 두고 자내 몬져 가시노 날하고 자식하며 뉘기 걸하야 엇디하야 살라하야 다 더디고 자내 몬져 가시는 고" 꽃상여 앞 소릿길 꽃잎처럼 날리던 초혼의 허공, 혀끝에 올리지 못한 망부가 애절하게 피어난 새순처럼 미망의 박복한 후일담이 궁금하여 지어미의 안부를 물어오던 버들잎 문체 그 언간 속 통한을 지금 다시 읽는다

> *" " 원이 엄마의 내간체를 옮겨 오다
>
> ─「내간체를 읽는 봄」 전문

어느덧 조선영 시인은 망부의 한을 읊은 조선 여인네들이 남긴 내간체 문학에 관심을 두게 된다. 어쩌면 동병상련의 심정의 결과로 시「내간체를 읽는 봄」이 쓰여진 것이 아닌가 싶다. 원이 엄마의 내간체에서 구구절절한 한의 근원을 더듬고 있다. 이런 시적 태도는 한이 개인적

차원을 떠나 전통적 맥락에서 그 의미를 갖게 된다. 시대를 초월하는 인간 보편의 정서로 확장되어 인식하게 되는 측면이 있다. 화자는 조선 여인네들이 남긴 내간체 사부곡에서 처절한 몸부림 같은 한의 절규를 읽는다. 청상의 아픔과 원망으로 점철된 애절한 사연에 심취한다. 고려 속요 가시리로부터 면면히 이어져 온 한의 문학에 대한 관심은 시인 자신의 현재적 삶을 반추하는 의미를 내포하게 된다. 이 역시 과거 지향성의 산물이다. 이때 시인은 주어진 숙명에 순응하는 전통적인 여인상으로 부각되는데, 삶에 적극적으로 임하는 투쟁적인 현대의 여인상과는 거리가 멀다.

조선영의 이번 시집에서는 여러 편의 기행시가 있다. 기행시가 견문에만 매달려 정서화되지 못했을 때 시적 설득력을 잃는 경우가 많다. 특히 해외여행일 경우 일상에서 벗어나 새로운 미지의 세계와 만나는 심리적 경이감이 기행시의 동력이 되는데, 보고 들은 지식을 나열하는 정도의 시적 진술은 시가 자칫 가이드의 기능으로 전락할 위험이 있다. 견문에 의존한 객관적이며 묘사적 진술은 시를 산문화 시킨다. 시와 산문의 어중간한 위치에서 시인은 방황하게 된다. 그런데 다음에 인용하는 기행시는 시의 대상을 정서화하여 표현함으로써 시적 성취를 상당히 이루고 있다.

돈황의 황금빛 모래, 제국의 일획을 그으며 가쁜 숨 몰아쉬던 적토마의 말발굽 아래 사라져간 일국의 흥망성쇠 패왕의 칼날 같은 월아천은 교교하게 누웠다 여인의 살결처럼 부드러운 명사산 금모래 어젯밤 꿈결인양 타고가 천하일색 왕소군의 속눈썹처럼 떨리는 초승달을 보노라니 모래알 우는 고비의 옛터에 영웅호걸 발자취 간데없고 비파소리 영화롭던 궁궐에 무명의 낙관처럼 찍어둔 여행객의 발자국들만 점점이 찍혀있다 일어서던 역사의 영토 찬란했던 역사의 빗돌위에 새겨진 영웅의 이름은 기러기 울며 간 낙안 하늘에 한 점 구름처럼 지워져 망국의 쓸쓸함

만 어렴풋하다 사막의 영원을 넘어가는 구만리 장천 서역의 실크로드
펼쳐진 사막의 모래 열풍이 지난 세월의 구릉을 덮는다

- 「명사산 월아천」 전문

명사산은 실크로드 여행의 마지막 여정에 해당되는 명승지다. 중국
돈황시에서 남쪽으로 5키로 정도 떨어진 곳에 위치한 모래 언덕이다.
산언덕의 모래들이 바람에 굴러다니면서 내는 소리가 마치 울음소리
같다는 데서 유래된 지명이다. 전설에 의하면 이곳에서 전쟁을 하던
군인들이 갑자기 덮친 모래에 파묻혀 아직도 모래 속에서 흐느끼는 것
이라고 한다. 명사산으로 다가가면 모래 속에서 신기루처럼 불쑥 나타
나는 작은 오아시스가 월하천이다. 모래 언덕을 끼고 월하천이 있어
더욱 신비로운 비경을 이룬다. 시 「명사산 월아천」은 이런 비경에 대한
경이감에서 비롯된다. 그러나 이 시는 비경의 단순 묘사에 그치지 않
는다. 장엄한 풍광을 입체화시키기 위한 비유로 차용하기는 했지만 패
왕이나 왕소군 같은 전설적인 인물들을 끌어들여 일국의 흥망성쇠와
영화의 덧없음, 또는 인생무상을 떠올리게 하는 시적 상상력은 높이
살만하다. 명사산과 월하천을 바라보며 이 거대한 사막에 매몰된 역사
의 흔적들들 떠올리는 화자의 의식이 잡힌다. 해하성 싸움에서 한신이
이끄는 한나라 군에 대패하고 도망가다가 강에서 할복했던 초패왕의
칼날에 비유된, 월하천의 맑고 투명한 푸르름, 그리고 중국 4대 미인
중 한 명인 왕소군의 속눈썹에 비유된, 모래의 울음과 조응하여 떠는
듯한 초승달의 교교한 아름다움, 이런 표현의 근저에는 시인의 탐미적
인 의식이 자리한다. 왕소군은 한나라 원제 때의 후궁이었으며 친 흉
노정책에 따라 흉노의 왕, 호한야선우에게 시집을 가야 했던 전설적인
미인이다. 왕소군도 조국 땅을 등 뒤로 하고 광막한 이 사막을 건너며
옷깃을 적셨을 것을 상상하면 이곳의 풍광과 전연 무관한 비유는 아니
다. 어떻든 조선영 시인은 이 시에서 상당한 탐미적인 의식을 드러낸

다. 탐미적 사유를 보다 더 깊이 있게 파고들었다면 이것이 현실극복의 한 대안이 될 수 있지 않았을까 생각되어지기도 한다. 이런 탐미적인 시작품들이 조선영의 이번 시집에서는 보기 힘든 편이다. 그런 중에 시 「춘화」가 눈에 띄었다.

> 산 둔덕 얼음 풀린 청류 폭 높고 낮아
> 고목의 밑둥치에 회춘의 기운이 돌고
> 기녀가 비녀를 풀고 문지방을 넘는다
> 마님은 출타 중 장지문을 닫아걸고
> 대갓집 뒷 별당에 꽃샘바람 일어나면
> 춘색에 물드는 매화 귀밑이 붉어진다
> 급하게 벗은 신발 댓돌 위 어지럽고
> 일어선 괴목 하나 방안을 엿보는데
> 술상을 내오던 시비 술 주병이 떨린다
>
> ─ 「춘화」 잔문

이 시에서 제목 춘화는 중의적 의미를 갖고 있다. 봄 풍경과 남녀의 춘정을 동시에 함의 한다. 봄이 오면 자연은 생동감으로 넘쳐나는데, 그런 자연의 율동을 성 의식을 자극하는 감각적 언어로 표현하고 있다. 춘정에 흥분되어 다급하게 움직이는 인물과 춘색으로 물들어 가는 자연현상이 오버랩되는 시적 기교가 일품이다. 거기에다 시조의 율격이 보태어져 감정의 호흡을 흥겹게 이끌어간다. 율격의 형태로 보았을 때, 3연의 연시조로 볼 수도 있다. 그러나 여기서는 연구분이 없기 때문에 시각상으로 자유시처럼 보인다. 어떻든 이 시는 언어미학에 충실한 탐미주의의 한 지점에 놓인다. 이런 유의 시에서는 삶의 고통이나 한의 정서가 끼어들 틈이 없다. 오로지 원초적 감정과 그것을 자극하는 감각적 언어에 탐닉된 시 의식이 있을 뿐이다. 이런 시적 태도는 예술의 기원이 유희본능에 있다고 보는 입장과 통한다. 윤리나 규범을 초월한 자유의지가 시의 본령이라고 생각한다. 시 쓰는 행위 자체를 유희적 충동으로 보는 입장에서는 시인은 언어유희에 몰두하는 존재다. 어떻든 시 「춘화」는 인간의 원초적 본능의 근원에 시의 앵글을 맞춘 순수시다. 이런 탐미 의식은 시공을 초월하여 공명하게 된다. 문제는 이 시의 소재나 배경이 전근대적이란 점이다. 어딘가 조선시대를 배경으로 한 사극의 한 장면 같은 고색창연함이 있다. 그래서 현대인의 의식과는 유리된다. 유희적 쾌감은 있으나 지나치게 복고주의적이다.

조선영 시의 다수는 임을 상실한 현실에 절망한 자의 한과 그런 현실을 떠나 고향과 같은 자연의 품으로 돌아가고 싶은 회귀본능을 드러낸다. 그래서 동식물의 생태에 대한 지식을 바탕으로 한 시들, 견문을 중심으로 한 기행시가 많다. 이것은 일상의 현재적 삶에서 일탈한 현실도피적인 시의 세계이기도 하다. 한편으로 조선영 시인은 시에 대한 집착을 보인다. 시인으로서의 삶에 대한 염원을 노래한다. 조선영 시인에게 있어서 시 쓰기는 그 나름 자기 치유의 현실극복 방식이었을 것이라는 생각을 해 본다. 그러나 시인의 삶 역시 그렇게 녹록한 것은 아니다.

　　생애 전환기 그 선택에서 단 한 번 흥행도 없이 서정의 상상만을 고집하다 재개발에도 들지 못 한 내가 지금 머무는 거리는 아주 시적인 풍경이 거미줄 마법에 묶여 있다 간판의 흐린 글씨가 뒤숭숭한 전파상, 먹힌 바이러스에 백신 처방을 하고 치밀한 변별력으로 제거할 악성코드를 방치한 탓일까 변두리에서 재활용의 기회를 얻었다 퇴출된 컴퓨터가 수거된 고물상엔 시끄러운 잡음을 질러대는 라디오들이 비좁은 도로를 무단 점령 한다 번잡한 소음 사이에서 묵직한 근육질 중산층의 상징이었던 쌀뒤주 몇 개 어제 본 영화 속의 좀비처럼 가게 주변을 기웃거리고 늦은 점심 오후 두 시를 지나가는 즐거운 미로에 버려진 키보드가 출구의 암

호를 번역하는 골목 입구엔 언젠가 당신이 밟고 간 민들레 둥근 씨방을
부풀리는 계절, 꽃대궁이 싱싱 안테나를 쭉 뽑아 올린 장미 밑동에 울분
처럼 돋아난 가시의 사계절 성장 속도가 자동 검색되는 금융가 빌딩사
이 약도에도 없는 시인의 영토에 물구나무선 햇살이 계단을 오른다

－「시인의 영토」 전문

위의 시는 시인의 현주소에 대한 자기반성으로부터 시작한다. 생의
전환기에 선택한 시의 길이 결코 순탄하지 않았음을 "흥행도 없이 서
정의 상상만을 고집하다 재개발에도 들지 못한" 것으로 말한다. 시인
의 길에서도 현실과 꿈의 간극을 채우지 못한, 즉 성공하지 못한 시인
이란 자괴감이 자리한다. 시인이 처한 상황 또한 비시적인 살벌한 풍
경으로 점철되어 있다. 그가 꿈꾸는 시의 세계는 "거미줄 마법에 묶여
있고" 시인의 현실은 악성코드에 오염되어 버려진 컴퓨터처럼 병들어
가고 있다. 온갖 잡동사니들과 소음이 도로를 무단 점령하고 있어서
시인의 길이 보이지 않는다. 시인의 현재적 상황을 암시하는, "키보드
가 출구의 암호를 번역하는 골목 입구"에서 시인은 "당신이 밟고 간 민
들레 둥근 씨방을 부풀리는 계절"이 암시하는 서정의 세계를 상상하고
희구하지만 이 역시 현실과 꿈의 간극만 드러낼 뿐이다. 시인의 영토
는 지금 "금융가 빌딩 사이"에서 약도도 없이 존재한다. 이 말은 반 휴
머니즘의 도시적 삶에서 소외되고 외면당하는 시의 세계를 암시한다.
도시의 소음에 침식된 시의 영토에서 시인은 "물구나무선 햇살"이 될
수밖에 없다, "물구나무선 햇살"은 이런 도시의 현실에 적응하지 못하
고 역주행하는 시인의 현주소를 의미한다. 이 시는 현실과 꿈의 부조
화로 지금 신음하고 있는 시인의 자화상을 떠올리게 한다. 고물상에
방치된 "쌀뒤주", "민들레 둥근 씨방", "장미 밑동에 울분처럼 돋아난
가시의 사계절" 등의 언표에서 그가 꿈꾸고 있는 시 세계의 일단을 찾
을 수 있다. 그것은 쌀뒤주처럼 현대에서 설 자리를 잃고 역사의 뒤 안

으로 사라지고 있는 것들에 대한 향수요, 도시의 삶과 등진 자연의 생명력을 갈망하고 희구하는 정신과 맥을 같이 한다. 그렇기 때문에 시인이 꾸는 꿈은 현실이 될 수 없다. 여기에 현실이 될 수 없는 꿈을 멍에처럼 안고 가야 하는 시인의 비극이 있다. 시인이 처한 현실에 대한 이런 절망적 인식은 시에 대한 더 큰 갈망으로 나타난다. 시 「시의 천년을 찾아서」에서 시인은 더욱 간절하고 애절한 목소리로 서정적 세계에 대한 희구를 노래하고 있다.

> 나 외로워도 가리라
> 저 푸른 청산의 절벽 끝에서
> 절절한 가슴으로 다시 부르고 싶은
> 시의 천년을 찾아서
> 누더기 진 영혼
> 젖은 맨발로 가리라
> 울림 없는 메아리
> 눈가에 어리는 짜디짠 눈물
> 어눌한 이슬로도 오지 않을
> 야생화 향기 날리는
> 은유의 시를 찾아 가리라
>
> ― 「시의 천년을 찾아서」 전반부

조선영 시인이 갈망하는 서정적 세계는 청산'으로 대변되는 자연 친화의 세계다. 그 자연의 절벽 끝에 서서 '시의 천년'을 찾고 싶어 한다. '시의 천년'은 인류의 유구한 역사와 함께 해온 시의 근원을 암시한다. 시의 근원을 구체적으로 제시한 것이 "야생화 향기 날리는/은유"의 세계다. 여기서 '야생화'는 문명에 길들여지지 않은 순수한 자연의 본원적 세계를 대유한다. 이런 언표들에서 조선영 시인이 갈망하는 시가 자연과 교감하는 꿈의 세계임을 짐작할 수 있다. 그런데 이런 시의 길은 순탄하게 찾아지지 않는다. 그 길로 가기 위해서는 도시 문명의 현재적 삶을 등져야 하기 때문이다. 그런 의미에서 그가 갈망하는 세계는 현실이 될 수 없다. 현재적 삶을 부정하는 것은 스스로 외로움을 자초하는 일이다. 그래도 그는 그런 시의 길로 가겠다고 다짐한다. 여기서 현실과 꿈의 간극이 탄생한다. 비극이다. 현실에서 누더기가 된 영혼을 안고, 현실의 부귀영화를 다 내려놓은 맨발로라도 가고자 하지만 그가 꿈꾸는 시의 본원적 세계는 현실이 될 수 없다는 점에서 영원히 도달될 수 없는 시인의 유토피아일시 분명하다.

조선영 시인의 유토피아는 미래지향적인 피안이 아니다. 그렇기 때문에 희원은 있지만 언젠가는 이루어 질 수 있다는 가능성의 희망이 없다. 과거란 시간 저 너머에 있는, 기억 속에서만 존재하는 유토피아는 우리의 의식 선상에서 수없이 떴다 지워지는 허망한 것이다. 미래는 다가오는 시간이지만 과거는 현실적으로 되돌아갈 수 없는 시간이다. 시인은 근본적으로 꿈꾸는 자이기 때문에 돌아갈 수 없는 허망한 시간대를 시로 그려낼 수는 있지만. 현재의 삶으로 실현시킬 수는 없다. 여기서 비극적 감정을 수반하게 된다. 그래서 향수, 한, 그리움, 원망, 애상적 정조 등은 과거지향적인 시들에 흔히 스며드는 정서적 항목들이다.

조선영 시인의 이번 시집을 읽으면서 19세기 말에서 20세기 초까지 살았던 프랑스 상징주의 시인 뽈 발레리가 산문과 시를 도보와 무용으로 비유하여 구별했던 것을 반추해봤다. 도보와 무용의 공통점은 동작인데, 도보는 어떤 목적지에 도달하기 위한 수단으로 동작을 취한다. 비틀거리든, 정자세로 걷든, 동작 그 자체가 문제 되지 않는다. 그러나 무용은 주어진 시간 동안 무대 위에서 아름다운 동작을 창조해야 한다. 해서 동작 자체의 미적 탐구가 우선 된다. 마찬가지로 산문과 시의 공통점은 언어인데, 언어를 의사 전달의 수단으로 쓰느냐 언어 자체의

미를 추구하느냐에 따라 산문과 시가 구별될 수 있다. 그래서 시인은 언어를 절차탁마하고 그 음영과 율을 살리는데 혼신의 힘을 다한다. 지나치게 .내용 전달에만 치우치다 보면 언어의 결을 살리는데 등한하기 쉽다. 몇몇 기행시와 역사의 뒤 안으로 사라진 문화유산이나 사물, 그리고 생태를 소재로 한 시에서 짚어봐야 할 점으로 다가왔다. 어떻든 조선영 시에는 현실과 꿈의 간극에서 파생되는 비극적 감정, 그 울림이 있고, 그것이 필자로 하여금 이 글을 쓰게 한 동력이 되었다 앞으로 언어에 대한 자각을 더욱 새롭게 하여 시의 언어미학을 성취하는 방향으로 정진하기를 바라는 마음 간절하다.

# 삶에 대한 긍정적 화두
## – 류수인 시집 『그리움도 재산이다』

  아리스토텔레스의 자연 모방설은 오랫동안 서구에서 예술을 지배해 온 금과옥조였다. 그러나 다다이스트였던 루마니아 시인 트리스탄 짜아라가 이를 부정하고 예술은 새로운 세계를 창조해야한다고 역설한 이후 20세기 상당기간 문학은 현실의 재현론에서 창조론으로 급회전 하면서 환상문학의 당위성을 일깨우게 된다. 재현론에서는 삶의 문제가 주 화두가 되고 창조론에서는 시의 예술적 상상력이 강조된다. 상상력의 확장을 위해서라면 기존의 관념이나 틀, 형식, 문법의 질서까지도 해체해야 한다고 주장한다. 이런 관점에서 많은 전위적인 시의 실험이 있어 왔고, 난해시를 양산한다는 비난을 받으면서도 이런 흐름이 시단의 큰 축을 형성하고 있는 것 또한 부정할 수 없다.

  이번에 출간된 류수인 시인의 시집 『그리움도 재산이다』에 수록된 대다수의 시들은 창조론에 기반을 둔 상상력의 확장과는 거리가 있다. 이 말은 이 시집의 시들이 삶, 또는 인생의 문제에 대한 화두를 시의 얼개로 하고 있다는 뜻이다. 노년에 이른 시인들의 시들이 삶에 대한 회한, 허무, 달관, 초월의지 등을 주 화제로 삼는데, 류수인의 시들도 예외가 아니다. 그만큼 현실 재현론에 뿌리를 두고 삶의 문제를 다루고 있다. 이때까지 살아오면서 겪었던 애환, 고뇌, 그것으로부터 해방되고자 하는 초월의식이 그의 시집에서도 잡힌다. 그의 시 의식 속에는 세계를 긍정적으로 수용하고자 하는 의지가 엿보인다. 이것은 역경을 딛고 한 평생을 살아온 자만이 가질 수 있는 달관적 경지의 한 지점을 시로 견인하고 있음을 의미한다.

류수인의 시들은 현란하지 않다. 비유, 상징 등이 전연 없는 것은 아니지만 다양한 수사법에 기대어 시를 형상화하지 않는다. 단조로울 정도로 직설화법을 구사하는 경우가 많다. 삶에 대한 인식내용을 곧이곧대로 드러낸다. 인생에 대한 화두를 던지고 고뇌하는 시인의 모습이 우회적으로 잡히는데 끈질기게 화두를 추적하는 강인함으로 비춰지지 않는 이유는 그에게 주어진 삶에 대한 수용적 자세 때문이다. 그의 시적 인식의 결말은 긍정적 세계관에 닿아 있다. 세계를 부정하는 자는 저항의 몸짓을 드러내기 마련인데 류수인의 시는 그 반대편에 있다. 긍정적 정신과 비수사적 태도는 단순 명료함을 지향한다. 꾸미거나 현란한 언어 뒤에 자신을 숨기지 않는다. 그만큼 담백하고 진솔하다. 오랜 삶의 경험에서 축적된 인생론을 바탕에 두고 있어 시가 교훈적 단상의 성향을 띤다. 문학의 목적이 교훈이냐 쾌락이냐는 대립 항에서 류수인의 시들은 인생 교훈 쪽에 무게를 두고 있다.

삶과 죽음은
너무 깊이 생각하지 말자
삶은 내가 숨을 쉰다는 것이고
죽음은 내가 숨을 쉬지 않는다는 것이다
그렇다 한들
그렇게 단순히 생각하지는 말자
삶은 주변에 사람들이 모여든다는 것이고
죽음은 주변에서 사람들이 떠난다는 것이다
그러므로 굳이 말한다면
살아 있는 한
죽은 거나 다름없는 삶 살지 말자는 것이다

– 「굳이 말한다면」 전문

시 「굳이 말한다면」은 삶과 죽음에 대한 성찰을 내용으로 하고 있다. 거기에 덧대어 어떤 삶을 살 것인가? 에 대한 의지를 드러낸다. 삶과 죽음의 차이를 대조적으로 진술하고 "죽은 거나 다름없는 삶"은 살지 않겠다는 다짐을 한다. 이 시대로 말하면 시인이 추구하는 삶의 자세는 더불어 사는 삶, 사람들이 떠나는 삶이 아니라 모여드는 삶. 그러니까 혼자가 아닌 애환을 함께하는 공동체 의식을 전제로 하고 있다. 이런 삶이 "숨 쉬는" 살아있는 삶이라고 시인은 말한다. 이런 인식은 오랜 시간 삶의 현장에서 부대끼며 겪어온 경험적 통찰에 해당된다. 시가 관념적 진술로 일관하고 있는데도 삶과 죽음에 대한 성찰이 형이상학적으로 읽혀지지 않는 이유가 여기에 있다. 이 시가 구체적 삶의 형상화에 기대고 있지 않다는 점이 표현의 문제점으로 지적될 수 있다. 대조법을 제외하면 거의 관념화된 직설적 언어가 주를 이룬다. 이런 진술 태도는 삶에 대한 경험적 진실이나 교훈을 단도직입적으로 전달하는 효과는 있지만 시적 상상력을 확장하는 데는 기여하지 않는다. 그러나 우리는 이 시를 통해서 류수인 시인의 삶과 죽음에 대한 인식 내용과 삶에 대한 자세, 의지를 확인할 수 있다. 어쩌면 이런 시적 태도나 정신이 이 시집을 읽을 때 갖게 되는 화두에 대한 답이 아닐까 싶다.

작은 나라를 세우고 싶었습니다
소박한 궁전에서 웃음소리 들으며
꽃밭을 가꾸고 싶었습니다
지금도 변하지 아니하였습니다

잔잔한 호수에 배를 띄워
지평선이 보이는 무릉도원을 향하여
노 저어 가고 싶습니다

해 저물기 전까지 다다르고 싶습니다

– 「작은 나라」 전문

시 「작은 나라」는 삶에 대한 소박한 희원을 노래하고 있다. 젊었을 때부터 꿈꾸고 소망했던, 지금도 변함없는 그 소원은 사실 성취될 수 없는 유토피아와 같은 것이다. 이상향에 대한 열망은 누구에게나 영혼 깊이 자리하고 있다. 현실과 부대끼면서 마모되고 초토화되어 산산이 흩어지기는 하지만 그래도 이상향을 지향하는 정신이 살아 있다면 시인은 아직 꿈꾸는 자가 될 수 있다. 죽을 때까지 시인으로 살아간다는 것은 이런 꿈을 잃지 않았을 때 가능한 것이다. 류수인이 꿈꾸는 이상향은 부나 권력과 같은 거대하고 화려한 세계가 아니다. 비록 나라, 궁전과 같은 미화된 공간을 설정하고 있지만 그 앞에는 작은, 소박한 등의 수식어가 따라온다. 이것은 그가 그리는 세계가 탐욕으로 얼룩진, 현실과는 거리가 먼, 자연 친화적인 작고 소박한 세계임을 암시한다. 동양적 정관의 자세를 엿볼 수 있는 대목이다. 도연명의 도화원기에 나오는 무릉도원은 오랫동안 동양의 지식인들이 추구해 온 이상향을 표상하는 말이다. 자연 속에 몸을 두고 유유자적하며 물 흐르듯이 살고자 한 선비들의 꿈을 이 시는 재현하고 있다. 그러나 자연과 등진 현대인의 도시적 삶은 탐욕으로 굴절되고 피폐한 정신의 골격을 드러내고 있다. 이런 비속한 현실에서 유토피아는 구현되기 어렵다. 그것은 꿈일 뿐이다.

그러나 류수인의 시에서는 자연을 지향하는 탈속적 희원이 긍정적 힘이 되어 자족적 삶의 형태로 구체화 된다. 높은 쪽보다 낮은 쪽으로 열려 있는 시인의 마음은 빈자의 삶을 긍정적으로 수용한다.

이만 원짜리
사글세방 얻어서

밥그릇 두 개 수저 두 개

둥그런 양은 밥상에
마주 앉아 마주 보며
콩나물무침에
콩나물국

풀숲에 숨어서
핀
제비꽃처럼

흠도 티도 없던 너
그리고 나

─「순수 둘이서」 전문

시 「순수 둘이서」는 가난했던 신혼 시절의 모습을 연상시킨다. 이 시
의 1, 2연은 신혼부부가 사글세방에서 가난한 삶을 살고 있는 모습을
형상화한다. 밥그릇, 수저, 양은 밥상, 콩나물 등, 구체적 언어들이 가
난함을 암시하는 이미지로 작동하고 있다. 3연은 이때의 삶의 의미를
이미지화한 것이다. 삶의 의미가 직설적으로 진술되지 않고 숲속에 핀
제비꽃에 비유되어 그때가 무소유의 행복을 누렸던 시절이었음을 암
시한다. 비유 화법이 간결한 시의 형식과 함께 화제를 단순 명료하게
이미지화한다. 지금 와서 돌이켜 보면 비록 가난한 삶이었지만 그때가
세속에 물들지 않은 순수한, 사랑이 충만했던 시절이었음을 고백하는
시로 읽힌다. 가난했던 시절에 대한 긍정적 인식은 안분지족의 정신으
로 발전, 이행한다.

초목과 마주 앉으니

세상이 다 내 것이다


구름처럼 흘러가는 얼굴 하나

곁에 앉아 있는 듯

한마디 한다


그래도 너만 한 사람도 없더라

– 「초목과 마주 앉으니」 전문


　위의 시는 옛 선비들이 영욕으로 얼룩진 세속을 떠나 표주박 하나 들고 자연과 더불어 행운유수와 같은 삶을 살고자 했던 정신과 맞물려 있다. 안빈낙도의 자족적 정신을 꾸밈없이 담백하게 진술한 시다. 여기서 우리는 류수인 시인이 지향하는 삶의 자세를 엿볼 수 있다. 자본의 노예가 되어 끝없는 욕망의 분출구를 찾아 떠도는 부박한 현대의 삶을 애써 외면한다. 거기에 함몰되지 않기 위하여 자연과 가까이하고자 하며, 스스로 만족하는 긍정적 세계관으로 주어진 운명을 수용하고자 한다. 이 시의 결구 "그래도 너만 한 사람도 없더라"는 안분지족의 수용적 정신을 표출한 것으로 볼 수 있다.


비록 지금은 내가 너의 목줄을 잡고

산책길을 걷는다만

다음 생애에는 너는 사람이 되고 나는 개가 되어

네가 내 목줄을 잡고 산책길을 걸을까?


지나가는 사람들이

너는 참 좋겠다 주인을 잘 만나서

호강하니

한마디씩 건네는 말이 무슨 말인지 몰라

고개만 갸웃거리는 지금의 너는

다음 생애에는 사람이 되어 그 말뜻을 알아듣고

나는 개가 되어 그 말뜻을 알아듣지 못하여

지금의 너처럼 고개만 갸웃거릴지?


비록 지금은 내가 네 목줄을 잡고

이 산책길을 걷는다만

-「비록 지금은」 전문

시 「비록 지금은」은 생활단상과 같은 시다. 시의 바탕에는 불교의 윤회사상이 있다. 반려견을 데리고 산책하는 시민들을 우리들은 흔히 접한다. 무심히 지나칠 때도 있고 애완동물에 대한 관심을 드러내기도 한다. 지나치게 치장하여 주변 사람들의 빈축을 사는 경우도 있다. 주인을 잘 만나 호강하네 하고 건네는 말속에는 비꼼인지 부러움의 표출인지 잘 분간되지 않는 이중성이 숨어 있다. 흔히 목격되는 이런 현상에서 화자는 나와 개의 윤회적 관계에 초점을 맞춘다. 이승에서 사람과 개로 만난 인연이 다음 생에서는 반대의 관계로 이어지게 될 것이란 인식은 윤회사상에 뿌리를 두고 있는 것이다. 이승에서 나에게 목줄 잡힌 개가 다음 생에서는 나의 목줄을 잡게 될 것이란 상상력은 불교로부터 나온 것이지만 이런 관계를 믿음으로 수용하는 시인의 정신을 엿볼 수 있다. 내가 다음 생에서 개로 환생하고, 개가 나로 환생하게 된다는 인식 속에는 너와 내가 다름이 아닌 동질적 관계에 있음을 역설하고 있는 것인데 이런 세계관은 타자와의 차별화를 고집하는 자기중심적 사고에 대한 경종으로 볼 수 있다.

이번 시집에서 불교적 단상의 시가 몇 편 보이는데, 인생에 대한 종교적 관심을 표출한 것으로 여겨진다. 깨달음을 통한 득도의 경지는 아니라 하더라도 불심에 기대어 평정심을 얻고자 정진하는 모습을 떠올리게 한다. 류수인의 시가 대체적으로 안분지족의 정신에 바탕을 두고 있고, 자연 친화적이며, 불교적 달관에 이르고자 하는 의지를 보이지만 시에 대해서만은 허기진 의식을 드러낸다. 그에게 있어서 시 작업은 채워지지 않는 불만족의 깊은 늪이다. 시인들은 누구나 시에 대한 열망과 획득의 간극에서 고민하고 괴로워할 것이다. 류수인 시인도 예외가 아니다. 다음에 인용하는 시는 그런 자의식을 표출하고 있다.

> 거미는 그물막을 치기 위해 실을
> 뽑고
> 새는 둥지를 틀기 위해 나뭇가지를
> 물어 나른다
> 시 영혼과 접신 하기 위해 하늘과
> 땅 사이만큼이나 넓은
> 시 세계를 헤매는 시인이라는 나는
> 굴리고 비비기를 반복하는 늪 속의
> 파충류 같기도 하고
> 망망한 허공을 헤매는 허기진
> 새와도 같다
> 언제쯤이나 시 영혼과 접신이 되어
> 허기진 시심의 배를 채우려나
>
> 「시심」 전문

시인에게 있어서 시는 신기루와 같은 것이다. 다가가면 갈수록 더 멀어지는 것, 잡힐 듯 잡히지 않는 것이 시다. 그래서 더욱 허기진 배를 움켜쥐고 시를 쫓는 시인의 정신을 「시심」은 표현하고 있다. 이 시는 일단 시작의 지난한 과정을 "거미가 그물막을 치기 위해 실을 뽑고 새가 둥지를 틀기 위해 나뭇가지를 물어 나르는" 일에 비유한다. 그만큼 시작이 노역임을 암시한다. 그런 노역을 통해서도 "시 영혼"과의 "접신"은 쉽게 이루어지지 않는다. 시인은 광막한 시의 세계에서 허덕이는 존재다. 이런 존재 의미를 "굴리고 비비기를 반복하는 늪 속의 파충류"나 "망망한 허공을 헤매는 허기진 새"에 비유한다. 이것은 시에 대한 열망을 역으로 표현한 것이 된다. 시인으로 살고자 할 때 감내해야 되는 이 허기진 공황의식이야 말로 곧 시심이 아닐까? 하는 반문이 이 시의 배후에 있다.

이상에서 몇 편의 시를 통하여 류수인의 시집 『그리움도 재산이다』에 담겨진 시의 세계를 유추해 보았다. 이런 유형의 시들이 시적 성취에 얼마만큼 다가가고 있는가는 별개의 문제로 하고 되도록 시를 이해하는 방향으로 접근하고자 했다. 서평이란 이름으로 행해지는 행위가 꼭 평가 위주로 진행되어야만 하는 것은 아니지 않은가 싶다. 되도록 시인의 시 정신을 이해하고 쉽게 접근할 수 있도록 독자를 유도해 보는 것도 서평이 갖추어야 될 덕목 중 하나다.

시가 언어의 예술이라는 명제를 다시 생각해 본다. 시를 미적 결정체로 보는 입장에서는 언어의 미적 질감을 어떻게 살릴 것인가에 시의 화두를 둔다. 시의 미학은 표현의 긴장관계에서 생성된다. 영국의 낭만파 시인 코올릿지는 "미는 통일 속에 나타나는 다양성"이라고 했다. 류수인의 시들은 이런 주장의 연장선에 있지 않다. 그의 시적 화두는 시의 미학적 접근에 있지 않고, 삶 그 자체에 있다. 삶이 시의 화두다. 그 화두가 세계를 긍정적으로 수용하는 방향으로 작동한다. 그래서 그의 시는 경험에서 유추한 경구들을 직설적으로 시에 끌어드린다. 이런 시적 태도는 형식보다는 내용 중심의 시를 생산하게 되고, 생활단상 같은 느낌을 갖게 한다. 이번 시집의 시들은 호흡이 짧은 편이다. 10행이내의 시들이 주를 이룬다. 촌철살인 같은 간결, 명료함을 지향한다. 그러나 단조롭다는 느낌 또한 지울 수 없다. 표현의 다양성 속에 현란한 이미지를 추구하는 시류에서 비켜 서 있다. 그의 시가 안분지족의 정신에 닿아 있고 자연친화적 무릉도원을 동경하며, 불교사상에 심취한 달관의 경지를 보이는 것은 오랫동안 고단한 삶을 경험하며 그런 현실을 초월하고자 정진해 온 수행의 결과로 볼 수 있다.

## 생의 허무에 대한 형이상학적 사유
### – 이효애 시집 『나는 허무해지기 위해 산다』

    이효애의 이번 시집 『나는 허무해지기 위해 산다』에 수록된 시들은 현세적이고 공리적功利的인 세계로부터 비켜 서 있다. 그는 치열한 삶의 현장에서 한발 물러선 위치에서 생을 돌아보고, 그 허무를 관조한다. 이런 시적 태도는 현실 세계의 오류를 부정하는 상상적, 또는 사상적 순수영역을 유영하게 된다. 그의 시적 사유는 형이하학과 형이상학의 경계를 넘나든다. 그의 시들은 도구적 인간Homo Faber으로서의 사유보다 사색적 인간Homo Sapiens으로서의 사유를 더 즐기는 편이다. 그의 사유가 공리적이고 실용적이지 않다는 점에서 그렇다. 특히 짧은 삽화시에서 그런 특징이 잘 드러난다. 비현실적이며, 무익하고 공허한 관조의 세계가 허무주의를 드러내게 되는 것은 어쩌면 당연한 귀결일 것이다.

    그의 시는 표현의 예술성보다 직관적 인식의 사유 쪽에 더 무게를 두고 있다. 실리적이고 공리적인 것을 추구하는 현실로부터 벗어나, 베르그송이 말한 순수지속의 형이상학적 관념의 세계를 지향한다. 그것은 공허하고 무익한 정신 활동이며 무상의 행위로서 폴 발레리가 추구했던 순수시의 정신에 닿아있다. 발레리는 '교의敎義도 신앙도 율법도 신뢰를 잃고, 새로운 정신적 지주를 찾아 방황하던 20세기 벽두劈頭, 정신의 무상적無償的 활동에 골몰했다.'고 프랑스의 비평가 알베레스는 『20세기 지적 모험』에서 말하고 있다. 임의적이며 공리적이고 실제적 필요성에서 벗어난 지고지순至高至純의 투명한 정신을 구현하고자 했다. 그런 정신 활동은 정치 이데올로기나 사상으로부터 시를 독립시키는 길이기도 했다. 그의 유명한 장시『해변의 묘지』는 인류의 시간이 묻힌 언덕이며, '한숨이 요약하는 시간의 사원'으로 명명되고, '죽음이란 순수사건을 그 시간 속에 맞이하는' 것으로 인식되는 순수한 정신의 세계를 노래한 시다. 발레리는 이런 정신의 무상행위를 통하여 '때로는 전례 없는 행복감이 스쳐 지나가기도 했다. 나 자신의 어떤 극한을 향해서, 더욱더 광란적으로 나를 이끄는 기막힌 죽음을 향해서 뛰어드는 듯한 날카로운 감정과 함께.'라고 극시『나의 파우스트 Mon Faust』에서 토로한 바 있다.

이효애의 시에서도 시간에 대한 관조적 사유를 보인다. 그러나 날카로운 감정이 수반하는 격렬함은 없다. 시 곳곳에 생활의 단면이 잠복되어 있기는 하지만 사유의 계기로 작동하는 경우가 많고, 시의 전면을 차지하지는 않는다. 생활이란 삶의 현장에서 겪게 되는 치열한 투쟁의식이나 사회적 갈등의 표현에 역점이 주어져 있지 않다. 오히려 그런 현장성으로부터 비켜서서 생을 관조하는 태도는 어딘가 허허로운 형이상학적 관념의 세계를 유랑하는 듯한 정신을 떠올리게 한다. 삶에 기반을 둔 형이하학적 세계와 시간, 빛, 바람, 비 같은 자연현상을 관념적으로 인식하는 형이상학적 세계가 서로 만나는 지점에서 이효애 시는 발화하고 있다.

지상의 정수리는 볕의 먹잇감
때에 따라 기울어진 골목의 햇살은
사라진 문장이라며
흔들리는 잎새에 멜로디가 따라 붙는다

바람 훌쩍 날아와 숲의 리듬을 자유롭게 탄다
모퉁이로 돌아선 자투리 햇살이

잎을 모아 바람을 가리킨다

바닷바람을 무더기로 업고 온 빌딩과 빌딩숲 사이
성글진 언어들이 공원 벤치를 기웃거리는
한낮의 리듬이 리드미컬하다

마리나타운으로 운율을 탄 바람이 순회공연한다
스무스하게 밀고 당기는 엇박자로 드나드는 살폿한
춤사위
여름에만 가능하다는 풍문 골목의 반대 방향을 우
회한다

나비춤을 추는 바람의 잎새들
계절의 갈피를 휘돌아 나온 스텝이 자주
마리나타운에 오래 머문다

- 「바람 앤드 부르스」 전문

시 「바람 앤드 부르스」의 공간적 배경은 해운대 마리나 타운이다. 고
층빌딩이 밀집해 있고, 해수욕장이 인접해 있는, 그래서 관광객들이
몰려드는 곳이기도 한데, 이런 삶의 현장성은 이 시에서 관심 밖이다.
따라서 삶의 치열성은 이 시의 화두가 아니다. 이 시의 중심 소재는 빌
딩 사이를 도는 바람이란 자연현상이다. 바람이 움직이는 물리적 현상
을 관념화하는 비유, 의인법이나 활유법을 통하여 시적 대상에 대하여
사유하거나, 그로 인하여 펼쳐지는 상상의 세계를 구현한다. 이곳은
태풍이 오는 계절이 되면 유달리 빌딩풍으로 사람들을 놀라게 한다. 거
센 바닷바람에 사람들이 위험에 노출되는 경우가 종종 있다. 그러나
이 시의 초점은 이런 현실적 위험에 있지 않다. 그만큼 현실비판의 실

천문학관 과는 배치된다.

이 시의 중요한 특징은 현상에서 유추된 순수한 상상의 세계를 보여준다는 점이다. 이 때 사물은 관념화되어 새로운 의미를 부여받게 된다. 행간에 형이상학적 인식이 깔리게 되고 역동적인 이미지들이 시의 표면에 자리하게 된다. "기울어진 골목의 햇살"을 "사라진 문장"으로 명명되고, 바람이 "숲의 리듬을 자유롭게" 한다던지, 빌딩풍을 "바닷바람을 무더기로 업고 온 빌딩"으로, "성글진 언어들이 공원 벤치를 기웃거리는" 등의 표현들이 현상을 관념화하여 역동적으로 표현하는 단적인 예가 될 것이다. 이렇게 이 시는 사물을 관념화하던지 역동적 이미지로 표현하여 인식과 상상의 새로운 지평을 열어간다. 전체적으로는 제목이 시사示唆하는 바와 같이 바람이 리듬, 춤사위, 나비춤, 스텝 등으로 의인화되어 경쾌감으로 다가오는 것 또한 이 시의 특징이다.

시 「바람 앤드 부르스」가 바람에 대한 경쾌한 이미지를 중심으로 한 상상력을 보여 주지만 명상의 경지까지는 이르지 못하고 있다. 사물을 관념화하는 관조적 인식이 행간에 단편적으로 자리하지만 철학적, 종교적 사유가 미처 따라오지 못하고 있기 때문이다. 그렇지만 이 시가 현실의 실제성이나 공리적인 인식과는 거리가 먼 사유를 하고 있다는 점에서 형이상학적 사유에 근접한다. 빛에 관한 사유에서도 시공을 초월한 무한 상상을 보여준다. 시 「 빛의 벙커로 들다」가 그 예다.

(상략)

바깥세상의 부질없는 사념은 금물

현란한 무희에 수만 개의 빛이 수식을 동원한다

분분한 나비들은 초고속 렌즈에 초점을 맞춘다

뜨거운 영혼이 지중해 해안을 따라 날아오른다

강렬한 신세계의 풍경을 놓칠 수 없어

폴시낙의 예인선을 타고 사모아의 운하를 거쳐 무도

회로가

르느와르를 만나 황홀한 춤을 춘다

모네의 양귀비 꽃밭에서 천상을 누비다

샤갈의 신화적 모더니즘에 빠진다

파울 클레에 걸맞은 웅장한 음악은

빛의 화려함을 도모한 장본인에게 하이파이브 한다

내 몸에 붉은 가시로 돋은 빛과 소리들

한참 동안 영혼을 마비시킨 형용할 수 없는 한계

(하략)

— 「빛의 벙커로 들다」 부분

　시 「빛의 벙커로 들다」는 그림 전시관을 공간적 배경으로 한다. 제목 '빛의 벙커'가 그것을 암시한다. '벙커'는 전시관이 현실과 차단된 어둠의 공간임을 비유한다. 여기서 화자는 빛의 강렬한 힘에 끌려 시공을 초월한 예술적 감흥에 젖는다. 이 시에서 말하는 빛은 전시관을 환하게 비추는, 조명등에서 나오는 빛이다. 이 빛은 '바깥세상'(전시관 바깥이면서 현실 세계)의 부질없는 상념, 곧 명리를 쫓는 속세의 티끌 같은 생각들을 차단한다. 그리하여 시간과 공간을 초월한 그림들의 작품세계에 몰입할 수 있게 한다. 폴시냑, 르느와르, 모네 등, 인상파 화가들로부터 샤갈, 클레 등의 모더니즘 화가의 작품들이 주는 상상의 세계를 유영한다. 지중해 해안을 떠도는 "뜨거운 영혼"이 되기도 하고, 사모아 운하를 떠돌고, 양귀비 꽃밭에서 천상을 누빈다. 르느와르와 만나 황홀한 춤을 추는 환상에 젖기도 하며, 클레의 그림이 주는 웅장한 음악적 영감에 전율한다. 여기서 화자는 그림이 주는 정신의 황홀한 극점에 도달하게 되는데, 이것을 표현한 것이 "붉은 가시로 돋는 빛의 소리들"이고, "영혼을 마비시킨 형용할 수 없는 한계"란 언표이다. 이 시 역시 비실제적 세계인 상상의 세계에 몰입하는 정신의 황홀한 극점을 형상화하고 있다는 점에서 순수시의 형이상학적 영역으로 들어오게 된다.

이 시집에는 「바람을 공모합니다」, 「태풍 한남노」, 「빌딩風」, 「바람의 존재」, 「바람 때문에」, 「이상한 질문」 등 바람을 형상화하며 시적 사유를 하고 있는 시들이 유달리 많다. 이 외에 「비요일」, 「비 오는 날」 등, 비와 관련한 사색적 일상을 노래한 시가 있고, 빛에 관한 시적 사유도 시집 곳곳에 있다. 이런 소재들이 형이상학적인 관념을 유발하는데, 이효애의 이번 시집에는 이와 대조적으로 「엄마의 시」, 「출근길」, 기행시 「말, 달리다」, 삽화 시 「모순」 등, 현실에 밀착한, 형이하학적인 생활에 천착한 시도 여러 편 있다. 이것은 이효애의 시가 형이하학의 세계와 형이상학의 세계, 그 접점에 있다는 생각을 갖게 한다.

엄마는 다섯 식구 요리를 해요
식성이 제각각인 가족을 위해 날마다 고민을 해요
아빠는 질박한 맛을 은근히 좋아하고
오빠는 맵고 톡 쏘는 성깔 있는 맛을 좋아해요
어린 동생은 벌써부터 현대적인 자기만의
화학적인 맛을 더 좋아해요
엄마의 자조 섞인 희생에 슬며시
눈치를 얹혀 아빠나 오빠나 동생이
남긴 잔반을 처리하는 나는
탄수화물을 차곡차곡 쌓아 놓아요

엄마는 요리할 때마다 다섯 식구의 입맛을
기승전결로 마무리해요
그래야 가족 모두의 식성이 정확하게 전달된대요
그러면서도 엄마는 매끼마다 새로운 메뉴로 업그
레이드 된

현실을 아직도 잘 몰라 시행착오를 겪어요
진정성 있는 맛을 찾아 요리 연구가를 찾아

입에 딱 맞는 요리를 하려면 평생을 해도
그 맛을 찾기가 참 어렵데요
오래도록 여운이 남는 깊이 있고 감칠맛 나는 요리
를 위해
엄마는 오늘도 최선을 다해요

난 그런 엄마가 제일 존경스러워요

- 「엄마의 시」 전문

시 「엄마의 시」는 식구를 위하여 한평생 헌신해온 엄마의 노고에 대한 헌사다. 엄마는 각기 다른 입맛을 가진 식구들을 위하여 음식 만들기에 최선을 다하는 존재로 그려진다. 엄마가 만드는 음식과 그 맛과 관련된 사유를 하고 있다는 점, 거기서 연상되는 가족 관계의 단면과 같은 매우 실제적이고 현실적인 삶을 이야기하고 있다는 점에서 이 시는 형이하학적 세계관을 보여준다. 이 시대로 말하면 엄마의 일생은 오로지 식구들 각각의 입맛을 떠올리며 음식을 만드는 일에 신명을 바쳐 왔다. "다섯 식구의 입맛을 기승전결로 마무리"한다는 언표는 조리할 때, 식구들 각각의 입맛에 맞는 음식의 가짓수를 완성한다는 의미일 것이다. 식구들에게 더 나은 맛을 제공하기 위하여 엄마는 업그레이드된 메뉴를 찾아 시행착오를 겪으며 고행한다. 요리 연구가를 찾기도 하면서 최선을 다하는 엄마의 가족을 위한 헌신에 화자는 존경의 감정을 드러낸다. 가족이 "남긴 잔반을 처리하는 나"란 언표에서 가족 관계에서 소외된 나의 존재의미가 살짝 스치기는 하지만 전체적으로 엄마에 대한 헌사로 일관하고 있다는 점에서 이 시는 매우 긍정적인 현실관을 드러낸다. 그러나 현실은 긍정적으로만 해석될 수 없는 엄혹한 세계다. 이효애 시에서도 현실은 회의적이며 부정적으로 그려지는 경우가 많다.

　　지하철 문이 열리자
　　삶이 뭉턱뭉턱 흘러든다
　　문이 닫히자
　　수많은 눈빛들의 무표정한 얼굴들
　　직무 연속성을 구겨 넣고
　　무상무념에 빠진다
　　살아가기 위해선
　　모두 앉거나 서서 달려야 한다
　　각각의 삶이
　　이 순간만은 놓쳐선 안 될
　　절박한 시간이다

– 「출근길」 전문

　시 「출근길」은 도시 삶의 어두운 단면을 그린다. 지하철이란 한정된 공간을 배경으로 시간에 쫓기는 도시인의 무표정한 내면과 출근 길이 갖는 삶의 절박한 의미를 반추한다. 직장으로 출근하기 위하여 지하철을 탄 수많은 사람들은 단절된 인간관계의 표본이다. 달리고 있는 전철에 몸을 맡긴 채, 서 있거나 앉아서 무념무상에 빠져있는 소시민들의 표정은 윤기 없는 도시 삶의 한 단면이다. 각자 살아가기 위해서 시간에 매달려 있는 절박한 생의 현장을 이 시는 보여준다. 이효애 시인은 여기서 한발 더 나아가 인간의 모순적인 행동을 촌철살인 하듯 꼬집기도 한다. 삽화 시 「모순」은 5행의 단시로 인간의 모순을 압축하여 제시한다.

맑고 그윽한 너의 눈빛을 보면

하염없이 미안한 건 잠시

식욕을 빙자한 만행을 일삼는

우리는

너와의 악연은 필연이다

— 삽화시 「모순」 전문

여기서 "맑고 그윽한 눈빛"은 소의 눈빛이다. 삽화로 그려진 소의 글
썽한 눈 때문에그렇게 유추된다. 어제까지는 연민과 상부상조의 관계
로 인간과 공존해왔던 소는 어느 날 인간의 식욕을 채우는 희생의 제
물로 도살장으로 가야 하는 존재다. 그렇기에 소와 인간의 관계는 악
연이 될 수밖에 없다. 인간과 가축의 관계는 늘 그런 모순을 안고 있
다. "식욕을 빙자한 만행을 일삼는" 인간의 모순적 행동을 이 시는 날
카롭게 비판한다.

시 「밤이 밤을 인식하지 못할 때」는 도시 삶이 안고 있는 또 다른 단
면인 도시의 소음에 대응하는 의식의 치열한 내면의식을 보여준다. 이
시에서 "소리의 데시벨은 워낙 방대해/ 두터운 어둠의 벽까지 무너뜨
린다"는 진술을 하는데, 소음의 파괴력을 극대화한 표현이다. 적막의
한밤중을 달리는 오토바이의 굉음 때문에 불면에 시달리는 경험을 우
리들은 종종 한다. 이 시는 소음 때문에 불면에 시달리는 예민한 내면
의식을 형상화한다. "소리에 익숙하지 못한 불면이/허구한 소음을 아
라비아 숫자로 서술해 놓고/밤은 낮으로 낮은 밤으로의 역행을 꿈꾼
다"는 진술이 그것이다. "소음이 아라비아 숫자를 서술"한다는 소음
때문에 잠을 이루지 못해 숫자를 헤아리며 밤을 샌다는 의미일 것이
다. 밤이 낮이 되고 낮이 밤이 되는 역행의 시간을 살아야 하는 고통을
말하고 있다. "시간의 낱장을 투명하게 끌어올린 /쉼표 사이에 흑색 간
지를 끼워 넣는다는 표현도 있는데, 여기서 "시간의 낱장을 투명하게

끌어올린"은 하루의 고된 일과를 끝내고 휴식에 든 시간이고, "쉼표"가 암시하는 것은 잠에 드는 시간이다. "흑색 간지"는 소음을 표상한다. 따라서 이 진술은 모처럼 휴식을 취하며 잠에 들려고 하는데, 소음이 끼어들어 방해한다는 의미가 된다. 소리들의 질주는 잠이 들려는 결정적인 순간에 끼어들어 날밤을 새게 한다. 이렇게 시「밤이 밤을 인식하지 못할 때」는 소음 때문에 불면에 시달리는 현대 도시인의 내면적 갈등을 형상화한다.

한편 현대 인류는 코로나와 힘겨운 싸움을 하고 있다. 코로나는 엄청난 전파력으로 인류를 공포에 떨게 했다. 수년간 세균과의 전쟁으로 피폐해진 상태다. 시「그럼에도 불구하고」는 이런 현실을 반영한다. 이 시는 너무 오랫동안 코로나에 시달리다 보니 불감증에 든 인간의 방종을 희화화한다. 오미크론이 새로 발생했다는 경보가 울리고, 더 강력해진 전파력으로 "빠르게 온다는 눈먼 주의보"가 있지만 인간들은 "비대해진 불감증"으로 이를 체감하지 못한다. "방역시스템을 깔본 사람들이 하루에 수백 명씩 죽어 나가도" "내겐 해당 사항 아니라며 산과 들을 향해/ 압축된 시간을 풀어 제친다"고 진술한다. 여기서 "압축된 시간"은 그동안 코로나 때문에 위축된 삶을 살았던 시간을 말한다.

이상으로 부정적 현실관이 드러나는 시들을 살펴봤다. 시「출근길」은 생존을 위하여 시간에 매달린 채, 인간성을 상실해가는 소시민의 모습을 형상화하고 있고,「모순」은 식욕으로 대표되는 욕구 충족을 위하여 동물을 학살하는 인간의 이기적 만행을 풍자한다. 시「밤이 밤을 인식하지 못할 때」는 소음 때문에 겪는 불면의 고통을 형상화하고, 시「그럼에도 불구하고」는 금세기 최대의 이변인 코로나로 위험에 노출된 현실과 인간의 방종을 희화화한다. 이런 현실에 대한 부정적 인식은 시「엄마의 시」가 엄마에 대한 긍정적 인식을 드러내는 것과는 상반된다. 이렇게 공리적이며 실용성이 지배하는 현실에 대한 인식은 긍, 부정이 교차하지만, 이번 시집은 그런 형이하학적 세계로부터 비켜서서 형이상학적 관념놀이를 하는 시의 비중이 더 큰 편이다.

세상 모든 것들을 불러들이는
빌딩 숲에 앉아 자아를 본다
누가 저 많은 것들을 차지하고 사는 걸까
채우기 위해 발버둥 치는 저 빌딩 숲의
무한경쟁이 나를 향해 비웃는다

사는 동안 내 것을 차지하기 위해 기氣 써 본 일 없
는 나는
죽을힘을 다해 산다는 건 생을 혹사시키는 일이
라며
물처럼 바람처럼 사는 일도 능사라고
나를 향해 일컫는다

나를 속박하여 얻어지는 명예라면 차라리
세상 그 어떤 유혹에도 흔들림 없는 바위처럼
원초적 한계를 벗어나지 않는 순수의 자아에 갇
혀 살자고
위증으로 둘러싼 말(言)장난에 혼탁한 영혼 날
려 버린다

끝없는 욕망의 길로
허무의 숲은 수없이 우거지고 수없이 황폐된다
그러므로
나는 애초부터 허무해지는 연습에 익숙 해졌겠다

－「나는 허무해지기 위해 산다」 전문

이 시집의 표제 시인 「나는 허무해지기 위해 산다」는 실용성을 추구하는 공리적인 현실을 등진 시인의 마음자리를 보여준다. 이 시에서 현실은 "채우기 위해 발버둥 치는 저 빌딩 숲"으로 표현된다. 우후죽순 솟는 빌딩은 현대의 무한경쟁을 표상한다. 물질에 대한 무한경쟁의 현실에서 시인은 "내 것을 차지하기 위해 기 써 본 일 없"고, "죽을힘을 다해 산다는 건 생을 혹사시키는 일"이기에 "물처럼 바람처럼" 살기를 희망한다. 명예나 어떤 유혹에도 흔들림 없는 원초적인 순수 자아의 정신을 지키자고 다짐한다. 그러나 현실과 배치되는 이런 정신은 실리를 추구하는 욕망 앞에서 허무한 것일 수밖에 없다. 이런 각도에서 봤을 때, 이효애의 시에서 허무는 태생적이다. 니이체가 말한 허무 의지를 떠올리게 한다. 어차피 생은 본질적으로 허무한 것이고 의지의 힘으로 그것을 인내해야 한다. 이효애의 시적 사유는 물질보다 정신을 우위에 둔다. 그런 사유가 허무한 정신세계로 이행되는 것은 필연이다. 현실의 허무를 깨달은 자가 곧잘 빠져드는 곳은 자연과 인접한 전원생활이다.

보드라운 햇살 한 줌 입에 물고 들숨 날숨 한창인 이 봄도 쑥과의 전쟁 끝나지 않은 미묘한 기운 텃밭을 점령한다 질긴 생명의 유전자를 어명으로 받들고 땅속 어둠을 빌미삼아 모세 혈관처럼 뻗어 가는 쑥 뿌리와 숨바꼭질 몇 년째 올해도 단판은 금물이라는 텃밭이 은근히 비웃는다 겨우 내 비축한 근육을 호미자루에 엮어 숨은 유전자를 색출한다 햇살 담뿍 담긴 양지쪽으로 네비게이션을 단다 네비게이션이 안내하는 대로 쫓아가다 보면 밭고랑의 경계를 무너뜨린 쑥이 여린 볕을 깔고 앉아 향연 펼친다 아무래도 이곳이 쑥의 본가처럼 전국으로 흩어진 조상들은 봄이면 이곳으로 모이는지 해마다 캐고 또 캐내도 막강한 번식 여전히 유효한, 잠시라도

방심하면 밭 전체를 쑥대밭으로 만들어 봄이면 한량 끼 많은 나의 버

르장머리를 고쳐 보겠다는 심사 은근히 벼르듯 봄볕에 담보된 이중성이
향기를 잃는다 올 봄은 기어이 색 전술을 써서라도 쑥의 유전자 말살 내
자 다짐해 보지만 올 봄도 쑥대밭이 된 밭 쑥 향 간곳없고 호미 자루 된
허리로 부자 울리는 통증 봄볕을 파헤친다 너 죽고 나 사는 일 이렇게
힘든 일인지 해마다 도돌이표로 돌아온 쑥밭과 실랑이를 벌이다 보면
봄의 미각을 사로잡는 도다리 쑥국도 진저리가 난다

-「지독한 유전자」 전문

「지독한 유전자」는 끈질긴 생명의 힘을 반어적으로 표현한 시다. 겉
으로는 생명의 표상인 쑥을 두고 전쟁을 하고 있다고 표현하고 있지만
아무리 캐고 캐도 없어지지 않고 다시 솟는 쑥의 번식력, 생명의 힘에
대한 경외감을 내포하고 있다. 봄이 되면 들녘이나 산자락에 앉아 쑥
을 캐는 여인들의 한가롭고 여유 있는 전원 풍경과는 거리가 있다. 봄
햇살이 점령한 텃밭에서 화자는 번식하고 있는 쑥을 뿌리 채 열심히
호미로 전쟁하듯 캐고 있다. 매년 텃밭을 일구며 겪는 곤혹스러운 일
이지만, 농작물 수확을 위하여 쑥대밭이 되기 전에 쑥을 제거하는 일
에 몰두한다. "너 죽고 나 사는 일"처럼 또는 "봄의 미각을 사로잡는
도다리 쑥국도 진저리가 날" 정도로 힘들게 쑥밭과 실랑이를 벌인다.
이렇게 이 시는 겉으로는 전원생활의 육체적 고달픔을 말하고 있지만
이면에는 도시 생활의 현세적 삶에서 벗어난, 정신의 해방에서 오는
환희가 있다. 도시인들이 주말이면 도시 변두리에 있는 텃밭을 일구며
전원이 갖는 정신적 여유와 자연에 대한 동경을 만끽하는 경우를 요즘
흔히 본다. 재화를 획득하기 위하여 경쟁하고 투쟁하는 도시의 삶에서
주말이나마 잠시라도 벗어나고 싶은 욕구의 발현이다. 이 시 역시 그
런 정신을 반영한다. 공리적인 현실에서 해방된 시적 자아는 자연과
더불어 호흡하면서 환희한다. 끈질긴 생명에 대한 경이를 표출한다.
이런 정신을 이 시는 반어적 진술로 구현하고 있다. 이 또한 비공리적

인 삶에 대한 열망을 함축한 것이다.

　이번 시집에서 상당한 비중을 차지하고 있는 것은 시간에 대한 명상이나 상념, 그리고 시간에 대한 허무 감정을 들어내는 시들이다.

　　　시간이 아침을 일으킨다
　　　시작부터가 심상치 않은
　　　어제로부터 연결된 죽은 시간을 부축한다

　　　새로운 편견을 고집하는 시간이
　　　떫은 맛을 낸다
　　　모양도 맛도 어떠한 감각조차 느낄 수 없는
　　　그리하여 많은 수식이 붙는다
　　　하여 여러 형태의 무늬로 무르 익어
　　　누구에게나 고루 배분되는 형평성을 유지한다
　　　누군가에는 무형에서 유형을
　　　누구에게는 유형에서 무형의 제스처를
　　　완벽하게 갖추지 못한 채
　　　날마다 새로운 질문을 키우고 미래를 그린다
　　　그러므로
　　　보이지 않고 만질 수 없는 시간을 향해
　　　경이로움이 지배한다

　　　영원이 복원될 수 없는 시간 그러나
　　　굴레를 벗어날 수 없는
　　　위대한 힘이 연출되는 삶은 예술이랄 밖에

　　　　　　　　　　　　　　　　　　－「시간은 예술이다」 전문

「시간은 예술이다」는 시간의 속성에 대한 사유, 관념놀이를 하고 있는 시다. 그런 의미에서 가장 형이상학적 사유를 하고 있다고 볼 수 있다. 시간은 형태가 없다. 그래서 미각이나 시각, 청각의 그 어떤 감각으로도 인지될 수 없는 추상적 관념에서 생성된다. 그런데 시간이란 추상적 관념은 인간의 의식에서 희로애락의 감정을 견인하기도 하고, 인간의 행동이나 정신을 어떤 굴레에 예속시키기도 한다. 생을 허무하게 만들기도 하고, 생을 역사적 가치로 복원시키기도 한다. 우리는 매일 시간을 의식하며 삶을 영위한다. 이런 시간이 갖는 관념의 속성을 이 시는 반추한다. 흔히들 시간을 과거, 현재, 미래로 구분하는데, 이 시에서 과거의 시간은 "죽은 시간"으로 현재의 시간은 "아침을 일으키는 시간"으로 명명한다. 과거는 이미 지나간 시간이기에 죽은 시간이 되는 것이고 현재는 지금 생성되는 시간이기에 아침의 시간이 된다. 따라서 아침의 시간이 죽은 시간을 부축한다는 언표는 현재가 과거를 기억하며 진행되는 시간임을 변주한 것이 된다. 시간은 시대에 따라 새로운 편견의 고집을 생산한다. 정치적인 또는 윤리적 편견들이 시대의 변화에 따라 부침한다. 시대마다 가치관이 다른 신구의 갈등은 존재해왔고, 편견들이 서로 대립해왔다. 시간은 편견을 변화시키는, 그래서 새로운 편견을 만들어내는 힘으로 작용하기도 한다. 동시에 보이지 않고 만질 수 없는 시간에 대한 새로운 질문과 경이를 키운다. 시간은 형태가 없기에 사람마다 각기 다른 시간의 모습을 창조하기도 한다. 그래서 시간은 예술이라는 인식을 이 시는 하고 있다.

시간은 존재의 의미를 허무하게 한다. 시간에 대한 인식이 생을 허허롭게 하기도 하고 생을 돌아보게 하기도 한다. 「댕기머리 왜가리」는 존재의 고독을 형상화한 5행의 짧은 삽화시다. "검은 머리 길게 늘어뜨리고/ 누굴 기다리나/ 너의 고독한 눈빛에/ 흘러가는/ 시간이 강물 같구나"에서 누군가를 기다리는 듯한 왜가리의 모습은 존재의 고독을 함축한 시적 상관물이다. 여기에 시간을 무심히 흐르는 강물에 비유하여 허무감을 배가시킨다. 시 「가는 세월」, 「빈 의자」 등도 같은 의미 선상에 있다.

> '이 가을/ 저 산/ 시시각각/ 오색 등불 화려히 밝히는데/ 하물며/ 고압 전류를 깔고 앉은 나는/ 외등 하나도 밝히지 못하네'
>
> — 「가는 세월」 전문

> '수많은 시간이 머물렀던 자리/ 무거운 생을 간직한 채/ 침묵의 늪은 고독사인가/ 기다리다 지친 외로움/ 이를 데 없는 고요마저/ 엄숙하기 그지없네'
>
> — 「빈 의자」 전문

시 「가는 세월」, 「빈 의자」는 각각 다른 소재를 통하여 시간을 반추하면서 존재의 허무, 그 허허로움을 영상화한다. 「가는 세월」에서 "오색 등불"은 가을을 수놓는 단풍을 은유한 것인데, 자연은 시간이 되면 어김없이 화려한 오색 등불을 밝히듯 그 결실을 보여준다. 하지만 시적 자아인 나는 아무리 세월이 가도 "고압 전류를 깔고 앉아" "외등 하나도 밝히지 못"한다고 자조 섞인 고백을 한다. 여기서 "고압 전류"는 정신을 억압하는 삶의 짐을 비유하는 시어이고. 그 짐 때문에 나로 대표되는 인간은 작은 가치(외등)도 실현하지 못하는 허무한 존재란 인식을 자연과의 대조를 통하여 보여준다. 시 「빈 의자」 역시 시간이 주는 무게와 그 허무를 노래하고 있다. 여기서 "빈 의자"는 이미 실용적 가치를 상실한 채 현실에서는 버려진 사물이다. 무릇 모든 사물은 실용성을 잃었을 때, 그 사물의 진정한 존재 의미가 드러난다. 빈 의자는 이때까지 "수많은 시간이 머물렀던 자리"이고 "무거운 생을 간직한" 존재다. 그러나 지금은 아무도 찾지 않는 "지친 외로움"의 존재이고, 침묵의 늪에서 고독사를 기다리는, "고요마저 엄숙하기 그지없는" 허허로운 존재다. 이 시 역시 시간의 허무를 반추하고 있다.

이 때까지 시간에 대하여 명상하고 관조하며, 존재의 허무 정신에 이르는 시들을 살펴봤다. 이번 시집에서 시간과 관련된 관념이나 사유가 노출된 시들은 이 외에도 많다. 시 「늙음에 대하여」에서는 시간을 "소멸을 향한 거역할 수 없는/ 역방향이 잠언으로 온다"고 말한다. 시간은 존재를 소멸, 죽음의 길로 이끈다는 인식, 그 인식으로부터 시간을 역주행하며 생에 대한 새로운 교훈을 얻게 된다는 뜻일 것이다. 그리고 "낡은 마차를 탄 경고문이 생의 전광판에 뜬다"고 시간이 경고하는 의미를 이미지화하고 있다. 여기서 "낡은 마차"는 우리를 늙음이나 죽음에 이르게 하는 시간을 상징하고, "경고문이 생의 전광판에 뜬다"는 오랜 세월이 주는 생에 대한 교훈을 새기게 한다는 의미의 언표다.

독일의 철학자 하이데카는 언어를 존재의 집이라고 했다. 모든 존재는 언어로 호명되었을 때 비로소 의미 있는 존재로 새롭게 태어나게 된다. 그래서 언어의 수호자인 시인은 끊임없이 언어를 벼리며 존재의 불을 밝힌다. 그러나 현존재에 대한 의미 추구가 벽에 왔을 때, 현실에 절망한 시인은 곧잘 기억을 소환하여 유년 시절을 추억한다. 까마득한 기억의 한 모퉁이를 차지하고 있는 유년은 항상 순수한 아름다움을 발한다. 시 「기억을 탁본하다」가 그리는 세계가 바로 그것이다. 유년이 아름다운 이유는 어둡고 그늘진 기억들을 시간이 세탁해 주기 때문이다. 당시는 죽고 싶을 정도로 힘들고 고통스러웠던 일들도 시간이 지나면 아름다운 추억으로 떠오른다. 성인이 되어 추억하는 유년은 순수한 영혼이 살아 움직이는 정신의 한 축이다.

시 「기억을 탁본하다」가 그리는 유년은 비산동 183번지 산동네를 공간적 배경으로 한다. 산동네는 가난한 어린 시절과 맞물려 있는 삶의 공간이다. 이 시는 학교에서 집이 있는 산동네까지의 귀갓길을 장황하게 서술하고 있다. '평화보육원을 지나 처녀 귀신이 나온다는 우거진 숲과 으쓱한 연못을 거쳐 야트막한 개울 돌다리를 딛고 상감나무집을 지나 납작한 쌍 봉분을 뒤로" 하고 걸어야 하는 무서운 길이다. 매일 이 길로 통학할 때마다 공포에 떨어야 했던 기억을 "무서움이 머리끝을 송곳으로 내리찍는 길"이었다고 추억한다. 무서움을 안고 통학해야 하는 가난한 어린 시절이었지만 "희로애락이 안개로 피어오르는", "친구 순이네와 나란히 살던 슬레이트 지붕"이 있는 곳이기도 하다. 화자는 "그때의 가난이 빗물에 피어올라 창밖 빗소리가 아득한 심청가로 들린다."고 술회하며 추억을 소환한다. 비록 가난으로 얼룩진 어두웠던 기억이지만 많은 시간이 지난 지금은 아름다운 그리움으로 다가오는 추억의 한 장면이다. 기억이란 아득한 시공간을 시로 견인하여 순수 정신의 또 다른 국면을 부조한다. 기억을 통하여 소환하는 유년시절에 대한 추억은 존재의 근원으로 돌아가는 일이다. 존재의 뿌리를 찾는 일이다. 따라서 추억 속에 등장하는 사물과 사람은 존재의 원초적인 상像을 환기하게 된다.

이효애 시에 등장하는 사물들은 사물 자체로서 존재하지 않는다. 시인이 생각하는 존재에 대한 어떤 관념을 표상하는 사물이다. 은유, 환유, 상징의 기재로 관념이나 사유의 내용을 내포한다. 때로는 추상적 관념어가 직접 시를 구성하기도 한다. 그만큼 이효애 시는 언어미학의 창조보다 존재에 대한 관념적 사유에 더 무게를 둔다. 그의 시적 사유의 방향은 현실적 삶, 형이하학적 세계에 대한 부정적 인식을 보이기도 하지만, 존재와 시간의 속성이나 본질적 의미를 추구하는 형이상학적 세계를 지향한다. 시간은 끊임없는 회의와 허무를 불러와 존재에 대한 의미를 재구성하게 한다.

이효애 시인의 언어가 환기하는 것도 시간과 존재에 대한 형이상학적 허무다. 그는 바람, 빛, 비와 같은 자연을 소재로 한 시에서도 소재의 물질성보다 소재에 대한 관념적 사유를 즐기는 편이다. 그리하여 공리성이 배제된 순수 정신을 구현하거나 상상의 황홀한 세계로 진입한다. 이효애 시의 관념놀이가 추구하는 것은 실용성이나 공리성이 아니다. 순수한 정신의 지평이다. 그것은 존재에 대한 사유의 지평이며, 무상적 정신가치의 구현을 꿈꾸는 정신운동이다. 이효애 시가 폴 발레리가 말한 순수시 영역에 근접하는 이유도 여기에 있다. 그러나 존재에 대한 그의 시적 사유가 물질적 현상들을 관념적 의미의 세계로 수렴하면서도 철학적이거나 종교적인 명상에 이르지 못하는 점은 이효애 시가 안고 있는 사유의 한계로 여겨졌다. 현상에 대한 관념놀이가 보다 높은 형이상학적 인식을 견인하며 사유의 깊이를 더하게 될 때, 명상이란 더욱 투명한 정신세계로 나아가게 되지 않을까 생각해본다.

*03*

# 월·계간 시평

# 시의 새로운 지평을 위하여

시에서 현대성을 강조한 최초의 시인은 19세기 말 프랑스의 천재 시인 랭보다. 베르레에느로부터 '바람 구두를 신은 사나이'로 명명됐던 랭보는 37년의 생애에서 5년 미만의 극히 짧은 기간 동안 문학 활동을 했지만, 말라르메, 베르레에느와 함께 프랑스 상징파의 3대 지주로 평가될 정도로 한 시대를 풍미했다. 바람처럼 나타났다 바람처럼 사라진 신기루 같은 그의 시의 궤적은 오늘의 시대에서도 여전히 회자되며, 현대시의 영향권에 들어온다. 그만큼 그는 당대에 안주하거나 전통의 율법에 안심입명安心立命하고자 하지 않았다. 고뇌, 광기, 환희, 착란, 그리고 미지의 세계에 대한 열망으로 끊임없이 방랑하며, 절대적 자유를 추구하였다. 시에서 그는 모든 감각의 문을 열고, 현실의 배후에 존재하는 보이지 않는 영역까지 투시하는 견자이고자 했고, 이런 시의 정신은 20세기 초현실주의자들이 그들의 원조로 받아들이는데 서슴없게 했다. 랭보는 시집 『지옥의 계절』에서 현실의 절망으로부터 새로운 시대의 새벽이 도래하는 희망을 노래했다. 랭보는 당 시대의 첨단에서 현실 너머에 존재하는 미래의 불가시적 세계를 온몸으로 감각하며 전율하였다. 인내심 없이 성급하게 앞서가고자 했던 전위시인 랭보를 두고 앙리 몽도르는 '성급한 천재'라 평한 바 있다.

랭보가 제시한 '시는 절대적으로 현대적이어야 한다.'는 명제는 한 세기를 한 참 지난 지금도 유효하다. 왜냐하면 '현대'란 언제나 당 시대를 뛰어넘는 미래 가치를 염두에 둔 말이기 때문이다. 현대란 그 의식은 어느 시대에 있어서나 존재한다. 자기가 서 있는 현재를 돌아보고 예민한 감각으로 미래를 예측하는 시인은 항상 과거의 인습적 사고를 거부하고 새로운 지평을 열기 위하여 혼신의 힘을 다한다. 이런 결과로 얻어지는 것이 시에 있어서의 현대성이다. 당 시대가 안고 있는 불합리하고 부조리한 문제의 징후들을 날카로운 후각으로 감지하는 시인은 신경질적이지만 온몸으로 거기에 대응하며 새로운 탈출구를 찾아 암중모색하는 방황의 길에 기꺼이 신명을 바친다. 현실은 어느 시대에 있어서나 모순과 절망을 안고 있다. 시대의 첨단에 서 있는 시인들은 이런 현실의 한계에 몸부림치며, 그 벽을 뛰어넘기 위하여 온 정신을 투기投企하지만 때로는 좌절의 늪에서 신음하며 허우적거리기도 한다. 현실에 안주하지 않는 시인은 절망과 좌절의 아픔을 견디며, 불투명한 미래를 위하여 희망을 노래한다. 그래서 시는 항상 그 시대를 배반해 온 역사를 가지고 있다. 시대의 배반을 통하여 시대의 한계에 도전하고, 비속화한 현실로부터 탈출을 시도한다. 19세기 로맨티스트들이 초기 자본주의의 전체주의적 공동체로부터 개인을 해방시킨 것이 그렇고, 20세기를 장식한 뭇 사조들이 또한 그렇다. 알베르스가 『20세기 지적 모험』에서 "사상에서 삶으로, 규범에서 경험으로 문학을 달려가게 한 운동, 본능, 감성, 신앙을 인간의 고유한 재산으로 생각하고, 소위 환희란 현실을 도처에서 추구하고자 했던 시대"로 20세기 문학의 성격을 진단한 말 역시 시가 지향해야 할 절대 자유와 모험, 그 시 정신의 방향을 가늠하게 한다.

그러나 21세기에 들어선 현시점에서 시의 정신은 속박의 그늘에 가려진 감이 있다. 너무 현실에 안주하려는 의식의 안일성으로 시의 목소리는 가늘어지고 있다. 모험, 꿈, 환희, 열망 등의 불길은 자지러지고, 대신 경직성, 폐쇄성 속에 불투명한 시대의 암영만이 자리하고 있다. 새로운 세계에 대한 도전보다는 기존의 시 발성법을 답습한 채, 자기현시에 몰두하는 경향이 지배한다. 거기다 합리적 보편 이성의 산물인 자본주의와 과학 만능의 물질주의의 팽창은 더욱 가속화되고 있다.

자연과학의 황금시대와 자본주의 팽창이 가져온 물신 숭배의 정신은 인간을 더욱 왜소화, 획일화의 길을 밟게 하고, 시 정신 역시 상식주의의 틀에 갇혀 피폐한 골격을 드러낸다. 이런 시대와 맞물려 시의 언어는 더욱 속화 현상이 두드러지고 있다. 그러고 보면 어느 시대나 시의 속화 현상은 있었고, 그 속화 현상을 타개하려는 몸부림과 고난의 역정 또한 있어 왔다. 보들레르나 랭보가 19세기 말, 초기 자본주의의 병폐를 목격하면서 물신에 물들어 가는 신흥 자본가들의 문화적 허세와 위선을 신랄하게, 신경질적으로 비판하면서, 상식과 물질을 초월하는 전위적인 시 정신의 확장에 몰두한 행보 역시 당 시대가 안고 있었던 속물적 문화현상을 일신하려는 나름의 노력이었다. 그런데 요즈음 적당한 현실 안주의 시의 홍수 속에서 그로부터 벗어나 미지의 세계를 향하여 떠나고자 하는 정신 확장 운동은 잘 보이지 않는다. 공리적이며 진부한 모든 것으로부터 탈출하고자 하는 개체적 생명의 확산 운동이 절실히 요청된다. 범속성에 빠진 시의 언어를 일신하기 위한 의식의 변혁은 부정적 현실에 대한 번민과 미래에 대한 비전을 가슴으로 안으려는 의식과 맞물려 있고, 시적 방법론의 혁신에 몰두할 때 가능해진다.

현대를 정보화 시대라고 한다. 홍수처럼 쏟아지는 정보 때문에 현기증이 일어날 정도다. 오늘날 도시적 삶의 근저를 이루는 과학문명의 기술은 인간의 삶을 엄청난 속도로 변화시키고 있다. 적응하기 힘들 정도로 하루가 다르게 세계는 변한다. 이런 현상을 누군가 하이테크 쇼크라고 부정적으로 말했다. 인터넷을 통하여 수많은 익명화 된 가상현실이 만들어지고 여기에 탐닉하는 현대인들은 삶의 진정성을 상실해 가고 있다. 거대 자본이 지배하는 욕망의 집산지로 현대는 범람하고 있다. 과학 기술은 인간에게 물질적 풍요와 쾌락을 주었지만 인간 존재의 위의는 소통 부재의 단절과 자기부정의 나락에서 오히려 왜소해지고 있다. 인간의 가치 기준은 물질의 척도에 의하여 설정되고, 쾌락의 소비재와 욕망의 재원을 맹목적으로 좇는 현대인들은 치열한 경쟁에 전력투구한다. 여기서 가진 자와 못 가진 자의 양극화 갈등은 후기 자본주의 사회의 어두운 그늘이다. 고도의 산업화 물결은 도시 공간을 확산시키고, 그 속에서 현대인들은 갇힌 삶을 강요당한다. 기계적으로 반복되는 일상과 말초적 쾌락 추구는 인간의 진정성마저 소멸시키고 있다. 욕망을 충족시키기 위한 상품은 그 물성物性으로 인간까지 물화物化시켜 버린다. 인간이 상품을 생산하고 소비하는 도구로 전락될 때, 인간의 정체성은 생명을 잃고 박제된 몰골이 될 수밖에 없다. 하이테크 사회는 그 역작용으로 테크노스트레스라는 신조어를 낳았다. 이 신경증의 원인은 반복적 작업 활동과 타인과의 관계 단절에서 오는 소외감, 그리고 능력의 한계성으로 인한 허탈감 등에서 비롯된다고 한다. 이렇게 현대 자본주의 사회는 인간 존재에 위협적이다. 현대 도시는 고유한 개인을 부정하고 익명으로 구성된 집단의 한 부분으로 전락시킨다. 여기서 오늘날의 시인은 사물화된 자신을 목격하고 절망할 수밖에 없고, 인간 본질의 회복에 대한 강한 열망을 가질 수밖에 없다. 시는 항상 현실의 오류를 부정하고, 상상적 순수영역을 확보하고자 하는 노력이며, 하이데카가 말한 공리적이고 실용적인 그런 불순성으로부터 정신 해방을 꿈꾸는 일이기 때문이다.

시는 자유를 추구해 온 역사를 가지고 있다. 그중 현대시는 이성의 감옥으로부터의 해방을 꿈꾸며, 정신의 무한한 자유를 획득하기 위하여 고심해 왔다. 과학 문명에 의하여 피폐해진 인간 정신을 복원하기 위하여 일군의 시인들은 끊임없이 고뇌한다. 무미건조한 상식의 틀에서 양식, 규범, 논리의 금과옥조에 안주하기를 거부하고, 시에 새로운 감수성의 불을 댕기기 위하여 고군분투孤軍奮鬪한다. 수세기 동안 관습적 관념에 길들여져 온 인간 정신은 물질문명의 통속화를 거치면서 더욱 벽장에 갇힌 느낌이다. 오랫동안 만들어진 보편적 율법은 인간의 상상력과 감성을 말라붙게 했다. 아니 억압해 버렸다. 보편적 진리란 미명으로 윤리적 관습이나 습성에 길들여진 현대인은 메커니즘의 사고에서 벗어나지를 못한다. 시는 이런 상식화된 의식을 해방 시키는 역할을 해야 한다. 무의식에 억압된 인간의 원초적 감성을 다시 불러와야 한다. 현대 문명이 미신이나 공상이라고 버린 것들을 다시 복원해야 한다. 주관과 객관이 분화되기 이전의, 인간과 우주의 무의식적 융합의 세계를 시의 언어로 건져 올려야 한다. 그리하여 시는 경이적 감각을 다시 부활시켜서 새로운 신화를 창조하게 될 것이다. 그러기 위해서는 양식이나 논리를 초월한 꿈과 유아의 상태에 더욱 가까이 가야 할 것이다. 베르그송이 공리적이고, 실용적인 사고를 거부하고 '순수지속'이라는 고도로 추상화된 세계에다 호모 사피엔스의 탑을 쌓으려고 했듯이 이런 노력들이 피폐해진 인간성 회복의 지름길이 될 것이다.

여기서 아방가르드의 시 정신을 다시 음미해 볼 필요가 있다. 아방가르드 시 정신은 기존의 사고와 기존의 관념으로부터 탈출하고자 한다. 이미 세워진 사고의 벽을 허물고 새로운 시대에 걸 맞는 새로운 깃발을 꼽고자 한다. 사물의 본질은 시대와 함께 변화하여 왔고, 따라서 시의 시각도 변해야 한다. 기존의 틀에서 시가 안주할 때, 시는 이미 고인 썩은 물이 된다. 우리는 항상 새로운 생명을 갖기 위하여, 새로운 피를 수혈받기 위하여 시의 실험 정신을 거부하지 않는다. 첨단 테크놀로지 시대, 하루가 다르게 급변하는 무한 미디어 시대, 불확실성이 증폭되고 있는 격변하는 시대의 한복판에 우리는 있다. 이런 혼란의 시대에서 단선적인 획일화된 서정적 사고는 설득력을 갖기가 어렵다. 시의 형식과 방법에 있어서 다양한 전술적 접근이 요청된다는 뜻이다. 이상李箱은 "어느 시대에도 그 시대인은 절망한다. 절망은 기교를 낳고 기교 때문에 또 절망한다."고 했다. 새로운 기교를 찾아서 새로운 시대에 대응하려는 시 정신은 기교로 하여 절망하기도 하고, 기교로 하여 새로운 가능성의 희망을 갖기도 한다. 시의 기교는 언어의 운용방식과 관련이 있다. 언어의 결합에 의하여 생성되는 이미지는 심령, 상상력, 원초적인 의식을 불러일으키는 속성을 지니고 있다. 시인이 언어를 다루는 단순한 기교가로 전락하지 않는 한, 고도의 기교를 통하여 생명력을 획득한 이미지는 몽상적 세계와 현실적 세계를 관통한다. 어떻든 시대는 변한다. 시의 사조도 변한다. 우리의 정신을 지배하는 가치 기준도 변한다. 이런 변화에 대한 응전력을 상실한 시는 진부한 악취를 풍긴다. 어느 시대나 보수와 혁신의 정신은 공존하지만 역사는 개방된 정신세계를 향하여 진전되어 왔다. 이데올로기의 예속성으로부터 벗어나 진정한 의미의 시적 자유를 획득하기 위한 개척 정신은 이 땅의 시인들 내부에서 살아 있다고 믿는다.

다시 랭보로 돌아가자. 1854년에 태어난 랭보는 1870년, 세기말의 어두운 그늘이 드리워지던 프랑스 문단에 16세의 어린 나이로 혜성처럼 나타났다. 그러나 아직 21세에도 이르기 전인 1875년에 그는 문학을 포기하고, 영국, 독일, 이태리, 이스파니아, 자바 등을 유랑하였다. 드디어 이집트 알렉산드리아를 거쳐 에티오피아 등의 아프리카 오지에서 탐험과 교역을 하며 바람처럼 방랑의 길을 떠돌다 귀국 도중 병을 얻어 마르세이유에서 1891년 37세의 젊은 나이로 요절하였다. 따라서 랭보가 시인으로 활동한 기간은 극히 짧은 수년에 불과하다. 그런데도 불구하고 현대시에 끼친 영향은 엄청나다. 그것은 랭보가 희대의 반항아로서 당대의 문화 전반을 부정하고, 거기에 저항하며 새로운 시의 방향을 모색하는 전위의 위치에 있었기 때문이다. 랭보는 사회, 역사, 과학, 종교뿐만 아니라 진보, 정의, 사랑 등 우리 의식을 지배하는 덕목과 문명까지 부정하고 모멸하였다. 이와 대척점에 있는 원시적인 자연의 장엄함에 도취하고, '보이지 않는 것'에 대한 갈망과 동경을 노래하였다. 이점은 보들레르의 교감의 세계를 더욱 진전시킨 것으로 볼 수 있다. 랭보는 친구에게 보낸 「견자見者의 편지」로 일컬어지는 편지에서 "나란 한 사람의 타인이다."란 유명한 말을 남긴다. 여기서 타인이란 의식적인 나와 구별된 무의식의 나를 말한다. 무의식의 상태에서는 내가 나를 본다. 내가 관찰하고 들여다 본 나를 랭보는 타인이라고 했다. 내가 무의식의 상태에서 시를 쓴다는 말도 된다. 의식적으로 시를 제작하는 것이 아니라 방심의 상태에서 시가 이루어진다는 뜻이다. 이 부분은 초현실주의의 자동기술법과 내통이 된다. 결국 랭보가 말한 견자는 자아의 깊은 내면을 들여다보는 자이고, 현실의 배후에 있는 별세계를 투시하는 자이다. 모든 감각을 착란 시켜, 광기에 몸을 맡김으로써 초 감수성의 세계로 들어가는 자이기도 하다. 일상적이고 상투적인 사물에의 접근을 거부하고 모든 감각이 착란 되었을 때 출현하는 새롭고 경이로운 사물과 그러한 상태를 기술하는 시인이 랭보가 생각하는 견자다.

랭보의 이런 견자의 정신은 우리 시대의 시 정신을 음미하는데 있어서 많은 시사점을 던진다. 그가 19세기 시인이지만 당대의 현실을 부정하고 미지의 세계를 향하여 몸을 던진 모험정신은 오늘의 시대에서도 요청되는 것이다. 비인간화, 비 자연화가 심화되고 있는 질식할 것 같은 현대 문명사회에 시인은 생리적으로 순응하기가 어렵다. 아니 시류에 순치되기를 거부한다. 시인은 우주의 섭리와 조응하고, 인간성 회복을 위하여 자아에 대한 깊은 성찰에 몰두하고, 이를 시로 견인해 내는 방법론에 대한 치열한 고뇌에 빠진다. 랭보가 문학을 버리고 방랑의 여생을 보낸 것은 현실에 안주할 수 없는 치열한 모험정신을 행동으로 보여준 것이다. 타성에 젖어 있는 시의 현실을 일신하고 시의 새로운 지평을 꿈꾸는 자는 랭보의 이 정신을 가슴에 안고 가야 한다. 그것이 인습이나 관행에 대한 통렬한 반항을 전제로 하는 것이기에 당대의 몰이해는 물론이고 주변으로부터 소외되기 십상이다. 하지만 현대 시인은 무미건조한 상식의 틀을 기꺼이 버리고 이 험난한 예술의 길에 몸을 던져야 할 것이다.

「너는 잔인한 놈으로 남으리라...... 따위의 말을, 그토록 멋진 양귀비꽃을 나에게 씌워준 악마가 다시 소리친다. 네, 모든 욕망과 이기주의와 모든 너의 죄종罪宗을 짊어지고 죽으라.」

– 랭보의 『지옥의 계절』 서시 중에서

# 토속종교와 문학
## — 김동리, 김소월, 유병근, 박청룡

무릇 모든 민족의 토속종교가 그렇듯이 한국의 토속종교도 샤머니즘과 토테미즘의 성격을 지닌다. 한국의 토속종교는 불교, 도교, 유교, 기독교 등의 문명화 된 외래 종교가 들어오기 이전부터 민간신앙 형태로 전승되어 왔다. 불교, 기독교 등의 외래 종교가 토착화되는 과정에 민간신앙의 기복 의식과 결합 되었음은 이미 주지의 사실이다. 한편 한국의 토속종교가 우리 민족의 민속 문화 형성에 지대한 영향을 미쳤다는 사실 또한 부정할 수 없다.

토속종교와 문학 역시 원시로 올라갈수록 더욱 밀착되어 있었음을 학자들은 주장한다. 그 단적인 예를 토속종교의 뿌리라고 할 수 있는 원시 제천의식祭天儀式의 형태에서 찾을 수 있다. 이 원시 제천의식은 예술사의 측면에서 보았을 때는 시, 음악, 무용이 미분화된 원시 종합예술ballad dance에 해당한다. 우리나라에서는 부여의 영고, 고구려의 동맹, 예의 무천, 삼한의 오월제나 시월제 등이 이런 제의적祭儀的 성격과 원시 종합예술의 성격을 동시에 지니고 있었음을 고문헌들은 진술하고 있다. 그 단적인 예로『삼국지三國志』에 있는「위지魏志 동이전東夷傳」의 기록을 들 수 있다.

「夫餘 以殷 正月 祭天 國中大會 連日飮食歌舞 名曰迎鼓………馬韓 常以五月下種記 祭鬼神 群聚歌舞飮酒 晝夜無休....」(부여 사람들은 은나라 정월달에 하늘에 제사를 드렸는데 나라 백성들은 크게 모여서 연일 마시고, 먹고, 노래 부르고 춤을 췄으니 이를 영고라 일렀다......마한에서는 매 오월에 씨뿌리기를 마치고 귀신에게 제사를 지냈는데 많은 무리들이 떼를 지어 노래 부르고, 춤추고, 술을 마시기를 밤낮으로 쉬지 않았다.…)

이런 기록 내용은 우리 민족의 원시적 제의의 종교 행위가 주술, 음악, 무용 등이 융합된 종합예술형태였음을 알 수 있게 한다. 인류학적 연구에 의지하여 일체의 예술 현상을 사회성으로 설명하고자 했던 영국의 헌Y. Hirn이나 에른스트 그로세Ernst Grosse의 예술의 기원에 관한 학설과 부합한다고 볼 수 있다. 예술의 기원은 순수한 심미의식審美意識에서 출발하는 것이 아니라 다산풍획多産豊獲을 기원하는 주술적呪術的 방편, 곧 종교적 상징이요 실제적이고 비심미적인 목적에서 출발한다고 그들은 주장했다.

삼국지의 이 기록은 우리 민족의 원시 제천의식의 중심에 〈가무歌舞〉가 있었음을 말하고 있다. 〈가무〉는 삼위일체의 종합예술을 의미한다. 노래와 춤, 노래에는 〈음악〉과 〈시〉, 곧 주술이 동거하고 있었다. 〈가歌〉의 옛 훈古訓은 〈노래〉가 아니고 〈놀애〉다. 유遊. 희戱의 뜻을 가지고 있는 〈놀이〉에서 연원된 말로 볼 수 있다. 〈놀이〉란 말 속에는 처용무, 처용희와 같은 무속巫俗의 제의적 행위의 의미까지를 포함한다. 이 점에서도 영고, 무천 같은 제의에서 행해진 원시 가무가 제전祭典과 밀착된 행위예술의 성격이 짙었음을 엿볼 수 있다. 우리 조상들은 주로 하종기와 추수기에 제천祭天, 제귀신祭鬼神하기 위하여 집단적으로 가무한 것을 알 수 있는데, 헌Hirn은 고대 농업민족에게 나타나는 공통된 현상이라고 말하고 있다. 따라서 문학은 원시 종합예술에서 분화되기 이전부터 제천의식과 불가분리의 관계에 놓여 있었고, 종교와 정치가 분리된 이후에도 민간신앙 형태인 토속종교의 의식에 뿌리를 두고 문학이 발전해 왔음을 알 수 있다.

이미 앞에서 토속종교는 샤머니즘Shamanism과 토테미즘Totemism의 성격을 지닌다고 했다. 문명화 된 기독교나 불교와 같은 종교와는 구별된다. 샤머니즘은 주로 시베리아 북부 여러 부족 사이의 원시 종교를 가리키나 토속신앙의 일반적인 범칭으로 무교巫敎, 또는 무격신앙巫覡信仰으로 번역한다. 자연현상이나 인간사를 신의 의지에 의한 것이라 생각하는 원시 신앙이다. 타일러E. B. Tylor는 종교의 최소한의 정의를 영적 존재에 대한 신앙으로 규정하고, 인간의 영혼이 인간 이외의 존재에 적용되었을 때 이를 정령(精靈. spirit)이라고 하였다. 농경사회로 들어오면서 인류는 삼라만상 속에서 영혼과 정령의 존재를 인정하고 그것을 믿음의 대상으로 삼았으며, 그것을 다시 악령과 선령으로 구분하여 악령은 물리치고 선령을 위무하기 위하여 주술의 힘을 빌리고자 하였다. 여기서 이를 행하는 전문 주술사를 일컬어 샤먼shaman이라 한다. 종교와 샤머니즘(巫覡, 呪術, 魔術)은 제의적祭儀的 측면에서는 유사하나 종교의 의식儀式은 인간을 초월한 힘과의 화해를 목적으로 하고, 샤머니즘의 의식은 인간을 초월한 힘에 대항, 대결하고자 하는 의도를 더 가지고 있다. 따라서 샤머니즘은 원시시대의 신앙으로서 종교와 주술이 뒤섞인 형태로 볼 수 있다.

토테미즘은 토템에 의하여 형성되는 사회체계 및 종교 형태를 말한다. 일정한 사회집단이 어떤 동물이나 식물과 기원을 같이 한다고 믿고 그것을 매개로 단합하여 인간집단을 구성함을 말한다. 토템 신앙을 중심으로 하는 제도를 갖는 단계로서 토템에 의한 씨족의 분할, 동일한 토템족 사이의 결혼 금지와 같은 사회적 풍습과 관련이 있다. 프로이드S. Freud는 토테미즘의 근원을 근친상간 욕구에 대한 미개인의 공포심에 있다고 말한 바 있다. 토템 동물을 살해해서는 안 된다는 계명과, 같은 토템족의 여자와는 결혼해서는 안 된다는 계명에서 이루어지는 오디푸스 콤플렉스Oedipus complex야말로 인간 심리의 원초적인 갈등이며, 신화를 설명할 수 있는 열쇠라고 프로이드는 주장했다. 우리 민족의 가장 오래된 문학 유산으로 볼 수 있는 단군신화는 우리 조상들이 곰을 숭배하고 호랑이를 배격했던 토템 신앙의 한 단면을 보여준다. 하늘의 상징인 환웅이 지상의 상징인 곰과 호랑이 중 곰과 결혼하여 단군이 탄생했다는 이 신화 내용은 곰을 토템으로 하는 일족의 등장과 관련이 있고, 마늘과 쑥만을 먹고 백일동안 햇볕을 보지 않는 인고의 과정을 거쳐 여자로 환생한 곰이 그와 결혼할 상대가 없었다는 것은 원시 사회에서는 같은 토템 안에서의 결혼이 금지되어 있었음을 암시한다. 그리고 마늘, 쑥, 햇볕 등과 관련한 내용들은 무격신앙의 禁忌(Tabu)적 사고가 반영된 것으로 볼 수 있을 것이다.

삼국유사 가락국기三國遺事 駕洛國記에 나오는 가락국의 영신군가(迎神君歌. 일명 龜旨歌)에서도 샤머니즘의 마술적이고, 주술적인 성격은 여실히 드러난다.

「後漢世祖光武帝 建武十八年 壬寅三月*禊浴之日 所居北龜旨 有殊常聲氣呼喚 衆庶二三百人 集會於此 有如人音 隱其形而發其音曰 此有人否 九干等云 吾徒在 又曰 吾所在爲何 對云龜旨也 又曰 皇天所以令我者 御是處 惟新家邦 爲君后 爲玆故降矣 你等須掘峰頂 撮土歌之 龜何龜何 首其現也 若不現也 燔灼喫也 以之路舞 則是迎大王 歡喜踊躍之也 九干等如其言祈而歌舞 云云」

(후한 세조 광무제 건무 십팔 년 삼월 계욕의 날에 마을 북쪽에 있는 구지봉에서 수상한 소리가 들려 백성 이삼 백인이 이곳에 모였다. 사람의 소리가 들리되 그 형체는 보이지 않고 말하기를 이곳에 사람이 있는가? 없는가? 구간 등이 대답하되 예, 저희들이 여기 있습니다. 하니 내가 온 곳이 어디냐? 또 묻기로 구간 등이 구지봉입니다 라고 대답 하였다. 또 말하되 황천께서 나에게 명령하기를 이곳을 다스려 새 나라를 세우라 하셨기로 나는 너희들의 임금이 되어 내려갈 것이다. 그러니 너희들은 구지봉 봉우리의 땅을 파면서 거북아, 거북아 네 머리를 내어라 네 머리를 내놓지 않으면 구워서 먹으리 하고 노래를 부르며 춤을 추면 이것이 대왕을 영접하는 일이 될 것이니 기뻐하고 뛰어 놀아라 하매 구간 등이 그 말을 따라 다 같이 기도하고 노래 부르며 춤을 추었다)

삼국유사의 이 기록 속에 전하는 영신군가(밑줄 친 부분)는 우리나라 고

대 신요神謠의 한 편린을 보여준다. 이 노래는 훨씬 후대인 신라 성덕
왕 때의 수로부인이 동해 용왕에게 나포되었을 때 그를 구출하기 위하
여 불렀다는 〈해가사海歌詞〉의 내용과 흡사한 것으로 보아 상당히 오랫
동안 주술의 힘을 가지고 전승되었음을 짐작할 수 있다. 삼국유사에
수록된 해가사의 내용은 다음과 같다.

「龜乎龜乎出水路 掠人婦女罪何極 汝若悖逆不出獻 入網捕掠燔之喫」
(거북아, 거북아 수로를 내어라 남의 부녀 앗아가는 죄 크도다. 네 만약 내어놓지
않으면, 그물로 잡아 구워 먹으리).

　연신군가가 신군神君을 맞이하기 위한 주술요呪術謠라면, 해가사는 액
을 당하고 여기에서 헤어나려는 목적의 주술요란 차이가 있기는 하나
소원을 빌어 성취했다는 점과 집단적 가무란 점에서 일치한다.

　앞에서 인용한 가락국기에 나오는 말 중 ＊표가 있는 계욕일禊欲日은
삼월 삼짇날을 가리킨다는 설도 있으나 〈계욕〉의 행위는 영고, 동맹,
무천과 같은 제의적 성격, 곧 Ballad dance적 행위로 볼 수도 있다.
그리고 〈龜旨峰〉은 제의나 주술이 행해지는 성소聖所였을 것이다. 영
신군가나 해가사에 등장하는 〈龜:거북〉은 우리 민속에서는 영물靈物로
인식된다. 프로이드가 말한 신성한 외포畏怖의 존재에 해당한다. 그런
데 이런 거북에 대하여 '若不現也, 燔灼而喫也'(영신군가), 또는 '入網捕掠
燔之喫 '(해가사) 하며 위협적 주술을 행한 것은 샤머니즘의 특징을 여실
히 드러낸 것이다. 비인격적인 영물과 화해가 아닌, 대결 의식을 보인
다는 점에서 그렇다. 이것은 신적인 영물과 인간이 대등한 공존 관계
임을 반영한 무의식적 주술 행위로 볼 수 있다. 이것은 삼라만상에 대
한 신비적 공존감共存感, 곧 전논리(前論理, prélogique)의 원시적 심성에서
나온 주술이다. 사물을 논리적으로 사고하기 전의 심적 상태, 아직 이
성이 발달하기 전, 무의식 상태에서 접한 대자연과의 신비적 공존감,
또는 신과 인간의 영혼이 교통하여 융합하는 영매의식. 이런 주술의
본질을 프레이저(J. G. Frazer)는 〈공감共感의 법칙法則〉으로 설명했다. 해

가사에서 〈해룡〉 같은 신물神物과의 신비적인 공존감의 표현은 논리 이전의, 자연과 무의시적으로 융합하는 원시적 심성의 발현이다.

문학의 모태라고 볼 수 있는 신화, 전설, 민담 그리고 한역되어 전해지는 고시가의 내용들을 살펴보면 원시 제의祭儀나 샤머니즘의 주술과 밀접한 관련 하에서 문학이 태동했음을 알 수 있다. 샤머니즘의 무속적이고 주술적인 것들은 원시시대에 발생하여 역사시대 이후, 제정祭政이 분리되고, 문명이 발달된 오늘에 이르기까지 각 민족의 저변에 깔려 전승되고 있다. 현대화 된 종교의 의식과 일정 부분 융합되기도 하고, 민간신앙, 또는 미신迷信으로 전락되어 현존하고 있다. 원시종합예술의 형태에서 문학이 분화되어 독자적인 영역을 확보한 이후에도 무속신앙을 모티브로 한 작품들은 많이 보인다. 이미 서정시의 양식으로 틀이 갖추어진 시대에 와서도 인간의 길흉화복을 자연물에 비는 내용의 시가는 흔히 접할 수 있다. 현전하는 유일한 백제시대의 노래로 알려진 〈정읍사〉나 신라시대의 향가인 〈처용가〉, 〈혜성가〉 등이 그 예가 된다. 정읍사는 멀리 행상을 떠난 남편이 무사히 돌아오게 해주기를 달에게 비는 형식을 취하고 있고, 처용가는 처용이 그의 아내를 범하는 역신疫神을 물리치기 위해 불렀다는 8구체 향가다. 이 노래는 그 이후에도 민간에서 주술의 힘이 인정되어 악신을 쫓기 위한 무가巫歌로 전승되었다. 10구체 향가인 혜성가 역시 혜성을 물리쳤다는 축사逐邪의 노래다.

그렇지만 인지가 발전하고, 점차 이성적 사고가 인간의 의식을 지배하고, 그에 따른 문학의 독자 영역이 확장되면서 문학은 그 주술성을 잃었다. 무격신앙의 샤머니즘은 미신으로 전락하면서 문학과 결별해 갔다. 복잡다양해진 인간의 삶, 역사, 철학, 종교, 사회, 과학과 같은 다양한 영역의 비약적인 발전과 궤를 같이 하면서 문학은, 시는 보다 심미적이고, 고도의 기교를 앞세운 예술 장르로 진전되었다. 그런 가운데서도 무속신앙에 대한 문학적 관심을 보인 작가와 시인들은 계속 있었다.

김동리의 소설 〈무녀도巫女圖〉는 토속신앙과 외래 그리스트교 신앙을 받드는 두 인물의 대립과 충돌을 그림으로서, 무당 또는 무속의 형이상학적인 세계에 대한 특별한 관심을 보인다. 한 핏줄인 모자母子가 그들이 받드는 신관神觀의 차이로 상호 거부, 충돌하는 관계가 이 소설의 기본 구도다. 어머니 모화는 자연에 순응하는 토속신앙의 한 정신적 지주다. 외래 종교의 상징을 지닌 아들 욱이는 그가 믿고 있는 종교를 대리하는 계층적, 문화적 세력의 한 전형이고, 낭이는 어머니인 모화와 오빠인 욱이의 서로 다른 신관의 불꽃이 충돌할 때마다 스스로의 동굴로 빠져 들어가 자기 세계에 도취되고 신비화될 뿐 독자적인 의미를 지니지 못하는 인물이다. 서로를 배제하는 종교적 대결에서 필연적으로 아들의 피의 희생과 죽음을 부르게 되고, 모화는 김씨 부인의 초혼 굿을 하는 중에 넋두리를 하면서 새로운 접신接神의 신열神悅 상태에 빠져 물에 잠겨 버리고 만다. 이 소설의 진행 동기는 외래 종교와 토속 무신巫神, 또는 새 것과 낡은 것의 대립으로 볼 수 있다. 토속 또는 낡은 것을 대표하는 모화는 무당의 신명어린 가락에 의하여 상징적인 의미를 띠며, 현실적이고 외래적인 요소를 지닌 욱이와 화해할 수 없어 맞서다가 결국 죽음에 이르게 되지만 그의 죽음에는 영원의 상징 같은 것이 담겨져 있다. 무격의 세계는 현실로부터 초월한 영혼의 세계를 지향하는 것임을 감안할 때 당연한 귀결일 것이다. 어떻든 이 소설은 외래 종교인 기독교가 정착하는 과정에서 토속종교인 무속신앙과 맞서 대립 갈등하게 되는 역사의 필연을 상정하고 있다. 김동리는 이 소설 이외에도 장편소설 〈을화〉, 단편인 〈바위〉, 〈역마〉 등의 작품에서 샤머니즘을 바탕으로 한 허무적이고 신비적인 운명론을 다루고 있다.

산산히 부서진 이름이여!/ 허공중에 헤어진 이름이여!/ 불러도 주인 없는 이름이여/ 부르다가 내가 죽을 이름이여//.......붉은 해는 서산마루에 걸리었다/ 사슴의 무리도 슬피 운다./ 멀어져 나가 앉은 산 위에서

/ 나는 그대의 이름을 부르노라//.........

– 김소월의 시, 「招魂」 일부


　　말문 닫고 외로운 사내는/ 커다란 징이나 밤새 칩니다/ 담배 한 개피 말아 피우고/ 눈빛 시퍼런/ 바다로 향하여 돌을 던집니다/ 검붉은 댕기 곱게 땋은/ 목쉰 여인들/ 여인들은 문밖에서 기다립니다/ 깡마른 사내의/ 징소리 징징 늦도록 울고/ 목쉰 여인들도 따라 웁니다/ 이승 아니면 볼 수 없는/목덜미 푸른 새가/ 댓돌 위에 날아와 앉았습니다

– 유병근의 시, 「西神캠프 60」


　　한밤 중/ 달이 뜨는 마을엔/ 門이 열리고/ 열리는 집들의 門 밖으로 / 아내들은 그들의 속옷을 던진다/ 알몸의 아내들은 칼을 들고/ 그들 사내들의/ 온몸에 솟아 있는 털을 깎는다/ 맨살이 된/ 맨살인 男丁네의 꼬리를 잡고/ 날아간다/ 하늘엔 흰눈이 펑펑 쏟아지고 있다

– 박청룡 시, 「불의 假面 1」


　　위에 인용된 시들은 현대인의 의식에 반영된 무속의 세계를 시적으로 변용하고 있다는 공통점이 있다. 그러나 고대 시가에서 발견되는 주술적 기능은 거세되고, 인간의 비극적 감정을 표출하기 위한 도구로 차용되거나, 원색적 분위기의 미학적 측면을 형상화하기 위한 소재로 등장하고 있다. 김소월의 〈초혼〉은 제목에서 망자를 부르는 초혼제의招魂祭儀를 연상하게 한다. 또 호칭적 진술을 반복하는 부름의 형식을 취하여 전통적인 상례喪禮의 고복의식皐復儀式을 시에 수용하고 있다. 그러나 이 시는 임의 죽음에 대한 극한적 슬픔과 그리움이라는 인간적 감정의 표현에 역점이 주어져 있고, 초혼의 제의적인 면은 감정 표현의 수단으로 전락하고 있다. 이에 비하여 유병근과 박청룡의 시는 무속에 대한 직접적인 관심을 드러낸다. 무속이 갖고 있는 광기나 원색적인 빛깔의 분위기

에 더 천착하고 있다. 이런 무속의 시적 변용은 인간의 무의식 속에 잠복되어 있는 원형심상들을 끄집어 올리고, 처절한 원시적 갈망을 형상화하는 방향으로 작동한다. 특히 유병근의 〈서신캠프 60〉은 이승에서 저승을 향하여 수없이 신호를 보내고 있는 한 무당 사내의 처절한 고독과 접신, 그리고 그 순간의 황홀경을 형상화하고 있다. 신과의 만남, 접신의 영매의 세계를 일체의 설명을 배제한 순수 이미지로 나타내고 있는 것이다. 끈질긴 무당의 삶, 완전히 벌거숭이가 된 인간 본성의 한 원형을 제시한다. 박청륭의 〈불의 가면〉은 유병근의 시보다 더 장면화 된 이미지의 구성으로 무속적 행위들을 감각화 하고 있다. 이 시에서 달이 뜨는 마을은 무속마을일 것이고, 이 시에 등장하는 아내와 사내들은 굿(祭儀)을 준비하는 무당들일 것이다. 그러나 이 시의 무속적 이미지들은 신성불가침의 영적 세계에 대한 동경이나 외경보다는 무속적 행위가 갖고 있는 강렬한 원형적 색조에 더 자극되고 있다. 에로틱한 전율까지 수반한다. 이것은 샤머니즘의 제의가 갖고 있는 종교적 의미보다 무속 행위의 그로테스크한 미학적 측면에 관심이 더 우선하기 때문에 나타나는 현상일 것이다

이상에서 토속종교인 샤머니즘과 문학이 얼마나 밀접한 관련을 가지고 문학이 진전되어 왔는가를 살펴보았다. 앙드레 브르똥 Andrés Brêton은 "문명과 진보라는 명목 하에 옳건 옳지 않건 간에 미신이나 공상이라고 비난받을 만한 것은 마침내 모두 내던져버렸다."고 개탄한 적이 있다. 이제 우리는 미신이나 공상이라고 버린 것들을 다시 주워 와야 한다. 무분별의 원시적 심리 속으로, 그 어둠의 심연으로 들어가서 인간과 우주의 무의식적 융합의 세계를 시의 언어로 건져 올려야 한다. 시는 경이적 감각을 다시 부활시켜서 새로운 신화를 창조해야 한다. 그러기 위하여 시의 주술적 기능을 다시 음미해 볼 필요가 있다. 시는 원시의 주문呪文에 그 뿌리를 두고 있었다는 사실을 우리는 깨달아야 한다. 현실의 저쪽인 피안이나 영적 세계를 투시하고, 우주의 신비와 공감할 수 있는 언어

는 보통의 일상적이고 실용적인 언어로서는 불가능하다. 정수화精髓化한, 정령화精靈化 된, 그런 말을 시의 언어로 가지고 와야 한다. 그리하여 주술능력의 회복을 염원해야 한다. 사물을 인식하는 능력에 있어서도 시인은 주술사에 버금가는 힘을 길러야 한다. 시인은 현실만을 보지 않는다. 인간 내부의 심층과 불가시적 선험의 세계를 투시해야 하고 직시해야 한다. 그런 의미에서 시인은 고도로 세련되고 문명화된 현대의 주술사들이다. 현대의 예술가, 시인들이 고대의 벽화나 원시 부족의 유물, 또는 무형의 유산에서 예술적 영감을 얻고 있다는 사실은 이 점에서 시사하는 바가 크다.

# 1930년대 한국 모더니즘의 시
## - 정지용, 이상, 김기림, 김광균

근대 개화기 이후 한국 신시의 역사에서 1930년대는 예술지상주의적인 시의 꽃을 피웠던 시기이다. 1930년에 창간한 시문학이 그 촉매를 했다는 것은 주지의 사실이다. 시문학파의 등장은 계급투쟁이란 이념을 문학의 중심에 두었던 카프에 대하여 반발하면서 시의 순수성, 독자성, 언어예술로서의 시의 위상을 확립하는 계기가 되었다. 또한 시적 기교에 대한 관심을 제고하면서 표현의 중요성을 인식하게 했다. 지나치게 언어의 감각에만 의존하는 경향 때문에 경박하다는 비판도 받았지만 한국시가 현대성을 갖게 되는 시점이 이 때이기도 하다. "30년대 직전의 경향시는 내용편중에 빠졌던 것 같고, 기교를 인식하고 내용과 기교를 통일한 전체로서의 시에 도달하는 것은 그 뒤의 과제가 아니었던가 생각한다."는 1936년 조선일보 기고 글에서 김기림이 한 이 말은 이 시기에 이루고자 했던 문학적 성취가 무엇이었던가를 시사한다. 물론 이런 시관이 이데올로기 신봉자였던 임화의 비판을 받았지만 이 시기에 등장한 언어미학의 실험시들이 그 이후 한국시의 지평을 열어 가는데 중심 역할을 한다는 사실을 우리는 부정할 수 없다. 이에 따라 이 시기에 발표되어 명시로 읽혀지는 몇 편의 시를 돌아보기로 한다.

## 1. 정지용의 「유리창 1」

유리창에 차고 슬픈 것이 어른거린다.

열없이 붙어 서서 입김을 흐리우니

길들은 양 언 날개를 파닥거린다.

지우고 보고 지우고 보아도

새까만 밤이 밀려 나가고 밀려와 부딪히고

물 먹은 별이, 반짝, 보석寶石처럼 박힌다.

밤에 홀로 유리를 닦는 것은

외로운 황홀한 심사이어니

고흔 폐혈관肺血管이 찢어진 채로

아아, 늬는 산山ㅅ새처럼 날아갔구나.


  정지용은 1925년 경도유학생京都留學生들의 회지에 처음 시를 발표하였다. 시문학 창간 이전에 이미 「카페 프린스」, 「바다1」, 「새빨간 기관차」, 「석류」, 「향수」 등 많은 작품들을 발표하여 그의 시적 위치를 확보하고 있었다. 시문학 창간 직전에 박용철이 김영랑에게 보낸 편지에서 정지용을 극찬하며 천거하고 있는데, 이로 보아 같은 동향이며, 청도학원 동문 관계였던 박용철과 김영랑이 시문학 창간의 주축이었고 여기에 정지용이 가세한 것으로 짐작된다. 김영랑이 음악적 순수시의 지순한 경지를 보여준 시인이라면 정지용은 회화적 이미지 중심의 순수시 영역을 개척한 시인으로 대척점에 있다. 국문학사에서 근대시와 현대시의 분수령의 위치에 정지용을 두는 이유도 여기에 있다. 시의 회화성에 대한 각성은 20세기 초두에 있었던 흄, 파운드, 엘리엇 등의 서구 이미지즘 운동에서 촉발된 것이지만 이의 원용을 정지용 시인의 시에서 발견할 수 있다. 그 이후 김광균, 김기림, 박남수, 이한직 김종한 등이 이를 계승 발전시켰다는 점을 고려할 때 정지용의 이런 시적 태도가 한국 현대시에 얼마나 많은 영향을 미쳤는지는 충분히 가늠이 되고도 남는다.

이미지스트로서의 정지용의 위상은 "바다는 뿔뿔이/ 달아날랴고 했다.// 푸른 도마뱀처럼/재재발렸다.// 흰 발톱에 찢긴 산호珊瑚보다 붉은 상채기!"(「바다 2」)와 같은 바다의 이미지를 감각화한 시에서 분명히 드러난다. 이 시에서 각 연은 한 문장으로 이루어져 있고, 각 문장은 독립된 심상을 이룬다. 심상에 도움이 되지 않는 어떤 수사도 배격해야 한다는 에즈라 파운드의 주장을 그대로 실천한 듯한 느낌마저 든다. 정지용이 1929년 동지사대학 영문학과를 나온 것으로 보아 이런 영미시 이론에 영향을 받았을 가능성은 농후하다. 김영랑이 우리말의 의성어를 통하여 시의 음악성을 살리는데 몰두했다면, 정지용은 의태어에 더 관심이 있었고 우리말이 갖는 독특한 시각적 언어를 개발하는데 몰두했다. 이상李箱도 '검정콩 푸렁콩'을 예로 들며 이점을 상찬한바 있다.

시 「유리창 1」은 1929년 《조선지광》 1월호에 발표된 정지용의 초기 시다. 이 시에 대하여 박용철은 어린아이를 잃고 쓴 시로 「을해시단총평乙亥詩壇總評」에서 주석하고 있다. 따라서 이 시는 죽은 자식에 대한 슬픈 감정을 표현한 것으로 읽혀진다. 이 시에서 '유리창'은 화자가 있는 방안과 죽은 아이가 있는 저편의 밤, 곧 삶과 죽음의 경계, 또는 화자와 시적 대상과의 단절을 암시하면서 유리창에 어린 입김(차고 슬픈 것)을 통하여 죽은 자식과의 만남을 매개하는 이중 역할을 한다. 이 시는 죽은 어린 자식의 모습을 "차고 슬픈 것", "언 날개", "물 먹은 별", "산ㅅ새" 등의 이미지로 형상화한다. 여기서 "차고 슬픈 것"의 일차적 의미는 입김이지만 이차적 의미는 유리창에 어른거리는 죽은 아이의 환영이다. 그 환영을 대하는 슬픈 감정을 차가운 촉각적 이미지로 병치하고 있다. 입김이 사라져 가는 모습에서 "언 날개"를 파닥거리는 새, 곧 죽은 아이의 마지막 모습을 연상시킨다. 입김이 사라지자 아이의 영상인 새도 날아가 버리고 캄캄한 밤만 있게 된다. 이 시에서 "밤"은 유리창 저편의 죽음의 세계다. "새까만 밤이 밀려 나가고 밀려와 부딪히고"의 시행은 죽음의 세계에 있는 아이를 생각하며 슬픔에 젖어 있는 화자의 절망감을 역동적으로 형상화한 것이다. 어둠 저편에 있는 "물 먹은 별"은 눈물 머금은 채, 바라보는 화자의 감정이 의탁된 사물인 동시에 죽은 아이의 영상이다. 따라서 "밤에 홀로 유리창을 닦는" 행위는 죽은 아이와 만나고 싶은 간절함을 표출한 것이고, "외로운 황홀한 심사"의 시구는 아이를 생각하는 외로움과 영상으로나마 자식을 보는 화자의 황홀감이 상호 모순되게 만나는 역설적 표현이다. 그리고 결구에 나오는 "고흔"은 어린 아이의 연약한 모습을, "폐혈관이 찢어진"은 죽음의 원인인 폐렴으로 고통스럽게 간 모습을, "아아"하는 감탄사는 이런 아이를 바라보는 극도의 비애감을, "산ㅅ새처럼 날아갔구나"에서 잠시 곁에 머물다 훌쩍 떠나버린 자식에 대한 안타까운 감정을 읽게 된다. 이렇게 이 시는 직접적으로 자기감정을 드러내지 않고 각 시어들이 주는 이미지를 통하여 그 심정을 헤아리게 하고 있다. 또 상호 모순되거나 대립되는 시어를 결합하여 감정을 절제하고 조절하는 시의 경지를 보인다. 김기림이 조선일보에 기고한 「1933년 시단의 회고」에서 "우리 시 속에 현대의 호흡과 맥박을 불어넣은 최초의 시인"으로 정지용을 든 것도 T.S 엘리엇이 말한 객관적 상관물에 의한 정서의 표현과 같은 이미지즘의 시적 성취 때문일 것이다. 이런 기교주의에 대한 김기림의 높은 평가를 두고 임화林和는 "기교파는 시의 내용과 사상을 방기하고 있다"고 비판한 바 있다. 그러나 양주동도 정지용을 "비상한 예술적 수법과 감각을 지닌 현시단의 경이적 존재"로 극찬하고 있다.

## 2. 이상李箱의 「거울」

거울속에는소리가없소
저렇게까지조용한세상은참없을것이오

거울속에도내게귀가있소
내말을못알아듣는딱한귀가두개나있소

거울속의나는왼손잡이오
내악수握手를받을줄모르는-악수握手를모르는왼손잡이오

거울때문에나는거울속의나를만져보지못하는구료마는
거울이아니었던들내가어찌거울속의나를만나보기만이라도했겠소

나는지금至今거울을안가졌소마는거울속에는늘거울속의내가있소
잘은모르지만외로된사업事業에골몰할께요

거울속의나는참나와는반대反對요마는
또꽤닮았소
나는거울속의나를근심하고진찰診察할수없으니퍽심심하오

이상李箱의 등장은 30년대 시단의 한 경이였다. 피해망상이나 과대망상에 사로잡힌 정신병자에 불과하다는 혹평으로부터 최초의 모더니스트, 현대문학의 기수 등 극찬에 이르기까지 극단의 평가를 받았다. 1931년《조선과 건축》지에 일어로 쓴 「이상한 가역반응」을 발표하여 등단한 이후 구인회 회원으로 활동하였다. 귀재鬼才로 불리어질만큼 그의 시적 상상력은 이때까지 형성되어온 시에 대한 통념을 일신한다. 사회

통념에 대한 도전을 서슴지 않고 감행하는 그의 시작 태도는 그 난해함 때문에 맹렬한 비판을 좌초하기도 했다. 이상이 처음 시를 발표한 것은 1931년이었지만 본격적으로 문학 활동을 한 것은 1933년부터다. 이때부터 1937년 28세의 나이로 요절하기 직전까지 문학 활동을 했다고 보면 그 기간은 4, 5년에 불과하다. 그 짧은 기간 동안 그가 남긴 시와 소설, 그리고 잡문의 족적은 획기적인 것이었다. 이상은 동시대 다른 시인들과는 판이한 시의 경향을 보인다. 이 시기의 대표적 시인 정지용, 김기림, 김광균 등이 시에서 회화성을 중시하는 영미 이미지즘의 영향권에 있었는데 비하여 이상은 1914년 일차대전 중 일어났던 유럽의 다다나 1924년 처음 선언서가 나온 초현실주의를 수용한 측면이 강하다.

다다DADA가 일체의 기성 가치를 부정했던 것처럼. 이상의 시에서도 가치전복의 시를 볼 수 있다. 1934년 조선중앙일보에 연재했던 그의 유명한 연작시 「오감도」에는 기호나 부호에 지나지 않는 숫자, 점들로 이루어진 시가 있다. 이것은 시가 언어예술이라는 통념을 전복시키는 혁명적인 시의 발상이었다. 적어도 이때까지는 그랬다. 그는 낡은 도덕관이나 관행의 가치에 대하여 반항하였다. 본인의 이름을 김해경에서 이상으로 바꾼 것도 이런 반항 정신의 단면을 드러낸다. 김기림이 이상을 "인간과 세계가 비극이 아니라 차라리 희극으로밖에 비치지 않는 생리의 소유자"로 증언한 것이라든지, 이 시기에 주지주의 문학이론을 전개했던 평론가 최재서가 "풍자, 위트, 야유, 기소譏笑, 과장, 파라독스, 자조, 기타 모든 지적 수단을 가지고 가정과 금전과 성과 상식과 안일에 대한 모독을 감행했다."고 지적한 것은 이상의 이런 문학적 성격을 대변하는 말들이다. 그러나 그는 다다DADA의 부정 정신에만 머물러 있었던 것은 아니다. 논리를 초월한 반이성적인, 인간의 병리적인 내면을 프로이드의 정신분석으로 바라보는 초현실주의 경향의 시들도 상당수 보인다.

1933년 《카토릭 청년》지에 발표되었던 시 「거울」도 분열된 이중자아의 불안한 내면 심리라는 현대적인 소재를 다루고 있다는 점에서 초현실주의가 지향했던 바와 일치한다. 초현실주의가 꿈, 억압 감정, 리비도와 같은 무의식의 세계를 반논리적으로 자동 기술하여 경이의 미학을 세우고자 했던 것처럼 이상의 시에서도 그런 시도를 찾아볼 수 있다. 형태상 띄어쓰기를 무시한 것은 전통적인 기술 방식을 거부하고, 단속적인 의식의 흐름을 시각적으로 각인시키기 위한 실험으로 받아들여진다.

이 시의 제재 '거울'은 단순히 대상을 비추어 주는 물리적이고 객관적인 사물이 아니다. 자의식 속의 또 다른 자아와 현실적 자아 사이의 단절과 매개란 이중 역할을 하는 상징적 거울이다. 이 시는 외형상 거울 밖에 존재하는 현실적 자아와 거울 안에 존재하는 내면적(본질적) 자아가 대면하는 대칭구조를 이룬다. 1~3연이 거울 속의 나, 4~5연은 거울 밖의 나, 그리고 6연에서 이를 통합하는 형식이다. 1연에서 화자는 거울 속의 세계가 조용하다고 말한다. 이것은 역으로 거울 밖의 현실 세계가 소란하다는 의미를 내포한다. 그리하여 거울의 안과 밖의 세계가 서로 단절되어 있고 소통되지 않는 소원한 관계임을 암시한다. 2연에서 거울 속의 나에게도 귀가 있지만 내 말을 못 알아듣는다고 말하는 이유가 여기에 있다. 3연에서는 거울 밖의 내가 악수(화해)를 청해 보지만 거울 속의 나는 외손잡이로 화해를 받아드리지 못한다. 두 자아의 분열이 보다 근본적인 문제임을 알 수 있다. 이의 원인은 4연에서 말하고 있듯이 차단과 만남의 양면성을 지닌 거울의 모순된 속성 때문이다. 거울을 매개로 두 자아가 서로 볼 수는 있지만 그 이상의 소통을 막고 있는 것이 또한 거울이다. 거울 밖의 현실적 자아와 거울 안의 내면적 자아는 이질성과 동질성을 지닌 채 서로 단절되어 있다. 5연에 오면 "외로된 사업에 골몰"할 정도로 두 자아가 극한적으로 분열되는 양상을 띤다. 이런 양상은 치료 불가능한 정신병증으로 다가온다. "나는거울속의나를근심하고진찰할수없으니" 하는 마지막 시행에서 분열된 자아를 치료할 수 없는 현대인의 불안한 자의식을 엿볼 수 있다.

### 3. 김기림의 「바다와 나비」

아무도 그에게 수심水深을 일러준 일이 없기에
흰 나비는 도무지 바다가 무섭지 않다.

청靑무우밭인가 해서 내려갔다가는
어린 날개가 물결에 젖어서
공주公主처럼 지쳐서 돌아온다.

삼월三月달 바다가 꽃이 피지 않아서 서글픈
나비 허리에 새파란 초생달이 시리다.

편석촌片石村 김기림金起林은 1930년대에 모더니즘 시 이론 전개와 실제를 통하여 시의 현대성에 대한 각성을 문단에 던진 시인이었다. 어떤 면에서는 시보다 시 비평 활동에서 더 두드러진 족적을 남겼다. 송욱이 그의 저서 『시학평전』에서 '그는 시인으로서 또한 비평가로서 눈부시게 활동하였다. 그보다 훌륭한 시인은 쉽사리 찾아볼 수 있다. 그러나 그보다 더욱 뛰어난 시의 비평가를 이 나라의 신문학사에서 찾기는 어려운 일이다.'라고 평가하고 있다. 송욱은 『시학평전』에서 김기림의 시와 이론을 부정적으로 비판하면서도 위와 같은 평가를 전제로 하고 있다는 것은 퍽 아이러니하다. 1930년대 모더니즘 시운동에서 최재서가 주지주의 이론의 선도적인 역할을 했고, 김기림이 이론과 시작을 통하여 이를 확장하려 했으며, 김광균이 비교적 성공적인 시작품을 남겼다는 것은 이미 널리 알려진 바다. 김기림은 『시론』, 『시의 이해』, 『문장강화』 등 본격적인 시 이론서를 남긴 시인으로 문단의 주목을 받았다. 김기림은 시의 모더니티를 위하여 시의 회화성과 감상의 배격을 통한 건강성의 획득을 강조하면서 "음악은 우리들의 우상이 아니다"라고 말했다. 그 연장선상에서 가시적 이미지, 시각적 영상을 현대시의 덕목으로 꼽았다. 이 측면에서 정지용, 김광균의 시를 예찬하고 있다. 이런 이론의 전개가 20세기 초에 등장한 T. E 흄, 에즈라 파운드, T. S 엘리엇, I. A 리차즈 등의 주지주의 내지 과학주의 이론을 바탕으로 한 것임은 분명하다. 어떻든 이런 시의 입장은 그 이전의 한국시가 퇴폐적인 분위기나 감상에 젖어 있었다는 사실을 염두에 둘 때 그 당시로서는 상당히 획기적인 시의 전환점을 알리는 신호탄이었다.

위에 예시한 「바다와 나비」는 1939년 《여성》지에 발표한 시다. 이 시보다 앞서 발표된 김기림의 여타의 시들이 생경하고 경박한 언어 사용으로 시의 깊이를 획득하지 못했다는 비판을 많이 받았는데, 이 시는 그런 단점들이 사라진, 견고하고 선명한 이미지를 제시함으로써 비교적 성공한 작품으로 평가된다. 1946년 광복직후 간행된 시집의 표제시이기도 하다. 이 시에서도 사상적 깊이보다 순간적으로 반짝이는 감각적 이미지가 뚜렷하다. 이것은 이미지즘 계열의 시가 갖는 두드러진 특징이다. 삼월 바다의 푸른색과 흰 나비, 나비 허리에 걸린 새파란 초생달의 대비에서 오는 색채 감각과 간결한 이미지, 감정을 절제한 객관적 태도, 이런 것들이 시적 긴장을 유지하는 지렛대가 되고 있다. 그리고 물결 사나운 바다에 나비를 대비시킨 시적 상상력은 신선하기 그지없다. 이 시는 새로운 세계에 대한 동경과 좌절, 그리고 냉혹한 현실 인식을 근저에 두고 있다. 시집 『바다와 나비』의 서문에서 김기림은 "1939년 제2차 세계대전의 발발은 피할 수 없는 근대, 그것의 파산의 예고로 들렸으며 이 위기에 선 근대의 초극이라는 말하자면 세계사적 번민에 우리들 젊은 시인들은 마주치고 말았던 것이다." 라고 말하고

있다. '바다'와 '나비'의 상징적 의미를 유추하면 이 시가 이런 문제의
식을 얼마만큼 담고 있는가를 알 수 있다. 이 시에서 '바다'는 수심도
알 수 없고, 꽃도 피지 않는 무생명의 공간, 곧 문명의 불모성, 또는 냉
혹한 현실을 상징한다. 이런 현실과 맞서기에는 너무 무력하고 연약한
시인의 자화상을 상징하는 것이 '나비'다. 바다로 내려갔다가 지쳐서
돌아오는 나비의 이미지에서 당대 지식인의 무기력한 자화상을 읽을
수 있다. 이 시에서 '공주', '어린 날개'는 세상 물정 모르는 연약하고
순진한 나비의 모습을, '청무우밭'은 나비가 꿈꾸는 낭만적 이상세계를
각각 상징한다. 이렇게 순진한 나비가 거대하고 냉혹한 현실세계인 '바
다'를 생명의 세계인 '청무우밭'으로 착각하고 내려갔다가 결국 절망과
좌절을 안고 지쳐 돌아온다는 것이 이 시의 내용이다. 이 시의 마지막
연은 낭만적인 꿈의 좌절과 냉혹한 현실에 대한 인식을 감각적으로 형
상화하고 있다. 다시 말해서 꽃이 피지 않는 바다의 불모성과 그 무서
움을 알게 된 나비의 슬픈 비행이 차갑고 시린 아픔으로 다가온다. 이
렇게 이 시는 모더니즘 시의 회화적 특성과 문명 비판적 성격을 드러
낸다. 동시에 나비의 형상에 당시 식민지 지식인의 무기력하고 초라한
모습을 투영하고 있다.


### 4. 김광균의 「추일 서정」

> 낙엽은 폴란드 망명정부의 지폐
> 포화砲火에 이지러진
> 도룬 시의 가을 하늘을 생각케 한다.
> 길은 한줄기 구겨진 넥타이처럼 풀어져
> 일광日光의 폭포 속으로 사라지고
> 조그만 담배 연기를 내뿜으며

새로 두 시의 급행열차가 들을 달린다.

포플라나무의 근골筋骨 사이로

공장의 지붕은 흰 이빨을 드러낸 채

한 가닥 구부러진 철책이 바람에 나부끼고

그 위에 셀로판지로 만든 구름이 하나

자욱한 풀벌레 소리 발길로 차며

호올로 황량荒凉한 생각 버릴 곳 없어

허공에 띄우는 돌팔매 하나

기울어진 풍경의 장막帳幕 저 쪽에

고독한 반원半圓을 긋고 감기어 간다.

김광균 시인은 1930년대를 대표할 만한 시작활동을 했다. 1930년 1월 동아일보에 시 「야경차」를 투고하여 발표한 바 있으나 본격적인 시작 활동은 1936, 7년에 등장하는 〈자오선〉과 〈시인부락〉 동인활동을 하면서 부터다. 특히 이 시기에 김기림, 정지용과 함께 이미지즘 시 운동을 이끌었던 대표적인 시인이다. 김기림이 주로 이론적 전개에 힘을 쓴 반면 김광균은 실제 작품으로 모더니즘을 실천한 시인으로 평가된다. 평론가 백철은 신문학사조사에서 "지용에 의하여 먼저 작품상의 실천을 보게 된 것이 1933년에 와서 편석촌에 의하여 이론화하고 ..(중략).. 모더니즘의 시운동이 작품상으로 형성을 보게 된 것은 1937, 8년대의 시인 김광균 등의 작품들이다. 모더니즘이 논시한 바와 같이 시는 하나의 회화다 하면 김광균이야말로 시인의 감각을 회화한 사람이다."라고 김광균의 시적 위치를 말하고 있다. 그러면서 "김광균은 다만 풍경을 시화할 때만 이런 회화법을 쓴 것이 아니었다. 그는 연금술사와 같이 무형적인 것을 일정한 형태로 바꿔 놓고야 만족하는 시인이었다."고 김광균 시의 특징을 간명하게 말하고 있다. 이와 같이 김광균은 도시적 소재를 시각적으로 형상화하는 탁월한 능력을 바탕으로 도시인이 느끼는 허무감이나 고독감을 표현했다. 관념적이거나 정서적인 것마저 회화하는 그의 언어 감각은 사물을 새롭게 인식하는데 기여했지만 그러나 여전히 그의 시에 깔린 감상적感傷的인 정서는 주지시로서는 극복되어야 될 요소였다. 지성을 강조했던 모더니즘의 건강성과 배타적 느낌을 갖게 되는 이유가 바로 여기에 있다.

시 「추일 서정」은 가을의 황량한 풍경과 고독감을 표현하고 있다. 가을 풍경을 형상화하기 위하여 매우 독특한 비유법을 구사한다. 낙엽을 망명정부의 지폐에 비유하여 가을의 쓸쓸함과 무상감을 나타내고, 구불구불한 길을 구겨진 넥타이로, 급행열차의 연기를 허무감을 자아내는 담배 연기로, 하얗게 드러난 공장의 지붕을 흰 이빨로, 구름을 셀로판지로 비유하여 도시의 가을 풍경에서 느껴지는 황량함을 시각적으로 회화화하고 있다. 특히 "포플라나무의 근골"은 앙상한 나뭇가지를 근육과 뼈대로 의인화 한 것인데, 이런 표현은 풍경의 황량함을 배가시킨다. 이런 황량한 분위기 속에서 방황하는 도시인의 의식이 시의 배면에 있다. 고독은 이 시의 주된 정서이고, 이것을 30년대 모더니즘의 특성인 회화적인 수법으로 표현했다고 볼 수 있다. 이 점이 모더니즘이 표방한 주지적 관점에서 보았을 때, 내용과 형식의 불일치, 곧 형식은 지적인데 내용은 여전히 감상주의에 빠져 있다는 비판을 받게 되는 이유다. 현대의 삶에 대한 지적인 해석이 보이지 않는다는 것은 김광균 시의 약점이다. 현대의 고독한 도시적 풍경은 있는데 그 속에 있는 삶의 진실이 포착되지 않는 이유는 감상적인 의식 때문이 아닐까 싶다. 이 시는 내용상 크게 두 부분으로 나눠진다. 1행에서 11행까지는 낙엽, 길, 급행열차의 연기, 포플라나무, 공장, 철책 등의 소재를 동원하여 쓸쓸한 가을 풍경을 그린다. 그 이후는 고독에 젖어 방황하는 화자의 모습을 "자욱한 풀벌레 소리 발길로 차며", "허공에 띄우는 돌팔매 하나" 등의 이미지로 형상화하고 있다. 공연히 풀벌레 소리 나는 풀섶을 발로 차보기도 하고, 공중에 돌을 던져보기도 하는 행위는 허전함과 공허감에 젖어 있는 화자의 모습을 떠올리게 한다. 이렇게 이 시는 회화적이며 감각적이다. 특히 눈부시게 쏟아지는 가을 햇빛을 폭포에 비유한 것과 같은 감각적인 언어들이 그 당시로서는 상당히 신선한 충격을 주었을 것이다. 이 작품 속의 여러 이미지들은 소멸과 조락의 가을을 연상시키면서 급행열차, 공장, 철책 등 도시 문명적인 소재를 통하여 현대적 분위기를 연출한다. 이런 특성 때문에 1930년대 모더니즘의 대표적인 시로 평가되기도 했다. 그러나 모더니즘이 지향했던 도시의 삶과 현대 기계문명에 대한 지적 인식은 철저하지 못했다. 그저 외형적인 풍경 묘사에 머물렀고, 그렇게 된 이유는 20년대의 감상주의를 극복하지 못한 의식 때문이라고 볼 수밖에 없다.

이상에서 1930년대의 주류를 형성했던 한국 모더니즘 시 몇 편을 살펴보았다. 30년대의 모더니즘 시는 표현에 있어서 음악성보다는 회화성을 강조했고, 이에 따라 시각적 이미지를 중시했다. 향토적 정서보다는 도시적 감수성을 시의 내용으로 했다. 이상李箱은 분열된 자의식의 내면세계를 언어실험을 통하여 표현하기도 했다. 상당 부분 서구의 이미지즘과 다다이즘, 초현실주의를 수용한 측면이 있다. 이런 시작상의 태도가 1920년대의 감상적 낭만주의와 이데올로기 중심의 카프를 극복하고 현대적인 감각과 시적 기교의 확립에 기여 했다. 이미지즘의 측면에서는 상당히 성공한 시작품을 정지용과 김광균의 시에서 발견할 수 있다. 언어의 명증성은 현대시가 갖추어야 될 중요한 덕목이란 점에서 그렇다. 그러나 도시 문명에 대한 철저한 비판적 인식과 현대의 삶을 관통하는 지적인 안목의 결여는 김기림이 그의 시론에서 제시한 모더니즘의 이상이 좌초되는 원인이 된다. 김기림 자신이 문명 비판적인 시를 시도하기는 했지만 그것이 표피적인 언어 감각으로 전락하게 된 것도 현대의 삶에 대한 근본적인 이해나 분석이 따르지 못했기 때문이다. 이상李箱의 시에서 현대에 절망하고, 그 위기에서 탈출하고자 하는 정신적 몸부림을 보여준 것은 그나마 한국 모더니즘의 방향을 가늠하게 했다. 어떻든 30년대의 모더니즘 시는 미완으로 끝났고, 그 명제는 다음 세대의 과제로 넘어갔다. 그 이후 모더니즘에 대한 비판과 계승의 당위성이 간헐적으로 있어왔다는 것은 어쩌면 30년대 모더니즘이 미완으로 끝났기 때문일지도 모른다.

### ◆◆◆

# 1960년대 순수시와 참여시
## – 김춘수, 정봉건, 김수영, 신동엽

1960년대 한국 시단은 한동안 순수시와 참여시의 대립논쟁이 격렬하게 전개되었었다. 평론가 김주연의 시론에서 촉발된 이 논쟁은 김춘수와 김수영이 중심축을 이루고 이에 전봉건, 이어령 등이 가세하여 시단이 양 진영으로 나뉠 정도로 꽤 오랫동안 지속되었다. 양측의 대립적인 이론 전개는 시인들이 옹호하는 각자의 입장에 따라 이에 부합하는 시들을 생산 해냈고, 순수시냐, 참여시냐에 따라 진영 간의 평가가 확연히 구분되는 양상을 띠기도 했다. 이런 입장 차에 따라 시를 대하는 태도는 아직도 우리 시단의 저변에 남아 있을 정도로 후대에 미친 영향은 컸다.

1968년 김수영이 교통사고로 타계하면서 양 입장은 상호보완적인 방향으로 극복되어야 한다는 자성의 목소리가 나왔지만, 이 논쟁을 통하여 그때까지 한국시를 지배하고 있던 청록파(박목월, 박두진, 조지훈)와 생명파(서정주, 유치환)의 전통주의로부터 벗어나 한국시의 영역을 확장해왔다.

1960년대는 4.19혁명에 의하여 자유당 정권이 붕괴되면서 자유에 대한 열망이 고조되었지만 5.16군사쿠데타는 근대화 곧 산업화를 명분으로 민중의 삶을 억압하는 정치체계를 만들어 갔다. 이런 좌절의 현실에 지식인들은 격렬하게 저항하게 되는데, 여기서 시인의 사회참여에 대한 당위성이 고조된다. 물론 이 입장의 선봉에 김수영이 있었음은 주지의 사실이다. 20세기의 지성이라 일컬어졌던 프랑스 사르트르의 앙가즈망Engagement 이론이 참여시 논자들의 배경지식으로 작용했다. '참여'란 용어가 이 앙가즈망과 상통된 의미관계를 갖고 있다는 점에서도 이 당시 이 사상이 미친 영향을 가늠할 수 있다.

시에 있어서 순수와 참여시의 대립은 우리 신시 역사에서 상당히 뿌리 깊은 것이다. 신시의 출발이 최남선, 이광수의 2인 문단시대에서 비롯되었고, 이때 이들은 계몽주의의 입장에 있었다. 이는 문학을 계도의 수단으로 본다는 점에서 당의 정론을 앞세운 목적주의 문학관을 드러내게 된다. 여기에 반발한 김동인이 '춘원연구'에서 예술지상주의의 관점으로 이광수를 비판하는데, 어쩌면 이것이 목적문학관과 순수문학관이 충돌하는 최초의 사례가 될 것 같다. 1920년대에는 박영희, 김기진을 중심으로 한 카프진영에서 이데올로기 편중의 문학이론을 전개하여 예술파와 대립각을 세웠고, 그 이후 30년대에 와서도 박용철, 김기림과 임화 사이에서 순수시와 계급주의 시의 대립 논쟁이 있었다. 순수란 용어가 이 때 처음 등장하지만 예술지상주의적 입장의 계승임은 분명하다. 광복이후 남북 대치 상황은 임화 유의 목적문학관을 설 수 없게 만들었다. 그래서 60년대 이전까지는 전통주의가 주류를 형성했다. 그러다가 60년대의 특수한 정치적 상황과 맞물리면서 현실비판의 당위성을 강조하는 시인들이 등장하고 이에 따라 순수시와 참여시의 대립이 극명하게 이루어지게 된다.

이때 김춘수는 순수시의 이론을 첨예하게 끌고 가면서 실제 시작에서도 순수시의 한 전범을 보여주었다. 시가 정치 현실이나 사상, 또는 과학과 같은 비문학적 영역으로부터 독자성을 확보해야 한다는 생각은 이미 30년대 시문학파에서 비롯된 것이다. 이런 자각은 시가 언어의 예술이란 것을 전제로 하여 언어미학을 확립하기 위한 시적 방법론에 대한 탐구로 이어진다. 순수시란 용어는 프랑스 상징주의 시인 P. 발레리가 친구의 시집 서문에서 처음 사용한 말이다. 여기서 발레리는 "물을 $H_2O$라 했을 때의 의미로 순수시poége pure란 용어를 쓴다."고 말한 바 있다. 이 말은 일체의 잡순물이 배제된 순수한 물과 같은 것, 그런 경지의 순수시로서 김춘수는 무의미시와 시론을 제시했다. 이것은 시문학파의 순수시보다 진일보한 절대시의 경지이다. 일련의 참여시들을 요설로 비판하며 의미를 완전히 배제한 이미지만의 시를 주창하며 참여시와 극단적으로 대립되는 길을 갔다.

*김춘수의「샤갈의 마을에 내리는 눈」

샤갈의 마을에는 3월에 눈이 온다.
봄을 바라고 섰는 사나이의 관자놀이에
새로 돋는 정맥靜脈이
바르르 떤다.
바르르 떠는 사나이의 관자놀이에
새로 돋은 정맥을 어루만지며
눈은 수천수만의 날개를 달고
하늘에서 내려와 샤갈의 마을의
지붕과 굴뚝을 덮는다.
3월에 눈이 오면
샤갈의 마을의 쥐똥만 한 겨울 열매들은
다시 올리브빛으로 물이 들고
밤에 아낙들은
그 해의 제일 아름다운 불을
아궁이에 지핀다.

김춘수는 1922년 경남 통영에서 태어났고 여기서 성장했다. 1946년 사화집『날개』에 시「애가」를 발표함으로써 등단하였는데, 초기에는 R. M 릴케의 영향을 받아「꽃」과 같은 존재론적인 의미를 추구하는 시를 썼다. 그러다가 60년대에 들어와서 모든 설명적 요소와 논리적 요소를 배제한 이미지만을 추구하는 무의미시를 쓴다. 이 무의미시가 김수영과 대립각을 세울 때 씌어졌다는 사실에 주목할 필요가 있다. 김춘수는 시작에서 그의 의식을 강하게 억압한 사람 중의 하나가 김수영이었음을 고백한 적이 있다. 김수영이 갑자기 타계했을 때 팽팽하게 지탱하고 있던 긴장이 풀린 정신적 공황 속에 한동안 있었다고도 했다. 사실 김춘수와 김수영의 대립과 갈등은 60년대 한국시의 중심축을 순수시와 참여시로 옮겨놓는 계기가 되었다. 김춘수의 무의미 시론은 김수영의 새로움 혹은 저항의 시론과 극단적으로 대립되는 것이었다. 김춘수는 "꿈과 같은 상태, 즉 꿈에서 현실적인 의미를 공제해버린 그런 상태에 대한 원망이 있다."고 했고, 김수영은 "내 시안에 요설이 있다면 문학이 있는 것이 된다고 말할 수 있다."고 했다. 이런 자기 시에 대한 변명은 극단적으로 대조되는 것이다. 이런 극단적인 양면을 평론가 김현은 "김춘수는 감추려고 한다는 것까지도 숨기려고 하며, 김수영은 벗기려고 한다는 사실까지도 벗기려 한다. 김춘수가 침묵을 지향한다면 김수영은 요설을 지향한다."고 지적한 바 있다.

시 「샤갈의 마을에 내리는 눈」은 김춘수가 무의미시를 추구할 때 쓴 것이다. 우리는 이 시에서 현실적 의미나 대상에 대한 인식 내용을 읽을 수 없다. 김춘수는 무의미 시론에서 다음과 같이 말했다. "같은 서술적 이미지라 하더라도 사생적寫生的 소박성이 유지되고 있을 때는 대상과의 거리를 유지하고 있는 것이 되지만 그것을 잃었을 때는 이미지와 대상은 거리가 없어진다. 이미지가 곧 대상 그것이 된다. 현대의 무의미 시는 대상을 놓친 대신에 언어와 이미지를 실체로서 인식하게 되었다고 할 수 있다." 이 말을 염두에 두고 위의 시를 읽으면 이 시가 생성되는 원리를 짐작할 수 있다. 대상이 소멸된 이미지 위주의 구성, 그리하여 현실논리가 배제된 어떤 꿈의 상태를 서술하고 있다. 이 시가 러시아 출신의 초현실주의 화가 샤갈이 그린 그림 「나의 마을」을 모티브로 한 것이란 것을 시의 제목이 암시하고 있지만 그 대상까지도 이 시에서는 지워지고 있다. 즉 그림 「나의 마을」을 소박하게 사생한 것이 아니란 뜻이다. 샤갈의 그림에서 연상된 것이기는 하지만 실재하지 않는 가공의 세계, 또 다른 환상공간을 창조하고 있다. 삼월에 내리는 눈과 사나이의 관자놀이에 돋는 정맥, 겨울 열매, 올리브빛, 아궁이를 지피는 아낙네와 불 등 전연 연관성 없는 소재의 병치, 또는 자유연상에 의하여 독자적인 이미지를 창출하고 있는 것이다. 그리하여 봄의 맑고 순수한 생명감과 이국적이고 신비로운 분위기를 환기시킨다. 이 시는 샤갈의 그림 「나의 마을」에서 커다란 암소의 눈망울 속에 있는 마을의 모습을 시인 나름으로 변용시키고 있다. 샤갈의 그림을 보고 마음속에 떠오르는 순수한 심상들을 감각적인 언어로 형상화하여 또 다른 환상을 만들어내고 있는 것이다. 따라서 이 시에서 '샤갈의 마을'은 실재하지 않는 환상의 세계가 된다. 봄이 오고 있는데 눈이 내리는 아이러니한 정경을 배경으로 소생하는 생명의 약동을 '푸른 정맥'으로, 계절의 변화를 아궁이에 불을 지피는 아낙의 행위로 나타낸 것은 매우 독창적인 시적 진술이다.

　＊전봉건의 「피아노」

　피아노에 앉은
　여자의 두 손에서는
　끊임없이
　열 마리의
　스무 마리의
　신선한 물고기가
　튀는 빛의 꼬리를 물고
　쏟아진다.

〉

나는 바다로 가서

가장 신나게 시퍼런

파도의 칼날 하나를

집어 들었다.

　전봉건 시인은 1928년 평북 안주에서 태어났다. 일곱 형제였는데 그
중 한 분이 6.25전쟁 중 부산에서 자살한 전봉래였다. 전봉건은 평양
숭인중학생일 때부터 가형이었던 전봉래에게서 문학의 세례를 받았다
고 했다. 전봉래는 음악, 문학 등 예술에 대한 소양이 매우 높았던 분
으로 알려져 있다. 전봉건은 광복 후 월남하여 서울에 거주했는데
1950년 징집되어 참전했다가 중공군 총공격 때 부상을 입고 제대했
다. 입대하기 직전에《문예》지에 서정주, 김영랑의 추천을 받아 등단
했다. 월간《현대시학》을 창간하여 타계할 때까지 주재하여 한국시의
발전에 기여한 바 있다. 1957년 그는 김광림, 김종삼과 함께 3인 시집
『전쟁과 음악과 희망과』를 냈다. 여기서 전봉건 시인은 전쟁이 안고 있
는 살육과 파괴를 넘어서는 희망을 노래한다. 고향을 잃고 월남한 시
인으로 전쟁의 상흔을 한평생 안고 살아야 했던 그는 분단 상황의 현
실에 대응하는 시적 상상력을 끈질기게 보여준 시인이다. 그러면서도
60년대 순수시와 참여시가 대립할 때는 순수시의 입장을 고수했다. 상
황논리로 시를 몰고 가려는 참여이론에 대해서 거부반응을 보였다. 상
황인식 못지않게 시적 기교를 중시했다. 그러나 전봉건 시인은 위에
예시한 시처럼 언어기교파로서의 면모를 보이는 시가 상당수 있지만
주장하고 설명하는 의미론적인 시를 더 많이 썼다. 이 점에서는 김춘
수보다 김수영에 더 가까웠다. 그런데도 65년 초 종합지였던《世代》
지에「사기론詐欺論」을 발표하여 김수영을 공격한다. 여기서 김구용의
시집을 해설한 전봉건의 글이 사기성을 띤 것이란 김수영의 비판에 대

하여 편견으로 가득찬 위선적인 글이라고 반박한다. 김수영의 참여시 이론은 표현보다 사상이 앞선다는 것인데 그런 주장은 받아들일 수 없고 김수영이 옹호한 시인의 작품들이 엉터리였기 때문에 그를 공격했다는 말을 한 적도 있다. 여기서 참여시가 무엇을에 초점을 둔 내용 중시의 입장이고 순수시는 어떻게에 비중을 둔 형식 중시의 입장이었음을 상기할 필요가 있다. 어떻든 그는 순수시대 참여시의 논쟁에서 순수시편에 서 있었다. 전봉건 시인은 분단 상황의 시대적 소명과 함께 순수시파들이 중시했던 시를 만드는 방법의 중요성도 깨달았던 장인적 기질의 시인으로 평가된다.

시 「피아노」는 1980년에 간행된 시집 『꿈속의 뼈』에 수록된 것으로 보아 70년대 후반의 작품으로 추정된다. 바로 60년대의 시는 아니지만 언어 기교가 승한 순수시의 한 전형을 이 시에서 발견할 수 있다. 이 시는 일체의 사상이나 관념을 배제한 순수한 감각적 정서만을 표현대상으로 삼는다. 피아노 치는 여자와 그 소리를 듣는 화자의 모습을 과감한 비유와 공감각적 이미지로 나타내고 있다. 이때 피아노의 선율에서 물고기−빛의 꼬리−바다−파도−칼날의 순서로, 한 이미지에서 다른 이미지로 비약하는 자유연상법은 피아노의 선율이 주는 감동을 생동감 있게 전달한다. 여인의 손가락이 건반을 두드릴 때마다 흘러나오는 선율을 비유한 신선한 물고기와 튀는 빛의 꼬리는 청각을 시각화한 공감각적 이미지다. 피아노 선율에서 신선한 물고기를 떠올린 화자는 2연에서 물고기가 가득한 바다를, 거기서 다시 시퍼런 파도를, 파도에서 다시 날이 선 칼날의 이미지를 이끌어낸다. 이것은 가슴으로 파고드는 감동적인 피아노의 선율을 돌발적 이미지로 감각화 한 것이다. 이렇게 이 시는 1연에서 생동감 있는 피아노의 선율을, 2연에서는 선율에서 느껴지는 감동을 표현했다. 1연에서 화자는 대상과 일정한 거리를 둔 채, 관찰자로 숨어 있다. 그런데 2연에서는 1인칭 나로 표면에 등장하여 음악과 화자가 일체가 된, 음악의 극치를 구현한다. 청각적 대상인 피아노 선율을 돌발적이고 강렬한 빛깔의 시각적 이미지로 조형하여 경이를 창출하고 있는 것이다.

＊김수영의 「풀」

풀이 눕는다.
비를 몰아오는 동풍에 나부껴
풀은 눕고
드디어 울었다.
날이 흐려서 더 울다가
다시 누웠다.

풀이 눕는다.
바람보다도 더 빨리 눕는다.
바람보다도 더 빨리 울고
바람보다도 먼저 일어난다.

날이 흐리고 풀이 눕는다.
발목까지
발밑까지 눕는다.
바람보다 늦게 누워도
바람보다 먼저 일어나고
바람보다 늦게 울어도
바람보다 먼저 웃는다.
날이 흐리고 풀뿌리가 눕는다.

김수영 시인은 1921년 서울에서 출생했다. 1947년 《예술부락》에

「묘정의 노래」를 발표하여 등단하였다. 초기에는 이한직, 박인환, 양병식, 김경린과 함께 『새로운 도시와 시민들의 합창』이란 앤솔로지를 간행하여 모더니즘 성향을 강하게 드러내었으나 점차 강렬한 현실의식과 저항정신에 뿌리를 둔 참여시와 그 이론 전개에 온 정렬을 받쳤다. 평론가 백낙청은 김수영의 시 세계를 "피로한 밤을 감미롭게 노래하는 것으로 만족하기에는 그는 너무나 왕성한 생명력과 발랄한 지성의 소유자였고 염치와 예절의 인간이었다."고 하면서 김수영의 서정이 낭만적인 것이 아니라 현실적인 것임을 강조한 바 있다. 평론가 염무웅은 "4.19혁명은 해방 후 우리 문학사의 분수령이었을 뿐만 아니라 김수영의 문학적 생애에 있어서도 분수령이 되었다. 이를 계기로 김수영은 정치, 사회적 상황에 예리한 관심을 기울이게 되었다."고 증언한다. 김수영은 이때부터 새로움의 시학과 저항정신을 근간으로 시단의 낙후성과 기만성을 공격하고 시인의 양심을 옹호하는 비평 활동을 정력적으로 전개한다. 그의 새로움의 시학에서 중요한 것은 성실성과 정직성으로 세계의 허위를 보고 눈감지 않으려는 치열한 정신만이 새로울 수 있다고 주장한다. 이런 새로움의 시학은 50년대의 시인, 또는 비평가들과 마찰을 일으키게 되는데, 「사기론」을 둘러싼 전봉건 시인과의 논쟁, 곧 이은 이어령과의 논쟁, 그리고 순수시와 참여시에 대한 김춘수와의 직간접적인 논쟁이 이에 해당한다. 김수영은 새로움과 시인의 정직성을 시의 중요 덕목으로 내세웠다. 새로움의 시학은 박인환이 경영했던 서점 〈말리서사茉莉書舍〉에서 살다시피 했던 젊은 시절 거기서 만난 초현실주의 화가 박일영으로부터 영향받은 바가 크다고 김수영은 회고하고 있다.

위에 인용한 시 「풀」은 1968년 불의의 교통사고로 타계하기 직전에 쓴 유작으로 참여시를 표방한 김수영의 시 세계를 극명하게 보여준다. 그다음 시대에 오는 민중시학의 단초를 제시했다는 평가와 함께 참여시 최고의 작품으로 회자되기도 했다. 이 시에서 바람은 점점 거세게

불어 풀을 눕히고, 쓰러뜨리고, 또 울린다. 그러나 바람이 사라지기 전에 풀은 다시 일어나 웃는다. 이것이 이 시의 표면구조다. 언뜻 평범한 자연현상을 말하고 있는 듯하지만 바람과 풀의 상징적 관계를 이해하게 되면 그 내면에 자리하고 있는 힘의 역동성을 발견하게 된다. 하잘 것 없어 보이는 생명과 그것을 억누르려는 거대한 힘과의 싸움을 자연현상을 통하여 드러내고 있는 것이다. 이 시에서 바람은 풀의 생명력을 억누르는 존재다. 그렇다면 풀은 힘없는 민중이고 바람은 그 민중을 괴롭히는 옳지 못한 권력을 상징한다고 볼 수 있다. 민중은 지배 권력 앞에서 풀처럼 상처받기 쉽고, 연약하여 쉽게 굴종하고 울지만 권력보다 먼저 일어날 정도로 끈질긴 생명력을 가지고 있다. 이 시는 민중의 끈질긴 생명력을 강조하기 위하여 대조적인 반복법을 구사한다. '눕다와 일어나다', '울다와 웃다'라는 네 개의 동사가 반복하여 대립구조를 이룬다. 풀과 바람의 대립이 이런 운동의 반복을 통하여 역동적인 힘의 역학관계를 갖게 된다. 이렇게 이 시는 의미 있는 비유와 상징으로 민중시가 자칫 빠지기 쉬운 관념적 구호성을 극복하고, 동시에 반복적인 언어 사용으로 리듬의 속도감을, 그 리듬으로 하여 쾌감을 수반한 감동을 느끼게 한다. 이 시에서는 그 이전에 보여주었던 거침없는 야유, 풍자, 자조, 일상적 자아에 대한 절망 등 요설적인 요소가 보이지 않는다. 그만큼 정제된 시의 새로운 질서를 구축했다고 볼 수 있을 것이다.

＊신동엽의 「껍데기는 가라」

껍데기는 가라
사월도 알맹이만 남고
껍데기는 가라
껍데기는 가라

동학년東學年 곰나루의, 그 아우성만 살고
껍데기는 가라.

그리하여 다시
껍데기는 가라
이곳에선 두 가슴과 그 곳까지 내논
아사달과 아사녀가
중립中立의 초례청에 서서
부끄럼 빛내며
맞절할지니

껍데기는 가라
한라에서 백두까지
향그러운 흙 가슴만 남고
그 모오든 쇠붙이는 가라.

  신동엽은 1930년 충남 부여에서 출생하였고, 1959년 조선일보 신춘
문예에「이야기하는 쟁기꾼의 대지」가 당선되어 등단하였다. 등단 이
후 1969년 만 39세의 젊은 나이에 요절할 때까지 민족이 처한 현실에
온몸으로 맞서는 듯한 치열한 의식으로 시를 썼다. 남북 분단과 민족
의 아픔을 특유의 강렬한 어조로 노래하여 60년대를 대표하는 참여시
인 중 한 사람으로 주목을 받았다. 특히 장편 서사시「금강」은 동학란
을 소재로 민초가 겪고 있는 아픔과 소망을 노래한다. 한국시에서는
불모지와 다름없는 서사시의 영역을 개척했다는 긍정적 평가와 함께
역사적 사고가 얕고 단순화되어 역사 이면의 생동성을 보여주지 못했
다는 부정적인 평가도 있었다. 신동엽은 4.19혁명에 대하여 남다른 집
념을 보였다. 현실에서 미완으로 끝난 4.19정신의 구현에 그는 온몸

을 던졌다. 4.19혁명은 새로운 정치이념과 미래에 대한 희망을 안겨주었지만 곧이어 등장한 5.16의 억압정치와 산업화의 과정은 4.19정신의 좌절로 비쳐졌다. 신동엽 시는 이런 현실과 맞물려 있다. 4.19정신이 좌절되는 현실에 신동엽 시는 격렬히 저항하면서 한편으로 4.19정신에서 시의 유토피아를 찾고 있었다. 4.19에서 촉발된 정치의식으로 시를 썼고, 그런 점에서 순수시와 대척점에 있었다. 그는 모더니즘 시를 상업 자본주의적인 것, 연합군의 진주에 의하여 파생된 것으로 간주했다. 일부 순수시를 손재주 부리는 시로 비판한 것도 정치의식을 우선시하는 내용 중심적 사고에서 비롯된 것이다. 신동엽의 시는 2분법적인 단순 명료함을 지향한다. 그의 시에서 아메리카, 은행, 총알, 쇠붙이 등이 상징하는 껍데기 계열과 사원, 동학, 금강, 아사달, 아사녀 등으로 상징되는 알맹이 계열의 대립구조는 선과 악의 2분법적인 인식을 바탕에 두고 있다.

「껍데기는 가라」는 1967년 발표된 시로, 2년 뒤에 작고했으니까 신동엽의 후기작에 해당한다. 그런데도 여전히 그는 4.19정신에 매달려 있다. 이 시에서도 4.19정신의 정수精髓를 지향하는 이념적 힘을 구현한다. 특히 남성화자의 명령형 화법은 화자의 강한 의지와 동학혁명과 4.19혁명의 민주화 열망이 점차 퇴색 해가는 현실에 대한 안타까운 심정을 강조하는 효과가 있다. "가라"는 명령형의 반복은 주제를 집중시키고, 리듬감의 형성, 시적 긴장을 유지하는 힘으로 작용한다. 이 시에서 "껍데기"는 순수하지 못한 허위, 겉치레, 불의, 부정 등을, "알맹이"는 순결, 순수함을 뜻한다. 이 시는 1연에서 독재정권에 항거하여 일어났던 4.19혁명의 순수한 정신을 옹호하고, 2연에서는 농민이 주체가 되어 일어났던 동학혁명의 순수한 정신을 부각한다. 여기서 "곰나루"가 외세에 맞서 일어섰던 동학혁명의 진원지라는 것을 염두에 둘 때 "아우성"이 무엇에 대한 순수열정인가는 분명해 보인다. 3연에 등장하는 아사달과 아사녀는 외세와 대립되는 우리 민족 본연의 순결한 모습을 상징한다. "두 가슴과 그곳까지 내논"은 부끄러운 부분까지도 다 드러낼 정도로 허위와 가식이 없다는 의미로 해석되고, "중립의 초례청"은 이념을 초월한 민족화합의 장소성을 의미한다. 거기서 아사달, 아사녀가 "맞절"한다는 것은 정치적 중립노선에 의한 분단의 극복을 우회적으로 나타낸 것이 된다. 이 시의 마지막 연은 한반도에서 순수한 정신만 남고 모든 부정한 세력이 사라지기를 바라는 염원을, 순수를 상징하는 "향그러운 흙가슴"과 부정한 세력이나 무력을 상징하는 "쇠붙이"의 대립으로 형상화하고 있다. 따라서 "쇠붙이"는 사라져야 될 "껍데기"와 연장선상에 있다. 그리하여 '껍데기'는 결국 민족통일을 저해하는 모든 요소, 모든 세력을 가리키게 된다. 이렇게 이 시는 이념의 대립이 첨예한 한반도에서 그것을 초월하여 민족적 화합과 통일이 이루어지기를 염원하는 내용을 담고 있다. 그 염원이 실현되기 위해서는 4.19와 동학혁명의 순수정신을 회복했을 때, 그리고 민족의 염원을 억압하는 부정한 세력이 사라졌을 때 가능하다는 인식을 시의 배경에 깔고 있다.

이상에서 김춘수, 전봉건, 김수영, 신동엽 시인들의 작품을 통하여 60년대 순수시와 참여시의 대립적 특징을 살펴보았다. 한 시대에 가장 첨예하게 맞섰던 양 입장을 이해한다는 것은 앞으로의 시의 방향을 가늠하는 일이기도 하다. 시대에 대한 시인의 소명의식과 새로운 시적 방법론의 개척 사이에서 균형추를 어떻게 맞추어야 할지는 시인 각자가 고민할 몫이다. 이것은 시의 내용과 형식을 어떻게 통합하고 극복할 것인가의 문제이기도 하다.

# 시 경향의 다양성과 표현방법
## – 김규태, 박청륭, 김혜영, 손순미, 김경숙, 이상렬, 황재연

　시는 쾌락인가 교훈인가 아니면 생활단상인가. 홍수처럼 쏟아지는 시란 이름의 글들을 대할 때마다 생기는 의문이다. 과거에는 운율을 기준으로 시를 판단한 때도 있었다. 그러나 현대는 운율만으로 시를 이야기하기에는 그 양상이 너무 복잡하다. 시의 수사도 다양해졌을 뿐 아니라 시가 그리는 세계 역시 한두 가지로 일목요연하게 설명되어지지 않는다. 끊임없이 변화하는 시의 양식과 세계에 대한 기발한 인식들은 시에 대한 기존의 생각들을 부정한다. 시가 쾌락추구의 예술지상주의의 입장에 있든, 교훈을 담보로 한 목적주의에 있든, 가볍게 생활 주변의 단상을 터치하는 경우이든 시적 기능을 다하기 위하여 갖추어야 할 덕목은 무엇일까? 그것은 대상을 바라보는 시적 주체의 심미안, 곧 경이감의 창출에 있다고 생각한다. 시적 경이는 세계에 대한 시인의 새로운 인식에서 파생하기도 하고, 신선한 언어 감각이나 표현의 기발함과 같은 진술방법에서 발생하기도 한다. 시의 에스프리는 기성의 목소리를 답습할 때 이미 죽은 언어의 껍질 속에 안주하게 된다. 살아 있는 시의 언어를 얻기 위하여 시인은 끊임없이 세계와 대결하고, 치열하게 사물의 깊은 내면의 소리를 들어야 한다. 그리고 예민하게 반응하는 감각적인 언어수사 능력을 갖추어야 한다.
　시인이 사물을 대하는 태도나 시선, 그리고 표현 방법은 제각각이고, 그에 따라 시는 다양한 양상으로 펼쳐지고 있는데, 이를 다 간추려 기술하기에는 필자의 역량이 미치지 못할 뿐 아니라 제한된 지면이 이를 허락하지 않는다. 그래서 이 계절에 발표된 부산시인 몇 분의 작품을 중심으로 시의 일정 부분의 경향을 점검해 보는 수준에서 이 글을 마무리할까 한다. 동일성의 획득을 목표로 대상과의 화해를 모색해왔던 서정시의 세계관이 해체되기 시작하면서 현대시는 세계와 자아 사이의 불협화음을 점점 더 키워가고 있다. 자본이 지배하는 현대 문명은 욕망을 극대화시키고 있고, 다른 한 편 충족되지 못한 욕망은 결핍과 자아 상실의 상해의식을 양산한다. 상당수 현대시들은 이런 심리적 바탕을 근거로 현대의 모순이나 부조리를 적나라한 시적 언어로 건져 올리고 있다. 그런가 하면 여전히 자연 합일을 꿈꾸는 서정시 또한 엄청난 양으로 발표되고 있는 현실을 우리는 목격한다.

계간《신생》의 겨울호에 원로시인 김규태는 10편의 시를 특집으로 발표하고 있다. 김규태 시인은 1957과 1958년에《문학예술》과《사상계》를 통하여 등단한 이후 50년이 넘는 시력 동안 첫 시집『철제장난감』을 비롯하여 4권의 시집을 출판한 과작의 시인이다. 그만큼 시에 대한 결벽증 같은 것이 있어서 자기 검열을 엄격히 하는 시인으로 볼 수 있다. 필자가 문단에 발을 들여놓기 전에 읽었던『철제장난감』은 전쟁의 상흔을 환기하는 기법이 독특하여 오랫동안 뇌리에서 떠나지 않았었다. 철제장난감을 가지고 노는 순진무구한 아이들을 통하여 6,25전쟁이 남긴 비극성을 우회적으로 연상케 하는 수법은 비극적 아이러니의 정서적 반응을 몰고 왔다. 김규태 시의 특징은 상황악이나 존재의 부조리에 대하여 깊은 고뇌의 흔적을 보인다. 그러나 거짓과 진실 사이에서 증오심 같은 감정을 직설적으로 표출하지 않는다. 역설이나 아이러니, 거기에다 우수적 정감을 덧대는 우회적인 시의 길을 택해왔다. 그가 고뇌하는 시인으로 읽혀지는 이유가 여기에 있을 것이다.

이번에 발표된 10편의 시에는 칠순의 후반에 처한 시인의 내면 풍경이 여실히 드러나고 있다. 죽음에 대한 압박감과 과거에 대한 그리움 등 황량한 내면을 절박한 육성으로 토로한다. 여전히 고뇌하는 시인으로서 그가 처한 상황과 치열하게 대면하고 있다.

> 아득한데서/ 벌레 한 마리가 떨어져/ 추억처럼 과일 속에 박혔다/ 과
> 일의 시즙을 먹고/ 자라난 벌레는/ 추억의 상징물로 살아있다/ 누구로
> 부터 추억의 입술을 위임 받았을까/ 꽃술에 담긴 꿀은 감미로웠다/ 그
> 단물의 뒷자리가/ 꽃술로 되살아나지 않고/ 산화되어 가슴 곳곳에서/
> 질척거리고 있다
>
> — 김규태의 「벌레 한 마리가」 전문(《신생》, 2000년 겨울호)

시 「벌레 한 마리가」는 추억 속에 갇혀 있는 시적 자아의 황폐한 노년
의 모습을 형상화한다. 여기서 '벌레'는 시인을 대변하는 상징물이다.
'아득한데서'가 암시하는 것은 까마득한 과거, 곧 젊은 시절을 뜻한다.
마치 벌레가 과일 속에 박혀서 과일의 시즙을 먹고 자라듯 젊은 시절
시적 자아도 주변으로부터 많은 자양분을 받으며 정신적으로나 육체
적으로 성장해왔음을 우회적으로 말하고 있다. 많은 영양분을 공급받
으며 화려하게 성장하던 그때가 인생의 황금기였고 지금은 추억 속에
서만 살아 있는 그때의 모습을 그리워하고 있다. "꽃술에 담긴 꿀은 감
미로웠다"는 과거형 진술이 흘러가 버린 지난 시절에 대한 그리움의
정서를 환기시킨다. 그러나 지금은 "그 단물의 뒷자리가" 황폐화되어
화자를 아프게 하고 있다. 영양공급의 순환은 끊어지고 자기 몸에서
금속이 부식되는 것과 같은 산화현상을 느낀다. 이렇게 이 시는 생명
력으로 넘쳤던 과거와 노쇠한 현재 사이의 아득한 거리감과 허무감을
표현하고 있다.

같은 지면에 발표된 박청륭의 「하안거夏安居」는 위의 시와는 대조적이
다. 나이 차이는 약간 있지만 같은 70대 시인인데 삶을 바라보는 태도
가 이렇게 다르다는 것은 매우 흥미롭다. 김규태의 시가 여전히 정서
적 압박감과 고뇌에 찬 목소리로 상황에 대응하고 있다면, 박청륭의 시

는 어느덧 세속적 삶의 굴레를 초월한 달관의 경지에 들어서고 있다. 젊은 시절, 그가 세계에 대하여 저주를 퍼부었던 악마주의적인 시각은 거의 찾아볼 수 없다. 그렇게 치열하게 세계를 부정하고, 윤리 이전의 인간의 마성을 끈질기게 추적하던 시적 근성은 이제 순화되어 깨달음을 얻고자 면벽하고 있는 선승禪僧의 풍모로 바뀌고 있다. 변하지 않고 있는 것은 절제된 언어로 명징한 이미지를 구축하는 시적 방법이다.

> 문을 닫고 앉았으니/ 들리던 소리 보이지 않는구려/ 내 말할 수 없네/
> 이 꽉 찬 고요// * //
> 문을 열어놓고 지내게 되는/ 여름철엔 많은 소리를 듣게 된다/ 나이도
> 나이 같잖은 요즘은/ 귀로 들을 땐/ 들리는 소리보다 똑똑하게 사물이
> 더 잘 보이고/ 눈으로 볼 땐/ 보이는 사물보다 선명하게 소리가 더 잘
> 들린다./ 이제야 보이네/ 해인사 깊고 깊은 해우소/ 천 년 지난 오늘/ 최
> 치원의 한 덩이 근심거리/ 지금 막 떨어지는/ 소리

— 박청룡의 「하안거夏安居」 전문(《신생》, 2000년 겨울호)

이 시의 제목 「하안거」는 두문불출하고 칩거하고 있는 시인의 현재 상황을 빗댄 표현이다. 나이가 들면 친구도 멀어지고, 찾아오는 사람도 뜸해지고, 나들이해야 할 계기도 별로 없게 된다. 그러다 보면 불가피하게 칩거하게 되는데, 홀로 있는 시간이 많다 보면 어느덧 자신도 모르게 참선에 든 스님이란 착각을 하게 된다. '하안거'는 바로 그런 내면 의식을 반영한다. 이 시의 첫 연은 칩거하고 있는 화자의 모습을 형상화한 것이다. 여기서 "들리던 소리"란 온갖 잡다한 인간사에 얽힌 사건이나, 상처를 주는 이전투구의 언어들을 망라한다. 그 '소리'가 "문을 닫고 앉았으니" 보이지 않는다는 것은 속세와 단절된 의식의 지평과 화자의 고독한 내면을 동시에 연상시키기 위한 진술이다. "꽉 찬 고요"는 그런 고독감의 역설적 표현이고, 그 다음 '*'의 기호표시는 '고

요', 곧 침묵을 공간화한 형태주의formalism의 표현이다. 시적 자아가 처한 고독한 상황을 횡설수설하지 않고 행간에 숨겨둔 채 바로 달관의 경지로 비약하는 언어운용 방식은 박청륭 특유의 시적 특징인데, 둘째 연에서 바로 면벽한 스님의 고행과 동일시되는, 세상과 단절된 고독한 생활, 그 가운데서 얻게 된 들으면 보이고, 보면 들리는 도의 경지를 말하고 있다. 이런 경지에서 모든 근심 걱정에서 해탈하고 있음을 이 시의 마지막 5행은 말한다. 여기서 '해우소'는 근심 걱정을 해결하는 장소란 뜻의 해인사에 있는 천년의 오래된 화장실 이름인데, 이곳에 최치원의 한 덩이 근심거리가 지금 떨어지는 소리가 보인다는 것은 천년의 시공을 넘나드는 시적 상상력으로 달관의 경지를 형상화한 것이다. 여기서 "한 덩이 근심거리"는 인분을 두고 한 말이지만 속세의 온갖 번뇌를 함축한다. 그 인분을 통하여 번뇌로부터의 해탈을 말하고 있는 것이다. 그런데 이런 달관의 시적 상상력이 자꾸 고독한 자기와 처절하게 대면하고 있는 시인의 현재 상황을 역으로 말하고 있다는 생각이 드는 것은 왜일까?

《시와 사상》 겨울호에서는 김혜영의 「봉투」와 손순미의 「목백일홍」이 필자의 시선을 끌었다. 같은 여성시인의 작품인데 그리는 세계나 표현하는 기법, 목소리는 전연 다르다.

> 남자는 얼굴빛이 어둡다/ 이번 주에만/ 벌써 세 번이야// A의 시체는 조금 가까운 관계/ A의 시체는 두렵다 친구의 얼굴이다// 봉투마다 국화꽃이 피어난다/ 봉투마다 기록되는 무덤덤한 문구/ 봉투마다 들어가는 만 원짜리 기도들// B의 시체는 테니스를 치던 관계/ B의 시체는 썰렁하다/ 삽을 들고 무덤의 지붕을 덮는다// C의 시체는 애인의 먼 관계/ C의 시체는 마지막 순서/ 부도난 심장처럼 얼룩진 불안/ 33세, 하늘이 유난히 파랗다// 무덤의 옷장에 걸린 수의/ 봉투에 들어가는 무게는 다르다
>
> — 김혜영의 「봉투」 전문(《시와사상》, 2000년 겨울호)

김혜영은 현대의 모순된 삶의 현상들을 역설, 풍자, 아이러니의 기법으로 진술한다. 이런 진술 태도는 왜곡된 삶이나 현상의 실체를 효과적으로 나타낸다. 허위와 거짓, 그리고 진실 사이에서 이완된 의식 등이 그의 시의 표적이다. 시 「봉투」는 죽음을 대하는 세 가지 태도를 통하여 현대인의 모순된 의식을 풍자하고 있다. 문상하는 일은 거의 일상화된 현대의 풍속도다. 그런 일상의 관성에 젖어 죽음까지도 기계적으로 무덤덤하게 대하게 되는 현대인의 의식을 김혜영은 드라이한 언어로 표출한다. 이 시의 첫째 연은 이런 일상에 갇혀 있는 도시인의 짜증스러운 감정을 담고 있다. "이번 주에만/ 벌써 세 번이야"하는 어투에서 그런 내면이 읽혀진다. 여기서 '세 번'이란 문상의 횟수를 말하는데, 다음 연부터는 이 세 번의 문상이 갖는 의미의 차이를 형상화한다. A(친구), B(테니스를 치던 관계), C(사이가 먼 애인)로 구분된, 죽은 이와의 관계에 따라 "봉투에 들어가는 무게"(부조금의 액수)가 달라지는 정도의 미세한 차이지만 이를 포착하여 진술하는 화자의 눈은 차갑다. 감정의 굴곡이 거의 느껴지지 않는다. 현대인의 냉혈성을 그대로 반영하는 어조다. 조소의 눈빛마저 느껴진다. "봉투에 들어가는 무덤덤한 문구" 또는 "봉투마다 들어가는 만 원짜리 기도" 등의 언표가 그 단적인 예다. "만 원짜리 기도"란 고인의 명복을 비는 기원마저 돈의 잣대로 평가되는 현대인의 왜곡된 의식을 비꼬는 말이다. 어떻든 남자는 A, B, C에 따라 고인을 대하는 태도에 있어서 "두려움". "썰렁함". "부도난 심장처럼 얼룩진 불안" 등의 감정의 차이를 드러낸다. 그러나 그것은 미세한 감정의 차이일 뿐 죽음에 대한 외경감은 그 어디에도 없다. 젊은 애인의 죽음 앞에서도 관계 단절의 불안의식이 약간 있을 뿐 평상심에서 크게 벗어나 있지 않다. 여기서 "부도난 심장"은 진실한 사랑의 열정도 없이 행해지는 현대인의 부조리한 애정행각을 암시한다. 따라서 애인의 주검과 대조시킨 유난히 파란 하늘도 이완된 모순형용의 반어적 표현으로 가슴에 와닿게 된다.

한편 손순미의 시 「목백일홍」도 죽음과 관련된 내용이나 죽음을 대하는 태도나 표현방법은 전연 다르다. '목백일홍'의 일생을 통하여 죽음으로 가는 과정과 그 사이에 놓이는 감정의 굴곡을 절실하게 형상화한다. 그만큼 진지하게 세계와 대면하고 있다.

목백일홍 긴 담벼락을 걸어가는 중이다/ 한여름에도 붉은 목도리 풀지 못하고 걸어오는 중이다/ 꽃의 생가는 담벼락이다/ 꽃은 百日夢과 白日夢 사이를 오가는 중이다/ 붉은 꽃그늘 낭자한 세월이 간다/ 바람 밖으로 꽃이 울고/ 담장 밑에 꽃이 벗어 놓은 옷이 쌓인다/ 제 몸 속의 것을 다 벗어놓았다/ 죽음이 저렇게 어두워서야/ 꽃이 자신의 임종을 데리고 가는 길/ 담벼락은 저 꽃상여를 메고 어디로 가나/ 꽃을 보내고 담벼락은 허전한 목덜미를 자꾸 만지게 된다/ 지금은 의자의 계절/ 죽음도 잠시 쉬어가는 계절/ 담벼락 아래 긴 의자 골똘히 앉아 있다/ 이 골목의 죽음을 관리해온 의자가 모처럼 쉬고 있다

– 손순미의 「목백일홍」 전문(《시와사상》, 2000년 겨울호)

이 시는 내용상 세 부분으로 나눌 수 있다. 1행에서 5행까지는 목백일홍이 담벼락에 기대어 성장하고 번성하는 삶의 절정을 형용한다. 성장의 과정을 "담벼락을 걸어가는 중"으로 표현하고 있다. 이 과정에서 풀지 못한 "붉은 목도리"는 외견상 꽃들이지만 꿈꾸는 이상이나 집착하는 삶의 가치로 해석될 수 있다. 무릇 모든 생명체는 그런 꿈을 품고 성장한다. 드디어 꿈이 만개한 삶의 절정에 도달하게 되는데, 이것을 "百日夢과 白日夢 사이를 오가는 중"으로 이 시에서는 진술하고 있다. 百日夢은 백일동안 꾸는 꿈이고, 白日夢은 한낮의 꿈이다. 결국 영화로운 절정의 삶도 백일몽과 다름없이 허무한 것임을 우회적으로 나타낸 것이다. "꽃그늘 낭자한 세월"로 대변되는 화려한 시절도 일회적인 한 순간임을 암시한다. 다음 6행에서 11행까지는 목백일홍이 죽음에

이르는 쇠퇴기를 말하고 있다. "담장 밑에 꽃이 벗어 놓은 옷"은 지는 꽃잎, 곧 생명을 잃은 주검이다. 그 주검의 의미를 이 시에서는 "몸속의 것을 다 벗어 놓았다"고 진술한다. 공수래공수거空手來 空手去를 변주한 것이다. 그리고 "담벼락은 저 꽃상여를 메고 어디로 가나"에서는 허무하게 지는 주검을 가슴에 안고 살아야 하는 남은 자의 목메이는 감정을 담고 있다. 여기서 "담벼락"은 목백일홍과 생애를 함께 해온 아직 살아남은 자다. 마지막 세 번째 부분, 12행에서 끝까지는 죽음을 지켜본 남은 자의 마음의 빈 공간을 형상화한다. "담벼락"이 "허전한 목덜미를 자꾸 만지게 된다"는 것은 가까이 지냈던 친지를 잃었을 때의 공허감을 이미지화한 것이다. 그런데 그 공허감은 '의자'가 등장하면서 더 확대된다. 꽃이 지고, 다시 필 때까지의 시간의 빈자리를 지키는 존재인 의자는 죽음 이후의 적막과 썰렁한 분위기를 조성하는 소도구다. 여기서 의자는 함축적 의미가 매우 깊다. 지금은 담벼락 밑에 홀로 쓸쓸하게 앉아 빈 골목을 지키고 있는 존재지만, 화자는 의자에 생사를 관장하는 절대자의 이미지를 더 부여하고 있다. 집주인이 의자에 올라서서 담벼락을 기어오르는 꽃나무들의 가지를 치는데서 유추된 환유적인 의미 부여일 것이다. 이렇게 이 시를 읽고 나면 표면상 목백일홍을 내세웠지만 그 이면에 생명의 생성과 소멸이란 순환구조의 인생이 자리하고 있다는 것을 깨닫게 된다. 삶과 죽음의 의미를 반추하게 된다. 죽은 자와 산 자, 그리고 운명과 같은 절대자, 이 삼자 관계를 목백일홍과 담벼락, 그리고 의자의 관계로 설정하여 이미지화하는 언어구사는 매우 경이롭다.

격월간지 《문학도시》에서는 9. 10월에 게재된 김경숙의 「문장놀이」와 이상렬의 「폴 티베츠의 고백」, 그리고 황재연의 「울음」을 다양성의 측면에서 논의의 대상으로 삼았다.

매번/ 해법은 손안에서 형성되고/ 패를 읽는 것은 마음의 수련이고/

이익을 저울질 하는 것은/ 팽팽한 손끝인데/ 해독하지 못한 단어들 무리/ 매번, 어긋나는 무리수/ 한 번쯤은/ 상대를 통해서 패를 읽을 줄도 알아야 할 텐데/ 통쾌한 주먹 한 방 날리기 위해/ 번득이는 눈치와/ 재빠른 곁눈질들이/ 동강나는 투전판에서// 과연/ 어느 끝을 겨누고 있을 것인가/ 너와 나를 읽고 간 문장마다/ 팽팽한 침묵/ 한 끗의 차이로/ 이익을 저울질하며/ 이 시각 패를 읽는다// 눈 감고/ 너의 패를 볼 수 있을 때까지

— 김경숙의 「문장놀이」 전문(《문학도시》, 2000년 9. 10월호)

김경숙의 「문장놀이」는 시적 대상을 추적하는 의식이 매우 치열하고 격렬하다. 풍자적 어투가 번득이는 위의 시는 앞에서 논한 김혜영의 「봉투」와 비교가 된다. 김혜영의 시에서도 풍자적 역설이 시의 중심에 있었는데, 어조는 정반대다. 김혜영의 어조는 차갑다. 감정의 굴곡을 드러내지 않는 냉철한 시선으로 대상을 본다. 그만큼 지적이다. 김경숙의 어조는 뜨겁다, 격정적이기까지 하다. 그만큼 힘이 느껴진다. 진술태도에 있어서도 김혜영은 인간 행위를 통한 우회적인 방법으로 진술 목표에 접근한다. 반면 김경숙은 전체적으로 문장놀이가 투전판에 비유되고 있기는 하지만 매 행은 직설적 어투를 숨기지 않고 있다. 이시가 경이를 불러일으키는 이유는 글쓰기, 곧 문장놀이가 전연 이질적인 세계인 투전판에 비유되어 투전판의 긴장감이 그대로 글쓰기에 전이되는데 있다. 글 쓰는 자의 의식이 한판 승부를 통한 일확천금을 꿈꾸는 투전꾼의 의식과 다름이 없다는 것은 시인 자신을 비하한 자학적 인식으로 볼 수도 있다. 어떻든 전연 비교 대상이 아니라고 여겨왔던 두 영역이 같은 선상에 놓임으로써 글 쓰는 행위에 덧칠된 근엄함과 우월의식은 벗겨진다. 문장을 갈고 닦는 행위에는 충혈 된 눈으로 상대방의 패를 읽기 위하여 고심하는 투전꾼의 치열한 눈치 보기와 이익을 저울질하는 팽팽한 긴장이 흐른다. 글 한 편으로 대박 치고 싶은 욕

망 때문이다. "통쾌한 주먹 한 방 날리기 위하여"는 그런 욕망을 표현한 것. 눈치 보듯 남의 글을 읽고 남의 비판에 귀를 세우는 문장 놀이가들의 행태가 눈에 잡힌다. 매번 글을 쓸 때마다 "어느 끝을 겨누고 있을 것인가"를 고심하게 되는 것도 "한 끗의 차이로" 성공과 실패가 결정되는 투전판의 생리와 글쓰기가 닮았다고 보기 때문이다. 그런데 이 시는 글 쓰는 이의 이런 비뚤어진 의식을 야유하는 듯하면서도, 다른 측면에서는 문장 하나, 토씨 하나에도 신경을 곤두세우며 긴장을 놓지 못하는 글 쓰는 이의 치열한 의식을 반어적으로 드러낸다. 이때, 여기서 구사된 반어적 진술은 문장놀이가 갖고 있는 부정과 긍정의 양면을 동시에 포착하여 제시하는 시적 기능을 한다.

이상렬의 「폴 티베츠의 고백」은 2차 대전을 종결시켰던 히로시마 원폭 투하의 역사적 사건을 제재로 한다. 이 시는 사건을 증언하고 고발하는 목적주의의 입장에 있다. 시를 고발의 수단으로 삼는 목적주의 시들이 설득의 언어를 주로 사용하고, 직설적으로 감정을 분출하는 경향 때문에 시의 결이 무딘, 생경한 느낌으로 와닿는 경우가 흔히 있다. 「폴 티베츠의 고백」에서도 이런 문제점들이 완전히 해소된 것은 아니지만 몇 가지 시적 장치를 통한 우회적인 접근방식으로 사건을 증언하고 있다는 점에 관심이 갔다.

> 1945년 8월 6일 오전 8시 15분/ 나는 지금껏 그날 그 순간을 잊을 수 없네/ 나는 그날/ 태평양 티니안에서 양키구단으로 가장/ 에놀라게이에 리틀보이 선수를 태우고/ 촬영자와 기록자를 데리고서/ 원정 시합하러 히로시마에 갔었네/ 이십만 관중들은 리틀보이의 위력을 알지 못한 채/ 저마다 하루의 일과를 서두르고 있었네/ 나는 리틀보이 원정 시합이/ 태평양 전쟁 종결의 지름길이 되리라 생각했다네/ 때마침 일장기가 나부끼는 대본영/ 군사도시 히로시마가 뭉개구름 사이로 모습을 과시했었네/ 방갓같은 연잎이 무성한 고오고古江 들녘에/ 빨간 고추잠자리 쫓던

한 소년이/ 하얀 유니폼 삼인방의 정지 비행을 신기하게 바라보았네/ 나는 가슴에서 볼을 꺼내 시구를 던졌네/ 볼은 변화구로 뱅글뱅글 소년에게로 다가갔네/ 소년은 폭발 섬광에 눈이 부셔 볼을 놓치고/ 그만 연근 논으로 날아가 버렸네/ 뻘투성이 소년은 연잎 그늘에서 부들부들 떨며/ 그제야 거짓 양키구단이 떠난 버섯구름 하늘을/ 원망의 눈초리로 멍하니 바라보았네/ 푸르름이 사라진 전원도시 히로시마/ 물! 물! 물! / 출혈환자의 갈증호소에 우물에서 하염없이 물을 긷는/ 그 소년의 순진한 눈망울을/ 나는 저승에서도 지금껏 잊지 못하네

                 – 이상렬의 「폴 티베츠의 고백」 전문(《문학도시》, 2000년 9. 10월호)

　이 시의 화자는 히로시마에 직접 원폭을 투하했던 B-29의 조종사, 폴 티베츠의 시선을 통하여 사건을 진술한다. 티베츠의 자기 고백 형식이다. 이런 화법은 사건의 증언에 참회의 어조를 보탬으로써 시적 설득력을 높이고자 할 때 쓰는 수법이다. 그렇다면 폴 티베츠의 입장에서 처절한 자기 성찰을 통한 참회 내용을 담아내어야만 시의 진정성을 확보할 수 있다. 그런데 이십만 히로시마 인구를 한순간에 죽음과 원폭 피해자로 만들어 그 후손까지 삶의 고통으로 몰아넣은 엄청난 사건의 중심에 있었던 폴 티베츠의 고백으로서 이 시가 과연 진정성을 확보했는가 하는 점에서는 의문이 든다. 특히 이 시의 결구 "나는 저승에서도 잊지 못하네"하는 정도의 고백으로 원폭 투하 이후 죄의식 때문에 악몽에 시달려야 했던 폴 티베츠의 내면을 담아내기에는 역부족이란 느낌이 든다. 제재가 갖는 무게에 비하여 언어구사가 가볍게 느껴지는 것도 문제다. 그러나 폴 티베츠가 작전에 임하는 과정을 B-29의 닉네임인 에놀라게이와 원자폭탄의 암호명인 리틀보이를 빌려 양키구단의 원정시합으로 희화화한 것은 "태평양 전쟁 종결의 지름길"이란 믿음 하나로 원폭 투하가 엄청난 재앙을 몰고 올 것을 간과한 채, 작전에 임했던 안일한 의식을 부각시키는 데는 일정 부분 효과가 있다.

이 시에는 "연꽃이 무성한 고오고강 들녘에/ 빨간 고추잠자리 쫓던 소년"과 같은 평화롭고 한가로운 정경들이 티베츠의 시야에 포착되는 형식으로 진술되고 있다. 이것은 미구에 닥칠 재앙의 잔인성을 강조하기 위한 대조로 볼 수 있다. 순진무구한 소년의 눈망울은 그것을 뭉개버린 전쟁이 얼마나 잔혹한 것인가를 증언하고 휴머니즘을 강조하는 효과가 있다. 이렇게 이 시는 역사적 사건을 통하여 그 사건이 갖고 있는 비정함, 잔혹한 비인간적 속성을 희화화하여 고발한다.

황재연의 「울음」은 간결한 시적 진술이 돋보인다. 간결 적확한 언어로 진술대상의 명암을 분명하게 드러내는 형상화의 능력을 엿볼 수 있다. 군더더기의 언어가 거의 없다. 압축된 시상의 전개로 시적 울림을 크게 한다. 시를 구성하는 언어의 결이 섬세하고 곱다.

> 귀뚜라미는 울기 시작하면/ 한 번에 삼백 번 정도 울음 운다고 하는데/ 그리고 보면 그 조그만 몸은/울음통이 절반이겠다, 몸통이 슬픔이겠다/ 처량한 달빛 때문에 우는 건지/ 애달픈 생 때문에 우는 건지// 명사실로 깊은 적막 박음질 해 나가는/ 저 알 수 없는 곡성,/ 내 가슴 난타하며 넘어 들어오는/ 울음꼬리 잡고/ 나, 오늘밤 눈깃머리 적시며 울어 보는데/ 먼 산 깊은 골짝 같은 내 울음소리/ 싱겁다, 모창일 뿐이다// 울지 않으면 살아갈 수 없는 건가/ 하기사, 울어야 할 아무것도 없을 때/ 삶은 더 견딜 수 없을 것이다
>
> — 황재연의 「울음」 전문(《문학도시》, 2000년 9. 10월호)

이 시의 1연은 한 번 울기 시작하면 삼백 번이란 엄청난 양의 울음을 쏟아내는 귀뚜라미의 생리를 전제로 귀뚜라미 몸통 전체가 슬픔이란 인식을 보인다. 화자는 그렇게 처절하게 우는 이유를 "처량한 달빛" 또는 "애달픈 생"으로 상상해 보지만 이 역시 작은 몸통으로 엄청난 울음을 쏟아내는 이유로서는 미흡하다는 생각이 행간에 있다. 2연 첫 행

은 이 시에서 가장 절창에 해당한다. 귀뚜라미의 울음소리를 "명사실로 깊은 적막 박음질"하는 것으로 이미지화하고 있는데, 가늘고 끈질기게 적막을 깨드리며 울고 있는 소리의 결, 그 명암을 잘 살린 표현이다. 이런 귀뚜라미의 울음소리에 화자도 공명하지 않을 수 없다. 화자도 "먼 산 깊은 골짝 같은 울음소리"로 화답을 해 보지만 그 절실함은 귀뚜라미에 미치지 못한다. "먼 산 깊은 골짝"이 암시하는 것은 삶의 고비마다 겪게 되는 절망의 심연인데, 그런 절망의 깊이에서 뽑아 올린 인간의 울음소리도 온몸으로 울고 있는 귀뚜라미에 비해서 그저 흉내 낸 "모창"처럼 "싱겁다"고 화자는 말한다. 그만큼 귀뚜라미의 울음소리가 심금을 절실하게 울리고 있음을 강조하는 수사적 진술이다. 그런데 이 시의 중요한 특징은 그 울음의 절실함을 강조하는 방향으로 시상이 진행되다가 3연에서 반전되고 있다는 점이다. 이때까지 진행되던 방향에서 역방향의 진술을 하고 있다. 갑자기 핸들을 트는 역주행과 같다. 이런 시의 기교는 시적 대상의 의미를 역으로 인식하게 한다. 시의 함축적 의미를 확산시키거나 깊게 하기도 한다. 화자는 느닷없이 삶 자체가 울음인 것처럼 보이는 귀뚜라미에 대하여 오히려 "울어야 할 아무것도 없을 때/ 삶은 더 견딜 수 없을 것이다"라고 꼬집는다. 이것은 역설이다. 경우에 따라서는 우는 것이 사치일 수도 있다. 정말로 헤어날 길 없는 절망의 상태에서는 울음도 나오지 않는다. 여기서 "울어야 할 아무것도 없을 때"란 감정조차 메마른 절망적 상황을 말한다. 어쩌면 현대인은 무감정, 무감동의 불행한 삶을 살고 있다는 언표일지도 모른다. 그렇다면 온몸으로 울고 있는 저 귀뚜라미가 오히려 메마른 인간보다 더 행복하다는 또 다른 역설이 성립된다. 고갈되지 않는 울음이란 감정의 샘을 가지고 있지 않은가. 슬플 때 슬퍼할 수 있는 것은 오히려 행복이다. 란 역설적 경구를 이 시의 3연은 담고 있다.

일곱 편의 시를 가지고 다양한 부산 시단의 경향을 다 아우를 수는 없다. 그러나 각양각색의 시적 프리즘으로 세계에 대응하고 있는 다양한 목소리, 그 일부를 접한 셈이다. 이상의 일곱 편만 보드라도 시의 목소리나 색깔이 제각각이다. 그만큼 세계를 대하는 태도나 인식내용, 그리고 시를 형상화하는 방법 등이 얼마나 다양하게 전개되고 있는가를 짐작할 수 있다. 이런 시 경향의 다양성을 바탕으로 부산시단은 백화난만한 꽃밭을 가꾸며 발전해 갈 것이다. 그러기 위하여 시인은 어떤 절망적 상황 하에서도 고독한 삶의 내면을 꿰뚫고, 깊이 사유하는 혜안이 있어야 하고, 새로운 시의 방법론을 찾아 고행하는 투철한 의식이 있어야 한다. 이상李箱은 절망이 기교를 낳고 기교가 또 시인을 절망하게 한다고 했다. 죽은 일상의 언어에 새로운 생명의 불꽃을 댕겨야 하는 시인은 지금도 절실한 시의 기교를 찾아 절망하고 또 절망할 것이다. 그 절망의 심연에서 시는 섬광과 같은 절창을 뽑아 올릴 수 있다. 2010년의 여명이 보인다. 새롭게 가슴을 치는 시의 등장을 기대해 본다.

# 지난 계절에 읽은 몇 편의 여성시

## — 안효희, 한창옥, 이채영, 김곳

언제나 그렇듯이 한 해가 마무리되는 시점이면 쏟아져 나오는 개인 시집들. 거기에는 시인 나름의 자기 인생의 정리라는 의미가 내포돼 있을 것이다. 2007년의 겨울에도 예외가 아니어서 많은 시집들을 접하게 되었다. 연말 연초에 부산 시단에 적을 두고 있는 시인들의 개인 시집들을 읽으면서 부산 시단의 시의 흐름을 이해해 보려고 꽤 진땀을 흘렸다. 특히 여성 시인들의 개인 시집들이 많이 눈에 띄었다. 여성 시인들이 대거 등장하고 활발하게 시작 활동을 하면서 상대적으로 남성 시인들의 자리가 왜소해지는 듯한 느낌이 든 것은 어제 오늘의 일이 아니다. 얼마 가지 않아서 수적으로나 질적으로 남성 시인들을 압도할 것 같은 추세로 여성 파워가 확장되고 있는 것이 요즘의 현실이다. 최근에는 부산에서도 시단의 주목을 받는 젊은 여성 시인들이 꽤 많이 등장했다.

그러나 폭발적인 여성 시인의 증가에도 불구하고, 이번에 접하게 된 시집이나 시 잡지에서 평소 지론으로 여기고 있는 실험정신이 돋보이는 시들은 그리 많지 않았다. 그저 상투적인 화법으로 평이한 생각들을 진술하고 있는 시들이 여전히 다수를 이루고 있었다. 시와 산문의 차이는 무엇일까 하는 의문이 증폭되기만 했다. 과거에는 운율의 유무로 시와 산문을 구별했다. 그러나 현대에 와서 시는 산문화의 길을 걷는다. 행과 연의 구분이 없는 산문시가 범람하면서 시는 더욱 산문과의 경계를 허물고 있다. 그러나 여기에서도 시가 수필이 아닌 시이기 위해서 지켜야 될 최소한의 조건은 있다. 흔히들 시의 언어를 함축성의 언어라고 하는데, 그 함축성은 이미지의 암시성에 의하여 얻어진다. 그저 외형적으로 행 구분이나 연구분만 하면 시인 것으로 착각하는 경우가 있는데 시를 쓸 때 가장 경계해야 할 점이다. 짧은 수필이 곧 시는 아니다. 시의 정신과 산문의 정신은 엄연히 구별된다. 그 구현은 진술 방식의 차이에서 얻어질 수밖에 없다. 시의 진술 방식은 그것이 자유시였던 산문시였던 암시적이고 함축적이어야 한다. 이미지 위주의 진술은 언어의 함축성에 일조를 하게 될 것이다. 지나치게 직설적이고, 설명적이며, 관념적인 진술은 시의 격을 떨어뜨린다.

이런 생각들의 전제하에서 안효희의 「걸어 다니는 우물」(《시와 반시》, 겨울), 한창옥의 「택시, 코로나」(시집 『빗금이 풀어지고 있다』), 이채영의 「총성의 여운」(《시와 사상》, 겨울), 김 곳의 「몸에 익은 바지가 구수하다」(《부산시인》, 가을) 등의 작품이 시를 읽는 즐거움을 주었다. 한창옥의 시가 예외이기는 하지만 나머지 시들은 암시의 기재를 앞세워 시적 사고를 하고 있다는 공통점이 있다. 세계를 바라보는 눈이나 태도, 언어 구사 방법, 시의 구성방식 등에서 큰 차이가 있기는 하지만 시인의 내면적 사고를 대유, 상징, 알레고리 등 암시적 기법을 통하여 형상화하고 있다는 공통된 특징이 있다.

그 우물은 '들여다보지 말 것'이라는 명패를 달았다 무심한 척 더 빠른 걸음으로 지나쳤는데 어느새 내 곁에 있다

소용돌이를 가진 울음은 밤이 두렵다 작은 소리에도 두근거리는 숨, 한 맺힌 곡성을 길어 올리는 저 둥근 폐가가 내 안에 둥지를 튼다 들여다보지 않음으로써 더 많이 번져나는 파문, 넘쳐나는 입들이 눈들이 걸어다니기 시작한다

누가 '들여다볼까 봐' 늘 두꺼운 옷을 입는 내가 거울 앞에서 머뭇거린
다 또 하나의 길 저 아득한 지점에서 둥근 우물을 발견한다 우물 밑바닥
과 거울 먼 곳은 서로에게 닿는 긴 통로를 가지고 있어, 지구 반대편 빈
집에 앉아 우는 울음도 수시로 드나든다

지구에는 수억만 개 걸어 다니는 우물이 산다

그 우물은 보이지 않는 깊이를 가졌다 돌멩이 떨어져도 소리를 내지
않는다 스스로를 발견하기 위한 이 앙다문 울음은 밤마다 웅웅거리는
소리를 낸다 흐린 날의 빗물과 흐리지 않는 날의 빛살로 고요해질 수 없
는 숙명이 찰랑거린다

— 안효희 「걸어 다니는 우물」 전문

안효희의 「걸어 다니는 우물은」 상식적으로 우리가 알고 있는 그런
우물이 아니다. 실제의 현실적 우물은 어느 한 자리에 고정되어 있다.
그런 우물이 걸어 다닌다는 동태적인 수식어와 만나면서 우물이 갖고
있는 기존의 관념은 사라진다. 꾸미는 말과 꾸밈을 받는 말의 이런 엉
뚱한 결합으로 현실적 의미관계는 박탈될 수밖에 없다. 우물이 걸어
다닌다는 설정은 동화에서나 볼 수 있음직한 비현실의 몽환적 세계를
상상하게 한다. 이 시에서 '우물'이 초현실적 자리에 놓이게 되는 이유
도 여기에 있다. 여기서 '우물'은 변화무쌍한 인간의 내면과 내통한다.
유동적인 감정이나 생각 등과 같은 심리현상을 반사해주는 기재다. 그
런 의미에서 우물은 거울과 동의어가 되기도 한다. 역동적으로 움직이
고 있는 인간의 마음을 상징하는 기재이면서 그 마음을 투영하여 보여
주는 거울로서의 이중 역할을 한다. 그래서 우물이 걸어 다닌다는 표
현은 문법의 한계를 초월하여 시적 정당성을 확보하게 되는 것이다.
이 시는 "그 우물은 들여다보지 말 것이라는 명패를 달았다"로 시작

하고 있다. 이것은 이 시의 시적 자아가 내폐적 자아로서 세상과 단절되어 있음을 뜻한다. 사람들은 누구나 어느 정도 가리고 싶은 마음을 가지고 있다. 그러나 이것이 지나치면 세상과 소통이 되지 않아서 고독의 늪에 빠지게 된다. "무심한 척 더 빠른 걸음으로 지나쳤는데 어느새 내 곁에 있다"는 시구는 그런 단절된 의식의 함정으로부터 벗어나고자 시도했으나 결국 제자리걸음이었음을 함의한다. 세상과 소통되지 않는 단절된 의식의 내면에는 "소용돌이"치는 감정들이 있다. 그것이 어떤 때는 울음으로, 한 맺힌 곡성으로 표출되기도 하는데 두려운 공포가 마음을 더욱 황폐하게 만든다. 둘째 연에서 "둥근 폐가가 내 안에 둥지를 튼다"는 것은 바로 이런 심리적 현상을 반영한다. 마음이 황폐해질수록 자기를 비난하는 듯한 세상의 입과 눈이 많아지는 법이다. 그럴수록 세상과 단절된 시적 자아는 더욱 자기 내면과 대면할 수밖에 없다. 셋째 연에 나오는 "거울"은 자아 성찰의 의미와 맥이 닿아 있다. "두꺼운 옷"은 세계와 시적 자아 사이를 가로막고 있는 단절의 벽을 상징한다. 따라서 이렇게 세상과 단절된 시적 자아가 거울 앞에 섰다는 것은 세상과 등짐으로서 더 깊은 내면의 세계로 침잠해 들어감을 말한다. 여기서 거울은 자기 내면을 비추어 주는 사물이다. 이 시에서 거울은 자기 내면으로 통하는 통로이고 깊이를 알 수 없는 수많은 "둥근 우물" 곧 타자의 마음들과 연결되어 있는 길이다. 고독한 자만이 타자의 슬픔도 이해할 수 있다는 의미다. 이 긴 통로로 "지구 반대편 빈집에 앉아 우는 울음도 수시로 드나든다"는 것은 자기 성찰을 통하여 타자의 아픈 의식까지도 관통할 수 있음을 암시한다. 이렇게 이 시는 "돌멩이 떨어져도 소리를 내지 않을" 정도로 "보이지 않는 깊이"를 가진 인간의 내면을 "우물"에 빗대어 표현하고 있다. 이 시의 마지막 연에 나오는 "스스로를 발견하기 위한 앙다문 울음"은 이런 마음의 실체를 깨닫고자 고행하는 의식과 맞닿아 있다. 그런데 그 고행은 끝이 없다. 잡힐 듯 잡히지 않는 것이 마음이기 때문이다. 그래서 마음은 "흐린 날의 빗물과 흐리지 않는 날의 빗살로 고요해질 수 없는 숙명"을 갖고 있다고 말한다. 밝았다 흐렸다 늘 명암이 교차하는 것이 마음이기 때문이다.

> 마고자 금단추보다도 번쩍이는 욕쟁이 노인이 있었지, 읍내에 연탄 한 마차 부려 놓고, 블루스를 휘파람 불며 싣고 오는 연탄공장 서씨도 있었지, 그들을 신나게 하는 것은 오로지 쪽머리 그녀였어 그녀의 텅 빈 가슴 밑바닥에 희망 한 드럼씩 부어주면 활활 타오르는 몸이 되어 종일 쏘다녔지 물 빤데기처럼 빗어 넘긴 쪽머리엔 옥비녀가 꽂혀 있고 치마를 휘감아 올려 입은 잘혹한 허리엔 남정네 넥타이가 매어져 있었지, 걸을 때마다 흔들리는 둔부는 물오른 제비 같아서 이쁜이네, 안성댁, 모두 제치고 씽씽 잘도 나갔지
>
> — 한창옥 「택시, 코로나」 전문

한창옥 시의 언어는 상당히 도발적이고 적나라하다. 이번 계절에 출간된 개인 시집 『빗금이 풀어지고 있다』를 읽으면서 느낀 인상이 그렇다. 섬세한 비유적 언어보다는 톤이 굵은 직정적인 언어구사가 많이 보인다. 모성 본능의 포용성이 드러나는 시들도 상당수 있었지만 위의 시 「택시, 코로나」처럼 사회 풍자성이 강한 시들에서 그는 튀는 언어를 구사하고 있다. 그만큼 절차탁마한 세련미와는 거리가 있다. 시에서 갈고 닦지 않는 언어구사는 거칠게 느껴지기 십상이지만 호소력은 더 클 수도 있다. 감추거나 꾸밈이 없이 드러내는 감정 표현이 더 독자의 감성을 자극할 수도 있다는 뜻이다. 이렇게 우회적인 표현보다 직접적인 표현이 앞서는 경우는 대개 시의 형식미보다 내용 전달에 무게를 두기 때문이다. 한창옥 시에서 돋보이는 부분은 시적 대상이나 현상에 대한 세심한 관찰력이다. 직설적인 언어구사는 한창옥 시의 약점이지만 세심한 관찰력이 이 약점을 카버하고 있다. 한창옥 시가 시로 읽히

는 근거는 대상에 대한 묘사력에서 찾아지는데, 이 역시 관찰력이 뒷받침 되지 않고는 성공할 수 없다.

시 「택시, 코로나」는 칠팔십 년대의 사회 풍속도를 그리고 있다. 한참 산업화가 진행되던 국가 개발 시대, 시골 사회의 한 단면을 묘사한다. 이런 유의 시가 희화戱畵적 성향을 띄는 것은 당연하다. 시적 의도가 풍자성에 있기 때문이다. 이 시의 제목 '택시, 코로나'가 암시하는 것은 두 가지다. 하나는 코로나 택시가 등장했던 이 시의 시대적 배경이고, 또 하나는 이 시의 주인공, 몸 파는 여자를 비유한다. 남정네들이 부르기만 하면 쫓아가 안기는 여인과 손짓하면 달려오는 코로나 택시 사이에는 서로 "부르면 온다"는 내포적 의미 관계가 있고 그 이면에 돈거래가 함께 존재한다. 어떻든 이 시의 주인공은 남정네 사이에서 한참 잘 나가는 여자다. 이 동네에서 남자를 상대로 술을 팔거나 몸을 파는 여자일시 분명한 "이쁜이네", "안성댁"을 모두 제치고 인기몰이 하는 여인이다. "금단추보다 번쩍이는 욕쟁이 노인"도 "연탄공장 서씨"도 이 여인에게 빠져 있다. 욕쟁이 노인은 이 동네에서 힘쓰는 가진 자의 계층을 대변하는 것이고, 서씨는 그럭저럭 사는 계층을 함의한다고 봤을 때, 이 동네의 상당수 남자들이 돈푼이 있거나 없거나 이 여인에게 기울어져 있음을 알 수 있다. 그런데 이 시에서 주목되는 부분은 화자의 시선과 태도다. 화자는 그런 인물에 대하여 냉소적이거나 크게 힐난하지 않는다. 그 여인을 둘러싼 어두운 면들은 애써 지워져 있다. 오히려 동네 남정네들에게 신바람 나게 하는 존재다. 그 대가로 받는 "희망 한 드럼"은 돈이 분명하지만 그렇게 미화됨으로써 그녀를 향하는 손가락질을 거두게 한다. 이런 화자의 태도는 시인의 현실 포용의 정신에서 기인한다. 한편 인물의 외형이나 행동에 대한 구체적 묘사는 칠팔십 년대 시골 잡부의 전형을 연상시킨다. 이런 인물들의 행동을 바라보는 화자의 시선은 객관적이다. 원래 묘사 위주의 진술은 화자의 주관적 견해가 개입하는 것을 허용하지 않는다. 이 시에서도 그에 대한 화자의 감정이나 판단, 비판 등은 행간에 유보되어 있다. 우리는 앞에서 이미 언급했듯이 어조를 통하여 화자의 태도를 짐작해 볼뿐이다.

서부 영화에서 악당이 먼저 총을 뽑고
뒤이어 주인공이 총을 뽑지만
늘 악당이 죽는 것은
본능이 의도보다 우수하기 때문이다

소리 없는 총성이 울릴 때마다
가슴을 움켜쥐는 나
내가 먼저 총을 겨눈 것일까
부질없이 총을 뽑아들던 버릇이
가시덤불 되어 굴러다니는 가슴에
총성의 여운 자욱한 무법천지가 있다

누가 쏘거나 말거나
아무 계산 없이 살 수는 없을까
무심히 가던 길 가며
방어하기에 너무 위험할지라도
보려고도 들으려고도 할 필요 없이

혼자 넓혀가는 개척지에
무법자 느닷없이 나타나 총을 뽑을지라도
안전할 수 있는 본능이라면

― 이채영 「총성의 여운」 전문

이채영의 시는 서부영화에서 얻은 교훈을 시적 모티브로 하고 있다. 아니 일상적 삶에서 희원하는 바를 시로 형상화하기 위해서 서부 영화의 성격 자체를 비유의 대상으로 끌어들인다. 이 시에서 말하고 있는 서부영화 이야기는 현실적 삶에서 우리가 취해야 될 어떤 교훈을 암시하기 위한 알레고리allegory로 읽혀진다. 서부영화에서는 주인공과 겨루는 악당이 있고 거의 천편일률적으로 악당이 먼저 총을 뽑는데 죽는 것은 주인공이 아니고 악당이다. 물론 영화에서는 주인공의 정당성이나 정의를 강조하기 위한, 아니면 주인공의 손이 더 빠르다는 능력을 강조하는 트릭이지만 화자는 이런 현상의 이유를 "본능이 의도보다 우수하기 때문이다"라고 진술한다. 이것은 화자 나름으로 결투의 장면에서 유추한 깨달음이다. 그렇다면 본능과 의도의 차이는 무엇일까? 본능에 충실한 삶은 순리를 따르는 순수한 삶이고 의도를 앞세운 삶은 자기 목적 달성을 위해서 남을 희생양으로 하는 삶이다. 결국은 순리를 따르는 삶이 순리에 역행하는 삶을 이긴다는 뜻을 행간에 숨긴 것이 된다. 이런 삶에 대한 깨달음은 서부영화와 별반 다를 바가 없는 살얼음판 같은 현실의 투쟁적 삶에 적용이 되어 자기반성의 기재로 작동한다. 서부영화처럼 직접 총을 들고 결투하거나 싸우는 것은 아니지만 현대의 삶의 현장에도 욕망의 충족을 위한 투쟁이 있고 승부가 있다. 매일 매일의 일상은 타자와의 힘겨루기로 갈등을 빚는다. 둘째 연의 "소리 없는 총성"은 이기기 위해서, 또는 자기만의 생존을 지키기 위해서 서로 상처를 주거나 받는 삶의 성격을 반영한다. 그런데 이 시의 화자는 "소리 없는 총성이 울릴 때마다/ 가슴을 움켜쥔다."고 한다. "내가 먼저 총을 겨눈 것일까" 하는 두려움 때문이다. 내가 먼저 총을 겨누는 것은 순리에 역행하는 행위이다. 서부영화에서는 악당의 행위에 속하고 결국은 죽음을 자초하는 행위다. 여기서 화자는 "부질없이 총을 뽑아들던 버릇", 곧 욕심 때문에 남을 탓하거나 비난하며 공격적으로 살아왔던 역리적 삶에 대한 반성을 하게 된다. 이런 삶은 정신을 황폐하게 만든다. "총성의 여운 자욱한 무법천지"는 황폐화된 인간의 내면을 형용한 것이다. 화자는 이때까지 공격적으로 살아왔던 삶에 대한 반성적 대안으로 방어적 삶을 제시하고 있다. 셋째 연의 내용이 그것이다. "누가 쏘거나 말거나", "보려고도 들으려고 할 필요 없이"하는 언표는 방어적 삶의 수칙과 같은 것이다. 어쩌면 이런 삶의 태도야 말로 정신적 평화로 가는 지름길인지도 모른다. 공격적 삶은 스스로 불행을 자초하는 것이 되고 순리에 따르는 방어적 삶은 마음의 평정을 얻는 길이 된다는 발상이 이 시의 배면에 있다. 따라서 이 시는 서부영화에 설정된 주인공과 악당의 관계에서 얻은 교훈을 현실적 삶의 양면성에 적용하여 우리가 어떤 삶을 살아야 될 것인가 하는 질문에 대한응답을 하고 있는 셈이다.

출근한 남편이 벗어놓고 간
추리닝 바지가 하회탈이다
넉넉한 허리춤 두 손으로 추켜세우니
엉거주춤 일어서는 몸맵시 제대로라며
마주보고 웃는다
알맹이의 부재가 우리의 휴식이라며
굽은 허리 세워 깊은 주름에 햇살 들인다
구곡간장九曲肝腸 짜네, 싱겁네 맞장구치며
오랜 세월 흉 허물며 껍데기끼리 웃다보니
꼬깃꼬깃 허물어졌던 시간들 인생 훈장 같아서
몸을 섞던 중년 사내 바지로 불러내어
신명나게 덩실덩실 춤이나 추자고
무릎 굽혀 앉았던 저린 시간들
이렇게 다 읽어내고 있었노라

몸에 익은 그 맛 참말 구수하다고

웃고 또 웃는다

– 김 곳 「몸에 익은 바지가 구수하다」 전문

    김 곳의 시는 생활 주변에서 시적 소재를 구하고 있다. 구태여 이름을 붙인다면 생활시라 할 수 있겠는데, 이런 시들은 어떤 거창한 철학적 명제를 앞세우거나 현실비판과 같은 거대 담론에 빠져들지 않는다. 주로 가족 간의 관계에서 시적 의미를 찾는 특징도 있다. 그렇기에 그의 시는 상당히 소박한 정감으로 다가온다. 우선 세계를 바라보는 눈이 따뜻하다. 따뜻한 시선은 자기 삶을 긍정적으로 끌어안는 힘이 된다. 애정을 주제로 한 시들이 화자의 자기감정을 직선적으로 풀어놓는 일반적 경향이 있는데, 이런 진술의 상투성에서 상당이 벗어나 있다는 점도 호감이 간다. 이 시는 남편이 벗어 놓고 나간 추리닝 바지를 통해서 남편에 대한 사랑을 간접적으로 확인하는 내용으로 되어 있다. 이런 설정 자체가 아주 참신한 것은 아니지만 구체적 사물을 앞세운 대유적 기법은 시적 설득력을 갖게 한다. 이 시에서 바지는 남편을 대신한다. 어쩌면 주부에게 있어서는 귀찮기 그지없는 빨랫감에 불과한 사물이지만 이 시에서는 남편과 동등한 자격을 부여받고 있다. 대다수 사람들이 귀찮아하고, 버리고 싶거나 외면하고 싶은 대상에 특별한 감정을 투영했을 때, 독자는 오히려 더 사랑의 깊이를 느끼게 된다.

    이 시의 모두에서 남편이 벗어 놓고 간 추리닝 바지를 하회탈에 비유하고 있다. 이것은 벗어 놓은 바지의 흉물스러운 모습을 형용한 단순 비유에 해당한다. 이런 바지를 화자는 "두 손으로 추켜세우니/ 엉거주춤 일어서는 몸맵시 제대로"라고 말한다. 이것은 바지를 인격화하여 남편과 동등한 감정으로 대하고 있음을 뜻한다. 그래서 마주 보고 웃을 수도 있고 한술 더 떠서 "알맹이의 부재가 우리의 휴식"이라고 호들갑을 떨 수도 있다. 여기서 알맹이는 남편이다. 그렇다면 남편과 함께하는 시간은 일하는 시간이 되는데, 여기서는 역설로 읽혀진다. 남편에 대한 사랑을 역으로 말한 것이 된다는 뜻이다. 그리고 또 하나의 표현 특징은 빨래하는 과정을 "구곡간장九曲肝腸 짜네, 싱겁네 맞장구치며"로 표현한 부분이다. 여기서 구곡간장은 뒤틀리고 꼬여 있는 빨래를 가리키면서 험난했던 지난 세월을 함의하는 이중 비유다. 그런데 그다음 "짜네, 싱겁네"하는 말은 언어유희에 해당한다. 여기서 "짜다"는 빨래를 짠다는 의미의 동사인데 맛을 뜻하는 형용사 짜다와 음이 같은 것에 착안이 된 말놀음으로 "싱겁네"와 마주하게 된 이유다. 이런 언어유희는 판소리 대사나 고대 소설에서 해학성을 살리기 위하여 곧잘 등장한다. 여기서는 빨래하는 화자의 경쾌한 감정과 연결되어 있다. 이렇게 해서 화자는 오랜 세월 동안 쌓였던 흥을 다 털어버리고 신명나게 춤을 출 수 있게 된다. 세계와의 화해가 이루어진 것이다. "무릎 굽혀 앉았던 저린 시간들"은 고통스럽게 살아왔던 지난 삶을 뜻하는데 그런 것조차도 이제는 상처가 되지 않는다. 그만큼 마음의 평정과 여유를 찾았음을 그다음 시행은 말하고 있다. 이것은 남편에 대한 애정의 확인을 역으로 말한 것이 된다. 몸에 익은 남편의 바지가 구수하게 다가오는 것도 남편에 대한 사랑이 그 근저에 있기 때문이다. "몸에 익은"하는 표현은 오랫동안 함께 하면서 익숙해진, 길들여진 하는 의미도 있지만 험난한 세월을 함께 극복해온 하는 의미로도 유추된다. 부부간의 진정한 사랑은 힘들고 어려운 역경을 딛고 솟는 것이 아닌가 싶기도 하다.

　이상 네 편의 시를 통해서 부산 여성시의 다양성을 살펴봤다. 안효희 시인은 인간의 내면에서 일어나고 있는 유동적인 감정이나 의식의 흐름을 우물이란 창조적인 개인 상징어를 통하여 담아내려 한다. 그러나 한창옥 시인은 인간의 내부 심리 쪽보다 외부 현실에 더 관심이 있다. 사회 현상을 묘사하여 희화화하는 경향이 있다. 그는 사회적인 인간관계에 시의 앵글을 맞추고 있다. 이채영 시인은 어떻게 처세할 것인가에 관심을 둔다. 그래서 다분히 교훈적이다. 그의 시가 알레고리를 표현기법으로 차용한 것도 삶의 교훈을 담아내기 위한 선택으로 여겨진다. 김미선의 시는 생활 주변, 가까운 가족관계의 필수품인 사랑, 인내, 달관 이런 덕목들이 시를 구성하는 요소다. 이런 덕목들을 전달하기 위해서 대유법을 구사하고 있다. 어떻든 더욱더 다양한 백화난만한 시의 꽃밭이 펼쳐지기를 염원해 본다.

♦ ♦ ♦

# 시에서의 재현론과 창조론
## – 박청륭, 권애숙, 김 참, 최원준, 조성래, 최정란, 이현주

이 시대에 시 쓰기가 갖는 의미는 무엇일까? 하는 밑도 끝도 없는 의문에 빠졌다. 아무리 고민해도 답을 구할 수 없는 의문의 바다에서 종종 헤맬 때가 있다. 어쩌면 시 쓰는 당사자 자신조차도 또렷한 이유 없이 시에 매달리는 경우가 많을 것이다. 한때 시가 삶의 의미를 새길 수 있다고 생각한 적이 있다. 그러나 시가 삶에 대한 인식만을 추구하는 것은 아니다. 무료함을 달래기 위한 언어유희와 시적 상상력의 확장에 몰두하는 시인도 있다. 이 지점에서 시에 대한 재현론과 창조론이 갈린다.

오랫동안 현실 재현론의 관점에서 시에 대한 논의가 이루어져 왔었다. 시는 전인적 체험의 소산이다. 시는 일정 부분 현실을 반영한다. 하는 주장들이 현실 반영론과 괴를 같이 하며, 꽤 설득력 있게 전개되어 왔었다. 이런 시에 대한 생각은 아리스토텔레스의 자연 모방론에서 출발한다. 아리스토텔레스는 재현된 예술이 실재 그대로가 아닌, 허구가 가미된 창조적인 모방임을 강조하고 있다. 어떻든 재현론은 모든 예술이 시대 상황이나 삶의 현실을 기반으로 한다는 관점을 유지한다. 따라서 재현론은 시가 얼마만큼 현실 인식을 반영하고 있는가가 관심의 초점이 된다. 그러나 아리스토텔레스도 언급했듯이 예술은 현실을 있는 그대로 재현하지는 않는다. 허구가 가미된 창조된 현실이 시적 현실이다.

여기서 다다이스트 트리스탄 짜아라의 주장을 음미해 볼 필요가 있다. 그는 예술은 현실을 재현하는 것이 아니라 현실에 없는 새로운 세계를 창조해야 된다고 역설한다. 이때까지 서구 예술이론을 지배했던 재현론을 부정한 것이다. 현실과 작품 사이의 간극은 이미 아리스토텔레스도 지적한 바 있지만 짜아라는 한발 더 나아가 모방론이나 재현론을 아예 부정한 것이다. 이 주장은 전통과 단절된 아방가르드 정신과 맥을 같이 한다. 이 주장대로 말하면 시는 현실과 무관한 상상력의 소산이 된다. 현실 인식보다는 초현실적 상상력에 더 방점을 찍는 태도로 볼 수 있다. 이렇게 현실과 작품세계와의 관계를 어떻게 바라보느냐 하는 태도의 차이에 따라 시의 경향도 달라질 것이다.

사실주의는 현실을 있는 그대로 재현해야 한다는 명제를 안고 있었다. 그러나 완전한 현실 재현의 시나, 전연 현실과 무관한 상상력만으로 새롭게 창조된 시가 가능한 것일까? 어느 쪽으로 기울어져 있느냐 하는 정도의 차이는 있을지언정 그런 시는 있을 수 없다. 보다 현실에 밀착되어 있는 시와 보다 상상력에 기울어져 있는 시, 그리고 이 양자를 접목하고 있는, 중간 지점에 있는 시 등으로 분류될 수 있을 것이다. 현실 인식과 상상력은 시에서 서로 대립항인 듯싶으면서도 시를 받치고 있는 두 기둥이다.

박청륭의 시 「인식표」는 새로운 세계의 창조란 명제에 근접하고 있다. 그만큼 상상력의 확장을 위한 언어구사를 한다. 물론 여기서도 '인식표'가 전사했을 때 신원을 확인하기 위하여 병사들이 목에 걸고 다니는 명패와 같은 것으로 전쟁 상황을 암시한다는 점에서 현실과 무관하지 않다. 그러나 현실 재현의 시가 고발의 성격을 지니는 데 비하여 이 시는 전연 참여의식이 없다. 기억 속에 내재 되어 있는 시공을 달리하는 몇 개의 장면을 이접하는 수법을 통하여 전쟁이 할퀴고 간 상흔을 떠올리게 하지만 그 목적은 그로테스크한 장면의 연출에 있다.

천 년은 더 된

검은 물안개에 잠긴

강

변

마

을

녹슨 인식표에 이어

노리쇠를 잃은

M1 소총이 떠오르고

꽉 찬 탄피 혁대도 떠오른다.

잎도 그림자도 없는

독성 보틀리늄이 역류하는

고로쇠나무가 거듭 휘고 휜다.

불알을 잃은

무정란의 황금 까마귀가

바닥을 알 수 없는 어둠 속을 날고 있다.

— 박청룡 「인식표」 전문

　이 시에서 시적 공간을 대변하는 강변마을은 현재성이 없다. 지금 여기에 실제로 존재하는 어떤 마을이 아니다. 시인이 가공적으로 만들어낸 상상적 공간이다. 그 마을을 구성하는 세 개의 장면 역시 서로 인과관계가 없이 강제적인 연상수법으로 인접해 있다. 어쩌면 시인의 기억속에 산재 되어 있는 시공을 달리하는 장면들을 끌어다 인접시킴으로써 새로운 시적 현실을 창조하고자 한 것이 아닌가 싶기도 하다. 시인이 상상하는 강변마을은 "녹슨 인식표"나 "M1 소총" "꽉 찬 탄피"가 환기하는 것처럼 전쟁의 상흔이 아직도 남아있고, "독성 보틀리늄이 역류하는/ 고로쇠나무"가 있으며, "무정란의 황금 까마귀"가 "어둠 속을 날고" 있는 마을이다. 마을을 구성하는 이 세 개의 장면은 각각 별

개의 것이지만 부정적 세계관을 드러내는 공통점이 있다. 그로테스크한 미의식이 작동되어 이접한 장면들이다. 그리하여 "검은 물안개에 잠긴" 마을은 어둡고 칙칙한 비생명적 세계를 환상적으로 그려볼 수 있게 한다.

권애숙의 「시가 시인에게」와 김 참의 「달과 광대」 역시 시적 상상력이 돋보이는 시들이었다.

> 당신의 발소리를 알아들었는지 묵은 바다가 꿈틀거린다. 기다림을 키우면 모래밭도 평수를 넓힌다. 흑해로 흘러드는 에게해처럼 천천히 밀려오는 당신. 그게 이름을 잊지 않았다는 듯, 슬픈 가계를 지우지 않겠다는 듯, 빈 술병이나 깡통들이 허술한 전진을 넘어뜨리기도 한다. 굴러다니는 종족은 금방 뒷등이 들썩거린다. 한 슬픔이 한 슬픔의 밤을 닦아주는 동안, 한 사랑이 한 사랑의 꽃잎을 펼치는 사이, 열매를 찾는 이름으로 적막한 해변에 시끄러운 날개를 비비는 당신. 그거 아니? 흑해로 흘러든 에게해 물이 다시 돌아나가는데 5000년이 걸린다는 소문의 물길을 탄 당신은 이미 내 반만년의 파문. 가장 질긴 문장의 포로.
>
> — 권애숙 「시가 시인에게」 전문

권애숙의 「시가 시인에게」는 시를 얻기 위한 시인의 고뇌가 간절한 울림으로 전달되는 시다. 한 편의 시를 얻기 위하여 수많은 시간을 기다려야 하고, 좌절과 절망의 순간들과 싸워야 한다. 권애숙 시인은 이런 심리적인 현실을 재현하기 위하여 상당한 비유적 상상력을 동원한다. 시가 다가오는 듯한 순간의 흥분된 감정을 "묵은 바다가 꿈틀거리는" 것으로, 시를 얻기 위하여 기다리는 심정을 "흑해로 흘러드는 에게해"에, 절망과 좌절감을 "빈 술병이나 깡통들이 허술한 전진을 넘어뜨리"는 것으로, 그리고 시가 이루어지는 단계를 "열매를 찾는 이름으로 적막한 해변에 시끄러운 날개를 비비는" 것으로 비유한다. 그리하여 시인은 반만년의 파문과 같은 "가장 질긴 문장의 포로"가 된 존재임을 인식한다. 심리적 현상들을 구체적인 비유를 통하여 재현하는 과정에 상상력이 개입하고 있음은 물론이다. 우회적인 표현 방식의 성공 여부는 시인의 비유적 상상 능력에 달려 있다. 관습적 비유가 아닌 창조적 비유는 상상력에 기반을 둔다

둥근 달이 가스테라처럼 떠있는 밤 관객들이 개미처럼 흩어지는 밤 분칠한 광대가 천막에서 나와 늙은 코끼리가 있는 올리브나무 옆에 서서 가만히 하늘을 올려다보며 질 나쁜 잎담배를 태우는 밤 얼굴에 분칠한 또 다른 광대가 분칠한 광대 옆에 다가와 잎담배 하나 빌려 물고 코끼리의 커다란 눈에서 반짝이는 노란 달을 바라보는 밤 천막을 열고 나온 또 다른 광대들이 늙은 코끼리와 먼저 나온 두 광대가 서 있는 올리브나무 옆에 서서 카스테라처럼 노란 달을 올려다보는 달

— 김 참 「달과 광대」 전문

김 참의 「달과 광대」 역시 초현실의 그림을 연상하게 한다. 이 시가 그리고 있는 밤의 정경은 어딘가 보헤미안의 정서와 맞물려 있다. 서커스단의 광대와 달이 병치되는 시적 공간은 허전하고 공허한 이국적 풍경을 연출한다. 정처 없이 떠도는 삶이 갖는 허무감과 무의미한 생존현상만 있고 가치 척도가 상실된 세계다. 김 참 시인은 이런 환상을 통하여 무정부주의자의 꿈을 그리고 있는지도 모르겠다. 이 시는 엑조티시즘의 상상력에 의하여 견인되고 있다. 늙은 코끼리가 있는 올리브나무 풍경은 한국적인 분위기와는 거리가 멀다. 거기에다 '늙은 코끼리'는 삶에 지친 인간의 내면을 상상하게 한다. 이 시에서 달은 가스테라에 비유되고 있는데, 달의 노란색과 둥근 모양에서 유추된 것이다. 붉은 달이 아닌 노란 달이 환기하고 있는 것은 무엇일까? 관객이 떠난 빈 공간에서 아직 분칠을 지우지 않은 광대들이 바라보는 달은 과연

어떤 색일까? 황홀함. 아니면 공연 뒤끝의 허전함, 또는 삶에 지친 병든 의식이 반영된 달? 이 시를 읽으면서 스치고 지나가는 내 나름의 상상들이다.

이상에서 상상력에 경도된 시를 살펴보았다. 이제 보다 현실에 무게 중심을 두고 있는 시들을 살피고자 한다. 앞의 시들과는 대척점에 있는 시들이다.

> 기우뚱 기우뚱 떠다니는데
> 그때마다 세상은 크게 출렁입니다
> 그에게서 삶은 거친 물결입니다
> 그래도 불안한 걸음
> 기우뚱 기우뚱
> 물결 거슬러 오릅니다
> 긴 다리, 짧은 다리 곁에서
> 어깨동무하며 사이좋게
> 기우뚱 기우뚱
> 세상을 향해 걸어갑니다.
> 둥둥 신나게 물결을 탑니다
>
> — 최원준 「지팡이– 소아마비 최씨」 일부

최원준의 연작시 「지팡이」 가운데 '소아마비 최씨'란 부제가 있는 시다. 앞의 시들과는 시적 태도가 사뭇 다르다. 소아마비의 신체장애를 안고 있는 최씨를 통하여 힘겨운 삶의 단면을 시의 전면에 내세운다. 그만큼 삶에 밀착되어 있다. 이 시에서 제목 '지팡이'는 삶을 지탱하는 힘이나 의지를 암시한다. 어떤 역경이나 고난 속에서도 좌절하지 않고 일어설 수 있게 받쳐주는 역할을 하는 소도구가 지팡이다. 신체장애자의 힘든 삶을 바라보는 화자의 태도도 상당히 긍정적이다. 연민 같은 정서가 시의 행간에 흐른다. 자칫 사회로부터 외면당하거나 버림받기 십상인 불우한 삶의 어두운 면은 애써 지워지고 없다. 정상인보다 몇 배 힘든 세상살이를 하면서도 절망하거나 좌절하지 않고 세파를 헤쳐가고 있는 인물을 통하여 생존의 의지를 강조하고 있다. 비록 기우뚱거리면서 "불안한 걸음"으로 세상살이의 거친 물결을 타고 있지만, 그래서 세상은 출렁거릴 때도 있지만, 이 시의 주인공은 거기에 굴하지 않고 "둥둥 신나게" 살아간다는 진술은 시적 대상에 대한 지나친 미화법이 아닌가 싶다. 어떻든 이 시는 불우한 인간에 대한 인간애, 곧 휴머니티를 근간으로 세계와 화해하고자 한다. 세계를 개척 해가는 삶의 의지, 또는 강인한 생명력에 대한 긍정적 세계관을 드러내고 있다.

나플, 복사꽃 한 잎으로 다가와
술잔 권하는 그대 몸 안
서늘한 시냇물 소리 들리네
겨우내 폭설 퍼붓던 골짝 밖으로 얼굴 내민
환한 꽃나무의 미소.
먼 전생에 우리 허공에서 잠시 만나
물방울로 스쳐 지났다 해도
추운 땅에서 남남북녀로 마주친
이 유정함 어이하리
나는 눈 덮인 허허벌판 바람으로 떠돌고
그대는 나플,
빨리 가는 계절에 몸을 실어
또 다른 세상 너머 흘러갈지라도
이 순간의 애틋한 눈빛
서로 잊지 못하리
평양소주 두어 잔에 마음 달아올라

그대, 복사꽃 한 잎 가슴에 새기는

이 서러운 황홀······

– 조성래의 「춘정」 전문

　　조성래의 「춘정」은 판문점에서의 남북 정상회담이 시의 모티브다. 민족화해의 물꼬를 튼 역사적 사건을 시의 배경으로 하고 있다는 점에서 현실 재현의 시에 가깝다. 간혹 이런 유의 시가 정치적 현실을 생경하게 직설적으로 드러내는 경우가 많은데, 조성래의 「춘정」은 상당히 정서화 된 울림으로 와 닿는다. 남북이 만나는 순간의 감격, 환희가 그대로 전달되는 시적 진술이 돋보인다. 감정의 직정적인 표현보다는 섬세한 비유적 표현을 우선하고 있다는 점도 이 시를 긍정적으로 평가하게 한다. 이 시는 시의 모티브가 되는 시대 상황을 전면에 내세우지 않는다. "남남북녀로 마주친", 또는 "평양소주"와 같은 시어가 시대 상황을 암시할 뿐이다. 남북 정상이 만나는 감격스러운 장면이나 만찬장의 훈훈한 분위기를 연상시키는 시적 장치들이 있기는 한데, 그런 정치적 현실은 오랫동안 헤어져 있던 연인이 만나 그동안의 서러운 감정을 풀어내는 인간사에 가려져 있다. "겨우내 폭설 퍼붓던 골짝 밖으로 얼굴 내민/ 환한 꽃나무의 미소"와 같은 이미지는 온갖 역경을 견디고 다시 재회하게 되는 기쁜 감정을 함축한다. 남북이 서로 교감하는 심리적 상황을 "복사꽃 가슴에 새기는 서러운 황홀"로 표현하고 있는데, 이런 우회적인 표현들이 시의 정서를 떠받치고 있다. 만나고 헤어짐의 인간사에 내포된 간절한 소망이나 애틋한 정한으로 역사적 사건을 수렴한다. 그리하여 시가 허황된 정치적 구호로 전락할 위험을 막는다. 현실이 시로 재현되는 과정에서 어떻게 변주되는지 시사하는 바가 크다. 아리스토텔레스가 말한 창조적 모방이란 말이 떠오른다.

　　삶의 가장 깊은 토막에 사다리 내렸을까,

마른 아가미 헐떡이는 물고기 여자

비탈을 깎으며 급하게 내닫는 바람에
창자도 알집도 빼주고, 속이란 속 다 빼 주고
불볕에서도 썩지 말라고
깊은 농도의 염분을 살 속에 저장한 여자

비린내 모르던 생의 전반부
가장 기름진 토막부터 썩을까 염려 했을까
속속들이 제 몸이 소금우물이다

소금물 긷는 일, 일생의 화두로
산비탈에 어렵사리 나무기둥 세우고
기둥 위에 황토자리 깔아 염전 일구며
짜디 짠 삶의 파노라마 펼치는
깡마르고 검게 탄 여자

파도도 해안도 수평선도 본 적 없이
바다라고는 모르던 여자
소금물과 비탈길 오르내리며 용맹전진
제 뼈를 갈아 소금 굽던 여자

불 위에 꼬리지느러미 휘청 오그라드는
독한 소금 간이 된 물고기 여자
반 토막, 등 푸른 부처가 다녀 가셨다

― 최정란 「간고등어」 전문

최정란의 「간고등어」는 티벳의 산 중턱에서 소금 우물을 퍼 와서 염전을 일구며 살고 있는 티벳 여자의 삶을 시적 제재로 하고 있다. 소금에 절어 사는 티벳 여자의 생애를 간고등어의 이미지로 중첩 시키는 시적 기교가 돋보인다. 이 양자 사이에는 소금에 절어 있다는 공통점이 있다. 이 공통점 때문에 시인은 전연 다른 양자의 관계를 동일 관계로 묶는다. 원관념과 보조관념의 동일성 추구는 은유의 세계가 갖는 고유 영역이다. 거기에다 이 시는 원관념과 보조관념의 경계가 모호할 정도로 융합된 은유적 상상력을 보이고 있다. 바다를 전연 모르고 살아온 여자와 바다가 고향인 간고등어가 이런 차별성을 뛰어넘어 동일 존재가 된다는 것은 시에서만 가능한 경이다. 이 시에서는 소금을 굽는 티벳 여자가 곧 간고등어이고, 간고등어가 곧 티벳 여자다. 그만큼 산 중턱에서 염전을 일구며 살아가는 티벳 여자의 검게 탄 깡마른 체구가 간고등어와 동일시될 정도로 오랜 세월의 고단한 생애를 가늠하게 한다. "제 뼈를 갈아 소금을 굽는" 신산한 삶이 갖는 의미는 무엇일까? "소금물 깃는 일"을 "일생의 화두"로 하는 언급과 "용맹전진"이란 시어에서 그 의미의 일단을 찾을 수 있다. 화자는 티벳 여인의 삶을 부처의 세계로 들어가기 위한 고행의 의미로 말하고 있다. 그 연장선상에서 간고등어를 "등 푸른 부처"로 비약 시킨다. 결국 불에 구워져 인간에게 자기 몸을 내주게 되는 간고등어의 운명을 살신성인의 보시행으로 해석한 결과다. 소금을 굽는 티벳 여인의 생애나 간고등어의 운명이 같은 부처의 길을 가고 있다는 인식이 이 시에 있다.

엔딩의 문을 미처 닫지 못했다. 어른이 된 피노키오. 코는 더 이상 자라지 않았다. 매일 아침 뱀처럼 날렵한 혓바닥으로 콧잔등을 깎아대는 피노키오. 봄날 벚꽃같은 대팻밥이 쉐이빙폼처럼 부풀어 세면대 속으로 회오리치며 빠져들었다

Lollipop, 달콤한

Lollipop, 무지개


　달콤한 유혹은 이미 예견된 일이었다 조각 같은 콧날 뒤에 가려진 진실. 단맛 다 빠지고 뼈다귀만 남아 밥술보다 깡술이 몸에 더 익숙해질 쯤에 깨달은


Lollipop, 거짓말.

― 이현주의 「면도하는 피노키오」 전문


　이현주의 「면도하는 피노키오」는 동화적 상상력을 기반으로 한다. 동화에서 피노키오는 거짓말을 하면 코가 자라는데 어른이 된 피노키오는 아무리 거짓말을 해도 코가 자라지 않는다는 동화와 현실의 극명한 대조가 이 시의 축이다. 어렸을 때는 동화의 세계를 진실로 받아들인다. 그러나 어른이 되면서 동화는 거짓이란 걸 깨닫게 된다. 그러면서 꿈을 상실하게 되는 것이 어른의 세계다. 이런 간극에서 오는 심리적 이완을 이현주 시인은 모순화법으로 진술한다. 동화에서는 장난꾸러기 피노키오가 거짓말하다가 이를 반성 하고 효를 극진히 해서 사람으로 다시 태어난다. 그런데 이 시는 행복한 결말에 이르는 피노키오의 이 이야기를 뒤집고 있다. "어른이 된 피노키오"는 동화에서 말하는 참, 진실, 꿈의 세계와는 거리가 멀다. 이 시의 첫 문장 "엔딩의 문을 미처 닫지 못했다"는 진술은 동화가 동화로 끝나지 못하고 동화 밖으로 나온 어른의 현실 세계를 암시한다. 현실 속에서 어른이 된 피노키오는 동화 속의 피노키오와는 전연 다른 전도된 삶을 살 수밖에 없다는 절망이 이 시의 행간에 있다. 어른이 된 피노키오는 코가 자라지 않는다. 이유는 매일 면도를 하기 때문이다. 이 시에서는 면도하는 행위를 "뱀처럼 날렵한 혓바닥으로 콧잔등을 깎아대는"으로 표현하고 있

다. 이것은 면도가 거짓을 진실로 위장하는 말의 요술과 동일 의미로 묶여 있음을 뜻한다. 매일 대팻밥이 세면대 속으로 빠져들 정도로 거짓은 진실을 가장한 채 범람하는 것이 현실이다. 때때로 거짓은 막대기에 달린 사탕Lollipop처럼 달콤하다. 거짓은 '달콤한 유혹'으로 무지개 같은 환상을 갖게 하지만 "단맛 다 빠진 뼈다귀", 곧 막대기만 남게 되면 그게 환상이었다는 걸 깨닫게 된다. "밥술보다 깡술이 몸에 더 익숙해질 쯤"은 거짓과 위선으로 가득한 냉엄한 현실에서 시적 자아가 고뇌하고 절망하는 모습을 떠올리게 한다. 현실은 권선징악이 분명하고 해피엔딩으로 끝나는 동화의 세계를 부정한다. 그것이 오히려 거짓이요 무지개 같은 환상이었음을 이 시는 덤으로 말하고 있다.

최정란의 「간고등어」와 이현주의 「면도하는 피노키오」는 철저한 현실 인식을 바탕에 둔다. 현실에 대한 나름의 인식 내용을 시로 견인하는 과정에 상상력이 동원되고 있다. 전자는 은유적 상상력을 활용하고 후자는 동화적 상상력을 앞세운다. 최정란의 시는 소금밭을 일구는 티벳 여인의 신산한 삶이 곧 부처의 길로 인식되는 긍정적 세계관을 보인다. 그 과정에 간고등어가 보조관념으로 차용되어 시상 전개를 입체화하고 있다. 반면 이현주는 동화를 시적 모티브로 한다. 피노키오란 동화의 인물을 현실적 인물로 내세워 동화와 현실의 괴리를 형상화한다. 그리하여 꿈을 잃은 현실에 대한 부정적 세계관을 피력하고 있다.

시가 현실 재현이냐? 창조냐 하는 관점에서 《부산시인》 가을호에 실린 시들을 살펴본 셈이다. 박청륭의 「인식표」, 권애숙의 「시가 시인에게」, 김 참의 「달과 광대」가 비교적 시적 상상력을 우선하고 있다는 점에서 창조적 영역에 속한다. 그에 비하여 최원준의 「지팡이」와 조성래의 「춘정」은 현실에 무게 중심이 더 있어서 현실 재현의 시로 읽혀졌다. 최정란의 「간고등어」와 이현주의 「면도하는 피노키오는」는 현실 인식과 상상력이 결합되어 있다. 그 어느 쪽에 비중이 있다고 판단하기 어려웠다. 이 양자의 중간 지점에 위치한 시들이 아닌가 여겨진다.

# 파편화 된 일상과 굴절된 자의식의 시

## —정가을의『바질토마토』와 김뱅상의『어느 세계에 당도할 뭇별』에 대하여

 프랑스 시의 역사에서 20세기 현대시의 입구에 있었으며 초현실주의의 선구자로 평가되고 있는 기욤 아폴리네르(1880–1918)는 "자신의 시에는 상상력과 감각만 있을 뿐 이상은 없다"고 했다. 그는 위선이 아닌 순간의 진실, 이상이 아닌 발견을 강조했다.(계간 《상징학 연구소》 2022년 여름호. 성귀수의 「아폴리네르의 삶과 사랑과 시」에서 발췌 인용함)

 세계와의 동일화를 꿈꿨던 시인들의 이상은 다분히 윤리적 메시지를 수반한다. 아폴리네르는 18세기 낭만주의 시대부터 이어져 온 이런 시적 가치를 분명히 거부함으로써 현대시의 새로운 문을 열었다. 그 이후 현대시는 상상력과 감각이 중요 덕목으로 등장한다. 시에서 윤리적 가치보다는 미적 가치에 역점을 두게 된다. 감각은 사물, 현상에 대한 느낌으로 수렴되고 느낌은 또 다른 상상력을 불러온다. 그것이 시의 예술성을 창조한다. 이제 시는 이념과 같은 거창한 의미의 가치 사슬로부터 해방되어 감각과 상상력을 두 축으로 그 영역을 넓혀왔다.

 현대의 삶은 이미 파편화되고 있다. 삶은 각종 이질적인 일상들의 우연한 부침으로 이루어진다. 거기에 통일성이나 일관성은 없다. 만약 그것이 있다고 믿는다면 그것은 어떤 윤리관의 조작된 의식으로 보기 때문일 것이다. 현대는 인간의 의식조차도 물질화, 분절화되어 가는 중이다. 동일화의 꿈과 공동체의 정서를 실현하고자 했던 서정주의는 설 자리를 잃었다.

정가을 시집 『바질토마토』와 김뱅상 시집 『어느 세계에 당도할 뭇별』도 아폴리네르 이후 현대시가 걸어온 연장선에서 읽혀졌다. 두 시집이 지향하는 세계는 사뭇 다르지만 일관성이 없는 파편화 된 일상과 균열 된 세계에 대한 인식을 시의 기반으로 하는 공통분모가 있다. 정가을의 시가 무관계, 무의미한 일상을 있는 그대로 표현하여 일상의 모순적 현상을 드러내고 있다면 김뱅상의 시는 세계에 대한 부정적 인식을 보이면서도 그런 세계를 바라보는 내면, 곧 자아 탐색을 지향하는 점이 두드러진다.

1

정가을의 시집 『바질토마토』에 수록된 시들은 철저히 윤리적, 철학적 관념이 배제된 일상을 소재로 한다. 일상의 이질적인 현상들이 시에서 콜라주 하듯 등장한다. 그래서 정가을 시의 일상은 관념적 가치의 지향성을 띄지 않는다. 감각적으로 인식한 현상만 있을 뿐이다. 일상에서 흔히 지나치게 되는 사소한 사건이나 행위 또는 자연현상 등이 의미의 연결고리 없이 시에 흡입되고, 거기에서 파생되는 모순과 아이러니를 느끼게 한다. 감각적으로 재소환 된 일상은 우리들로 하여금 일상에 대한 새로운 인식, 새로운 발견에 이르게 한다. 이 지점에서 아폴리네르가 말한 '위선이 아닌 순간의 진실, 이상이 아닌 발견'이란 시 정신과 만나게 된다.

새빨간 카디건 호피무늬 스카프를 두른 그는 무료법률사무실에서 삼십 분째 목소리를 높였어요 "수상한 사람들이 이층에 살고 있어요" 딸이라는 사람은 다른 사람을 엄마라고 하고 엄마란 사람은 내가 무슨 말을 해도 이렇다 저렇다 말은 않고 눈물을 흘릴 뿐 딸은 그 눈물만 게걸스럽게 먹고 있어요 자리 차지를 많이 하던 아저씨가 나가고 빨간 원피

스가 옆자리에 앉았어요 오른쪽에는 빨간 가죽 재킷이 앉아 통화를 해
요 내게는 빨간 게 없어요 나낭그라스는 시원한 물로 매일 갈아주고 잎
을 골라주면 3주 정도는 꽃을 볼 수 있다고 했지만 물, 잎 아니더라도
사면이 막힌 사무실에서 잘 보존되기는 어려웠나 보다 빨간 원피스는
꽃잎 끝이 갈색으로 변하며 얇아지더니 목부터 꺾였어요

― 「빨간 경쟁」 전문

이 시의 공간적 배경인 무료법률사무실에는 두 명의 남자와 한 명의
여자, 그리고 성을 알 수 없는 시적 화자가 있다. 그 외 꽃나무 나낭그
라스가 이들과 동등한 자격으로 존재한다. 한 사내가 이층에 사는 모
녀가 수상하다고 떠들고 있지만 아무도 그의 말에 동의하거나 귀를 기
울이지 않는다. 빨간 가죽 재킷의 남자는 열심히 통화 중이고, 빨간 원
피스의 여자는 그저 옆자리에 있을 뿐이다. 한 공간에 함께 존재하지
만 관계가 단절된 소통 부재의 현상을 연출한다. 이것은 사물화 돼가
고 있는 현대인의 단면이다. 식물인 나낭그라스와 동등한 위치에 있게
되는 것도 이들의 관계에서 인간적 존재 의미나 가치를 상실했기 때문
이다. 이들 사이에 동일성으로 묶이는 것은 빨간색이다. 그러나 이 역
시 존재의 본질과는 무관하다. 존재의 외피를 드러내는, 의미 없이 유
행에 휩쓸린 우연의 일치다. 여기에서도 화자는 소외를 호소한다. '내
게는 빨간 게 없어요'라는 진술이 바로 그것이다. 여기서 현대인의 경
쟁이 얼마나 비본질적인가를 우회적으로 암시한다. 외피를 두고 경쟁
하는 사회는 생명을 질식시킨다. 처음 여자의 대유로 등장했던 '빨간
원피스'가 시의 말미에서 꽃나무와 동일화함으로써 생명을 환유하는
의미로 전환한다. 그리하여 생명을 상실 해가는 현대 사회의 단면을
환기시킨다. 이 시의 또 다른 특징은 화면 밖에 있어야 할 화자가 화면
을 구성하는 한 부분을 이루는 점이다. 이것은 동시동존同時同存을 추구
했던 입체파cubisme의 복잡한 화면을 연상시킨다. 화자와 타자의 거리

에서 원근법을 배제한, 사물의 다면을 동시에 재구성하는 입체파의 기법이 연상된다.

입으로 숨 쉬던 침대 물 달라고 한다 머리맡은 건기
의 언덕 같아 고개를 돌릴 수 없다 물을 반 정도 떠
서 계속 그래왔던 것처럼 벌린 채 굳은 입으로
천천히 가져가 숟가락을 기울인다 혓바닥에
　　　　닿으려면 목젖을
　　　　먼저 건드려야 한
　　　　다　입가로 발이
　　　　끝인듯 힘없어 턱
　　　　을 지나 바르게 흘
　　　　렀다 목젖이 젖자
　　　　문이 닫혔고 눈이
　　　　껌벅 껌벅 늘어진
　　　　카세트테이프로변
　　　　하며 말했다 아-
　　　　안-녀-영

－「호스피스병동 － T관」 전문

　입체파가 추구했던 동시성同時性은 시간의 질서를 해체하고, 사물의 다면과 보이는 것과 보이지 않는 것을 동시에 표현하는 것을 말한다. 아폴리네르는 시에서 이것을 구현하는 방법으로 형태주의fomalism를 실험했다. 형태주의란 활자의 배치를 통하여 시의 시각적 효과를 극대화하는 것, 즉 글자로 사물의 형상을 그리거나 추상하는 방식이다. 그럼으로써 시간적 진술의 시에 입체감, 공간감을 주고자 했다. 이 시의 형태는 환자의 얼굴과 이어진 목까지를 연상시킨다. 그리고 시에 등장하는 인물이 시간적으로 진행하는 행위를 공간화하는 효과가 있다. 이 시는 병동에서의 일상을 소재로 한다. 간병인이 환자에게 물을 먹이고, 그물이 환자의 목젖까지 힘들게 이르는 과정을 그린다. 죽음으로 가는 과정의 한 단면이다. 그런데 이런 현상을 말하는 화자의 태도가 냉정하다. 전연 감정을 드러내지 않는다. 이것은 죽음마저 차가운 시선으로 바라보는, 현대인의 비정하게 굴절된 의식을 반영한다. 그리고 환자가 누워 있는 "침대"가 "물을 달라고 한다"와 만남으로서 환자의 의미를 더한다든지 물이 목젖에 이르는 과정에 등장하는 "발"이 문맥의 흐름을 차단하며 죽음의 고비를 암시하고, "문"이 문맥상 죽음으로 해석될 수 있는 은유 방식은 시적 표현력을 가늠해 볼만 한 또 다른 특징이다.

(전략)
수미산을 숨이 차도록 오르면
금강계단을 건너 닿을 수 있는 어제의 달처럼

불멸의 살결에 금이 간다
삭발한 해바라기

돌담아 나에게 기대
칡넝쿨아 나에게 기대
얼룩진 운동화야 나에게 기대

뜨거운 팔월의 염전
사각사각 웃으며
보고 싶은 그를 지우고
하고 싶은 그를 지우고

모싯잎 송편

〉

아-

(후략)

- 「영광」 일부

   초현실주의자들이 상상력의 확장을 위하여 절연depaysment의 미학을 강조했는데, 정가을의 시에서도 그런 언어들이 곧잘 등장한다. 절연은 언어의 기존 의미 연결고리를 끊는다는 의미다. 그럼으로써 사물의 새로운 관계를 인식하게 하고 예기치 않은 상상의 지평을 열게 한다. 절연의 미학은 수사학 상으로는 전치법轉置法이나 도치법倒置法을 근간으로 한다.

   시 「영광」의 언어들은 문맥 관계에서 이중의 의미를 갖는다. "수미산을 숨이 차도록 오르면"은 속세를 떠나 피안에 이르기 위한 힘든 수행을 암시하는데, 다음 시행 "금강계단을 건너"가 그 의미를 강화시킨다. "닿을 수 있는 어제의 달"은 깨달음이나 해탈의 경지를 형상화 한 것이다. 그 연장선에서 "불멸의 살결에 금이 간다"는 살을 찢는 고행의 고통을 암시하고, 해바라기가 삭발이란 단어와 만남으로서 오로지 부처만을 바라보고 있는 스님을 연상시킨다. 그러나 이런 상상은 이 시의 표면에서 떠올린 것이다. 이 시의 이면에는 성행위와 그 이후의 허무나 절망이 자리한다. 후반부에 등장한 "보고 싶은 그를 지우고/하고 싶은 그를 지우고"가 그런 해석을 가능하게 한다. 그렇다면 이 시는 성행위를, 해탈을 향한 스님의 고행으로 전치轉置한 것으로 볼 수 있다. 수미산을 오르는 것은 성행위의 과정이고 "금강계단을 건너 닿을 수 있는 달"은 성행위의 절정, 곧 황홀한 오르가즘이 된다. 살결에 금을 가하는 해바라기가 가학적인 이미지를 가진 남성 성기를, 그 연장선에서 "송편"은 여성 성기를 연상시킨다. 그런데 이 시에서 성행위의 절정을 암시하는 "달"이 "어제의 달"로 표현된 것은 성행위가 현재형이 아닌 과거형임을 암시한다. 이미 끝난, 기억에서만 살아 있는 허무한 것이다. 그러고 보면 인용 시에서는 생략한 시의 앞뒤에 수직으로 놓인 '너무 커'는 발기한 성기를 상상하게도 하지만, 다른 면에서는 고행의 무게나 그가 떠난 빈자리의 허무, 그리움, 원망의 크기를 호소하는 다층적 의미를 갖는다. 그래서 한때 나를 황홀하게 하고 영광스럽게 했던 그는 지우고 싶은 대상이 된다. 이 시에서 "돌담, 칡넝쿨, 얼룩진 운동화"는 실은 내가 이때까지 기대어 살아왔던 사물들이다. 그런데 나에게 기대라고 주객이 전도된 의식을 보인다. 이 도치법은 과거와 절연한 생의 전환과 무한 고행의 기로에 놓인 자의식을 표출한다. 이쯤 되면 제목 '영광'은 반어적 표현으로 와 닿는다. 허무한, 지워져야 할 과거의 영광이기 때문이다.

### 2

김뱅상의 시집 『어느 세계에 당도할 뭇별』은 탈이념적 성향을 보인다는 점에서는 정가을 시들과 동일선상에 있지만 시의 지향점이나 세계에 대한 태도, 언어의 결 등에서는 전연 다른 시 세계를 보인다. 김뱅상의 시에도 사소한 일상들이 등장한다. 뿐만아니라 수많은 자연물들이 시인의 시야에 견인되지만 이런 세계를 대하는 시적 태도는 긍정적이지 않다. 그렇다고 딱히 비판적이지도 않다. 세계를 보는 회의적인 시선과 세계에서 방황하는 주체성 상실의 굴절된 자의식을 드러낸다. 김뱅상의 시는 늘 보고 있다. 개나리, 씀바귀, 채송화 같은 자연을 보고 있고, 전광판의 숫자, 1056번 버스 같은 도시의 일상을 환기하는 사물들을 보고 있다. 그런데 그가 보고 있는 사물과의 사이에는 창이 있다. 창을 통해서 바라본 세계다. 그것은 세계와 시적 자아 사이의 단절을 의미한다. 시 「일언무언극」에서는 "사각의 창"이 무대를 연출하듯 사물을 비추어 준다. 창의 면에 따라 사물, 또는 자연의 모습은 "노랗게 떠 있는 표정들"이 되거나 "또 다른 평면의 심각한 얼굴들"로 다가온다. 이것은 연출된 무대의 장면처럼 조작된 세계를 암시한다. 조작된 세계에 끌려가는 주체성 상실의 시적 자아를 이 시는 보여준다. 시 「미소微小시간」에서는 38번 버스를 타고 가며 전광판에서 빠르게 지나가는 시간 표시의 숫자를 보고 있다. 내가 읽는 속도보다 빠르기 때문에 눈을 맞출 수 없는 숫자에 시적 자아는 매달려 있다. 이 시는 속도에 매달려 경쟁하듯 살면서 세계와 동화하지 못하는 시적 자아의 균열된 자의식을 함축한다. 시인은 거리의 풍경이나 대수롭지 않은 "미소微小시간"을 주목한다. 이것은 우리가 흔히 지나쳐 버렸던 일상적 순간이요, 사물들인데, 이런 사소한 일상에 갇혀서 현대인들은 자아를 상실해 가고 있다는 인식이 깔려 있다.


　　　왼쪽 주머니 단추 하나 으깨져 있다

　　　찢어진 원피스 소매

　　　눈동자 마주치는 순간 금이 간다

　　　거울 속에 나

　　　더 가까이 간다

　　　쨍그랑

　　　눈, 코, 목, 옷

　　　빗금처럼 잘게 부서지고

　　　더 이상 가까이 오지마

　　　나를 찾아 가까이

　　　한 발 앞으로 내민다

　　　와장창


　　　어디론가 사라지고 마는

〉

사라진 나

누구인가

나는,

또

어디에서 오는가

—「깨진, 눈동자」전문

　세계와의 부조화는 자아 분열과 자아 실종의 강박의식을 낳는다. 시 「깨진, 눈동자」,「버스 안에 신이 산다」는 그런 내면을 형상화하고 있다. 자연, 일상을 향해 있던 화자의 시선이 자기 내면으로 방향을 튼 시다. 세계로부터 상처받은 자의 아픈 의식을 반영한다. 이 시에서 "거울"은 자아 탐색의 기재다. 거울은 자신을 비춰줄 뿐만 아니라 주변의 사물과의 관계까지 보여준다. 화자는 이 거울을 통하여 깨진 단추, 찢어진 원피스 소매와 눈을 마주치는데. 그 순간 눈에 금이 간다고 말한다. 이것은 대상과의 부조화, 사물과의 관계에서 받는 상처를 암시한다. 그는 상처를 극복하기 위하여 거울 속에서 사물에 더 가까이 다가가려 하지만 그럴수록 "눈, 코, 목. 옷,"이 "빗금처럼 잘게 부서진다." 거울 속에서는 움직일수록 형상이 어그러짐을 표현한 것인데, 여기서는 정체성의 상실, 자아의 부재란 의미로 비약하기 위한 전제다. 그래서 결국 "사라진 나/ 누구인가/ 나는/ 또/ 어디에서 오는가"라는 반문이 오게 된다. 자기 정체성에 대한 확신이 없는 자의 실존적 불안을 읽게 하는 언술이다.

　시「버스 안에 신이 산다」에서는 존재의 불안과 피해망상의 강박심리가 자리한다. 이 시는 심야버스의 막차를 타고 귀가하는 중에 겪는 화자의 심리 변화를 표현하고 있다. 승차하자 자기를 노려보는 듯한 한 승객을 두고 화자는 신이라고 명명한다. 험상궂은 그의 외모가 자기를 억압하는 절대적 힘을 가진 존재로 다가오고 있기 때문이다. 화자는 그가 하차할 때까지 불안에 떨며 그를 곁눈질한다. 그가 하차할 때서야 폭력적인 신이 아닌, 바바리를 걸친 신사로 인식이 바뀌면서 "내가 보고 느낀 것은 무엇이지"하고 자기에 대한 회의에 빠진다. 이 역시 대상과의 부조화, 세계에의 부적응에서 오는 굴절된 자의식을 드러낸 것이다.

> 돛단배처럼 흔들리는 공// 툭/ 탁자 위에 떨어지고// 오는가 싶은데 누군가 낚아챈다/ 다시 던진다/ 하늘을 향해 날더니 구름 속에 숨고// 공이 귀를 잡고 털을 깎는다/ 공이 뒷발질한다/ 공의 소리에 차인다// 가지각색 공들이 날린다/ 렌즈 안에 비닐처럼 부풀어서 돌아오기를// 뜨거운 공/ 겁 없이 프라이팬의 고기 덥석 문 고양이/ 휙 던진다// 빛을 통과한 것은 또 다른 탱탱공// 날카로운 손톱이 할퀴자 바람이 빠진다 // 누군가 두 손으로 찢어진 공을 받아든다// 공은 어디엔가 숨어 있다
>
> – 「말」 전문

드디어 인간의 의사소통 수단인 '말의 기능'에 대해서도 김뱅상 시인은 회의적인 시각을 드러낸다. 여기서 "공"은 '말'의 은유다. 따라서 이 시에서 말하고 있는 공의 행동양식이나 공을 수식하는 말들은 말의 행태나 성격, 말 상호간의 충돌 등을 함축한다. 이 시에서 흔들리는 공은 중심을 못 잡고 휘둘리는 말이고, "탁자 위에 떨어지고"는 함부로 뱉는 말이며, "누군가 낚아챈다"는 말꼬리 잡고 역공하는 말이다. 때에 따라서 말은 "뜨거운" 열정을 나타내지만 "프라이팬의 고기 덥석 문 고양이"처럼 낭패의 낭떠러지로 떨어지기도 한다. 말은 유통하는 과정에서 상처를 받아 소통의 기능을 상실한다. "손톱이 할퀴자 바람이 빠진다"가 바로 이를 뜻한다. 이렇게 해서 말은 "찢어진 공"처럼 회복 불능의 상태가 되어 "어딘가에 숨어 있다" 여기서 숨어 있다는 침묵의 언

어를 말한다. 이 시는 다양한 언어 형태를 공으로 비유하여 표현하고 있지만 언어에 대한 불신과 부정적 인식이 배면에 있다.

한편 이 시집 속에는 자연적 소재를 성애화하여 표현한 시편이 여럿 있다. 「남바람꽃」, 「참새」 등이 그것인데 자연물이 성애의 대상처럼 그려진다. 이것은 자연물을 그 자체로 바라보는 관조적 태도가 아니다. 대상을 의인화하여 인간과 동등한 자격을 부여한다. 수사상 의인법은 비정신적, 비유기적인 대상을 유정화 하는 비유법이다. 다음 시도 대상을 성애화한 것은 아니지만 대상을 의인화하고 있다.

마침표가 아닌 쉼표에 든다 평상에 앉아 잠시 눈을 감고 보라를 보는 거야 빨강이었을 때와 파랑이었을 때는 언제였는지 언제쯤에 보라에 마음을 빼앗겼는지 생각해 보는 것이지 서로의 몸을 의지한 채 울타리 안에 가두려고 한 것인지 몰라 그의 사치스러운 빨강이 싫었는지도 몰라 파랑의 공간 노래했지만 바이올렛 내음이 전해지는 향기는 견디기 어려웠지 아직 도착하지 못한 종착지에서 바람에 흔들리는 하얀 속살 보이며 아래로 매달려 보는 판타지 시간들 호수의 물결 속에서 웅크린 그를 본다

– 「등꽃」 전문

이 시에서 등꽃은 연인과 동일화 된 사물이다. "마침표가 아닌 쉼표에 든다"는 그와의 관계가 끝난 것이 아닌, 잠시 헤어진 상태를 암시한다. 보라, 빨강, 파랑은 표면상 계절에 따라 변하는 등꽃의 색이지만 동시에 화자가 인식한 그의 다양한 모습이기도 하다. 처음에는 보라의 이미지에 마음을 빼앗겼다고 생각했지만 지금 생각하면 "몸을 의지한 채 울타리 안에 가두려고 한 것인지도 몰라"라고 고백한다. 이것은 결별의 이유가 된다. 그가 빨강, 파랑의 이미지로 변하면서 사랑에 금이 가게 되는 것도 서로를 구속하고자 하는 의지가 근저에 있다. 어떻든

화자는 사랑의 지속, 또는 완결을 이루고 싶어 한다. "아직 도착하지 못한 종착지"가 그런 심리를 반영한다. 화자는 하얀 속살 보이며 낮은 자세로 그에게 매달리는 환상의 시간에 빠져들지만 "호수의 물결 속에서 웅크린 그"는 환상 속에서만 보이는 현실 부재의 존재이다. 이 시 역시 대상과 합일을 이루지 못한 자의 트라우마, 곧 굴절된 자의식을 함축한다.

김뱅상의 시는 분열적인 시선으로 자연을 보고, 일상을 본다. 일상의 미세한 틈을 보여주기도 하지만 간혹 세계에서 상처받은 자신의 내면으로 시선을 돌리기도 한다. 그의 시에도 윤리적 메시지가 없다. 사회를 통합하고자 하는 이념은 그의 시를 관통하지 않는다. 사물, 행위에 대한 감각과 상상이 그 자리를 대신한다. 그의 시는 세계에 대한 불안, 강박의 심리적 기재들이 작동한다. 세계와의 부조화. 부적응에서 파생하는 트라우마. 그것에 따른 분열된 자아, 주체성에 대한 회의 같은 굴절된 자의식을 그의 시는 보여주고 있다.

## 시의 대상(현실)과 내면 의식

#### — 정응규, 김경수, 이나열, 김지은, 김미선, 박이훈

시는 일정 부분 현실을 반영한다. 그러나 현실은 시인의 내면과 만나면서 그 실체는 변형되거나 굴절되기 마련이다. 시에 따라 현실에서 접하게 되는 사건이나 사물들의 비중에 차이가 있다. 현실의 제반 사항들을 시적 대상으로 보았을 때 대상의 표현에 역점이 주어지는 시가 있는가 하면 대상에 균열을 가하면서 내면화에 역점을 두는 시도 있다. 또 이 양자 사이에 균형을 유지하려는 경향의 시도 있다. 일찍이 김춘수는 무의미 시를 통하여 현실, 곧 의미의 해체를 시도한 바 있고, 이승훈은 시에서 대상 지우기를 시도한 비대상시를 주창한 바 있다. 이런 시적 태도는 시에서 현실보다 내면 의식을 더 중시한다. 더 나아가 환상시 같은 비현실적 인 상상의 세계에 몰두하는 시인도 있다.

이상의 관점에서 《부산시인》 여름호에 발표된 시들을 살펴보기로 한다.

외따로 떨어져 있는 레미콘 공장을 뒤로 하고 양산타워로 들어서는 것이다. 계단을 올라 타워로 가는 어둠 속에 깔려있는 목소리. 타워가 흔들리지 않네요. 급히 나선계단을 타고 5층으로 사라졌다. 잠시 후 화장실 쪽에서 모습을 드러냈다. 그때 유레카라고 외치는 그녀의 허기는 증산시가를 내려다보고 있었다. 야경의 황홀한 표정은 이곳의 정체를 빛냈다. 붉은 반점은 말했다. 얼굴을 덮고 있던 마스크를 내리는 순간 양귀비는 환장을 했다고. 그녀의 입술에서 흔들리는 양산타워에는 누가 머무를 수 있을까?

― 정웅규 「흔들리는 양산타워」 전문

위의 시는 《부산시인》 여름호 신작시 난에 발표된 시중 유일한 산문시다. 산문시는 정형시나 자유시와 구별되는 시 형태다. 산문은 시와 대립되는 장르 개념으로 쓰이고, 산문시는 운문, 율문과 대립하는 용어이다. 형식상 정형시는 외형률을 기반으로 하고(시조가 이에 해당함), 자유시는 행과 연의 구분을 통한 내재율을 기반으로 하는데, 산문시는 운율적 제약으로부터 해방된 줄글, 곧 산문 형식을 취한다.

아리스토텔레스는 『시학』에서 시와 반대되는 것으로 역사를 말하고 있다. 현실을 있는 그대로 표현하느냐 아니면 현실에 없는 것까지를 창조하느냐의 내용적 차이를 염두에 둔 구분이다. 이때 역사를 기록하는 글의 형식을 산문으로 본다면 시와 산문의 차이도 같은 선상에서 말할 수 있다. 그만큼 산문은 현실에 밀착된 글의 형식이다. 그러나 산문에 시란 용어가 붙은 이상 여기에서도 시인의 비현실적인 상상력은 개입될 수밖에 없다.

정웅규의 「흔들리는 양산타워」는 현실적 상황과 인물의 움직임을 표현하는데 역점이 주어져 있다. 실제적인 정황을 환기한다. 제목 '양산타워'가 실재하는 건축물이고, 이것을 공간적 배경으로 인물의 행동을 그리고 있기 때문이다. 거기에다 '마스크'가 오늘날 인류가 겪고 있는 코로나의 현실적 상황을 환기하듯 매우 현실주의적 시각으로 시적 대상을 표현하고 있다. 이런 유의 시는 화자와 표현의 대상 사이에 일정한 거리를 유지한다. 이 시의 대상은 양산타워로 올라가 증산시가의 야경을 내려다보고 있는 그녀인데, 화자는 그녀의 객관적 행위뿐만 아니라 심리적인 변화까지 포착하여 진술하는 전지적 시점을 유지한다. 특히 "유레카라고 외치는 그녀의 허기"란 시구는 타워에서 바라본 증산시가의 야경에 감탄하는 그녀의 심리를 표현한 것이다. 여기서 알았다, 되었다의 뜻인 '유레카'는 아르키메데스가 왕관의 순금도를 재는 방법을 발견했을 때 지른 소리로 알려져 있다. 그만큼 감탄의 정도를 나타내기 위한 인유로 볼 수 있다. 이 시에서 "흔들리는"은 표면상 현기증을 일으킬 정도로 높은 타워를 꾸미는 말이지만 "마스크를 내리는 순간 양귀비는 환장을 했다"에서 유추되는 의미, 불안한 현대인의 자의식을 함의하기도 한다. 여기서 양귀비는 그녀의 은유다.

침묵은 아름답다.
밤의 속살을 보여주기 때문이다.
침묵 앞에서 아이스크림을 생각하고
침묵 앞에서 따뜻한 커피를 마신다.
침묵을 감싸고도는 음악은 화사하다.
집 안에는 낯익은 구름이 떠 있고
당신과의 대화는 장엄한 음악이 되고 있다
집안의 불을 켜자
당신은 없고 당신의 흔적만이 앉아있다.
아직 태어나지 않은 침묵을 위해
강물이 너에게로 흘러가게 한다.
나무의 이파리도 침묵을 안고 있고
바람이 불면 북소리를 낸다.
의자에 앉아 침묵을 소재로 글을 쓴다.
순간과 순간 사이에 침묵이 앉아있고
침묵이 펜으로 소음騷音의 얼굴을 그린다.
소음이 소란스러운 몸짓을 하지만
첨밀밀이라는 영화를 보며 우리가 실제로 사랑한 것은
여자 주인공 장만옥의 말 없는 슬픈 표정 연기와 이미지이다.
결국 진실한 사랑과는 헤어질 수 없다.

펄럭이는 깃발도 침묵으로 이야기를 전한다.

풀잎에 자서전을 남기던 순교자도 침묵을 사랑했다.

응시하는 침묵이 흘러가는 침묵보다 무겁다.

분노를 배경으로 침묵이 돌아앉아 있기도 하지만

세상은 폭력 같은 소음으로 가득하다.

— 김경수 「침묵이 필요해」 전문

위의 시는 침묵에 대한 명상을 시로 형상화한 것이다. 침묵의 정황, 침묵의 성격. 가치 등을 이미지로 진술한다. 명상은 추상적이고 관념적이기 마련인데, 이런 사유를 이 시는 직설적으로 말하지 않는다. 만약 그랬다면 시로 읽혀지지 않고 수필로 받아들여졌을 것이다. 명상적인 글들이 대게 수필의 영역에 속한다. 그러나 이 시는 최대한 비유 같은 우회하는 기법을 통하여 대상을 표현했기에 시로 와 닿는다. 명상시는 본질적으로 시적 대상에 대한 내면 의식(사유)을 드러낼 수밖에 없다. 그래서 화자와 대상 사이의 거리가 매우 가깝다. 시의 표현 대상인 '침묵'이 현실적이거나 객관적인 사물이 아니고 시인의 내면에 자리한 주관적이며 추상적 관념과 결부되어 있기 때문이다.

결론적으로 말하면 이 시는 세계(현실)가 폭력 같은 소음으로 가득하다는 부정적 인식을 깔고 있다. 이런 세계를 정화하기 위하여 역으로 침묵이 필요함을 강조한 시다. 이 시는 "침묵은 아름답다"로 시작하는데, 그 이유로 "밤의 속살을 보여주기 때문이다"라고 진술한다. 그리고 "밤의 속살"의 내용으로 침묵을 둘러싼 정황을 제시한다. 아이스크림, 따뜻한 커피, 장엄한 음악 등이 침묵과 함께 한다. 이런 밤의 분위기가 침묵을 감미롭게 하고 아름다움을 느끼게 한다는 의미일 것이다. 이 시대로 말하면 침묵은 집안에 남아 있는 "당신의 흔적"으로, 소리 없는 "나무의 이파리"로, 더 나아가 순간과 순간 사이에 존재한다. 침묵은 "강물이 너에게로 흘러가게 한다" 이것은 침묵의 기능을 말한 것이다. 관계에 금을 가게하고 불화하게 하는 소음과 대립되는 침묵이야 말로 진정한 소통의 창구임을 역설적으로 말한 것이 된다. "침묵이 펜으로 소음의 얼굴을 그린다"는 것도 소음이 저질러 놓은 세상을 침묵이 성찰하게 하고 정화한다는 의미일 것이다. 이렇게 이 시는 후반부에서 침묵과 소음의 대조를 통해서 침묵의 기능이나 가치를 부각시킨다. 이 시에서 장황하며 비약적으로 와 닿는 영화 '첨밀밀' 이야기도 결국은 침묵의 가치를 강조하기 위한 것이다. 이 영화에서 관객이 사랑한 것은 '장만옥의 말 없는 슬픈 표정 연기와 이미지'였던 것처럼 침묵을 통해서 진정한 사랑을 얻을 수 있음을 말한 것이다. 이 외 이 시의 결구 "응시하는 침묵", "분노를 배경으로 한 침묵"은 소음으로 가득한 부조리한 세계에 대한 저항의식을 침묵이 안고 있음을 내포한다.

벽이다 꽉 막힌 벽이다
너와 나의 숨길을 끊어 놓는다
네가 침범하지 못하게 벽을 쌓는다
나의 비밀을 네가 모르게 벽을 쌓는다
안락과 행복으로 아름다운 꽃들은 피어난다
그러나 나는 나밖에 모른다

선사시대 동굴도 벽이다
추위와 비바람을 막아주는 좋은 벽이다
알타미라 동굴 속의 벽화는 안락의 표상이다
우리는 벽 속에서 사랑을 꽃피운다
나는 벽을 사랑한다
아니 나는 벽을 증오한다
벽 밖에서 추위에 떠는 사람들
들어오지 못하게 한다

〉

울타리도 벽이다 성도 철통같은 벽이다

국경선도 넘을 수 없는 커다란 벽이다

만리장성을 쌓고 오랜 전쟁을 한다

성은 여인의 눈물로 쌓여진다


집은 가장 나쁜 검은 벽이다

너와 나의 두터운 벽이다

너와 나 담을 넘어 넘어

너와 나 하나로 가볍게 만나기 위해

집을 부수자

담 넘어 있는 많은 타인들의 눈물을 기억하며


벽을 쌓으면서 벽을 부수자

— 이나열 「집」 전문


이나열의 「집」은 벽과 동일시되고 있다. 집이 벽을 골간으로 한 구조물이기 때문일 것이다. 그러나 집의 일반적 이미지와 벽의 이미지는 상당한 차이가 있다. 집은 가족이 함께하는 단란함, 안락의 공간을 떠올리게 되는데, 벽은 단절, 극복해야 될 장애의 이미지가 더 강하다. 집이 벽으로 대치될 때 집은 사랑이나 화목의 공간이 아니고, 단절과 불협화의 상징적 기재로 작동하게 된다. 이 시는 이런 벽의 이미지를 통하여 집에 대한 부정적 사유를 펼치고 있다. 이때 화자와 대상과의 거리는 가깝지도 멀지도 않다. 표현 대상인 집, 또는 벽이 객관적 사물이지만 대상에 대한 주관적 사유를 내용으로 하는 시이기 때문이다.

이 시는 전체적으로 기, 승, 전, 결의 구조로 이루어져 있다. 1연은 집짓기가 "너와 나의 숨길을 끊어놓는" 벽 쌓기임을 말한다. "네가 침범하지 못하게", "나의 비밀을 네가 모르게" 이것이 벽을 쌓는 이유다. 이런 벽 안에서 "안락과 행복으로 아름다운 꽃들이 피어난다"는 것은 모순이다. 이 시에서 집은 바깥 세계와 단절된 배타적 공간이기에 더욱 그렇다. 2연은 원시인이 주거로 이용했던 선사시대 동굴의 기능을 반추한다. 여기에서도 동굴 벽은 긍, 부정의 양면이 있다. "추위와 비바람을 막아주는", 알타미라 동굴 속의 벽화가 표상하는 안락함 등의 긍정적인 면과 벽 밖에서 추위에 떠는 사람들을 들어오지 못하게 하는 부정적인 면이 함께 한다. 이런 벽의 이중성 때문에 화자는 벽에 대한 사랑과 증오의 이중적 감정을 갖게 된다. 3연은 집의 벽이 비약하여 의미 영역을 확장한다. 울타리, 성, 국경선, 만리장성 등이 벽과 동일 의미 영역으로 흡입되는 이유는 이때까지 진술된 벽이 갖는 단절, 배타성의 부정적 이미지가 이들에게도 그대로 적용되기 때문이다. 드디어 4연에 오면 집을 부수자고 주장한다. 여기서 집은 "너와 나의 두터운 벽"을 함의하는 모든 것을 대유한다. 3연에서 말한 모든 대상들이 이에 포함된다. "담 넘어 있는 많은 타인들의 눈물을 기억하며" 집을 부수자고 4연은 말하는데, 결구 "벽을 쌓으면서 벽을 부수자"는 이 모순화법은 매우 의미심장하게 들린다. 집을 부수는 일이 파괴가 아닌 새로운 의미의 집짓기가 되어야 함을 역설한 것으로 볼 수 있기 때문이다.

일회용 커피를 마신다
하루를 끌고 가는 한 모금의 생,
부활의 마법은 황홀하다
뚜껑을 열면
두 손 가득 퍼지는 거룩한 향기
오감의 무늬들로 흥미롭다
종이컵으로 태어나는 순간은

발등을 깰 위험조차 없다

생과 소멸을 서성이며

일회용으로 산다는 것은 낭비가 되지 않는다

소중한 한 그루

나무의 시간 속에 기대어

측량할 수 없는

그대 마음 한 자락 내려놓을 수 있다면

한 잔의 여유로움이 재판관의 일생보다 낫다

병들지 않고

아픈 생이 있다.

가닿을 수 없는 절명의 매순간

나는 글썽이는 그대 따뜻한 눈물이 된다

누군가에게로 가서

다시 시간의 꽃으로 피어난다

악마보다 붉고 쓰디쓴 너의 위로가

나의 향기로운 평화가 된다

– 김지은 「종이컵」 전문

김지은의 「종이컵」은 성찰과 달관적인 세계관을 나직하고 조용한 목소리로 말하고 있다. 이 시가 명상을 기조로 하고 있다는 점에서 김경수의 「침묵이 필요해」와 상당한 유사성을 갖는다. 그러나 김경수의 시적 대상인 '침묵'이 형이상학적인 소재이고, 추상적 관념을 이미지로 육화하여 진술한 점이 이 시와는 사뭇 다르다. 하찮은 사물인 '종이컵'이 시의 모티브로 역할을 한다는 점, 내용의 상당한 부분이 달관적인 삶의 태도나 정신을 직설적으로 진술하고 있다는 점이 또한 차이점으로 볼 수 있다.

이 시의 첫 행 "일회용 커피를 마신다"에서 일회용과 커피 사이에는

'종이컵에 담긴'이 생략되어 있다. 시에서는 곧잘 문장을 압축하기 위하여 이런 생략법을 구사한다. 2행에서 6행까지는 커피가 주는 생의 의미를 진술한 내용이다. 이 시대로 말하면 커피는 "하루를 끌고 가는 한 모금의 생"과 같은 것이고, 생을 황홀하고 활기 있게 해주는 "부활의 마법"과 같은 것이며, "거룩한 향기"로 오감을 일깨워 생을 흥미롭게 한다. 결국 이 진술은 하루의 시작이 커피로부터 비롯되며, 하루하루를 지탱하는 생의 동력이 커피에 있음을 말한 것이다. 7행에서 16행까지는 '종이컵'에 대한 성찰을 내용으로 한다. 종이컵은 "태어나는 순간"부터 남에게 위험이 되지 않는 존재이며, 생과 소멸 사이에서 일회용으로 산다는 것은 낭비가 없는, 그 자체로 충만하며, 재판관보다 나은 삶이란 인식을 진술한 부분이다. 보잘 것 없고 하찮게 여겨져 버려지는 존재에서 충만한 삶의 정신을 발견하는 것은 가장 낮은 자세로 낮은 곳으로 임하는 것이 사랑의 근본임을 강조한 기독교 정신과 통한다. 이런 성찰을 전제로 16행 이하의 내용은 아픈 생을 사는 누군가로 다가가는 삶을 다짐하는 내용이다. "가닿을 수 없는 절명의 매순간" "글썽이는 그대 따뜻한 눈물이 되"고자 한다. 여기서 따뜻한 눈물이 되겠다는 것은 동병상련으로 아픈 자를 끌어안겠다는 뜻이다. 이것은 "다시 시간의 꽃으로 피어나는" 진정한 사랑의 실천이 된다. 이렇게 이 시는 성찰과 달관의 긍정적 세계관을 보여준다.

(전략)
잠들지 못하는 슬픔을 따라가면
생각을 멈출 수 있을까요

오래도록 보관된 저녁의 습관은
여전히 밤을 줄였다 늘렸다를 반복해요

살별은 그럴듯하게 직조되어 구르는 돌처럼 위장하나
내겐 아무 소용이 없어요

때를 잘못 맞춰 켜진 가로등처럼
다시 아침이 와요

밤을 지새우느라 마음에 없던 말들이
무럭무럭 자라나요

또 다른 하루가 각자의 방식으로 렌즈를 갈아 끼워요

— 김미선 「관습에 대한 보고서」 후반부

　김미선의 「관습에 대한 보고서」는 잠을 이루지 못하고 뜬눈으로 밤을 지새우는 화자의 내면풍경을 형상화한 시다. 일종의 내면을 탐구하는 시다. 내면 탐구의 시는 세계상실의 시이기도 하다. 표현 대상이 화자의 내면이기 때문에 화자와 대상 사이의 거리를 측정할 수 없고, 화자의 세계에 대한 판단이나 인식이 배제된다는 의미로 세계상실의 시란 용어를 쓴다. 여기에서도 저녁, 돌, 가로등, 아침, 밤, 렌즈 등 객관적인 사물이나 시간 정황을 나타내는 시어들이 등장하지만 이것들은 세계를 드러내는 기재가 아니다. 내면 의식을 드러내기 위한 보조적 이미지에 불과하다. 객관적 대상으로 세계를 함의하지 않고, 주관적인 의식의 흐름을 암시하는 기재로 작동하고 있다는 뜻이다.

　누구나 뜬눈으로 밤을 지새우는 경험을 한 적이 있을 것이다. 잠을 이루지 못하고 뒤척이며 밤새도록 고통의 시간을 보낼 때, 그 고통을 잊기 위해 눈을 감고 누워, 두서없는 생각이나 상상에 빠져 들어간다. 이런 내면 의식을 이 시는 감각적 이미지로 표현한다. 불면은 많은 불연속적인 생각을 끌고 온다. 이 생각이 번뇌요 고통이다. 그래서 "생각을 멈출 수 있기"를 바란다. 번뇌에서 벗어나려면 불면의 습관부터 극복해야 한다. 저녁이면 "밤을 줄였다 늘였다를 반복"하는 습관이 생긴 것도 이 때문이다. 여기서 밤을 줄였다 늘렸다 하는 것은 수면을 위한 활동시간의 조절을 의미한다. 그러나 이런 노력도 "살별을 그럴 듯하게 돌로 위장"하는 것에 불과한 무위임을 화자는 말하고 있다. 결국 밤을 지새운 상태에서 아침을 맞이하게 되고, 그렇게 찾아온 아침은 "때를 잘못 맞춰 켜진 가로등"에 비유된다. 이것은 불면으로 인하여 낮과 밤이 분별되지 않는 비몽사몽의 심리상태를 반영한다. 그리고 불면은 온갖 번뇌의 언어를 생산한다. "마음에 없던 말들이/무럭무럭 자란"다가 이를 가리킨다. 이 시는 "또 다른 하루가 각자의 방식으로 렌즈를 갈아 끼워요"로 결론을 맺는데, 여기서 '렌즈'는 세계를 바라보는 눈이다. 곧 세계관이다. 불면을 통해 생산된 언어가 세계관을 바꾸게 한다는 의미를 내포한 표현으로 볼 수 있다.

> (전략)
> 현관문에 서서
> 사라진 비번의 꼬리를 잡으려 안간힘이네
> 재입력의 오류에
> 반복되는 소음은 길어지고
> 생각은 생각을 물고 맴을 돌고
> 불화음의 멜로디만 가슴을 파고드네
> 눈부시게 환한 봄날
> 심장 속 길들여진 길 찾아 헤매는
> 집 문 앞에서 나는 길을 잃었네
>
> — 박이훈 「망각은 언제나 기습적으로」 후반부

박이훈의 「망각은 언제나 기습적으로」 역시 김미선의 시와 같이 내면

의식을 표현한 시다. 그러나 내면 의식을 확장해 가는 시상의 전개가 앞의 시에 미치지 못하는 느낌이다. 김미선은 불면이라는 정신적 상황을 모티브로 사변적인 이미지들을 복합적이며 중층적으로 전개하고 있는데 비하여 박이훈은 어딘가 단선적인 시상 전개를 보이기 때문이다. 그렇다 하더라도 현대의 병리적 현상, 그 단면에 이 시의 시선이 닿아 있어 관심이 갔다.

우리들은 때때로 기억 상실의 고통을 헤맨다. 현대는 복잡한 네트워크를 구축하고 있고, 거기에 적응하기 위해서 많은 비번을 기억하며 생활한다. 현관문, 은행, 컴퓨터, 핸드폰 등 곳곳에 비밀번호가 입력되어 있다. 그래서 늘 비번을 안고 산다. 비번은 눈에 보이지 않는 거미줄처럼 얽혀 정신을 옥죄이기도 한다. 비번을 잊어버리고 당황한 적이 한두 번이었던가? 비번을 잊어버려서 하루의 일과가 실타래처럼 얽힌 적도 있을 것이다.

이 시는 자동차 열쇠를 놓고 집을 나섰다가 집안으로 되돌아가려 하지만 현관문의 비밀번호가 떠오르지 않아 순간적으로 당황하는, 황당한 심리 상황을 형상화하고 있다. 한참 비번을 기억해 내려고 머리를 굴리며 현관문 앞에 서 있다. "사라진 비번의 꼬리를 잡으려 안간힘이네"가 그런 심리상태를 나타낸다. 그러나 잘 떠오르지 않아 이것저것 숫자를 눌러보지만 매번 "재입력의 오류"에 빠진다. 불통의, "반복되는 소음만 길어지고", 꼬리가 잡히지 않는 생각과 "불화음의 멜로디"가 가슴을 압박한다. 불화음의 멜로디는 비번을 잘못 입력했을 때에 나오는 단절의 소리다. 이런 답답한 상황에서 화자는 비번을 추적하는 과정을 "길 찾아 헤매는" 것으로 비약시킨다. 그리하여 "집문 앞에서 나는 길을 잃었"다고 자조하게 되는데, 이것은 현대의 삶에서 길(삶의 방향)을 잃고 방황하는 현대인의 자의식까지 함의하는 표현이다. 현대에는 인간의 일상에 균열을 가하는 위험이 도처에 있고, 이 시의 경우처럼 예기치 않게 기습적으로 찾아와 당황하게 한다. 실종자를 찾는 광고가 끊임없이 나오는, 문명사회의 이면에 드리워지는 어두운 그림자, 그 단초를 이 시는 제시하고 있다.

《부산시인》지난 호에 게재된 시 중 6편을 살펴보았다. 정웅규의 「흔들리는 양산타워」는 산문시로서 표현 대상을 현실에서 가지고 온 만큼 현실을 반영하는 사실주의 시각을 유지한다. 그렇기 때문에 대상과 화자 사이에는 상당한 객관적 거리가 있다. 김경수의 「침묵이 필요해」, 이나열의 「집」, 김지은의 「종이컵」 등은 시적 대상의 표현과 내면 의식의 표현이 상당히 겹친다. 그만큼 화자와 대상 사이의 거리는 좁혀질 수밖에 없다. 이에 비하여 김미선의 「관습에 대한 보고서」와 박이훈의 「망각은 언제나 기습적으로」는 내면 의식을 표현 대상으로 하기 때문에 시적 대상과 화자 사이의 거리는 거의 느껴지지 않는다.

### ◆ ◆ ◆
# 시에서의 서정과 탈 서정
## - 김순여, 육은실, 이분자, 배옥주, 이서연

 시는 내용을 기준으로 서정시, 서사시, 극시로, 분류된다. 이런 쟝르 개념을 염두에 둘 때 서정시는 개인적인 정서나 감정, 사상 등을 함축하여 표현한 일체의 시를 일컫는다. 이야기 형식의 서사시와, 대화 형식의 극시와 구별되는 지점에 서정시가 놓인다. 그렇다면 요즈음 발표되는 대다수의 1인칭 화자의 시들은 그 경향을 불문하고 서정시란 용어로 수렴될 수 있다. 그러나 시에서 서정성이란 용어를 적용하고자할 때는 이렇게 포괄적이지 않다. 현대시를 두고 서정이 넘친다 또는 서정이 메마르다 했을 때, 서정의 의미는 매우 협소해진다. 서정시를 뜻하는 영어 Lyric의 어원이 고대 그리스의 칠현금을 가리키는 Lyre에 있다는 사실을 환기할 필요가 있다. 이것은 그리스 시대부터 서정시를 하프의 반주에 맞추어 부른 노래로 인식되어 왔음을 알 수 있게한다. 시가 음악과 밀접한 관련을 맺고 진전되어 왔음은 주지의 사실이다. 시에서 운율이 중요시되었던 이유도 여기에 있다. 따라서 시에서의 서정성은 음악성과 내통한다. 리드미컬한 정서의 움직임을 시로담아냈을 때 서정이 넘친다고 우리는 생각한다. 오랫동안 운율이 시와산문을 구별 짓는 중요한 잣대였다. 동시에 시에서 운율은 서정성을받치는 힘으로 작용한다. 20세기 이전까지 시는 운율이란 음악성을 동경해왔다. 19세기 초 미국의 시인 에드가 알랜 포우가 시를 "아름다운 운율의 창조"라고 말 한 것도  이를 시사한다. 자연 친화적 사유를바탕에 둔 목가풍의 시나 사랑, 그리움, 이별 등의 정서를 근저에 둔

연가풍의 시가 운율과 연계되어 서정시의 영역을 구축해왔기 때문에 시에서 서정성은 사랑, 이별, 한의 정서나 토속적이고 향토적이며 자연친화적인 정감을 지칭하는 의미로 이해되어 왔다.

그러나 20세기 이후 현대의 삶은 폭발적인 과학문명의 발달과 산업화의 과정을 거치면서 복잡다단한 양상으로 전개되고 있다. 홍수처럼 쏟아지는 정보 속에서 현대인의 의식은 수없이 굴절되고 심각한 트라우마를 양산한다. 재화에 매몰된 현대인은 욕망과 좌절, 핍박과 분열의 자의식을 겪고 있다. 이런 삶의 양태들은 시에 대한 사고도 바꾸게 했다. 우선 시의 지주였던 운율이 부정되기 시작했다. 처음에는 외형률을 골격으로 한 정형시가 부정되고 내재율을 기초로 한 자유시가 등장했는데, 이제는 내재율조차 부정되는 산문시가 범람하고 있다. 시에서 운율은 퇴색한 골동품처럼 여겨진다. 시의 형식의 자리에 운율 대신 이미지가 왔고, 이미지는 현대시의 지주처럼 이야기 된다. 이미지의 폭주 시대를 맞이한 셈이다. 시에서 운율의 퇴조와 더불어 서정성에 대한 인식도 멀어져 가고 있다. 앞에서 말한 고전적인 의미의 서정성은 현대의 삶을 담아내기에는 역부족인 감이 있다. 시단의 한쪽에서는 여전히 서정성의 회복을 외치지만 어딘가 공허한 메아리처럼 들린다. 현대시는 탈 서정의 방향으로 진행되어왔다. 이미 전근대적인 농경문화의 퇴조와 함께 자연이란 고향을 상실한 현대인의 자의식 속에는 서정이 발화될 수 없는 지경에 이른 것이 아닌가 싶기도 하다.

그런데《문학도시》1월호에 발표된 시들의 대다수가 서정주의에 기반을 둔 것이었다. 어딘가 고색창연한 느낌으로 와 닿는 시들이 많았다. 현대적인 언어 감각으로 뒷받침이 된 서정이라면 나름의 의미 있는 시적 성취로 읽혀질 수 있다. 그러나 시대를 거슬러 복고풍에 안주한 서정은 시적 참신성을 잃고 있어서 식상할 수밖에 없다.

짚고 온 지팡이가

숨겨진 상처에 절룩거린다

서리꽃 눈썹처럼 님 떠난 빈자리가

눈썹 위에 서리꽃으로 하얗다

허공을 향한 얼굴

흐르는 땀방울과 눈물에 햇살이 비치고

농막 아궁이에 지펴지는 연기 사이

둥근달이 건너간다

지친 몸을 아랫목에 맡기고

가슴에 촛불 하나 켜고 있다

- 김순여 「서리꽃」 전문

　김순여의 「서리꽃」은 그리움의 감정을 감각적으로 표현하고 있다. 이 시의 핵심어인 "님 떠난 빈자리"에서 상투성이 느껴지고, 3행에서 직유로 차용된 "서리꽃 눈썹"과 중복되는 4행의 언술이 어색하기는 하나 그 외의 대부분은 감각적인 이미지로 화자가 처한 정서적 상황을 잘 그려내고 있다. 여기서 임은 망자이거나 이별한 정한의 대상으로 여겨지는데 그런 임을 등지고 살아온 인고의 과정을 지팡이로 표상한다던지 이미 이 세상에 없는 망자의 이미지를 "허공을 향한 얼굴"로, 임에 대한 그리움의 정서를 "농막 아궁이에 지펴지는 연기 사이/ 둥근달이 건너간다"로 표현한 것이 그 예이다. 이런 이미지의 진술이 화자의 정서 상태를 맑고 투명하게 인지하게 한다. 연기 사이로 건너가는 둥근달은 망자의 이미지이면서 망자에 대한 그리움의 정한이 투영된 T.S 엘리엇이 말한 객관적 상관물이다. 여기서 연기는 삶의 고달픔으로 희미해져 가는 의식을 나타내고 그런 가운데서도 망자를 떠올리며 삶의 동력을 찾으려는 희망의 이미지가 마지막 행 "가슴에 촛불 하나 켜고 있다"이다. 임을 잃은 절망의 상황에서도 희망을 보듬을 수 있는 힘 또한 망자를 향한 염원을 표상하는 '촛불'의 이미지를 통하여 구현하고 있는 것이다. 이 시는 떠난 임을 매개로 절망과 희망이란 상반된 정서를 직조해내고 있는 점이 돋보인다. 이별의 정한이란 전통적 정서에 기대고 있는 점은 이 시가 복고풍의 시로 읽히게 한다. 그렇지만 직설적 표현을 지양하고 감각적 이미지로 표현하는 방법적 자각은 리리시즘의 시가 곧잘 빠지기 쉬운 감정의 노출을 절제하는 힘이 되고 있다.

속살로 삶을 건너가는
사람들은
수사가 소박하다

바닥까지 내려가
그림자 없는 바닥을 본 사람들은
삶이 갖고 있는 가파른 경사를
이해하고 쌓아 두지 않는다

칠흑 같은 깊은 터널 속
하늘조차 보이지 않을 때
기도 외엔 속수무책이었던 길

열병 같은 한고비 고비 넘기며
통곡만이 울음이 아니듯이
등을 보이지 않는
보석처럼 슬픈 궤도가
아름다운 신화를 바람 위에 쓴다

 – 육은실 「소박한 수사修辭」 전문

육은실의 「소박한 수사」는 삶에 대한 성찰을 내용으로 하고 있다. 절망적인 고난의 삶을 건너온 자만이 말할 수 있는 정신적 경지를 이 시는 보여준다. 험난한 역경의 삶을 경험하며, 그런 삶을 극기해온 자를 일컬어 "속살로 삶을 건너가는/ 사람들"로 말하고 있다. 여기서 속살은 진실, 참, 알맹이, 꾸밈이 없음 등의 의미를 상징하는 시어로 읽혀진다. 참된 삶을 살아온 자는 수사가 소박하다. 즉 허위의 말로 자신을 꾸미거나 과장하지 않는다는 것이 1연의 내용이다. 2연에서는 인생의 밑바닥까지 가 본 자의 의식을 말하고 있다. 여기서 "그림자 없는 바닥"은 조그마한 희망도 없는 절망적인 상황을 암시하는데, 이를 경험한 자는 "가파른 경사" 곧 힘들고 고단한 삶을 이해할지언정 쌓아두지 않는다고 했다. 여기서 "이해"는 삶을 수용하는 긍정적 자세를, "쌓아두지 않는다"는 그런 역경에 매몰되지 않는 극기의 정신을 함축하는 말이다. 3연은 2연의 부연으로 볼 수 있다. 희망이 없는 절망적 상황을 변주하고 있기 때문이다. 4연은 절망적인 역경을 견디며 인고의 세월을 살아온 자의 정신적 경지를 말하고 있다. 어떤 삶의 고비에서도 "등을 보이지 않는" 굳은 의지의 정신을 읽을 수 있다. 이 시에서 가장 빛나는 구절은 "보석처럼 슬픈 궤도"란 시행이다. "보석처럼 슬픈"이란 모순 형용의 역설적 표현이 역경의 삶이 안고 있는 의미를 투명하게 제시하고 있어서다. 감당하기 힘든 삶의 고비를 건너다보면 그것이 쌓여서 보석처럼 빛날 수 있다는 인식은 상당한 달관에 이른 정신의 구경이 아닌가 싶다. 전복이 오랜 시간 겪은 상처의 결정체가 진주이듯이 우리의 삶도 상처가 덧쌓이고 아물면서 보석처럼 빛날 수 있다는 생각이 4연의 저변에 있다. 역경을 견디어 온 삶이 "아름다운 신화"로 기록될 수 있는 이유도 이런 사유의 연장선상에서 가능해진다.

고관 입구에서
빙글빙글 돌아 올라가는

골목길 따라가면
부산항 훤히 보이는 그 자리에
추억처럼 서 있는
우체통 하나 만난다.

가까이 있어 더 못했던
사랑했으므로 행복하였네라
읊조린 엽서 한 장
붉은 볼 감춰지는
붉은 통 속에 넣고
삼백육십오일 후의 부끄러움에 빠진다.

급행도 느리다고 하는 세상에
직행도 아니고
완행도 아닌
1년 후에 배달한다는 약속의
우체통 앞에서
당신도 나를 사랑하여 행복했는지

꼬불꼬불한 길을 따라서
함께 걷는
신혼 초의 두근거림 같음이
어이없다.
정류장을 지나고 또 지나면서
차라리 그대의 고백을 아는 우체통이고 싶다

— 이분자 「우체통」 전문

이분자의 시 「우체통」은 사랑의 열병을 앓았던 젊은 시절을 생각하게 한다. 통과의례처럼 지나갔던 그때의 추억을 누구나 간직하고 있을 것이다. 지금 와서 생각해 보면 풋사랑에 불과하지만 순수했던 기억 때문에 아직도 그때를 생각하면 가슴이 설렌다. 이 시를 읽으면서 나도 모르게 붉어지는, 기억의 모퉁이에 잠자고 있는 나의 우체통을 생각했다. 추억은 아름다운 것이다. 그때는 그것이 아픔이었고 절망이었다 하더라도 시간이란 채에 걸러져서 아름다움으로 윤색되는 것이 추억이다. 덜 떨어진 꼭지처럼 이해타산 없이 누군가에게 몰두하여 열심히 쓴 편지를 우체통에 넣었던, 어쩌면 인생에서 가장 황홀했던 한순간을 이 시는 포착하고 있다. 황홀한 과거의 어느 지점으로 인도하는 매개물이 이 시에서는 우체통이다. 고관 입구를 지나 부산항이 보이는 위치에 있는 우체통이 어느 날 화자의 의식에 잡히면서 화자는 들떴던 그 때의 사랑의 감정에 젖는다. 2연에 등장하는 "사랑하였기에 행복하였네라"는 문구는 청마 유치환과 시조시인 이영도 사이에 오고 간 서간문을 책으로 엮은 수필집의 표제인데, 그 당시 수많은 청춘남녀의 심금을 울렸던 구절이기도 하다. 지순한 감정에 젖어 마음을 담은 엽서 한 장 우체통에 넣을 때의 설렘, 부끄러움, 알 수 없는 기대 이런 미묘한 감정의 움직임을 다시 떠올리면서 화자는 그때가 행복한 순간이었음을 인지한다. 그런데 화자는 그때 그 사람도 나처럼 행복했을까 하는 의문에 빠진다. 아무리 세월이 흘러도 풀리지 않는 의문이 사랑의 뒤 끝에 남기 마련이다. 생각하면 생각할수록 곱씹어지는 그에 대한 의문, 어쩌면 우체통은 알고 있을지 모른다는 생각을 표출하는 것으로 이 시는 마무리되고 있다. 이 시는 순수한 첫사랑의 감미로운 감정을 내재율의 시적 리듬에 의지하여 표현함으로써 서정성을 십분 살리고 있다.

이상에서 《문학도시》 1월호에 발표된 서정시들을 살펴보았다. 이별, 인고의 삶, 사랑 등의 고색창연한 소재들을 접하면서 이런 유의 감미로운 서정주의가 오늘의 삶이 안고 있는 욕망과 상실, 자본에 억압된 자의식의 세계와 얼마나 동떨어진 세계인가를 짚어보게 된다. 현대는 자본과 기술문명이 지배하는 세계다. 거기서 현대인은 자본이 내몰고 있는 생산과 소비 사이에 갇혀 신음하고 있다. 자아 분열의 정신 상황으로 내몰리고 있고, 인간관계는 대립과 갈등을 양산하고 있다. 서정주의의 긍정적 세계관으로는 도저히 감내하기 힘든 양상으로 현대는 전개되고 있다. 현대시가 탈 서정의 세계를 걷게 된 이유가 여기에 있다. 도시 문명의 한복판에서 비명을 지를 수밖에 없는 굴절된 삶과 왜곡된 감정이 시에 범람하면서 고전적인 의미의 서정은 설 자리를 잃고 있다. 앞에서 본 서정시와 대조적 관점에서 《시와사상》 겨울호에 발표된 두 편의 산문시를 통해서 탈 서정의 시적 세계를 조감하기로 한다.

너는 번지 점프를 좋아하고 난 바이킹을 싫어한다. 취향의 높낮이는 엇비슷하고 수변공원을 삼킨 안개의 등고선은 비슷하다. 홀로 남겨진 소파에 읽지 않은 신문을 깐다 아프칸 난민 소년이 도끼 난동을 부리고 위대한 신은 사살된다. 유통 기한이 몇 시간 남지 않은 우유가 쏟아진다 식어가는 라면에 찬밥을 말 때, 곰팡이 핀 밥알을 숟가락으로 눌러버리는 역사적인 순간은 자주 오지 않는다 너는 조르쥬 바타이유를 따라가고 나는 샤워기를 틀어놓고 편지를 읽는다 젖은 심장을 닦으면 소진되지 않는 몽상이 흘러내린다 상한 복숭아는 식탁으로 스며들고 졸음 버스가 들이받은 앞차는 터널 속으로 사라진다 하늘로부터 붉은 눈물은 쏟아지지 않는다 너와 함께 묻어준 고슴도치 '나무'는 환생을 거듭하고 네가 흥얼거리던 락발라드엔 잊기 좋은 여름밤이 넘쳐난다 알뜰코너에 진열된 오늘의 유통기한은 오늘까지다 집은 멀고 평화슈퍼는 닫혀 있다.

— 배옥주 「평화슈퍼」 전문

배옥주의「평화슈퍼」가 그리는 시적 세계는 결코 긍정적이지 않다. 사랑, 행복, 조화, 화해 등 서정의 덕목들은 자리하지 않는다. 현대 도시적 삶의 일상성을 근간으로 전개되고 있는 언술의 이면에 세계를 부정하는 화자의 날 선 눈이 있다. 우선 너와 나의 대칭적 관계에서 단절과 부조화가 읽혀진다. 시공을 함께 하면서도 서로 다른 세계에 있는 듯한 소통되지 않는 관계, 그러면서도 아무렇지 않은 듯 관성으로 살아가고 있는 현대인의 내면을 이 시는 포착한다. 취향을 달리하는 너와 내가 불투명한 안개의 등고선처럼 서로의 내면을 가린 채 동거하고 있다. 거기에는 짜릿한 흥분, 열병을 앓는 사랑 같은 감정은 없다. '홀로 남겨진 소파'처럼 인간성을 상실한, 사물화된 고독만 존재한다. "아프칸 난민 소년의 도끼 난동"같은 경악하게 하는 사건들, 그것은 뉴스일 뿐이다. 나와는 무관한 사건들로 치부된다. '읽지 않는 신문'은 사건들에 무감정으로 대응하는 현대인의 의식을 표상한다. 이것은 "위대한 신이 사살된" 삭막한 현대인의 의식풍경을 떠올리게 한다. 권위나 인간적 가치들이 무용지물이 된, 무감정, 무감각, 무의미가 덮고 있는 수많은 사건들, 그것들은 시한이 다 된 우유처럼 부패한 삶이고, 일상의 매너리즘에 빠진 무감동의 편린들이다. 현대인들은 이런 일상의 덫에서 헤어나지 못하고 있다. "곰팡이 핀 밥알을 눌러버리는" 극히 비역사적 행위를 역사적이라고 말하는 의식에는 기존의 역사적 가치조차 전복시키려는 불온한 의도가 숨어 있다. 도덕적 규범 뒤에 숨어 있던 소비, 악, 에로티시즘 등을 끌어내어 기성가치를 전복시킨,『저주의 몫』의 저자인 프랑스의 철학자 조르쥬 바타이유가 인용되는 이유도 전복의 논리에 심취하는 현대인의 정신적 경향과 맥락을 같이 한다. 현실과 유리되어 몽상에 젖는 것, 또한 "붉은 눈물은 쏟아지지 않는다"처럼 감동이 없는 무미건조한 일상에서 말초적 자극을 추구하는 현대인의 자화상을 말한 것이다. 이 시는 이렇게 정신적 한계상황으로 내몰리고 있는 현대인의 의식을 일상을 기술하는 화법으로 드러내고 있다. "알뜰코너에 진열된 오늘의 유통기한은 오늘까지이다"가 암시하는 것도 시간에 쫓기는 현대인의 절박한 정신적 한계상황이다. 이런 한계상황에서 안락과 평화는 요원할 수밖에 없다. 이 시의 결구 "집은 멀고 평화슈퍼는 닫혀 있다"가 상징하는 의미도 이런 절망적 정신 상황과 맞물려 있다. 인간성이 매몰된 탈 서정, 반 휴머니즘이 지배하는 현대의 병리적 특성을 이 시는 보여주고 있다.

> 위장 깊숙이 손을 넣는다 그것은 나를 용서하는 의식 어제 먹은 기다림 그제 먹었던 경멸 일주일 전에 씹었던 환각이 소화되지 않은 채 썩고 있다 얼굴이 부은 저녁 돌덩이를 토해냈다 돌이었는지 자세히 기억나지 않는다 이가 마주치는 소리 허공에 대고 거품을 분다 거품이었는지 고통이었는지 기억나지 않는다 불안을 느끼는 귀에선 잘 다듬어진 바퀴가 돌아간다 예리한 소리는 아프지 않다 날카로운 순간이 지나갈 뿐이다 아침을 먹는다 저녁을 먹는다 아침을 먹는다 점심을 먹는다 아침을 먹는다 저녁을 먹는다 점심을 먹는다 위장 깊숙이 손을 넣는다 그것은 나를 용서하는 의식 목구멍에서 검은 것이 솟구쳤다 검었는지 파랬는지 기억나지 않는다 한쪽 눈동자가 자꾸 커진다 눈동자였는지 고백이었는지 기억나지 않는다. 한여름 더위처럼 노란 이야기들만 가득한 시간 아무것도 기억나지 않는 울렁거림 멀미인지 클라이맥스인지 경계가 사라진 감정 다리를 접어 팔을 걷는다 변기로 쏟아지는 머리카락을 넘긴다 위장 깊숙이 손을 넣는다 주먹이 올라온다 목구멍보다 단단한 머리가 나온다 겨울에 죽은 아이가 손을 잡는다 아이었는지 나였는지 기억나지 않는다

> — 이서연 「기억 발행기」 전문

배옥주의 「평화슈퍼」가 현대 도시인의 일상이 안고 있는 무감동, 무감각의 비생명적 세계를 보여주고 있다면 이서연의 「기억 발행기」는

병리적이며 자아분열적인 환각의 징후들을 시의 영역으로 끌어들인다. 현대는 자본이 권력 또는 이데올로기와 결합하여 폭력을 자행하는 시대다. 현대인은 이런 압박과 피압박의 순환구조 하에 있다. 거기에서 내상을 입은 자아분열의 병리적 징후들이 나타난다. 세계와 내통하지 못한 부적응의 자아가 비명을 지르며 만들어 내는 환각의 세계, 정신착란으로 전도된 의식풍경을 엿볼 수 있다. 이 시의 현상은 무의식에 잠재되어 있는 꿈의 오브제들이다. 프로이드는 꿈의 현상들을 분석할 때, 압축과 치환으로 설명한다. 라캉은 이것을 은유와 환유의 이론으로 발전시킨 바 있다. 무의식의 기재들은 끊임없이 의식의 경계를 침범하며 이성적 논리를 교란한다. 현실적 의미관계를 파괴한다. 이 시는 외견상으로는 병상에 있는 환자의 내적 고백 같은 것이다. 그러나 그 내면에는 라캉이 말하는 욕망과 결핍이 있다. '먹는다'와 '토한다' 사이에 그런 상반된 심리가 작동한다. 그것이 기억이란 의식을 뒤틀고 있다. 이 시에서 기억은 일목요연하지 않다. "다리를 접어 팔을 걷는다"나 "변기로 쏟아지는 머리카락"처럼 전도되거나 착종되어 나타난다. 이 시에서 반복되는 구절 "위장 깊숙이 손을 넣는다"는 수술 받는 장면을 연상시키는데, 이때 이것이 "나를 용서하는 의식"으로 착종되는 이유는 수술 도중에 죽을지도 모른다는 강박이 용서받고 싶다는 회피 의식과 겹치기 때문이다. "경멸과 환각의 자의식이 소화되지 않은 채 썩고 있다"는 망상이 끼어드는 이유도 여기에 있다. 현실에 적응하지 못하는 시적 자아는 구토의 증세로 시달린다. 한편 토해 놓는 것이 돌덩이라고 생각했는데 곧 기억나지 않는다. 여기서 돌덩이는 암덩어리를 연상시킨다. 프로이드에 의하면 기억은 의식과 무의식의 사이에 있는 전의식에 해당한다. 이 시의 시적 자아는 전의식과 무의식의 경계를 넘나들고 있다. "불안을 느끼는 귀에서 잘 다듬어진 바퀴가 돌아가고" "예리한 소리"나 "날카로운 순간"조차 아픔으로 감각하지 못하는 환청상태, "주먹이 올라오고" 단단한 머리가 나오는 환시적 착란, 아침, 점심, 저녁이 뒤엉켜 반복되다 보면 시간의 관념마저 해체되는 현상들이 기억과 무의식 사이에서 일어나고 있다. 이렇게 자아를 압박하는 억압 기재들이 기억 선상으로 떠올랐다가 다시 무의식으로 잠복해버리는 현상을 이 시에서는 "기억나지 않는다"를 반복 서술함으로써 강조한다. 드디어 "겨울에 죽은 아이가 손을 잡는" 꿈을 꾼다. 병상에 있는 환자의 죽음에 대한 예감이 현몽한 것으로 볼 수도 있다. 그런데 꿈속(무의식)에서 그것이 아이였는지 나였는지 기억나지 않는다는 것은 아이가 내 안에 존재하는 수많은 타자 중의 하나이기 때문에 일어나는 착란이다. 내 안의 타자가 나를 괴롭히는 자아 분열의 징후를 이 시는 보여주고 있다.

현대시는 앞에서 본 바와 같이 환상과 알레고리에 멱살 잡힌 절망적 언어들을 양산한다. 비생명적인 죽음의 언어이고 자아 분열의 고통스러운 언어들이다. 차갑게 얼어붙은 비명이 날을 세우는 벼랑 끝의 언어이고 무의식에서 의미의 경계가 무너지며 분출하는 단절과 불통의 언어들이다. 자본, 권력, 힘에 대한 욕망과 좌절, 그리고 죽음의 강박 사이에서 현대인은 신음한다. 여기에 인간적인 서정은 없다. 사랑, 이별, 자연, 동경 같은 고색창연한 감정들은 어딘가 사치스럽게 느껴진다. 현대는 시가 죽은 시대라고 했을 때, 시는 죽은 서정을 의미한다. 자연 상실의 파괴된 자의식이 범람하는 시대에서 시가 탈 서정의 길로 가는 것은 너무 당연해 보인다. 그것이 그로테스크한 어둡고 칙칙한 악의 세계이긴 하지만 시는 항상 새로움의 미학에 심취해왔다. 규범, 전통, 윤리의 한계에 도전하며, 기성의 가치를 전복시키는 일에 몰두하는 불온한 자들이 시의 미학적 영역을 새롭게 개척하고 있다.

# 시의 상상력과 현실 인식

## — 강준철, 신 진, 박삼도, 이은숙, 최인숙

"진정한 작가는 사물과 언어, 현실과 상상, 이승(신화. 문화)과 저승 −이 양자 사이의 바로 경계에 천막을 치는 유랑인으로 남아있는 자이다"라고 쟈크 샤보 Jacques Chabot는 말했다. 이 말을 곽광수와 김현이 공저했던 『바슐라르 연구』에서 처음 접했는데, 꽤 오랫동안 뇌리에서 사라지지 않았다. 시인의 정신적 속성을 잘 대변하는 말이라고 생각되었기 때문이다. 시인은 어느 한 지점에 머물 수없는 보헤미안적 기질을 가지고 있다. 어느 한 지점에 머물다가도 언제든 천막을 거두고 떠날 준비가 되어 있다. 차 안과 피안, 그 어디에도 정착하지 못하고 경계를 떠돌고 있는 자가 시인이다. 시인은 사물과 언어 사이에서 방황하고, 현실과 상상의 세계 사이에서 고뇌한다. 사물과 언어는 서로 다른 영역에 있는 것 같지만 시인은 이 양자를 동일 영역으로 견인해 와야 한다. 언어로 표현되지 않은 사물은 시에서 아무 의미도 갖지 못 하기 때문이다. 하이데카가 "언어는 존재의 집이다"라고 말한 이유도 여기에 있을 것이다. 현실과 상상력의 관계도 마찬가지다. 현실적 체험이 시의 질료는 되지만 그것이 곧이곧대로 시가 되는 것은 아니다. 시인의 상상력에 의하여 시적 공간으로 이접해 왔을 때 비로소 시가 된다. 바슐라르는 "상상한다는 것은 현실을 떠나는 것이며, 새로운 삶을 향하여 돌진하는 것"이라고 했고, 때문에 "상상력은 하나의 상태가 아니라 인간의 실존 그 자체이다."라고도 했다. 이것과 저것의 대척점에서 시인은 그것을 초월하기 위하여 고뇌한다. 시인은 이승에서 저승을 보기도 하고, 차 안에 뿌리를 두고 있으면서도 피안을 꿈꾸는 자이기도 하다. 이런 대척적인 세계를 시란 하나의 통합된 장으로 이끄는 힘이 상상력이다. 시적 상상력은 쾌락을 동반한다. 이성적 사고는 신경을 피로하게 하지만 상상은 시에 생기를 불어넣어준다. 추상적 이론은 무미건조 하고 삭막하지만 시에서 발현되는 상상력은 우리를 생기발랄한 정서 상태로 이끈다. 시가 현실 쪽에 무게 중심을 두느냐 상상력의 기능에 더 역점을 두느냐에 따라 시의 경향이 대척점에 서기도 하는데. 60년대의 참여시와 순수시의 대립 논쟁이 그 예가 될 것이다. 순수시 론자들이 상상력에 기반을 둔 쾌락 추구의 시에 방점을 찍고 있었다면 참여시론자들은 시대 또는 사회 문제를 일깨우거나 정치 현실에 대응하여 그 모순을 비판하는 데에 경도되어 있었다.

《문학도시》12월호에 발표된 시 중에는 이상의 관점에서 살펴볼 만한 작품들이 상당수 있었다. 강준철의 시가 현실과 상상의 결합을 통한 형이상학적 사유를 감각화하고 있는 반면에 신진의 시들은 현실비판 쪽에 무게가 실려 있어 대조적인 시의 경향을 보이고 있다.

　　청소기 안에 우주가 모인다
　　항하사의 우주가 춤을 춘다

　　청소기는 블랙홀
　　그 우주에 손가락을 꽂으면
　　달콤한 사랑의 목소리가 흐르고
　　여인의 부드러운 젖가슴이 만져진다
　　항하사만큼 많은 우주의 젖가슴
　　나를 울렁이는 우주가
　　청소기 안에서 활기찬 사랑을 한다

만상은 한때 먼지였다

너도 나도

나는 그 먼지 속으로 들어가 수영을 하고

비행기를 타고 먼 여행을 떠난다

바위 속으로, 세라믹 속으로

그 길은 그리 복잡하지도 좁지도 않다


한 개의 먼지는 한 개의 우주

그 먼지의 수는 n∞

나는 그 먼지의 집합체

귀 기울이면 우주의 숨소리가 들려온다

사랑의 노래가 들린다

서로 당기고 미는

우주, 이렇게

연애하며

산다

가끔 울음소리도 들리지만

– 강준철 「연애하는 우주」 전문


   강준철의 시 「연애하는 우주」가 보여주는 시적 상상력에는 상당히 비약적인 데가 있다. 먼지란 하잘 것 없는 사물에서 우주란 거대한 관념을 이끌어 내는 사유에서 논리적 도선을 찾기가 쉽지 않아서다. 황당하다는 생각이 들 정도로 연상이 엉뚱하다. 그러나 곰곰이 따져보면 그의 직관적 상상력이 전연 근거 없는 것은 아니다. 우주란 거대한 관점에서 보면 우리가 보는 만물은 아주 작은 물질에 불과하다는 생각은 얼마든지 가능하다. 그렇다면 우주란 먼지와 같은 미세한 물질의 집합체가 아닌가? 일단 이런 전제가 있기에 대우주에 상응하는 소우주로

서 먼지들을 상정할 수 있고, 이것을 끌어모으고 있는 청소기를 우주의 블랙홀로 상상할 수 있게 된다. 동시에 물질의 구성체인 너도 나도 우주가 된다. 무한대의 먼지 집합체인 나, 우리는 이런 개체를 소우주라고 하는데, 소우주가 모여서 대우주가 되는 자연의 질서를 연상시킨다. 이런 시적 사유는 다분히 인도의 베다 경전에 나오는 아트만과 브라만의 관계, 곧 범아일여梵我一如 사상을 상정한 시적 상상력으로 이해할 수 있다. 청소기가 우주의 블랙홀로 연상되고, 먼지가 우주로 인식되는 이면에 이런 전제가 놓여 있다. 범아일여 사상은 나란 소우주가 자연이란 대우주와 본질적으로 다르지 않고 너와 내가 다르지 않으며, 미물과 인간이 다르지 않다는 사유를 바탕에 깔고 있다. 그렇기에 "나는 먼지 속으로 들어가 수영을 하는" 상상이 가능해진다. 그 속에서 "우주의 숨소리"를 들을 수 있는 것도 이 때문이다. 이 시에서는 청소기의 코드를 손가락으로 은유하고 있는데, 손가락을 우주에 꽂는다는 것은 나와 자연이 일체가 되는 과정, 곧 우주의 생명을 획득하는 과정을 상징한다. 그때의 약동하는 생명감을 "달콤한 사랑의 목소리"나 "여인의 부드러운 젖가슴"으로 표현하고 있다. 갠자스강의 모든 모래를 합한 숫자를 뜻하는 "항하사"는 많음의 비유인데, 이렇게 수많은 우주 안에서 모든 개체들은 서로 당기고 밀며, "가끔은 울음소리도 들리는", 희로애락의 세계를 연출한다. 이 시가 먼지, 청소기 같은 하찮은 사물에서 거대한 우주를 연상하는 상상력은 형이상학적 사유를 견인하고 있다는 점에서 평가할 만하다. 그러나 그런 사유를 사랑, 젖가슴, 연애 등, 말초적이며 상투적인 시어에 기대고 있는 것이 옥의 티처럼 여겨졌다. 형이상학적인 격조를 유지하는데 이런 시어들이 방해가 되는 것은 아닌지 한 번쯤 짚어볼 필요가 있다. 보다 더 정제된 언어가 시를 받치고 있었다면 사유의 깊이나 시적 설득력을 더 확보할 수 있지 않았을까 하는 아쉬움이 남는다.

신 진의 시 「병신년 만추의 거리에서」는 상상력보다는 현실에 더 밀착되어 있다. 현실의 모순을 비판하는 쪽으로 시가 기능하고 있다. 그런 면에서 강준길의 시와는 대조적이다.

이 가을 나는
은행나무 가로수 잎에 한눈팔지 않겠습니다.
도심의 뒷골목 하수도 공사를 하는
인부들의 해머드릴에 몸을 떨지 않겠습니다
이 가을에는
하수도가 뱉어 내는 뒷골목 냄새를 탓하지 않겠습니다
도도도도도도, 꽁무니에 매캐한 연기 달고 달리는
배달 소년의 곡예에 짜증내지 않겠습니다
힐끔힐끔 남의 눈치를 보며 담배연기 쏟아 내는
노인의 해소기침을 걱정하지 않겠습니다
아아, 나라를 팔아먹은 연놈들이 뻔뻔하게시리
매일같이 다시 나라 걱정을 하다니, 또 국민 걱정하다니
국가의 심장에 트럭 갖다 대고 국민의 폐에 매연 뿌리고
다시 높은 줄 위에 올라 쇼를 벌이는
연놈들의 저의를 걱정하겠습니다.
변명을 듣느니 해머드릴 소리 들으며 잠을 자겠습니다
낯짝을 보느니 담배 피고 술 먹고 일찍 가겠습니다
드릴 들고 떨고 있는 인부인들 그따위 대통령질 못할까요?
배달 소년인들 그따위 사기 치고 도망 다니지 못할까요?
뒷골목 수채인들 오토바이 매연인들 연놈들의 속만 못할까요?
아니, 이 가을 나는 그따위 분개도 접겠습니다
인부들의 손에서 해머드릴이 떠나지 않고
배달 소년이 오토바이 곡예라도 하며 살기를 빌겠습니다
은행나무 낯빛에 한눈팔다 길거리 환경이나 탓하고

드릴 소리에 몸을 떨며 오토바이에 소리치던

좀스런 나를 거두겠습니다

나아가 세상의 해머드릴이 다 나와

연놈들의 낟가리를 뒤집어엎기를

오토바이 소년들이 다 나와 떳떳한 자장면을 배달하기를

빌겠습니다, 이 가을 나는

은행나무 노오란 낯빛을 경계하겠습니다.

— 신 진 「병신년 만추의 거리에서」 전문

이 시는 한 해가 저물어 가는 만추라는 시점을 배경으로 부조리한 현실에 대한 저항의지를 역설, 또는 반어적 어법으로 토로하고 있다. 분노를 분출하는 격정적 어조가 이 시 전체를 지배한다. 야유, 풍자, 자조 등의 요설이 범람하는 것도 한 특징이다. "내 시 안에 요설이 있다면 문학이 있는 것이 된다. 요설은 소음에 대한 변명이고, 요설에 대한 변명이 문학이 된다."고 역설했던 김수영이 떠오른다. 요설의 시학이 이 시의 골격이다. 그만큼 말이 많다는 뜻도 된다. 이런 유의 시에는 현실에 대한 부정적 인식이 바탕에 있다. 32행의 장황한 말하기를 통하여 현실에 대한 불만을 마구 토해 놓는다. 그럼으로써 어떤 카타르시스에 이르게 하는 시적 기능을 한다. 마구 분출되는 감정 때문에 부담되는 측면도 있지만 사회 모순에 대한 강력한 성토의지를 강조하는 효과도 있다. 이 시는 "은행나무 가로수 잎에 한눈팔지 않겠습니다."로 시작한다. 이것은 암담한 시대적 상황이 마음의 여유를 허락하지 않는다는 의미를 우회적으로 표현한 것이다. 그만큼 시대 상황의 엄중함을 강조한다. 이 시의 전반은 삶의 밑바닥에 있는 소외계층에 대한 연민이 주조를 이룬다. 중반은 권력자들의 뻔뻔스런 위선을 고발하는 내용으로 요즘의 탄핵정국을 떠올리게 하고, 후반은 권력자의 위선과 횡포를 외면하고 주변의 밑바닥 인생만 탓했던 좀스런 자신에 대한 자조 내지는 반성적 성찰과 민중의 궐기를 독려하는 의지를 역설적 화법으로 드러낸다. 마지막 시행은 첫 두 행을 변주한 것으로 느슨한 수미상관 구성을 취하면서 권력자의 거짓과 기만에 속지 않겠다는 다짐을 함축하고 있다. 이 시의 말하기 방식의 특징은 전반부에서 "~않겠습니다"의 부정적 서술어가 5번 반복되고, 후반부에서는 "~겠습니다"의 긍정적 서술어가 7번 반복되는 데서 찾아진다. 않겠다와 하겠다는 상충되는 의미의 언어가 부조리한 현실에 저항하는 강한 의지를 강조하는 화법으로 서로 맞물려 작동하고 있는 점이 흥미로웠다. 어떻든 이 시는 시대적 정치 상황이나 사회 상황을 시에 직접 끌어들여 그 현실을 비판하고 있다는 점에서 참여시에 해당한다. 참여시가 상상력의 확장보다는 현실 반영에 무게 중심을 둔다는 것은 이 시를 통해서도 확인되는 바다.

또 다른 측면에서 같은 시대 상황을 바라보는 시각의 차이에 따라 시가 어떻게 달라지는가를 살피고자 한다. 박삼도의 「신발 한 짝」도 분명 위의 시가 말하고 있는 시대 상황과 맞물려 있다. 그런데 비판의 대상이 상반된다. 우리 사회가 안고 있는 보수와 진보의 대립 갈등을 확연하게 인지하게 되는 것 같아 씁쓸한 뒷맛을 남겼다.

대도의 신발 한 짝 놓고
입술이 뜨거운 소도들의 토론장
밟아 문지르는 비정한 마녀사냥

흰 바탕에 국화무늬 72만 원짜리 신발
촌로가 산 중고시장의 3천 원짜리 신이다

시골길 밤중에 개 한 마리 울면
마을 개가 함께 따라 짖는 신문 텔레비전

가치관이 전도된 입 확인사살의 붉은 눈


자주국방으로 나라를 지키고
외교로 살길을 열어야 할 형편에
병든 송곳니와 미친 촛불이 나라를 불태우고 있다.

– 박삼도 「신발 한 짝」 전문


　박삼도의 시 「신발 한 짝」은 작금의 탄핵정국을 신 진의 「병신년 만추의 거리에서」와는 상반된 시각으로 바라보고 있다. 신 진은 피지배층인 민중과 지배 권력을 구분하여 민중의 삶이나 태도를 옹호하고, 거짓과 위선의 권력을 비판한다. 그런데 박삼도는 반대로 권력에 저항하는 촛불 민심이나 권력의 비리를 연일 폭로하고 있는 언론에 공격의 포커스를 맞추고 있다. 이런 시적 태도는 극보수의 이념적 잣대로 현상을 보고 있음을 드러내게 된다. 이 시의 중심 소재인 신발 한 짝이 검찰에 불려가면서 취재진과 밀당하다 벗겨진 최순실의 신발을 연상시키는데, 신발의 주인을 대도로 그것을 두고 입방아 찧는 소시민들을 소도로 단순 구분하는 것은 자칫 편향된 이념의 정치구호로 이 시가 전락할 위험을 내포한다. 그래봤자 너도 나와 크게 다를 바 없다는 생각을 주입함으로써 문제의 본질을 희석시키고자 하는 정치가들의 수법을 연상시키기 때문이다. 시적 여과 과정 없이 대상을 비난만 할 때 시적 설득력은 떨어진다. 같은 이념의 독자에게는 이런 단순 명료한 이분법적 공격이 카타르시스를 줄 수 있을지 모르지만 시를 시로서만 읽고자 하는 다수의 독자에게는 상당한 거부반응을 일으킬 수 있다. 시는 웅변도 아니고 구호가 되어서도 안 된다. 이 시의 3연은 권력을 가진 세력들이 반대 세력을 비판할 할 때 곧잘 들고 나오는 상투적 구호를 그대로 가지고 오고 있다는 점에서 시에서는 재고해 보아야 하는 부분이다. 언론을 '병든 송곳니'로 시위대를 '미친 촛불'로 표현하는 이

면에 화자가 작금의 현실을 못마땅하게 여기는 날 선 감정은 짐작이
되는데, 그런 감정이 시로 설득되기 위해서는 시적 감성으로, 예리한
통찰력으로 현상의 핵을 짚어야 하고, 그것을 시로 견인해 와야 한다.
이데올로기에 편향된 피상적인 현실 인식은 시적 설득력을 얻기 어렵
다. 시가 정치적 성향을 띄게 될 때 자칫 이념의 도구로 전락할 위험을
경계해야 할 것이다.

신 진 시인의 시와 박삼도 시인의 시를 통해서 정치 현실에 대한 대
조적인 인식과 그것이 시로 견인해 오는 과정에서 형성되는 시적 상상
력의 차이에 관심이 갔다. 시인의 이념적 성향에 따라 현실은 전연 다
른 각도로 형상화된다. 특히 비판 대상을 어느 계층에 포커스를 맞추
느냐에 따라 시는 서로에게 칼끝을 들이대는 양상으로 전개되기도 한
다. 이것은 우리 사회가 안고 있는 보혁保革 갈등의 단면을 그대로 들
어내는 모습이기도 하다.

다음은 삶의 구체적 현실을 반영하고 있는 시를 몇 편 살펴보기로 한
다. 이은숙의「소리」는 '달개비꽃'을 소재로 중심에서 밀려난 소외된 생
명의 끈질긴 힘을 형상화 한다. 어조는 담담한데 처연한 감정이 느껴
진다. 반면 최인숙의「새벽시장」은 활달하다. 생동감 있는 생활 현장을
긍정적으로 그리고 있다. 정서면에서 두 작품 또한 대조적이다.

옥상 작은 꽃밭 한쪽
풀 뽑아 모아 둔 한 줌 흙더미
위로
줄기 뻗어 피어난 달개비꽃
몇 송이
재개발 구역에서
번지도 없는 천변으로 쫓겨난
난민 같다

〉
푸른 잉크색 얼굴빛으로
억울한 고발장이라도 쓰려는 걸까
삶은 이렇게 간절하다고,

세상 어느 모퉁이든
억울함은 있기 마련
쫓겨난 한 줌 흙더미 위에서도
목숨을 위한 너의 투쟁법은
꽃으로나 필 수밖에,

저 벼랑에서 지르는 작은 소리
누가 듣는가

– 이은숙 「소리」 전문

달개비꽃은 외로운 추억, 짧은 즐거움 같은 꽃말을 가지고 있다. 냇가나 길가에서 흔히 자라는 야생화다. 여기서는 옥상에 조성된 작은 꽃밭 한쪽, 그것도 풀 뽑아 모아 둔 흙더미에서 핀 꽃이다. 전연 생명이 자랄 수 없는 척박한 곳에서 소외와 외로움을 극복하고 핀 달개비꽃에 대한 외경감이 이 시의 모티브다. "재개발 구역에서/ 번지도 없는 천변으로 쫓겨난/ 난민"으로 비유될 수 있는 근거도 달개비꽃이 처한 이런 환경에서 찾아진다. 시인의 상상력은 생활권의 중심에서 쫓겨난 난민의 이미지로 달개비꽃을 바라본다. 그 연장선상에서 꽃의 빛깔이나 형상을 억울한 고발장을 쓰려는 간절한 삶의 몸부림으로 상상의 폭을 확장한다. 꽃의 푸른색을 잉크 색 얼굴빛으로 연상하는 이유도 꽃에서 고발장의 이미지를 이끌어내기 위한 포석으로 볼 수 있다. 의도된 이미지의 덧씌우기에 해당된다. 그리하여 척박한 환경에서도 꽃을 피우는 강인한 생명력을 "목숨을 위한 너의 투쟁법"으로, 삶의 벼랑에서 살아남기 위하여 지르는 소리로 인식한다. 이 시의 마지막 연은 시각적 대상을 청각화 한 공감각적 이미지다. 강인한 생명 의지를 연상시키는 이런 표현기법은 상당한 울림으로 다가온다. 비록 "작은 소리"로 표현되어 있지만 그 소리의 파장은 절규를 연상시킬 정도로 진폭이 크게 느껴진다. 꽃의 내면, 곧 생명의 끈질긴 힘을 강조하는 효과도 있다. 이 시를 읽으면서 현실과 상상의 관계를 다시 생각 해봤다. 이 시가 시의 질료로 하고 있는 달개비꽃은 옥상의 작은 꽃밭 한쪽에 있는 흙더미란 척박한 환경에 뿌리를 두고 있는 존재다. 이런 현실적 존재를 통해서 시인은 생명의 강인한 힘을 연상한다. 이은숙 시인은 눈에 보이는 현실적 사물을 통하여 눈에 보이지 않는 생명의 근원에 가 닿으려고 한다. 이때 작동되는 것이 상상력이다. 존재 의미를 추적해 가는 과정에 개입하는 상상을 해석적 상상이라고도 한다. 코올릿쥬는 다양함을 하나로 축소하거나 영원을 순간으로 압축하는 힘을 상상력으로 보았다. 그래서 시는 현실과 상상이 결합되어 나타나는 미지의 새로운 미학적 공간이 되는 것이다.

한편 최인숙의 「새벽시장」은 활달하게 움직이고 있는 삶의 단면을 '새벽시장'이란 현실적 공간을 배경으로 형상화하고 있다. 밝은 시선으로 현실을 보고 있다는 점에서 시인의 긍정적 세계관이 읽혀지는 대목이다.

어둠은 물러가고
먼동은 기척을 내는
새벽시간이 가장 긴 시장이다

문어가 팔을 내젓고
눈알이 초롱초롱한 생선이

지느러미를 활짝 폈다 접었다 하는
바다의 작은 어장이 있다

상추와 시금치의 푸른 것들이
백열등 아래에서 숲처럼 푸르고
열무는 열무대로 하얗다고 발을 드러낸
잘 정돈된 어머니의 남새밭도 있다

나는
이곳에서 저녁에 들러도
새벽처럼 상쾌한 장을 본다

— 최인숙 「새벽시장」 전문

　이 시는 새벽시장의 풍경을 상당히 생동감 있게 그리고 있다. 삶의 활기가 느껴진다. 시장의 곳곳을 경쾌하게 활보하고 있는 화자의 모습이 떠오른다. 이 시를 읽으면서 삶이 나를 절망하게 했을 때, 곧잘 충무동 새벽시장에서 자갈치를 지나 영도다리 밑까지 배회했던 젊은 시절을 떠올렸다. 시장은 삶의 역동적인 현장이다. 살아 있음을 온몸으로 느낄 수 있는 곳이기도 하다. 수많은 사람들이 팔고 사기 위하여 모여드는 곳, 삶에 대한 강한 의지가 표출되는 곳이기도 하다. 나는 시장을 배회하면서 생의 의미를 되새기고, 살아 있음을 확인하곤 했다. 시장에서 넘치고 있는 각양각색의 표정, 말, 움직임들이 나로 하여금 절망감을 딛고 일어서게 했다. 위의 시는 나의 이런 내면과 겹치면서 시장의 역동적인 장면들을 상상하게 했다. 이 시 역시 시장이 안고 있는 현실의 한 단면을 클로즈업 하고 있다는 측면에서 현실 재현에 비중을 둔 시로 읽혀진다. 상상력이 전연 없는 것은 아니지만 이은숙의 「소리」만큼은 그 폭이 크지 않다. 활유와 의인법의 표현이 시장의 분위기를 생동감 있게 그려내기는 하지만 비가시적인 의미의 세계까지는 시적 상상력이 가 닿아 있지 않기 때문에 시적 공간이 협소해 보인다. 어물전에서 바다의 작은 어장을 연상하고, 채소전에서 어머니의 남새밭을 연상하는 정도의 상상력으로는 시적 공간의 스케일을 확보하는데 한계가 있다. 긍, 부정을 넘나드는 다양한 삶의 역동성을 새벽시장은 안고 있다. 여기에 시의 앵글이 맞추어졌다면 시적 상상력의 폭이 커지지 않았을까 싶다. 너무 밝은 쪽으로만 화자의 시선이 가 있는 것도 문제다. 한쪽으로만 치우친 일방적 시선 때문에 시장의 명암을 부조해 내지 못한 아쉬움이 있다.

이상에서 《문학도시》 12월호에 발표된 몇 편의 시를 통하여 시적 상상력과 현실 인식의 관계를 살펴보았다. 이미 모두에서 말했듯이 현실 체험이 시의 중요한 질료가 되지만 그것이 상상력에 의하여 통합되고 그 의미가 확장되지 않으면 시로서의 설득력을 확보하기 어렵다. 그래서 시에서는 상상력이 중요한 자리를 차지한다. 상상력의 수준, 그 폭에 의하여 시의 수준, 시의 스케일이 결정된다는 사실을 확인해 본 셈이다.

♦ ♦ ♦

# 언어감각과 시적 사유

## - 강세우, 김경해, 홍정미, 김태수, 남경희, 표애자

　독일의 철학자 칸트는 인간의 인식 능력을 오성, 판단력(감성), 이성으로 구분한 바 있다. 이 중 판단력은 특수한 사례를 보편 속에 포함시키는 사유능력이라 했다. 판단력에는 규칙, 원리, 법칙과 같은 보편적인 것이 제시 되고 그 밑에 특수적인 것을 포함시키는 결정적 판단과 반대로 먼저 특수적인 것이 제시되고 그것을 포함할 보편적인 것을 발견할 때 이것을 반성적 판단이라고 했다. 이것은 연역적 사유와 귀납적 사유를 말 한 것인데, 칸트는 미적 판단을 이 반성적 판단에 속하는 것으로 보았다. 미적 판단은 상상력을 가지고 표상을 주관화시키는 것이라고도 했다. 여기서 주관이란 쾌, 불쾌의 감정이나 정서의 의미를 내포한다. 예술 창작은 주로 주관적인 상상력의 기능에 의존한다. 상상력은 감각과 오성을 결합하여 미적 인식을 성립시킨다. 그럼으로써 독자로 하여금 미적 쾌락에 도달하게 한다. 칸트가 판단력 비판에서 설명하는 미학의 원리를 시에 적용시켰을 때, 시는 우선 구체적이고 특수한 체험 내용이 전제되어야 하고 그것이 어떤 보편성에 가 닿아야 한다. 그렇게 되기 위해서는 시인은 치열하게 언어와 씨름을 해야 한다. 체험 내용, 곧 표상의 나열만으로는 시가 성립되지 않는다는 뜻이다. 표상이 주관화의 과정을 거쳐서 보편적 인식이나 감정과 결합하고자 할 때, 언어운용을 어떻게 해야 하느냐 하는 문제는 시의 성패와 직결된다. 시가 언어의 예술이란 원론적 명제를 곱씹게 되는 이유가 여기에 있다. 시는 언어의 합당한 구조화를 통하여 이상에서 기술한 전제들을 소화해야 하기 때문이다. 시는 언어의 미적 결정체다. 시인이 언어를 어떻게 다루고 있느냐에 따라 시의 성격이나 유형이 정해진다. 《문학도시》 11월호에 발표된 시들을 읽으면서 칸트가 말한 미학의 원리가 어떻게 작동되고 있는지를 살펴보았다. 그런데 다수의 작품에서 구체적 체험에 대한 인식의 깊이나 언어의 시적 구조화에 성공하고 있다는 느낌을 받지 못했다. 치열한 사유도 부족하고, 치열하게 절차탁마한 언어감각도 부족하며, 상상력의 스케일도 부족한 안일한 시 정신을 대하면서 꽤 많은 허전함이 밀고 올라왔다. 맥락을 잃고 부유하는 생각들의 나열만으로는 결코 독자가 기대하는 미적 감정을 충족시킬 수 없다. 그런 가운데서도 눈에 띄는 몇 편의 시들을 유형별로 살펴본다.

삶이나 인생, 자연에 대한 성찰을 내용으로 한 시로서 강세우의 「오해」와 김경해의 「새벽 산사」가 우선 눈에 들어왔다. 성찰의 언어는 명징한 순수 사유를 그 바탕에 두기 마련이다. 혼탁한 삶에 대한 반성적 판단을 전제로 그로부터 벗어나고자 하는 시인의 정신, 시인이 지향하는 유토피아적인 세계가 시의 근저에 자리하게 된다.

실핏줄처럼/ 끈질기게/ 엉킨/ 인연도

어느 순간/ 절망의/ 한계 넘나들며/ 몸서리치는/ 한 비애의/ 긴/ 소용돌이도

그것은/ 차마/ 서로 말하지 못하는/ 애틋한 처음의/ 마음이리라

— 강세우 「오해」 전문

어젯밤 내린 비에/ 달빛이 푸르더니

바윗길 질퍽이며/ 낙엽이 떨고 있다

떠나온 속세라고/ 남겨둔 미련이기

새벽은 백년지기/ 노송에 머무르고

정수리/ 한 달빛 타고/ 내리꽂힌 보리심.

– 김경해 「새벽 산사」 전문

　강세우의 「오해」는 한, 두 어절 단위로 행 구분을 하고 있는 것이 형식적 특징이다. 간결, 압축의 시적 효과와 리듬을 의식한 행의 배열 방식으로 여겨진다. 전체가 3연으로 구성되어 있고, 그에 따라 인연으로 대표되는 인간관계와 소용돌이로 표상되는 험난한 인생 역정, 그리고 시인이 지향하는 정신을 표상하는 처음의 마음을 핵심 내용으로 시상을 펼치고 있다. 이 시에서 구사하고 있는 그 외의 언어들은 이 세 가지 핵심 내용을 꾸미거나 형상화하는 수식적인 기능을 한다. 수식적인 언어들이 "실핏줄처럼/ 끈질기게/ 엉킨"것처럼 소박하나마 섬세한 언어감각을 느끼게 한다는 점이 이 시의 장점으로 지적될 수 있다. 엉킨 인간관계 때문에 형성되는 험난한 인생역정 가운데서도 초심의 순수한 마음을 잃지 않으려는 화자의 정신세계를 비교적 간단 명료하게 제시하고 있다는 점도 호감이 가는 부분이다. 체험 내용을 복잡하게 얽어서 주제 파악이 잘 안되는 요령부득의 시들과는 상당한 거리가 있다. 그러나 이 시가 3연의 간단한 구조로 이루어져 있음에도 불구하고 1, 2연과 3연 사이의 간극을 지적하지 않을 수 없다. 칸트가 말한 미학의 원리를 적용했을 때 1, 2연은 화자가 부정적으로 인식한 삶의 양태로서 이 시의 전제가 된다. 3연은 1, 2연의 부정적 전제를 긍정적 인식으로 전환하는 반성적 판단에 속한다. 이 시가 이런 느슨한 귀납적 구조를 취하고 있는데, 이 때 전제와 판단 사이에서 양자 관계의 논리적 타당성을 얼마만큼 확보하느냐가 시의 성패를 결정한다. 부정적 전제가 긍정적 의미로 전환되어 인식되기까지의, 주관적 판단에 이르는 심리적 과정을 제목이 암시하듯이 '오해'에서 비롯된 것으로 설득하고자 하지만 여전히 전제와 판단 사이의 간극은 극복되지 못하고 있다. 즉 전제와 판단 사이의 등식이 잘 납득되지 않는다는 점이 이 시의 최대 약점이다.

김경해의 「새벽 산사」는 2행 단위의 5연시다. 정형화된 형식을 취하고 있다. 고전적인 시의 양식을 떠올리게 한다. 그리고 명징하고 감각적인 이미지의 언어들이 시를 받치고 있다. 그리하여 자연친화적인 시의 세계가 열린다. 새벽이란 시간과 산사란 공간을 배경으로 속세의 번뇌로부터 벗어난, 맑게 정화된 순수 정신의 한 지평을 형상화하고 있다. 명경지수와 같은 동양적 정관의 마음가짐이 읽혀지고, 일체의 현세적 욕망이 거세된 안분지족의 정신이 구현된다. 이 시가 그리고 있는 이상향은 속세에 대한 미련을 완전히 떨치지는 못하지만 잠시만이라도 자연과 일체가 된 청정한 정신을 추구하는 데서 찾을 수 있다. 이 시에서 감각적 언어로 표현된 자연현상들이 신선하고 청정한 느낌으로 와닿는 것도 이런 정신 상황을 연상하는데 효과적이다. 1, 2연과 4연은 새벽에 산사로 가는 과정에서 신선한 느낌으로 만나게 되는 자연현상을 진술한 것이다. 3연은 아직도 버리지 못하고 남아있는 속세에 대한 미련의 감정을 말한 것이고, 마지막 5연은 순간적이나마 자연과 합일된 깨달음의 정신 구경究竟을 표현함으로써 시 전체를 하나의 의미 구조로 통합한다. 자연과 합일된 시적 자아의 깨끗한 정신이 곧 깨달음을 얻어 한마음이 되고자 하는 〈보리심〉과 다르지 않음을 말하고 있다. 이것은 새벽과 산사, 그리고 주변의 풍경을 전제로 불교적 구도 정신의 이행 과정을 직관적으로 표출한 것인데, 칸트가 말한 표상의 주관화에 해당한다.

한편 홍정미의 「손가락」은 감각적 언어가 돋보였고, 김태수의 「회귀」는 사유 중심의 시로서 사유의 깊이에 관심이 갔다. 언어 감각을 중시하는 시는 상상력의 폭이 시의 성패를 결정한다. 시각, 청각, 촉각 등 감각적 언어를 통하여 그려내고자 하는 시적 세계가 얼마만큼의 스케일로 독자의 상상력을 자극하는지가 중요하다. 사유 중심의 시는 시의 형상화 쪽보다는 관념의 진술이 승하기 마련인데, 이런 유형의 시는 사유의 깊이가 시의 성패를 좌우한다. 사유의 깊이가 일반적인 상식의 범주를 뛰어넘지 못하면 시는 생명을 가질 수 없다.

손가락 사이로 지나는 바람을 잡아
바이올린 지판 위에서 흔들면
비브라토 음이 바람 따라 퍼지고
손가락엔 바람의 지문이 남아 있다

바닷가에서
손가락 사이로 모래를 날리면
모래알들이 투명한 하늘로 사라지고
손가락 사이엔 모래의 지문이 묻어 있다

부엌 살창에 잡힌 마지막 햇살 아래
장작불 타는 아궁이 앞에 앉아,
저녁을 기다리며 먹은 주먹밥엔
엄마의 손가락 자국이 찍혀 있었다

　　　　　　　　　　　　　　　　－ 홍정미 「손가락」 전문

시 「손가락」은 4행 단위의 3연시다. 시의 정형성은 시적 안정감이나 균형감을 유지하는데 일정 부분 역할을 한다. 그러나 다양한 시적 상상력이 뒷받침되지 않으면 도식화된 형식으로 전락할 위험도 있다. 형식에만 매달려 내용을 공소하게 하는 우를 범할 수도 있다. 이 시가 '손가락 사이로 지나는 바람'과 같은 뛰어난 감각적 언어들을 구사하면서도 시상의 도식적인 전개가 상상의 폭을 제한하고 있다는 느낌을 주었다. 이 시는 애착과 사라짐, 그리고 남은 흔적에 대한 기억을 축으로 3연의 내용이 상호 호응하는 연결 구조다. 이 시대로 말하면 1연은 손가락 사이로 지나가는 바람이 바이올린을 흔들면 비브라토 음(현 위에 놓인 손가락의 빠른 움직임으로 형성되는 주기적 진동의 음)이 바람 따라 사방으로 퍼진다고 했는데, 이것은 화자의 마음을 황홀하게 했던 바이올린 연주와 같은 한때의 청각적 경험을 표상하는 것으로 볼 수 있다. 그러나 모든 인간사가 그렇듯이 황홀한 것이든 슬픈 것이든 우리가 경험했던 실상들은 사라지는 것이고 그 흔적들만 기억에 존재하게 된다. 손가락에 남은 "바람의 지문"이 함축하는 의미가 바로 기억에 남아있는 경험의 흔적일 것이다. 2연과 3연은 1연에서 변주된 동일 의미 구조를 취하고 있다. 소재의 변화는 있지만 함축하는 의미는 같다. 2연은 1연의 바이올린 연주가 주는 황홀함 대신에 바닷가에서 모래 장난을 했던 동심의 세계가 자리한다. 그리고 "바람의 지문"의 자리에 '모래의 지문'이 왔지만 함축하는 의미는 같다. 그런데 3연이 보여주는 변주는 상당한 울림으로 다가온다. 어쩌면 1, 2연은 3연의 내용을 이끌어 내기 위한 전제로 설정된 시적 장치란 생각이 들기도 한다. 3개의 연이 과거의 경험과 실상의 사라짐, 그리고 기억에 남은 흔적이란 도식적 축으로 내용을 구성하여 어머니에 대한 그리움의 심정을 극대화하고자 하는 의도가 보이는데 그것이 성공적이냐 하는 문제는 각 연과의 인과 관계가 얼마만큼 시적 설득력을 갖느냐에 따라 결정될 것이다. 이 시의 3연은 가난했던 시절 시골집의 부엌 공간에서 마주했던 모정에 대한 그리움을 떠올리게 한다. "주먹밥에" 찍힌 "엄마의 손가락 자국"은 어머니에 대한 그리움이 내장된 기억의 단면을 감각적으로 형상화한 것이다.

내 잣대가 그의 몸을 재단한다
가슴과 가슴 사이의 거리
배꼽과 엉덩이 사이의 부자유한 원근도
탓하지 않는다
기하학적 구조의 예측은
서툰 무당의 살풀이춤이다
곡선과 아픔의 조화가
숙연한 화음의 공간을 채운다
눈부신 햇살의 정수리에서는
구름이 피어오르고
격정을 거부하던 몸짓은
소름 돋는 영혼을 흔든다
생명의 확인을 위한 꿈틀거림이다
등줄기에서 뒤틀린 가슴이
뜨겁게 경련한다
실루엣의 가슴을 읽는다는 것은
허와 실을 탐하는 어리석음이다
그냥 젖어 버린 채
에덴으로의 회귀를 위해
두 손을 모은다

— 김태수 「회귀」 전문

홍정미의 「손가락」이 감각적인 언어를 축으로 하고 있는데 비하여 김태수의 「회귀」는 "부자유한 원근", "기하학적 구조", "조화", "숙연한 화음", "생명의 확인", "허와 실" 등 관념적 언어가 축을 이룬다. 이것은 시적 표현보다 사유 쪽에 힘이 실려 있는 시적 태도다. 이런 유형의 시에서는 사유의 깊이를 얼마만큼 확보하고 있느냐가 시의 수준을 가름하게 한다. 감정 진술, 생활단상, 현실비판, 형이상학적 명상, 종교적인 명상 등 그 어느 쪽에 가 닿아 있는 시적 태도냐에 따라서 시의 품격이 정해진다는 뜻이다. 위와 같은 시는 사물에 대한 인식을 감각적 언어로 표현하는 즉물시나 이미지 시와는 달리 추상화된 관념을 생경하게 노정하는 경우가 많다. 에즈라 파운드는 시의 종류를 음악적인 시, 회화적인 시, 논리적인 시로 나눈 바 있다. 위의 시는 논리적인 시에 속한다. 철학적 단상 위주의 관념시를 염두에 두고 논리적인 시(logo-poea)란 용어를 쓴 것인데, 그만큼 관념시에서는 시상의 논리적 전개가 중요하다. 관념진술에서 논리성을 상실하면 요령부득의 생각들만 산재하게 되는데, 독자의 입장에서는 사유의 의미 파악이 되지 않아서 곤혹스러워진다. 관념시에서 논리성은 독자를 설득하는 힘이다. 이 시의 화자가 바라고 있는 소망은 "에덴으로의 회귀"이다. 에덴은 기독교가 설정한 이상향이다. 문명이나 선악을 분별하는 윤리 이전의 자연 그대로의 삶, 곧 원초적인 삶인데, 이런 태초의 삶으로 돌아가고자 하는 희원은 현재의 삶에 대한 부정적 인식을 전제로 할 때 설득력을 가질 수 있다. 그래서 이 시는 현재의 상황이 안고 있는 부조리한 면을 강조한다. "내 잣대가 그의 몸을 재단 한다"나 "가슴과 가슴 사이의 거리"와 같은 시행이 바로 그것이다. 자기중심적 사고로 남을 재단하고 비판하는 비속한 현실과 인간관계의 거리만을 양산하는 현대인의 의식 풍경이 시적 자아로 하여금 현대의 삶에 뿌리내리지 못하게 한다. "부자유한 원근"이나 "기하학적 구조"가 암시하는 것은 비생명적인 현대 문명의 사회구조와 관련이 있다. 이 시는 인간 본성을 상실하고 문명에 길들여져 부유하는 현대의 삶에 대한 격렬한 저항의 감정을 표출하기도 한다. 문제는 이 시에서 제시하는 이런 전제들이 일목요연한 논리적 구조 하에 있지 않다는 점이다. 논리적인 연결고리 없이 흩어진 생각들의 산만함 때문에 전제와 결론 사이의 필연적인 인과 관계도 느슨해지고 있다.

　또 다른 한 편, 삶의 현장성에 바탕을 두고 삶의 애환을 다루고 있는 시로서 남경희의 「어머니의 밥상」과 표애자의 「어부의 노래」를 살펴보기로 한다. 이런 유형의 시에서는 일정한 시공간을 배경으로 인물이 등장하고 그 인물의 행위에 대한 진술이 시의 중심을 이룬다. 이때 화자는 대개 관찰자의 입장에 서 있게 되는데, 관찰의 밀도가 시의 성패를 결정한다. 시에서 현장성은 시적 리얼리티를 더하는 기능을 한다. 시가 관념적 추상성으로부터 벗어나 형상화란 구체성을 획득하는 데도 한몫을 한다. 시에서 현장성이 살아 있다는 것은 시의 생명감과 통하고, 감동이란 정서적 반응을 일으키게 하는데 있어서도 역동적 기능을 한다.

　　어머니의 낮은 밥상은 따뜻했다
　　텃밭에서 올라온 상추의 푸른빛이
　　달밤에 꽃을 곱게 피우고 있었다
　　어머니의 미소를 담은 한 그릇의 밥
　　에메랄드 빛 풍성한 가슴으로 담긴
　　고요하고 차분한 밥상에서
　　흰쌀밥이 겨울밤을 데우고 있었다
　　어머니의 향기가 되어
　　모락모락 피어나는 한 그릇의 밥
　　소박한 밥상의 주인이 된 오늘은
　　꺾였던 나의 절망의 길도 바로 앉았다
　　주름진 얼굴을 서로 바라보며

불혹의 딸에게 주는 한마디 말

"뜨실 때 어서 먹어라"

아, 이제는 늦어 버린 나의 죗값이

불효자의 머리를 들고 앉아 눈물을 삼킨다

흰 쌀밥처럼 하얀 머리와

고사리 뼈 같은 마른 손등을 어루만지면

한낮의 찬란함이 무슨 소용 있으랴

뻐꾸기 지저귀는 숲의 어둠이 밀려오고

마주 앉은 밥상은 식어 가는데

내 한숨의 깊이는 저 산 아래 우물을 판다

– 남경희 「어머니의 밥상」 전문

　남경희의 「어머니의 밥상」은 어머니의 소박하고 따뜻한 사랑을 형상화하면서 효를 다하지 못한 자식의 회한을 노래하고 있다. 자식을 걱정하고 다독거리는, 따뜻하고 자상한 어머니의 마음결을 그려내는 이미지가 매우 섬세하고 아름답다. 모처럼 찾아온 자식을 위하여 차린 밥상의 의미를 미화하는 이미지들을 주축으로 하고, 거기에 어머니에 대한 화자의 회한을 오버 랩 시키는 화법은 상당한 수준의 언어기교를 느끼게 한다. 어머니의 낮은 밥상에는 텃밭에서 올라온 상추가 있다. 비록 "달밤에 꽃을 곱게 피웠다"와 같은 미화법의 시행을 수반하고 있지만, 이것은 시골을 배경으로 살아온 어머니의 소박하고 가난한 삶을 암시한다. 동시에 소박한 쌀밥 한 그릇이 화자에게 주는 의미는 "뜨실 때 어서 먹어라"와 같은 토속적이고 투박하나 정이 넘치는 어머니의 말과 함께 "꺾였던 나의 절망"을 일으켜 세울 정도의 힘으로 다가온다. 그러나 자식에게 정성을 다했던 어머니도 세월의 덫은 피할 수 없다. "흰 쌀밥처럼 하얀 머리와/ 고사리 뼈 같은 마른 손등"은 어머니의 고단한 삶과 사그라지고 있는 육신을 암시한다. "뻐꾸기 지저귀는 숲의 어둠이 밀려 오고"는 어머니가 생의 끝자락에 와 있는 상황을 이미지화한 것이다. 그런 어머니의 모습을 대하면서 화자는 끝없는 회한에 빠질 수밖에 없다. 이를 표현한 것이 마지막 2행이다. 특히 마지막 행 '내 한숨의 깊이는 저 산 아래 우물을 판다'는 회한의 깊이를 상상하게 하는 이미지다. 곱게, 차분한, 소박한, 풍성한, 불효자 등 직설적 언어가 상당수 있기는 하지만 전체적으로는 감각적 이미지 중심으로 시적 사유를 형상화하고 있다. 밥상으로 표상되는 어머니의 삶과 그것을 주관화하여 감각적 이미지로 드러내는 언어기교가 상당한 정서적 울림으로 다가온다.

> 겨울바람이 불어오는 가덕도
> 한 귀퉁이에 돌담을 기대고 앉아
> 그물을 깁는 손이 재빠르다
> 물때를 기다리며 평생을 살아온
> 어부는 바다와 함께 울고 웃으며
> 생을 이어 온 삶이지만
> 자식들 생각하면 두 손에
> 힘줄이 불끈 솟는다.
> 수평선에 걸려 있던 아침 해가 솟아오르면
> 어둠을 걷어낸 물결 위에 퍼덕이는 희망이
> 그물 안에 가득 채워지고
> 캄캄한 어둠을 헤치고 변덕쟁이 바다와
> 한바탕 사투를 벌이고 나면
> 바다와 어부는 하나가 되고
> 구수한 된장국 냄새가 정겨운 포구엔
> 아내의 콧노래 흥겹다

— 표애자 「어부의 노래」 전문

표애자의 「어부의 노래」는 이미 제목이 암시하는 것처럼 어부의 삶을 매우 긍정적인 시각으로 바라보고 있다. 이 시의 공간적 배경은 가덕도란 어촌이다. 실재하는 지명을 시에서 제시하는 이유는 현장성을 살리기 위한 의도 때문이다. 시적 리얼리티를 확보하고자 할 때, 곧잘 실존 인물이나 실재적 지명이 시에 등장한다. 그럼으로써 시가 그리는 세계가 삶의 현장성과 밀접한 관련을 맺게 된다. 이 시의 화자는 어부의 삶에서 희망적 역동성을 발견한다. 어떤 고난과 역경 속에서도 굴하지 않고 일어서는 강인한 힘에 대한 경외감이 이 시의 배후에 있다. "물때를 기다리며", "바다와 함께 울고 웃으며" 이어온 보잘 것 없는 생이지만 자식을 위한 소박한 꿈을 안고 희망의 끈을 놓지 않는 끈질긴 생명력을 화자는 어부의 삶에서 보고 있다. 이 시에서 가장 살아 있는 이미지인 "어둠을 걷어낸 물결 위에 퍼덕이는 희망"은 삶의 역동성, 곧 생명감과 직결된다. 이러한 강인한 힘은 바다와 사투를 벌이다가도 바다와 일체가 되는 삶의 역동성을 창출해내는 원천이다. 이런 어부의 삶을 바라보는 시선은 매우 따뜻하다. "구수한 된장국 냄새가 정겨운 포구엔/ 아내의 콧노래 흥겹다"하는 구절에서도 화자의 긍정적 세계관을 읽을 수 있다. 그런데 이런 긍정적 세계관이 시적 대상을 미화하고자 할 때, 곧잘 상투적인 인식에 빠질 위험이 있다. 표상을 주관화하는 과정에서 상투적인 언술이 개입되면 시적 진실성에 상처를 주기 마련이다. 시는 삶의 표면보다는 상투적 관념에 가려진 이면의 실체를 들어내 보여줄 때 더 설득력을 갖는다. 그렇게 되기 위해서는 인습적 사유에서 해방되어야 하고, 겉으로 보이는 현상에만 머물지 않는 예리한 감각적 촉수가 있어야 한다. 시는 항상 독창적인 사유와 신선한 감각의 언어를 요구한다.